수레바퀴 Ⅶ

수레바퀴 VII

발행일	2023년 5월 2일		
지은이	정신안		
펴낸이	손형국		
펴낸곳	(주)북랩		
편집인	선일영	편집	정두철, 배진용, 윤용민, 김부경, 김다빈
디자인	이현수, 김민하, 김영주, 안유경	제작	박기성, 황동현, 구성우, 배상진
마케팅	김회란, 박진관		
출판등록	2004. 12. 1(제2012-000051호)		
주소	서울특별시 금천구 가산디지털 1로 168, 우림라이온스밸리 B동 B113~114호, C동 B101호		
홈페이지	www.book.co.kr		
전화번호	(02)2026-5777	팩스	(02)3159-9637
ISBN	979-11-6836-868-2 04810 (종이책)		979-11-6299-113-8 04810 (세트)
	979-11-6836-870-5 05810 (전자책)		

(주)북랩 성공출판의 파트너

북랩 홈페이지와 패밀리 사이트에서 다양한 출판 솔루션을 만나 보세요!

홈페이지 book.co.kr · **블로그** blog.naver.com/essaybook · **출판문의** book@book.co.kr

작가 연락처 문의 ▶ ask.book.co.kr

작가 연락처는 개인정보이므로 북랩에서 알려드릴 수 없습니다.

정 신 안 에 세 이

모든 영혼에게 바치는 위로와 공감의 헌사

저마다의 짐을 지고 굴러가는

수레바퀴

VII

북랩

*

나의 일상

요즘 계속 잠을 잘 수가 없다. 어젯밤에도 11시에 눈을 떴다. 나는 작은 방으로 옮겼다. 불을 켰다. 눈이 부셨다. 바닥에 깔려 있는 책을 뒤적였다. 시, 소설, 수필 중에서 책을 펼쳤다. 1시간가량 책을 읽었다. 내일을 위해서 잠을 자러 침대 방으로 옮겼다. 몇 번 뒤척이다 잠이 들었다. 새벽녘에 다시 잠을 깼다. 아직 4시는 멀었다. 눈을 감고 피로를 달랬다. 시끄러운 영상이 머릿속에서 일어났다. 시집 못 간 딸의 영상이 떠올랐다. 머리를 흔들었다. 딸에 대해 기도했다. 다른 영상을 생각했다. 오늘은 뭘 해 먹을까. 냉장고에 있는 것들을 생각했다.

배추, 청경채, 무, 과일…. 시든 야채, 과일 등이 많았다. 이것들을? 그래, 물김치를 담자. 온갖 채소와 과일 등을 섞어서 물김치를 담으면 좋을 것 같았다. 그런데 어제저녁 갑자기 웬 젊은 여자가 초인종을 누르고 나에게 313호가 리모델링을 하니 양해해 달라며 사인을 요구하는 것이다. 그 집은 부행장 집인데? 그들은 우리와 오래 함께 살았는데? 재건축 이야기가 나오는데…. 리모델링을 한다고? 그러면 부행장 부인이 사인을 받으러 다녀야 하는데? 이상하네. 그 집은 딸도 없는데, 왜? 젊은 여자였을까? 내일 경비에게 물어보자.

그 집은 외제 차를 무척 좋아했다. 313호 부인은 그 외제 차의 관리자였다. 그녀는 차 종류가 많았다. 처음에는 폭스바겐, 혼다 SUV 차였다. 그 후 혼다 SUV와 벤츠, 제네시스 등 내가 모르는 차종으로 바뀌었다. 그녀는 아침마다 아파트 앞 산자락 끝에 그 집의 차를 일렬로 세우고 닦았다. 어느 때는 우리 집 차를 부딪혀서 그녀가 우리 차를 수리해 주었다. 그녀는 오후 4시경에 아파트를 산책하며 1동에서 5동 사이를 걸었다. 발은 빠르고 씩씩하게, 손은 앞뒤로 흔들면서 몸통을 세워서 빠른 걸음으로 움직였다. 그녀는 다른 사람과 다른 모습으로 산책했다. 그녀는 그렇게 날마다 혼자 산책했다.

얼굴를 서로 부딪히며 오고 갔지만 아랫집에 사는 나와 그녀는 인사를 한 적이 없었다. 서로 상대방이 어디에 산다는 것을 짐작할 뿐이었다. 나는 경비한테 그녀의 남편이 부행장이라는 소리를 들었다. 나의 남편이 5년 이상 나이가 더 많을 것이라는 짐작이었다. 은행장을 끝마치고 한 5년 다른 업체에서 비슷한 일을 하는 것으로 보였다. 날마다 운전기사가 와서 그녀의 남편를 태워 갔고 퇴근 시간에 태워 왔다. 그녀는 아들 2명이 있었다. 둘 다 결혼하지 않았다. 짧은 머리에 키 작은 어른으로, 몸이 통통했다. 아래 윗집에서 그들은 20년 세월을 보냈다. 그런데 갑자기 313호가 수리를 한다고 확인서를 받으러 왔던 것이었다. 확인을 받는 자는 젊은 여자였다. 나는 사인을 해 주면서 위층 여자가 아님을 이상하게 생각했다.

313호 남편은 높은 직책으로 은행에 다녔으니 월급이 많았을 것이다. 식구 수대로 외제 차를 몰고 다니니 당연히 경제성으로 풍족했을 것이고. 그런데 이제 그는 퇴직했을 것이다. 조금 있으면 아파트 재건축이 이루어질 것인데, 다시 리모델링을 하고 새롭게 살려는 것일까? 언젠가 베란다 창도 현대식으로 개조했던 기억이 난다. 집 전체를 또다시 리모델링한다고? 뭔가 맞지 않는 것 같은데…. 그리고 웬 젊은 여자가? 이상하네. 요즘 온 동네가 리모델링에 이사 가는 사람, 이사 오는 사람들 때문에 머리가 시끄럽다. 여하튼 313호는 이사 가고 새 주인이 리모델링을 하고 들어올 가능성이 많은 것 같았다.

우리 집은 옛날 아파트라 복도식이다. 세대수가 1,200세대이고 옛날 은행 조합에서 건설했다. 은행원이 조합원이라 거금을 들여 튼튼하게 지었다. 산을 깎아서 지은 아파트 단지였다. 그린벨트를 풀어서 지었기 때문에 말이 많았다. 훗날 아파트를 지은 기업체 사장은 감옥에 들어갔다. 조합원들은 깐깐하고 철저했다. 산을 중심으로 한 허드렛 땅으로, 아파트 땅 지분이 많았다. 나는 가난했기 때문에 이십 년 전 이사 올 때 삼 분의 일 이상을 은행 융자를 얻어서 집을 사서 들어왔다. 나의 월급은 항상 이자로 반을 떼어 갔다. 삶은 항상 궁핍했다.

나는 대학의 시간 강사를 했다. 후배가 소개하는 대학은 무조건 강의했다. 강사료를 받아야 생활을 할 수 있었다. 남편의 공무원 월급은 융자와 비싼 이자를 내야 했다. 나는 야간 수업도 마다하지 않았다. 수업량은 많았다. 일주일 내내 수업했다. 야간 수업은 밤 10시까지 했다. 주말은 독서실에 가서 강의록을 작성했다. 누구에게 오는 전화를 받을 수 없었다. 전화를 받는 시간은 다음 주 강의록을 완성할 수 없는 일이었다. 점심시간도 대충 요기를 해서 허기를 면했다. 아침은 새벽 4시에 일어나서 압력솥에 밥을 하여 식구 수대로 아침, 점심, 저녁을 밥그릇에 담아 식탁에 올려놓았다. 반찬은 밑반찬과 나물, 김칫국이나 콩나물국을 끓여 놓았다.

나는 밥을 푸면서 콩나물 국그릇에 내 밥 한술을 말아서 입에 넣으며 부엌일을 끝내고, 바로 욕실로 갔다. 양치질과 세수를 하고 머리 손질을 했다. 화장을 하고 옷을 입고 챙겨 둔 책가방을 들고 차를 타고 학교에 갔다. 내가 강의하는 학교는 변두리였다. 차가 밀리기 전에 가야 했다. 3월 첫째 주의 첫 강의는 마음이 설레고 기뻤다. 아직 어둠이 가시지 않았다. 경부 고속 도로는 새벽부터 바빴다. 기흥까지 차가 밀렸다. 수원을 지나면 그런대로 차가 잘 빠졌다. 동쪽에서 뿌옇게 해가 올라왔다. 나는 운전대를 잡고 긴장했지만 새 학기 새 학년의 마음으로 기쁘게 출근했다.

학교 교문으로 들어갈 때 학생들은 떼를 지어 학교로 갔다. 나는 조교가 준 출석부를 들고 문과대에서 수업을 했다. 수업이 없을 때는 도서관에 가서 자료를 찾거나 강의록을 점검했다. 노교수들은 자기 측근의 시간 강사에게 배려를 하여 책상과 연구실을 제공했다. 나는 늦깎이 강사라 노교수와 동료 혹은 후배 교수를 피했다. 나는 도서관이 편했다. 나는 시간 강사들의 휴게실과 연구실에서도 멀리 떨어져 있는 곳이 좋았다. 자유롭게 공부하고 좋아하는 책을 오래 볼 수 있어서 좋았다. 수업 시간이 연속적으로 계속되는 때가 많았다.

그런데 문과대에서 농대나 공과대학으로 강의를 갈 때는 바빴다. 산을 하나 넘어가야 하는 경우가 많았다. 교내 스쿨버스를 탈수 있으면 좋겠지만 시간이 맞지 않아서 나의 차가 없을 때는 무조건 달려가야 했다. 젊었으니 달려갈 수 있었다. 지금처럼 나이가 들었으면 상상할 수 없는 일이었다. 문과대 예술계 학생은 출석률이 저조했다. 그들은 학교 규칙이 없이 오고 싶으면 오고 가고 싶으면 가는, 좋게는 자유롭고 나쁘게는 질서가 없는, 결석이 많으면서 학점을 요구하는 학생들이 많았다. 나는 그들을 어떻게 처리할지 고민했다.

나는 공과대학과 법대학생들은 철저한 법칙과 규칙을 너무 잘 지켜서 좋았다. 그러나 수업의 분위기는 수학적이고 드라이했다. 그들은 문학성이 없었다. 책을 읽되 굴곡이 없었고 끝없는 지평선을 끊임없이 걷는 느낌이었다. 그들에게는 아름다운 리듬과 율동이 없었다. 차렷 자세로 시간만 열심히 채우는 학생들이었다. 나는 그들을 보면 가끔 숨이 막혔다. 그래도 그들에게 규칙적이고 반듯하며, 질서가 있는 학생으로서 무한한 사랑이 샘솟았다.

*

일상적 사진을 보면서

근래에 찍은 사진을 보면 집식구들이 모여 앉아서 촛불을 켜고 생일잔치를 하는 사진이 많았다. 그렇지 않으면 뭔가 작당을 하여 형제끼리 모이고 맛있는 거 사 먹는 장면, 아니면 집에서 음식을 만들어 먹는 장면이 대부분이었다. 어머니의 80세 잔치 이후 그 문화가 계속 이어졌던 것이다. 이 문화는 아마 우리네 세대가 마지막일 것이었다. 이번에 우리 형제는 오랜만의 만남을 가졌다. 나의 제부는 시청 직원이다. 그는 매사 꼼꼼하고 경제적이며 수학적인 사람이다. 그 제부가 이번에 퇴직을 했다. 여동생네가 퇴직을 해서 우리는 만날 수 있었다. 여동생은 그의 남편과 서로 다른 의견이 많았다.

요즘 코로나 시대라 정부의 방침을 따라 움직이는 제부는 자기 집과 사무실 외에는 이동하지 않았다. 그는 법과 질서를 존중했다. 그것은 중요하다. 그런데 이번 정권은 코로나를 이용해서 국민을 노예처럼 지배한다는 사실을 나와 여동생은 참을 수 없어 했다. 우리는 수시로 만나고 소통했다. 우리는 2명이니까 정부의 방침에 어긋나지는 않았다. 연말연시에 우리 부부가 동생네 집에 가기로 했는데 제부는 절대 사절이라며, 오지 말라 했다. 우리는 제부의 철학을 깨고 싶지 않았다. 결국 여동생만 우리 집으로 와서 연말연시를 함께 보내고 자기 집으로 갔다.

세월이 흘러갔다. 한 달 후 여동생이 나에게 전화했다. 동생네는 경기도 전원주택에 살았다.

- 언니, 우리 집에 놀러 와.

- 제부가 싫어하잖아.

- 언니, 제부가 올해 퇴직을 해서 일이 끝났어.

- 그래?

- 좋아.

- 남편은 우리가 심은 호두나무를 보러 가재. 그리고 갔다 와서 우리 집에
  서 놀다 가면 될 것 같아.

- 좋아, 좋아.

- 내일 토요일이니까 언니가 우리 집으로 9시까지 와. 그리고 고속 도로에
  서 밥을 사 먹을 수 없으니까 요기를 하고 와.

- 그래, 알았어.

이튿날 서둘러 우리는 차를 몰고 동생네 집으로 갔다. 차는 밀
리지 않았다. 그의 집은 안성이었다. 1시간 10분 정도 걸렸다. 그들
은 이미 기다리고 있었다. 어제 오빠에게 전화했는데 자기도 가겠
다고 함께 기다렸다. 남동생이 운전을 하여 5명이 함께 이동했다.
코로나로 인해 움직이지 못했다가 약간 풀려서 차는 많았다. 호두
나무를 심은 지 4년이 되었다. 제부의 추천으로 심었다. 시아버지
묘소를 만드느라 200평을 샀는데 산소를 쓰고 남은 터 밭에 어느
해 나무를 심게 된 것이었다. 그곳은 산자락이며 밭이라 산짐승 들
이 많아서 고구마, 감자 등을 심으면 짐승들이 모두를 파헤쳐 놓
기 때문에 심을 수 없어서, 손이 가지 않고 나무를 건사하지 못해

도 살 수 있는 묘목으로 호두나무를 심었던 것이다.

　처음에 우리는 면에서 부직포를 샀고 묘목을 샀다. 제부는 밭을 자로 재서 나무 심을 곳을 중심으로 골을 팠다. 2미터 정도의 넓이를 높게 둑을 만들었다. 둑 밑에는 물이 빠지는 골을 팠다. 남편은 꼼꼼히 제부가 시키는 대로 팠다. 나는 깊이 파되 곧지 못하고 구불구불 파였다. 여동생은 대충 팠다. 제부는 흙을 판 곳을 보고 공부 잘하는 사람은 다르다며 왜들 형님같이 못 팠냐고 난리를 쳤다. 골을 판 것은 정말 반듯하지 않았다. 일이 끝나고 다시 둑 같은 곳에 부직포를 길게 펼쳐서 깔았다. 제부는 꼼꼼히 손으로 펼쳤고, 여동생은 둥글게 말아진 부직포를 손으로 펼쳐서 빠르게 둥글렸다. 여동생은 일 년 넘게 농업 연구소에서 아르바이트를 했기 때문에 일이 빨랐다. 비닐하우스 농장에서 온갖 농작물 씨를 뿌리고 캐고 새 농작물을 심는 작업을 했기 때문에 그에 대한 여러 작업을 익혀서 일들을 잘 알고 있었다.

　동생과 제부는 농작법이 달랐다. 제부는 화가 났다. 작업을 그만두었다. 나는 동생에게 제부가 지시하는 대로 하라고 했다. 나는 제부를 거들고 달래서 작업을 다시 했다. 제부대로 부직포를 겹쳐서 나란히 높아진 곳을 감싸고 사이가 벌어지지 않게 핀으로 꽂았다. 그리고 부직포 위 가운데에 일 미터 간격으로 호두나무, 베리 종류의 묘목을 심었다. 그 작업은 하루 종일 걸렸다. 농사의 달인인 친척이 와서 우리에게 너네들 하는 짓이 꼭 밭에 금가루를 뿌리는 것 같다며 핀잔을 주고 갔다. 그 당시 부족하지만 우리는 만족을 하고 그곳을 떠났던 것이다.

세월은 빠르게 흘러갔다. 나무 심은 지 5년 차가 되는 해였다. 그것들이 살아 있을까. 물을 한 번 주기를 했나, 약을 쳤나. 나는 궁금했다. 점심을 먹고 그곳에 도착하니 멀쩡히 모든 나무가 살아 있었다. 나는 신기했다. 부직포 위에는 온갖 잡초가 엉겨서 호두나무를 칭칭 감고 있었다. 우리는 넝쿨 식물을 손으로 뜯어냈다. 부직포 위에 사는 잡초를 손으로 정리했다. 옛날에 심은 자두나무, 밤나무, 대추나무 등의 잔가지를 톱으로 잘라 냈다. 자두가 열리는지 대추가 열리는지 알 수가 없었다. 어머니가 그곳에 사실 때는 가끔 동네 사람들이 모두 따 간다면서 밤을 따서 남겨 주었는데….

제부는 밭 작업을 잘했다. 나무를 자르고 땅을 돋우고 중간중간 땅을 파서 더덕을 심었다. 부직포 위에 있는 나무들을 보살피며 말했다. '형님, 한 5년만 있으면 호두가 열려서 잘 따먹을 수 있을 것 같아요.', '그래요?', '우리 대에 우리가 심은 호두를 먹다니 대단하겠는데요?' 그곳을 정리하고 떠났다. 차가 가는 길은 내가 어렸을 때 외가에 가던 길이었다. 넓은 강변으로 자갈과 물이 섞여서 큰 내가 흐르던 길을 농부들이 개간하여 묘목을 심고 과수를 심어 농토가 되었다. 그 사이에 도로포장을 하여 자동차 길이 생겨났다.

　나와 나이 차이가 많이 나는 동생들은 여기에서 미역을 감았었다. 저곳에 둠벙이 있었는데, 그곳은 새 터전으로 아름다운 농토가 되었다. 제부는 돌아오면서 다음 달 남은 토지에 감나무, 사과나무, 매실 등을 더 심어 보자 했다. 일행은 안성의 동생네 집으로 직행했다. 오자마자 제부는 앞마당 정원을 둘러보고 이곳저곳을 탐사했다. 바닥은 잔디를 심었고 담벼락 주위에는 사과나무, 매실, 포도나무, 자두나무 등 그가 좋아하는 나무를 심어 놓고 그들을 보살피는 것이 그의 취미였다. 그 나무들이 열매를 맺으면 우리 집 손자들에게 열매를 따서 먹게 했다.

*

145년 만의 귀환! 외규장각 도서

　이것을 보다가 네가 생각나서 보냈다. 3월 4일에 보자고 박 실장이 카톡을 보냈다.

- 왕실의 도서를 보관했던 규장각으로 궁궐 밖에 외규장각(강화도)을 설치
  해서 외적이 침입해도 보전할 수 있는 곳이었다. 그런데 병인양요 때 약
  탈당한 얘기 반차도(조선시대 국가 의례에 참여하는 문무백관 및 각종 기물 등
  의 정해진 위치와 행사 장면을 묘사한 기록화) 설명이 잘 되어 있다. 우리가 지
  식인인가 봐. 이 나이에도 관심이 있으니….

- 그게 좋은 거야. 우리가 역사를 좋아하고 역사 속의 예술을 좋아하는 거,
  그것이 우리의 힘인 거지.

박 실장은 프라이팬 위에 다른 프라이팬을 엎어서 음식을 하는
장면을 사진 찍어서 보냈다.

- 너한테 배워서 가재미를 구웠더니 맛있더라.
- 참 잘했어요.
- 맞는 뚜껑이 없었는데 갑자기 생각이 나더라.
- 나는 헌 프라이팬을 버리지 않고 뚜껑으로 다 쓰는 거야.
- 나도 앞으로 버리지 말아야지. 생활의 지혜!

나는 창가에 분홍 꽃, 노랑 꽃, 빨강 꽃이 핀 화분을 사진 찍어
서 박 실장에게 보냈다.

- 네가 사다 준 꽃이야. 예쁘지.

- 소소한 행복이다. 네가 자식 자랑하듯 호두나무 사진 보여 주니까 정감
  있더라. 나이 들어도 같이 공감하면서 지내고 싶더라.
- 쌀뜨물 주면 좋다 해서 주었는데 잎이 반짝반짝한 느낌.
- 전에 나도 쌀뜨물 주었는데 언제부터인지 잊고 있었네. 샘 따라 힘내서
  해야겠다.

며칠 후 동창들은 박 실장네로 방문했다. 한겨울의 마지막 영상으로 145년 만의 귀환 외규장각 도서에 대한 영상을 시청했다. 1759년 영조와 정순왕후의 가례로 왕의 친영 행렬을 묘사한 반차도인데, 불란서에서 보관하는 것을 이번에 특별히 빌려 온 것이었다. 그 책은 병인양요(1866년 흥선대원군의 천주교도 학살, 탄압에 대항하여 프랑스 함대가 강화도에 침범한 사건) 때 프랑스군이 점거한 강화성에서 철수하면서 모든 관아에 불을 지르고 대량의 서적을 가지고 떠났던 것이다. 우리는 그 영상을 보며, 초대 공사였던 콜랭 드 플랑시가 국내에서 수집한 금속 활자본인 '직지'에 관해 알게 되었고 공사와 리심의 사랑 이야기를 했다.

영상 한 편을 봤으니 즐거운 식사 시간이 되었다.

- 오늘은 토란 육개장이야.
- 맛있겠다.
- ㄱ 친구가 농사지은 거야.

- 그거 토란대를 잘라서 끓는 물에 삶아서 껍질을 벗기는 거야. 그리고 벗긴 토란대를 쌀뜨물에 삶는 거야. 그래야 떫은맛이 없어지지.
- 야, 그거 엄청 힘든 거네. 귀한 거고.
- ㄱ 친구야, 고맙다. 이 많은 친구에게 모두 한 덩어리씩을 갖다주다니.
- 이 멸치 맛있게 참 잘했다. 그거 ㄱ 친구 영감님이 한 거야. 야, 참 맛있게 했네. 요리를 잘하시네.
- 우리 시어머니는 누가 옷을 사 오면 사 온 사람이 올 때 그 옷을 입고 멋있다고 자랑해. 또 누가 음식을 가져오면 식사할 때 그가 가져온 음식 자료로 음식을 해서 그 사람이 가져온 것을 모두가 즐기게 음식을 만들어서 기쁘게 해. 그래서 오늘 토란국을 끓였어.
- 그렇구나. 너네 시어머님 지혜로우시구나.
- 이건 고구마 농사지은 것을 에어 프라이팬에 구워 왔어.
- 농사를 잘 지었네. 너 재주가 많아졌네. 이렇게 농사도 잘 짓고.

이제 제2, 제3의 시기가 온 것 같았다. 학교를 퇴직한 친구가 농사를 짓다니…. 이제 몸을 잘 보살펴서 자식들에게 폐가 가지 않게 해야 하는 시기이기도 했다. 친구들은 코로나가 끝나면 너도나도 여행을 가겠다고 했다. 그동안 돈을 아끼느라 가지 못했던 것을 후회하면서 말이다. 그러나 나는 자신을 생각할 때 쉬운 일이 아니었다. 1년 넘게 다리 근육 파열로 고생을 하고 있었다. 불편한 몸은 여기저기 계속 일어날 수밖에 없기 때문에 스스로 자신 있게 해외여행에 대해 의문을 가졌다.

- 친구야, 너네 아침은 뭘 해 먹니?

- 아침에 밥.

- 점심은?

- 국수. 멸치에 다시마 넣고 다시마 국물 내고. 국수 삶아서 찬물에 헹구고, 뜨거운 물에 국수를 따뜻하게 하여 다시 국물을 붓고 먹어.

- 저녁은?

- 저녁은 밥.

- 난 음식 잘 못해. 남편이 해.

- 네가 뒷모둠 할 거 아냐?

- 그렇지.

- 그게 얼마나 힘든 건데.

- 넌? 아침을?

- 난 주스에 샐러드, 빵이나 고구마 등을.

- 점심은?

- 남편과 각자 알아서 하기로.

- 저녁은?

- 밥.

- 그래, 우리는 열심히 잘 살고 있는 거야.

식사 후 우리는 영국 여왕(엘리자베스 2세) 즉위 50주년 기념 음악회를 관람했다. 그중 축배의 노래는 우리를 행복하게 했다.

- 마시고 또 마시자. 넘치는 잔 속에 고운 꽃이 피어나네. 덧없이 가는 시
  간 쾌락으로 맘껏 채워 보세. 사랑의 잔, 흥분 속에서 이 잔을 마셔 보세.
  저 눈이 내 마음 완전히 사로잡네. 마시자 포도주를. 사랑이 뜨거운 입맞
  춤을 즐길 테니⋯.

*

나의 젊음은 사라지고 있었다

오랫동안 살고 있는 아파트 건물이 노후가 되듯이 나의 젊음도
가 버리고 있었다. 집안에서 사용하는 가전제품도 모두 낡아서 작
동이 되지 않았다. 어느 날 전기가 차단되어 불이 들어오지 않았
다. 관리소에서 사람이 와서 전기를 고쳤다. 가스 오븐레인지도 작
동이 어려웠다. 큰마음을 먹고 새 제품을 구입했는데 우리가 사용
하는 모델이 사라졌고 비슷하지만 너무 다른 유형이라 취소했다.
이제 모든 것을 달래면서 사용해야 했다. 가스레인지의 자동 호크
가 고장 나서 성냥이나 라이터를 사용하듯 우리 몸도 불편한 곳을
수선하여 작동하고 살아야 할 때가 되었다. 다리가 아프다가 갑자
기 허리가 아프고, 다시 눈과 귀, 발목이 아팠다.

이 동네 사는, 나이 60세 이상인 사람들은 대부분 이사를 갔다. 남편이 퇴직하면 연금 110만 원과 그동안 저축해 놓은 여분의 돈을 가지고 여생을 보내기는 쉽지 않았다. 자기가 살고 있는 강남 집을 이십몇 억에 팔아 그중 세금 반 이상을 내고, 아니면 10억 정도의 집을 변두리에 사고 나머지 돈으로 여생을 보내는 사람들이 많았다. 그래서 요즘 산책하는 할머니들이 줄어들고 구면인, 보다 새로운 얼굴, 젊은이들이 많아졌다. 이사 온 사람들도 낯설겠지만 오래 살았던 우리도 산책하는 사람들이 낯설었다.

우리는 저녁마다 산 아래 아파트 주변을 남편과 산책했다. 뒷산의 높이가 지면에서 삼사십 미터나 되었다. 건축 업자들이 산을 깎아 평지를 만들고 아파트 단지를 조성했기 때문이다. 뒷산 산책로를 오르려면 가파른 계단을 숨차게 올라야 했다. 산의 경계와 아파트 사이는 밀착되어 자동차 주차하고 1.5미터의 화단이 조성되었다. 비가 오면 깎은 산이 쏟아질까 봐 언덕에 시멘트와 우람한 바위를 올려놓았다. 동네 사람들은 저녁이 되면 화단과 산의 경계 끝으로 산을 따라 산책했다. 나와 남편은 어둠을 벗 삼아 천천히 걸었다.

301동에서 309동까지 한 바퀴를 돌면 30분, 두 바퀴를 돌면 1시간가량 시간이 소요됐다. 산책을 하면 여러 사람들이 보였다. 앞서 가는 사람들은 진덕 여고팀, 창덕 여고팀이었다. 70세 넘은 할머니로 키가 커서 기린 같은 할머니. 키가 작고 얼굴이 동글동글한 눈이 큰 할머니, 말이 많고 시끄러운 눈이 작은 못난 할머니, 경상도 말씨에 키가 크고 머리를 길게 올려 멋을 부린 할머니, 몸이 뚱뚱하고 화가 나서 먼 산을 보고 다니는 할머니, 살랑살랑 몸을 흔들면서 경상도 말씨로 무언가 말이 많은 할머니 등, 부대가 떼를 지어 산책을 했다.

우리는 그 할머니부대 뒤를 따라 천천히 가면 그들은 빠르게 지나갔다가 빠르게 다시 돌아와서 교차했다. 그중에서 나는 같은 복도를 끼고 사는 진명여고 할머니만 인사를 하고 살았다. 그는 209호 살고, 나는 212호였다. 우리 집은 동향이고 209호는 남향이었다. 복도가 꺾여 있는데 계단을 함께 쓰기 때문에 오고 가며 잘 부딪혔다. 12년 전 혼자 사는 209호 할머니네 집에 딸네가 이사 왔다. 외손녀가 강남에 있는 사립 계성초등학교에 입학을 했기 때문이었다. 나는 '사립초등학교 학비가 꽤 비싼데…. 사위가 돈을 잘 버는구나.' 생각했다. 손녀딸 둘에 사위까지. 할머니는 힘들 것 같았다.

몇 년이 지났다. 어느 날 209호 막내 셋째가 태어나던 해에 나의 첫째 손자가 태어났다. 209호 할머니가 212호에게 물었다.

- 아들이요, 딸이요?

- 아들이에요.

- 우리는 또 딸인데. 참 좋겠네요.

- 아이고 순산이면 되는 거지요.

- 그렇기는 한데, 딸만 셋이니 아들 하나가 끼었으면 좋겠다는 거예요.

- 그렇네요.

세월은 흘러갔다. 막내딸은 야물었다. 태권도에, 수영, 못하는 게 없었다. 눈이 반짝반짝했다. 그에 비해 나의 손자는 느렸다. 태권도에 갔다가 한 달 만에 그만두었다. 움직이고 운동하는 게 싫었다. 항상 소파나 침대에 누워서 뒹구는 걸 좋아했다. 나는 손자가 걱정스러웠다. 할머니가 뭔가를 시도하려 하면 반항이 일어났다. 그사이 동생이 생겨나고 여동생은 친구가 되었다. 대여섯 살 때, 그들은 할머니 집에 와서 뒷산에 가고 놀이터에도 갔다. 장난감 로봇을 통해 글자도 익히고 지구본에 있는 나라 이름 맞히기, 끝말잇기, 산수 셈을 하여 더하기 빼기 등도 했다. 세월은 흘러 10년이 지났다. 어느 날 209호 할머니는 딸네 식구들만 남겨 놓고 당신은 강북 쪽으로 이사를 가 버렸다.

내가 212호로 이사 오던 때, 처음 2층 복도 계단을 올라와 북쪽 복도와 마주치는데 첫 집이 210호였다. 그다음 211호, 213호가 나란히 동향으로 이어졌고. 서쪽으로 209호, 208호, 207호 등이 이어졌다. 처음에 떡을 해서 돌렸는데 낯설어서 기억할 수 없었다.

나는 아침 출근을 새벽에 했다. 지방에 강의가 있는 날은 5시 30분부터 출근했다. 이른 새벽부터 불 켜진 집이 없었다. 그런데 210호는 아들이 둘이었다. 큰아들은 항상 밤늦게 와 새벽에 방의 불이 켜졌다. 그 210호 큰아들은 공부를 열심히 했다. 나는 그 집 큰아들이 기특했다. 항상 불을 켜고 주경야독하는 아들의 모습이 사랑스러웠다.

210호 어머니는 여름이면 양파를 자루로 사서 복도에 신문을 깔고 양파를 말렸다. 210호 아저씨는 다리를 한쪽 절었다. 그는 키가 컸고 눈이 작았으며 무표정했다. 내가 동네 사람으로 인사를 하면 피했다. 나는 210호 아저씨를 만나면 불편했다. 인사를 할 수도, 안 할 수도 없었다. 나는 먹을 것이 생기면 210호부터 213호까지 돌렸다. 적당히 낯이 익어 갔다. 가끔 거꾸로 먹을거리가 우리 집에 왔다. 210호 아저씨는 열심히 직장에 다녔다. 무슨 일을 하는지는 몰랐다. 그는 성실했고 다리를 절어서인지 이웃들과 친절하게 웃는 모습이 보이지 않았다. 210호 부부는 등산복을 입고 뒷산을 잘 탔다. 가끔 210호 아줌마는 장구도 쳤다.

세월이 흘러 큰아들은 고등학교를 졸업하고 대학을 졸업했다. 아들의 방은 항상 일찍 불이 켜졌고 밤늦게 불이 꺼졌다. 결국 그는 대기업에 취업했는지 멋진 신사복으로 출퇴근을 했다. 그런데 얼마 있다가 사건이 터졌다. 한동안 그 아들은 보이지 않더니 어느 날 휠체어에 실려서 엘리베이터에서 내렸다. 나는 깜짝 놀랐다. 그들의 부모는 아들을 빠르게 이동했고 모두를 숨기려 애썼다. 아들은 상체는 온전했다. 하체에 문제가 생겼다. 먼발치에서 그 아들을 보면서 나는 가슴이 아팠다. 그렇게 열심히 공부하고 노력하며 살았는데….

세월은 흘러갔다. 그들과 만나는 일을 나는 피했다. 복도를 사이에 두고 210호 현관문이 열리면 나는 열던 현관문을 닫았다. 210호 사람들이 지나가기를 기다렸다. 210호 사람들을 보면 나는 슬퍼졌다. 그렇게 귀한 아들이 어느 날 사고로 다쳤다는 사실이 안타까웠다. 210호 둘째 아들은 허술해 보였다. 뚜렷한 일이 보이지 않았다. 형은 계속 대기업에 다니는 듯했다. 아침에 아버지가 엘리베이터를 열고 기다리면 휠체어를 어머니가 밀어서 넣었다. 아버지는 미리 장애용 SM6 차를 열고 아들을 옮기고 휠체어를 트렁크에 넣어 주면 큰아들은 시동을 걸고 회사로 갔다.

몇 년이라는 시간은 빨랐다. 큰아들은 나이가 많아졌고 회사에도 익숙하게 잘 다녔다. 어느 날 작은 아들에게서 낳은 손자를 210호 아줌마가 등에 업고 복도를 왔다 갔다 했다. 큰아들이 퇴근하고 오면 아줌마는 등에 업고 있는 손자에게 '큰아빠 왔다' 하며 손자를 큰아들에게 보여 주었다. 그 광경을 보면서 나는 가슴이 찡하게 울렸다. 인생이란…? 그렇게 열심히 살았던 큰아들이 다치다

니…. 안타까웠다. 20년의 세월은 빨랐다. 어느 날 큰아들을 위한
다면서 210호는 다른 지역으로 이사를 가 버렸다. 지금은 어느 남
녀 한 쌍이 들어와 살고 있다. 나는 그 집 사람들을 본 적이 없었
다. 현관문 앞에 쿠팡 택배가 쌓였고, 세탁물이 현관문에 걸려 있
을 뿐이었다.

211호는 이십 년 전에 아들 하나가 있고, 은행원이었다. 대학에
들어간 아들이 있었다. 아들은 부모만큼 똑똑해 보이지 않았다.
오고 가면서 나랑 인사만 했다. 211호는 여자가 이재에 밝았다. 조
금 있다가 211호를 전세 놓고 그들은 용산의 주상복합인 새 아파
트로 이사를 갔다. 211호 집을 대대적으로 수리했다. 어느 중소도
시에서 아들 둘을 데리고 엄마가 이사 왔다. 초등생이었다. 간혹
아버지가 그 집에 들렀다. 그런데 부부는 밤새워 싸웠다. 남자가
일방적으로 부인을 때렸다. 부인의 죽는소리가 내 귀를 자극했다.
밤을 새며 투닥거리고 괴로운 소리를 울렸다.

그 남자가 왔다 갔지만 그 집은 평온했다. 남자는 돈을 많이 갖
다주는 듯했다. 없는 게 없이 풍족했고 애들도 풍요로웠다. 나의
생각에 그 남자는 의처증같이 보였다. 부인을 의심하고 두드려 팼
고 정신이 들면 돈을 듬뿍 주는 듯했다. 나는 211호 여자를 이해
할 수 없었다. 여자는 상냥하고 예뻤다. 밤새 맞아 죽을 것처럼 뒤
잡이를 했지만, 남편이 떠나면 그 집은 평화롭게 잘 살았다. 세월

은 지나갔다. 매 맞는 부인과 때리는 남편은 이어졌고 아이들은 자랐다. 큰 애가 중학생이 되었고 몸집도 커서 어른 몸집이 되었다. 인사하는 목소리도 엄청 컸다. 어느 날 그들은 십억 이상의 비싼 새 아파트 집으로 이사 갔다.

다시 211호에 나이 찬 예쁜 딸과 성년이 된 아들, 간호사인 엄마, 퇴직한 아빠, 그런 가족이 집을 사서 주인으로 이사 왔다. 엄마는 야간 일을 하고 아침에 퇴근하는 경우도 있었다. 아빠는 몸이 마르고 까칠해 보였다. 딸애는 직장을 다녔는데 상냥했다. 아들은 없는 듯 조용했다. 아빠는 날마다 컴퓨터에 앉아 주식을 하는지 밤을 새우며 자판을 눌렀다. 저 남자는 주식으로 돈을 번다고 나는 생각했다. 가끔 식빵을 남자 주인이 사 왔다. 나이는 나보다 어려 보였다. 어느 날 그 집 딸이 남자친구를 데려오는 것을 보았다. 세월이 지나갔고 어느 날 그 집 딸이 아기를 안고 왔다.

그사이 딸은 결혼했고, 수시로 유모차에 실린 아기와 딸이 오고 갔다. 그가 211호를 샀을 때 얼마인지 나는 알지 못했다. 그런데 어느 날 그 남자가 나의 남편에게 즐겁게 2억을 남겼다면서 이사를 간다고 말했다. 그가 처음 강남으로 이사를 온 것을 행복해했는데 평생 주식을 한 것보다 더 큰 이익을 몇 년 사이에 벌었으니 즐거웠던 것이다. 그가 떠난 후 문 정권의 적폐 청산으로 부동산 정책이 엉망이 되어 집값은 다락같이 올라 버렸다. 211호에서 이사

간 아저씨는 지금쯤 땅을 치고 후회했으리라고 나는 생각했다. 211호 주인은 누구인지 몰랐다.

다만 지금 새로 이사 온 세입자는 젊은 엄마에 아빠, 어린 딸이었다. 처음 이사 올 때 대대적인 집수리를 해서 나는 집을 예쁘게 고친다며 그 집 구경을 갔다. 거기에 있는 나이 든 어른이 웃으며 반겼는데, 젊은 여자는 벌레 씹은 얼굴로 인상을 찌푸렸다. 나는 '있을 곳이 아니구나' 생각하고 나와 버렸다. 벌레 씹은 인상의 여자가 바로 그 집에 사는 여자였다. 어느 날 줄넘기를 하고 들어오는 어린 딸에게 '아기야, 몇 학년이야?' 하고 내가 물었다. 어미가 얼른 손을 잡고 끌고 가면서 말을 못 하게 막고 집으로 사라졌다. 나는 어이가 없었다.

'저런 망할 것이 있나' 하며 요즘 것들은 이해가 안 갔다. 저런 것들이 우리 딸이며, 손자일 테니 말이다. 복도가 길어서 211호와 212호는 부딪히는 일이 많았다. 우리는 스치면서 냉기가 돌았다. 어느 날 젊은 부부와 우리 부부가 스치면서 211호 남자가 나의 남편을 보고 인사했다.

- 어? 남자는 그래도 어른을 보면 인사를 하네?
- 응, 잘하는 편이야.
- 여자가 문제구만.

- 얼굴은 반반한데 나를 만나면 외면하면서 멀리 도망을 가는 꼴이란 볼썽
사나워. 그래도 따뜻한 사람들이 이사를 오면 좋을 텐데….

코로나로 인해 모든 집이 차단되었다. 복도마다 배달 물건이 쌓여 갔다. 211호는 쿠팡 배달 박스가 쌓였다. 날마다, 아니면 매주 배달되는 음식이 복도에 쌓였다. 211호 북쪽 작은 방은 인형과 여러 가지 사진들이 천장 밑 선반에 진열된 것으로 딸 방이었다. 남쪽 작은 방은 책상 위에 노랑 전등이 밤새워 켜졌다. 나는 복도를 지나면서 커튼 같은 플라스틱 차단기 사이로 보이는 그 집 속을 훔쳐보며 지나갔다. 나는 창문을 통해 자기 모습을 먼저 보여 주면, 창문을 열고 바깥의 자연과 신선한 공기를 맘껏 즐길 수 있다고 생각했다.

우리 집 창문은 수시로 열렸고 지나가는 사람들이 집안을 훤히 보게 했다. 그러나 요즘 아파트 창문이나 현관문은 쇠 철로 꽁꽁 묶어 잠그고 열지 않았다. 얼굴을 서로 알 수 없었다. 210호 사람 얼굴을 본 적 없었다. 211호 사람들도 얼굴이 어떤지 몰랐다. 처음 이사 올 때 기억하는 벌레 씹은 인상만 기억했다. 세상이 소통되지 않듯이 모두가 철벽을 치고 사는 느낌이었다.

처음 이사 올 때 213호에는 60대 할머니가 살고 있었다. 우리가 이제 막 50세가 되었고, 힘이 있어서 늙음에 대해 생각하지 못했

다. 처음 내가 이사 왔을 때 213호 할머니는 우리 집 문을 두드렸고, 미안하지만 자기 집에 환자가 있으니 조용히 해 달라고 부탁했다. 우리 집 아이들은 떠들 일이 없었다. 애들이 모두 대학생이었고 모두 직장 다니느라 바빴다. 새벽에 떠나서 저녁 10시경에 집에 왔다. 각자 바빴다. 애들은 노느라고 바빴다. 휴일에 가끔 213호 집에서 피아노 소리가 났다. 거기에는 할머니만 보였다. 해가 바뀌는지 어쩌는지도 모르고 세월은 달려갔다.

한 해가 지나갔고 어느 날 213호 할머니는 자기가 외국에 갔다 올 거라면서 자기 집 대문에 쌓이는 신문을 치워 달라고 부탁했다. 할머니는 곱고 점잖으며 품격이 있었다. 몇 개월 후 외국에서 돌아온 할머니는 우리 집에 고맙다며 초콜릿을 사다 주었다. 가끔 할머니네 집 앞에 키가 작은 못난이 할머니가 서성댔다. 아마 그 할머니의 친구였던 것 같다. 키 작은 못난이 할머니는 수시로 자주 213호에 놀러 왔다. 아마도 그때 213호에서는 아팠던 할아버지가 일 년 새 돌아가셨던 것으로 기억했다. 이 아파트에 이사 와서는 이웃집에서 결혼을 하거나 상을 당해도 아무도 몰랐다.

시골 같으면 음식을 나누어 먹든지 아니면 손님이 와서 왁자지껄하게 시끄러워 저 집이 무슨 일이 났음을 알리는데, 모든 것이 병원 아니면 예식장에서 행사가 끝나 버리니 아파트에서는 알 수가 없었다. 그렇게 세월은 다시 2~3년이 지났다. 213호 할머니는 자주

택시를 불러서 여행 가방을 싣고 외국의 아들, 딸네로 여행을 갔다 왔다. 못난이 친구 할머니는 수시로 친구가 왔나 확인하고 갔다. 어느 여름날 딸과 손자들이 미국에서 놀러 왔다. 할머니는 손자들이 원하는 것을 모두 해 주려 했고 딸은 그렇게 하면 버릇된다고 해 주지 말라고 할머니와 옥신각신했다.

다시 세월은 흘러갔다. 어느 날 할머니가 보이지 않아 이상했다. 곧 큰딸이 나타났고 아들이 나타났다. 나는 딸에게 할머니가 어디 가셨냐고 물었다. 딸은 할머니가 위병이 생겨 병원에 입원했다고 했다. 나는 할머니를 위해서 먹을 것을 챙겨 주었다. 얼마 후 두 남매는 우리 집으로 연어 한 마리를 선물했다. 그리고 할머니가 위암으로 이번에 돌아가셨음을 알리면서, 그동안 고마웠다고. 그들은 동해안 여행을 하고 돌아온 것이었다. 조금 있다가 그들은 집을 빨리 싸게, 처분하고 둘이 미국으로 떠나갔다.

나는 뭐라 말할 수 없으면서 허탈했다. 그 할머니는 60세 중반도 안 되었던 것이다. 그런데 아들, 딸들은 미국에 살았고 부모가 돌아가시니까 바로 집을 팔아 둘이 분배해서 미국으로 가 버린 것이었다. 인간의 존재가 허탈했다. 자식들과의 끈끈함이 없이 오로지 재산 분배가 그들의 목표처럼 보여졌고, 그것은 슬픔으로 남았다. 그 후 어느 날, 나이 든 남자가 와서 집을 수리했다. 한 달 내내 그 집을 수리했다. 그곳에 새로 이사 온 사람은 젊은 신혼부부였다.

둘은 법원에 다니는 직원이었다. 둘이 상냥해서 인사를 잘했다. 그리고 어느 날 신혼부부의 아들이 태어났다. 할머니가 아기를 돌보고, 부부는 출퇴근을 했다. 일 년 후 딸아이가 또 태어났다.

어쩌다가 그 집을 방문하게 되었다. 그런데 아기를 보는 할머니는 친정어머니였다. 그 친정어머니가 아기 둘을 건사했다. 문제는 그 할머니에게 다리 한쪽이 불구였다는 것이다. 제대로 온전히 설 수 없었다. 그는 대단한 할머니였다. 휴일에 그는 절룩거리는 다리로 파마를 하고, 몸을 정갈하게 했다. 겨울이 되어 연년생인 아기들은 감기로 기침을 달고 살았다. 시댁에서도 가끔씩 아기를 돌보러 왔다. 사는 게 쉽지 않았을 것이었다. 아기들이 아장아장 걸어 유아원으로 출근할 때쯤 그들은 이사를 갔다.

다시 집주인인 정 교수네가 213호로 이사 왔다. 그들은 미국에서 왔다. 그들이 처음부터 213호를 사 두었다가 막내딸을 데리고 이사 왔다. 첫째와 둘째 딸들은 미국에서 유학을 하고 있었다. 정 교수 부부가 우리 집에 소란을 끼쳐 미안하다며 인사를 왔는데 정중하고 예의 바르게 인사를 해서 우리 부부는 놀라웠다. 요즘 사람들 중, 특히 무례한 젊은 사람들이 너무 많아, 젊은 사람들을 우리는 무서워했다. 다행히 213호는 우리에게 마음을 편하게 해 주어 좋았다. 213호는 우리와 복도에서 잘 마주쳤다. 그들은 서로 반갑게 인사했다. 어느 날 정 교수는 우리 부부를 동네 세꼬시집으로 초대했다.

우리 부부는 동네에 그런 식당이 있는 줄 몰랐다. 처음 이 동네로 이사 왔을 때 그 식당은 무대가 설치된 맥줏집이었다. 그곳에서 운동을 끝내고 회원끼리 맥주를 마셨던 곳이었다. 오래전 이야기였다. 그곳은 수시로 변화했고 우리는 그곳을 가지 않았다. 213호의 초대로 세꼬시를 먹었고, 주인이 친절해서 좋았다. 부식으로 여러 가지 음식이 많아서 더 좋았다. 그 후 우리는 시간이 나면 그곳에서 정 교수네랑 식사를 했다. 정 교수네 어린 막내딸은 이제 대학생이 되었다. 그만큼 세월이 흘렀다. 언젠가 정 교수님은 자기가 퇴직하고 이곳에 살 수 있을까를 고민했다.

이제 정 교수님은 퇴직이 얼마 남지 않았다. 그 후 어느 날 그의 부인은 살고 있는 집을 담보로 5억을 받아서 친구들과 김포에 약국을 차렸다. 약사님은 바빴다. 이른 아침에 출근해서 저녁 늦게 퇴근했다. 나는 그 약사님이 애처로웠다. 나이도 이제 많아졌는데 돈을 다시 번다는 것은 쉽지 않을 것이었다. 정 교수와 약사님의 부부 금슬은 아주 좋았다. 그들은 자주 뒷산에 올랐다. 부인은 강아지 키로를 데리고 남편이 출근하면 뒷산에 갔다. 요즘은 약국 때문에 갈 수 없지만. 전에는 항상 중국어를 배우러 다녔고, 요가를 하러 다녔다.

207호 아저씨는 우리보다 젊다. 이십 년 전부터 그 아저씨는 먼저 살고 있었다. 처음 그 아저씨를 만난 것은 동네 골프 연습장이었다. 보면 서로 인사하는 사이였다. 그 아저씨는 부지런했다. 새벽부터 담 밑에서 담배 피우는 것이 그의 취미였다. 어느 때는 복도 창이 꺾이는 곳에서 창문을 열고 담배를 피웠다. 그는 한결같이 이십여 년을 그렇게 살았다. 만나면 반갑게 인사하고 담배에 열중했다. 오랜 세월 동안 나는 그 아저씨 부인을 본 적이 없다. 그러나 207호 복도 현관 앞을 지나가며 창틀 너머를 보면 항상 집안 정렬이 잘되어 있었다.

여름에 열린 현관에는 부인의 신이 있었다. 그 집의 아이들도 한 번 본 적이 없었다. 가끔 207호 아저씨는 폐지용을 실은 작은 용달을 끌었다. 들은 바에 의하면 그 아저씨가 은행을 퇴직하고 은행에서 나오는 폐지를 수거해서 폐지용 사업을 한다고 들었다. 나는 자주 부딪히는 207호 아저씨가 정겹다. 보면 서로 인사를 하고 있지만 인상이 온화하고 마음이 따뜻하니 서로가 편안해서 좋았다. 그런데 어느 날부터 아저씨가 보이지 않았다. 몇 개월이 지났다. 나는 경비원에게 207호 아저씨가 안 보인다면서 혹시 이사를 갔는지 물었다. 경비는 아니라 했다.

그런데 나는 그 아저씨가 담배 피우는 것을 보지 못했다. 어쩌다 그 아저씨를 먼발치에서 보고 나는 깜짝 놀랐다. 살이 빠져서 뼈만 남아 있었던 것이다. 몸에 이상이 있어 보였다. 우리 남편은 그가 담배를 좋아하니 폐에 문제가 있을 것 같다고 말했다. 몇 개월 후 그는 결국 이사를 갔다. 복도에서 만났는데 시골로 이사 간다고 했다. 아무래도 요양차 세를 두고 가는 모양이었다. 나는 그 아저씨에게 건강하게 다시 2년 후에 오시라고 말했다.

*

전면 광고

아침에 온 신문에 전면 광고가 보였다. 전면 광고는 몇억이 드는 광고인데 누가 이런 광고를 냈을까 하고 나는 생각했다.

<김종인 오세훈 안철수 님에게 고합니다>

- 지금 이 나라 대한민국이 어떻게 되고 있습니까?
- 대한민국이 이루어진 이 나라를 고작 4년 문재인 정권이 말로만 공정을 외치면서 촛불이란 미명으로 그들은 자식들을 편법으로 호강을 시키고 자신들은 일반 국민들이 가지지 못하는 특권으로 재산을 불리고 하면 될 수 있다는 국민들의 희망을 무참히 짓밟고 있는 대한민국의 현재입니다.
- 김종인 님, 오세훈 님, 안철수 님 당신들도 이 정권에서는 대한민국의 미

래가 없다고 이야기한 장본인들입니다.

- 김종인 님, 왜 국민의 힘이 더 이상 지지를 못 받고 있는지 아직도 모릅니까? 국민의 힘의 환골탈태와 그 당을 지지하지 않는 중도의 국민을 끌어안지 못하면 영원히 사라질 당이 된다는 걸 모르고 상대 후보에게 막말을 던지고 있습니까?

- 오세훈 님, LH 사건으로 지지율이 오르니 당신이 내팽개치고 간, 엉망으로 망가진 서울이 된 것에 눈이 멀었습니까?

- 안철수 님, 성추행으로 간 박원순에게 서울을 넘겨준 서울이 이렇게 되었다는 것을 알지 못합니까?

- 국민을 위해 살고 국민을 모시고 살아야 할 당신들입니다. 이번 단일화는 내년의 정권 교체가 보이는 중요한 일입니다.

- 당신들에게 호소합니다. 모두가 희생해서 국민들을 살려 주십시오. 부탁합니다.

- 대한민국에서 행복하게 살고 싶은 국민이…. -

나라에 대한 걱정으로 한 시민이 전면 광고를 신문에 냈던 것이다. 그 광고를 보고 나도 박수를 쳤다. 그래, 맞아. 그래야지. 이루어질 수 없는 야권 통합을 국민은 호소했다. 여권은 야권의 통합이 이루지 못하도록 별별 수단을 앞세울 것이다. 처음에 여권 측인 리얼미터 여론 조사가 오세훈의 지지율이 박영선보다도 높다고 띄웠다. 그것은 안철수와 오세훈이 야당의 대표 주자로 2명이 함께 나오도록 묘수를 쓰려 했고, 그러면 박영선이 서울시장으로 당선될 것이라는 속셈이었다. 그래서 한 시민의 걱정스런 광고문을 신문에 올렸던 것이다.

그 후 다행히 야권은 단일화가 되었고 여러 가지 방법을 이용하여 득표수가 많은 오세훈이 안철수를 앞질러서 야권대표자로 서울시장 출마를 하게 되었다. 그러나 여당의 오세훈 죽이기와 수 개표가 아닌 기계 개표가 2020년, 3월 15일 부정 선거 조작설처럼 일어난다면 선거는 하나마나 하는 일이라는 것이다. 나는 과연 이번 보궐 선거인, 서울시장 선출이 제대로 잘 뽑힐 수 있을까 하는 의구심이 일어났다.

죽이 되든 밥이 되든 정치자들의 일이니 나는 머리를 흔들며, 동창들이 만나자는 경복궁 5번 출구로 향했다.

나는 3호선 전철을 탔다. 눈길에서 다친 나의 다리는 통증이 오래갔다. 다리를 계속 절면서 걸었다. 그리고 약속 장소인 경복궁 5번 출구를 찾았다. 오랜만이라 주변이 많이 변했다. 전철역에 내려서 에스컬레이터를 찾았다. 보이지 않았다. 엘리베이터를 찾아 들어갔다. 문이 느리게 닫혔다. 이층으로 올라갔다. 화장실을 찾았다. 거리가 멀었다. 가던 길을 뒤로 돌아서 200미터를 걸어 화장실을 찾아야 했다. 소변을 보고 5번 출구로 걸어갔다. 거리가 길었다. 10시가 임박해서 서둘렀다. 길게 이어지는 국립고궁박물관 입구에 여고 동창이 모여 있었다. 코로나로 인해 4명 이상은 만날 수 없어서 ㅂ, ㅅ, ㅈ, ㅇ 네 명이 만나기로 했다. ㅅ은 아직 오지 않았다. 오는 순대로 열 체크와 QR 코드 체크를 했다.

들어가면서 친구들과 눈인사를 하고 상설 전시실을 구경했다. 일월오봉도는 국왕의 덕을 상징하는 산봉우리, 해, 달, 물, 소나무를 그린 병풍이다. 그 병풍은 국왕이 자리한 곳 어디에나 펼쳐 왕권을 나타내고 왕실의 번영을 기원했다.

그다음 진열품으로 임금 의자, 영조가 정조에게 하사한 은 도장, 헌종비 효현왕후 왕비 책봉 옥책, 왕실의 족보인 선원록, 제왕의 기록인 국조보감, 영조의 초상화인 영조어진, 궁궐에 관한 기록물인 궁궐지. 경복궁을 1/200 축척으로 그린 평면 배치도, 잡상으로 기와지붕의 추녀마루에 올린 작은 장식 기와로, 궁궐에 재앙이 미치는 것을 막아 달라는 바람을 담고 있다. 손오공, 저팔계를 형상화했다.

2층으로 올라갔다. 영친왕비 적의는 최고 신분의 여성 적의로 부부해로와 애정을 상징했다. 영친왕 곤룡포는 1444년부터 대한제국기까지 왕이 평상시 집무할 때 입었던 의복이다. 붉은색으로 화려하고 아름답다. 붉은 칠 자개 이층 농으로 십장생을 화려하게 장식한 농이다. 1층에 순종황제 어차, 순정효황후 어차는 마차와 비슷한 형태로 초기 자동차 모델의 특징을 잘 보여 준다. 모란도 병풍을 영상으로 아름답게 보여 주었다. 영상을 보면서 잠시 쉬었다가 친구들과 '메밀꽃 필 무렵' 식당으로 갔다.

금강산도 식후경이라고 우리는 즐거운 메밀전을 막걸리 한잔과 함께 즐겼다. 먹는 게 남듯이 마냥 즐거웠다. 다시 메밀칼국수가 나왔다. 구수하고 담백했다. 친구들이 모일 수 있는 것은 건강하기 때문이었다. 식당을 나오는데 화단에 매화가 피었다. 이거 조화 아닌가 하고 손으로 꽃을 확인했다. 3월의 날씨는 매서운데 분명 매화가 피었다. 우리는 청와대 쪽 길을 따라 올라갔다. 청와대 사랑채 쪽에 있는 커피집을 찾아갔다. 그곳은 조용했다. 커피를 마시며 각자의 자신의 힘든 삶을 말했다. 대부분 나이가 가득 찬 아들과 딸이 결혼을 못 해서 힘들어했다.

우리가 어찌할 수 없는 일이었다. 하나도 결혼을 못 시킨 친구는 밤마다 잠을 설친다고 힘들어했다. 사실 하나나 둘이나 모두 잠 못 자는 것은 같았다. 휴식 후 칠궁으로 갔다. 그곳은 왕의 어머니가 된 일곱 후궁의 신주를 모신 곳이었다. 말하자면 왕실 사당이었다. 청와대 바로 옆 담과 붙어 있었다. 이곳은 세계 문화유산으로 조선시대 왕실에서 사당을 어떻게 짓고 운영했는지 알 수 있게 해 주는 귀중한 문화유산이라 했다. 그곳을 지나 청와대 산책길을 따

라 경복궁으로 들어갔다. 경복궁 사잇길을 지나 학고재 갤러리로
갔다.

　이번 전시회는 여성 독립운동가 14인의 대형 채색 초상화와 설치
작 〈붉은방〉이 전시되었다. 김이경 님이 기록과 문헌을 바탕으로
독립 투쟁을 각색하고 소개했다. 그것을 바탕으로 80세가 넘은 윤
석남 님이 그들의 초상화를 제작했다. 그들의 정신은 모두가 훌륭
했다. 윤석남 님은 앞으로 100인의 여성 독립운동가의 초상화를
완성하겠다는 계획을 가지겠다고 하셨다. 대한민국 여성들의 혼이
우리 후손에게 길이길이 빛나기를 친구들은 바랐다.

　우리는 경복궁에서 마을버스를 탔다. 조선일보사 빌딩 앞에서
내렸다. 조선일보 미술관에서 한국 현대미술 거장전을 관람하기로
했다. 거장 5인 김환기, 박래현, 김창열, 이우환, 유영국의 회화, 드
로잉, 판화, 등 현대미술의 근간을 재조명하고자 했다.

　대한 성공회 근처에서 내렸다. 골목길을 따라 성공회 건물 입구
로 걸어갔다. 거기서 이바구를 하며 쉬다가 저녁 준비를 위해서 우
리들은 버스와 전철을 타고 헤어졌다. 그렇게 오늘의 만남의 시간
이 즐거운 추억 한 페이지를 그렸다는 생각이다.

*

자식과의 문제는 인생에서 어떤 공부일까

나는 가끔 자식과의 문제가 일어난다. 별문제는 아닌데 문제가
되는. 이번 주말에 시골 동생네 집에서 놀다 왔다. 그때 큰딸네도
함께 놀다 잠자고 왔다. 시골에서 나는 핸드폰을 제부에게 주며
와이파이 번호를 알려 달라 했다. 제부가 와이파이를 자기네 집 번
호로 옮겨 주었다. 그 후 서울로 와서 산책을 하며 네이버 날씨를
확인하고 싶었다. 그런데 네이버 인터넷이 뜨지 않았다. 계속 재시
도를 했다. 먹통이었다. 남편에게,

- 어? 왜 내 핸드폰이 먹통이지? 네이버가 안 뜨네?
- (남편이 자기 핸드폰을 켰다.) 네이버와 동영상이 잘 뜨는데?
- 여기 이곳에 문제가 있나? (자리를 옮겼다. 여전히 먹통이었다.)
- 안 되겠다. 진(큰애)에게 전화해 봐.
- 전화를 했는데 안 받네. 용(사위)에게 해 볼게.
- 나인데, 이상하게 내 핸드폰이 먹통이야. 와이파이를 이모네 집에서 했는
  데 여기서 안 되네.
- 그럼요, 핸드폰에서 와이파이를 꾹 누르고 3초간 있다가 해 보세요.
- (남편이 내 핸드폰으로 와이파이를 꾹 눌렀지만 먹통이었다) 안 되겠다. 진네 집
  으로 빨리 가자.

- (진에게 전화가 다시 왔다). 엄마.

- 응, 그러잖아도 너네 집 가려고.

- 엄마, 오지 마. 여기를 왜 와.

나는 갑자기 황당했다. 오지 말라니! 이게 무슨 소리야?

- 다시 해 봐요.

- 안 돼. 아빠가 무조건 너에게 가라는 거야.

- (성질을 내면서) 그럼 와 봐요.

이게 성질을 낼 일인가 하는 마음이 나에게 일어났다. 진네 집으로 어쩔 수 없이 가면서 뭔가 이건 아닌데? 딸의 태도가 적절하지 않구나, 생각하면서 마음속이 복잡해졌다. 나는 다음부터 차라리 핸드폰 AS 수리점으로 가야겠다고 생각했다. 오늘은 휴일이라 할 수 없지만. 진네 집 현관문을 두드렸다. 딸이 나왔다. 현관에 서서 핸드폰을 켜고 와이파이를 누르고 다시 설정에 들어가서 기계 작동을 했다. 그런데 잘되지 않았다. 손자 웅을 불렀다. 웅이 핸드폰 조작을 했다. 그리고 다시 딸이 조작을 하니 핸드폰 인터넷이 떴다. 그리고 핸드폰을 받고 현관문을 나왔다.

나는 안도의 숨을 쉬면서 로비에 기다리는 남편과 산책을 끝내고 집으로 왔다.

- 엄마 핸드폰 작동이 잘 돼요?

- 응, 잘 돼.

- 고마워.

나는 딸이 자기 집에 오지 말라고 했던 상황이 계속 마음에 걸려 있었다. 왜? 오지 말라고 했을까? 진네 식구 모두 다 이모네 집 갔다가 다시 진이 혼자 테니스 치고 놀다 와서 집안이 엉망이라? 아니면 엄마한테 남편과 애들을 휴일에 집에 놔두고 혼자 테니스 치고 오는 것에 대해 혼날까 봐? 여하튼 진은 내가 감시자로 느껴져서, 자신이 엄마에 대한 피해자였기 때문일까? 우리 각자는 자기만의 에고를 가졌고 그 에고 속에서 생각했을 것이다. 이튿날에도 나는 진에 대한 생각을 했다. 어미와 딸에 대한 좋은 관계는 어떤 관계인가를. 내가 젊었다면 딸에게 너 그럴 수가 있냐? 내가 너에게 밥을 달라냐? 하며 어떻게 어미에게 오지 말라는 말을 할 수 있는가를 따져 물었을 것이다.

그런데 그런 행동은 꼭 시어머니의 행태와 똑같았다. 그 모습도 나에게 좋은 모습이 아니었다. 그래, 나이 들어서는 무조건 참고 거리를 두고 사는 것이 좋을 듯했다. 내가 소유한 것도 자식에게 줄 필요 없었다. 많이 주고 소홀히 대접받으면 더 서러워질 것이기 때문이었다. 자식과 서로의 관계는 멀수록 좋을지도 몰랐다. 이럴 때, 나는 머리를 흔들고 좋은 생산적인 일로 머리를 바꾸는 것이 좋다며 부엌으로 갔다. 동생네 집에서 가져온 생쑥을 씻었다. 몇 번 씻어서 소금물에 데쳤다. 쑥은 봄 향기가 가득했다. 먼저 유튜브를 통해 쑥떡 만들기를 여러 편 봤다.

쑥떡은 찹쌀로 만드는 것이 많았다. 나는 베란다 창고로 갔다. 창고에 있는 여러 가지 비닐 봉투를 확인했다. 그중 필요한 것을 들고 부엌으로 왔다. 찹쌀가루 2컵, 멥쌀 1컵, 보리가루 2컵, 감자가루 몇 술, 녹두가루 3~4술, 호두, 슬라이스 아몬드 한 줌, 대추차 한술, 쑥가루 1컵 등을 그릇에 섞었다. 다시 삶은 데친 쑥을 씻어서 칼로 잘게 썰어 믹서에 물 조금 넣고 돌렸다. 파란 쑥이 죽이 되었다. 그것을 섞어 둔 종합 가루에 소금, 설탕 조금씩 넣어 버무려서 주먹으로 뭉쳤다. 그것은 파란 반죽이 되었다. 거기에 반죽이 서로 붙지 않도록 올리브유를 조금 넣어 호두과자처럼 동그랗게 빚었다.

빚은 쑥 호두 같은 떡을, 압력솥에 물 넣고 삼발이를 올리고 베 보자기를 깔아 그 위에 넣고 30분 동안 쪘다. 어떤 모양과 어떤 맛이 날 것인지 기대가 컸다. 솥을 열었다. 다행히 쑥떡이 뭉친 대로 살아 있었다. 찹쌀로 만든 쑥떡은 대개 한 덩어리로 뭉쳐졌고 다시 칼로 모양을 잡았다. 그런데 이것은 모양대로 살아서 한 덩어리가 아니었다. 나는 하나를 입에 물어 씹었다. 그냥 적당히 먹을 만했다. 호두나 아몬드가 씹히니 구수했다. 나는 내가 만든 쑥떡을 식혀서 냉동실에 넣었다. 친구들과 함께 먹든지 아니면 야외로 갈 때 기내식 식사로 괜찮은 음식이 될 터였다. 한참 동안 쑥떡을 만드는 데 집중하느라 내적에 쌓인 자식과의 관계에 대한 불만은 이미 사라졌다.

며칠 전 주말에 우리는 동생네 부부와 시골 시아버님 산소 자리로 나무를 심으러 가기로 했다. 재작년 갑자기 아버님 산소 자리를 옮기라는 군청의 지시를 받아(못자리가 동네에서 너무 가깝다고 누군가 신고를 했다) 우리는 어쩔 수 없이 아버님을 납골당으로 옮겼다. 사실 못 하겠다고 버팅길 수 있었다. 동네 사람이 산자락 밑에 집을 지어서 이사했기 때문이다. 묘소는 20년도 넘은 터였다. 남편은 좋은 것이 좋다며 아버님을 이전시켰다. 200평 남짓 외할아버지 돌아가시기 전 돈을 조금 주고받은 땅이었다.

묘소가 없어졌으니 터가 꽤 커 보였다. 15년 전에 산자락 북쪽 끝에 주목 나무를 심은 묘목은 숲을 이루었고, 산소 둘레에 키 작은 나무와 멀리 대추나무, 밤나무; 자두나무 등은 어른 나무가 되어 열매가 꽤 많이 열린다. 그러나 동네 사람들이 대부분 따 가서 친정어머니가 애를 태웠다. 당신은 거동을 잘 못하니 어쩔 수 없어서 아무나 따먹으면 됐다고 나는 말했다. 처음에 외갓집 친척이 그곳 땅에 땅을 부쳐 먹었는데 그 노인들도 모두 저세상 사람이 되었다. 그 후 5년 전에 제부가 호두나무를 심어 두자 해서 호두나무 3

그루, 베리 종류 몇 그루를 밭을 일구고 농업용 천을 깔고 심었다.

한 달 전에 갔을 때 나의 남편은 깜짝 놀랐다. 그것들이 살아 있음에. 물 한 모금을 주지 않았는데 덤불 속에서 온몸을 칭칭 감긴 넝쿨식물과 함께 5년을 살았던 것이다. 그때 우리는 그 덤불을 모두 제거하고 밭을 정리했다. 이번 봄날의 휴일에 심을 나무를 사들고 밭으로 왔다. 톱과 삽, 가위, 장갑 등을 동생네가 챙겼다. 산소 자리는 공간이 넓었다. 드문드문 제부가 구덩이를 팠다. 우리는 덤불 가시나무를 자르고 캤다. 땀을 흘리며 밭을 정리했다. 남자들은 구덩이를 깊게 파서 나무를 심었다. 자두나무에 꽃이 활짝 펴서 가지에 옹기종기 붙어 있었다.

아카시아 나무뿌리가 밭을 점령했고 우리는 그 나무를 자르고 호미로 뿌리를 깨며 시간을 보냈다. 두어 시간이 흘러갔다. 묘목장에서 사 온 묘목을 심었다. 부사나무 2그루, 단감나무 1그루, 매실나무 1그루. 묘목은 작고 부실했다. 처음에는 호두나무도 그랬다. 호두나무는 5년 후 작은 나무들이 주먹으로 쥘 정도의 나무 크기와 우리 키를 훨 넘는 키 큰 나무가 되었다. 제부는 2~3년이 지나면 과일을 따먹을 거라 했다. 나의 남편은 즐거운 표정으로 손자들의 농원으로 하겠다 했다. 서서히 날씨가 흐려졌다. 비가 한두 방울씩 떨어졌다.

- 비가 오네. 서둘러야겠다.

- 이제 다 끝나 가요.

- 마지막 저것도 버리고 이것도 버리자.

- 그러잖아도 묘목하고 줄 물을 안 가져와서 걱정했는데….

- 이미 날씨를 봤어. 오늘 비가 올 것을 예상했어.

- 역시 제부는 달라. 훌륭해.

- 야, 농기구 챙기고 빨리 차로 가자.

- 비가 마구 오네. 뛰자.

우리는 뛰어서 차로 들어갔다. 대충 정리했다. 제부가 운전을 하고 밭길 사이를 따라갔다. 나와 동생이 말했다.

- 여기가 옛날에 강변이었어. 자갈밭에 물이 흘렀지. 저기 도로와 여기 산 밑이 강변이었는데 이것을 모두 개간해서 밭을 만들었으니 땅이 얼마나 많은 거야.

- 여기는 물구덩이인 둠벙이 있어서 여기서 어렸을 때 목욕과 수영을 하고 놀았어.

- 홍수가 나면 외할머니네 동네 사람들은 오고 가지를 못했어.

- 야, 여기 사과나무 좀 봐. 참 잘됐어.

- 여기는 논이었는데, 모두 밭으로 만들었네.

- 이 지역은 지금 묘목 단지로 유명해. 언니. 전국 묘목 단지 중 가장 인기 있는 곳이야.

- 그렇구나.
- 언니, 우리 옥천 풍미당에서 점심 먹자.
- 그래.

비는 계속 왔다. 우리는 옥천읍에 있는 풍미당으로 달렸다. 점심 시간이 한참 지났다. 가게 앞에 사람이 줄을 지어 섰다.

- 어? 아직 사람이 많은가 봐.
- 국수니까 빨리빨리 빠질 거야.
- 문 씨(제부)는 기다리는 것을 싫어해. 참을 수 없어 한다고.
- 아마 지금 줄 서는 것을 보면 딴 곳으로 가려고 할 거야. 우리가 미리 내려서 줄을 서고 있는 것은 모를걸.
- 번호가 빠르게 빠지네.

주인이 와서 우리에게 자리 배정을 해줬다. 모두가 마스크를 했고 식탁 사이에 간이형 유리판이 설치되었다.

- 국수 4인분에 김밥 1인분이요.

노랑 쫄면에 짬뽕 국물 같은 맑은 장국이 담겨서 식탁으로 전달되었다. 김밥, 단무지, 김치가 식탁에 놓였다. 배가 고파서 국수가 달았다. 나는 얼른 계산을 했다. 곧 줄 선 사람들과 자리를 교체했다. 가격이 7,000원이었다. 시골에서 아주 싼 가격은 아니었다. 서울 한복판에도 국수말이는 5,000원 정도 했다. 비는 부슬부슬 계속 오고 있었다. 제부는 주차장에서 차를 몰고 왔다. 우리는 차를 타고 고속 도로로 향했다. 동생은 삽교천 수산 시장 쪽에 가서 주꾸미를 사다가 저녁을 먹겠다 했다.

옥천 톨게이트에서 천안 쪽으로 가다가 당진 쪽으로 가야 했다. 그런데 차가 밀렸다. 제부는 힘이 들어 했다. 점심을 먹어서 졸음도 왔다. 우선 휴게소에서 잠시 쉬다 가기로 했다. 휴게소에서 휴식하며 잠을 잤다. 15분이 지난 후 차를 몰면서 휴대폰으로 삽교천 수산 시장 이정표를 티 맵으로 찾아 달라고 동생에게 말했다.

- 대충 그냥 가요.
- 티 맵을 찾아 달라니까.
- 그걸 뭘 찾아. 그냥 가면 되지.
- 찾아서 나에게 달라고.
- 나 같으면 찾을 것도 없이 가겠네.

둘의 부부가 투덕거렸다. 이쪽으로 가라느니, 그 길은 밀린다느니. 왜 복잡한 길로 가느냐고 여동생은 제부에게 시비를 걸었다. 나는 여동생을 이해할 수 없었다. 제부가 이 길로 가든지 저 길로 가든지 운전자가 가고 싶은 길로 가게 하면 되는데, 타박을 하고 있었다. 차가 서서히 고속 도로를 메웠다. 시간이 지체되었다. 내 남편이 말했다.

- 지금 삽교천에 가면 5시가 되고 거기서 시장을 보고 안성으로 가면 7시가 넘는다. 그때 서울에서 오는 진네랑 함께 저녁 식사 하는 것이 늦지 않겠냐.
- 그렇네요. 이렇게 차가 밀려서 너무 늦어지겠네요.
- 지금이 주꾸미 철이라 먹어야 해요. 그냥 가요. 이때 먹어 줘야지요. 엄청 맛있대요. 38번 국도 쪽으로 가면 빠르다고 들었어요. 가야 해요.
- 이렇게 차가 밀리는데 아무래도 시간이 안 맞겠네.
- 어떻게 해. 그냥 가냐고. 확실히 말해야지.
- 야, 너무 늦을 것 같네.
- 야, 그냥 천안에 큰 수산 시장 있을 거 아냐. 거기에 아마 없는 거 없겠다. 그쪽으로 가 보자.
- 알았어. 천안 수산 시장으로 가. 이장님도 거기서 회를 떠 오니까.

우리는 천안 수산 시장으로 갔다. 차가 꽉 찼다. 어시장에 없는 게 없었다.

- 여기 주꾸미 있네. 얼마요?
- 1키로에 43,000원.
- 그럼 2키로 사고 다른 거 사면 되겠네.

- 아냐, 너무 비싸, 언니. 다른 거 사자.

- 문어, 아기들 좋아하는 연어, 아나고도 맛있는데….

- 그럼 아나고, 도다리, 회, 찌개거리,

- 많다. 좋네, 좋아.

우리는 수산 시장에서 장을 보고 동생네 집으로 왔다. 곧 남동생도 합세하고 우리 딸 식구들도 도착했다. 상을 보고 찌개를 끓이고 고기를 구웠다. 푸짐하게 상차림 해서 모두가 축하 파티를 했다. 막내 여동생은 나이를 먹으면서 고집스러워졌다. 그는 자기주장을 관철하려는 것이 거세서 제부가 힘들어했다. 갈수록 쇠심줄처럼 성격이 변해 갔다. 그것은 어쩌면 자연 현상일지 모른다. 어린나무는 표피가 여리고 부드럽다. 그 나무가 성장해서 큰 나무가 되면 표피가 두껍고 딱딱하고 억세다. 인간의 성장도 나이 들면, 표피가 두껍고 억세며, 강하게 된다는 생각. 좋은 의미로는 삶의 자신감이다.

그렇지만 주변 사람들에게 주장이 세서 식구들이 너무 힘들면 그들은 외면하게 된다. 그것을 우리는 조심해야 서로가 행복할 수 있다. 나이 들수록 우리는 마음의 수양을 위한 공부를 할 필요가 있다. 그중 좋은 것은 모두를 수용하는 마음이다. 나무와 꽃, 별처럼 보여 주고 자기를 드러내지 않는, 무조건 상대방을 이해해 주고 받아 주는 공부 말이다. 나는 그런 공부가 어려웠다. 그러나 그는 열심히 수용하는 공부에 애쓰고 있다.

 나는 수용하는 공부에 힘쓰고 있지만, 우리 부부는 싸울 일이 많았다. 둘이 퇴직하고 함께 있는 시간이 많으니 서로의 행동이 달랐다. 나는 채소 중심적 식단을 좋아했고, 나의 남편은 고기가 섞인 기름진 음식을 선호했다. 식단이 다르니 먹거리를 따로따로 식단 차림을 해야 했다. 직장 다닐 때 아침과 저녁을 중심으로 식사를 했는데 365일 함께 세끼 식사를 만들고 설거지하는 일이 쉽지 않았다. 나는 날마다 아침, 점심, 저녁 준비를 뭘 할까? 고민했다. 나는 때마다 국을 뭘 끓일까도 고민했다.

 가끔 큰딸애가 나에게 코로나로 인해 삼시 세끼를 해 먹는 것이 힘들다고 한탄했다. 나는 딸에게 365일 70년 넘게 삼시 세 때를 고민하고 살았다고 너스레를 떨었다. 어쩔 수 없이 딸의 불평이 줄어들었다. 나는 스스로 무수리라 말했다. 나는 무수리가 좋다며, 먹고 싶은 것을 마음대로 해 먹을 수 있는 것에 감사하자고 입버릇처럼 말했다. 친구 영희가 유방암으로 죽어 가면서 자기가 먹고 싶은 것을 해 먹는 것이 소원이라고 말했다. 그는 요리 솜씨가 좋았지만 힘이 없어 일어설 수가 없었다. 이번에 남편 친구 박씨 부인이 유방암으로 몇 년째 고생했다. 그 박씨 부인은 유방암 초기에 시골의 암 센터에서 음식 식단으로 암을 치료하는 곳에서 몇 년을 살다 왔다. 그 후 박씨 부부는 그곳에서 먹던 식단으로 식사를 하는데, 주로 생채소를 주식으로 하며 살았다.

박씨 부인은 잘 생존하고 있지만 힘이 없어 집안일을 못 했다. 박씨가 집안일, 그러니까 밥하고 청소하고 빨래하며 부인을 모두 건사했다. 나이 들어 주변에 그런 사람이 많았다. 친구 언니 정씨도 위암에 걸려서 정씨가 박씨처럼 언니를 보살피고 집안일을 모두 하며 살고 있다. 그런 것을 알고 나는 체력을 기르려고 애썼다. 아침에 앉아서 1키로짜리 아령(덤벨)을 들고 손을 들었다 놓았다 해 본다. 그다음 서서 발을 들었다 났다 하고 1키로 아령을 머리 위로 아래로 옆으로 흔들어 본다. 손에 힘이 생기고 몸으로 들 수 있는 힘을 길러 보려고.

나는 생각한다. 음식물 쓰레기를 치울 때 보통 2~3키로, 많을 때는 5키로를 넘을 때가 많다. 그런데 허리가 아프거나 다리와 팔이 아프면 힘을 쓸 수 없으니 집안일을 할 수가 없는 것이다. 시골 농촌 노인들이 밭을 매고 논농사를 하는 것은 대단한 일을 하는 거고, 바다에서 자기네 배로 물고기를 잡거나 노인이 물질을 하는 것도 훌륭한 일인 것이다. 평생 하던 일이니까 그렇다지만 그만큼 체력이 있으니까 할 수 있는 것이기 때문이다.

친구들은 자주 모여 함께 박 실장네 집에서 예술 영상을 공부한다. 코로나로 모임을 가질 수 없으니 3~4명 시간 있는 사람끼리 모인다. 오전에 예술 공부를 하고 점심을 먹을 때 우리는 각자 있던 식재료를 이용할 때가 많다. 이번에는 우리 집에 무 한 박스를 제주도에서 보내 왔는데. 그것을 처치하려니 고민하다가, 딸에게 무를 준다면 싫어할 것 같고, 다른 사람들도 그럴 것 같아서 냉장고만 차지하는 무를…, 한 박스의 2/3를, 동치미를 담고. 그다음 예술 공부 하러 가면서 무 4개를 가져갔다. 거기서 친구들에게 한 개씩 나누어 주고, 나머지 하나는 점심에 무를 소금 넣고 다시 국물에 삶았다. 무를 동그랗게 두툼하게 삶아 그것에 튀김가루를 무치고 튀김 물에 담가 프라이팬에 전을 부쳤다.

와인 한잔에 그 전을 곁들였다. 맛이 끝내줬다. 내 친구들은 처음 그 맛을 보았다고 했다. 나는 어렸을 때 친정에서 제수용으로 보았던 것을 이용했다. 친구들은 배추전만 부쳐 먹었는데, 무전도 맛있다고. 전을 부치는데 친구들의 손이 빨라, 얼마나 손쉽게 부쳐지는지 깜짝 놀랐다. 물론 직장만 다녀서 부엌일을 하지 못한 사람들도 있지만 말이다. 집안일도 근력이 있어야 했다. 요즘 사람들은 매사 사 먹고 반 조리에 익숙해서, 고유한 음식이 사라진다는 말이 맞을 것이었다.

금강산도 식후경이라고 먹고 나니 박물관에서 본 영상이 생각났다. 추사 김정희의 세한도(1786~1856)이다. 국보 180호로, 초라한 집 한 채와 고목 몇 그루가 떨고 있는 모습이다. 도대체 이 그림은 무엇을 말하는 걸까? 우리는 김정희가 55세 때 누명을 쓰고 제주도 자택 감금형에 처해 있을 때 그가 세한(歲寒)의 시간을 겪은 것을 영상으로 녹여 낸 영상을 보았다. 김정희가 〈세한도〉를 그릴 때 느낀 고독, 고통을 이겨 내는 인내와 희망을 영상을 통해 독자가 이해할 수 있었다. 영상은 제주도의 거칠면서 시적인 풍광, 척박하지만 비옥한 자연성을 잘 이해했다. 그 속에서 김정희의 세한도가 탄생했던 것이다.

세한은 가장 힘들고 어려울 때 우리는 소중한 것을 깨닫게 된다. 나는 자신을 되돌아봤다. 어느 때가 가장 세한의 시기인가를. 나는 젊어서 다른 사람들, 특히 시댁 어른들이 나를 예속하고 종속시키려는 것들이 가장 힘들었지 않았나 생각했다. 그리고 글을 쓰려고 책상에 앉았을 때. 무엇을 쓸지 생각이 나지 않을 때도 힘이 들었다.

거기에 더 힘든 것은 작은딸이 시집을 안 간다고 발악을 할 때였다. 그 시기는 길었다. 20대부터 40대까지 긴 세월을 모녀지간에 싸웠던 세월이 힘들었다. 보내야겠다는 나의 의지와 가려 해도 연결이 되지 않는 딸애의 문제. 그 시간이 길어지면서 결혼 못하는 것에 대한 패배감? 아니면 딸 스스로에 대한 반항심이 엄마에 대한 복수심 같은 것으로 전환했다고나 할까? 여하튼 나와 작은딸의 관계는 최악으로 갔다.

그리고 40대가 되어서는 딸이 나를 카톡에서 잘라 냈다. 그리고 딸은 나를 멀리했다. 그러면서 웃기게도 딸은 나에게 경제적 원조를 받았고 우리 집에 와서 금, 토, 일요일에 먹을 것을 먹고, 먹고 싶은 것을 실컷 먹는다. 엄마가 고까우면 경제적 지원도 받지 말고 우리 집에 오지도 말아야 하지 않나 생각했다. 그러나 또 다르게 생각하면 그런 것이라도 있으니 어미네 집에 오지 저 혼자 잘 살 수 있으면 어미를 찾아오겠는가.

요즘 어린 자식들도 부모가 필요 없다는 시대이다. 어린 자식의 선생은 네이버가 모든 역할을 다 하니까 말이다. 부모와 선생 없이도 모든 것을 네이버가 다 해결할 수 있다고 하면서. 그래도 나는 어쨌든 책임을 다하고 싶은 어미이다. 작은딸에게 욕을 먹으면서 다음과 같이 카톡을 보낸다.

이 글을 읽든 안 읽든 난 상관없다.
- 한밤중에 눈이 떠지면 어미는 항상 기도한다. 네가 결혼해서 행복하기를 빌며.

40세가 넘으면, 남녀 모두는 결혼하기가 쉽지 않다. 40세가 넘어서 적당히 짝을 만나면 그거는 대성공이었다. 주변에 그래도 40세 넘어서 결혼하고 아기를 낳은 친구 딸들이 있었다. 우리 애는 결혼할 남자가 있을까? 테니스를 함께 치는 나이 어린 친구들? 그들과 결혼? 그거는 어려울 것 같구나.

1. 딸은 이 동네에서만 살려 할 거고. 딸에게 백만 송이 장미를 바치며 결혼
   해 주십사 하는, 그런 남자가 요즘 어디에 있느냐고. 그 애 자체가 까시럽
   고 철저하며 완벽함을 요구할 텐데⋯. 저는 조금도 양보심이 없으면서⋯.
2. 엄청 잘생겨야 한다는데⋯.
3. 남자가 무척 성실해야 하고.
4. 딸 말을 아주 잘 들어 줘야 하고.
5. 남자 집안이 깔끔하고 잘 살아야 하고.

우리 딸은 남자 만나기가 힘들겠구나. 우리 집 윗집에 사는 착한 언니를 생
각했다. 50세 넘어 엄마 아빠 모시고 자기가 운전하는 작은 기아 차에 슈
퍼를 들러 물건을 사다가 나르는 언니. 그 언니의 얼굴은 석고상처럼 굳었
고, 희망과 꿈이 없어 보인다. 그 언니는 직장을 계속 다닐 것이고. 그러다
가 부모님이 더 연로하시면, 똥을 받겠지. 제발, 딸아, 이 어미는 너에게 똥
을 받게 하고 싶지 않다는 거다.

인간의 최고 꽃은 자기 새끼 낳고 자기가 키우는 거라고. 그게 인간의 본능
이야. 배고프면 맛있는 밥 먹는 거, 그게 가장 큰 기쁨이듯이. 얼굴 예쁜
거? 그거 못생겼어도 잘 살면 멋있고 매력적으로 변한다고. 아빠가 처음에
네가 생각하는 멋있는 사람이 아니었거든. 코미디언 박명수 봐라. 옛날에
그렇게 못난 사람이더니 지금은 봐 줄 만하게 부티 나잖아. K 군도 40세가

넘었으니 어려운 사람이 되었을 거고. 그런데 너네 둘이 인연이 있으니까 벌써 해를 넘기고 밥을 함께 먹을 수 있다고 생각하는 거라고.

K 군이 성품이 좋아서 아빠가 좋아하고, 그가 솔직해서 좋잖아. 물론 나도 네 말을 잘 들어 줄 남자로 보이니까 좋아 보이고. 그리고 그가 건강해서 좋고. P 아줌마는 사윗감이 잘 살았던 남자가 좋다더라. 가난하게 살았던 남자는 힘이 많이 든다더라. 네 인생은 네 거지만 혼자 100살까지 산다는 것은 너무 힘들다는 거지. 편한 게 편한 게 아니라는 거다. 다리 아플 때 보조자가 있어야 덜 외롭다는 거지.

참조해 주면 고맙겠구나.

- 오늘 점심때 안 오니? 백화점에 가서 설 선물 부치고 와서 밥 먹을 거야.

갑자기 생각났어. 어제 TV에서 최민수 부인이 이혼할 일이 뷔페처럼 많다고. 엄마가 집 살 때 아빠가 보증을 안 서 줘서 은행에 빌고 빌었지. 어쩌다 아빠가 보증을 서 주면서 은행에 호통을 치고 갑질을 하는데, 엄마가 얼마나 난감했던지. 결국 돈도 못 빌렸지. 그렇게 엄마는 갑질자들에게 평생 혼나면서 살았어. 그런데 사실 돈을 버는데 그까짓 것 자존심이 뭐 대수냐, 생각했지. 돈이 생기고 행복할 수 있다면, 내 자존심을 굽혀 주면 되는 거라. 그래서 엄마는 좋아, 좋아. 원하는 대로 해 줄게. 그까짓 것 자존심이 밥 먹여 주겠냐고.

- 나는 스스로 반성을 하려고 애쓴다. 네가 나에 대해 가끔 마찰과 폭력, 분노를 초래하는 행동이 나 때문이어서다. 그런 점에 대해 미안하다. 엄마가 성숙하지 못해서지. 분노 속에 살면 더불어 사는 게 어렵겠지. 분노는 모든 것을 거부하고 계속 투쟁하며 삶을 낭비하겠지. 나는 네가 테니스 칠 때처럼 여유롭게 투쟁하지 않고 수용하는 그런 삶을 살아 주었으면 좋겠다. 모든 죄는 엄마에게 있으니 용서를 하고. 엄마가 너 키울 때 미숙했잖아. 그때 나이가 30대 초반인데.

- 코로나로 인해 네 몸 전체에 진물이 번지고 난리가 났네.
- 몸이 좋아지게 염증약을 먹어 보면 어떨까? 엄마는 잇몸에 염증이 일어나고 다리 심줄이 끊어져서 마이노신을 먹으니까 염증이 덜한 것 같아.

네가 여러 가지로 힘들어 보이니 가슴이 아프구나. 이럴 때 짝이라도 있으면 좋을 텐데… 결혼은 주변 사람을 보면 그냥 하는 거야. 네가 머리를 짜서 하는 것보다 어른들의 의견을 따라서 하는 게 많아. 이모도 중매 서서 한 달 만에 결혼했어. 네 친구 희윤이도 엄마 교회 다니는 교인 아들과 중매 서서 결혼한 거구. 네 후배 원정이도, 못생겼지만, 마음이 착해서 중매 서서 결혼했다잖아. 수용이 큰 이모도 멋지게 연애해서 결혼하고 영호 삼촌도 연애해서 결혼했어.

연애한 사람들이 잘 살고 중매한 사람들이 못 살고 하지는 않아. 모두가 다 팔자대로 사는 거야. 결혼은 고민이 아니라 그냥 해도 좋겠다 하면 그냥 하는 거라고. 그게 자연스러운 거고. 정 아니다 싶으면 아닌 것으로 네가 이미 패스했던 거고.

넌 예술적이라 잘 살 거야. 시간이 늦을 뿐이지. 엄마는 믿어. 네가 엄마랑 아빠랑 재미있게 살 날이 많다는 것을. 멋진 가방을 가성비 좋게 네가 시장에서 골라 사듯이, 아니면 엄마가 사다 준 패딩 점퍼를 군소리 없이 잘 입듯이 남편감도 그렇게 잘 고를 것이라고 엄마는 믿어. 우리 그런 의미로 파이팅 외쳐 보자. 파이팅!

- 읽어 주기 바란다. 어제 테니스장 아저씨가 죽었다. 잠이 안 오더라. 우리도 죽음을 연습해야겠구나 생각했어. 우리 집은 아들이 없으니 건강해서 힘이 있는 사위가 들어오면 좋겠다는 생각. 만약 막내 이모랑 막내 삼촌이 결혼 못해서 장남인 우리와 함께 산다고 생각하면 끔찍스럽구나. 그들은 늦게 결혼했지만 재미나게 잘 살잖아. 대충 선보고 일주일 만에 결혼했어도 이혼 안 하고 잘 살잖아.

난 K 군이 괜찮아 보여. 너랑 동갑내기니 잘 살 거고. 41세에 동갑내기랑 결혼하면 성공인 거지. 엄마네 친척들 나이 들어 결혼하면 결국 재추 자리로 결혼하잖아. 그래도 그들이 잘 살았어. 애들 낳고 결혼시키고, 이젠 그들도 나이가 많아서 죽었지만. 넌 엄마 마음을 이해해 줘. 아마 죽을 때까지 네가 혼자라서 눈감기 힘들 거야.

- 엄마 오늘 운동 간다. 냉장고에 삼겹살 구운 거 있어. 상추하고 된장찌개
  랑 먹고 학원에 가. 부추 무친 나물도 있고. 몸 건강이 제일이야. 잘 챙겨
  먹어. 술은 삼가하고. 이번에 20대가 AZ 백신 맞고 걷지도 못했대. 너네
  아직 맞지 말라고.

- 유튜브에서 그러더라. 좋아하는 것과 싫어하는 것을 구분하는 건 안 된
  다고. 이 시대는 할 수 있는 것과 할 수 없는 것을 찾아서 해야 한다고. 그
  것이 딱 맞더라. 네가 결혼하는 걸 좋아하는 게 어렵다고.

결혼할 수 있는 사람을 찾는 게 현명하다는 것이야. 네 친구나 이모를 보면
선봐서 그냥 결혼한 거잖아. 너도 우리 가족과 친한 K 군과 결혼하면 되는
거라고. 인터넷 사주에도 K 군과 사주가 좋대. K 군이 너를 떠받드는 사주
라잖아. 그러면 되는 거지. 결혼 못 해 안달 나 힘든 것이 어미만 힘들겠냐?
너도 네 맘이 아니겠지.

- 오늘, 새로운 골프장에 여고 골프팀이 왔는데 너무 좋은 거야. 외국의 유
  명한 골프장 같더라. 이렇게 좋은 곳에서 너네들도 골프를 치는 운동도
  시켜 줘야 하는데…. 그럼 힐링이 될 수 있을 텐데. 너네가 50세가 넘어
  서도 우리가 건강하다면, 너와 너네 남편이 우리를 데리고 다니며 공 치
  기를 빌고 싶다.

*

부모의 사랑

부모가 나를 사랑하는 것을 나는 안다. 그러나 나는 어렸을 때의 기억을 나는 모른다. 부모에 대한 것으로 아무 색깔이 없다. 단지 부모는 나를 사랑했을 것이라는 점이다. 만일 새엄마나 아빠였다면 차별을 하고 분별을 해서 여러 가지 서럽고 힘든 것이 나타났을 것이다. 그런데 그런 것으로 나쁜 어떤 것들이 나에게는 없었다. 반면 아버지의 사랑은 맛있는 것들을 사 주는 것이 즐거웠고, 그것이 나를 사랑하는 것으로 이해했다. 어머니는 살림을 알뜰히 하는 편이라 내가 좋아하는 것을 사 주지 않았다. 그렇다고 나를 사랑하지 않는다고 생각지 않았다.

아버지와 어머니는 열심히 나를 가르치려 한 것이 사랑하는 것으로 이해했다. 그 당시 주변에는 아들을 선호해서 아들만 학교에 보냈고 딸들은 학교를 보내지 않았기 때문이다. 딸까지 보낼 형편이 아닌 것이다. 아버지와 어머니는 좋은 학교를 보내려고 애쓴 것이 나를 사랑한 것으로 이해했다. 나는 아버지와 어머니에 대한 충돌이 없이 성장했다. 마음으로, 나는 자식으로서 최선을 하려고 애썼다. 부모의 사랑을 갚으려 애썼다. 실천은 못 하지만 순조롭게 결혼을 하고 내가 시집살이로 심한 고통을 겪고 있을 때, 부모님은 딸에 대해 애달파했다.

그리고 얼마 있다가 아버지는 암으로 돌아가셨다. 어머니는 서서히 나에게 의존했다. 가족의 풍파가 많았다. 남동생의 뒤치다꺼리를 맡았다. 그렇게 30년이 지나갔다. 나도 늙었다. 어머니의 억센 고집으로 나는 화가 많이 일어났다. 어머니는 계속 자신이 필요로 하는 일들을 나에게 지시했다. 나는 그런 것이 힘들었다. 그리고 자기 생각을 무조건 자식에게 터무니없이 지시하는 게 문제였는데, 조금 있다가 어머니는 큰 병으로 걸을 수가 없게 되었다. 결국 요양 병원으로 옮겨졌고 그곳에서 마지막 생을 보내시고 계신 것이었다.

어머니의 인생은 길고도 짧았다. 이제는 당신이 빨리 죽어야 한다고. 왜 그리 안 죽는지 모르겠다고. 그래도 닭튀김이 먹고 싶다. 옥수수가 먹고 싶다. 햄버거가 먹고 싶다. 너네가 사 오는데 왜 그리 맛이 없다냐. 가려워서 잠이 안 온다. 약을 먹어야겠다. 눈이 하나도 안 보이구나. 싸구려 돋보기 좀 사 오려무나. 다른 거 사 오지 마라. 금방 죽을 텐데…. 그래도 엄마 100살은 사실 거예요. 걱정하지 마시고 마음 편하게 가지세요.

*

한 해 한 해 나이 든다는 것은 몸의 구조가 흐
트러진다는 것일까?

어쨌든 주변 친구들이 많이 아팠다. 60대 후반에서 70대 초반
사이에 몸의 구조가 많이 나빠졌다. 파킨슨병에 걸려 죽은 K 친구
도 있었다. K 친구는 학창 시절 중학교, 고등학교를 수석으로 입학
했고 수석으로 서울대를 졸업했다. 그러나 가장 빨리 세상을 떠났
다. 남편 친구 중에서도 그런 친구가 있었다. 고등학교 수석 졸업
생으로 서울대 상대를 수석 졸업했는데, 이번에 심장마비로 세상
을 떴다고 소식이 전해졌다. 그 친구는 등산을 잘했고 등산 동호
회 회장이었는데 죽었다면서 그것이 이상하다고 전해졌다. 사람이
죽으면 우리는 왜 갑자기 죽었을까 하고 생각했다.

여고 동창은 삶이 팍팍했던 것으로 전해졌다. 남편 친구도 그랬
다. 둘은 스트레스를 많이 받았을 것이다. 처음에 남편 친구는 대
기업에서 잘나갔는데 회사를 설립하겠다고 회사를 사퇴한 후 일이
잘 풀리지 않았다. 부인이 교직 생활을 하며 생활했고 친구는 계
속 30년 이상을 허드렛일을 했던 모양이다. 과거의 영광을 살리지
못한 그만의 고뇌가 있었을 것이다. 지나온 세월이 길다 보니 요즘
에 일어나는 일들이 새롭게 보이는 것이 많았다.

예전에는 60세를 기준으로 삶의 목표를 잡았다. 이제는 100세를 기준으로 삶의 목표를 세워야 했다. 그런데 주변 친구들이 아파서 거동을 못 하는 것을 보면 또 이것은 틀린 이론이 되고 말았다. 그래도 젊은이들의 생각은 인생의 목표를 100세 기준으로 잡아야 한다는 것을 들었다. 그도 그럴 것이라 생각했다. 세상은 급변했고 생각도 급변하게 변화하는 것을 따라가야 했다. 그렇지만 우리같이 나이 든 사람들은 쫓아가기가 힘들었다. 나는 적당한 컴맹 환자였다. 친구들보다는 조금 나은 편이었다.

롯데슈퍼나 GS슈퍼를 가면 나는 불편했다. 포인트 입력을 하라고 점원이 말하니까 말이다. 나는 노인들이 포인트 기입을 하려고 안 보이는 눈으로 문자를 찍고 계산을 하고 물건을 챙겨 조심조심 걸어가는 것이 힘들어 보였다. 자연히 계산이 느리고 계산하는 줄이 길어지는 것도 젊은이들에게 미안했다. 결국 나는 포인트 기입을 하지 않았다. 빠르게 계산하는 것이 편했다. 그런데 슈퍼에서 살 물건을 가지고 계산을 하는데 12,000원 하는 참외가 8,500원으로 세일한다고 표시해 놓고는 내 걸 12,000원으로 계산했다. '어? 8,500원이라 했는데?', '아. 이거 포인트 적립하는 사람만 세일이 돼서요.', '뭔 그런 경우가 있어?' 그리고 집으로 왔다. 그런 일은 계속되었다. 갈치나 오이도 그랬다. 할 수 없이 나는 딸에게 포인트 적립하는 앱을 핸드폰에 깔아 달라고 했다. 그 후 부당한 일은 생기지 않았다.

앱을 깔아서 소비자들을 관리하겠다는 것인지 아니면 소비자들의 정보를 이용해서 또 뭘 해 보겠다는 것인지 알 수 없는 세상에서 우리들은 살고 있는 듯했다. 앱을 깐 지 6개월이 지났다. 이제 웬만큼 적응이 되었다. 컴퓨터 세상으로 오기까지 얼마나 많은 발전을 했는지 나는 생각해 봤다. 처음 아이들이 중학교에 갔을 때 삐삐가 있었다. 친구들끼리 삐삐로 연락을 했다. 그 당시 나는 석사 과정의 마지막 논문을 쓰고 있었다. 그전에는 모두 수기로 기록해서 논문을 출판사에 넘기면 되었다. 그런데 서사 논문을 쓸 때는 컴퓨터 자판기로 써야 했다.

논문은 컴퓨터 자판을 이용해서 기록했고 그 기록을 프린터기로 뽑았다. 70년대 내가 교직에 있을 때는 기름종이에 시험 문제를 만들어 갱지에 시험지를 복사했던 시기였다. 그 후 80년대는 컴퓨터가 생겼고 곧 프린터기가 나왔다. 집에서 모든 문서를 제작하고 출판할 수 있었다. 처음 컴퓨터를 활용하는 것은 복잡했다.

내 기억에 도수로 들어가는 방법이 복잡하여 한동안 멘붕 상태가 수없이 일어났던 기억이 있다. 내가 처음 쓴 문서를 'IMATION Diskettes'에 옮겨서 재생했고 이동했다. 다시 그 디스켓은 용량이 큰 디스켓으로 변화되었고 또다시 용량이 큰 CD로, 그 후 작은 USB, 용량이 큰 USB로 현재까지 발전했다. 이제 외장 하드 컴퓨터 자체가 용량이 커져서 모두가 편리해졌다. 전 세계는 컴퓨터 시대가 되었다. 하루라도 컴퓨터를 쓰지 않으면 경제 정치 문화 등 모든 생활이 두절되고 마는 것이다.

세상이 빠르다는 것은 나를 두렵게 했다. 몸과 마음이 세상을 따라갈 수 없었다. 나는 느리게 천천히의 미학을 좇고 싶었다. 그러나 만일 두메산골에서 살라 하면 그 또한 못 견딜 것이나라. 마음이란 왔다 갔다 하는 것이니…. 그러나 나이 든 몸도 어쩔 수 없이 느려야 할 것이다. 이제 나만의 리듬을 찾아 거기에 맞게 움직이고 움직일 수 있으면 감사하는 것이다. 여기를 봐도 감사하고 저기를 봐도 감사한 것은 나에게도 좋은 영양제가 될 것이다.

*

마곡나루역에 있는 서울 식물원 탐방

지하철에서 내려 식물원 표지판을 따라갔다. 곧 웅장한 그리스 신전의 기둥 터널이 보였다. 햇빛이 비치는 유리관이 있고 식물을 배양하는 연구관이 나타났다. 햇빛과 같은 유사한 전등불이 비치고, 홈이 파인 흰색 판넬에 상추와 인삼을 심었다. 홈에는 상추 인

삼 작물 묘목 판이 있고 그 옆에는 묘목을 심어 성장하는 판넬이 있었다. 그곳에서는 꽃 상추가 크게 자라났다. 신기했다. 모두가 수생 식물로 성장하고 있었다. 거기서 친구들과 1년 성장한 인삼 뿌리와 잎을 식용으로 얻어먹었다.

긴 터널을 빠져나와 잘 가꾸어진 정원으로 갔다. 아름다운 꽃동산이 산책 길을 따라 꽃을 가꾸었다. 보라색의 알리움이 환상이었다. 둥근 풍선처럼 부풀었고 한아름 가득 찬 꽃망울과 작은 6개의 잎, 거기에 작은 수술들이 수백 개 모여 한 뭉텅이의 둥근 원형 모형의 꽃이 특이하고 신비스러웠다. 다른 정원은 붉은 모란꽃이 가득했다. 그 외 이름 모를 꽃들이 드넓은 정원을 가득 채웠다. 노랑, 보라, 흰색, 붉은색, 분홍색, 주홍색 온갖 꽃을 찾아 한참을 거닐며 꽃을 즐겼다.

호수가로 이동했다. 호수에는 작은 새끼 물고기가 많았다. 듬성 듬성 어미 물고기가 새끼 사이를 거닐었다. 사람의 발자국 소리를 물고기가 들었는지 주변으로 떼를 지어 몰려왔다. 아마도 먹을 것을 주는 것으로 알았나 보다. 맑은 물속을 보며 큰 물고기를 찾았다. 여기저기 손짓하며 큰 물고기를 찾았다. 햇빛이 뜨겁게 빛났다. 정오가 되면서 햇빛은 강렬해졌다. 이마에 땀이 났다. 갑자기 사람들이 떼 지어 나타났다. 회사원들이 식사 후 산책하러 몰려왔다. 친구들이랑 벤치에서 쉬며 간이식사를 했다. 커피를 마시고 음료를 마시고 주변에 새로 심은 나무를 관찰했다.

거기에 낯익은 미루나무가 있었다. 반가웠다. 곧 옛날 생각이 났다. 어렸을 때 할머니네 집을 가려면 기차에서 내려 십 리를 걸었다. 산과 산 사이에 신장로가 있었다. 신장로는 자갈과 모래가 뒤섞여 있다. 어쩌다 트럭이나 버스가 지나가면 흙먼지가 일어나 나를 뒤집어씌웠다. 햇빛이 뜨거워서 땀을 뻘뻘 흘렸다. 신장로 갓에는 미루나무가 줄지어 서 있었다. 나무는 조그만 이파리가 바람에 날려 파르르 흔들렸고 키 큰 줄기는 우둘툴 꺼끄러웠다. 어린 나는 미루나무를 안고 먼지 속에서 차가 빨리 지나가기를 기다렸다. 뿡뿡 지나가며 가솔린 연기를 날리는 것이 내 코로 들어왔다. 가솔린의 향긋한 냄새가 나를 자극했다. 어른들은 내 코를 막으려고 나를 품에 안았다.

우리는 꽃길을 따라 꽃을 구경하다가 잘 지어진 기와집 정자 마루에 앉았다. 멀리 내려다보이는 정자는 최고였다. 시원한 바람이 우리를 향해 불어왔다. 우리는 시원함을 느끼고 그 옛날 시골 할머니네 앞마당 위의 나무 마루에서 할머니가 밭에서 따온 수박과 참외를 먹으며 조잘대던 어린 시절처럼 그곳에서 한참을 이바구했다. 거기가 진력나면 우리는 다시 새로운 정원을 찾았다. 시간은 빠르게 지나갔다. 해가 서쪽으로 넘어가려 할 때까지 우리는 여기저기를 돌아다녔다. 다리가 아프면 차를 마시며 쉬었고, 다시 낄낄

거리며 이바구를 했다. 우리들의 수다는 여고생과 같았다. 우리는 아직 건강했기에 젊은이처럼 실컷 놀다가 집으로 돌아왔다.

*

오동(50)이네, 육동(60)이네, 칠동(70)이네가
함께 울릉도로 여행을 갔네

여행 날, 칠동이인 나는 시골 사는 오동이네 집으로 차를 몰고 가면 오동이 남편은 얼굴을 환하게 웃으며 잔디밭에 물을 주고 풀을 뽑다가 형님 오셨냐고 인사를 했어. 아직 오동이가 퇴근을 안 해서 우리는 그녀를 기다리며 이리저리 왔다 갔다 하다가 나는 예쁘게 자라고 있는 상추를 봤어. 얼른 부엌으로 들어가 깨끗한 비닐을 가져다가 잘생기고 맛있게 보이는 상추잎을 뜯었지. 검푸른빛이 도는 요놈이 맛있게 생겼네. 아니, 연초록빛이 나는 요놈도 괜찮고. 요기, 저기, 여기, 아무 곳에서도 상추는 싱싱했고 파릇했어. 나는 한 움큼 손에 쥐고 부엌으로 들어가서 싱크대에 펼쳐서 깨끗이 씻어 한입에 넣었어. 쌉쌀하고 달콤했지. 서울에서는 싱싱한 이런 것을 먹기가 힘들었지.

곧 오동이가 왔어. 우리는 짐을 오동이네 차에 옮기고 오동이네 짐을 싣고 오동이 신랑이 운전하여 강릉으로 달려갔어. 고속 도로에 진입하고 적당한 휴게소에서 먼저 저녁을 먹기로 했어. 그중 평창 휴게소가 좋겠다고. 대부분 돈가스를 시켰고 우동 한 그릇도 시켰지. 코로나로 인해 우리는 식탁을 분리해서 먹었어. 돈가스는 맛있었어. 따끈해서 입맛에 딱 들러붙게 맛있었어. 휴게소에서 몸과 마음을 추슬러서 다시 차를 타고 달렸어. 어둠이 짙어졌어. 가로등이 도로 옆에 있다가 없다가 했어. 어둠이 짙어지니 저 멀리 어두운 산이 검은 그림자 모습으로 굴곡지게 달려들며 따라왔어.

　다시 가로등이 켜진 곳을 지나가면 따라오던 검은 것이 사라졌지. 거리는 230키로쯤 됐어. 운전자는 속도를 내서 달렸지. 넉넉히 3시간은 걸릴 것이었어. 8시 반경 강릉에 도착했고, 미리 예약한 숙소인 해안로 해당화 연립을 찾았어. 거기서 우리는 대구에서 오는 육동이네를 기다렸어. 퇴근하고 오니까 늦어지는 거지. 내일은 부처님 오신 날이라 출근자들은 미리 연휴 휴가를 냈고. 나는 몸이 무거워서 미리 잠자러 갔어. 5시 30분에 간편식을 먹고 안목 해변 주차장에 도착하고 모두가 강릉항 여객 터미널에 도착했어.

　예약한 배에 탑승하고 8시경 멀미약을 먹고 떠났어. 나는 잠이 하나도 안 오더라고. 허리가 아파서 먹은 소염제와 충돌이 일어나서 그런가? 모두들 잠에 취해서 어쩔 줄을 모르는데 나만 잠이 안

왔어. 울릉도까지 200키로쯤 된다는데. 의자에는 셋씩 앉았어. 육동이네와 칠동이네, 그사이를 오동이네가 끼워 앉았어. 어른들을 배려하는 의미지. 3시간 반쯤 걸려서 저동항에 도착했어. 곧 예약된 올레 펜션 사장이 차를 가져왔고 우리와 짐을 싣고 펜션으로 이동했어. 숙소는 산을 한참 올라가야 했어. 펜션 204호에 짐을 놓고 우리는 걸어서 저동항으로 갔어. 근처 전주 식당에서 따개비 비빔밥을 먹었어.

나 지금 이 글을 쓰면서 영양 찰떡을 만들고 있는 중이야. 갑자기 부엌에서 압력솥이 김을 뿜어내며 자기를 알아 달라고 소리를 지르네. 거기에 솥 밑에 물이 다 없어졌나. 소리를 지르며 꺼졌나봐. 나는 다시 솥 밑에 가스 불을 켰어. 오늘 친구들을 만나기로 했거든. 점심을 먹으며 코로나 위로 잔치를 하자고. 친구들을 만나면 나는 뭘 만들어서 선물을 줄까 생각이 들어. 이번에 찰떡을 만들어서 나누어 먹고 싶었어. 그 생각이 들자 곧 어제부터 온갖 콩을 물에 불렸지. 밤새 불려서 삶아서 찹쌀과 멥쌀에 섞어서 압력솥에 찌는 거야.

친구들 줄 것을 생각하면 기뻐지는 거야. 그 영양 찰떡이 어떻게 만들어질까 상상하는 것도 재미있고. 그런데 가끔 허리가 아파서 통증이 생기면 그런 생각은 싹 사라지고 통증에 시달리게 돼서 슬픈 거야. 이번에는 아프기는 하나 참을 만했어. 그래서 지금 영양 찰떡 익는 냄새와 압력솥 핀이 돌아가는 소리를 들을 수 있어서 좋아. 곧 솥을 열 차례야. 아무래도 확인하러 가야겠다. 김을 빼고 솥뚜껑을 열었어. 가스 불이 꺼진 이유를 알겠더라고. 물이 말라서 약간 타고 있었어.

뜨거운 찰떡 아래에 종이 호일을 깔고 쇠판으로 옮겼어. 잘 익었어. 건포도가 퍼져서 떡 색깔이 짙은 초콜릿 색이었어. 떡을 넓게 펴서 베란다에 식히려고 올려놓았어. 다섯 사람이 먹을 수 있게 잘 잘라야 할 텐데…. 친구들이 좋아하겠지? 그런 마음이 기뻐. 그런데 이런 마음을 항상 내 안에서 일어나게 했으면 좋겠어. 그런 마음이 안 생기면 마른나무처럼, 목석으로 변하고 스스로가 망가지는 느낌일 거야. 몸이 아파서. 또는 힘이 없어서, 늙어 가는 모습으로 살아가는 것은 슬픈 일이 될 거야. 당장 아픈 친구들은 만날 수 없거든. 병원에 누워 있거나 집에서 남편의 보호를 받고 살아가고 있으니까. 언젠가 우리도 그렇게 되겠지만 말이야. 나는 기도합니다. 항상 나로 하여금 친구들에게 맛있는 것을 만들어 줄 수 있는 힘과 그것으로 즐거운 마음이 내 안에서 샘솟게 해 달라고.

여행 글을 쓰다가 다른 글로 옮겨 보았어. 계속 같은 내용의 글을 쓰는 게 마땅한데 새롭게 변화를 가져 보려 했어. 어떻게 될지는 모르겠는데 뭔가 글의 변화로 나 자신을 변신해 보는 거야. 우리가 외출할 때 바지를 입었다가 원피스를 입어 보고 '이건 아니야.', '저거, 아니, 이거.' 하며 선택을 하잖아. 글을 쓰다가 지루할 수도 있고 당장 현장에서 일어나는 것이 더 생생하게 마음이 생길 수도 있으니까. 여하튼 나는 시도해 보았어. 다시 떡을 나누어서 친구 만나러 가야겠네. 울릉도 갔던 이야기는 뒤로 미루고.

다시 돌아가서….

점심을 먹고 나니 주변이 눈에 들어왔어. 저동항에 정박해 있는 오징어 배들이 즐비하게 줄을 서 있었어. 그곳에 우리가 타고 온 시스타 11호가 정박해 있고, 그 옆에는 날씨가 좋아 독도항으로 떠나려는 배도 있었고. 풍광은 아름다웠어. 바다 한가운데 돌 비석이 서 있는 작은 섬 같은 것이 있고. 화강암 같은 암석이 바다를 품고 서 있는 모습은 완전 다른 이웃 나라에 여행 온 것 같았지. 울릉도 섬은 바다 한가운데 솟은 괴암석이야. 땅이 거의 없어. 바다와 암석 경계선을 인공으로 만든 거야. 인공 시멘트로 삼각 구조물을 만들어 바다와 육지 경계선에 뿌려 놓았어. 거기에 길을 만들었지.

동해 바다는 깊어서 검푸르렀어. 좁은 경계선 길을 따라 우리는 섬과 바다를 탐방했어. 바람이 세면 우리를 공중으로 날아가게 할 기세였어. 계속 해안선을 따라 산책을 했어. 촛대 바위를 구경하고 인증샷도 찍었어. 해가 짱 하고 비치면 여름 날씨처럼 태양이 뜨거웠어. 공기가 맑으니까 어찌 그리 태양이 뜨거운지. 미세 먼지가 없으니까 숨을 크게 쉴 수 있어 좋았어. 청정 공기가 아닌가. 일행은 해안 길을 따라 소라 계단, 행남 등대, 행남 쉼터를 돌았어. 가다가 태풍 피해로 운행 정지 표지판 때문에 돌아왔지. 잠시 바위 그늘 계단에서 시원한 바닷바람을 쐬고, 버스 시간을 맞춰 차를 타고 도동항으로 이동했어.

거기에는 울릉 여객선 터미널이 산 밑에 자리를 차지하고 있었어. 좁은 면적에 이 층 공간을 만들어 하층은 주차장으로, 위층은 객실로 만들었지. 항구는 오징어 배가 정박했고. 파도는 잔잔했어. 도동항은 울릉도 중심지야. 말하자면 도청 소재지지. 활어 센터가 있고, 독도 박물관을 탐방했어. 그 위에 있는 케이블카를 타고 마을의 전경을 구경했어. 산속에 있는 마을은 도시형이었어. 저거는 LH공사가 지은 아파트로 유일하게 엘리베이터가 있다고 케이블카 운전자가 설명했어. 붉은색 학교, 관청, 작은 주택들이 겹겹이 쌓여 있듯이 산비알에 박혀 있었어.

정상에서 인증샷을 찍고 뜨거운 빛나는 태양을 온몸으로 받았지. 오동이, 육동이, 칠동이가 붉은색, 베이지색, 검정색 옷을 입고 찍은 인증샷이 화려하게 빛났어. 공기가 투명해서 그런가 봐. 다시 하산을 해서 해안 길을 산책하며 경관이 좋은 곳에서 함께 인증샷을 찍었어. 우리가 이렇게 형제 부부가 모여 여행하는 일은 대단한 일이었어. 우선 서로 믿음과 신뢰가 있어야 하고, 정서가 맞아야 하는 것이었지. 여기에 추가로 건강, 시간, 경제를 받쳐 주어야 하는 것이야. 칠동이가 걷는 일을 못 하면 여행할 수 없는 것이잖아. 오동이는 칠동이에게 말했어.

- 이번 여행에, 어? 언니네 할인이 20%야. 여기는 50%네?
- 야, 너 할인 좋아하지 마. 우리들 공짜 표 준다고 해도 가지도 못해.
- 친구들이 공짜 지하철표가 나왔어도 파킨슨에 알츠하이머, 우울증으로 몸이 부실해서 걸을 수가 없어.
- 그렇네. 내 친구들도 잘 걷지 못하는 친구가 있기는 해.
- 그래, 건강할 때 여행해야 하는 것 같아. 그런데, 시간과 돈이 젊을 때 생길 수 없으니까 그것이 문제인 거지.

시간은 이미 저만치 흘러갔다. 해는 서서히 지고 있고, 어둠이 밀려오고 있었다. 오동이 남편은 우리 팀의 가이드였다. 우리는 한 달 전부터 예약하고 준비 일정 계획표를 짰다. 가이드 선생은 한 시간 전에 미리 식당으로 통해신탕을 예약했다. 버스 시간표를 확인하고 우리는 도동 버스 정류장에서 저동 가는 버스를 기다렸다. 30분이 지나도 버스가 오지 않았다. 온갖 여행사 차가 지나갔지만 일반 버스는 오지 않았다. 통해신탕이 기다릴 텐데, 걱정이 컸다. 가이드 선생이 관청으로 버스 회사로 왜 차가 오지 않는가를 물었다. 차가 고장 나서 갈 수가 없다고. 그다음 차를 타라고.

이유를 알고 기다렸더니 곧 도착했다. 버스를 탔다. 고갯길을 꼬불꼬불 가파르게 올라갔다가 가파르게 내려왔고, 저동 해안 길은 번쩍번쩍 좁은 길을 온갖 차끼리 오밀조밀 힘들게 비껴서 교차했다. 쉬운 일이 아니었다. 길 가다가 버스 기사가 말했다. 여기서 충돌해서 사람이 죽었다고. 여행자가 렌트를 해서 운전하다가 사고가 났다고. 이곳은 렌트해서 다니는 것이 위험했다. 우리는 렌터카가 없어서 못 했는데 다행이었다. 해안의 어둠은 금방 깜깜해졌다. 버스를 내리고 식당차가 우리를 식당으로 데려다주었다. 식당은 숙소와 붙어 있었다.

통해신탕이 나왔다. 닭 삶은 곳에 소라, 왕새우, 전복, 통문어 한 마리를 함께 삶은 찌개 형태로 큰 질그릇에 담겨 있었다. 맛은 배가 고프니 맛있었다. 20만 원이라는 것이 좀 비싸다는 생각이 들기도 했다. 식사 후 야외 정원으로 나왔다. 바람은 세찼다. 주변은 칠흑처럼 새까맣다. 노랑 전등 장식이 아름다웠다. 그곳 야외 식탁에서 행복한 인증샷을 찍었다. 얼굴은 환상적인 행복의 빛으로 빛났다. 나는 이 사진이 정말 인생의 꽃처럼 돋보였다. 일행은 다시 숙소로 이동했고 큰방에는 남자들이, 작은 방에는 여성들이 각자 이불을 깔고 잠들었다. 언니는 뜨거운 것을 좋아한다고 보일러를 틀고 잤다.

아침에 남성들은 더워서 못 잤다고 난리가 났고, 오동이도 뜨거워서 잠을 못 잤다고 투덜댔다. 거기에 우리가 코를 골아서 잠을 설쳤다고. 근데 오동이도 코를 잘 고는데 먼저 잠을 자지 않아서 그랬다고. 오동이는 자기 먼저 잠들기 규칙을 스스로 정했다. 이튿날 각자 아침 식사를 챙겼다. 빵과 달걀, 과일, 우유, 커피를 먹는 사람, 미역국에 햇반을 말아서 김치를 먹는 이, 육개장에 햇반을 말아서 먹는 이, 컵라면에 밥을 말아서 맛있게 먹는 이 등 각자 알아서 먹었다. 간편 식사 후 숙소를 출발하여 도보 1.8키로를 걸었다.

왼쪽에 바다를 끼고 파도소리를 들으며 걸었다. 앞에서 오는 차와 뒤에서 오는 차가 교차되는 경우가 있어서 위험했지만 아침 공기는 상쾌했다. 우리는 진정으로 맑고 깨끗한 공기를 마셨다. 코와 폐에 먼지가 부대끼지 않아서 즐거웠다. 신선한 무엇이 우리 피를 청소하는 느낌이었다. 저동항 터미널에서 웨스트 그린호를 타고 독도로 갔다. 파도는 잔잔했다. 미리 멀미약을 먹은 여행자들은 잠에 빠졌다. 나는 조용히 바다를 보았다. 태양과 잔잔한 파도가 뒤섞여 빛났다. 시간은 2시간 이상 걸린다고 선장이 설명했다. 한참을 가다가 선장은 저 멀리 고래가 있음을 알렸다. 선실 사람들은 고래를 보기 위해 창가로 몰렸다. 한 쌍의 고래가 바다 위로 솟구쳤다. 장관이었다.

고래도 심심했는지 배와 추격전을 벌이다가 사라졌다. 멀리 바다를 보다가 지루하면 눈을 감았다. 그것도 지루하면 핸드폰을 켰다. 핸드폰의 유튜브는 뜨지 않았다. 네이버도 뜨지 않았다. 바다 가운데는 기지국이 없는 탓이리라. 화장실을 갔다. 파도는 없지만 몸은 심하게 흔들거렸다. 선실을 걸어 좌석으로 돌아오는데 몸이 뒤뚱거렸다. 보이지 않는 파도가 출렁거린 것이다. 드디어 저 멀리 햇빛으로 가려진 검은 그림자가 희미하게 보였다. 객실이 웅성댔고 핸드폰을 켜고 보는 사람들이 늘어났다. 가까이 왔음이 감지되었다.

선장이 객실을 향해 곧 도착할 것이니 질서 있게 하선할 것을 주문했다. 사람들이 일어섰다. 줄을 서서 대기했고 입구 쪽부터 하선했다. 우리도 그들 뒤를 따라 천천히 내렸다. 드디어 독도에 도착했다. 해경들이 거수경례로 여행자를 반겼다. 사람들은 해경을 위해 준비해 온 박스를 해경 옆에 놓았다. 나는 미안했다. 그런 생각을 못 한 것이었다. 남편은 가방 속의 초콜릿을 주라 했다. 나는 몇 번 봉지를 꺼냈다 들여놓았다 했다. 오동이가 그런 건 해경이 좋아하지 않고 치킨이나 햄버거를 좋아할 거라 했다. 자기 아들이 군대 가서 그런 것이 먹고 싶다 했다고. 결국 마음을 포기했다.

독도는 2개의 섬이었다. 북쪽과 남쪽에 위치했는데 남쪽 것이 더 규모가 컸다. 해경들이 거기서 주둔했다. 산은 완전히 돌로 이루어져 있었다. 앞에 보이는 작은 돌 바위는 회색 차돌이 조각조각 뭉쳐서 이루어진 돌무덩이가 보석처럼 아름답게 서 있었다. 그 옆에 독도 땅을 밟기 위해 난간을 만들어 사람들이 거닐 수 있는 산책 길을 만들었다. 여행자들은 그 길을 따라 구경하고 독도 땅을 밟았다. 바위산 위로 길을 내고 난간을 만들어 해경들이 땅을 지켰다. 여행자들은 산 위로는 금지 구역이었다. 바다는 깊었다. 물이 맑고 투명했다. 해초류가 난간 주위로 가득 차서 파도에 흔들렸다.

손으로 해초를 잡고 싶었다. 그러나 난간이 높아서 잡을 수 없었다. 조그만 해변은 몽돌로 이루어졌다. 하늘은 갈매기가 우리를 반겼다. 그놈들의 똥이 온 천지를 덮었다. 뽀족한 바위 위에서 그놈들은 여행자를 구경했고 우리는 그놈을 구경했다. 돌산이라 나무는 자라지 않았다. 이끼들이 돌을 덮었다. 구멍 뚫린 바위 사이에서 흐르는 바다를 향해 우리는 인증샷을 찍었다. 거기서 30분을 산책하고 해경에게 독도를 잘 지켜 달라는 말을 남기고 여행자들은 손을 흔들며 떠나갔다. 12시경 저동으로 왔다. 우리는 배가 고팠다. 아침도 부실하게 먹었으니 말이다. 오동이가 말했다.

- 언니, 짬뽕 먹자. 짬뽕.
- 네 맘대로 해. 가이드(제부)한테 물어봐.
- 여보, 우리 섬에 왔으니 짬뽕 먹읍시다.
- 알았어.

우리는 짬뽕집을 찾았다. 독도 짬뽕집에는 사람이 가득 차서 들어갈 수가 없었다. 그 옆집으로 갔다. 사람들이 없었다. 짬뽕, 잡채밥 등을 시켰다. 나온 짬뽕의 양이 적었다. 한두 젓가락씩 집어먹으면 면이 없어졌다. 가격은 15,000원인데…? 야, 이거 너무 비싸다면서 속으로 불평을 했다. 그래서 2~3그릇을 더 시켰다. 그렇게 배를 채웠다. 모두가 불만이었다. '이것은 아닌데'라며. 우리는 버스를 타고 천부로 갔다. 천부에서 해중 전망대를 구경했다. 바다 깊이 만들어진 자연 수족관이 특별했다. 줄돔, 검은돔, 다른 어종들이 옹기종기 모여 먹이를 찾는 모습이 아름다웠다. 거기서 다시 버스를 타고 나리분지로 이동했다.

병풍 같은 산에 둘러싸여 분지를 이룬 유일한 평지이다. 그곳에는 지붕이 너와로 만든 너와집, 투막집 등이 있었다. 저 멀리 교회도 있고 밭에는 부지깽이나물, 명이나물이 심겨졌다. 나리분지 주변 산세는 기가 센 바위로 둘러쳐졌고 곧 바람이 일면서 휘몰아쳤다. 여행자들은 버스정류장에서 버스를 타고 저동으로 왔다. 거기서 가격이 저렴하다는 횟집을 찾아 들어갔다. 오징어회, 우럭, 전복 등 모둠 회를 시켜 맛있는 저녁을 먹으며, 우리는 건배 축하를 했다. 식사 후 도로에서 시간을 맞춰 버스를 타고 숙소로 돌아와서 잠잤다.

이튿날 바람이 세찼다. 비는 쏟아졌다. 각자 조식을 마음대로 먹었다. 누구는 미역국에 햇반을 말아서 김치와 먹고, 또 누구는 우유와 빵, 과일로 식사를 했다. 우산을 들고 흔들리는 항구 배처럼 사람들도 흔들렸다. 운동 삼아 우리들은 길을 따라 저동으로 이동했다. 바람이 세서 유람선은 뜨지 않았다. 버스를 타고 태하를 거쳐 평리로 갔다. 이장희 카페에 들러서 맛있는 커피를 마시고 갤러리로 장식한 그림과 음악 등을 둘러보고 아름다운 정원에서 인증샷을 찍었다. 하산하여 예림원 탐방을 했다. 아름다운 정원에 나무 식물들이 멋졌다.

예림원 주인 박경원은 경북 서예대전 특선 및 대상을 받은 사람이었다. 그는 바닷가에 예림원을 만들어 아름다운 정원, 바다. 바람, 파도, 조각품, 자연 폭포, 자연 식물 등을 함께 아울러서 여행자들에게 행복을 선사했다. 나는 계단을 따라 끝까지 올라갔다. 폭포수가 떨어진 곳을 확인하고 넓게 펼쳐진 바다의 파도를 향해 두 팔 벌리고 바람을 쐬었다. 금방 바람은 나를 하늘로 날려 보낼 기세였다. 모자를 손으로 누르고 저 멀리 밀려오는 검은 파도의 장엄함을 맞이했다. 그것은 억세고 신선했다. 맑고 투명한 공기의 양이 숨을 멎게 했다. 나는 빠르게 하산했다. 비는 오다 말다 했다.

배가 고팠다. 우리는 매점에서 컵라면을 주문했다. 라면을 들고 간이 휴게소로 이동했다. 유리 벽이 바다를 향해 설치되었다. 간이 의자에 앉아 저 멀리 바다를 보며 라면을 먹었다. 맛은 아주 좋았다. 뒷사람들을 위해서 자리를 비워 주고 다시 난간의 바다에서 인증샷을 찍고, 멋진 나무도 인증 사진으로 남기고 예림원을 떠났다. 길을 따라 하산하여 버스를 타고 주변을 돌아다녔다. 버스는 위아래 굴곡진 산길을 따라 잘도 다녔다. 모두가 급경사였다. 경관은 좋았다. 도동항 정착지에서 내렸다. 그곳에서 저녁으로 채소와 고기를 샀고 어둠이 지기 전에 버스를 타고 숙소로 왔다. 비는 오다 말기를 계속했다. 숙소에서 고기를 굽고 채소를 씻어 축배를 들었다. 오늘도 보람찬 하루를 보냈다.

어제 저녁을 너무 거하게 먹은 탓에 다음날 아침 기상이 늦어졌다. 각자 알아서 조식을 해결했다. 내수전 일출 전망대는 갈 수 없었다. 이미 해가 떴기 때문이었다. 날씨는 화창했다. 어제는 배가 뜨지 않았다. 바람과 파도가 세기 때문이었다. 여행자들은 갈 수 없었다. 오늘은 태양이 선명했다. 하늘은 파랬다. 바다도 파랬다. 바람은 거셌다.

오늘은 집으로 가는 날이었다. 오전은 파도가 세서 배가 뜨지 않았다. 우리는 저녁 배로 가야 했다. 짐을 싸서 숙소에 맡겼다. 우리는 버스를 타고 관음도로 갔다. 여행자는 많았다. 바다는 투명했다. 관음도를 건너는 다리는 즐거웠다. 섬과 섬을 잇는 다리였다.

바람에 다리가 흔들렸다. 사람이 날아갈 기세였다. 어제와 그 전 날에 이 다리는 개관하지 않았다. 오늘 개관한 것이 다행이었다. 우리는 서로를 손잡고 건넜다. 관음도는 천혜의 나무숲이 장관이 었다. 이어지는 길은 나무 계단이었다. 굽이치는 나무 계단을 따라 바다를 구경했다. 깊고 푸른 바다가 섬을 둘러싸고 있었다. 멋진 경관이었다. 인증샷을 찍고 관음도 다리를 건너 하산했다. 사람들이 버스를 기다렸다. 우리도 버스를 타고 이동했다. 맛있는 만 둣국을 먹고 우리는 봉래 폭포로 이동했다. 산 중턱에서 오르막길 을 한참 올랐다. 삼중 폭포가 있었다. 일행은 인증샷을 찍었다. 오 면서 시원한 얼음 동굴도 구경했다. 계속 하산하여 버스를 탔다.

이제 서서히 울릉도를 떠날 준비를 해야 했다. 가이드인 제부는 택시로 가방을 저동항으로 이동시켰다. 우리는 식당에서 미리 저 녁으로 주꾸미 불고기를 시켜서 맛있게 먹었다. 1시간 늦게 출발 한다는 소식을 듣고 느긋이 울릉도를 감상했다. 배 시간이 되어 다시 배를 탔다. 선실에서 파도가 세다고 여행자들은 멀미약을 먹 으라고 주문했다. 우리는 멀미약을 먹었다. 배는 서서히 항구를 떠나갔다. 울릉도여, 안녕! 하며 우리는 잠에 빠졌다.

내가 잘하고 있는 것인지 나는 나를 모르겠다

아침에 나는 머리가 복잡하고 부산했다. 내가 소유한 작은 빌라에서 세입자가 월세를 내줘야 시어머니, 친정어머니, 애들에게 용돈과 생활비를 보내는데 세입자는 계속 몇 개월 동안 월세를 내지 않았다. 그런데 그 세입자는 5년 내내 그랬다. 이번에는 안 되겠다 생각하고 그냥 집을 비워 달라고 했다. 그래도 세입자는 아무 말이 없다. 주변 사람들은 그냥 내보내라 했다. 나도 그러고 싶다. 그러나 세입자는 나가지를 않았다. 사람들은 나에게 내용 증명을 발송하라고 권했다. 남편에게 내용 증명을 써 달라 했다. 그랬더니 계약서를 가져오라 했다.

나는 오늘 하루 종일 계약서를 찾았는데 그것이 없었다. 남편은 철저한 사람이고 나는 헐렁한 사람이라 매사 부정확했다. 그러니 계약서가 없는 것이다. 남편은 속으로 욕하겠지. 바보 멍청이라고. 4년이 넘어 5년이 된 계약서를 찾기 위해서 온갖 서류를 다 뒤졌다. 그렇지만 없었다. 시간은 계속 지연되었다. 할 수 없이 우선 산책을 하고 슈퍼에 가서 채소를 사다가 점심 식사를 먼저 하고 생각하기로 했다. 가면서 문제가 커졌다. 남편은 계약자가 있어야 법원에 소송을 할 수 있다고 했고, 나는 세입자 전화번호가 있으니 괜찮다고 했다.

남편의 이론이 맞다. 그런데 나는 남편의 잔소리가 짜증 났다. 큰소리로 남편에게 소리쳤다. 전화번호도 있고 우리 집에 기거하는 사람이니까 법무사가 알아서 할 수 있을 거라 했다. 그것이 화근이 되어 남편은 갑자기 삐쳐서는 나를 제치고 앞으로 빠르게 걸어갔다. 어? 삐친 거야? 그래도 할 수 없지, 뭐. 나는 속으로 중얼거리며 뒤따라갔다. 얼굴에 부아가 나서 내가 볼일로 문방구에 들어갔다가 나오는 사이 남편이 보이지 않았다. 어? 삐쳐서 집에 간 거야? 하면서 전화를 걸었다. 남편은 길모퉁이에서 우산을 쓰고 서 있었다.

비가 보슬보슬 왔다. 우리는 우산을 각자 쓰고 거리를 두고 슈퍼로 걸어갔다. 나는 혼잣말을 했다. 슈퍼 가서 CJ 미역국을 살 거야. 울릉도에서 자기하고 제부가 미역국에 밥 말아 먹는데 맛있게 보였다. 나도 그렇게 먹고 싶었다. 남편은 삐쳐서 온몸에 냉기가 서렸다. 나도 싫다, 그런 모습. 그러나 나는 반성했어. 마지막 말을 하지 말아야 했는데… 꼭 말을 덧붙여서 화를 불러요. 아이고, 난 못 말린다니까. 그냥 아무 소리 안 해도 될 텐데. 제발 말 좀 하지 말고 살자고 나에게 주문을 했다. 항상 난 말을 더 붙여서 사달을 낸다니까.

슈퍼로 가면서 애들 피자 좀 사다 줘야겠어. 애들 학교도 안 가는데. 우리가 조금 있으면 사다 주고 싶어도 몸이 말을 안 들어서 사줄 수도 없을 테니까. 미스터 피자집에 주문을 하려고 전화를 했다. 계속 받지 않았다. 몇 번을 더 하다가 욕하면서 나는 슈퍼로 갔다. 애들이 좋아하는 참외와 딸기를 사고 이것저것과 채소를 샀다. CJ 미역국과 육개장도 샀다. 애들 것도 챙겼다. 계산을 하고 딸네 집에 산 물건을 갖다주었다. 우리는 집으로 와서 밥상을 차렸다. 그리고 나는 남편에게 말했다.

- 아까 내가 미안해.
- 화를 푸쇼.
- 내가 경계선을 넘어가지 말아야 하는데.
- 그만 경계선을 넘어갔어.
- 그래도 난 잘못한 것은 확실하게 인정한다고.
- 우리가 테니스를 칠 때, 내 공이 아닌데 내 짝 것을 내가 치면 얼마나 미안해. 그때 난 꼭 내 짝한테 미안하다고 해. 그게 예의잖아. 그런데 이상하게 경계선에서 나도 모르게 몸이 따라가잖아. 오늘도 그런 거야.
- 몸이 따라가듯 경계선을 넘어간 거니까 이해해 줘.

남편은 아무 소리를 안 했다. 몸의 경직성은 풀어진 듯했다. 삶은 그런 것이었다. 매사 지나치지 않게 조금만 양보하고, 불편한 마음을 조금 참으면 되는 것을. 내 안에서 일어나는 것을 모두 쏟아 내야 하는 성정 때문에 힘들게 되는 경우가 많았다. 참는 것도 공부인데….

- 2030, 판을 뒤집다 - 조선일보, 2021.06.12.

- 이준석, 국민의 힘 대표 당선… 첫 30대 제1 야당 리더 탄생
- 이 대표는 당선 수락 연설에서 "우리의 지상 과제는 대선에 승리하는 것이고 그 과정에서 저는 다양한 대선 주자들이 공존할 수 있는 당을 만들 것"이라며 "문재인 정권 심판을 위해서는 변화하고자 강해져서 우리가 더욱더 매력적인 정당으로 거듭나야 한다"고 했다. 이어 "세상을 바꾸는 과정에 동참해 관성과 고정 관념을 깨 달라"고 했다.

나는 이 기사를 보고 충격적으로 기쁨이 찾아왔다. 어찌 이럴 수가 있었을까? 정말 세상이 변했구나. 정치판에 60세, 70세, 80세 꼰대들이 자기 입지만을 굳혀 보자고 안달을 하는 곳에서 이 대표가 선출하다니. 대한민국의 미래가 보였다. 꼰대들은 굳어진 자기만의 벽을 고수했고, 철저히 자기 식의 벽을 세웠는데 말이다. 그 벽을 깨부쉈으니, 얼마나 내 속이 시원하던지….

36세 원외(院外) 인사인 이준석 신임 국민의 힘 대표 등장으로 이

른바 'MZ 세대'라는 20대와 30대 유권자들이 우리 정치 태풍의 핵으로 부상했다. 진보와 보수의 이념 지향성이 뚜렷한 40대 이상과 달리 이들은 '이념'보다는 '이익' 중심으로 투표해 왔다. 이들의 급격한 정치 변화 제1 요인은 팍팍해진 삶이었다. 이런 정서에 기름을 부은 게 '우리는 되고 너희는 안 된다'는 정부 여당의 이중 잣대였다. 2019년 '조국 퇴진' 서울대 촛불 집회를 주도한 김근태(30, 서울대 재료공학부 박사 과정) 씨는 "조국 전 장관이나 윤미향 의원 등 문재인 정부 사람들은 앞으로는 온갖 미사여구를 동원해 듣기 좋은 말을 했지만 실제 모습은 전혀 달랐다"고 했다. 이런 분노는 결국 "정치를 뜯어고치지 않고는 희망이 없다"는 것으로 귀결됐다.

나는 이런 사실을 보고 뭔가 통쾌함을 느꼈다. 그동안 진보와 보수라는 이름으로 북한을 이용하여 정치를 했었다. 그 이념 논리는 매년 1년에 3조 원의 비용을 쓴다고 외국학자들에게 들은 바 있었다. 내년 3월에 있을 대선에서는 2030세대가 적어도 진영 논리에 영향이 없을 것으로 보여진다. 그들 세대는 자기들이 중시하는 이익과 가치를 실현할 후보에게 표를 줄 것이기 때문이다. 한국은 그동안 진보를 표방하면서 북한을 찬양하는…? 지금 정권이 그렇다는 것이다. 나는 같은 민족으로 북한 인권을 보호하자는 차원이 아니라 무조건 김정은을 찬양하며, 나라를 바치고 싶어 하는 현정권이 참을 수 없다는 것이다.

이준석, 그는 누구인가? 서울 출생(1985년)으로 서울과학고를 졸업한 뒤 미국으로 유학을 떠나 하버드대에서 경제학, 컴퓨터과학 학사 학위를 취득했다. 귀국 후 '저소득층 무료 과외 봉사 단체 배움을 나누는 사람들'과 전산 관련 벤처 기업을 운영하던 중, 2011년 12월 당시 박근혜 전 대통령에 의해 새누리당 비상 대책 위원으로 발탁돼 정계에 입문했다. 2016년 총선에서 서울 노원구 상계동 지역구에 출마했지만 안철수 후보에게 밀려 2위로 낙선했다. 이후 2020년 1월 바른미래당을 탈당하고 새로운 보수당 현 국민의힘과 합당하여 소속이 됐다. 21대 총선에서 더불어민주당 후보에게 밀려 패배했다. 4, 7 재 보궐 선거에서 오세훈 서울시장 캠프에서 뉴미디어 본부장을 맡았다. 그는 암호 화폐 투자를 통해 수억 원 수익을 올렸고. 선거에 도전했다.

(조선일보, 2021.6.12. 김승현 기자)

이준석이 문 대통령 아들보다 나이가 어린 사람인데, 대표직을 해낼 수 있을까를 생각했다. 수십 년 정치계에 몸담고 있던 사람들 사이에서 과연 그가 이겨 낼 수 있을지…. 그 정치인들은 긍정적인 것보다 부정적인 부분이 많은 사람들이다. 80세가 넘은 박지원 국정원장을 보면 정치계의 흑역사를 보는 것 같다. 그는 아직도 북한을 이용하고 국익을 자처하면서, 청와대와 북한을 연결 고리로 하는 사람이다. 그는 아예 남한을 김일성이즘, 문재인이즘으로 정신세계를 통해 지배하려는, 그러면서 그들의 영과 혼을 사로잡는 주체사상을 국가의 가치로 두는 사람들을 그가 과연 올라설 수 있을지….

　지금 한국이 세계에서 주목받고 있는 나라가 되었다. 전 세계에서 IT 산업화가 최고인 선진국이며, 그것으로 국방 산업 외 여러 산업의 기술 발달이 이루어졌다. 이는 한국이 오랫동안 남북 대치로 힘겹게 살아온 탓일 것이다. 주변 강대국의 눈치를 보며 정치, 경제, 문화, 산업 등을 국가 차원이 아닌 각자 자유롭게 이룩한 국민의 힘이 국가의 위상을 올려놓았다는 생각이다. 오히려 정치인들은 좌파든 우파든 자기 몫을 떼어내는 그들만의 잔치를 하며 국민이 이룩한 것에 숟가락을 올려놓고 잔치를 벌이는 느낌이 든다. 그리고 국민을 위해서가 아니라 정치인들의 이익을 극대화하기 위해서 싸움을 일으키는 모습이 치욕스럽다.

　우리 국민은 자각을 게을리하면 안 된다는 생각. 일본이 스스로 대 일본이라며 한국 위에서 70년을 홍행하며 살았는데…. 지금은 아베 정당의 정치인들 잔치로 나라가 쇠락하는 모습을 보고 있다. 일당 정치가 된 폐단일 수 있는 것이다. 그들은 자유당인 우파라지만 모습은 공산당 모습으로, 일본을 끌고 가는 모습이다. 올림픽을 해서는 안 되는 시기인데도, 국민들이 코로나 때문에 싫어하지만, 그래도 그들은 강행하고 있다. 과연 일본이 어떤 변란을 일으킬지 세계인은 주시하고 있는 중이다.

법륜스님이 결혼 못 한 사람들에게 강의를 하는 것을 듣고 너(작은딸)를 생각해 봤어

- 1. 넌 얼굴이 예뻐. 신체도 건강하고 키가 커서 늘씬해. 테니스를 잘 치니 남성들에게 인기가 있어. 학생들도 잘 가르쳐서 인기가 높지.
- 2. 부모가 이혼을 하지 않았고 행복하게 살고 있어. 너에게 생활비가 없어서 돈을 달라고 하지도 않아.
- 3. 네가 결혼할 사람 데리고 오면 우리는 무조건 오케야.
- 4. 넌 단지 결혼이 늦어지는 것뿐이야.
- 5. 차선으로 테니스 잘 치는 K 군이 괜찮아. K 군이 못생겼다고 하지만 아빠 젊은 시절과 비슷한 거야. 결혼하면 품격이 생긴다고.
- 6. 스펙 좋은 사위를 얻은 엄친(엄마 친구)들은 말은 안 하지만 속으로는 괴로워하지. 사위들은 처갓집 돈을 탐내고 자기 차를 바꿀 때는 처갓집이 좋은 외제 차를 사 주기를 바라지. 사위들은 바빠서 처갓집과 교류하는 시간도 없고 하고 싶어 하지도 않으며, 설령 만나도 정서가 안 맞으니 삐거덕거리는 거지. 그들은 그냥 딸이 이혼 안 하고 사는 것으로 고마워하는 거고. 어쩌다 제 잘났다고 사는 놈들이 잘난 척하다가 죽은 놈도 생기고. 그런 게 인생이야.

- K 군이 싫다면 할 수 없는 거고. 너 혼자 외롭게 그냥 살면 되는 거고.

- 이번 주 토요일에 K 군을 네가 초청해서 데리고 오면 좋겠어. 고기 얻어 먹은 값도 하고. 우리는 초청 못 해. K 군이 가족 모임에 오고 싶어 하지 않거든. 주인공은 너네들이잖아. K 군도 주인공으로 오고 싶어 하거든. 네가 싫으면 그만두면 되고.

- 이 글을 읽어 주면 좋겠구나. 너는 머리만 똑똑해. 실생활은 꽝이거든. 너는 허상에 너무 가치를 두는 것 같아.

<이 한 장의 사진>

- 보훈의 달을 맞아 참전 용사들의 사진과 메시지를 삼성역, 강남역, 올림픽 대로 등 서울 옥외 전광판 다섯 곳에 노출하는 기획이 이달까지 계속된다. 해당 전광판을 운영하는 CJ파워캐스트 주관 'freedom is not free' 프로젝트다. 6.25 참전 용사 초상 촬영을 5년째 진행 중인 사진가 라미현(42, 현효제) 씨의 흑백 사진이 30초간 상업 광고를 밀어낸다. 주최 측은 "이들의 희생을 돌아보는 계기가 됐으면 한다"고 했다.

- 6,25 참전 용사 오병하(85) 씨는 황해도에서 태어났고, 인민군의 총탄에 아버지를 잃었다. 혈혈단신 임진강을 건너 아사의 고비를 넘기고 육군 학도병에 입대했다. 그때는 "나라를 살리는 것이 우선이었고 내겐 그것이

애국이었다." 참극의 나날을 딛고 수십 년 뒤 그는 카메라 앞에 섰다. 주름진 얼굴 쇠하지 않은 영웅의 눈빛이 대형 전광판에서 흘러나온다.

- "전쟁 때 생각나는 것은 딱 세 가지뿐. 눈, 추위 그리고 배고픔." (호세 곤잘레스)

- "자유는 마치 공기 같다. 우리가 참전한 것은 그 자유 때문이다." (윌리엄 맥퍼린)와 같은 노장의 증언이 바쁜 걸음을 잠시 멈춰 세운다. 백발의 탈북 국군 포로 유영복(91) 씨의 메시지가 유독 가슴을 뻐근하게 한다. "참전 용사분들이 원하는 게 한 가지거든요. 잊지 말아 달라,"

■이 한 장의 사진, 정상혁 기자■ 조선일보, 2021.06.24.

영상을 보면서 가슴이 뭉클해졌다. 환상적인 영상으로 가슴이 뛰게 했던 곳에서 나라를 지켰던 애국자 영상이라니. 나는 너무 비애국자였던 것일까. 정치판이 국민을 비애국자로 몰아갔던 느낌. 여하튼 지금도 그들은 천안함을 두고 이상한 짓거리를 하고 있으니. 여권 세력은 우리가 자폭한 것으로 몰아가는, 참을 수 없는 광경을 보고 살아야 한다. 거기에 동조하고 찬양하는 국민은 어느 나라 사람들인지 알 수 없는. 희한한 광경을 너무 많이 봐 와서 나는 할 말이 없었다. 어찌 했건 나라를 염원하는 고통은 나에게 항상 살아 있었던 것이다.

*

세상이 혼란하니 마음은 시끄럽다 그래도 친구들은 모이자 한다

- 모두들 보고 싶네요. 6월 11일 10시에 N 농수산 시장 주차장에서 만나요. 매실 따러 갑시다. 꼭 오세요.
- 네, 네, 네….
- 11일에 전국적으로 비가 온다는데 하루 앞당겨서 10일에 만나면 어떨는지요? 의견 주세요.
- 좋아요, 좋아요, 좋아요….
- 날씨 관계로 일정을 변경합니다. 6월 10일 9시 30분에 N 농수산 시장 주차장에서 만나요.
- 네, 네, 네….

그날 우리 대학 동창들은 만났다. 친구 JO가 모인 친구들을 태우고 매실 밭으로 갔다. 매실나무에 매실이 실하게 주렁주렁 열렸다. 비닐봉지를 팔에 끼고 실한 매실을 한 줌씩 따서 담았다. 파란 하늘 아래 짙은 초록 매실나무들이 즐비했다. 아름답다. 공기가 맑아 싱그럽다. 코가 호강을 했다. 가슴이 트인다. 이 나무 저 나무 매실을 따라 자리를 옮겼다. 잠시 돗자리에 앉아 쉬며 놀며 매실을 땄다. 매실 주머니가 두둑했다.

- 난 그만 따겠어.

- 들고 갈 수가 없어.

- 난 병나고 싶지 않으니 요만큼만이야.

- 야, 더 따.

- 그래, 더 따야지. 멀리서 왔는데.

- 됐어요.

우리는 실강이를 하며 돗자리에 앉았다. 늦게 도착한 친구들이 차에서 내려 밭으로 왔다.

- 반가워, 반가워.

우리는 오랜만이었다. 코로나로 인해 모두가 두절 상태로 살았다. 매실은 6월 중순을 넘기면 비에 쓸려 모두가 상할 것이라 했다. 예전에 소작하던 이는 매실 농장을 예쁘게 잘 가꾸었다. 농장 텃밭에 상추, 파, 깻잎 시금치 등 별별 나물을 다 심어서 친구들에게 채소를 뜯게 했는데 이번 소작인은 날건달이었다. 매실나무는 상한 곳이 많았다. 텃밭은 엉망으로 풀이 솟고 잡풀투성이였다. 거기에 웬 매실수 정리를 위해 나무를 잘라 낸다는데, 모두 베어 버려서 못 쓰게 하는 느낌이다. 나는 소작인이 걱정스러웠다. 저러다가 친구네 매실수 다 절단 나게 생겼구나.

친구들은 돗자리에서 쉬었다. 허리 수술로 거동이 불편한 친구가 불편하게 앉아서 힘들어했다.

- 어? 왜 YM이 안 오냐?
- JO야, 전화 좀 해봐.
- 꼭 온댔는데?
- 전화해 볼게.
- 야, 왜 너 안 오는 거야?
- 나야 가고 싶지. 근데 갈 수가 없어. 지금 병원이야.
- 어디 아픈데.
- 아침에 갑자기 걸을 수가 없어서 병원에 왔어. 협착증이 심해졌나 봐.
- 그래, 그럼 주사 맞고 나아지면 와.
- 알았어.
- 배고프다. 한낮이 되었네. 뭐 좀 먹자.
- 그래.

JO가 새벽부터 준비한 팥죽과 부침개, 과일 등 푸짐히 한 상을 차려 냈다. 우리는 정신없이 새알이 든 팥죽을 몇 그릇씩 먹어댔다. 그러다가 친구 Y가 말했다.

- 나 명리학을 공부했어. 외울 게 많은데 그거 외우면서 공부 많이 했어.
- 그래. 넌 역시 학구파야. 영어 공부 하더니 언제 명리학으로 바뀐 거야.

대단하다.

- 그럼 시집 못 간 애들부터 봐 줘.

친구들 중에 결혼 못 한 자식이 많았다. 부모인 우리는 어쩔 수가 없다. 의사인 딸에 대해 친구가 물었다. 사주는 괜찮은데 이름에 물이 없다고. 그래서 이름을 지어 주었다. 친구 아들은 사주가 좋단다. 좋은 신붓감이 나타날 것이라고. 명리학을 봐 주는 친구는 자기 아들이 결혼 운이 없단다. 그 후 결혼에 대해 마음을 비웠다 했다. 내 딸은 시집 운은 내년이나 후년에 들어온다고. 너무 많이 오랫동안 속으면서 들어와서…. 내 딸에게도 이름에 물이 없다고. 그래서 물이 들어간 이름을 지어 주는 게 좋단다. 역시 그 친구는 학구적인 친구였고 우리에게 즐거움을 선사했다.

쉬고 놀고 먹으며 우리는 매실을 땄다. 비닐봉지들이 제법 많이 채워졌다. 나는 조금만 가져가려 애썼다. 서울까지 들고 가는 것이 힘들 거고 허리 다칠까 걱정이 컸다. JO는 나에게 말했다.

- 야, 너 저녁 먹고 가.
- 아니야. 나 둘째 동서네 집에서 저녁 먹고 잠자고 내일 일 보고 가기로 했어.
- 잘됐네. 내가 오늘 저녁 살게.
- 이렇게 잔치를 했는데 무슨 또 저녁이냐?

- 네가 멀리서 왔으니까 하는 거야.

- 알았어. 동서에게 전화하고 저녁 먹고 갈게.

우리는 서둘렀다. 한 친구가 일찍 집에 가야 한다고 해서 일찍 저녁을 먹기로 했다. 식당으로 가기 전에 친구들은 우체국에서 택배로 매실을 몽땅 한 박스에 넣어서 우리 집으로 보내 버렸다. 아니, 이 많은 것을 나에게 보내다니⋯. 친구들은 몸이 불편해서 매실을 담글 수가 없단다. 허리 아파서, 다리 아파서, 협착증으로. 여하튼 매실은 23키로였다. 우체국으로 옮기는 일도 큰일이었다. 식당으로 가서 갈비를 먹고, 냉면을 먹었다. 코로나로 인해 자리를 띄워서 앉았다. 그곳에서 갈 사람은 가고 남은 사람들은 갈비탕을 사서 참석 못 한 친구 집으로 갔다.

YM은 병원에서 주사를 맞고 늦게 깨어나서 참석을 못 했다. 그의 집은 정갈하고 깨끗했다. 손수 만든 모시 커튼, 예쁜 찻잔의 받침대, 테이블보 등이 장식되어 있었다. 벽에 걸린 벽시계도 박물관에 있을 법한 모습이었다. 그는 아름다움과 미를 알고 즐기는 친구였다. 젊어서는 친구들을 잘 몰랐다. 7학년이 되어 가니 친구 색깔이 보였다. 음식을 푸짐하게 만들어서 무조건 먹이며 즐기는 JO, 학구적으로 사람을 즐겁게 하는 Y, 모르는 게 없는 만물박사이며 국가 세율을 잘 아는 JANG, 멋진 품격이 있는 장미꽃 블라우스와 진주 목걸이를 좋아하고 따뜻한 마음을 주는 SONG, 뜨거웠고 따뜻했던 마음이 병들어 울증을 일으키는 PAK 등이 무사히 존재하여 우리를 빛냈다.

내년에도 아무 탈 없이 이들이 존재하겠지. 작년에는 올해보다 분명히 씩씩했다. 근육에 활기가 있었다. 올해는 그들은 작년만 못했다. 아픈 곳이 많고 몸이 굼떴다. 일어설 때도 시간이 걸렸다. 어쩌면 일어나서 걸을 수 있는 것이 다행일지 모른다. 시간은 빠르게 지나갔다. 저녁 9시가 훨씬 넘었다. 밖에는 비가 왔다. 우리는 집으로 가야 했다. 서로 인사를 하고 헤어졌다. 나는 JANG과 함께 같은 방향 버스를 탔다. 그가 내리라는 곳에서 하차했다. 밤이 늦었다. 그곳은 예전의 모습이 아니었다. 한참을 헤매며 힘들게 아파트를 찾았다.

초인종을 눌렀다. 동서가 나왔다. 미안했다. 삼촌은 거실에서 TV를 보다가 잠을 자고 있었다. 나는 살금살금 기어서 옷을 벗고 샤워를 하고 동서 방으로 갔다. 둘이 누웠다. 오랜만의 만남이었다. 우리는 지난 이야기를 회상했다. 시어머니, 친정어머니, 동생들, 자식들에 대해서. 그런데 잠 때가 지나서 잠이 오지 않았다. 동서가 나에게 제안했다.

- 형님, 우리 잠 안 오니까 술 한잔할까요?
- 그럴까?

- 형님, 일어나요.

- 그래.

- 여기 앉아요. 이거 약술인데 마셔 봐요.

- 요만큼 넣고 찬물을 많이 붓고요, 빨대로 살살 빨아요. 그럼, 양치질 안
  해도 되고요.

- 야, 안주는 친구가 준 블루베리로 하자. 거북하지도 않고 좋을 것 같다.

- 그래요.

우리는 주거니 받거니 하며 새벽 5시까지 마셨다. 술에 취하니
무슨 그런 할 말이 많은지 말이다. 나는 동서에게 눈을 붙이고 출
근을 해야 한다며 침대로 돌아왔다. 7시경 일어났다. 동서 출근길
을 따라 나왔다. 1시간가량 버스를 탔다. 다시 전철을 타고 동서는
사무실로 갔고 나는 친정어머니 집에 새로운 세입자가 온다 해서
부동산으로 갔다. 세입자는 캐내디언이었다. 어머니가 돌아가셔서
T시로 왔다고. 남자는 성악을 전공했다고 했다. 옆 동네에 큰 아파
트를 지니고 살았던 어머니가 돌아가셔서 왔다가 어머니의 작은
아파트를 전세로 얻었다. 세입자는 65세였다. 이제 이중 국적이 허
용되었다.

그는 캐나다와 한국을 오고 가고 싶어 했다. 캐나다로 이민 간
지 28년이 되었다고 했다. 그는 장남이었다. 부인은 아주 깍쟁이
였다. 부동산 사장에게 목욕탕 수리, 도배, 신발장 수리, 후두 등

을 교체해 달라고 강조했다. 수리 비용이 만만하지 않았다. 부동산 사장은 전세비도 싼데 그렇게 다 해 줄 수 없다고 했다. 그는 나를 괴롭혔다. 할 수 없이 고개를 끄떡거렸다. 부동산 사장은 모든 것을 다 해 주되 월세자가 아니니까 도배는 세입자가 하라고 권고했다. 서로를 조정했다. 그들은 캐나다에서 고생을 많이 했을 것이다.

그의 어머니가 돌아가셨을 때 작은 동생이 장례를 모두 치렀을 것이다. 코로나로 보름 동안 호텔에서 근신을 했을 것이다. 자식이 이민족인 경우, 그들은 부모에게 슬픔을 주고 재산만 챙기는 경우가 많다. 이들도 그렇지 않았을까. 갑자기 몇억이 그들 수중에 떨어졌으니 그들의 고향에서 여생을 보내고 싶은 마음이 있었을 것이다. 여하튼 그들은 그 집이 좋다며 즐거워했다. 그들은 나에게 말했다.

- 캐나다에 오세요. 우리는 캐나다 토론토에 살아요.
- 그래요? 제게 고종사촌도 거기에서 사는데요.
- 캐나다에서 무슨 일을 했어요?
- 별별 일을 다 했지요. 고생 많이 했어요. 저이는 할 일이 없고요.
- 네. 저는 캐나다가 추워서 싫어요. 추운 것을 못 견디거든요.
- 캐나다가 춥기는 해요.

계약서를 썼다. 그가 어머니 계좌로 돈을 입금했다. 그런데 그의 핸드폰 이체가 쉽지 않아 여러 번 시도를 했다. '캐나다에서는 이렇게 개인으로 할 수 없는데, 캐나다는 변호사가 모두를 대신하는데…', '그래요?' 우리가 이렇게 금융에 대해 자유롭구나를 생각했다. 일이 끝났다. 곧 친구들에게 전화가 왔다. 매실밭 친구들이 나를 싣고 드라이브를 하겠다고. 우리는 차를 타고 호수를 가서 산책하고, 숲속의 한정식집에서 맛있는 식사를 했다. 다시 드라이브를 하며 산천 구경을 하고 멋진 카페에서 커피를 마시며 잡담을 했다. 그 후 오후 5시경 차를 타고 서울로 올라왔다. 1박 2일, 즐거운 보람찬 여행이었다.

*

나의 글쓰기를 변화하고 싶다

친구들에게 내 책을 나누어 주면서 나는 '이것은 나의 취미야'를 강조한다. 친구들이 책 받는 것을 미안해하고 더러는 넌 책을 썼는데 난 뭘 했냐며 반성을 하는 친구도 있다. 반성이 지나쳐서 자학을 하는 모습을 보면, 내가 너무 큰 잘못을 했다는 생각이 든다.

나를 좋아하는 친구들은 너 대단하다며 칭찬을 해 주니, 오히려 쑥스러워서 몸을 감추고 싶었다. 나는 글 쓰는 것을 좋아한다. 그런데 지금 같은 글이 아니었으면 싶다. 같은 음식을 계속 먹으면 지루하고 싫증이 나듯이 내 글이 그렇다는 느낌이다. 스스로 변신하고 싶은데 그것이 안 된다. 쓰던 것이 익숙하니까 타성이 붙어서 더욱 그렇다.

오늘 서점에 갔다. 슈퍼마켓처럼 나는 책을 찾았다. 그곳에서 박준 시집 '우리가 함께 장마를 볼 수도 있겠습니다'를 찾았다. 내 정서에 맞는 것 같았다. 표지에 써진 것도 나의 마음에 들었다.

- 돌보는 사람은 언제나 조금 미리 사는 사람이다. 상대방의 미래를 내가 먼저 한 번 살고 그것을 당신과 함께 한 번 더 사는 일. 이런 마음 먹기를 흔히 '작정作定'이라고 하지만, '작정作情'이라고 바꿔 적어 본다. 돌봄을 위한 작정, 그것이 박준의 사랑이다.

이 시집을 읽고, 그와 같은 시를 따라서 쓰고 싶은 마음도 생겼다. 우리가 유튜브를 보고 음식 레시피를 보며 음식을 만들어 먹듯이 말이다. 여러 번 음식을 레시피대로 따라서 만들지만 그 음식이 내 취향과 맞지 않을 때가 많았다. 그를 따라 시를 짓는다고 시가 될 수 없음을 나는 안다. 그러나 열심히 음식을 만들어 맛이 나듯이 만들어 보려고 애써 볼 것이리라. 밀가루를 반죽하듯이….

갑자기 글이 막혔다. 뭔가 글을 쓰려고 했는데 써지지를 않았다. 내 안의 몸속에 나쁜 액운이 섞여서일까? 창밖을 보았다. 회색 하늘이 하늘을 덮었다. 아파트 주변 소나무와 단풍나무가 짙푸른 잎을 내서 자기 몸을 감쌌다. 주차장의 아스팔트 바닥은 엊저녁 비를 머금고 바닥이 적셔져 있었다. 새들은 아침부터 시끄럽게 떠들며 이야기를 했다. 창문을 열자 흰 나비가 훨훨 날아서 지나갔다. 다시 현관문을 열자 211호 여자가 검은 원피스를 입고 현관문을 열고 나왔다. 그 여자는 긴 복도를 따라 지나갔다.

코로나 내내 211호 여자의 어린 딸은 작은 방에서 혼자 등불을 켜고 2년 동안 지키며 살았다. 더러는 영어 소리도 나고, 가끔 잡소리도 나지만 대부분 조용했다. 처음 이사 와 짐을 펼칠 때, 나는 이사를 왔냐면서 인사를 했다. 그 여자는 갑자기 외면을 하면서 현관문을 닫았다. 그 집의 어린 외딸에게 몇 학년이냐고 물었더니 여자는 자신의 딸을 붙잡아 현관문 안으로 데려가면서 눈을 찡그렸다. 211호에 웃기는 여자가 이사 왔음을 알았다. 211호 여자는 복도를 지나면서 마주치면 얼굴을 외면하고 딴짓을 하며 지나갔다. 나는 속으로 '저런 상스러운 별여자가 이사 왔는가'를 생각했다.

그래도 우리는 지나가면서 부딪히는 일이 많았다. 나는 211호 여자를 주시해 보았다. 얼굴은 반반하고 키가 컸는데 몸에서는 싸늘한 기운이 풍겼고, 나를 피했다. 아니, 옆집에 살면서 저런 여자는 처음 봤다. 무슨 일을 하는지는 모른다. 그러나 아침마다 그녀는 출근을 한다. 아이는 항상 작은 창문이 있는 방을 지킨다. 창문은 이중창으로 꼭꼭 잠겨 있다. 이사 올 때 창문의 절반에 플라스틱 창 가리개를 설치했다. 벽에 붙은 창에는 모두를 플라스틱 가리개를 설치했다. 사람들과 벽을 치겠다는 의도가 강했다. 어쩌다가 그녀의 남편을 만나면 공손하게 인사했다. 나는 그들의 태도를 이해할 수 없었다.

210호에도 비슷한 시기에 세입자가 이사 왔다. 젊은 부부였다. 그들은 학생 부부처럼 보였다. 창문이 열리는 일이 없었다. 밖의 복도 창도 그랬다. 나는 숨 막히는 더위 때 210호, 211호 복도 창을 열고 추울 때는 닫았다. 210호는 항상 고요했다. 가끔 복도 창가의 작은 두 개 방에서 불이 켜지고 꺼졌다. 아기도 없고, 큰방과 거실도 있는데 왜 작은 방들에서만 불이 켜지고 꺼질까? 공부하는 학생들이라 그렇겠지. 210호는 항상 세탁물이 많다. 그곳은 새벽에 대형 세탁물이 배달되어 덧씌운 비닐천을 긴 끈으로 묶어 현관 손잡이에 매달아 놓았다. 바닥에는 쿠팡 비닐 백이 높이 쌓였다. 211호에도 쿠팡 비닐 백이 이중 삼중으로 배달되어 현관 앞에 놓였다.

예전에는 현관문이 열리면, 인사하고 먹을 것을 나누어 먹고, 각자의 손자들을 얼르고 인사했는데⋯. 냉혈한들이 이사 와서 사람들을 보면 지렁이를 밟을까 봐 피하듯이 외면했다. 나는 속으로 빌었다. 어서 빨리 다른 세입자들로 교체되어 인사하고 살 수 있기를 바랐다. 오늘도 작은 방들에 전등이 켜졌고 고요했다. 그곳에는 귀신이 사는 것처럼 고요했다.

*

운동하는 친구들이 사라진다

나이 들수록 친구들이 많이 아프다. 이제 다치지 않고 제 몸 잘 다스리며 식구들에게 폐를 끼치지 않으면 다행이리라. P 친구에게 전화했다.

- 야, 동창 S 친구가 팔이 부러졌대.
- 아니, 어떻게?
- 손자와 놀다가.
- 우리 나이가 그럴 때야. 너 조심해. 네 손자랑 레슬링 하지 말고.
- 그래야겠다. 시어머니는 넘어져서 팔과 손에 금이 갔고 깁스했는데. 나이

가 100살 넘으셨잖아. 근데 그 친구는 넘어져서 팔이 부러졌대. 철심을 2개 박아야 한대.

- 힘들겠구나. 시간이 많이 걸리겠다. 골프 치려면 힘들겠는데?

- 내가 이번 월요일에 힘들었어. 골프장은 3팀이어야 단체로 할인해 주는데. 아프고 수술하는 친구가 많아서. K, M, O가 빠지잖아. 그래서 과천 친구에게 그의 친구 한 팀을 옮겨 달라고 했어.

- 그래서 했어?

- 응.

- 공부 잘했네, 힘들게. 그거 얼마나 힘든 일인데.

- 내가 이번에 번개팅 하느라 힘들었어. 남편이 번개팅으로 예약을 받은 거잖아. 그런데 사람이 없는 거야. 내 친구 12명한테 전화했어. 남편이 수술하느라, 자기가 수술하느라, 자기 몸이 안 좋아서. 여하튼 사람을 채울 수가 없는 거야. 그중 나중에 할 수 있는 S 친구가 하나가 생겼어. 한 멤버를 또 찾아야 하는 거야. 나는 골프장 예약실에 전화해서 1인을 조인해 달라고 했어. 다시 예전에 내가 다니던 골프장 프로에게 골프 칠 수 있는 멤버 한 사람 구해 달라 했지. 계속 연락이 안 오는 거야. 마지막 남편 친구 부인 Y에게 문자를 보냈어. 그는 위암 수술 한 지 3개월 지났거든. 어쨌든 Y 부인이 할 수 있다고 문자가 와서 우리는 공을 칠 수 있었어.

- Y 부인은 우리보다 5살 아래야. 테니스 레슨을 10년 받아서 체력 유지를 잘했어. 거기에 매너가 좋아. 우리 친구 S는 매너가 너무 없어. 거기에다

가 왕고집이고. 나 너무 힘들더라. 이제 매너 없는 친구와는 관계를 갖는 것이 어렵더라. 캐디가 늦어서 에러 난 공을 이번 홀에서 치면 안 된다고 하는데 막무가내로 저 혼자 또 공을 치는 거야. 그리고 늦었으니 차를 타고 가야 한다는데 자기는 걸어가겠대. 뛰어가면 된다고. 거기에 연습 스윙을 4~5번을 하는 거야. 캐디가 좋아하겠니? 난 다리가 아프니까 늦는 거야. Y 부인이 나를 위해서 먼저 공을 쳐 주는 건데, S 친구는 나에게 네가 먼저 치고 두 번째는 자기가 치고 세 번째 Y 부인이 치라는 거야. 이게 무슨 경우냐고.

- 나 그 친구 때문에 속 터져 죽는 줄 알았어. 우리 부부가 회원이고 Y 부인이 정회원이야. 그린피가 얼마나 싸냐고. 보통 17만 원씩 내잖아. 그런데 N 분의 1 하면 9만 원씩인 거야. 거의 두 배로 싼 거야. 고마운 거지. 그리고 점심식사 하러 식당에 갔어. 밥을 먹는데 내가 식사비를 내려고 했어. 근데 S 친구가 그린피도 싸니까 자기가 내겠다면서 나에게 앉으라는 거야. 식사하면서. 모두가 그러려니 했지.

- 식사 후 내가 커피를 가지러 가려고 일어섰어. Y 부인이 다리 아프니까 자기가 가져오겠다는 거야. 쟁반에 4잔을 가져와서 마셨어. 한참 이야기를 하고 일어섰어. 카운터로 갔어. 점심 값 낸다는 S 친구가 밥값을 안 내는 거야. 그래서 할 수 없이 내가 냈어. 그리고 끝인 거야. 이거는 아니잖니? 집에 돌아오면서 Y 부인에게 내 친구가 비매너인 것이 화가 나는 거야. 캐디피도 Y 부인이 1만 원 더 내줬는데.

- 집에 와서 나는 S 친구에 대해, '그것은 아닌데….'라며 욕했지. 남편이 말했어. S 친구가 밥 먹는데 계속 자기를 보고 오늘 제가 그린피를 싸게 했으니까 밥값을 내겠다고 강조해서 자기가 "별말씀을." 그렇게 한마디 해줬대. 가만히 있기가 그래서. 그랬더니 S 친구가 자기가 내려고 했는데, 못 내게 하시네, 그랬다는 거야. 이게 무슨 말? 나에게 계속 자기가 돈 낼거라면서 일어서지 못하게 눈치 주고는. 진짜 매너 너무 안 좋네. 진짜 화가 나네. 물론 평생 그런 관계였지만. 아! 이제 그 친구와 관계를 그만 맺고 싶다. 휴~

*

돈 버는 것은 즐거워

대부분의 젊은이들은 돈을 버는 것보다 쓰는 것에 익숙해하며 성장했다. 그에 비해 노인들은 어려운 시대에 성장했기 때문에 돈의 귀함을 알고 평생을 돈 버는 것에 자신을 헌신했다. 그 노인들은 돈을 쓰는 것보다 돈을 버는 것을 좋아한다. 그렇게 평생을 살았기 때문이다. 내가 어렸을 때 할머니들은 구멍가게를 죽을 때까지 하며 살았다. 머리가 하얗고 애꾸눈이었던 할머니는 사거리 주막을 했다. 그의 가게 크기는 내 팔을 뻗어 손이 닿을 정도인 사방으로 1미터 50센치. 통로는 60센치. 숙소는 그의 반 정도인 방 크기였다. 내가 누우면 몸을 반으로 접어 간신히 누울 수 있었다.

그 할머니의 아들들은 모두가 훌륭했다. 큰아들은 대저택에 살았고 담장이 높고 대문이 커서 그 집안을 들여다볼 수 없었다. 둘째 아들도 큰아들만 하지는 못하지만 넓다란 기와집을 지니고 살았다. 어려서 나는 그 할머니를 이해할 수 없었다. 왜 아들 집에 가서 살지 않고 혼자 오두막집 가게를 지키는지 말이다. 내가 노인이 되면서 그 할머니를 이해할 수 있었다. 혼자 자유롭게 돈을 벌고 손자들이 오면 잔돈을 풀어 주는 즐거움을…

제주도에 사시는 94세 할머니가 배를 타고 바다 날씨가 좋다며, 물질을 하러 가는 것을 즐거워하는 모습을 TV에서 봤다. 잠수복을 못 입어 선장님이 입혀 주었다. 그는 잠수해서 온갖 해산물을 건져 왔고, 주변 사람에게 나누어 주고, 팔아서 돈을 벌었다. 시골의 할머니는 당신의 밭에 채나물을 심었다. 채나물이 자라면 뜯어서 시골 5일장에 가서 내다 팔았다. 평생 그렇게 살아온 할머니는 노인정에서 노는 것을 싫어하셨다. 돈 버는 것 자체를 즐겼다. 나이가 들수록 시골 할머니들은 도시에서 사는 것을 싫어했다. 도시에서 할 일이 없어서일 것이다.

동서 어머니가 시골에서, 아들이 아파서 밥해 주겠다고 도시로 왔다. 어머니는 새벽에 밥 먹고 일하던 습관이 있어서 아침 일찍부터 배가 고팠다. 그런데 아들네 식구들은 늦게 일어났다. 어머니는 배가 고파서 힘들었다. 함께 식사를 하지만 어머니는 이상하게 쉽게 배가 고팠다. 아들 집에서 눈치가 보였다. 이런저런 사정이 불편했다. 일주일 있다가 집으로 왔고 농사일이 그렇게 좋을 수가 없다며 자식 집에 살 수 없음을 딸에게 호소했다. 어머니는 차라리 농사를 지어서 돈을 만들어 아들 살림에 보태는 게 좋겠다 했다.

노인들은 몸이 부실해도 자기가 하던 일을 하고 사는 것이 즐겁다 했다. 순두부집 할머니는 자기가 하던 일을 며느리에게 물려주었어도 자기가 불 때고 식당 일 하기를 좋아한다. 장사하던 남대문시장 할머니, 생선 장사 할머니, 회 뜨는 할머니, 순대국 할머니 등등…. 회사도 마찬가지다. 할아버지가 자식에게 물려주었어도 회사에 얼쩡거리며 죽을 때까지 참견하기를 좋아한다. 인간의 본능은 자기가 무엇인가를 하는 것을 좋아하는 것이다. 나는 내 안의 나를 되돌아봤다. 무엇인가를 하는 것을 나도 좋아했다. 나도 그랬다. 내가 살던 집을 팔지 않고 유지하며 수리하고 세놓고 청소하는 일이 즐거웠다.

그동안 수리하는 것을 부동산 업자에게 맡겼지만 이제는 내 집이니 내가 할 것이니라. 그냥 재미있다. 화장실 보수도 할 것이고,

갈라진 시멘트도 유튜브를 보고 시멘트 사다가 도포할 것이다. 남편은 나에게 야단을 치지만 난 심심하니까 취미로 일삼아 그런 것을 즐길 것이다. 그것이 생산적인 일이고 돈을 버는 기분이다. 내 소유의 것이 즐겁다. 이것도 인간의 본능이니라. 나는 음식 만드는 것도 즐거웠다. 예전에 시어머니가 만두를 만드는 것과 된장 담는 것, 제사 음식 하는 것이 그렇게 재미있다고 하셨다.

젊어서, 시어머니의 소리는 나에게 무슨 그런 일이 있겠냐며 속으로 욕했다. 그 당시 나는 학교 강의 하고 퇴근해서, 밥하고 빨래하고 청소하는 일이 힘들고 괴로웠다. 당장 논문 프로젝트에 강의록 작성, 인터넷 강의 작성 등 시간을 쪼개도 어찌할 수 없었던 기억. 거기에 친정어머니는 당신의 생신상을 딸에게 얻어먹어야겠다며 서울로 나들이 나오셨고. 나는 아침 생신상을 중히 여기시는 어머님을 위해서 미역국과 잡채를 만들며 그날 논문 발표 때문에 가슴 조이고, 식탁에서 컴퓨터 작업했던 생각. 내가 미련한 것인지 어머니의 생각이 짧은 것인지, 하여튼 그때 나는 책임을 다하려고 애썼던 것이다.

그런데 노인이 되어 가면서 나는 지겹다던 음식 만들기를 즐기고 있는 것이다. 그것이 그냥 즐겁다. 온갖 채소를 썰어 놓고 필요에 따라 넣는 것도 즐겁다. 내가 좋아해서 맛있게 한 음식을 맛있게 먹는 것은 정말 행복했다. 어쩌다 맛있다고 사 먹을 때 내 취향이 아니면, 그때 실망스러웠다. 돈이 아까웠다. 차라리 그 돈으로 좋은 식재료를 살 것을…. 나는 날마다 '오늘 뭘 먹을까?'를 고민하지만, 그것도 공부였다. 치매에 걸리지 않을 것으로 봤다. 많이 음식을 만들어서 애들에게 주는 맛도 괜찮았다.

*

남편과 평생의 싸움은 술이다

나만 그렇겠는가. 한국의 대부분 남자는 술 때문에 일어나는 사건이 많다. 60년~70년대 길거리에는 술 마시고 게걸거리는 남자들이 얼마나 많았던가. 사회에 대한 부정, 가정의 반란, 자신에 대한 반란 등…. 남편은 직장 스트레스를 술로 풀고 술로 모든 것을 해결했다. 몸이 망가지도록 마시고 또 마셨다. 처음은 술을 먹는 거고 나중에는 술이 사람을 먹어 버렸다. 그리고 때로는 필름이 끊어졌다. 어떻게 집으로 돌아왔는지 몰랐다. 70세가 넘어 직장 동료, 선배들은 쓰러졌고 이 세상을 떠나갔다. 그들은 한결같이 소주를 사랑하는 사람이었다.

남편은 이제 잇몸이나 이의 통증으로 인해 술을 못 먹었다. 그러나 테니스나 골프를 치고 오면 맥주를 즐겼다. 몸에 통증이 있어도 먹고 죽겠다며 맥주를 마셨다. 난 이해한다. 맛있게 먹고 싶은 욕망을 참을 수 없는 것이 인간의 본능이 아니겠는가. 그가 혼자 먹을 때는 별탈이 없다. 그러나 여럿이 모임을 가져 맥주를 마시면 탈이 생겼다. 생맥주를 3~4잔, 아니, 5잔까지는 이해할 수 있다. 6잔 이상 계속 먹으면 문제가 생겼다. 맥주 양이 3000CC 이상이 되면 그때부터 몸에 부작용이 생겼다. 혀가 꼬이고 몸이 비틀거렸다.

그때 난 내 안의 참을 수 없는 감정이 폭발한다. 자연히 '이제 그만. 술에 많이 취했어요.' 소리가 자동으로 나온다. 어제도 그랬다. 테니스 회원의 딸이 결혼을 한다고 맥주를 사는 모임이 있었다. 운동을 끝내고 먹는 치맥은 최고의 맛이었다. 회원들은 계속 건배를 외쳤다. 못 먹는 팀은 500CC 한잔이면 충분했다. 그러나 좋아하는 팀은 5잔 이상을 마시고 또 마시고 또 시켰다. 난 남편이 불편했다. 그의 혀가 꼬부라졌다. 몸은 일어설 때 비틀거렸다. 그러면 난 참을 수가 없이 소리가 나왔다.

- 술 취한 것 같아요. 그만 먹어요.

그럼, 폭풍 화를 내면서 남편이 말했다.

- 당신은 그게 틀렸다. 이 많은 사람들 앞에서 그런 소리를 할 수가 있냐?

- 나를 뭐로 보냐. 그러잖아도 이게 마지막 잔이라고 내가 다 말을 했잖냐.

- 왜 당신은 술맛을 떨어지게 하냐.

- 당신은 못됐다. 술 끝판에 꼭 남편 기분을 상하게 하고 마는 버릇이 있다.

- 그러지 말라고 했잖냐. 그렇게 주의를 줬는데도 그러더라.

- 남편의 체면을 그렇게 깎아 내야 하겠냐.

남편은 계속 나에게 시비를 걸고 소리쳤다. 사실 나도 참을 수가 없었다. 난 가만히 앉아서 모자를 쓴 상태에서 남편이 보지 못하게 하고, 눈을 흘겼다. 남편은 계속 잔소리를 해 댔다. 그것은 술 취한 주사일 뿐이었다. 난 술자리 시간이 길어지는 것도 괴로웠다. 술 한잔 먹으며 3~4시간을 앉아 있는 것도 힘들었다. 우리는 이미 테니스를 3시간 치고 왔으니 말이다.

우리가 청춘이 아니잖나. 노인인데 계속 앉아 있는 것도 사실 힘들었다. 남편은 작은 딸하고도 술을 먹으며 오랜 시간을 보냈다. 난 그런 것이 힘들었다. 집에서 같으면 술 먹을 때 나는 청소하고, 빨래, 설거지, 그 외 허드렛일을 모두 해치운다.

나이가 들면 서로 이해하고 존중하며 평화롭게 살아야 하는데, 정서가 다르니까 부부지간에도 힘든 것이 많다. 친구들도 그렇다. 친구들은 우선 부부 체온이 다르다. 친구는 체온이 뜨거운 반면,

남편 체온이 차단다. 남편은 창문을 닫고 이불을 덮고 숨 막히게 잠을 자야 하고, 친구는 답답해서 창문 열고 시원하게 해야 잠을 잘 수 있다. 결국 각자 다른 방에서 잠을 자는 것이 편한 것이다. 물론 역으로 저체온인 나와 고체온인 남편은 역할이 반대일 것이다. 내가 항상 남편에게 지고 살려고 노력하는데, 이상하게 술에 있어서는 그게 안 된다.

나는 살면서 남편의 술에 대한 트라우마가 많다. 그래서 더 술에 대해 용서가 안 된다. 아침에 일어나서도 우리는 어제의 나쁜 술 감정 때문에 쉽게 풀리지 않았다. 그래도 어찌어찌해서 풀어졌다. 식사도 했다. 유튜브도 보면서 감정이 사라졌다. 그런데 다시 어제 술 문제가 야기되었다.

- 자기는 왜 꼭 그렇게 나를 많은 사람이 있는데 망신을 주느냐.
- 언젠가 Y 친구 때도 그랬고, 또 언제도 그랬다. 그것도 버릇이다. 남편을 망신 주는 것이.
- 이제는 나 술 먹으러 안 가겠다. 친구들하고도 안 먹고.
- 그러셔. 친구들 남편들도 서로 안 만나니까. 나나 하니까 함께 가는 거지.
- 당최 부르지도 마.
- 알았어. (속으로, 나도 편하고 좋지, 심심할까 봐 껴 주는 거지. 집에만 있으면 불쌍하니까.)
- 그래, 우리 각자 살아. 난 나대로. 자기는 자기대로.

- 그래요. (속으로, 난 좋다니까~ 요즘 남자들 놀 사람이 어디 있냐. 친구가 있어, 직
  장인이 있어. 혼자 놀아 보쇼.)

그리고 남편은 자기 책상에 앉았다. 그사이 나는 남편이 만들어
달라는 단무지와 오이를 채 썰어서 갖은 양념을 섞어 무쳤다. 그리
고 쌀과 잡곡을 씻어 밥솥에 밥을 안쳤다. 그리고 사다 놓은 오이
를 닦아서 오이 물김치를 담아서 베란다에 놓았다. 김치가 어서 빨
리 익어서 맛이 시어지면, 남편과 나도 가슴속에 담고 있는 검은
악업이 김치 익듯 시어져서 몸속에서 삭혀지기를 바랐다. 나는 책
상에 앉았다. 마음은 고요하지 않았다. 안개 낀 장막으로 뒤덮여
서 깔끔하지 않았다. 시간이 지나가야 흙탕물이 가라앉듯이 고요
한 마음도 생길 터였다.

두어 시간이 지나갔다. 마음이 웬만큼 가라앉았다. 남편은 나에
게 말했다.

- 산책합시다.
- 엉, 합시다.
- 어? 비가 많이 온다 했는데 다음 주 화요일에 골프 칠 수 있을 것 같네요.
- 그래?
- 좋지?
- ….

- 나랑 안 논다며? 그럼 나랑 안 놀면 누구랑 놀 건데? 골프는? 테니스는?
  놀 사람 없구만.

- ….

- 내가 맥주 500CC 5~6개까지는 뭐라 안 하지. 그 이상만 먹으면 혀가 돌
  아가고 다리가 휘청거리니까 나도 모르게 그만 먹으라 한 거잖아. 그걸
  가지고 사람들 있는데 자신을 창피하게 만든다 하는데, 내가 그 회원들
  에게 물어볼게. 그것이 자기를 비하하고 깔보는 일인가를. 그리고 70세
  넘어서 술에 취해서 넘어지면 자기 좋아하는 골프를 칠 수 있나, 테니스
  를 칠 수 있나. 짝이 없잖아요.

- ….

이렇게 우리는 산책을 하며 화해하고 지나갔다.

*

Y시 방문

어느 날 우리는 Y시로 나들이 갔다. 그곳에 내가 소유한 집이 있
어서 나는 Y시를 좋아한다. 계획 도시라 가로수는 느티나무로 조

성되었다. 느티나무가 줄지어 섰고 오래되어 한 아름 몸통을 가졌다. 파릇한 잎줄기가 몸통을 가득 채웠고 바람에 날려 휘날리면서 그늘을 만들어 사람들이 쉴 수 있는 공간을 내어 주어서 좋았다. 날씨는 뜨거웠다. 지열이 올라와 몸을 더 뜨겁게 한 날이었다. 저 멀리 바다가 있을 터였다. 그런데 보지 못한 아파트가 성벽을 쌓았다. 바다로 흘러가던 시냇물과 호수는 습지로 변했다. 우리는 Y시의 야산을 중심으로 차를 이동했다. 산은 군데군데 많았다. 산 밑, 평지는 캠핑장, 주차장, 박물관, 미술관, 체육관을 설치해서 호수와 어울리게 배치했다.

우리는 태양의 열기를 받으며 숲속과 공원, 습지 등을 거닐며 Y시의 면모를 살폈다. 동쪽으로는 산과 호수가 많다. 서쪽으로는 서해 바다가 있어 먹거리가 풍부하여 전통 시장을 가면 먹을 것이 많아서 좋다. 서울 인구 및 산업 분산 시책으로 도시 전체가 계획적이고 인공적으로 개발된 전원주택 도시라 도시가 아름답다. 특히 느티나무 가로수가 나에게 매력적이다. 화랑유원지는 볼만하다. Y시의 다문화 거리에서 여러 가지 특산물 음식을 체험하는 것 또한 우리들에게 즐거움을 주는 매력적인 곳이었다.

*

어머니는 이제 나오겠다는 말은 하지 않으신다

요양원에 계신 어머니에게 전화를 했다.

- 나예요.
- 큰 딸야?
- 네.
- 안 아프셔?
- 안 아프긴. 다 아프지. 아프다 하면 누구나 싫어해. 그래서 그런 소리 안
  해. 그런 줄 알면 돼. 몸이 가려워. 온몸이 가려워서 힘들어. 잠을 못 자.
  귓구멍이 가려워서 연고를 발랐어. 좀 덜해. 콧구멍도 가려워. 가려워서
  죽겠어. 수건으로 얼굴을 닦고 연고를 발라 놓고 해. 여기 있는 노인들 모
  두 아프다고 해. 그래도 모두 안 죽어.

- 100살 넘어도 다 살아요. 그러려니 해요.
- 야, 우리 동서들도 다 살았어. 그, 왜, 을령이 엄마(작은할아버지네 며느리)
  있잖아. 그 동서도 몸이 뚱뚱하고 치매가 걸렸잖아. 너무 뚱뚱해서 을령
  이 아버지가 힘들어서 마누라를 건사를 못 하는 거야. 자기도 늙고 병들
  어서. 살던 집은 미국에 사는 딸네 집이라 딸보고 세 받아서 가져가라 했
  대. 을령이 엄마는 앞에 있는 교회로 갔어. 아저씨도 가야지.

- 밥이 보약이야. 덜 아플 때,잘 먹어야 해.

- 여기 노인들은 다 드러누웠어. 그들은 모두가 앉아 있지를 못해. 나는 누워서도 다리 운동, 허리 운동을 해 줘서 앉았다, 누웠다 하는 거야. 여기 노인들은 허리가 굽어서 아파 죽는 거야.

- 뭐라도 내 손으로 해 먹을 수 있는 게 좋은 거야. 뭐라도 맛있게 해 먹어. 여기서 주는 거는 닭 모이 주는 것 같아. 오줌, 똥 치워 주고 말이야. 여기도 아무것도 먹을 만한 게 없어, 나오면 나는 그냥 밥만 먹어. 남의 손에 얻어먹는 거 맛이 없어. 내가 해서 먹어야 맛이 있지.

- 닭물이 나왔어. 간장도 없이 간이 맞아야지. 비빔밥이 나왔어. 비빌 간장이라도 있어야지. 넌 네 손에 맞춰서 맛있게 해 먹어. 아버지는 퇴근하고 들어올 때 한여름에 수제비를 잘 끓여 달라 했어. 그러면 명태를 탁탁 두드려서 끓여서 감자와 호박을 채썰어 넣고 수제비를 빚으면 아버지가 땀을 뻘뻘 흘리면서 맛있게 양념장을 뿌려 잘 드셨는데…. 넌 양념장도 빡빡하게 맛있게 만들어서, 두부 위에 솔솔 뿌려 먹어도 맛있지. 장 하나도 맛있게 끓여 먹으면 그게 보약인 거야. 뭐라도 맛있게 신랑하고 해 먹어. 늙으면 입맛이 없어.

- 맞아요.

- 구찮다고 게으름 피우지 말고 해 먹어.
- 난, 엄마, 무수리에 파출부가 좋아요. 내 멋대로 사니까요.
- 그려, 사람 두고 쓰는 것도 입맛이 안 맞으면 내쫓을 수도 없는 거고.

- 난 영원한 파출부가 좋다니까요.
- 그려, 잘 해 먹어.

그렇게 전화를 끊었다. 가만히 있어도 어머니의 말씀은 계속 길어질 것이었다. 동생들도 어머니의 잔소리에 이미 질려 있을 것이다. 나에게 다른 전화가 오든 초인종이 울리든, 다른 일이 생겨야 전화는 끝날 것이었다.

*

함께하며 관계를 맺고 산다는 것은 무엇일까?

작은딸의 41세 생일이었다. 집에서 식구끼리 모였다. 큰딸네 손자가 12살, 손녀가 9살. 손녀가 말하길.

- 난 오늘 친구 만나는 날인데….
- 안 온다고 해서 이모가 생일이니 가야 한다고 하고 데려왔어요.
- 일주일에 한 번 만나서 노는 날이라 안 오려고 했어요,
- 야, 네 생일인데 너를 위해 우리 네 식구가 모였다.

- 이거 봉투는 네 생일 선물.

- 고마워.

- 난 오늘 폭탄주를 먹고 싶었어.

- 먹을 일이 없거든.

- 아빠가 주는 맥주에 17년산 양주가 제일 맛있어.

- 2번 돌아가는 것이 정상인데 오늘은 특별하니까. 3잔씩이야. 난 아니고.

그렇게 폭탄주에 치킨, 피자, 생선회, 스테이크까지 거하게 상 차려 먹었다. 인증샷 찍고, 코로나인데 모임을 가졌다고 신고한다며, 조용히 헤어졌다. 난 예전만큼은 아니지만 눈을 감으면, 작은딸이 결혼을 못 했다는 사실이 가슴을 시커멓게 태웠다.

거기에 주변 친구들은 50세가 되면 외로워서 안 된다며 짝을 찾아야 하는 것이라 했다. 잠이 안 오니까 유튜브를 켰다. 사랑학 개론이 있었다. '결혼용 상대는 따로 있다', '평범해도 남자들이 줄을 서는 여자가…' 내용은 이러했다.

- 첫째, 직설적 표현 줄이기, 톤과 온도 조절이 필요하다. '나 어때?' 하고 물었을 때 '그런 스타일 안 어울려. 입지 마.'라고 말하면, 그 말은 남자와 친구 관계에서 상처를 입힌다. 최대한 긍정적 표현으로 말하는 것이 좋다.

- '미안하다', '고맙다'를 정확히 해 주는 것이 좋다.

- 남자를 충분히 인정해 주고 존중해 주는 여자를 남자들은 좋아한다.

위의 이야기는 유튜브에서 들은 이야기를 복사한 것이었다. 그리고 복사한 것들을 작은딸에게 카톡으로 보냈다. 작은딸은 원래 직설적 표현으로 상대방을 상처 입히는 말을 잘하는 편이었다. 조금 수정하라는 뜻도 있었다. 바로 작은딸에게 카톡 문자가 왔다.

- 앞으로 이딴 쓰레기 같은 거 한 번만 더 보내면 골프 예약이고 뭐고 다 때려치울 테니까 알아서 하세요.

나는 어안이 벙벙했다. 뭐라 말할 수가 없었다. 갑자기 생일잔치 해 주고 봉투에 20만 원을 넣어 준 것이 아까웠다. 이런 자식에게 더 이상 희생할 일은 없어야 했다. 속이 바글바글 끓었다. 그러자고 싸우는 것도 우습고. 문자를 복사했다. 그리고 딸 카톡으로 보냈다.

- 앞으로 이딴 쓰레기 같은 거 한 번만 더 보내면 골프 예약이고 뭐고 다 때려치울 테니까 알아서 하세요.

다시 카톡 문자를 복사해서 딸에게 보냈다.

- 앞으로 이딴 쓰레기 같은 거 한 번만 더 보내면 골프 예약이고 뭐고 다 때려치울 테니까 알아서 하세요.

다시 딸에게 문자가 왔다.

- 이제부터 차단.

나도 다시 문자 온 것을 복사해서 보냈다.

- 이제부터 차단.

이렇게 딸하고 싸우니 어미로서 우스운 일이었다. 딸에게 혹독하게 당하는 느낌이었다. 어미가 한 것이 무슨 큰일이라고 말이다. 그러나 제가 한 말을 되돌려주니 마음이 시원했다. 네가 한 개똥 같은 말을 네가 받아 보라는 듯이. 이제 우리는 엄마와 딸 관계가 아니었다. 무슨 원수처럼 되어 갔다. 그래, 자식도 서로 호의적으로 좋은 관계이어야 재산도 물려주고 싶을 거였다. 난 속으로 생각했다. 그래 너 혼자 잘 살아 봐라. 난 너에게 단돈 얼마도 너에겐 넘겨줄 수 없으이. 사회에 반납하는 것이 좋으리라.

딸애는 분명 결혼 못 한 것에 대한 콤플렉스가 있을 것이다. 자기는 스스로 너무 행복한 것을 강조했다. 난 항상 인간의 본능이 무엇인가를 생각했다. 혼자 사는 것이 요즘 세상의 트렌드라며 세상은 강조했다. TV 채널도 홀로 사는 사람들을 많이 찍었다. 결혼 안 한 사람들, 이혼한 사람들, 남편 죽고 혼자 사는 사람들, 도시에

서 혼자 사는, 산속에서 혼자 사는, 여하튼 다양한 사람들이 다양
하게 사는 모습을 보여 주었다.

요즘 나는 땀이 뻘뻘 났다. 평생을 35도로 살아온 나인데. 비타
민C를 먹고 36도가 됐다. 찌뿌둥한 날씨에 습기를 먹은 공기가 내
몸에 붙었다. 찐덕거렸다. 등이 따가웠다. 남자에게 등짝을 보여
주었다. 땀띠야, 땀띠. 등이 가려워서 힘들었다. 남자는 시원한 생
맥주를 먹자 했다. 생맥줏집은 냉기가 서려 몸을 얼렸다.

남자는 나를 질책했다. 자식에게 질질 끌려다니지 마. 걔는 저
혼자 잘 살고 있어. 집착하지 마. 집착은 추해. 걔는 사정없이 저
멋대로 잘 사는데. 길어야 20년 인생이고, 이제 아프고 궂은 날이
더 많잖아. 20년 후 걔도 별수 없을 거고. 인생은 다 그런 거지. 인
생 별거 아니야.

*

02-2152-5498 사기 전화

고객님, 당신에게는 국민은행에서 8,000만 원을 대출받을 수 있

는 자격이 있습니다. 필요하시면 마이너스 통장을 가질 수 있으니 상담원이 필요하면 1번을 누르세요. 남자에게 물었다. 마이너스 대출 8,000만 원을 국민은행에서 해 주데. 그거 거짓말이야. 속지 말라고 문자 왔어. 응, 그래? 핸드폰을 껐다.

*

국립현대미술관(덕수궁) 예약

서비스 홈 바로 가기로, 전시 : DNA : 한국 미술 어제와 오늘 : 무료 예약 하기 : 덕수궁 전시 관람 예약하기(예약 중) : 달력 : 날짜 찍기 : 시간 찍기 : 관람 인원 : + 찍기 : 신청하기 : 동의합니다 : 인증 : 인증 번호 요청(휴대폰 번호) : 인증하기 : 이름을 입력하세요 : 로그인

친구가 나에게 요청했다. 코로나로 인해 4명 예약이 안 된다면서. 작업은 어렵지 않지만 우리 세대에게는 힘들다. 에러가 나서 작업이 중단됐다. 사실 로그인은 컴퓨터 사용자에게 중요하다. 자신의 컴퓨터 이름이기 때문에. 통상 ID와 패스워드(비밀번호)가 있

어야 컴퓨터 작업이 가능한데 컴퓨터와 친할 이유가 없으니 능숙자가 없는 것이다. 우리 같은 할머니는 전화가 오면 받고 필요하면 전화를 걸면 끝이다. 그런데 요즘 젊은이의 세상으로 세상이 짜여졌다. 전화도 컴퓨터용이 되었다. 햄버거를 사려면 전광판에서 그림을 보고 찍어서 주문한다.

커피, 음식, 빵 등 대부분을 복잡한 아이디와 패스워드를 이용해서 주문해야 하는 것이 늙은이들은 힘들다. 손도 느리고 복잡한 그림들을 찍는 일이 싫다. 맛이 좋은 것도 찾을 수 없고 말이다. 이제 전람회 극장표 등 문화적 관람도 쉽지 않았다. 그래도 어쩌겠는가. 배워야 사는 것이다. 안 되면 계속 반복해서 익히는 수밖에. 갈수록 더 복잡한 컴퓨터 시스템이 사회를 지배할 테니 말이다.

더운 날에 선풍기는 필수였다. 선풍기 머리를 올리고, 내리고, 돌리다가 뚝 하고 끊어졌다. 나는 작은 방에 있던 선풍기를 거실로 옮겨서 더위를 식혔다. 남자는 인터넷으로 선풍기를 주문했다. 주문한 선풍기를 제작했지만 선풍기 모습은 나타나지 않았다. 남자가 잘못인지, 부품 회사가 잘못인지. 남자는 선풍기 기계를 다시 포장했다. 테이프 소리가 요란했다. 그는 찍찍, 쩍쩍 테이프로 선풍기 부품 박스를 칭칭 감아서 집 앞 현관에 놓고 반품시켰다. 남자는 나와 함께 백화점 진열대로 장소를 옮겼다. 진열대에 선풍기는 없었다. 식품관과 생활관 쪽으로 옮겼다. 남자는 조립된 선풍기를 원했지만 그런 제품은 없었다.

조립된 선풍기는 표본형으로 장식되었고 부품을 넣은 상자를 옮겨서 카운터에서 계산을 했다. 계산원은 물었다.

- 회원 번호는요?
- ○○○○.
- 자동차 번호요.
- ○○○○.

계산기에는 '상품명, 금액, 카드 번호, 멤버십 포인트, 교환/환불은 7일 이내, 훼손 시 환불 불가.'가 찍혔다.

주차 정산 4****71, 캐셔 ○○○○○, 김*숙 등이 적힌 영수증을 주었다. 영수증과 물건을 들고 주차장 엘리베이터를 타려는데, 주차 정산 영수증을 넣어 바코드를 찍는 것이 있었다. 어? 이 영수증을 넣어야 하는가 보네. 영수증 바코드를 투구에 넣었다. '20분 안에 차를 빼 주세요'라는 멘트가 나왔다. 남자와 나는 주차장으로 이동했고 차고를 나오는데 막힘이 없이 쉬웠다. 다시 차를 몰고 우리 집 아파트로 왔다. 후문 차단기에서 차 번호를 읽고 차단기가 열렸다. 평생 차단기 없이 살았다.

그동안 백화점 식품 코너 차단기는 사람이 신호를 했고, 수월하게 이동했다. 이번에는 모든 시스템이 바뀌었다. 기계에 적응하고 기계가 말하는 대로 인간은 움직여야 통과할 수 있었다. 삶이 복잡해졌다. 기계식에 인간이 조종되는 것이 슬펐다. 시골에서 올라오는 노인들은 서울에서의 삶이 쉽지 않을 터였다. 아! 나는 숨이 막힌다. 이런 것은 아니어야 하는데…. 사람이 살지 않는 산이나 들, 강, 바다 등에서는 컴퓨터 작동이 없어도 사람을 구속하지 않을 텐데….

*

나날이 뜨거워져도 공 치는 것은 좋다

무덥고 짜증 나고, 찝찝한 습기가 살에 붙어 숨통을 조인다. 밤새 눈을 감고 기계 소리를 작게 틀어 놓고 잠자는지 마는지, 머리만 무겁다. 시계를 보니 1시였다. 잠을 자야 한다며 눈을 감고 있다. 또 시계를 본다. 2시였다. 그래도 피곤하면 힘들다며 눈을 꼭 감는다. 또다시 시계를 본다. 3시였다. 이제 그냥 일어나자. 달걀을 삶고, 커피를 끓여 보온 통에 넣었다. 바나나, 썰어 놓은 참외와 자두를 통에 넣고 가방을 챙겼다. 새벽은 비몽사몽한 상태로 바쁘게 돌아간다. 남자는 운동 가방을 챙겨 정장을 하고 자동차에 실었다.

남자를 뒤따라 내 가방을 챙겨 자동차에 올라탔다. 진 새벽이라 고요했다. 경부 고속 도로로 진입하니 입구에 차가 밀렸다. 고속 도로의 새벽에는 모두가 바쁘다. 어둠이 아직 짙었다.

기계에서 나온 음악은 나를 추억 속으로 밀어 넣었다. 눈을 감고 감상했다. 청춘의 한때를 생각하게 했다. 이런 기분이 좋았다. 부드럽고 아련한 솜털 같은 마음의 푸근함이 좋았다. 진 새벽에 운동을 하겠다고 자동차로 이동하는 것은 훌륭한 일이라 했다. ○○는 암 수술하고 지금 몸을 살리려 애쓰는 중인데. 우리는 즐거운 라운딩을 위해 진 새벽을 달려가니 행운인 것이다. 한 시간쯤 지나니 날이 밝아왔다.

톨게이트에 왔다. 차가 모여들었고 차는 느리게 움직였다. 남자에게 주스 통을 주었다. 빵과 달걀, 과일을 입에 넣어 주었다. 남자는 신호등에서 우유를 마시고, 커피를 마셨다. 호수를 지나 산을 넘고 클럽하우스에 닿았다. 코로나 체크를 하고 티켓 체크를 하고, 옷장으로 가서 운동복으로 갈아입었다. 회원 각자는 6시에 카터기를 타고 이동했다. 엊저녁 폭우로 인해 잔디밭은 물구덩이였다. 산줄기 아래로 뻗은 필드는 상쾌했다. 나무에서 빗물이 뚝뚝 떨어졌다. 예전 같으면 더워서, 비가 와서, 물구덩이라 온갖 것을 탓으로 했을 것이다.

요즘은 세 사람 이상은 안 된다, 네 사람 이상도 안 된다는 별별 K 방역으로, 사람들을 정부는 들볶았다. 사람들은 스트레스가 쌓여서 필드라도 와서 숨통 트고 자유를 즐기고 싶어 했다. 그 후 남자는 필드를 더 좋아했다. 스코어는 상관없다. 산과 호수 잔디를 밟고 신선한 공기를 마시며, 친구들과 이바구 하며 운동하는 것을 최상으로 여겼다. 남자는 수시로 사이트에 들어가서 마감된 날짜에서, 취소된 시간을 체크해서 번개팅을 잡아 운동했다. 오늘이 그랬다. 6시 타임을 받았다. 3시 반에 일어났고 5시 반까지 클럽하우스에 도착했던 것이다.

첫 티업을 하고 잔디를 걸었다. 물이 신위로 올라왔다. 남자는 불평을 하지 않았다. 나는 세컨드 공을 쳤다. 공과 물이 섞여 하늘로 올라갔다. 물방울이 비 오듯이 공과 뒤섞여서 떨어졌다. 신기했다. 해가 반사되니 그림 같았다. 그래 이런 날구지가 좋았다. 질퍽한 흙 위의 공을 흙과 물, 공이 섞여서 뜨지 않고 굴러가는 것도 좋았다. 어릴 때 개구쟁이들이 맨발로 물구덩이에 들어갔다가 나왔다가 하며 물장구치던 것, 그런 즐거움이었다. 동심이 있고 그때처럼 놀고 먹고 장난치는 것이 노인들에게도 필요한 것 같았다. 너무 어른스럽게만 산다는 것은 피곤하고 재미없고 슬픈 일인 것이었다.

나는 재미있게 살고 싶다. 어른의 옷을 벗고 아기 개구쟁이처럼, 대학생들의 자유와 낭만을 가진 청춘을 지니고 살고 싶다.

*

△ 친구보다 ○ 친구가 좋다

세모 친구는 부정적이고 검은 구름을 앉고 산다. 누가 말하면 따지고 파고들며, 매사 시끄럽다고 벌레 씹듯이 말한다. 누가 잘하는 것을 좋아하지 않는다. 자기만 잘하는 것을 좋아한다. 세모는 매사 뾰족뾰족하다. 세모가 있으면 불편하다. 자기 것은 뭐가 있는지 말하지 않는다. 남의 것은 파고들어 가는 것을 좋아한다. 그리고 세모가 말한 것에 대해 잘못을 밝혀 자기가 옳다고 주장한다. 나는 세모에게 오랫동안 당하면서 아무렇지도 않게 넘어간다. 그런데 늙어 가면서 고까워진다. 세포의 균열이 깨져서 순응하지 못한다.

세모의 소리가 세모지고 부정적으로 들린다. 평생을 모르고 지냈던 것들이 이제는 싫다. 나만의 치유가 필요하다. 이럴 때 동그라미 친구를 만나면 치유된다. 그들은 매사 좋다.

- 이거 맛있니?

- 맛있다.

- 이거 할래?

- 응, 해 보자.

- 이건 어떻고?

- 엉, 좋아 보여.

동그라미들은 모두가 순응하며 돕고자 노력한다. 세모들은 이건 이래서 안 돼, 저건 멋이 없어 싫고, 이것은 맛이 없어서 싫고, 너무 달아서 싫고, 너무 짜서 싫고, 붉은빛이라 싫고 검은색이라 싫고…. 여하튼 싫은 것을 잘도 골라낸다. 같이 있으면 짜증이 난다. 그렇다고 세모들을 안 만날 수는 없다. 서로의 관계를 조화롭게 만드는 방법을 생각해 본다. 만나되 조심하며, 진하게 말을 섞어서 세모들이 말꼬리를 붙잡지 않도록 하는 것이 중요하다. 60세가 넘은 사람들은 자기주장이 강하다. 상대방을 지배하려 한다. 그래서 나이가 많을수록 마음의 공부가 필요할지도 모른다.

이럴 때 난 깨달음의 책을 편다. (탄트라, 더없는 깨달음: 오쇼 강의/ 손민규 옮김: p309)

- 마하무드라는 모든 수용과 거절을 넘어선다.

- 수용하지도 말고, 거절하지도 말라. 사실, 아무것도 할 일이 없다. 그대에게 요구되는 일은 아무것도 없다. 그저 여유롭고 자연스러워라. 그대 자신이 되어라. 발생하는 모든 일을 허용하라. 그대가 없어도 세상은 계속 돌아간다. 자연과 조화를 이루는 것, 이것이 산야스다.

이 구절을 읽으면서 나를 찾는다. 나는 자연의 한 조각이다. 내가 없어도 강물이 흘러간다. 꽃이 핀다. 별이 움직인다. 아침에 태양이 뜬다. 주변 것들 때문에 나를 구속하고 자연스럽지 못하게 할 필요가 없다. 나는 전체와 보조를 맞추고 자연과 조화를 이루게 하는 것이 나를 아는 것이다. 이때 나는 고요함을 느꼈다.

*

큰딸의 사생활 참견

어느 날 딸의 인스타그램 사진이 떴다. 내가 인스타그램에서 음식 코너를 찾았을 때다. 저녁 맥주 안주를 찾는 중이었다. 찾으면서 화면을 돌리는데 회사를 알리는 홍보용 인스타그램이 스쳤다. 여러 사진이 진열되었다. 그런데 운동 멤버와 찍은 뒷모습이 여성 같기도 하고 남성 같기도 했다. 나는 그 사진을 자세히 살펴보았다. 어? 이거 남성 같은데…? 나는 큰딸에게 문자를 보냈다.

- 야, 이 사진 남자 같아. 네 남편이 보면 불편할 것 같네.
- ㅋㅋㅋ 엄마, 우리 PJ 운동 클럽 친구라 온 동네가 다 알아요.
- 네 남편이 여자와 단둘이 찍혀서 보이면 너 힘들걸?
- 괜찮은데….
- 여럿이 찍혔으면 몰라도 운동 클럽에서 A○○식(연애 소문 자자함)으로 보여지면 곤란?
- 엄마, 떼거지로 보는 거라 괜찮아.
- 그래도 네 남편은 아냐.
- 내가 평생 운동할 거라 당연히 더 신경 쓰고 있지.
- 삭제하는 게 좋아. 네 아들딸을 생각해서.
- 엄마는 우연히 봤어. 널 보려는 게 아니었어. 음식 인스타그램 보다가 나타난 거야.
- 테니스, 골프 치다가 바람나서 인생 망친 사람 많아. 별거 아닌 게 별거가 되더라고.
- 아이고.
- 네 인생은 네 거지.

이튿날 큰딸에게 다시 카톡이 왔다.

- 엄마 로얄 워터파크 하계 휴장이래요. 그냥 우리끼리 알아서 휴가 보낼 게요.
- 그러셔. 그게 좋겠다.
- 지방 멀리 워터파크 인원 제한해서 받는다고 해서요. 이틀 갔다 오려고요.
- 그래. 좋아요.

그동안 우리는 동해안 콘도를 잡아서 모든 식구들이 놀러 다녔다. 애들이 어렸을 때부터였다. 이제 손자들이 십 대가 되었으니…. 오늘, 문득, 남편은 나에게 이야기했다.

- 사람은 아마 모든 것을 자기가 주관하는 것을 좋아할 거야. J도 그럴걸? 여행 계획을 짜고 알아보고, 숙소 찾고 애들 데리고 가는 것이 즐거울 거야.

- 그렇네요. 언젠가 제부 ㅎ 씨도 함께 콘도 가는 것을 꺼려했고, 자기가 콘도 예약하겠다 설쳤는데 되지 않았던 생각이 나네요. 그리고 저희끼리 북유럽 계획 짜서 오빠네랑 여행했네요. 다시 국내 여행지 골라서 우리랑 여행 갔고요. 이제 각자 여행하기를 바라는 겁니다. 그런데 자기들끼리 여행 다녔지만 마지막 날은 우리 콘도로 돌아와서 함께했네요. 고집스럽게 자기들 식으로 갔지만, 심심하고 경비도 많이 들걸요. 우리랑 가면 우리가 다 냈잖아요. 그러다 보니 각자 여행했다가 다시 합치기도 하네요.

- 인간은 사회적 동물이니 모였다가 헤어지고 다시 모이는 것을 좋아하는 것일지도 몰라요. 숲속에서 혼자 살기를 좋아하다가 다시 시내 한가운데로 와서 살고 싶다잖아요. 날마다 같은 음식을 먹으면 싫증 나듯이요. 옛날로 다시 돌아갈 수 없으니까, 우리가 그리워하는 마음도 클 거고요.

- 이제 자식은 독립하여 홀로 살 때가 됐어요. 우리는 독립해서 홀로 늙어야 하는 때일 것이에요. 어제 서울 경제 뉴스에서 "난 노예가 아냐" 절규한 브리트니 스피어스(세계적 가수), "父, 후견인 계속하면 공연 안 해" (2021. 07.19., 김경훈 기자) 스피어스는 카운티 고등법원에서 진행된 성년 후견인 변경 청구 소송에서 후견인인 친부에 의해 지난 13년간 "착취당했다"고 주장하면서 그의 후견인 자격을 박탈해 달라고 요청했다는데, 부녀 간에 끔찍한 사건이에요.

- 나이 많은 부모가 나이 든 자식에게 이것저것 지적하게 되면 부작용이 일어나요. 우리 시대는 살아 계신 부모가 70년 이상을 지배했고, 어쩌면 당신이 죽을 때까지 지배할 거예요. 그러나 우리 세대는 부모 자식 관계를 빨리 정리함이 옳을 것이에요. 부모는 자식에게 더 못해 줘서 안달이고 자식은 부모에게 더 많은 것을 받고 싶은 마음을 없애는 것이 좋을 듯해요. 우리는 이제 애틋한 정을 멀리하고 자식들이 부모를 찾으면 고맙고, 아님 말고요.

- 우리 세대는 죽을 때까지 부모를 위해 희생하고 헌신하며 부모가 요구하

는 것을 채워 줘야 하는 시대를 산 거고요. 우리 시대 자식들은 남들보다 해 준 것이 무어냐며 따지는 시대더라고요. 우리는 윗 세대와 아래 세대에게 시달리는 시대를 사는 것이지요. 그래도 다행히 우리 시대에 전쟁이 없이 국가가 경제 부흥을 일으켜 역사적으로 가장 축복받은 시대였다는 것이 축복받은 거예요. 이제 섭섭할 것도 없어요. 이제 각자 스스로 잘 사는 것이 최선인 것 같네요. 모든 자식들이여, 너네 인생은 너네 거니까 너네 맘대로 사소서!

*

"아나운서, 작가, 유튜버… 외국어 덕에 'N잡러 (여러 직업을 가진 사람)' 됐죠" (조선일보, 2021. 7. 17., 최연자 기자)

- 영어, 스페인어, 불어, 이탈리아어, 모두 구사하는 여행작가 손미나, 언어 공부 노하우 담은 책 출간, "외국어가 인생의 무대 넓혀 줘"
- "가진 게 없어도 재주가 없어도 인생의 무대를 확장하고 우주를 넓힐 수 있어요. 그걸 가능하게 해 준 게 외국어죠. 그래서 다른 분들께도 저만의 노하우, 제가 만든 '공부 지도'를 공유하고 싶었어요."

위의 신문을 읽으면서 많은 생각을 했다. 내가 어렸을 때, 내 주위는 고모, 이모, 삼촌이 많아서 부엌일에 관여할 일은 없었다. 그런데 친구 집에 엄마가 없으면 6~7살인 친구가 여자이기 때문에 부엌일을 도맡아 했다. 추운 겨울에 찬물로 설거지를 하면 손이 빨갰다. 세월이 지나서 초등학교 2학년이 되었다. 같은 반 조희숙이가 부반장으로 선출되었다. 키가 크고 바짝 말랐는데, 마음씨가 좋아서 언니 같았다. 조희숙은 나와 짝이었다. 그는 말했다.

- 우리 아빠는 시청 직원이야.
- 너 우리 집 갈래?
- 응.

친구 집은 큰 대저택이었다. 앞마당이 넓고 안방은 여자들이 많았다. 뚱뚱한 여자들이 시끌벅적거렸다. 재봉틀을 돌렸다. 조희숙은 다시 말했다.

- 너 여기서 기다려.
- 엄마가 죽어서 새엄마를 얻었거든.
- 내가 설거지를 해야 해.
- 설거지를 해야 내가 나가 놀 수 있거든.

친구는 늦게 대문 밖으로 나왔다. 설거지를 한 손은 새빨갰다.

그는 학교에 올 때마다 점심때, 저녁때도 설거지를 했다. 나는 희숙이 새엄마는 나쁜 콩쥐, 팥쥐 새엄마구나 생각했다. 그리고 어느 날 그 친구는 전학을 갔다. 왜 이런 어렸을 때 생각이 나는지 나도 모른다. 중고등학교 때 여학생은 두 부류로 분류했다는 느낌. 엄마를 돕는 여학생은 하급으로, 식모가 있어서 여학생을 도와주는 애는 공주님으로. 그래서 보이지 않는 자기만의 자존심을 가졌던 생각? 그 시대에 잘산다는 집은 식모가 있었으니 말이다. 내가 중고등학교 때 엄마는 하숙을 치렀다. 그래서 잡일이 많았다.

나는 엄마의 부엌일을 도와야 했다. 하숙생이 많으니까. 그러나 나는 공부를 열심히 해야 하는 시기였다. 중3 입시, 고3 입시여서 시간이 없었다. 그때 엄마를 미워했다. 학교에서 돌아오면 설거지를 시키는 엄마가 미웠다. 물론 시골 친척 고모는 밭일, 논일, 부엌일을 하고 십 리를 걸어서 학교에 갔는데…. 그때 나는 부엌일을 하는 것이 약간 부끄러웠다. 친구들은 대부분 식모가 있었으니까. 그 후 엄마도 일이 많아져서 식모를 두었지만. 그러나 또래 식모는 어찌나 나를 견제했던지.

학교 갔다 오면 빨랫줄에 제 옷만 빨아서 날마다 널었다. 우리 것은 제쳐 놓고 말이다. 모든 것은 제 것부터 챙겼다. 동생들은 여벌이었다. 부모님은 건넛마을에 사셨다. 아침저녁 들러서 식모에게 일을 시켰지만 제대로 되지 않았다. 여러 번 식모가 교체되었고 대학생이 되었다. 부엌일에 대해 별생각은 없었다. 그런데 친구들 중에 시골에서 사는 친구들은 일 재간이 뛰어났다. 김치 담는 것도 뛰어났고, 밥하는 것, 나물무침, 생선조림 등도 잘했다. 그런데 내가 왜 삼천포로 빠지고 있지? 이게 아닌데.

 말하자면 여성으로 음식 만드는 것을 하찮게 생각하는 시절이 있었다는 것이다. 음식을 하는 것은 지적이지 않는 사람들이 하는 것이고, 지적이고 지성이 있는 신여성들은 존귀한 사람으로 외국어에 능통하고 새로운 학문에 능통한 사람으로 인정했던 것이다. 나는 그 언저리의 어느 시기를 거치지 않았을까 하는 마음이다. 여하튼 한때는 부엌일이 하찮은 일로 여겨지고 여성이 짊어질 평생의 부엌일에서 벗어나야 한다는 강박 관념을 가진 적이 있었다. 그에 비해 우리 시기의 남성들은 어떤 생각을 가졌을까?

 아무튼 나의 시기에 대학 졸업자로는 여성 졸업자가 3%라 했다. 대부분 여성들이 부엌일에서 벗어날 수 없는 시기였다. 그런데 대학 졸업을 했어도 결혼을 하면 다시 아기를 키우면서 부엌일로 평생을 더불어 살아야 하는 운명이었다.

 20세기 시대는 바뀌었다. 모든 여성은 자유롭게 자기 삶을 개척할 수 있는 축복의 시기인 것이다. 그런데 여성의 본능이 문제였다. 여성의 본능은 아기를 낳고 키우는 것이다. 동물의 세계도 같다. 물론 그따위 중요하지 않다고 나에게 반박하는 자가 많다. 우선 우리 작은딸이 어미를 혼내킨다. 무슨 고리타분한 말이냐고.

나는 자연스러운 게 무엇인가를 생각한다. 그것은 결혼해서 아기를 낳는 거다. 아기를 낳고 자식을 키우는 것은 여성의 본능이라 생각한다. 우리가 배고프면 먹고 싶은 마음과 같다고 생각한다. 배고픔을 참고 오래 살 수 있겠는가. 견딜 수 없을 것이다. 여성의 본능도 아기를 갖고 싶은 것이고, 그 아기를 키우고 싶은 것이 본능인 것이다. 물론 아기를 낳고 버리는 어미가 있지만 말이다. 맛있다고 음식을 시켜 먹다가 입맛에 안 맞아서 버리듯이 아기를 키우는데. 온갖 어려움을 견딜 수 없어 버리기도 하지만 말이다.

신문에서 "아나운서, 작가, 유튜버… N잡러" 등을 읽고, 아름다운 머리에 멋진 모습의 사진을 보며, 나는 그녀에게 진실의 허상을 느끼며, 애잔한 마음을 가졌다. 물론 내 작은딸은 어미는 못된 망상을 가졌다고 욕했을 것이다.

추가로 나는 할미 시대를 맞이하고 있다. 그런데 이 시대에 ㄴ이대 할미의 특징이 있다. 모두 다는 아니지만. 음식만 나오면 타박하는 이대 할미들.

*

나는 말을 줄이기로 했다

매미가 신나게 울면 나는 어릴 때 시골 할머니 마당이 생각났다.
태양은 하늘 높이 뜨거운 열기를 내뿜고 마당은 온통 뜨거운 불
판이었다.
고모는 빨랫줄에 빨래를 널었다.
시냇가 버드나무는 바람을 불러 매미 소리를 멀리멀리 보냈다.
아파트 숲속에서 우는 매미는 그때와 똑같았다.

뜨거운 아스팔트의 열기를 산에서 내려오는 솔바람이 지열을 식
혔다.
아파트 창가로 올라오는 열기가 나를 짜증 나게 했다.
주차장 차 속에는 에어컨을 틀어 열기를 내보냈다. 그의 열기는
내 창가로 몰려왔다.
이건 아닌데, 이건 아닌데….
화가 났다.
목욕탕에 냉수를 가득 채웠다.
물속에서 시집을 읽었다.

몸을 시키고 책상에 앉았다.

글이 눈에 들어왔다.

남자는 목욕탕 물을 버린다 했다.
아직 몸을 더 식혀도 좋은데….
욕조에 찬 수증기가 안 좋다나.
남자는 맘대로 하고 싶으이.

친구가 10시 반에 우리 집에 오겠다고.
아참, 오늘이 친구 문병 가는 날이었지.
나는 남자에게 물었다. 된장찌개요?
아니. 더우니까 오이냉국이 좋겠지.

혼밥이 안쓰러워 남자를 위해 가지튀김을 했다.
엊그제 먹어 본 것을 따라 했다.
양념장을 뿌렸다. 남자에게 한 번 먹어 보쇼.
맛있다. 가지 탕수육 같네.

오이냉국에, 남자는 오이, 양파, 미역을 조금 넣으라 했다.
채칼에 오이, 양파를 갈았다. 미역은 잘게 조금 썰었다.
몸에서 뜨거운 열기가 올라왔다. 다시 목욕탕에 들어갔다.
이 여름, 목욕탕 물은 나를 식혀 줄 것이었다.

나는 친구에게 무얼 줄까 생각했다.

생각이 막혔다. 아무 생각이 안 났다.

과일, 수박? 무거워. 복숭아? 손을 다쳐서.

간단하고 먹기 좋은 거?

역시, 먹기 좋은 빵이 좋겠다.

*

37℃~40℃ 여름

이 여름, 도시는 텅텅 비었다. 주말이라 뒷동산을 지나 청권사까지 가기로 했다.

흰 쌀밥에 참기름과 소금을 넣어 비볐다. 장아찌와 김치를 넣고 도시락을 만들었다.

냉커피를 들고 뒷산 계단을 올랐다.

계단 입구에서 할머니, 할아버지들이 잡담을 했다.

나무는 울창했다. 숲에서 까치가 부시럭거렸다.

야, 너 거기서 뭐 해?

까치가 나를 빤히 쳐다보더니 슬금슬금 나무 사이로 피했다.

너 뭐 먹어? 다시 나를 보며 나무 사이로 숨었다.

오르막길에는 사람이 없었다.

야, 우리가 산을 통째로 샀네. 조용해서 좋았다.

오르고 내리고, 가끔 뒤따라오던 젊은이가 나를 비켜서 빨리 지나갔다.

누에 다리는 뜨거웠다. 태양이 뜨거웠다. 관악산 줄기에서 내려오는 바람과 한강 바람이 교차했다. 시원했다.

공원 전광판에는 37℃라고 띄워져 있었다.

소나무 숲을 지나 할아버지 쉼터로 올랐다. 숲은 고요했다.

나는 신났다. 도심지가 비었다. 이럴 수가.

그 많던 사람들이 어디로 갔을까.

신기하네. 1,000만의 도시민이 보이지 않다니.

숲속 땅 밑에서, 엉긴 나뭇잎 덤불 사이로, 갑자기 높이 솟구치고 가라앉았다.

생쥐가 더워서 움직이는 것인가?

이럴 수가, 갑자기, 가는 실지렁이가 덤불 속에서 튀어나왔다.

야, 인마, 더워서 나왔구나. 그런데 너 잘못하면 뜨거워서 죽을 텐데….

나는 계속 뜨거운 열탕 속을 걸어가고 있었다.

땀이 줄줄 흘렀다.

기분은 상쾌했다.

요양원에 계신 93세 어머니가 생각났다.

몸에서 땀이 났으면 좋겠다. 그러면 행복할 것 같은데….

땀이 안 나니까 온몸이 가렵구나.

어머니 말대로 땀은 소중한 것이었는데….

땀 흘린 나에게 오늘은, 보람찬 하루가 되었다.

글을 쓸 때, 말을 줄이고 싶었다. 뭔가 쓸데없이 쓰레기를 쏟아 내는다는 느낌? 그런 것이 싫었다. 어쩌다가 박준의 '당신의 이름을 지어다가 며칠은 먹었다', '우리가 함께 장마를 볼 수도 있겠습니다' 라는 시집을 읽었다. 그 시집은 내 취향이었다. 나는 그 시를 좋아했고 그를 따라 하고 싶었다. 잘할 수는 없지만 말이 줄어서 좋았다. 친구 네비 샘이 말했다. 네가 쓰던 것을 바꾸는 것이 힘든 거라고. 그런데 바꿀 수 있다는 것은 훌륭하다고. 셰익스피어가 나중에 소네트 형식으로 바꾼 것처럼. 어쨌든 나는 지금 변화하는 글을 쓰려는 중이다.

*

엄마 힘들어요?

- 누구냐?

- 나요.

- 큰애냐?

- 네.

- 밥 드셨어요?

- 그럼. 우린 6시 반이면 먹어.

- 몸은 안 가려워요?

- 이번에는 뭐만 먹으면 똥이 나오는 거야. 물만 먹어도 똥이 매렵고 나오
  지는 않고. 그런데 약을 먹으니까 대번 괜찮아. 뭐라도 입에만 넣으면 울
  컥울컥거리는 거야. 약을 먹으니까 괜찮아. 힘을 줘도 빠진 것 같더니만.

- 이제 말만 하면 기침이 나고 입이 바짝 말라.

- 엄마 돌아가시려나?

- 아녀. 또 말을 한다고 입이 바짝 마르네. 죽지는 않어. 죽는 게 질겨. 개똥
  같이 질겨. 아니, 쇠줄같이 죽는 게 질겨.

- 여기 120살도 있을걸? 100살 넘었는데도 몸이 빨라. 늙은이들 심부름
  다 해 준다니까. 물 떠다 주고 그래. 그래도 혼자 있으면 좋아. 너나없이
  모두가 션찮으니까. 여기 7, 8, 9, 10년 더 있는 사람들이 안 죽어. 내 주

위 동서들도 모두 살았어. 그냥 숨 쉬고 살고 있다니까.

- 여기 코로나 때문에 만날 수가 없어. 짐 부치는 것만 받아. 여기 밥 주는
거는 닭 모이 주는 거나 똑같아. 주는 대로, 많든 적든 그냥 먹는 거야. 간
호사들이 죽어나. 늙은이들이 오줌, 똥을 금방 싸고 또 싸고 하니까 옷이
고 침대고 난리가 나는 거야. 하두 싸서 옷이 없는 거야. 남의 옷을 입혀
놓고 말려서 입히기도 하는 거지. 나는 앉았다 일어났다 하며 운동을 해
줘. 걷지를 못하니까. 치매 할머니들은 누워서 똥, 오줌을 싸니까. 똥물이
등짝, 목까지 올라와서 벗기고 씻기고 한다니까.
- 아이고, 어머니는 훌륭하네요. 정신이 반듯해서요. 죽는 것은 하늘의 뜻
이니 신경 쓰지 마세요.
- 알았어. 이제 들어가.
- 네.

처음에 전화를 못 했다. 당신은 요양원에서 나오겠다 난리. 당신
은 혼자 잘할 수 있단다.

야, 이거 사 와라. 저거 사 와라. 왜? 전화를 안 받냐. 저녁이다.
빨리 와라. 아들아, 너무 늦다. 운전 조심해라. 밥은 먹었냐. 넌 언
제 올래? 아들은 출장 갔다. 막내야, 네가 와라. 가는 데 2시간, 돌
아가는 데 2시간. 옆집 사는 것으로 착각하는 어머니. 말이 떨어지
면 해결해야 하는. 자식들은 괴로워. 엄마가 미워졌다. 옛날 엄마

가 아닌 아기 같은 엄마. 머리 쓰는 엄마는 새엄마다. 싫다 너무 싫다. 솔직하지 못해서 더 싫다.

참외 먹고 싶어. 엄동설한에 무슨 참외?
시장을 돌아 노란 망고를 사다 줬다. 참외가 아니구나.
엄마와 나는 싸움 공부를 했다. 당신은 지시자. 나는 수용자.
그래도 세월은 지나갔다. 이제 우린 동반자이다.

*

2966

세 사는 학생이 졸업해서 나가겠다고.
그새 3년이 지났구나.
지하철을 탔다. 어찌나 에어컨이 센지, 추워 죽겠다.
전기가 부족하다며. 이건 아니지.

빨간색에서 파란색으로 지하철을 갈아타고 4번 출구에서 내렸다.
어디가 어딘지 모르겠구나. 3년 사이 모두가 변했구먼.

아줌마 S대학 가려고요.

저기 저 파란 차 8번을 타고 가요.

건널목을 건너서 다이소로 들어가서 여기저기를 돌아보다 8번 차를 탔다.

어디가 어디인지 정말, 알 수가 없었다. 방향 감각이 없으니 알 수가 없었다.

눈을 감았다. 다시 눈을 떴다. 네모진 큰 건물이 보였다. 둥근 회전 로타리가 나타났다.

생각났다. 마을버스가 골목길로 들어갔다. 편의점, 건축 자재, 종합 설비, 보일러 수리, 부동산, 빵집, 에어컨 수리….

3년 전의 모습이 아니었다. 낡고 후미졌던 모습은 새 단장을 했다.

언덕배기 골목길은 여전히 가팔랐다. 30, 어린이 보호 구역. 도로에 그려진 문자였다.

시멘트 바닥은 줄자로 반듯하게 직선을 그려 놓았다. 홈이 깊게 패였다. 겨울용 심줄 같았다. 겨울에 아이들은 푸대 자루로, 눈을 타고 이 길을 올라타면 시속 60키로로 저 한 길 슈퍼까지 내려가리라.

파란 8번 버스가 언덕에서 잘도 내려갔다. 뒤에 앉은 내 몸은 앞쪽으로 반을 접고 앉았다.

그래도 나에게 이곳은 추억이 많아 좋았다. 꼭대기, 언덕배기, 할아버지 할머니는 막걸리 주막 들마루에 아침부터 이야기꽃을 피웠다. 태양이 쏟아졌다. 바지를 걷어 올렸다. 담배를 피워 물고 주막집 할아버지가 배달된 막걸리 통을 가게 안으로 옮겼다. 몸집은 말라서 동남아 할아버지 닮았다.

학생은 예쁜 고양이를 키웠다. 짐은 싸서 밖에 놓았다. 학생 엄마는 고맙다고. 나도 고맙다고. 학생이 아침을 못 먹을 것 같아서 멋쩍게 사 가지고 간 빵을 주었다. 학생은 여기저기 해진 곳을 수리하며 잘 살았다. 그동안 혼자 살며, 사는 공부를 많이 했다고 칭찬을 해 줬다. 학생 엄마도 학생 아버지보다 낫다고 칭찬했다.

나는 공부가 좋다. 삶의 공부 말이다. 나는 죽을 때까지 여러 가지 새로운 공부를 하고 살 수 있으면 행복할 것이었다.

*

여자 2

우리는 시집와서 한 이불을 오래 덮었다.

에미나들이 어디를 쏘다니냐는 고함 소리를 50년 이상 들었다.

고함 소리가 무서워서 우리는 이불을 덮고 발발 떨었다.

환갑이 넘었어도 고함 소리가 무서워서 여자2는 전화벨을 못 받았다.

90세 노인은 여자2가 입맛에 맞았다.

여자 2는 이제 퇴직을 했다. 온몸이 쑤셨다. 무릎이 아파 걸을 수가 없었다. 출근 시간이 느린 시간이 되었다. 느린 시간은 그녀를 괴롭혔다.

이빨은 제멋대로 헐렁했고 심심하면 빠져 버렸다. 그녀의 남편은 계속 야간 업무를 맡았다. 여자 2를 위해. 나이 많은 남편이 죽기 전에 1억을 만들어 주는 것이 목표였다. 남편에게 갑자기 혈변이 나왔다. 여자 2가 생각하길, 남편이 암일 것 같았다. 오랫동안 심리적인 고통이 일어났다. 그런데 병원에서 커다란 용정 9개를 떼내었다. 여자 2는 그날부터 잠을 잤다. 여자 2는 한밤중에 치통이 일어났다. 나는 여자 2에게 문자를 보냈다.

- 바쁜 거유? 시골 갔어? 전화를 안 받아서. 퇴직했으니 서울 나들이 한 번 하라고. 고속 버스 타고 서울 와서 강화도에 가자고.

여자 2는 전화했다. 치통이 심해서 먹을 수 없었다. 걷는 것도 힘들었다. 90세 노인이 자기를 찾아서 숨고 있었다. 여자 2는 이제 자기도 어쩔 수 없었다. 우리는 다시 이불 덮고 잠자기를 하려 했는데….

말을 줄이려 했다. 이런 것이 괜찮은 것인지…. 그냥 편하게 내 마음을 쓰기는 하는데….

*

성년 1, 2

성년 1, 2는 내 속에서 나왔다. 40년 세월이 흘러갔다. 나에게 애 달픔은 사라졌다. 성년 2는 집에 오면 대못을 들고 아무나 찔렀다. 피가 나게 찔렀다. 대못은 나를 괴롭혔다. 언제부턴가 나는 2가 미웠다. 40년 눈물의 애환이 사라졌다. 대못 박은 심이 깊어서, 죽은 자식처럼 모든 것이 사라졌다. 2는 남자를 좋아했다. 여자는 밀쳐 냈다. 그래도 내 밥을 즐겼다. 2는 집에 올 때 입만 달고 다녔다. 손은 없었다.

*

DNA 유전자

7월의 화단은 배롱나무꽃이 화려하다. 어? 어린 분홍 꽃도 있네. 정오의 태양이 이글거렸다. 남자와 여자가 건널목에서 파란 신호 등을 기다렸다. 성년 2호는 누구의 DNA를 더 많이 닮았을까. 성 년 2호가 수시로 여자를 밀쳐 냈기 때문이다. 성년 2호는 남자하 고만 소통했다. 그리고 2호는 여자를 지배하려 했다. 둘은 싸웠다. 니가 뭔데 나를 누르는 거야. 남자는 여자를 지적했다. 멀리 떨어 져라. 남자는 성년 2호에게 헌신했다. 여자에게는 그래서는 안 된 다면서. 성년 2호는 여자만 보면 매의 눈으로 홀대하고 지적질 했 다. 웃겼다. 서서히 성년 2호의 매몰찬 모습에 여자는 자기 살을 떼어 냈다.

살은 질겼다. 다시 성년 2호에게 붙으려 했다. 성년 2호는 쇠꼬챙이를 들고 여자 살을 찔렀다. 여자는 밤마다 연고를 바르고 치유하며 후회했다. 남자는 계속 성년 2호를 불렀다. 밥 먹어라. 술 먹어라. 둘은 오랫동안 서로의 이야기를 주고받았다. 남자와 성년 2호는 죽이 잘 맞았다. 서로는 외로움을 달랬다. 여자는 성년 2호 것으로 이것저것을 샀다. 남자는 그래서는 안 된다고 지적질 했다.

여자는 몸을 쓰며 무거운 짐을 지는 것이 인생이었다. 남자는 무거운 짐을 지는 것은 인생이 아니었다. 여자는 비위가 약해 비린 맛을 거부했다. 남자는 비린 맛을 좋아했다. 서로의 맛이 다르듯이 각자의 삶의 맛은 달라야 했다. 남자가 옳고 여자가 틀린 것이 아니었다. 서로 다른 것을 인정하는 것이 옳을 것이었다.

성년 2호는 내 살을 빚어 태어났어도 내 취향이 아니었다. 성년 2호는 남자 취향에 맞는 DNA를 가졌기 때문에 남자에게 호의적이었다. 여자는 남자가 무거운 짐을 버려도 용서할 수 있었다. 그러나 성년 2호가 자기 짐을 버리는 것을 여자는 참을 수 없었다. 이게 무슨 조화인 것인가. 여자는 시간을 두고 머릿속에서 계산기를 두드렸다. 어느 것이 생산적이고 비생산적인가를 찾으면서.

다시 건널목을 건너며, 화단에 핀 목백일홍을 봤다. 예쁘구나. 100일 동안 아름답게 피어 줘서 고맙구나. 그렇구나. 진분홍색

DNA와 연분홍색 DNA는 원래부터 태어난 색깔이구나. 남자는 네모형으로 태어났고 여자는 타원형으로 태어난 것을. 그리고 성년 2호는 세모형 DNA인 것을….

*

내가 아는 미인은 서구적 미인이었다

미인은 백합 같았다. 그를 보면 남자들이 곁눈질을 하였다. 눈도 크고 코는 오똑하고 입술은 도톰했다. 미인은 머리를 살랑살랑 흔들며 걸었다. 끈 달린 원피스에 미니스커트를 즐겼다. 팔다리가 가늘었다. 미인의 목 줄기가 그는 늙은 할머니라 말했다. 목소리가 상냥하여 모두가 좋아했다. 말소리는 순했다. 그는 순한 양이었다.

미인은 화려했다. 백화점에서 옷과 신발, 스타킹을 샀다. 신발은 299만 원, 옷은 599만 원, 스타킹은 9만9천 원. 이게 뭔 소리야? 이해할 수 없었다. 미인은 툭하면 자기가 산 옷을 이틀 입고 바꾸거나 환불했다. 미인은 돈을 아꼈다. 주차장비가 아까워서 공짜 주차장을 찾았다. 미인은 아까운 것과 안 아까운 것이 구별되지 못했다.

미인은 자기 것이 소중했다. 명품 가방과, 명품 옷, 명품 가구가 많았다. 이 삼십 년이 넘어도 누구에게 주려면 아까웠다. 주려 했다가 다시 장농 속에 보관했다. 미인은 자신의 치장을 즐겼다. 온 몸 마사지를 하고 멋진 옷을 입는 것을 좋아했다. 미인은 멋진 귀부인이기를 바랐다. 미인은 지체 높은 우아한 귀부인이 되었다.

미인의 내적은 물에 밥을 말아 된장과 고추장에 생고추를 찍어 먹는 모습이었다. 그러나 미인의 겉은 버터에 치즈를 듬뿍 발라 먹는 빵 모습을 사랑했다. 나는 미인을 보면 속이 니글니글했다. 미인은 수시로 변했다. 미인은 천사였다가 악마였다가 했다. 나도 미인을 두고 천사와 악마가 내 안에서 일어났다 사라졌다. 인생의 공부는 역시 어려운 공부였다.

*

마음속의 기도

기도를 한다. 성년 2호가 잘 살 수 있도록…. 뭔가 마음의 응어리를 뭉치고 사는 그가 안됐다. 난 좋아. 어차피 나이 들면 혼자 사는 거 아냐? 식대비가 너무 많이 들어. 야, 우리도 그렇게 살았어. 네 돈이 귀하냐? 내 돈도 귀하다고. 성년 2호는 차린 음식을 몽땅 먹어 버렸다. 남자는 너무 덥다며 미리 치킨을 시켰다. 콤보로. 그리고 미리미리 병맥주를 사다가 김치냉장고에 저장했다.

여자는 맥주 한잔에 치킨 다리 한쪽과 냉수로 배를 채웠다. 남자는 찬물에 밥을 말았고 그것으로 저녁을 먹었다. 뜨거운 열기가 집안에 가득했다. 여자는 TV를 켜고 거실을 산책하듯 왔다리 갔다리 했다. 성년 2호와 남자는 식탁에서 이야기했다. 오늘 운동하는데 뜨거웠겠다. 섭씨 37도예요. 뜨거운 태양 아래 운동장이 아마 체감 온도 40도일 거예요. 처음 운동하다가 너무 더우니까 내가 지금 무얼 하고 있는 거지? 미쳤나? 하는 생각을 했어요.

처음으로 테니스가 싫었어요. 그러면서도 4게임을 했어요. 사람들이 운동을 안 하려고 에어컨 속에서 안 나왔어요. 서로 미루고요. 정말 장난이 아니었어요. 남자와 성년 2호는 계속 이야기를 쏟아 냈다. 여자는 둘이 하는 이야기가 듣기 싫었다. 그래서 집 밖으로 나갔다. 그리고 아파트 주위를 산책하고 그들이 헤어질 때쯤 집으로 돌아왔다.

*

여름날 주중 휴가(강화도로…)

바람이 없고 습기를 먹음인 공기가 찜통이었다. 남자는 짐을 쌌고 휴가 아닌 휴가를 찾았다. 아무것도 필요 없어. 여자는 호박과 콩버무리를 팩에 담고, 먹다 남은 빵과 우유, 과일을 가방에 넣었다. 남자는 얼음물만 배낭에 넣고 차를 탔다. 센 에어컨은 숨쉬기가 좋았다. 큰 도로로 진입했다. 서쪽 길은 헐렁했다. 동쪽 길은 휴가를 떠나는 차가 꽉 메웠다. 한강은 불어서 흙탕물이었다. 계속 달렸다. 섬 주위는 차가 밀렸다. 남자는 단골 식당으로 들어갔다. 사람은 많았다. 쌈밥 정식을 시켰다. 여자는 신나게 먹었다.

식당 주인의 어머니는 80세가 넘었다. 어? 할머니가 허리를 폈네? 오래전부터 허리를 반쯤 접고 살았는데? 수술을 했나 보네. 다시 차를 탔다. 외포리는 한적했다. 금요일이라 사람이 없었다. 길거리 상인도 없었다. 젓갈 시장도 한산했다. 남자가 좋아하는 오징어젓, 조개젓, 새우젓을 사서 섬 집으로 이동했다. 주차를 하는데 옆집 여자가 소리쳤다. 거기에 주차하지 말아요. 왜요? 우리 집이 이것인데요? 그럼 저쪽에 세워요. 아니, 우리 내일 새벽에 차를 빼려고요. 그 여자의 차는 빨간색 SUV 폭스바겐이었다. 이 동네에 이런 차가 없는데….

텅텅 비던 주차장에 차가 많았다. 이상하네. 그런데 눈에 띄는 사람들이 젊었다. 어? 사람들이 많이 바뀌었네? 꼬부라진 할머니와 할아버지가 많았는데…. 세대 교체가 되었구나. 세월이 빠르구나. 우리 옆집 할아버지도 돌아가신 지가 오래됐으니. 한 달이 넘은 집에는 모기 떼가 죽어 있다. 문을 열고 청소를 했다. 바람이 솔솔 불었다. 잠시 쉬고 덕산으로 향했다. 남자는 땀이 비 오듯 쏟아졌다. 남자는 우리가 미쳤지. 이런 날씨에 등산을 하다니…. 여자는 여름 여자였다. 힘들지 않았다. 다만 찬 것을 즐기다가 배탈이 나서 찬 것이 무서웠다.

호수에서 바람이 불었다. 산에서 바닷바람과 섞여서 불었다. 참을 만했다. 이런 날 집에서 뜨거운 열기와 싸우는 것보다 낫다는 말을 했다. 꼭대기에 올랐다. 경관은 좋았다. 바닷물은 빠지고 모래톱이 솟아올랐다. 외포리 항구가 한적하고 쓸쓸했다. 남자가 말하길, 저기 혈구산에서 석모도까지 육지가 되겠다. 탄허스님이 말하길, 동해 40키로가 가라앉고 서해 40키로가 떠오른다고 했다는데…. 그래서 외포리항이 지금 배가 못 떠서 선수항으로 선착장이 바뀌었나?

한참을 꼭대기에서 서성이고, 하산했다. 오후가 되니 열기가 가셔졌다. 주렁주렁 꽃이 열린 나무를 향해 사진을 찍고 꽃 검색을 했다. 단풍 꽃이 91%. 어? 아닌데? 알 수 없구나. 그런데 꽃은 같아 보였다. 그럼 같은 종인가? 한참을 내려와서 주택가에 있던 흰둥이가 남자를 보고 짖어댔다. 조금 있다가 새끼 강아지가 나를 따라왔다. 너 따라오면 안 돼. 빨리 어미에게 가라. 가라니까.

해는 서산으로 넘어가고 있었다. 여자도 해를 따라 세월이 서서히 지나가고 있다는 생각을 했다.

*

청송 빌라

안녕하세요? 천장에서 물이 샙니다. 천장과 전등에서 물이 떨어지고 벽을 타고 물이 내려옵니다. 여자는 세입자에게 말했다. 윗집 전화번호 좀 알려 주세요. 그건 제가 할 수 없지요. 네, 알았습니다. 제가 그 집을 찾아가서 확인할게요.

여자는 그 동네를 좋아했다. 서울역 뒤쪽이라 그곳을 좋아했다. 그곳은 사람 냄새가 나서 좋았다. 전철역에서 멀어서 좋았고 고개

꼭대기 너머에 있어서 좋았다. 시장이 가까워서도 좋았다. 위에서 보면 지하층이지만 평지에서 보면 2층집이었다. 언덕 위에 지어진 집이라 조금 덜 슬펐다. 통유리로 보이는 초등학교 운동장은 모든 이에게 많은 추억을 생각나게 했다.

초입의 세입자는 지붕에 장독대를 이고 살았다. 그곳은 계단을 한참 밟고 내려가서 어릴 때 계단 놀이가 생각났다. 장독대 세입자는 항상 문자를 보냈다. 죄송해요. 달세를 못 냈어요. 요즘 계속 놀고 있어요. 드릴 말이 없어요. 그녀는 10년째 문자를 보냈다. 문간 방 할아버지는 5년쯤 살다가 고향으로 내려갔다. 아들이 늙은 아버지를 모시고 작은 방 하나를 얻어 주었다. 할아버지는 까탈스러웠다. 습기가 많아서 힘들다면 가습기를, 더워서 죽겠다면 에어컨을. 그런데 어느 날 고향으로 가야겠다더니….

끝방 청년은 작지만 씩씩했다. 문제점이 생기면 참지 못했다. 어느 날 천장에서 물이 샜다. 위층으로 가서 수리 좀 해 달라. 거기 사는 할아버지는 자기 집이 아니라면서 한 달을 욕보였다. 이번에 다시 그 천장이 샜다. 여자는 지층 102호를 찾아갔다. 젊은 청년이 나왔다. 그와 여자는 아래층 집을 확인했다. 작은 창가에 밥솥, 프라이팬, 컵, 그릇 등이 포개져서 누워 있었다. 그 안쪽으로 작은 간이침대가. 그 위 벽에 정장 옷 몇 벌을 벽에 진열했다. 누울 때 침대 위로 옷이 춤을 추었다. 비좁은 공간의 왕은 제습기였다. 그들은 4509와 3337 폰 번호 교환으로 서로를 이해했다. 여자는 젊은이들의 삶 공부가 너무 길어서 슬피 울었다.

*

성년 2호를 이해할 수 없었다

여자는 생각했다. 성년 2호는 삶의 방식이 1/2이었다. 여자는 그를 이해하기로 했다. 삶에서 한쪽은 벽을 치고 살았다. 반쪽의 삶은 넓지 못했다. 여자는 성년 2호에게 반경을 넓히라고 소리쳤다. 성년 2호는 여자에게 소리쳤다. 온전한 것을 어리석은 여자가 못 알아듣는다는 것이라고. 둘은 쌈박질을 했다. 어느 날 여자는 성년 2호가 불쌍했다. 원래 태어나길 반경으로 태어난 것을.

여자는 성년 2호에게 밥을 주고 술을 줬다. 성년 2호는 스스로 행복했다. 남자는 여자에게 소리 질렀다. 행복하게 사는 놈을 걱정도 팔자라고. 여자는 남자에게 속으로 욕했다. 그게 아닌데. 그게 아닌데. 남자는 뭘 모르는 사람이라고…. 성년 2호와 남자는 술을 먹으며 손뼉을 쳤다. 산이 어떻고, 별이 빛나고 바다가 시원하며 달이 뜬다고. 여자는 그들을 또 읊조리며 욕했다. 그게 아니야. 산이 밥 먹여 주냐? 바다가? 별이? 달이?

웃기는 일이야. 힘써 일해서 땀이 흘러야 삶이 되는 거라고. 여자는 차라리 무수리가 되는 것이 중한 거라 말했다. 세월은 흘러가고 있었다. 성년 2호의 삶이 안타까웠다. 구석진 쪽방에서 홀로 사는 모습이 안타까웠다. 가마솥에 끓인 누룽지 밥을 흡입하며 구수해서 좋다는 말이 귀에서 쟁쟁거렸다. 왜 그러고 사느냐를 물을 수 없어서 여자는 속이 터졌다. 되돌릴 수 없는 세월이 안타까워 죽겠다.

여자는 속으로 말했다. 아직도 늦지 않았다. 아직도 늦지 않았다. 성년 2호는 벽이 쳐지고 눈과 귀도 멀었다. 자기 것만 볼 수 있는 바보가 되어 갔다. 밥과 술만 좋아했다. 모든 것을 밀었고 밀쳐 냈다. 다행히 수학을 배우는 학생들과는 소통이 되었다. 성년 2호에게는 수학 가르치기, 테니스 즐기기, 밥, 술 먹기가 그의 인생이었다. 아마도 죽을 때까지 그렇게 살려나 보다. 왜 남성들에겐 관심이 없을까? 반쪽으로 태어나서 그런 걸까? 여자는 성년 2호를 위해, 삶의 기도를 했다.

*

여름날

당신은 여름을 좋아합니다. 한낮의 뜨거운 태양을 온몸으로 받아 내는 것도 즐겁습니다. 당신에게 붙는 태양의 뜨거운 열기가 몸을 삭여 정화시켜 줍니다. 땀이 흐를수록 몸과 마음이 깨끗해집니다. 온갖 고통과 시름이 사라집니다. 오랫동안 묵은 때가 시원하게 사라집니다. 그래서 당신은 여름을 좋아합니다. 흰 쌀밥에 찐 호박잎을 짠 된장국에 찍어 먹는 것을 당신은 좋아합니다. 가마솥 누룽지에 물을 끓였습니다. 그 누룽지 밥에 조개젓갈을 올려 먹는 것도 좋아합니다. 뜨거운 누룽지 밥은 당신을 논밭에서 밭을 가는 농부같이 땀을 흘러내리게 합니다.

당신은 농부에게 미안합니다. 노동도 안 하면서…. 당신은 고된 일을 해야 한다고 생각합니다. 요즘 사람들은 너무 행복한 것을 찾으려 하는 것이 미안합니다. 당신은 늙은 사람들이 늙은 몸을 이끌고 무거운 일을 하는 것이 슬픕니다. 젊은이들이 행복한 일만 찾는 것도 슬픕니다. 당신은 생각이 많아서 탈이 많습니다. 당신은 생각을 줄이면서 살기를 바랍니다. 왜 사람을 보면 생각나는 일이 많은지 모를 일입니다.

생각이 많으면 싸우는 일이 많아집니다. 각자의 생각은 색깔처럼 색상이 다릅니다. 흰색과 검은색이 섞이면 회색이 되듯이 생각도 여러 가지로 나타납니다. 짙은 색깔이 흐린 색을 흡수합니다. 그렇다고 흐린 색이 사라지지는 않습니다. 자기 색깔을 나타내려고 애씁니다. 그런 것을 보면 당신은 슬픕니다. 모두가 자기 색깔을 가지고 각자 멋대로 자유롭게 살기를 당신은 바랍니다. 하나가 옳다, 아니다. 둘이 옳다고 싸우면 당신은 말합니다. 너는 하나로 살고 또 너는 둘로 살라 합니다.

여름은 습기가 많아서 덥습니다. 식물은 습기를 좋아합니다. 호박, 가지, 토마토, 고추, 상추, 옥수수, 배추, 무 등 우리의 채소들은 이 습기를 먹고 자랍니다. 아라비아 사막과 스페인, 그리스 같은 나라는 습기가 없습니다. 뜨거운 열기가 있지만 그늘 속으로 가면 시원합니다. 그러나 우리 같은 식물은 메말라서 자라날 수가 없습니다. 땅은 습기가 없어서 척박합니다. 당신은 적당한 습기를 먹음은 친구를 좋아합니다. 메마르고 딱딱한 친구를 보면 슬픕니다. 깨소금같이 고소하고, 아이스크림처럼 부드럽고 달콤한 친구들을 좋아합니다.

더운 여름날 나는 목욕탕에 찬물을 가득 채우고 물속에서 시 읽기를 좋아합니다. 수시로 들어갔다 나왔다를 반복합니다. 한밤중에도 잠이 깨어나면 또다시 탕 속으로 들어가서 눈 감고 쉬다가 나옵니다. 간장이 시원해지면 당신은 내장을 찬물에 씻어 몸속으로 주입시킨 것으로 착각합니다. 깨끗해진 내장은 당신을 숙면으로 몰고 가서 행복한 여름날의 꿈을 선사합니다. 당신은 천국의 꿈으로 행복합니다.

나는 지금 뭔가 잘 쓰고 있는지 모른다. 글쓰기가 너무 지루해서 조금 변형하며 쓰는 중이다. 산문도 아닌 것이 시도 아닌 것이 그냥 생각나는 대로, 쓰고 싶은 대로 쓰는 것이다. 어릴 때 짜장면이 좋았다고 계속 짜장면만 먹을 수는 없잖아.

*

마음이 어두워

밥은 먹었는가? 나는 밥 대신 이것저것을 대충 먹었지. 아직도 다리가 아프냐? 그렇지. 아직 다친 다리가 시원찮아. 오그리지를 못해. 한 일 년은 되어야 찢어진 심줄이 붙을랑가 모르겠네. 아직도 운동을 하냐?

그렇지. 아파도 소염제 먹고 하고 있지. 누구네 아빠가 간암 수술 했대. 그렇구나. 또 누구네 아빠도, 위암 수술, 요도암 수술, 대장암 수술, 방광암 수술 했대. 수술이 유행인 건지. 여하튼 건강 검진 하고 수술 안 하는 사람이 없더라고.

그래서 나는 건강 검진 안 받아. 아마 7~8년 동안 건강 검진 안 받았어. 주변 사람들이 난리를 쳐. 야, 함께 오래 살자며 건강 검진 받으라고. 근데 100살 넘은 김형석 교수 양반도 건강 검진 안 받는다며. 그냥 이제 주어진 대로 살고 싶어. 그 대신 잘 먹고, 잘 자고, 잘 싸고, 열심히 운동하자는 것이 내 모토야. 그다음 스트레스 안 받는 거야. 이상한 것에서 스트레스를 받게 되는 거야.

너무 자기 것을 챙기고 남을 배려하지 않고 사는 것을 보면 스트레스가 생기데? 나는 모두에게 그냥 주고 싶은 거야. 그런데 주는 것으로 끝이어야 하는데. 가끔 받은 사람들은 자기만 챙기고 남은 몰라라 할 때, 이건 아닌데라는 생각? 아기들같이 내 것은 내 것, 남의 것도 내 것 이런 식으로 살면서 부대끼며 사는 것이 힘들었어.

인간관계가 중요한 것 같아. 서로 정서가 맞는 것이 중요하고. 나는 생각해 봤어. 어떤 이가 나를 편안하게 하고 즐겁게 하며 행복하게 하는가를. 그들은 우선 자기중심적이지 않아. 그들은 남을 배려하는 마음과 자기를 희생하는 마음을 가졌어. 만나면, 무엇인가를 주고 싶어 해. 그들은 자기주장을 세워서 상대방을 이기려 하지 않아. 항상 수용하며 순응하지. 뭔가를 받으면 뭔가를 갚고 싶어 하고.

그들은 서로 만나면 이심전심이야. 그들은 만나면 즐겁고, 행복해. 그런데 가끔 나는 이질적인 사람을 만나면 불편해. 무엇인가를 주면 거부하고 필요 없다고 하면, 당황스러워. 이건 뭐지? 뭘 이해해야 하나?

그들은 못 먹는 것도 많고, 하기 싫은 것도 많아서 할 말이 없는거야. 그런데 자주 만나야 하는. 그럴 때 어떻게 내가 대처하며 살아야 할지 모르겠다는 거지. 거기에 내 식구일 때 난 더 난감한 거지. 나는 내 새끼에게서 많은 공부를 배우는 거야.

귀한 자식들이 부모와의 관계를 어떻게 하고 지내는 것이 합리적일까? 나의 부모들에게 우리 세대는 평생 희생하고 봉사하는 삶이어야 한다는 사실만을 옳다고 하고 살았는데….

*

여기에 절대로 오지 마라

　엄마, 나여. 밥 먹었어요? 그럼 벌써 먹었지. 넌 여기 당최 오지
마라. 엄마 가고 싶다고 해서 가고 안 가고 싶다고 해서 안가는 게
아녀요. 내가 이번에 설사를 두 번 했어. 그런데 이것들이 설사를
4번 했다고 해서 막 싸웠어. 이것들이 거짓말을 했어. 엄마, 그것이
뭐 대단하다고 그래요. 막내에게도 난리를 쳤어. 넌 절대로 여기에
오지 마라. 넌 연금도 타니까 식모 두고 밥해 달라고 해라. 난 할
말이 없었다. 여기는 반찬 해 주는 것 중에 먹을 게 없어. 여기는
올 데가 못 돼. 먹고 싶은 것도 못 먹고. 내가 아픈데 아프단 소리
안 해. 남에게 아픈 소리 하면 안 좋잖아. 나도 사실 지금 많이 아
팠다. 80세까지 산다는 것은 너무 멀고 힘들 것 같았다. 엄마에게
아픔을 말하지 못했다. 그것은 예의가 아녔다. 밤새 아파서 땀을
흘리고 고통으로 밤을 지새웠지만. 엄마는 계속 자기가 있는 요양
원에 절대 오지 말라고 소리쳤다. 엄마의 시간, 나의 시간이 함께
흘렀다. 엄마의 시간이 아팠다. 나의 시간도 아팠다.

북악 팔각정

오늘 귀빠진 날이라고 네비 샘이 서울 나들이로 드라이브를 해주었습니다. 도착지는 북악산 꼭대기였습니다. 팔각정에서 멀리 보는 사람이 높은 사람입니다. 높은 자리에서 낮은 곳을 보는 것이 아름답습니다.

배롱나무의 백일홍이 시가지를 아름답게 꽃피웠습니다. 파란 나무 숲 사이에 성으로 둘러쳐진 성벽이 보이고, 성벽 사이에 보이는 유적지도 지도를 통해 이해했습니다.

거기에는 '이야기를 따라 한양도를 걷다'라고 쓰여 있었습니다. 목멱산 밑에 광희문, 낙산 밑에 홍인지문, 혜화문, 백악산 밑에 숙정문, 창의문, 인왕산 밑에 돈의문터, 서소문터, 목멱산 밑에 숭례문, 남소문터. 이것이 서울특별시라 말했습니다. 남쪽 촌놈들이라 역사책에 나온 이름을 알지 못했습니다. 글자는 아는데 내용을 모르는 바보였습니다. 답답한 마음이 막히다니….

다시 저 멀리 보이는 풍경과 높은 빌딩을 보며 마음을 달래 봅니다. 언젠가 더 열심히 역사 공부를 하고 오겠다는 다짐을 하면서.

높은 사람으로 아래 멀리 보이는 풍경을 서쪽에서 동쪽으로 훑어봅니다. 네비 샘은 옛날 생각이 났습니다. 그는 이 근처에서 산 적이 있습니다. 40년 전 이야기입니다.

어느 날 그의 영감이 오래 살던 곳을 찾아갔습니다. 그런데 영감 집이 없다는 것입니다. 한참을 찾다가 보니 영감님이 살던 옛집은 절이 되었습니다. 사람들은 그 집의 집터가 강해서 절이 되었다 합니다. 시아버지가 가고 어려움을 한참 겪다가 작은 남쪽 집을 세얻으려 하는데, 유명한 중국집 사장님이 자기 집을 사라고 했습니다. 사고 싶지만 돈이 없었습니다. 그런데 그 사장이 자기 집을 미리 넘겨주고 집을 담보로 돈을 빌려 사게 했습니다. 그리고 그 사장님이 자기가 쓰던 헌 가마솥을 주면서 이것을 가지시오. 그러면 당신은 부자가 될 거라 했답니다.

나는 네비 샘에게 그 가마솥이 어디 있는가 물었더니. 이사 다니면서 버렸다니까. 그래도 그 복을 넘겨받아 작은 집이 큰 집이 되었고, 부자가 되었지. 전설 속의 가마솥이 그립더라. 과학 시대에 비과학이 존재하는가 봐. 가마솥의 신비가 존재와 비존재를 만드는 거야. 우리의 영혼도 그럴 것 아냐? 있는 듯하면서 없고 없는 듯하면서 있잖아. 우리 삶도 그래. 살되 죽음이 있고, 죽되 다시 살아나는 것이 있다는 거지.

푸른 산이 우리를 반기네. 거울에 비친 친구 얼굴이 정겨워. 행복해. 피자에, 스테이크와 맥주를 한잔 먹었어. 여고 시절 학교 앞에서 야자 공부 하며 양은 냄비에 오글이 삼양 라면과 노란 단무지 먹던 생각이 나네. 국물이 얼큰해서 시원했지. 매운 국물이 그렇게 맛있었는데….

땀을 흘리며 먹던 생각. 우리 이제 많이 늙었네. 우린 시골 촌놈인데 성공했어. 무섭고 코벼 간다는 서울에서 한쪽 발을 올려놓고, 찜하고 살고 있으니. 야들아, 우리 성공했다니까. 시골 촌놈들이 서울에서 살고 있으니까. 서울은 뉴욕 맨해튼이고, 런던 시티며, 불란서의 파리라니까.

맛있게 먹었으니 예술 공부를 하러 가자네. 같은 서울인데 모르는 곳이 많아. 알 수가 있어야지. 남쪽 촌놈은 북쪽을 모르고 북쪽 촌놈은 남쪽을 모르니. 왼쪽으로 가면 효자 삼거리. 직진을 하면 광화문과 경복궁역이야. 다른 표지판에. 직진하면 연신내역이고. 사방은 아파트 빌딩으로 산을 가렸어. 산은 없고 아파트 건물만 보여. 역시 아파트 공화국이구나! 판자촌이 그립다. 인간미가 없어. 아기자기한 뒷골목이 그리워. 사람이 없어.

사비나 미술관에 도착했어. 건축상을 받았대. 건축이 아름다웠지. 이이남 작가의 작품이 전시되었어. 작가는 옛 명화를 현대적 감성으로 재해석 디지털화하는 미디어 아티스터야. 네비 샘은 길눈도 밝지만 예술 문화의 달인이거든. 그는 설명으로 이이남 작가가 생산성이 있는 작가라고 소개했어. 화가들이 비생산성으로 가난하게 사는 것을 안타까워하니까 강조하며 소개했어. 이이남 작가가 조선대 출신 작가인데, 호남 지역에서 서울로 진출하기가 힘들었다는 거야.

작가는 홍콩에서 중국 고전품을 활용해서 전시를 했지. 여기 겸재 정선의 인왕 재색도를 보면 봄, 여름, 가을 ,겨울로 영상이 전환되는 거야. 살아 있는 그림처럼 영상이 움직이거든. 작품에 사람이 움직이면서 고개를 넘고, 봄이 오면 나비가 날아다니고, 새 떼가 이동하며, 산에는 봄꽃이 화려하게 폈어. 여름이면 절벽에서 물이 흐르게 하는 장면이 우리를 즐겁게 했어.

디지털화한다는 것은 살아서 생동감을 주는 거야. 작품 속으로 자신을 몰입하게 했어. 작품은 홍콩에서 대박이 났고 뉴욕에서도. 사람들이 작품을 사 갔고 생산성이 이루어졌대. 자연히 서울에서도 작품이 성공한 거야. 좋았어. 이제 밥하러 가야겠다. 즐거웠어. 고마워.

초면은 서먹했다

어느 날 운동할 수 있는 짝이 없어서 남자 친구 부인과 여자 친구를 짝으로 불렀습니다. 둘은 서로 만나 차를 탔고 둘이 뒷좌석에 나란히 앉았습니다. 할 말이 없어 서먹했습니다. 뭔 말을 해야 할지. 여자는 뒤를 보며 여기 남자 친구 부인의 고향이 부여고 저기 내 친구의 고향도 부여라고 소개했습니다. 둘은 여기저기 묻고 답하며 소통을 했습니다. 부여에 십자로가 있습니다. 거기에 할아버지 묘가 있습니다. 여자는 물었습니다. 부여서 오래 살았는가를. 남자 친구 부인은 경찰인 아버지를 따라다녔어요. 대전으로 발령받으면 대전에서 살았지요.

갑자기 그들끼리의 지역적인 지명을 묻고 대답하며 서로의 소통을 원활히 하였습니다. 그런데 나는 그들이 말하는 지역을 알지 못했습니다. 서로가 아, 거기요. 맞아요. 그때는 어땠습니다. 지금은 많이 변했다고 시인하면서 소통을 했습니다. 그렇게 한참을 이것저것 이야기를 하여 낯면을 익히고 우리는 운동을 시작했습니다. 같은 고향 사람으로 친근감을 가지고 서로를 위로하며 못하면 못하는 대로 잘했으면 잘했다고 상대방을 칭찬하며 즐겁게 운동을 하였습니다. 그런데 정말, 생판 낯모르는 사람들과 함께 오랜 시간을 운동하는 일은 쉬운 일이 아닐 것이라는 생각이 들었습니다.

뺀지하다

삶의 중요성을 자각할 때의 일입니다. 70세라는 생일을 앞두고 자신만의 세월의 금이 무엇일까? 빨간 밑줄을 그어 볼까? 어떻게 그을까? 생각이 도무지 일어나지 않았습니다. 나는 굵게 선을 긋고 싶었습니다. 미리 가족 모임을 예정했는데 코로나19로 깨졌습니다. 작게 거문도 여행 일정을 잡았습니다. 몸속으로 세균이 침입하여 무산되었습니다. 이제 나에게 맞는 선을 찾아야 했습니다.

남자에게 여기 가 볼까? 안 돼. 멀어서. 저기 가 볼까? 몸이 안 돼서. 안돼. 요기는? 조기는? 아냐, 안 된다 말할걸? 남자는 뺀지다. 남자는 되는 게 없을 거다. 남자는 그랬다. 남자는 자기는 그런 사람이 아니라 생각할 거다. 그러나 여자는 답답하다. 속으로 남자를 '뺀지한다, 뺀지한다'를 반복한다. 속이 시원하다. 자신이 다른 남자와 다르다고 스스로 해석한다. 그것이 여자는 더 웃기는 겁니다.

여자는 자기 생일을 찾는 일이 드물었다. 처음 찾은 것이 49세였다. 어느 책을 보았는데 그 책 속에서 49세 아버지가 자기 생일 49세를 기념하기 위해 아들을 데리고 높은 바위산을 올랐다. 그것을 보고 여자는 49세 생일잔치가 중요하고 커다란 의미가 있음을 알았다. 그래서 여자는 49세 잔치로 딸 둘을 데리고 은행 융자를 얻어 유럽 여행을 한 달 보름 동안 다녔다. 그것은 정말 큰 잔치였고 빨간 밑줄이 되는 기억. 그 후 다시 59세 잔치를 스스로 만들었다. 시댁 식구 형제 부부, 친정 식구 형제 부부들과 함께 일본 여행을 다녔다. 그것도 선을 긋는 즐거운 추억.

이번에 69세, 70세 잔치로 선을 만들 수 없었다. 코로나19에 부실한 몸이 받쳐 주지 못했다. 거기에 소소한 즐거움을 찾으려 하면 남자의 거부 운동이 강했다. 여자는 아파도 실행하는 유형이었다. 소염제 먹고 운동하고, 약 먹고 아픔을 참고 참여하는 유형이다. 남자는 이유가 많아서 부정하는 것이 강하다. 색깔이 다르니 어쩔 수 없다. 여자는 항상 남자를 뺀지하고 싶어 한다. 여자 친구들 대부분은 자기 남자를 뺀지한다. 그것이 당연하다.

여자는 조용히 생각했다. 자연스러운 것이 도에 맞는다고 들었다. 빨간 선을 어떻게 자연스레 긋는 것이 아름다울까? 조용히 책을 읽고 눈을 감으며 쉬는 것일까? 이제 너무 활동적이고 소란하게 하는 것보다 고요하게 자리를 지키며 자연과 공존하며 즐기는 것을 공부하는 것? 강은 흐른다. 산은 멀리서 보이는 대로 보여 준다. 하늘에서 별이 빛난다.

여자는 우주의 존재로서 그냥 존재하는⋯. 있어도 없어도 되는 존재. 그것이 최선일지 몰랐다. 그래도 여자는 내 안에서 뭔가 선을 긋는 연습을 했다. 그 선을 그어야 한다고⋯.

*

울화통이 터지는 날

코로나 델타가 퍼진다는데 백신이 버려지고 있다고 신문 방송이 떠들어댔다. 국민은 숨 쉬고 움직이지 말라고 경찰이 소리쳤다. 문통은 국민 케어를 잘하고 있다고 자화자찬했다. 천사의 미소를 신문과 방송에 배우처럼 찍혔다. 광복절 도심 일대 보수, 진보 단체들의 '변형 1인 시위'를 막겠다고 경찰 10,000여 명이 동원됐다.

광복회장 김원웅이 광복절 경축식에서 역대 보수 정부를 '친일 정권'으로 규정하고 "친일파 없는 대한민국을 만들자"고 소리쳤다. 국민의 힘 이준석 대표가 윤석열 전 검찰총장과 나눈 전화 통화 내용을 녹취록으로 만들어 유출했다고 유튜브에 떴다. 이준석은 휴가로 자기 자신의 개인택시 면허를 따기 위해 상주로 갔다는 것이다. 광화문 집회를 막으려고 시민들에게 경찰을 통해 불심 검문을 했으며 교통을 통제하고 전철 출구를 폐쇄했다. 경찰은 하루 종일 시민에게 행선지를 묻고 소지품을 검사했다. 문 정권은 경찰을 시켜 코로나를 빌미로 국민 자유를 구속하고, 정치 수단으로 국민 길들이기 방법에 이용했다.

태양광 설비를 위해 서울 면적의 10배를 해상 풍력 발전으로 뒤덮겠다고 발표했다. ESS 설치 비용만 300조 원이 넘었다. 한국만 탄소 중립, 탈원전만 외치고 있다. 좋은 일자리는 줄고, 평생 벌어도 집 한 채 장만하기 어려운데, 세금 부담은 커지니까 청년들은 비혼, 비출산을 선택할 수밖에 없었다.

TV의 사진과 신문의 사진, 유튜브의 사진에 나타나는 문 정권의 사람들을 보면 욕지기가 나고 말았다. 밥을 먹으면 위통을 일으켰다. 세종시 들어가는 길거리에 끝없는 태양 판넬이 생각났다. 세종시 호수 공원 태양 판넬이 폭우에 으깨져서 쓰레기 하수 처리장이 되고 말았다. 문 정권이 깃발을 들고 흔들면, 엎어져서 국기를 세우고 만세를 부르는 것을 보면 피똥이 쏟아졌다. 문 정권에 빨대를 꽂고 환영하며 즐겁다고 손뼉을 치는 늙은이들을 보면 나라를 팔아먹고 죽을 놈들이라 생각했다.

*

돈을 달라고 조를 때가 좋으니라

엄마는 말한다. 야, 야, 돈 달랄 때가 좋으니라. 늙어 봐라. 돈 달라는 놈도 없느니라. 너는 잘 먹어야 하느니라. 잘 먹는 놈이 때깔도 좋고 빈혈이 없느니라. 입이 자꾸 말라서 말을 할 수가 없느니라. 막내가 닭튀김을 해 와서 맛있게 먹었더니 침 마름이 없어졌느니라. 내가 정신이 자꾸 도망갔다. 행복이란 너네 키울 때 돈 달라고 조를 때이니라. 이제는 돈 달라는 놈이 있나. 너네 어릴 때 학비가 너무 많이 들어간다고 막내 놈이 자기는 천천히 주라더라. 누나하고 형부터 주라고 했어. 자기는 천천히 주라고 하더라. 아버지가 죽으니 식당을 해 보려고 했지. 그런데 다리가 아픈 거야. 손해 보고 넘겼지.

다시 꼬마들 오락실을 차렸어. 막내가 카운터를 보라 하고. 그때 거지가 많이 오는 거야. 나는 돈을 모두 주라고 했어. 그래야 가게에 복이 들어온다고. 막내가 지랄을 하는 거야. 거지가 열댓 명씩 온다고. 내가 돈이 있으니까 이것저것을 해 본 거지.

외할아버지가 이장을 하면서 담배 장사를 했거든. 근데 할아버지가 너무 바빠. 큰딸인 나에게 그 가게를 맡겼어. 거기서 궐련을 많이 팔았어. 할아버지가 말했어. 넌 어쩌면 돈 1원도 안 떼어먹는다고. 그래서 할아버지가 집 살 때도 도와줬어.

이제 돈도 필요 없더라. 청량리 고모가 금궤를 사다가 돈을 넣고 쓰지만 그게 뭐 필요해. 치매가 걸려서 아무것도 모르는데. 그 고모가 착하기는 했어. 내가 시집가서 간장 종지를 깼는데 걱정이 큰 거야. 청량리 고모가 언니 걱정하지 마. 내가 깼다고 할게. 지가 물 먹다가 깼다고 할머니에게 말했어. 야단을 치니까 그것 좀 깨면 어떠냐고 할머니에게 말하고 도망갔다니까. 너네도 형제 셋밖에 없잖아. 사이좋게 맛있는 거 먹고 살아라. 그래도 돈 달랄 때가 행복한 거여.

*

안과 밖

옛날에는 그들이 내 안에 살았다. 나이가 들면서 그들은 밖에서 자기들끼리 살았다. 내 안으로 모이게 하려고 그들은 밖으로 흩어졌다. 안에서 그들을 성공시키려고 별별짓을 다 했다. 그들은 자기 정서에 맞지 않다고 아우성을 쳤다. 그들의 정서에 맞추려고 불을 지피고 사회에 적응시키고자 애썼다. 그러나 세월의 힘이 강해졌고 그것들은 자기 식대로 바뀌었다. 이제 안과 밖은 세상이 바뀌었다.

전에는 안이 밖일 수도 있고 밖이 안일 수도 있었다. 지금은 그럴 수가 없었다. 안이 빛이라면 밖은 어둠이었다. 빛이 어둠을 몰아낼 수 있지만 어둠은 빛을 차단했다. 빛은 슬펐다. 어둠을 이해할 수 없었다. 어둠 속으로 계속 달려가는 것이 안타까웠다. 그래도 세상은 빛과 어둠이 공존했다. 빛은 빛을 존중했고 어둠은 어둠을 존중했다. 빛은 빛이 옳다 하고 어둠은 어둠이 옳다 했다. 수학적 계산으로 둘은 계산할 수 없었다.

빛은 어둠을 욕했다. 어둠은 빛을 욕했다. 둘은 화합할 수 없었다. 빛은 생산성을 강조했다. 어둠은 생산성에 욕심을 부렸다. 빛은 어둠을 욕했다. 노력 없이 어찌 생산성이 생기는가를. 둘은 만나면 싸웠다. 그들은 자기가 옳다고 설명했다. 빛은 어둠을 욕하며 가슴을 쳤다. 빛은 어둠과 거리를 두며 공존하기로 했다. 어둠이 세월을 먹어서 성장하기를 바랐다. 어느 때 성장한 것처럼 보였다. 다시 빛은 어둠을 찾았다. 어둠이 더 커졌음을 보았다.

빛은 실망스러웠다. 더 세월을 기다리기로 마음먹었다. 빛을 주겠다는 마음이 사라졌다. 어둠은 빛을 받고 싶었다. 그러나 내놓고 빛을 달라고 하기에는 껄끄러웠다. 빛은 어둠이 무서웠다. 어둠은 어둠을 몰랐다. 어둠은 자기가 무얼 하는지를 몰랐다. 어둠은 수시로 방황했다. 어둠은 꿈이 많았다. 손으로 잡고 싶은 것이 많았다. 그러나 입으로만 잡았다. 몸으로 힘들게 노력하지 않았다. 빛은 웃었다. 어둠이 어둡게 어리석다고.

어둠은 제정신이 아녔다. 어둠 속에서 헤어나오지를 못하는 게 안타까웠다. 바보, 멍충이. 어둠아, 정신 좀 차려라. 언제 어둠 속에서 빠져나오려나. 빛은 밝은 빛이 사라져 가는데…. 어둠은 그런 걸 이해하지 못했다. 어쩔 수가 없었다. 빛은 빛이 잃어버리지 않으려고 애쓰고 있었다. 그리고 기다렸다. 어둠이 성숙해지기를. 어둠이 더 이상 미쳐서 파괴하지 않기를 기도하면서.

*

금강유원지가 생각났다

50년 전 고속 도로가 뚫렸다. 산과 산을 깎았다. 강과 강을 다리로 이었다. 여고생들은 대통령이 온다고 질퍽한 황토 흙 속에 운동화를 신고 태극기를 흔들었다. 세찬 바람에 눈발이 흩날렸다. 붉은 진흙 속에서 얼어붙은 황토물이 발바닥의 따뜻한 기온으로 녹은 흙물이 운동화 속으로 스멀스멀 스며들었다. 발이 시렸다. 손이 시렸다. 붉어진 손으로 태극기를 흔들며 대통령을 환영했다.

대통령 연설은 길어졌다. 발이 얼어 몸을 비틀며 발가락을 운동화 속에서 꼼지락거렸다. 발가락 감각이 사라졌다. 발가락이 멍멍했다. 언제 끝나려나 언제 끝나려나. 온몸은 추워 떨면서 지루하게 기다렸다. 한낮이 넘어서 연단의 사람들이 내려왔다. 태극기 부대는 그들이 사라질 때까지 태극기를 흔들어 댔다.

그날부터 언 새끼발가락이 붉게 부풀어 올랐다. 아랫목에 발을 넣으면 가려워서 통통 부었다. 손으로 박박 긁으면 더 간지러워서 더 긁었다. 또 긁고 또 긁으면 노란 진물이 흘렀다. 다시 부은 발가락은 따갑기 시작했다. 아버지는 하얀 연고를 사서 발라 주었다. 발가락은 그해, 다음 해도 다시 부었다 녹았다를 반복했다.

세월이 흘러갔다. 어느 해 공대생들이 문과대 여학생들과 미팅을 했다. 장소는 금강유원지였다. 여학생들은 처음으로 고속버스를 타고 금강유원지로 갔다. 푸른 산과 파란 강, 폭포같이 떨어지는 댐 물이 장관이었다. 그때부터 그곳은 아름다운 금강유원지가 되었다. 사람들은 고속버스를 타고 금강유원지를 가고 싶어 했다.

연인이 생기면 금강유원지를 방문했다. 물과 바람과 숲이 낭만과 추억을 남겨 주었다. 강을 보며 스낵 코너에서 우동을 먹고 오뎅을 먹는 것도 즐거웠다. 연인들에게 금강유원지는 꿈과 희망을 안겨 줬다. 해가 넘어갈 때 물에 비친 불빛과 산에서 내려오는 그림자가 어울려 아름다운 미래의 향기를 전해 줬던 기억. 그 기억은 아직도 내 가슴속에서 아련하게 피어나고 있었다.

*

식물원 나들이

하늘은 푸르고 뭉게구름이 하늘을 장식했다. 답답한 마음을 달래느라 식물원을 찾았다. 햇살이 뜨거워도 중앙화 단에 핀 수국과 백일홍이 우리를 반겼다. 수국아, 아름답구나. 분홍 백일홍도 아름답네. 갑자기 뿌려지는 분수대 물이 우리를 샤워시켰다. 물줄기가 시원했다. 가든 센터를 지나 좁은 나무 계단을 거쳐 비스타 정원으로 들어갔다. 느티나무 축을 따라 풀이 우거진 길목 길을 따라 좁은 샛길 위로 올랐다. 작은 시냇물이 졸졸 흘렀다.

한참을 올라갔다. 언덕 끝 언덕배기에 벤치가 있었다. 벤치는 말했다. 쉬다 가세요, 네, 여기가 좋아요. 큰나무 밑은 시원했고 시냇물이 속삭였다. 벤치는 옛날 주막의 들마루가 되었다. 이야기꽃이 피어나기 시작했다. 배가 고팠다. 집에서 가져온 개떡을 먹었고. 토마토를 먹었다. 우리는 단백질을 섭취해야 한다더라. 몸무게의 1.5배를 섭취해야 한다더라. 그래야 근육질이 빠지지 않는다더라. 이 두유를 마셔 보자.

X 친구가 답답하다. 이십 년 전부터 전세를 살지 말고 집을 사라 했는데…. X는 내가 돈이 없어서 집을 안 사는 게 아니라 한다. 너무너무 답답하다. 그것은 할 수 없다. 우물 안 개구리라는 것이지. 철학자들은 말하잖냐? 자기가 갑옷을 입고 벗어나지 못한다고. 삶의 갑옷을. 세상을 크게 보지 못하는 게 답답해. 이제 우리는 죽는 날까지 흔들리지 말고 지키며 살아야 해. 우리 조상님들이 지혜로워. 속담이 철학적이잖아. 그래, 맞아.

친척의 돈 많은 어른이 죽어간다. 자식들이 성당의 유명한 신부와 수녀를 불러 세례를 받았다. 자식들은 대단한 일로 사진을 찍고 위대한 일을 한 것처럼 하는 것이 못마땅하다. 죽어 가는데 꼭 그렇게 해야 하는가 의문이 간다. 그러게. 뭔가 자연스럽지가 않네. 세상의 진리는 자연스럽다고 생각한다. 억지로, 부자연스러운 것은 맞지 않다는 생각이다. 우리는 순리대로 사는 것이 좋겠다.

다음에 우리가 산책하는 길이 피천득 길이라 하더라? 맞아. 나는 피천득 수필이 좋아. 피천득 조상이 중국에서 왔으며, 중인으로 의료업을 했고 돈을 많이 벌었어. 그래서인지 피수영이가 차남인데 서울의대를 나와 미네소타 대학교 의과 대학 교수였어. 그 후 서울 아산 병원에서 초청했지. 아버지가 딸만 사랑했는데 죽을 때까지 아들이 목욕시키고 정성을 다해서 고마워했대. 피천득은 피서영인 딸을 사랑했어. 미국 물리학 교수야. 사랑했지만 한국에 오지 못한 거야.

물리학자 이휘소 밑에서 지도받았어. 독일 물리학자 로먼 재키브와 결혼했고, 스테판 재키브를 나았어. 지금 유명한 바이올리니스트야. 아들은 하버드 심리학과 나왔는데, 음악을 좋아해서 음악을 해. 그런데, 한국에서 자리를 못 잡고 있어. 딱해 죽겠어. 뿌리가 없으니까 힘들어. 그럼 예술계는 계보가 있어야 하잖아.

장남인 피세영은 아버지가 무척 싫어했지. 공부도 안 하고 연극 배우 등을 했으니. 그런데 그가 캐나다에 가서 치과 기공소를 운영하여 돈을 많이 벌었어, 그리고 경북 문경시에 수목원을 만들었어. 우리도 그 수목원을 찾아봐야지. 로먼 재키브와 협연하는 리처드 용재 오닐이 유명하다. 용재 오닐은 한국계 미국인 비올리스트이다. 어머니는 6.25 고아고 아일랜드계 조부가 불구인 어머니를 입양했고 어머니가 성폭력을 당해서 임신을 했다.

그런데 그 임신한 아기를 조모가 열심히 키웠고, 그는 비올라 연주가 용재 오닐이다. 야, 정말 대단하다. 가난한데 줄리아드 스쿨에 보냈다. 그래미상도 탔다. 그런데 용재 오닐은 게이다. 그래서 아마 함께 연주하는 스테판 재키브가 결혼을 하지 않는 것이 아닌가 생각한다. 그럴 수도 있겠네. 내가 읽은 박완서의 마른 꽃에서 금강유원지가 나왔어. 그리고 갑자기 그 시절의 추억이 생각났어. 그 시절 우리는 금강유원지로 미팅을 갔던 생각. 넌?

나도 미팅을 갔지. 그때 갈 만한 유원지가 없었잖아. 미팅을 갔는데 혜자가 좋아하는 사람과 미팅을 했고 그와 결혼했어. 죽은 혜자? 맞아. 그랬구나. 어떻게? 혜자가 미팅한 그 남자를 엄청 좋아했어. 남자가 까칠했거든. 혜자는 자기가 후덕해서인지 까칠 남자를 좋아했어. 그 남자가 방송 PD라 핸섬했거든. 멋쟁이고. 한번 결혼했던 남자였어. 혜자 엄마가 결혼을 반대했지. 혜자는 의사잖아. 그런데도 그렇게 그 남자를 좋아했어. 그래서 혜자 엄마가 점쟁이를 찾아갔대. 그 점쟁이가 혜자 수명이 짧다면서 좋아하니까 결혼시키라고 하더래. 점쟁이가 공돈은 안 먹나 봐. 결국 49세에 혜자가 갔잖아.

혜자가 죽을 때, 난 집안 제사도 있고 할 일이 많아서 못 갔어. 친구가 병원으로 찾아갔어. 친구가 혜자야, 나 왔어. 했는데 응, 그래. 하며 눈도 안 뜨는 거야. 곧 남편이 왔어. 혜자 귀에 대고 걱정하지 말고 가, 내가 애들 잘 키워서 결혼시키겠다고 말하니까 눈을 살짝 뜨고 좋아하면서 눈물을 흘리더래. 그래서 친구가 혜자를 속으로 욕했어. 남편이 그렇게 좋냐? 멀리서 온 나에게 눈도 안 뜨더니. 혜자가 죽고 신부님이 장례 미사를 했어.

그가 죽은 지 20년 후 그의 딸이 결혼할 때, 그 신부님이 결혼식 혼배 미사를 했다. 신부님이 나이가 많으셔서 차로 모시고 가서 식사를 대접하고 숙소로 모셔다 드렸어. 너 많이 애썼구나. 그 신부님 생일 때 매년 찾아가는? 응, 그 신부님이 기다리시니까. 식사 대접 하고 용돈 주고 숙소로 모시는 거 힘든 일이야. 너도 늙었잖아.

그런데 혜자가 죽었을 때 바로 3년 후에 남편이 재혼했어야 했어. 딸이 결혼할 때 이미 방송 퇴직했고 반짝였던 사람이 초라하고 볼품없이 불쌍해 보이니까 맘이 안 좋더라. 연애는 혜자 있을 때도 바람피웠는데…. 그래, 인생은 그렇게 흘러가는가 봐.

벤치에 앉아서 한 바가지 수다를 떨다 보니 시간은 저만치 흘러가 버렸다. 여기는 나무 그늘 주막으로 제격이었다. 옛 사람들은 시냇가에 모여서 빨래하며 수다 떠는 것이 그들만의 잔치였을 것이다. 농부들은 농사를 지으며, 새참에 막걸리 마시고 논과 밭에서 노래하며 일하는 것이 즐거움이었으리라. 지금 우리는 식물원 구경하고, 산책하며, 이바구로 스트레스를 푸는 것이 즐거움이리라.

끝으로 카페에 들러 시원한 사과주스로 몸을 식히고 헤어졌다. 저녁 근무로 밥을 하기 위해서….

*

머리

나이가 들수록 머리는 나를 힘들게 했다. 길면 길어서 머리가 나를 지배했다. 더우면 머리가 뜨겁게 목을 휘감고 목을 조였다. 긴 머리는 나를 추하게 만들었다. 새하얗게 머리를 하고 다니면 보기 싫어 안 좋다 했다. 그렇다고 자주 파마를 하면 머리가 솜털처럼 엉겨서 수세미가 되었다. 나만의 스타일을 찾아야겠다. 파마를 느리게 하자. 누구는 멋진 긴 머리가 좋다지만, 긴 머리는 쉽게 관리할 수가 없어서 어렵다. 오랜만에 미용실을 찾았다.

원장은 오랜만에 만난 것이 불만이다. 입이 퉁하고 몸짓도 투투거렸다. 원장 머리는 모자를 썼고 쫑머리로 묶었다. 어? 왜 모자를 썼어? 머리를 안 감아서요. 그때는 커트 머리인데 오늘은 머리가 길었네요. 길으니까 머리를 이틀에 한 번 감아도 되는 것 같아요.

15분 늦게 의자에 앉았다. 방금 손님의 머리가 끝났다. 어떻게 머리를 할까요? 아주 짧게 바글바글 파마해 주세요. 간격을 두고 파마를 할 거니까요. 이렇게요? 알아서 해 주세요.

미용실에서 계속 전화가 울렸다. 받지 않았다. 오랫동안 울리던 전화가 끊겼다. TV는 계속 선전했다. 머리를 원장에게 맡기고 나는 채널을 돌렸다. 선전이 계속 이어졌다. 채널을 빠르게 돌렸다. 오랜만이라 원장과 소통할 일이 없었다. 그래도 사람이 많네요. 아니요, 없어요. 어제도 한 사람이 왔어요. 오늘은 많은데요? 원장은 내 머리카락을 자르기 시작했다. 면도칼로 다시 싹둑싹둑 잘라 냈다. 내가 한 말도 잘라 버렸다.

고요했다. 손님이 문틈에서 언제 오면 좋겠는가를 물었다. 메모지를 보던 원장이 5시 반이요. 퉁명스럽고 볼멘소리를 했다. 이 여자가 뭘 잘못 먹었나? 원장은 몸이 부어 상체는 큰 바위덩이가 되었다. 탄수화물이 살을 찌게 한다는데요? 탄수화물 안 좋아해요. 떡, 빵 안 좋아해요? 먹을 일이 없어요. 저녁을 늦게 먹어서 몸이 불어요. 예전에 무슨 떡인가, 빵을 한 박스 시켜서 먹었던 생각이 났는데. 안 좋아한다니 할 말이 없었다. 다시 조용히 채널만 이동했다.

머리는 계속 잘려 나갔다. 뒤에서 옆, 다시 앞으로 많은 머리는 잘려져서 작은 머리통이 되었다. 생머리만 짧게 남겨졌다. 채널에서 〈자연인이다〉가 나왔다. 얼른 고정시켰다. 여자가 천막을 치고 살았다. 천막 속에 텐트를 치고 살았다. 그녀는 산을 좋아했다. 곱창 장사를 했는데 애들에게 맡기고 산속으로 왔다. 산속에서 오리, 닭을 키웠다. 텃밭에서 당근 등 많은 채소를 키웠다. 그녀는 김치를 담았다. 그런데 단호박을 삶아서 으깨어서 김치에 넣었다. 그냥 넣었는데 맛있어서 김치 담글 때마다 넣었다.

자른 머리에 둥근 롤을 감았다. 약품을 머리에 칠했다. 머리를 비닐로 씌우고 뜨거운 열 찜질기로 머리 위에서 빙글빙글 돌렸다. 한 시간 후 약을 발랐다. 눈꺼풀에서 졸음이 쏟아졌다. 고개가 떨어졌다가 깜짝 놀랐다. 잠이 깨었다. 목이 말랐다. 물이 먹고 싶었지만 참았다. 약 처리를 몇 번 더 하고 머리를 감았다. 머리는 까만 아프리카인 곱슬머리가 되었다. 흉했다. 어떻게 처리할 줄을 몰랐다. 끔찍한 모습이 흉했다. 원장은 머리를 계속 손가락으로 말리면서 앞머리를 펼쳐 냈다. 오랫동안 그 작업을 했다. 머리가 말라가면서 앞모습의 곱슬머리가 굵게 펴지면서, 마음은 안정되었다. 내 모습을 봐 줄 만했다. 다시 드라이기로 멋지게 머리 모양을 만들었다. 머리 모양이 갖추어졌다. 스프레이로 머리를 고정시켜, 파마가 끝났다. 값을 치르고 집에 왔을 때, 해는 서산으로 넘어갔다.

어렸을 때 엄마가 생각났다. 결혼식이나 할머니네 생일잔치를 갈 때면, 엄마는 파마를 하거나 고데기로 머리를 했다. 불을 이용해서 머리를 말거나 폈던 생각. 숯불에 달구고 달군 고데기를 가지고 미용사가 가위질하듯 돌돌 머리를 말았다가 살살 폈다. 머리를 말때는 종이를 머리에 올려놓고 감았다. 살짝 머리가 타면 연기가 났고 얼른 머리를 풀었다. 그 모습을 보고 어린아이들은 아카시아 줄기를 가지고 자기 앞머리를 둥글게 말아서 파마하는 것을 흉내 냈던 기억. 시골 할머니네 화로 불에 올려놓은 쇠젓가락을 조카들 머리를 지져 준다고 어린 이모와 고모가 머리를 태워서 할머니에게 혼났던 이모, 고모가 생각났다.

고모는 대도시로 시집갔고 이모는 중소 도시로 시집갔다. 고모는 청량리 고모가 되었고 이모는 이층집 감나무 집 이모가 되었다. 청량리 고모는 치매가 심해서 사람을 알지 못했다. 그러나 그 고모는 나를 알았다. 너 누구구나. 집식구들은 모두가 놀랐다. 아무도 모르는데 나만을 기억했다. 이모는 소원이 큰 감나무가 있는 이층집에서 사는 것이었다. 이모는 성공했다. 매년 감나무에서 감을 땄고 먹고도 남은 감을 조카에게 보냈다. 그렇게 자기의 꿈을 이루고 사는 것은 성공한 인생이라고 조카는 칭찬했다.

이모는 우리 집에서 미용 학원을 다녔다. 오랫동안 미용 기술을 배우러 다녔는데, 이모의 기술을 나는 몰랐다. 가족 모임이 있으면 이모는 자기 머리를 자기식의 스타일로 바꾸고 나타났다. 가족 모임이 있으면 이모는 신을 샀고 옷을 샀다. 멋진 손가방도 샀다. 만나기 전날부터 이모는 입고 갈 옷을 옷걸이에 걸어서 눈에 띄게 걸어 두었다. 차를 타고 온 이모를 보고 조카는 웃었다. 이모가 어린이날 소풍 가듯 좋아서 어제저녁, 한숨도 못 잤을 거라는 것을 알기 때문에. 이모, 이거 새로 샀네? 이것도. 저것도. 멋진데? 이모는 웃는다. 그러나 지금 이모는 병원에서 수술받고 치유 중이다.

*

옛집이 생각난다

어릴 때 초가집에서 살았다. 서양 집이라 아버지는 텃밭에 유자나무, 수세미, 붉은 서양 호박을 심었다. 유자가 자라 익으면, 붉은 씨를 담고 몸통이 쩍 벌어졌다. 유자가 주렁주렁 매달려 굴속 그늘을 만들면, 우리들은 팔짝팔짝 뛰어올라 유자를 따려고 애썼다. 다른 해 이른 봄에 아버지는 수세미 씨를 텃밭 사이에 촘촘히 박았다. 수세미 씨가 자라 한여름이 되면, 수세미가 주렁주렁 열렸다. 수세미가 익으면 아줌마들이 기다란 수세미를 얻어 갔다. 그 여름이 되면 마당 위 지붕 위로 뻗친 아버지의 넝쿨식물이 왕성했던 생각이 났다.

동네 아줌마들은 공작실을 가지고 뜨개질을 했습니다. 엄마는 앞집 기와집으로 가서 조끼를 짰고 세타를 짰습니다. 어린 동생과 나는 한밤중에 엄마가 없어져서, 깜깜한 밤이 무서워서 엄마를 부르며 소리쳐서 울었습니다. 엄마는 울음소리를 듣고 맨발로 달려와서 엄마 여기 있다. 어서 자라. 혼내키며 소리를 질렀습니다. 우리는 이불속으로 머리를 박고 숨죽이며 잠들었습니다. 이튿날 기와집 할매가 우리를 보고 소리쳤습니다. 다 큰 것들이 시끄럽게 한밤중에 울었다고.

겨울에 짠 공작실 바지는 따뜻했습니다. 짜고 남은 공작실을 이어서 엄마는 내 바지를 알록달록하게 짜서 입혔습니다. 꼬마들은 수시로 골목에서 만났고 헤어졌습니다. 아침 밥을 먹으면 꼬마들은 골목길을 누비며 숨바꼭질, 자치기, 줄넘기, 사방치기를 하고, 돌을 주워 공기놀이를 하였습니다. 어쩌다 그 골목에 뻥튀기 아저씨가 오면 꼬마들은 뻥튀기 주위로 모여 앉아 침을 흘렸습니다. 아저씨는 강낭콩을 튀겨 꼬마들에게 조금씩 나누어 주고 엄마에게 튀길 것을 가져오라고 쫓아 보냈습니다.

어느 날 진이 아베가 아프다고 수술을 했습니다. 폐를 반쪽 잘

랐습니다. 진 새벽 샘물 옆집 어메가 죽어서 홀로 남은 어린 딸이 밤새워 울었습니다. 어느 밤에 돈 많다는 아줌마가 동네 곗돈을 떼어먹고 도망갔습니다. 아침이 되면 어메와 큰딸이 두잽이를 해서 소리가 커 동네가 시끄러웠습니다. 그리고 내 친구 큰언니 영자가 자기 집을 떠났습니다. 동네 사람들은 그 어메가 사나워서 집에서 살 수가 없다고 말했습니다.

봄이 되면 꼬마들은 소꿉놀이를 했습니다. 깨진 사금파리를 주어다가 그릇이라 하고. 풀을 뜯고, 꽃을 따고 흙을 담아 어메들이 하는 것을 따라 했습니다. 우리 어메는 내가 만든 소꿉들을 지저분하다고 모두 버렸습니다. 나는 언니를 따라 쑥을 캐러 다니는 것이 좋았습니다. 작은 영숙 언니, 영자 언니가 그립습니다. 작은 영숙은 언니 오빠가 많아서 내가 가장 부러웠습니다. 아침 일찍 작은 영숙네 집을 가면 언니, 오빠, 동생들 5명이 따뜻한 아랫목에 발을 놓고 큰 이불을 덮고 누워 있습니다.

아줌마가 상을 차려서 안방으로 오면 모두가 일어나서 밥을 김칫국에 말아 먹었습니다. 작은 영숙이는 밥보다 물을 좋아했습니다. 뜨거운 숭늉을 먹고 또 먹었습니다. 작은 영숙이는 키가 나보다 작았고 삐쩍 말라서 뼈다귀만 남았습니다. 그는 물만 먹는 금붕어라 그랬습니다. 작은 영숙이 아버지는 철도국에서 기차를 수리해서 손재주가 좋았습니다. 나는 그 아저씨의 솜씨가 부러웠습니다. 어느 날 아저씨는 쇠로 만든 자전거를 만들어, 집으로 가져왔습니다. 신기했습니다. 바퀴가 쇠바퀴라 무거웠습니다.

어느 해 우리 집은 그 동네를 떠나 시내 쪽으로 이사를 갔습니다. 우리가 좋아하는 검은 기와집입니다. 비가 오면 초가지붕에서 떨어지는 발이 많이 달린 지네와 이상한 버러지가 마루로 떨어지는 일이 없을 것 같아서 좋았습니다. 아래채가 있고 안채가 기역자로 길게 뻗은 큰 기와집이었습니다. 옆집 우물에서 물을 길러 부엌 독에 퍼담는 일을 할 필요가 없습니다. 장독대 밑에 수돗물이 나오는 함지박과 빨래하는 곳, 나물 씻는 곳이 따로 있는 별천지가 있었습니다.

엄마는 언덕 넘어 개천으로 빨래하러 가지 않아서 좋았습니다. 여름 저녁이 되면 앞집 올뚜기 엄마, 옆집 아기 엄마, 뒷집 현숙이 엄마들이 모여 수돗가에서 마당 전등불을 끄고 함께 목욕을 했습니다. 시골 외갓집 어린 조카들이 오면 마루에 달린 전등을 호롱불처럼 입으로 호호 불었습니다. 조카들은 수시로 수도꼭지를 틀고 손으로 막고 아무에게나 물을 뿌렸습니다. 시골 이모는 저 멀리 우물가에 가서 물항아리를 머리에 이고 날마다 부엌으로 물을 날랐고, 밤마다 호롱불에 수를 놓았습니다.

너무 오래 살아서 모르고 지날 일이 어둠으로 보였다

아버지보다 10년은 더 살고 있다. 어느 사람이 캐나다에서 왔다. 캐나다에서 30년을 살았다. 그는 성악가였다. 30년 전 서울 강남에서 살았다. 아파트를 팔아 식구들과 캐나다로 이민을 갔다. 거기서 남자는 할 일이 없었다. 여자가 그 나라에서 일을 했다. 온갖 잡일을 했다. 아이들은 그 나라 교육을 받고 살았다. 노년이 되어 그들은 한국으로 돌아왔다. 중소 도시에서 가장 작은 아파트를 일억 오천에 전세를 얻었다.

그의 어머니가 이번에 돌아가셔서, 어머니가 살던 아파트를 팔았다. 어머니를 평생 동안 보지 못했다. 어머니 죽음은 동생이 처리했다. 어머니가 살던 집을 팔아 동생과 나누었다. 그래서 어머니가 살던 집 옆에 작은 전세를 얻었다. 그는 캐나다와 한국을 오고 가며 즐겁게 살기 위해 전셋집을 얻었다.

10년 전, 우리 집 옆집 213호 할머니가 죽었다. 미국에서 아들딸이 한국에 왔다. 그들은 병원에서 어머니를 하루 만에 장사를 지냈다. 그리고 저렴하게, 하루 만에 아파트를 팔았다. 아파트를 판

돈은 거금이었다. 다음 날 그의 자식들은 동해안으로 여행을 갔다. 며칠 후 그들은 싱싱한 연어 한 마리를 사다가 나에게 주었다. 그리고 이튿날 모두를 부동산에 맡기고 돈만 챙겨 미국으로 돌아갔다. 그들에겐 슬픔이 보이지 않았다. 그저 하나의 사건을 처리했던 사람이었다.

어머니의 죽음은 먼지처럼 사라졌다. 자식들은 어머니의 남은 재산에 기뻤을 것이다. 어머니의 죽음은 객관적 사건을 처리하는 사실일 뿐이었다. 그것은 그냥 자연 현상이었다. 어머니의 모든 것은 필요하지 않았다. 그것은 쓰레기통에 넣으면 되었다. 아들은 현금만 필요했다. 예전에 어머니는 피땀 흘려 미국으로 유학시켰다. 아들과 딸은 그놈의 나라에서 돌아오지 않았다. 어머니는 손자들의 숨소리를 들을 수 없었다. 죽음 후에 허연 머리를 한 아들과 딸이 어머니의 죽음을 먼지처럼 처리하고 그놈의 나라로 날아가 버렸다.

사촌 언니는 30년 전 캐나다로 이민을 가기 위해서 모든 짐을 정리했고 돈을 만들었다. 언니는 그 나라에서 꿈을 찾았다. 언니는 아이들 교육이 최고라 했다. 그 나라는 희망의 무지개가 있었다. 그곳은 꿈의 파랑새가 살았다. 가난한 삶에서 가난을 먹고 사는 나와는 달랐다. 나는 가난이 주는 것에 희망을 찾았다. 언니는 자기 것이 커서 내 것은 쓸모없어 보였다. 나의 작은 것은 추워서, 시린 눈발처럼 슬펐다. 세월은 흘러갔다. 따뜻한 소식과 어두운 소식이 풍문으로 들어왔다.

그리고 세월은 길어졌다. 머리가 하얀 언니가 어느 날 우리 집을 방문했다. 추운 겨울에 언니는 봄 블라우스를 입었다. 아니, 언니 감기 들면 어떡하려고요. 아니다. 이곳은 캐나다보다 무척 따뜻하구나. 거기는 영하 40도인데 여기는 영하 10도도 안 되는구나. 여기는 콩나물이 얼마나 싼지 모르겠더라. 거기는 비싸구나. 서울은 대도시야. 내가 사는 곳은 시골 산골이거든. 학창 시절, 밤에도 선글라스를 쓰고 다녔던 멋쟁이 언니는 이상한 말을 했다. 언니는 분명 한국을 좋아했다. 한번 떠났던 곳으로, 언니는 다시 돌아올 수 없었다. 우리는 분명, 젊었을 때, 내가 서 있는 곳이 최고인 것을 몰랐다. 행복은 저 멀리 있는 것이 아니었다. 어두운 곳에서 힘들게 벗어나는 곳이 행복이었다.

남편 친구 아들이 공부하러 미국으로 갔다. 미국에서 교수가 됐다고 떠들썩했다. 우리는 축하를 외치며 손뼉 쳤다. 거기서 아들은 결혼을 했다. 며느리 나이가 더 많았다. 며느리가 아들을 더 매력적으로 끌어들여 결혼한 것으로 알려졌다. 그러거나 말거나 이민족이 아니면 성공이라 했다. 세월이 흘러갔다. 아들 몫을 챙겨 줘야 한다고 남편 친구는 집을 팔아 아들에게 주었고 자신은 작은 집으로 이사 갔다. 어느 날 부인이 암에 걸렸다. 아들은 함부로 어머니를 보러 올 수 없었다. 갓난아기가 연거푸 태어났기 때문에 아들은 아기를 보며 학교를 휴직했다. 삶은 팍팍했다. 부모와 자식은 쉽게 만날 수 없었다.

그놈의 나라로 유학 간 자식들은 평생 죽기 전에 얼굴 보기 힘들다고 부모는 욕했다. 고모 아들이 그랬고, 사촌 언니가 그랬으며, 옆집 할머니 자식이 그랬고 친구 딸과 아들이 그랬다. 자식들은 유학 자금으로 부모 노령 자금에 빨대를 꽂고 죽을 때까지 빨고 살아갈 뿐이었다. 부모의 노후, 원더풀 인생은, 어머니의 어리석은 사랑으로, 서로를 슬프게 인생을 끝내는 것이었다.

*

지루하고 딱딱한 문장이 싫다

산에서 불어오는 솔바람처럼 문장이 시원하고 향기로우면 좋겠다. 문장이 쇠심줄처럼 질겨지지 않았으면 좋겠다. 솔바람이 불어서 내 몸으로 흘러오면 두 팔을 벌려 춤을 추고, 마음의 향기가 문장이 되면 좋겠다.

풀벌레 소리가 들렸습니다

샤샤 스스 이야이야. 창밖으로 풀벌레가 울었습니다. 서늘한 기온이 뜨거운 여름 열기를 밀어냈습니다. 일요일 아침 복도 통로는 고요했습니다. 몸은 배추에 소금을 뿌려 절인 것처럼 무거웠습니다. 부러지지 않도록 손과 다리를 조심스레 방바닥에 의지해서 일어섰습니다. 분명 나이가 많아진 모양입니다.

여자는 부엌으로 갔습니다. 음양탕을 한잔 먹으면 정신이 들겠지요. 남자는 말했습니다. 씹을 수가 없어. 그냥 마시는 것만 주면 좋겠어. 좋아하는 술을 오랜만에 먹었더니 탈이 생겨 잇몸이 퉁퉁 부었던 것입니다. 남자는 얼굴이 부어 뚱뚱했습니다. 여자는 고민했습니다. 무엇을 만들어 줘야 하나?

단백질 주스를 만들었습니다. 유튜브에서 보았던 것을 여자는 기억했습니다. 아보카도, 믹스 베리, 두부 반 모, 양배추 삭힌 것, 토마토 등에 우유를 넣고 갈았습니다. 거기에 꿀을 조금 첨가해서 컵에 따라 남자에게 주었습니다. 다시 생달걀 2개를 주며, 단백질이니 먹어요. 링거보다 나아요. 남자가 먹었습니다. 여자는 주스 한잔에 참외를 먹었습니다. 어머니가 생각났어요. 어머니는 틀니를 하셨어요. 몸살이 나면 틀니를 빼서 물에 담가놓았어요. 식사 후 어머니에게 여자는 참외와 사과 반쪽씩을 갈라서 속 씨를 빼고 둥근 수저를 갖다주면 어머니는 수저로 과일을 긁어 먹었습니다. 손자들은 긁은 과일을 얻어먹으며 "맛있다, 할머니. 또 줘." 하며 입을 벌렸습니다.

여자는 사과, 바나나, 참외 자두를 잘라 넣고 자몽주스를 넣고 믹서에 갈았습니다. 한 컵을 따라 남자에게 주었습니다. 이걸 먹으면 소화가 잘될 거요. 그리고 소염제를 먹어요. 이제 아프면서 함께 사는 거예요. 암이 안 걸리면 축복이래요. 걸어서 무릎이 아픈 것이 아니라 아플 때가 되어서 아픈 거예요. 어깨도 아프고 허리도 아픈 것이 나이 들어서 그런 거예요. 그냥 아프면서 사는 거예요.

시어머니는 고기를 좋아하시니까 구십이 넘어도 건강하게 걸으면서 사시는 겁니다. 친정어머니는 탄수화물을 좋아하셨잖아요? 맨날 누룽지 밥에 간장이나 장아찌로 밥을 즐겨 드시더니 구십 넘어서 걷지를 못하잖아요. 그러니까 단백질을 먹어야 해요. 여자는 친정어머니를 보고 반성했습니다. 단백질을 먹어야 한다고요. 문제는 단백질을 약 먹듯이 힘들게 먹습니다. 탄수화물은 즐겨서 먹을 수 있습니다. 그래도 걷고 살려면 단백질을 먹어야 했습니다.

나예요

푸다닥 현관 방충망이 열렸다. 누구요? 나예요. 누구? 나요, 엄마. 웅, 웬일? 산책하다 배가 아파서요. 딸은 화장실로 직행했다. 야, 같이 산책할까? 좋아요. 우리는 어둠이 짙은 복도를 지나 아파트 입구를 빠져나왔다. 산 밑에서 쥐 한 마리가 담벼락을 타고 내려왔고 다시 담벼락을 타고 숲속 나무로 오르려고 폴짝폴짝 뛰고 있었다. 엄마 무서워요. 이쪽으로 가요. 웬 쥐? 초롱이네는 어디 갔지?

길을 바꿔 산책을 했다. 제법 선선했다. 어제 이모네 집 갔어요. 애들 데리고요. 용은 퇴근하고 버스 타고 왔어요. 그랬구나. 거기서 후를 만났어요. 이제 배가 불러요. 곧 산달일 거예요. 걔네 남편이 생각보다 괜찮아요. 차도 할부로 새 차를 산 게 아니고 자기가 고물을 수선해서 쓰고, 가전제품 등도 어디서 얻어오고. 요즘 젊은이들처럼 새 제품에 돈을 풍풍 쓰지 않더라고요. 잘됐구나.

야, 다 필요 없어. 60세 넘어 여기 이 동네 살고 있으면 성공이다. 그렇기는 해요. 너도 엄마가 여기 살았으니 네가 여기서 자리를 잡은 것이 성공이잖니? 엄마 친구들 70년대 미국으로 유학 갔잖아. 거기서 사오십 년 살았는데 뉴저지에서 많이 살더라. 가끔 카톡으로 연락하는데 별게 아니었어. 그냥 서울에서 골프 치고 사는 동창들이 짱이야. 네 주변도 그렇잖아. 동대문에서 의사 하는 애들이 여기 강남으로 이사 못 오잖아. 맞아요.

네 신랑이 집이 좁다고 변두리로 이사 가자는 것을 네가 안 가겠다고 버틴 것이 성공이야. 엄마 친구 아들들이 미국으로 유학 갔는데 손자들 숨소리도 못 들었단다. 옆에서 이리저리 부대끼며 사는 것도 좋은 거였어. 아등바등 공부한다고 잘 사는 것도 아닌 것 같더라. 서울대, 연고대 나왔다고 모두가 잘 살지 않잖아. 너희 아빠 봐라. 서울대에 다니고 사시 행시 해서 1급에 장관 차관했던 사람들이 동네에 못 살아.

저 멀리 산본이나 수원 변두리에서 연금 받고 사는 거지. 경제도 당국의 협조가 있어야 하는 것 같아. 왜, 우리 테니스 게임 할 때, 우리 편이 이기려면 당국의 협조가 있어야 한다잖아. 상대편에서 에러 내고 실수로 부작용 내야 우리 편이 이기는 게임이 되는 거잖아. 경제도 그러는 것 같아. 요즘 한국이 잘나가는 것은 일본이 죽을 쒀서 그렇잖아. 맞아 엄마. 우리는 계속 걸었다.

너 오늘 주말 운동 못 했겠네? 예. 동생은 하고 왔던데? 그놈 웃겨. 엄마랑 함께 식사를 하면 절대 설거지를 안 한다? 그런데 엄마가 만들어 놓은 음식을 저 혼자 먹었으면 설거지하고 제집으로 가더라. 자비심이 부족한 게 문제야. 그래서 시집도 못 가는 것 같아. 이번에 용이 시험에 붙어야 할 텐데. 내년에는 제도가 바뀐다는데. 사장님과 싸워서 힘들어요. 내가 무슨 제 엄마도 아니고 나만 들볶는 게 힘들어요.

어떤 남자들은 제 아내에게 일체 말이 없어서 문제래. 뭐가 어떻게 돌아가는지를 모른다더라. 모두가 일장 일단이 있는 거야. 그것도 공부라고 생각해. 삶의 과정이니까. 엄마 생각에 너희들 50세가 되면 골프를 시켜 주려 하는데, 모르겠다. 그때에 너네 애들도 대학생이 되겠고. 너네 승현이네, 우리, 그렇게 골프를 쳐야지. 너네는 테니스를 잘 치니까 1년이면 돼. 이모부가 60세 넘어서 골프를 배웠잖아. 그래도 잘 치더라. 너네는 50세에 쳐도 안 늦지. 그때는 너네가 우리를 운전하고 데려가야지. 비용은 엄마가 내겠지만.

아까, 승에게 너도 운동을 좋아하니 네 짝을 데려오라 했어. 네가 음악 하는 애 소개한다며. 시간이 없어서요. 그러잖아도. 우리 클럽에 승이 들어온다는데 걱정이 되더라구요. 제 맘에 안 들면 쌩하며 언제 탈퇴할지 모르잖아요. 거기에 회원도 너무 많아서 투표를 해야 하고요. 걔 자존심에 떨어지면 난리도 날 거고요. 그렇구나. 그랬더니 그냥 게스트로 계속 다닐 모양이에요. 그래, 그게 좋겠다. 네가 신경 안 쓰고.

이번에 테니스 치던 언니가 43살인데, 5월에 아들을 낳았어요. 잘됐구나. 그런데 그 언니가 작년에 10살 아래인 남자랑 연애를 해서 임신을 했어요. 친정에서도 난리가 났어요. 하여튼 어찌어찌하다가 결혼을 했고 올해 아기를 낳은 거예요. 그런데 남자네가 잘사는 거예요. 여자네는 부족하게 사는데요. 남자 집에서 집도 얻어 주었고, 아들도 낳고 그러니까 만일 남자가 바람을 피워 이혼을 해도 별 손해 나는 게 없더라고요. 맞아. 그런 것이 경제성 있는 거야.

승에게 그런 점을 네가 설명해. 그런 결혼은 생산성 있다고. 걔는 가슴이 없고 머리만 있으니까 결혼을 못 하는 거야. 일단 잘 꼬드겨서 결혼을 시켜 보자. 네, 알았어요. 우리 너무 늦었다. 빨리 집으로 가자. 잘 가. 오랜만에 딸과 의사소통을 했다. 가족다워서 즐거웠다.

팔월의 마지막 멋진 날의 편지

○○ 샘, 오늘 테니스 쳤지요? 나는 영감 친구 내외하고 영암 아크로 C.C 왔다. 여기는 비가 오락가락해서 후반은 다 못 치고 들어왔다. 3박 4일 놀러 왔는데, 날씨가 받쳐 줘야 할 텐데…. 토요일에 만나자.

나는 테니스 쳤지요. 그런데 우리 번개팅으로 내일하고 모레 남편 친구 부부하고 골프를 쳐야 하는데, 어려울 것 같은데. 그래도 좋아. 날궂이 하러 갔다 오는 거지, 뭐. 그게 재미있잖아. 억수로 비가 많이 오면 플랜 B를 만들어 놀다 와야지. 너도 비 오면 주변 돌아보며 편안히 쉬다 오서. 우리 촌놈이 대박 난 거야. 그래, 토요일에 만나.

- 나 영암에서 6시 20분 티업을 해서 골프 잘 쳤다. 너 골프 쳤니? 나 촌놈이 대박 났다고 생각 안 했는데, 자꾸 네 말 듣다 보니 내가 대박 나기는 했더라. 영감님한테 잘해야겠다.

- 야, 우리도 복이랑 옥이랑 6시 28분 티업해서, 당국의 협조로 무사히 잘 쳤어. 복이가 팔보채랑 잡채밥, 짜장면 사줘서 잘 먹고 촌놈 호강하고

과천댁네 집으로 가고 있다. 야, 이 예약 엊그제 번개팅으로 내가 잡은
거야.

- 어머나, 세상에. 우리 여고 에이스만 모였네! 짤순이 탈출해야 낄 수 있을
텐데. 부럽다, 부러워.

- 너, 길순이야. 싱크대 근육이 장난 아닌데, 뭘. 그리고 이 나이는 몸이나
스코어나 아껴서 하는 사람이 최고야.

- 아껴서 하는 것이 아니라 안 되더라. 나보다 못하는 사람은 없는데, 우리
의 골프 마인드는 좋아. 어쨌든 우리들 모두 골프를 강추 한다!

- '내가 안 되는 것은 당국의 협조가 없어서 안 되는 거야'라고 생각하는 거
지. 그리고 공을 칠 때, 느리게, 편하게 잘못되면, 한 번 더 치면 되는 거
야. 많이 치는 게 돈을 버는 거고. 지금 여기는 내 연습장이라고 생각하
고, 친구들에게는 시기 질투 안 할 테니까 잘들 쳐 보라고 하는 거고. 그
냥 공치는 것을 즐기셔. 네비 샘, 서울 지금 비가 장난 아니게 쏟아지고
있다. 거기서 잘 쉬다 오셔.

- 여기는 비가 안 온다. 무안에 민어 먹으러 간대.

- 그거 참말로 맛있는 거야. 여름철이니 조심해서 드시게. 영감님도. 우린

건강이 최고니까.

- 네비 샘 왜? 내가 영암 날씨를 보고 있냐? 오후에 비가 오는데, 오전에 공을 쳐야 하는데….

- 지금도 비가 조금씩 온다. 서울은 비 오니? 네비 샘 다 지난 얘기다. 지금은 티맵 선생 땜시….

- 서울 비 그쳤어. 어제 그렇게 비가 쏟아지더니. 우리에겐 네비 샘이 짱이야. 기계 소리 그만 듣고 싶다. 어제 재미있는 일이 일어났어. 새벽 4시 반에 만남의 광장에서 옥이를 만나기로 했지. 우리도 서둘러서 가려 했는데 좌우에 차를 세운 거야. 새벽부터 차를 빼 달라고 할 수가 없어서 좌로 갔다가 안 돼서 우로 갔다가 아마 15분은 늦었을 거야. 만남의 광장에 옥이가 안 오는 거야. 얘도 차 빼느라 그렇겠구나 생각했지. 한참 후에 택시 타고 왔어. 김 사장님이 전날에 임플란트 2개를 박은 거야. 몸이 불편해서 동생에게 부탁했대. 근데 차를 오랜만에 시동을 걸어서 방전이 된 거야. 그때부터 옥이는 골프 가방을 들고 동생은 옷 가방을 가지고 진 새벽에 시청 큰 도로까지 1키로를 달린 거야. 간신히 택시를 타고 왔지. 자기 차는 다른 차가 막아서 뺄 수도 없으니까.

- 그런데 옥이가 골프를 잘 치는 거야. 올 때 땀이 절여 옷이 다 젖었는데. 우리 남편이 옥씨처럼 날마다 골프 백을 들고 1키로씩 냅다 달리면 골프

를 잘 칠 거래. 기적처럼 달렸으니까. 그 가방 얼마나 무겁냐? 보통 때 잘 못 들잖아. 그걸 가지고 뛰었으니… 지금 아마 몸살 났을 거다. 산다는 것은 아기들처럼 비 맞고 날궂이 하며 사는 것일 게야. 우산 들고 빨강 장화를 신은 아기들이 물이 괸 흙탕길에서 발로 물을 향해 철부덕거리고, 옷을 버리면서 즐거워하는 것처럼 말이다. 오늘도 날궂이 하며 행복해라.

*

어머니의 이야기

나예요. 누구여? 나요. 큰애구나. 밥 드셨어요? 11시 반에 진작 먹었어. 아픈 곳은 없고요? 많지만 일일이 이야기할 수 있나. 그냥 사는 거지. 백큰이 엄마가 죽고 큰아들도 죽었어. 군인 퇴직하고 택시 운전사를 했는데 혈압으로 죽었어. 아들딸들이 대학 나오고 너무 뚱뚱해서 결혼을 못 했어. 먹을 게 없단다. 그런데 며느리네 언니가 수건 공장을 하는데 거기서 아들, 딸, 며느리 3명이 그 공장 다니며 밥을 먹고 산대.

작은 손녀 둘째가 1억을 주고 대구에서 땅을 샀다더라. 잘됐네요. 그래서 2억이 되었단다. 잘됐네요. 애인도 있대. 회사 다닌다더라. 그래요, 거기서 잘 살으라 해요. 너 잘 해 먹어라. 그래야지 병 안 생긴다. 막내 손녀도 봐라. 안 먹어서 병 생겼잖아. 지금도 안 먹는대요. 몹쓸 거. 걔 철학이 그래요. 안 먹고 하얀 백치미가 탤런트처럼 아름답다고 생각해서 그래요. 미자가 전화 왔더라. 그것이 나에게 고모가 없었으면 자기는 고등학교도 못 갔을 거라면서. 그것도 네가 미자를 고등학교 입학시키게 해서 그런 거잖아. 그래요. 그 외숙모는 못됐어요. 왜? 딸을 안 가르치려 했는지….

그래, 못됐지. 내가 미자를 데리고 고등학교에 입학시켰지. 돈도 내가 다 지불했어. 그리고 집에 와서 외숙모에게 돈을 달라고 했어. 그랬더니 주더라. 돈이 없으면 안 달라 하지. 돈이 있으면서 애를 고등학교에 안 보내는 거야. 그러니까 못됐다는 거지요. 외숙모가 제 아들 셋은 집 한 채씩을 다 사 주고 이혼한 딸은 안 사 주는 거야. 그리고 죽었어. 그런데 외숙모 밥해 주고 똥 수발은 다 시켰잖아요. 미자가 회사 가서 야근할 때 죽었다면서요. 그렇지. 엄마 집을 큰 남동생이 가져가고 집 사 준다며 아직도 안 사 줬대. 근데 팔아야 세금 많다며 그냥 살라 했대. 그럼 누나 죽고 가져가면 되겠네요.

미자가 저네 아들이 이번에 공무원 시험을 봤는데 붙었대. 잘했네요. 그런데 미자가 알아주는 사람도 없고 알려 줄 사람도 없어서 고모에게 자랑하고 싶어 전화했대. 그렇네요. 요즘 공무원 합격하기 어려운데. 그것이 남편 의처증으로 이혼했잖아. 그래도 아들딸이 잘 풀리네요. 딸이 시집을 잘 가서 잘 산대. 그럼 됐네요. 그래. 이번에 네가 참외 한 상자 보냈다는 거, 참외 얼굴도 못 보고 그것들이 없앴어. 여기로 아무것도 보내지 마라. 네 돈만 없어진다. 알았어요. 그럼 들어가세요. 그래, 고마워.

*

진도 나들이

어젯밤에 잠을 통 못 잤어. 백신을 맞았더니 발이랑 팔을 갑자기 벌레가 물어뜯는 것같이 따끔거렸어. 균이 들어가서 효험이 생기는 중이라 그런 건가. 엉덩이와 옆구리도 머리 깎다가 옷 속으로 들어간 머리털이 살을 찌르는 것처럼 꾹꾹 찌르는 거야. 한밤중에 잠이 깼고 화장실에 가서 소피도 보고 나니 그때부터 잠이 안 오는 거야.

머릿속이 말뚱거리니까 작은딸 시집을 못 가는 것이 불쌍하기도 하고 괘씸하기도 한 거야. 한참을 속 시끄럽게 욕하다가 이건 아니로구나 하며 유튜브를 들은 거야. 엄마하고 이모하고 싸우는 이야기였어. 엄마하고 이모가 일찍이 남편들이 죽었는데, 자기 엄마가 딸인 자기를 나은 거야. 살면서 엄마는 오랫동안 너 때문에 내 인생이 고꾸라졌다면서 키웠어. 지금은 딸이 이모랑 엄마를 모시는데 둘이 그렇게 싸우는 거야.

퇴근했는데 엄마가 지하 방 현관문을 잠그고 이모에게 나가서 살라며 오지 말라고 소리치며 싸우는 거야. 그 모습을 보니 나중에 자기가 늙어서 엄마에게 저 소리를 할 것 같다는 생각을 하는 거야. 그리고 죄 받을 생각을 했다며 딸이 슬퍼하는 거였어. 나도 한때 엄마가 미웠던 생각이 났어. 재산은 아들에게 모두 주면서. 그것도 모자라 나에게 뜯어다가 주려는 엄마 모습이 싫었다는 생각을 했지. 그러면서 스스로 죄 받을 일이라 기분이 안 좋았어. 새벽이 되었는지 차 소리가 들렸어.

비몽사몽한 상태로 일어났고 시간이 흘러갔지. 한낮에 잠시 눈을 붙이려는데 전화가 온 거야. 내 남편이(총무) 그저께 재채기를 시원하게 3번 하더니, 폐가 터진 모양이야. 원래 기흉이 나빠 폐를 수술했었어. 벌써 4번째야. 병원에 입원했는데 어떻게 될지 몰라서. 에고, 어쩌냐? 걱정이네. 병원에서 재채기하고 기침하지 말랬

217

는데. 그래도 속에서 나오는 기침이 저절로 나오는 거겠지. 일단 상황을 보고 못 가면 할 수 없는 거겠지. 다 신의 뜻이라 생각해. 우리가 한다고 되는 것이 아니야. 안 한다고 안 되는 것도 아니겠지. 60% 이상이면 성공이라잖아.

*

서울 강북 나들이

서울 도시는 넓고 커다랗다. 30년 이상을 강 아래 살았다. 강 이북에만 가면 나는 촌놈이었다. 거기는 문화와 역사 박물관이 많았다. 그곳은 하나하나가 역사적이라 고귀했다. 거기만 가면 나는 주눅 들었다. 여기가 거기 같고 거기가 여기 같다. 여행자로의 기쁨은 컸다. 어느 먼 곳의 이국땅에서 바퀴 달린 손가방을 들고 여행의 길을 탐사하는 기분이 들었다. 나는 인도하는 네비 샘을 따라만 갔다. 나는 눈먼 사람과 같았다.

서울 공예박물관은 옛날 풍문여고 자리였다. 그곳 주변은 높은 유리 빌딩으로 둘러쳐 있었다. 운동장에 넓은 잔디와 그림 무늬

벽돌 바닥길, 꽃사과 가로수, 그 밑에 대리석 같은 재질로 만들어진 둥근 휴식 의자 등이 장식되었다. 도심 한가운데 이렇게 넓게 트인 빈 공간은 인간의 숨통을 확장시키고 큰 호흡과 함께 인간 본연의 내적 기쁨을 샘솟게 했다. 그 옆에는 어린이 박물관이 둥근 모습으로 서 있었다.

네비 샘을 따라 옆 골목으로 걸어갔다. 한쪽은 송현동으로 이건희 기증 미술관 건립을 추진하려는 곳이고 오른쪽은 작은 카페와 음식점, 갤러리 등이 학교 벽 사이를 두고 아름답게 줄지어 섰다. 나는 그곳에서 피 냉면과 만두를 찜했다. 박물관 관람을 마치면 그곳에서 먹겠다는 것이다. 시간에 맞춰 다시 박물관 내부 입장을 했다. 주제는 '공예 시간과 경계를 넘다'였다. 공예가 지금까지 사회의 흐름과 변화해 온 공예를 살펴보는 것이다.

그리고 그 공예를 수용하고 재해석하며 디지털 기술에 힘입어 진화하여, 시간과 경계를 넘어 우리의 삶과 발을 맞추고 계속 변화를 모색해 나갈 거라는 작가들의 탐구였다. 도자기, 나무, 유리 등 유명한 작가들의 작품이 전시되었다. 그들은 전통 공예를 계승하려 했고, 기능 면에서 탈기능적 예술을 지향하려고도 했다. 80년대 후반부터는 일상의 의미를 더해 그릇, 가구, 식탁, 집, 실내 풍경 등 실용성에 중심을 두었다. 거기에 수많은 재료와 기술을 활용한 독자적인 제작 방법을 연구했다.

옛날 것으로 자수 보자기, 옷, 병풍, 다양한 손지갑 등이 돋보였다. 그것을 보니 옛날 고모, 이모들이 생각났다. 저녁만 먹으면 그들은 호롱불에서 수를 놓았다. 꽃, 새, 나무, 아름다운 것을 그림 밑바탕으로 그려놓고, 예쁜 색실로 수를 놓아 이불보, 방석, 벼갯닢 등을 만들었던 생각. 그리고 이모 고모들은 자기가 만든 수예품을 가지고 혼수로 삼아서 시집을 갔고 시집가서 신혼집에 장식을 했다. 그리고 그 혼수품을 기반으로 평생 동안 아들딸들을 낳고 키우고 교육시켜 이 땅을 지키는 국민을 만들어서 이제는 비전 있는 대한민국을 만들었으리라.

*

숯골 냉면

대학 동창의 마지막 여행 파티는 숯골 냉면이었습니다. 속마음으로 기뻤습니다. 숯골 냉면을 처음에 먹었을 때가 46년 전이었습니다. 초빙 교사로 금성 중학교에 초대되었을 때 교직원들이 숯골 냉면을 사 주었습니다. 냉면 집은 초가삼간으로 초라하고 허술하였습니다. 주인은 꼬부라진 할머니로 허리가 반으로 접혀 있었습니다. 직원들은 흙벽 안방에서 상을 놓고 기다렸습니다. 한참 만에 냉면이 들어왔습니다.

넓은 스뎅 그릇 속 거무스름한 흙갈색에 허연 물이 담겼고 그 위에 고명으로 동치미 무와 삶은 달걀 반쪽이었습니다. 처음에 입에 국수를 넣고 씹으면 국수가 입속에서 자잘하게 빨리 뭉개지면서 씹혔습니다. 어? 이게 무슨 맛이지? 쫄깃하지도 않았습니다. 맹숭한 무채색 맛이 났습니다. 다시 국수를 입에 넣었습니다. 쉽고 간편하고 단순하지만 매력적인 맛이라 느꼈습니다.

입에서 먹는 맛은 단백하고 깔끔했습니다. 자꾸만 젓가락질이 빨라지면서 쉽게 입맛을 끌어들였습니다. 서서히 메밀국수에서 매력적인 것을 느꼈습니다. 그 뒤부터 학교에서 직원 회식을 할 때면 무조건 숯골 냉면에 찬성표를 던졌습니다. 그 후 평생 동안 숯골 냉면을 그리워하는 사람이 되고 말았습니다.

주변 사람들은 청와대에서 자주 먹었다는 을밀대 냉면, 조선면옥, 부산 냉면 등등…. 어디 어디 유명한 냉면을 소개해도 내 안의 그리움은 항상 숯골 냉면이었습니다. 옛날의 그 장소는 아니었고 새로운 곳에 터를 잡아 아마도, 딸이 하고 있다는 설을 들었습니다. 어쨌든, 오늘 그 숯골 냉면을 다시 먹었습니다. 약간 쫄깃함이 가미되었지만, 무채색 맛을 주었고 여름이지만 아삭한 동치미 무

맛을 그대로 재현해 주었습니다. 달걀은 지단으로 채쳐서 고명을 얹었습니다. 그리운 숯골 냉면 맛이 정말 끝내주었습니다. 숯골 냉면은 진정한 나의 소울 식품이었습니다.

*

진도 콘도

서해안 남쪽 끝자락에 붙은 섬이 다리로 연결되어 육지가 되었습니다. 푸른 하늘 밑에 지평선 바다가 있고 바다 위에 점점이 섬으로 뿌려져 있었습니다. 작은 섬과 섬 사이에는 모래톱이 길을 만들었습니다. 바다 위에는 어부들이 어장을 만들어 밭으로 쓰고 있었습니다. 바다에서 부는 바람이 함께 간 친구들 몸을 휘감았습니다. 오랜만의 친구 숨소리를 들었습니다.

학창 시절은 옛날의 추억이었습니다. 풋풋한 수줍음은 사라졌고 에고에고 소리를 내는 흰머리 시절에 이렇게 단체로 여행을 했습니다. 어기적거리는 무거운 몸으로 바다를 향해 걸어서 내려갔습니다. 바다 속살은 맑고 투명했습니다. 멀리서 불어오는 바람이 머리를 휘날리며 우리 몸의 찌꺼기를 날려 버렸습니다. 모두가 하하호호 소리쳤습니다. 그리고 우리는 모래톱에서 인증샷을 찍었습니다.

친구들 얼굴은 하얀색, 푸른색, 자주색, 검정색, 갈색, 청색으로 사진에 찍혔습니다. 하얀 이에 아우러진 색깔이 정겹습니다. 뒷배경에 찍힌 소나무, 파란 하늘이 두 손을 들고 무공해라고 말했습니다.

파란 하늘에 하얀 뭉개구름, 저 멀리 점점이 박힌 섬들이 기차놀이를 하며 바다 위를 달려갔습니다. 앞에 선 작은 섬이 손짓하며 깃발을 휘날렸고, 해변가의 잔디밭과 소나무들이 파도와 손잡고 춤을 추었습니다. 모래톱 위에서 손으로 바람을 잡았습니다. 뜨거운 태양이 한낮의 젊음을 보냈습니다. 대학의 추억이 함께 뜨거운 열기를 타고 가슴으로 들어왔습니다. 벌써 과거의 시간이 너무 멀리 왔다는 생각이 들었습니다.

야, 누구야, 넌 학번이 뭐야? 난 모르겠는데? 누구는 23113, 누구는 23116, 23115, 23117, 23118이야. 야, 너 머리 좋구나. 난 하나도 몰라. 머리가 까맣다고. 그렇구나. 다음 일정은 사우나와 수영장으로 갔습니다. 수영을 하며 넓은 바다를 보았습니다. 외국의 하늘 수영장 같았습니다. 수영장에서도 우리는 비닐 마스크를 써야 했습니다. 마스크를 쓰고 하는 수영은 숨통을 막았습니다. 빠르게 큰 숨을 쉬었습니다. 저 멀리 지평선에 하늘과 바다의 경계가 보였습니다. 그 언저리에 이미 세상을 떠난 학창 시절의 친구들이 보였습니다.

숙소로 왔고, 신문을 깔고 바닥에 저녁 식탁을 차렸습니다. 등심을 굽고 쌈을 싸서 폭탄주를 마시며 축배를 들었습니다. 다시는 이렇게 모일 수 없을 것 같아 우리에게는 더 소중하고 기쁜 날이 되었습니다. 이미 어둠은 짙어지고 콘도 밖은 야광으로 반짝였습니다. 화려한 그리스의 궁전처럼 보였습니다. 고대 그리스를 생각하며 좀 더 가까이 가기로 했습니다. 토끼와 반달의 조각품 앞에서 모두가 인증샷을 찍고, 검은 바다를 감상했습니다. 끝으로 유튜브를 틀고, 박자를 맞추어 '못 다 한 사랑의 여인'이라는 노래를 회장님이 스텝을 밟으며, 열창을 했습니다.

밤은 길고 짧았습니다. 각자의 잠자리 공간에서 뜬눈으로 새웠습니다. 노년이 되어 가는 길목에서 방황하며 더 나이 드는 연습을 하고 있었습니다. 잠이 오지 않아 잠 오는 약을 먹고, 또 먹었습니다. 새벽녘에 아픈 눈을 떠서 소삼도에 물길이 열린다고 산책을 했습니다. 분명 어제 바다였는데 모래톱 해변으로 길이 열려 있었습니다. 소삼도는 대나무밭이었습니다. 소나무와 어우러져 아름다웠습니다.

아, 참, 아침 밥솥에 쌀만 넣고 버튼을 누르지 못했습니다. 일찍 산책한 친구가 버튼을 눌러 쌀밥을 짓고, 콩나물두부김칫국을 끓여 놓았습니다. 나는 김칫국에 김을 넣어 말아 먹었습니다. 관광하러 차가 이동하고 작은 야산 언덕을 올라 시골 마을 풍광을 보았습니다. 정자에서 하늘을 향해 인증샷을 찍었습니다. 운림산방에서 수묵비엔날레를 관람하고, 수묵 작품 감상, 소치기념관을 탐방했습니다. 배가 고팠습니다. 세상 끝의 맛을 내는 맛집 뷔페 기사 식당을 찾았습니다. 수십 가지 반찬을 접시에 담아 배불리 먹었습니다. 그중 조기 튀김을 제일로 많이 먹었습니다.

마지막 날 저녁은 꽃게탕과 오징어회로 만찬을 했습니다. 저녁 산책은 프랑스의 프로방스 지역이라는 정원을 산책했습니다. 바다와 정원 숲, 수영장 풍경이 그림 같았습니다. 마지막 날은 비가 왔습니다. 서둘러 명량대첩기념관을 찾았습니다. 울돌목 거북배 선착장을 관람하고 빠르게 고속 도로를 달렸습니다. 서울까지 가려면 마음이 조급했지만, 내가 좋아하는 숯골 냉면을 마지막으로 먹었습니다. 쫄깃하고 담백한 맛에 무 동치미가 일품이었습니다. 역시 추억의 맛이 살았고 시원한 육수가 여행의 맛을 더했습니다. 모두들 사고 없이 즐겁게 안녕을 외쳐서 감사했습니다.

*

추석의 가족 모임

일주일 전부터 마음이 바빴다. 몇 명이 모일 것인지 셈을 했다. 3명, 4명, 4명…. 다시 4명, 4명, 2명…. 약 30명 정도 추정하였다. 갈비 300그램씩 9000그램이면 9키로, 넉넉잡아 10키로, 좋아하는 삼겹살을 한다면 5키로를 하면 될 것이다. 날마다 장을 봤다. 제사상에 올릴 것들을 사다 날랐다. 며칠 전부터 91세인 시어머니는 코로나이니 모이지를 마라. 남자는 나이가 70세도 넘어서 저 양반이하지 말라 하면 하지 말고, 해라 하면 하는 것은 아닌데….

속으로 끙끙거렸다. 3째네 동생이 전화로 형! 하고 부르니까 이번 명절에는 코로나 백신도 맞았으니 술이나 한잔하자고 단 어머니가 모르게 만나자는 것이었다. 둘째네에도 연락했고 막내네는 항상 어머니를 모셔야 하기 때문에 뺐다. 제수 전용 부침개 박스가 선물용으로 배달되었고 동서들은 좋아하고 여자는 많은 사람이 먹을 부침개를 따로 준비하게 고민하다가 유튜브를 틀어 놓고 녹두전을 부쳤다. 전날 물에 불려 놓은 녹두를 물에 헹궈 껍질을 벗기고 믹서에 갈았다.

사다 놓은 제사용 숙주와 고사리를 썰고 김치와 고기를 썰어 참

쌀가루와 녹두 같은 것을 섞어서 녹두전을 부쳤다. 많은 양을 부쳐서 채반에 널었고 식혀서 냉장고에 보관했다. LA갈비를 사이다와 물을 섞어 30분 동안 담갔다가 핏물을 빼고 씻어서 물기를 빼고, 사과, 배, 양파, 마늘, 파인애플을 갈아서 건더기를 짜낸 즙에 간장, 설탕, 파, 참기름을 넣어 섞어서 소스를 만들어 LA를 재웠다. 많은 식구가 먹을 양을 만들기는 처음이었다. 여자는 시어머니에게 제사비만 주었다.

여자는 제대로 식구끼리 맛있게 먹고 싶었고 이제 나이들이 많아서 씹는 것도 힘들어했다. 여자는 시집온 지 40년이 훨 넘었으니 이제 죽음의 길이 더 가까웠고, 벌써 넷째가 죽었으니 모두가 소중했다. 젊어서는 셋째가 큰형을 시기 질투했고 시어머니의 농간이 형제를 싸우게 하고 자신에게만 효도와 충성을 요구했다. 형제는 만나면 싸움이 일어나고 형이 나쁘고 여자가 나쁜 놈이고. 시어머니의 이간질은 명절 때면 더 심해서 형제들이 눈을 올바로 뜨질 못하고.

세월은 남자와 여자를 제자리로 돌려놓았다. 시어머니의 농간과 이간질에 놀아났음을 형제들은 알았다. 그래도 명절이 돌아오면 시어머니의 내력은 새로운 형태로 농간과 이간질을 만들어 내는. 이번에는 또 어떤 종류가 생겨날 건가. 남자는 그런 일은 없을 것이고. 여자는 유튜브를 틀고 김치, 물김치, 식혜, 콩떡을 만들고. 남자는 시외삼촌의 전화를 받는다. 뭐라고요? 남자에게, 만나자. 지금 만날 수가 없어요. 왜 못 만나? 명절이고 만날 사람이 있어요. 그래? 내일 만나자. 왜 그러시는데요. 저번에 어머니에게 약을 보내 줬는데 그 약을 어머니가 더 보내시란다. 그래서 명절비 50만 원하고 함께 보내려고. 그럼 외삼촌이 택배로 보내세요. 아니다 막내가 서울에 온다니까 그편에 보내려 한다. 아니, 삼촌이 어떻게 막내가 오는 것을 알아요? 사실 어머니는 막내가 서울 형네 오는 것을 꺼려하시고 서울을 못 오게 하셨어요. 그런데 삼촌이 어떻게 알아요? 누나가 나에게 알려 줬는데…. 그래요? 이상하네…. 그러면 내일 근처 전철역에서 11시경 만나지요. 그라자구나.

작은 추석날은 바쁘게 시간이 지나갔다. 셋째, 둘째네가 남자의 집으로 왔다. 남자는 삼촌을 만났다. 그곳에서 오래 이야기를 하고 돌아왔다. 삼촌은 남자 집으로 오고 싶었다. 그러나 여자와 동서들은 쌍수를 들고 반대했다. 80세 노인의 술과 입담을 견뎌낼 수가 없었다. 술은 말술을 먹었고 온갖 욕과 거친 말, 거기에 자작시 읊어 대기를 밤샘으로 지새웠다. 재작년 넷째가 세상을 떠났을 때 시외삼촌은 2박 3일 동안 말술과 막말을 하여 가족을 괴롭힌 전적이 있었기 때문에 모두들 시외삼촌이라면 머리를 흔들었다.

용케도 남자는 시외삼촌의 방문을 거절하고 따돌렸다. 당신이 마음먹은 대로 하지 못해 못내 섭섭했을 것이다. 남자 혼자 집에 와서, 식구들은 가슴을 쓸며 못 온 것을 반가워했다. 가족들은 계속 모였다. 동서들도 중늙은이라 몸이 부실했다. 고혈압, 고지혈, 당뇨병 등 약을 많이 먹으니 온전하지 못했다. 이가 아프고 무릎 관절이 아프고 어깨 통증, 눈병, 속병 등 그들에게 일을 시킬 수 없었다. 여자는 스스로 셀프를 좋아했다. 열심히 일하기 위해서 온갖 운동을 하여 스스로 힘을 키우려 애썼다.

저녁은 코로나로 인해 몇 년간 만나지 못했던 것을, 즐거운 명절 파티라 생각했다. 거실에 온갖 상을 펼쳤다. 사람이 많아서 큰상 작은 상을 펼쳤다. 때마침 시어머니는 큰 남자에게 전화했다. 내가 너에게 할 말이 있다. 사실은…. 그런데 갑자기 전화에 먹통이 일어났다. 전화기에 문제가 생긴 것이다. 그 전화가 진행되면 남자에게 스트레스와 여러 가지 잠음으로 모두를 망칠 것이었다. 시어머니는 평생을 자기만의 말과 행동을 또다시 요구했을 것이다.

남자 형제들은 먹어라 마셔라 축배를 들었다. 그들은 많이 먹지 못했다. 백내장, 치아, 당뇨병 등이 그 원인이었다. 여자와 동서들은 식탁에서 포도주에 갈비를 안주로 삼고, 구속된 명절에서 비구속적 명절이 시끄럽고 유쾌했다. 거기에 시어머니와 시외삼촌의 뒷담화는 명절에 쫄깃한 즐거움을 주었다. 시끄러운 사건은 가족의 단결과 결속이 되었다. 구시대적 구속을 고집하는 전 세대와 구속을 탈피하려는 후세대의 갈등은 결국 아직도 살아 있는 인생 드라마였다.

세대 간의 갈등을 등에 지고 오랫동안 고통 속에서 살았고 아직도 전 세대는 후세대를 지배코자 안간힘을 썼다. 시어머니는 얼마 남지 않은 인생이지만 끝까지 자신의 것을 놓지 못하는 인생이었다. 자기편인 셋째 아들을 붙들고 자기 것을 주고받았다. 예전의 아들이 아니지만 가혹하게 한 다른 아들들의 마음은 이미 목석이 되어 불통이 되었다. 집집마다 드라마는 일어나고 있다. 마지막 데드라인에 머물러 있는 우리 가족의 드라마가 아직도 살아 있음에 감사하고 싶었다.

*

대화

새벽 3시 응급실은 한산. 할머니는 혈압 조절이 안 되어서 머리가 아프다. 혈압은 200이 넘고 CT에는 이상이 없다. 수액을 맞자 혈압은 140까지 떨어졌다. 그러다 갑자기 200이 넘어갔다. 의사를 불렀다. 약을 어디서 타 드세요? 대학 병원에서요. 6개월 전에 약을 바꿨어요. 먹자마자 어지러워서 혼났어요. 그 뒤로 조절이 안되고 어지러워서 죽을 지경이에요. 처방전은 나쁘지 않았다.

그렇게 괴로워하시면 혈압이 바로 올라요. 침착하셔야 해요. 그사이 220까지 혈압이 올랐다. 안 그래도 남편이 뇌경색을 다섯 번이나 맞았어요. 자상하고 좋은 사람이었는데. 성격이 변해서 이상한 소리를 하며 자꾸 복권을 사야 한다면서 돈을 달라는 거예요. 너무 화가 나서 소리를 지르고 집을 나왔어요. 머리가 지끈거리는데 나까지 잘못되면 혼자 남을 남편이 걱정이 되었어요.

자녀분은 안 계신가요? 딸은 시집가서 미국에 있고요. 아들은 대기업 다니다가 영국으로 발령받아 가족과 함께 간 지 꽤 오래되었어요. 돈은 넉넉히 보내서 생활은 괜찮아요. 그러나 얼굴 본 지는 오래됐어요. 할머니가 자식 자랑을 하며 즐거워했고 혈압이 많이 떨어졌다. 의도적으로 할머니에게 이야기를 더 많이 시키면 즐거워서 할머니의 혈압은 더 떨어졌다.

다른 지인은 안 계세요? 언니는 지방에 살아요. 통화는 해도 허전해요. 친구가 있기는 해요. 이야기를 잘 들어 줘요. 그러나 그뿐이에요. 왜 그리 내가 외롭게 태어났나 하죠. 내가 떠나면 남편이 어떻게 살아갈까 걱정을 하고요. 할머니 대화하는 중에 혈압이 많이 떨어졌어요. 감정에 영향을 받는 것 같아요. 불안함이 더 큰 문제일 것 같아요. 주변에 의지할 사람을 찾으세요. 너무 힘들면 정신과 치료가 도움이 될 거예요. 저도 약을 먹고 도움을 많이 받았어요.

원래 할머니는 굳건한 성격이고 남의 도움을 싫어했다. 타인의 배려를 거부했다. 그런데 새벽에 환자는 의사에게 마음을 열었다. 약을 쓰지 않았는데도 혈압은 완벽히 정상으로 돌아왔다. 인간에게 가장 중요한 치료법은 역시 시간을 두고 편안하게 대화를 나누는 것이었다.

*

생선조림

유튜브에 나오는 레시피는 간단했다. 마트에서 사 온 큰 삼치를 씻고 둥근 프라이팬에 양파와 무를 썰어 넣었다. 그 위에 삼치와 함께 명절에 먹으려 하다가 안 먹은 동태포도 함께 넣었다. 간장, 설탕, 물, 청주, 맛술 등을 프라이팬에 넣었다. 센 불로 끓이면서 파, 마늘, 생강, 버섯, 고춧가루, 청양고추와 감자를 추가했다. 다른 프라이팬으로 뚜껑을 삼아 끓였다.

생선조림 하나만 있으면 종합 식품으로, 반찬을 하여 식사를 할 수 있을 터였다. 그것처럼, 인생도 종합 식품 같은 것은 없을까? 이번 추석 명절에 온 둘째 동서는, 형님, 막내를 시집 못 보내서 안타까워하지 마세요. 결혼을 해도 못 해도 인생은 답이 없어요. 동서의 밑에, 밑에 동생은 늦게 40세 넘어 후반에 결혼을 했다. 그 동생은 몇 년 동안 잘 살았다. 그리고 어느 날 동생이 아팠다. 몸살 감기가 아니었다. 서서히 근육이 뒤틀리면서 몸을 흔들게 했다. 올케가 난리가 났다. 아기들은 2살, 6살이었다.

시골 부모님은 이게 무슨 날벼락인가 생각했다. 그 아들은 소뇌 증으로 판명되었다. 고칠 수 없는 희귀병이었다. 그날부터 온 가족은 지옥같이 살고 있었다. 80세 노모는 아들을 위해 아들 집으로 갔다. 아들은 거동이 불편해져서 일을 제대로 못 했다. 며느리가 돈을 벌어야 했다. 며느리는 밤늦게 와서 늦게 일어났고 시어머니는 농사일을 평생 했기 때문에 날이 새면 밭에 가서 일했던 분이라 도시형에 맞지 않았다. 시어머니는 결국 당신이 돈을 벌어서 아들 약값을 보내 주기로 약속했다.

지금도 그 어머니는 아들 약값을 위해 새벽부터 온갖 농사일을 하여 매달 180만 원을 마련해서 송금을 하는 것이었다. 둘째 동서는 친정어머니도 불쌍하고 아래 동생도 불쌍했다. 둘째 동서는 결혼을 하든 안 하든 문제라며, 우리 인간은 사는 것이 드라마라 했다. 결국은 생선조림처럼 인생도 모두가 믹스되어 익어 가는 맛이 단짠 맛이지 않을까 생각했다.

*

50년 전에 미팅했던 파트너가 세상을 떠났다는데…

대학 동창들이 모여 여행을 갔습니다. 커다란 봉고차를 빌려 룰루랄라 하며 바다를 향해 떠났습니다. 처음에, A가 얘야, 너 옛날 미팅 파트너 눈이 동그란 ○○가 작년에 죽었대. 어? 그래? 너 어떻게 알아? 그가 내 남편과 동창이잖아. 그랬구나. 그 때 B에게 관심 있는 의대생이 B를 엄청 따라다녔는데…. 그 의대생이 국문과에 와서 왜 수업을 들었겠냐? B가 좋아서지. 그런데 B가 그걸 몰라요. 내가 얘기해 줘도. 그런데 그 의대생 일찍 죽었어. 좋은 집안의 여자와 결혼했는데 너무 일찍 죽었어.

그랬구나. 너 B야, 지금 남편 참 잘 선택했다. 끝까지 살아 있다는 게 중요해. C가 말했다. 야, 네가 미팅해 준 황뭐시기 아니? 몰라. 너네 친척 ○○ 있잖아. 네가 미팅 주선해 주고. 그랬나? 그래, 그때 그 사람이 나를 좋아했어. 나를 좋아해서 많이 따라다녔지. 그래서 결혼도 하려고 했었어, 그랬어? 그런데 박 선생이랑 했지. 그랬구나. 그 사람 내가 인터넷을 찾아보니, 사업을 잘해서 돈을 많이 벌었더라. 너 어떻게 아니? 인터넷에 나오니까. 내가 찾아봤거든. 그렇구나. 야, 넌 남자 선택을 잘못했다(C의 남편은 이미 이 세상 사람이 아니었다). 아이고, 다 팔자지 뭐. 그렇기는 그래.

이번 모임은 죽은 사람과 산 사람이 등장하는 게임 같았다. 세상을 너무 오래 살아서 오는 딴 세상과의 만남 같기도 했다. 운명의 흐름이 교체되는 묘한 감정이 이곳에 있었다. 젊은 시절로 돌아가서 D가 난 20대 초반부터 선을 봤다니까. 어렸을 때 내 코가 하늘만큼 높았던 거야. 그때는 남자가 다 시시한 거지. 그런데 결혼한 남편은 어땠어? 그때는 오히려 남자가 나를 싫어하면 어떡하지 했다니까. 그래서 결혼한 거구나.

과거와 현재가 공존하는 시간이었다. 과거에도 태양이 있었고 새벽이 왔다. 볕이 들어 창가에 앉았고 볕을 쪼였다. 젊음은 겉이 화려했고 안은 슬펐다. 젊음의 화려한 잔치가 소원이었다. 잔치는 모였다가 헤어지는 게임이었다. 찻집에서 모이고, 맥줏집에서 모이고,

소주와 막걸리가 있는 연탄 주막집에서, 영화관에서, 길거리에서, 학교 나무 그늘, 강가, 바다 캠핑, 농장, 과수원….

지금도 태양은 떴다. 비도 왔고, 저녁이 왔다. 그러나 잠이 오지 않았다. 잠 오는 약을 먹었다. 소화제로 유산균을 먹었다. 아무개야, 바닷물이 들어온다니까. 빨리빨리 걸어서 나오라니까. 이렇게 걸어야 한다니까. 이것은 틀리고 저것이 맞는다니까. 그곳은 위험하다니까. 괜찮다니까. 이것은 네 거, 저것은 내 거. 안 아프게 모였다가 헤어지면 성공이라니까. 다시 우리는 모였다가 헤어지는 게임을 할 수 있을까나.

*

부여군 은산면

너네 동서 집이 어디라고? 부여 은산면이야. 어? 나 그곳이 생각났어. 은산에서 외할머니가 살았던 거야. 그러니까 외할머니가 정씨인 거지. 오래전에 외할머니가 옛날이야기처럼 들려줬던 생각이 나는 거야. 우리 동서가 연일 정씨야. 나도 연일 정씨고. 동서가 구자 돌림이고, 내가 영자 돌림이고. 우리 아버지가 구자 돌림이고 할아버지가 용자 돌림이지. 동서 아버지가 용자 돌림이고. 내가 시댁에서 형님이지만 정씨 집안으로 동서가 한 세대 위로, 고모뻘인 거야.

내일, 밤 따러 놀러 가는데, 넌 너네 외할머니 동네로 나들이 가는 거고. 나는 종씨네 방문하러 가는 거지. 너네 엄마가 이씨고 너는 박씨인 거네. 그런데 너네 외할머니가 우리 종씨인 정씨이니, 그중 너네 어머니가 50% 정씨 DNA를 받았을 것이고, 너네 엄마한테 너는 적어도 25% DNA를 받았겠지. 그래서 너와 내가 같은 류의 성향이 있을 것 같구나. 족보 따지면 엄밀히 남남이기가 어렵겠지.

동서는 전화했다. 내일 아침 일찍 오셔서 며칠간 밤 따는 일을 많이 해 달라고. 그것은 어려워. 친구 남편이 직장을 가니까 식사 준비를 해야 하고 나는 그다음 날 테니스를 쳐야 해서. 왜냐하면 멤버가 없어서 내가 없으면 회원이 없어서 빌린 운동장도 폐쇄되기 때문이야. 회원이 없어서 폐쇄되면 우리가 운동할 수가 없게 되니까. 회원 좀 많이 뽑으세요. 여기에 들어올 사람이 없어서야. 60~70세가 없잖아. 거기에 있는 젊은이들이 나이 든 사람들과 공을 칠 수가 없잖아. 실력이 부족해서도 그렇고, 실력이 있는데 늙은 사람들과 하고 싶지 않은 거지.

어쨌든 일찍 오세요. 부여까지 136킬로미터라니까 빠르게 갈 수 있을 것 같아. 그래요? 길이 새로 나서 그런 것 같아. 제가 저번 주 목요일에 와서 집이 궁금해서 다시 대전에 들렀다가 다시 오려니까 시간이 복잡해서 그냥 여기에 계속 있기로 했어요. 그랬구나. 그래도 너무 일 많이 해서 몸이 다치면 안 되니까 살살 하서. 그렇게가 안 돼요. 그렇겠지. 그러나 너무 일 욕심 부리면 안 돼. 큰일 나니까.

옛날에 장경동 목사 어머니가 그랬다잖아. 비가 쏟아지고 있는데, 깨를 털어 마당에 널어 둔 거야. 깨가 빗물에 다 씻겨 내려가도 어머니가 깨를 거두지를 않더란다. 그래서 장 목사가 어머니에게 소리치며 이 깨를 왜 안 거두냐고 버럭 화를 냈다는구나. 그랬더니 네가 왜 그걸 상관하느냐면서 장 목사에게 화를 냈다는구나. 나중에 어머니가 돌아가시고 알았단다. 어머니가 몸이 아파서 그 깨를 거두지를 못했다는 것을.

우리 어머니도 그래요. 밤이 뒹굴고 돌아다녀도 슬슬 놀아요. 나는 속이 타는데요. 이 사람아, 어머니가 허리 수술을 3번이나 했는데, 나이가 80세를 훨 넘었는데, 얼마나 아프면 놀며 쉬겠는가. 그러면서 떨어진 밤이 많아도 몰라라 해요. 상관 말래요. 몸이 아프니까 어쩔 수 없는 거라고. 그런가 봐요. 내일 운전 조심하고 천천히 오세요. 그렇게.

*

열여와 찬여

같은 뱃속에서 나왔는데 동생은 몸이 뜨거워서 힘들고 언니는 몸이 차가워서 힘들다. 동생은 넓은 거실에서 창을 열고 잠자기를 좋아한다. 그의 남편은 아담한 작은 방에 창문을 꼭꼭 잠그고 전기 온돌에 전기 담요를 넣고 고요히 잠자는 것을 좋아한다. 언니는 전기 매트를 배와 등에 덮어 열기가 몸을 데워 주는 것을 좋아한다. 그렇지 않으면 새벽녘에 배가 딱딱하게 굳어서 배를 움켜잡고 고통을 호소한다.

각자의 몸은 다른 것이다. 거기에 성격도 제각각 달라서 각자의 생각의 색깔도 제각각이다. 동생의 생각이 빨간색이라면 그의 남편은 아마 파란색일 것이고 나는 빨간색이 섞인 파란색에 가까울까? 제부와 나의 체질이 비슷한 부분이 많으니까 말이다. 언니가 동생보다 한세대 위가 되는 나이니까 시대적으로 다른 것이 많다. 10대와 20대가 다르듯이 우리도 환경 여건이 다른 것이 많다.

한 가지 공통점이 있다. 동생과 언니는 호기심이 많고, 운동을 좋아하는 점이 같다. 동생은 자기 주관이 강렬해서 자기가 좋아하는 것만 좋아하고 자기가 싫어하는 것은 무조건 싫어하는 경향이 짙다. 예를 들어 A라는 사람이 싫다 하면 모두가 A를 싫어해야 한다는 것을 강조했다. 그러나 언니는 A가 괜찮다고 했다. 동생은 A의 싫은 점을 나열하고 A가 좋지 못하다고 계속 강조했다. 그래도 언니는 아니다 언니는 A가 괜찮다고 말했다. 동생은 매사 단호했다. 언니는 그것이 못마땅했다. 그것은 네 철학이지 내 철학은 아니라 했다.

둘이는 좋으면 합이 잘 맞았다. 그러다가 동생이 아니다 하는 것을 언니도 아니다 함이 옳겠지만 그것이 아니기 때문에 불편함이 일어나지만 어쩔 수 없이 아님을 나타냈다.

이번에 동생네 집에서 고구마를 캤다. 둘이 합이 잘 맞았다. 하나가 넝쿨 줄기를 잡아당기면 언니가 호미로 땅을 파서 굵은 고구마를 캤다. 언니가 넝쿨을 당기면 동생이 호미로 고구마를 캤던 것이다. 고구마 줄기는 같아도 고구마 모양은 달랐다. 길고 짧고, 통통하고 가느다랗고. 모양은 달라도 언니나 동생이 고구마 줄기처럼 고구마 맛이 같았을 것이다.

*

은산면 은산북로 오번리

새벽에 비가 내려 고속 도로가 질척했습니다. 나는 남자 동생을 불러 나를 오번리로 데려다주라고 주문했습니다. 가면서 너는 사업을 잘하는가를 물었습니다. 사업이 앞에서 남고 뒤에서 모자라는 일은 하지 말아야 한다 했습니다. 동생은 사업을 말했습니다. 사업을 하며 모자라는 돈을 채우는 사업은 사업일 수 없었습니다. 동생은 앞으로 나아가는 사업이 중했습니다. 나는 앞으로 가는 사업이 중하지 않았습니다.

우리가 말하는 사업은 서로가 다른 사업이었습니다. 동생은 실리가 없는 사업이었고 나는 실리가 있어야 하는 사업이었습니다. 산 너머 오번리 산밑에는 알밤이 지천으로 깔렸습니다. 누워있는 알밤, 나무에서 떨어지는 알밤, 실개천에 넘어져 있는 알밤, 둥글려서 넘어가는 알밤, 온 천지가 알밤이었습니다. 알밤이 비를 맞아 싹이 트고, 햇빛에 말라서 비틀어지고, 수렁에 빠져 개미들의 집이 되고, 오래된 알밤은 썩어 갔습니다.

금방 나무에서 떨어지는 알밤은 빛이 나서 금덩이 같았습니다. 아이고, 예뻐라. 고마워라. 맛있겠구나. 동생아, 여기서 실리가 있는 일을 할 수는 없겠는가? 그의 눈에 알밤은 실리가 있는 사업이 아니었습니다. 그는 사업차 차를 타고 실리가 없는 사업을 찾아 떠났습니다. 오번리 집 뒷산의 주인은 87세 84세 노부부였습니다. 그들은 일만 오천 평 밤나무 산에서 밤을 주웠습니다. 평생 밤나무를 심어 밤 산을 만들었습니다.

가을이 되면, 할머니는 새벽에 일어나서 찹쌀에 팥과 밤을 섞어 찰밥을 했고 앞마당 얼가리와 쪽파를 다듬어 겉절이를 만들었습니다. 할아버지는 경운기에 어둠이 가시면 찰밥과 김, 겉절이를 경운기에 실었습니다. 거기에 아들이 사 온 과자, 초콜릿, 두유 등도 함께 실었습니다. 할머니는 새벽어둠이 가시자마자 뒤꼍을 지나 밭을 지나 밤 산으로 올라가 밤을 주웠습니다. 할아버지는 산꼭대기 농막에다 음식을 내려놓고 북쪽 산 너머 밤 산에서 밤을 주웠습니다.

할아버지의 딸은 첫차를 타고 친정으로 달려왔고, 부지런히 밤을 주우며 산 위로 올라갔습니다. 어머니, 어머니 소리쳐도 어머니는 밤 줍느라 들리지 않았습니다. 딸의 손은 빨랐습니다. 부모님의 손놀림보다 10배는 빠르게 밤을 주어 푸대 자루에 넣었습니다. 경운기가 가는 길목엔 노부부의 땀이 서린 희망과 즐거움이 있는 알밤 자루가 서서 경운기를 기다렸습니다.

어머니, 아버지, 제발 일 좀 그만하세요. 그만하시라니까요. 딸은 항상 부모님들과 싸우면서 일하고 싸우면서 만나고 싸우면서 헤어졌습니다. 어머니 허리는 세 토막으로 이어졌고, 한 토막씩 허리뼈가 무너질 때마다 병원에서 수술했습니다. 서너 달씩 병원에 누워 있어도 어머니는 밤 산이 그리웠고 밤 산이 궁금했습니다. 밥을 먹으며 밤이 다 떨어져서 어쩔 거냐. 비가 너무 안 와서 어쩔 거냐. 태풍에 밤나무가 뽑혀서 어쩔 거냐.

어머니, 배가 고파요. 밥 먹어요. 어머니, 어머니, 아버지, 아버지 딸은 구석에 박힌 부모님들을 찾으러 돌아다녔습니다, 점심때가 지나서 1시가 넘었습니다. 밤나무 밑에 푸대 자루를 깔고 새벽에 찰밥을 해 놓은 밥통, 금방 캐서 만든 열무김치, 맛김을 펼치고 밥을 먹었습니다. 밥맛은 최고였습니다. 말없이 배고픔을 채우고 다시 흩어져서 밤을 줍고, 어둠이 밀려올 때 아버지는 경운기를 타고 내려오면서 밤 자루를 딸과 함께 들어 올렸습니다.

경운기는 느리고 천천히 이동했고 밤 자루는 높이 쌓여서 뒤집힐 수 있을 것 같아 더는 실을 수 없습니다. 아버지 모습은 밤 산과 같았습니다. 평생을 함께 살아서 밤 산이 아버지이고, 아버지가 밤 산이었습니다. 밤 산은 조용하고 고요하고 하늘 같았습니다. 아버지는 밤 산을 닮아 저 산 너머 앉아 있는 돌부처 같았습니다.

어둠이 마당으로 넘어올 때 딸은 아래채 외양간으로 달려갔습니다. 어미 잃은 송아지에게 젖통을 내밀었더니 송아지는 허겁지겁 우유를 빨았습니다. 아이고, 미안하다. 내가 산에서 내려올 수가 없어서 젖을 못 줬구나. 많이 먹어라. 딸은 송아지를 쓰다듬어주면서 우유를 먹였습니다. 사흘 전 어미 소가 이 송아지를 낳다가 죽었습니다. 어미 소는 죽어 가면서 새끼 소를 쳐다보고, 어쩔 수 없어 하며 슬프게 눈을 감았고 송아지는 죽어 가는 어미 소를 큰 눈을 뜨고 껌벅이며, 어미만 쳐다보았습니다.

아이고, 불쌍해라. 네 어미가 죽었구나. 어쩐다냐? 허리를 쓰다듬어 주는 딸에게 송아지는 엉겨 붙으며 어미를 찾았습니다. 그래도 그 옆에 3개월 된 송아지와 친구가 되었습니다. 그 어미는 이 두 송아지에게 젖을 먹였습니다. 그런데 송아지들이 어미를 발로 찼습니다. 젖이 안 나온다면서. 어둠이 짙어질 때 옆집 아기가 장애용 카터기를 조작하고 이웃집을 기웃거렸습니다. 쟤는 누구래요? ○○ 아들 아닌가 벼? 웬 움직이는 기계유? 제가 불구자여. 그래유? 쯧쯧….

날이 어두워지자 동네 불빛이 하나둘씩 살아났다. 주변의 산 그림자는 시커멓게 동네를 감쌌고 이웃집 어미 소 젖은 배고픈 송아지에게 배를 불렸다. 저 멀리 동네 가운데로 빈 택시가 불을 켜고 동네 안쪽으로 들어왔다. 밤나무 할아버지 집 딸 손님을 위해 택시를 불렀고, 딸 손님에게 밤을 바리바리 싸서, 어둡기 전에 가야한다며 택시를 쫓아 보냈다. 택시 기사는 가면서 밤나무 할배와 할매가 일만 하다 가시겠다며 딱해서 죽겠다는 말을 남기며, 딸 손님을 터미널에 내려 주었다.

*

미국 여행

미국은 나에게 꿈의 나라였고, 부유한 친척들이 유학을 가는 나라로 생각할 때의 일입니다. 우리 친구들은 오랫동안 계모임을 하여 미국 여행의 돈을 마련하고자 애쓰는 때의 일입니다. 대학 졸업하고 한참 후였고, 생활은 곤궁하여 맞벌이를 해야 시댁을 돕고 애들 학비를 충당할 때의 일입니다. 총무는 여행비가 충분해졌으니 여름 방학 동안 동창끼리 미국 여행을 할 때의 일입니다. 비행기를 타고 처음으로 하와이에 도착했고 가이드가 바람골에 여행자를 내려놓아 여행자가 바람에 날려 숨을 쉴 수 없어 내 숨과 바람이 싸울 때의 일입니다.

영자 친구는 청바지를 입고 붉은 모자가 날아가지 못하게 손으로 모자를 누르고, 뒤에는 푸른 바다가 배경을 하고 즐거워서 활짝 웃음을 머금은 사진을 찍었습니다. 친구 영자, 숙자, 희자, 옥희, 명숙, 순희, 희숙이가 선글라스에, 청바지, 멋진 티를 입고, 열대 야자수 나무를 배경으로 함께 줄을 지어 영화배우처럼 사진을 찍었습니다. 해가 질 무렵 가이드를 따라 호텔로 가서 짐을 풀었고 그날 저녁 잔치로 LA갈비를 배가 터지도록 먹었습니다. 역시 부자의 나라임을 알았습니다. 야간에는 야시장을 돌아 와이키키 해변에서 수영복에 바닷물을 담갔습니다. 샤워 후 에너지 많은 친구들과 생맥주를 마셨고, 그들은 무대에서 팝송을 불렀습니다. 다음날 원주민들의 공연을 보고 하와이 주변 섬을 탐방했습니다.

그다음 날 여행자들은 비행기를 타고 샌프란시스코로 갔고, 곧 금문교를 탐방했습니다. 그것은 샌프란시스코 베이와 마린 카운티 사이를 연결하는 세계 최초의 현수교였습니다. 여행자들은 배를 타고 금문교 주위의 풍광과 저 멀리 시가지 빌딩을 구경하였습니다. 잠시 쉬어서 파인애플 농장에서 잘 익은 파인애플을 맛있게 먹었습니다. 호텔 숙소에서 쉬고 이튿날 아침에 바다사자들이 많은 유명한 노스피치 해안에서 아침 식사를 하며 바다사자를 구경하였습니다. 사자들의 몸짓이 신기했습니다.

*

어머니의 말

누구여? 나예요. 누구? 큰딸내미? 네. 밥은 드셨어요? 벌써 먹었구먼. 할머니들이 만드는 곳에 어머니는 안 가셔요? 난 안 가. 가서 신경 쓰고 하는 거 싫어. 간호사가 할머니들 안고 옮기는 게 얼마나 힘든지 몰라. 그들 허리가 아파서 죽어나. 난 그러지 않아. 통안 나가고 내 자리에서 누웠다 일어났다 해. 텔레비전은 보고 있어요? 그거는 항상 켜 놓고 있어. 텔레비전이 없으면 내 눈이 빠진 거나 같아서. 빨리 눈 빠진 거 고치라고 해. 텔레비전은 좋아해요? 그거라도 봐야지. 요즘 물만 먹으면 똥이 나오고 오줌이 나와서 죽겠어. 물 조금만 먹으면 벌컥벌컥 쏟아지니 살 수가 있어야지. 뭘 먹지를 못해 불쑥불쑥 나왔어서. 의사 선생님이 오면 약을 달래야겠어. 그런데 이제 입이 말라서 말을 못 하겠네. 약을 먹어서 그런지. 그럴 거예요. 빨리 죽어야 하는데 그게 안 되네. 그냥저냥 사는 거지 뭐. 그래요, 엄마. 여기도 그래요. 애비 친구들도 암 수술을 했는데, 재발해서 항암 치료 하면서 그냥저냥 살아가는 거예요. 그래. 알았어. 들어가.

Y 사장님은 어머니를 돌아가면서 모십니다. 딸 셋과 Y 사장님네가. 딸 셋이 어머니 집으로 가서 일주일씩 어머니를 돌보고, 식사,

집안일 등을 합니다. 그리고 마지막 주는 큰아들네인 Y 사장 집으로 와서 쉬다가 어머니 집으로 돌아갑니다. 그런데 Y 사장님은 어머니를 돌보는 여형제들에게 수고료로 100만 원씩을 줍니다. 그것은 대단한 일로 보입니다. 어느 가족이 당신의 어머니를 돌보는데 100만 원을 받을 수 있겠습니까. 하여튼 형제들이 즐거운 마음으로 어머니를 돌볼 수 있어서 좋을 것 같았습니다. 만일에 우리 스스로가 Y 사장 어머니 같은 처지가 되었을 때, 자식들에게 자신을 돌보는 일을 하게 된다면 일주일의 수고 비용으로 100만 원씩을 줄 수 있으면 자식들이 참 행복하겠구나 하고 생각했습니다.

*

대장동 게이트를 보고

나는 대장동 게이트를 보면, 마피아 국가가 된 엘살바도르가 생각난다. 대장동 게이트를 보면 푸틴 러시아와 베네수엘라가 생각난다. 대장동 게이트를 보면 시칠리아 마피아와 안드레오티 총리가 생각난다. 그들은 모두 도둑 떼가 되어 누이 좋고 매부 좋은 도둑 떼가 돼 버린 나라들이었다. 한국은 지금 대장동 공동체로 도둑 떼가 되어 천지를 농락하는 나라가 되어 갔다. 유동규, 김만배라는 인물들이 이재명을 두목 삼아, 도둑 떼를 만들어 진보 정치의 주인으로 나라를 집어삼키려는 수작을 하려 하고 있었다.

대장동 게이트는 소름 끼치는 일이었다. 한국의 정치, 경제, 문화. 입법, 사법, 행정 전체를 한 손에 거머쥔 공산주의 패거리처럼 엽기적인 실례가 될 것이었다. 중공의 시진핑, 러시아의 푸틴, 북한의 김정은 등이 내세우는 좌파 권력의 혁명이 될 수 있는 것이었다. 그것은 우리의 자유와 평화, 민주주의가 말살되는 무섭고 끔찍한 일이 될 수도 있는 것이었다. 그런데도 그 떼강도 정치인 이재명을 수호하는 국민 수가 50% 이상이라는데….

나는 우리나라의 국민들이 더 어리석어서 나라가 추락할 수밖에 없는 것인가를 한탄할 수밖에 없었다. 지식인으로 나의 후배들이 쌍수를 들고 이재명을 찬양하는데 어찌겠는가? 나는 할 말이 없었다. 똥 묻은 개가 겨 묻은 개를 나무란다더니 '대장동 게이트'가 상대방 당인 '국힘당 게이트'라는데 이재명이가 완전 개똥 같은 놈인 것을 찬양하는 대법원, 검찰, 판사 등은 어떤 놈들일 것인가?

'대장동 게이트'는 모든 국민이 아는 사실이었다. 그 주인공은 이재명임을 모르는 사람이 없었다. 지나가는 똥개도 아는 사실이었다. 그러나 검찰은 녹취록을 부정하고, 의혹은 허위라는 등 공공의 투기 세력들과 똑같이 범죄 사실을 부인하고 있었다. 과연 대한민국은 올바른 길로 갈 수 있을지….

*

마음이 산란한 날

아무것도 하고 싶지 않습니다. 잠이 올 듯 말 듯하고 머릿속은 시끄럽습니다. 몸은 축 늘어지고 눈은 게슴츠레하며, 힘없는 손으로 자판을 두드렸습니다. 벽에서 시계 소리가 들리고 밖에서 쓰레기 치우는 소리가 들렸습니다. 우리 시대 영혼의 거장들이라는 책 표지를 보았습니다. 거기에 이렇게 쓰였습니다. 라마크리슈나는 자신의 체험을 통하여 모든 종교의 가르침은 결국 하나라는 것을 깨달았다. 하나의 진리가 시대와 문화에 따라 각기 다르게 표현되고 있다는 것을 깨달았다.

그 말의 진리가 맞다면 기독교, 불교, 힌두교, 이슬람교, 원주민의 신, 일본의 신, 무속인들의 신까지 모두 하나의 신 같았습니다.

갑자기 힘이 빠지고 눈꺼풀이 내려앉으면서 더 이상 표지를 읽을 수 없었습니다. 조용히 눈 감고 자리에 누웠습니다. 그리고, 조금 있다가 나는 잠이 들었습니다.

*

영희가 싫었습니다

영희는 고집이 쇠심줄 같았습니다. 그는 매사 자기 생각이 맞다고 생각했습니다. 무릎 아픈 이야기를 할 때 나는 무릎 근육에 좋은 식품을 먹고 근육 강화를 해 주는 것이 좋다고 어떤 의사가 말했다고 했습니다. 그러나 그는 이제 늙어서 어쩔 수 없다고 말했습니다.

멋진 음식점을 함께 차를 타고 갈 일이 있습니다. 네비가 가리키는 길을 놓쳤습니다. 나는 그 길이 아닌 것 같으니 다시 돌아 이쪽 길로 가자고 제안했습니다. 그는 길이 통한다면서 자기가 가던 길을 계속 가 버렸습니다. 그런데 우리가 가야 하는 길이 멀어졌습니다. 그래도 그는 계속 가던 길로 가고 말았습니다. 나는 속이 탔습니다. 점심시간이 한참을 넘겼습니다. 결국 다시 되돌아와서 음식점을 찾아갈 수밖에 없었습니다.

영희는 운전을 할 때마다 고집을 피웠습니다. 수시로 만날 때마다 나는 속이 탔습니다. 삼십 분 걸릴 것을 한 시간 반을 걸려서 만나는 장소로 모였습니다. 옷을 살 때도 그는 오랫동안 보고 또 보고 온 백화점을 뒤지며 사고 싶은 것을 샀습니다. 그리고 사 가지고 와서 후회했습니다. 다른 것을 살 걸 그랬다고.

영희는 먹는 것도 까시러웠습니다. 식당에 나온 음식을 젓가락으로 뒤적이며 잘못한 것을 지적질 했습니다. 쌈이 나오면 잘못 씻었다고 했습니다. 무슨 양념이 들어가서는 안 된다고 했습니다. 영희가 지적질을 하면 밥맛이 떨어졌습니다. 영희는 습관적으로 지적질이 나왔습니다.

영희는 소고기만 먹었습니다. 닭고기나 돼지고기는 못 먹었습니다. 영희가 밥을 많이 사서 나는 어느 날 비싼 소고기 스테이크 집으로 초대했습니다. 그런데 영희는 맛이 하나도 없다면서 스테이크를 먹지 않았습니다. 나는 무척 속상했습니다. 그래도 나는 영희를 이해하고 싶었습니다. 영희는 내 절친이니까요. 영희는 자주 자기 자식들을 자랑했습니다. 영희는 자기 자식들이 훌륭했습니다. 나는 우리 자식들의 험담만 늘어놓았습니다.

영희 자식은 훌륭했고 내 자식들은 훌륭하지 못했습니다. 나는 어느 날 반성이 일어났습니다. 영희네는 모두가 훌륭하고 내게는 훌륭하지 못한 것이 이상하게 생각되었습니다.

영희가 소고기만을 먹어서 존귀했습니다. 나는 여러 가지를 먹어서 비존귀하게 되었습니다. 영희와 나는 뭔가 정서적으로 맞지 않은 것이 많았습니다. 언제부턴가 우리는 소원해지는 것 같았습니다. 그리고 코로나가 터졌습니다. 코로나 때문에, 이제 만날 수 없어서, 부딪혀지지 않아서 좋았습니다. 만일에 영희를 만나게 된다면, 나는 수도사나 불교에서 말하는 수행자처럼 나의 마음을 비우기로 했습니다.

*

단호박 스프

희숙이 친구를 만나자 했다. 그와 이야기를 하며 커피를 마셨던 기억이 오래라서 그랬다. 그를 만나면 무엇을 줄까 생각했다. 산에서 주어온 밤을 주고 추석 때 주려고 산 참기름을 주면되겠지 했다. 뭔가 더 주고 싶은데 뭐가 없을까. 그 때 생각 났다. 늦은 봄에 담은 매실이 있었다. 그런데 그 매실에 초파리와 벌레가 많이 생겨서 걱정이 되었다. 먹을 수나 있을까?

창밖은 캄캄했다. 날이 새려면 아직 멀었다. 박 실장에게 더 줄게 없을까? 아, 기억이 났다. 집에 단호박이 있었다. 그것으로 호박 떡을 해줄까? 아니면 단호박 빵? 이 궁리 저 궁리를 했다. 잠이 오지 않았다. 나는 내가 좋아하는 작은 방으로 옮겼다. 새벽 3시 경이었다. 나는 유튜브를 틀고 눈을 감았다. 단편집을 오디오로 들었다.

제목은 '약속'이었다. 여자 주인공은 여선생이었고, 남자 주인공은 성형외과 원장이었다. 여선생의 남편은 건축가로 대기업을 다니다가 교통사고로 7년째 누워 있었다. 여선생은 유치원생 아기들 2명과 남편 시어머니를 책임지고 살았다. 퇴근하고 돌아오면 남편을 씻겼다. 남편은 움직일 수 없었다. 결혼할 때 남편은 연애하는 친한 친구의 애인을 뺏었다. 그 친구는 그 여자를 행복하게 해 줘야 한다는 약속을 하고 물러났다.

그런데 행복은 잠시였고 이제는 여선생이 가족을 책임지는 힘든 삶이었다. 다른 한편 성형외과 원장은 예쁜 배우와 결혼했다. 그런데 그 배우가 무명 시절에 만나서 살았던 조폭에게 결혼 전날 성폭행을 당했다. 다음날 성형외과 원장님과 배우는 결혼했다. 8개월 후 배우는 딸을 낳았다. 둘은 몇 년 동안 살았다. 어느 날 조폭이 배우에게 협박했다. 자기한테 오지 않으면 너네 식구들 모두 죽이겠다고 협박했다. 결국 배우는 애를 데리고 조폭에게 가 버렸다.

성형외과 원장은 허탈했고 괴로웠다. 자기 삶에 회의를 느끼며 힘들게 살고 있을 때 여선생이 다니는 학교에 성형외과 원장 딸이 다녔는데, 그 딸이 다른 학생들에게 돈을 강탈하는 사건으로 호적에 오른 성형외과 원장 딸을 교장 선생이 불렀다. 거기서 원장은 사과를 하고, 용서를 구했다. 그리고 교직원 회식비를 남겨 놓고 돌아갈 때, 그 여선생을 만났다. 그 원장은 예전에 증권 회사에서 우연히 만났던 사람으로 여선생과 친분이 있었고 그 당시 서로 각자의 고통과 고뇌를 공유하며 서로의 연정을 느꼈다.

그때부터 그들은 사랑을 하게 되었다. 그러나 사랑할 수 없었다. 그러다가 사고로 여선생 남편이 죽었고 여선생은 원장님과 헤어지면서 집으로 돌아왔다. 한참 후에 조폭은 폭력 집단의 패거리 싸움으로 죽었고 딸과 배우는 원장과 합쳤다. 원장은 무중으로 애를 날 수 없었기 때문에 자기가 키운 딸을 사랑했다. 그리고 배우는 암에 걸려 죽었다. 세월이 흘러 여선생은 교장 선생이 되었고 정년 퇴임 하는 날이 돌아왔다. 그때 이미 성형외과 원장도 직책을 물러

났다. 퇴임날 여선생과 만나서 재결합하는 결혼식을 하며 해피 엔딩으로 소설은 끝났다.

그리고 새벽에 살짝 잠이 들었다가 다시 깼다. 유튜브에 단호박 음식을 쳤더니 단호박 스프가 떴다. 어? 이거 맛있겠구나. 이것을 희숙에게 만들어 줘야지 했다. 아침 식사를 남편에게 차려주면서 단호박을 쪘다. 양파를 버터 넣고 프라이팬에 볶아서 찐 호박을 다시 볶아 믹서에 갈았다. 물과 우유를 넣고 양념을 했다. 맛있었다. 이거야. 이거. 희숙이 남편이 아프니까 좋아할 수 있었다. 나는 희숙을 만나면 신이 났다. 뭔가 주고 싶었다. 그것이 나는 좋았다. 그런 친구가 있다는 것이 행복했다. 70세 넘어서 누구를 만나는데 신이 나면 그것처럼 즐거운 일이 어디 있겠는가.

＊

내가 쓴 글은 어땠을까?

글 쓰는 이는 신이 나서 글을 쓰고 있지만 그 글이 읽기 싫고 읽으면서 싫증이 나면 미안해서 어쩌나 생각했습니다. 후배가 쓴 책을 주면 너무 학문적이라 졸음이 왔습니다. 또 다른 후배가 쓴 책을 주면 약간 심심하고 딱딱해서 쉽게 책장이 넘겨지지가 않았습니다. 어느 지인이 준 시집은 쉽게 읽히지 않아서 싫었습니다. 나는 글이 쉬우면서 감칠맛이 나는 먹기가 좋은 음식 같았으면 좋겠습니다.

*

침묵의 아파트 숲

동쪽 베란다 앞쪽에는 야트막한 산이 솟아 있습니다. 여름에는 매미 소리가 요란했습니다. 보통 때는 까치와 참새 떼가 시끄럽게 재잘거립니다. 가끔 꿩이 울어 짝을 찾을 때도 있습니다. 위층 어느 곳에 이사를 오면 한 달 동안 수리를 하느라 주민들은 고통 속에서 살아야 합니다. 한 집이 끝나면, 다른 집이 또 이사를 옵니다. 주민들은 1년 내내 시달리면서 살아갑니다.

옆집 213호는 아저씨가 대학교수고, 아줌마가 약사입니다. 그들의 애들은 딸만 3명입니다. 큰딸과 작은딸은 아마 대학을 졸업했을 것입니다. 막내는 대학을 다니고 있을 거고 큰딸은 미국에서 유학을 마치고 왔다 갔다 합니다. 작은딸은 대학원을 다시 갔다고 들었습니다. 아저씨는 몇 년만 있으면 정년퇴직할 시기가 돌아온 다고 들었습니다. 그의 집 딸들을 보면 나는 우리 딸이 시집을 못 간 것처럼 걱정이 됩니다. 말만 한 처녀 3명을 언제 치울 것인가 하고요.

211호에는 몇 년 전 세 식구가 이사를 왔습니다. 젊은 여자와 남자, 딸 하나가. 211호 여자는 복도를 지나갈 때 나를 피하며 외면하면서 다닙니다. 초등생 딸 아이를 만나면 어미가 딸을 옆으로 밀면서 나를 피하려 했습니다. 저런 못된 것이 있나 생각했지만 어쩌겠습니까. 나도 그들을 보면 속으로 욕하면서 피하는 것이 편했습니다. 그러나 211호 남자는 남편과 나를 복도에서 만나면 정중히 인사를 하고 지나갑니다. 여하튼 211호 여자가 못됐다는 생각을 했습니다.

211호 여자와 남자는 무슨 직업을 가졌는지 모릅니다. 그들은 날마다 교대 사거리로 출근을 합니다. 여자는 점심때가 되면 집으로 돌아와서 그 집 딸에게 밥을 차려 줍니다. 코로나로 인해 학교를 못 가니까 아이는 작은 방에 하루 종일 혼자 갇혀 삽니다. 아마 2~3년을 작은 방에 불을 켜고 집에만 있었습니다. 현관문에는 쿠팡 주머니가 아침마다 배달되었습니다. 아니면 중국 요리 빈 그

룻이 놓여 있습니다. 가끔 청소하느라 현관문이 열리고 닫칩니다.

210호에서는 남녀 둘이 결혼해서 사는 것 같습니다. 아이를 낳지 않고 삽니다. 둘이는 뭘 하는 사람인지는 모릅니다. 공부하는 학생 부부 같기도 하고 아니면 무슨 연구직을 하는 부부 같기도 합니다. 집이 항상 비어 있고 무엇인가 해 먹고 사는 집 같지가 않습니다. 세탁물이 자주 현관 문고리에 걸려 있고, 카펫이나 집기류 등 여러 가지 세탁물이 집 앞에 놓여 있습니다. 일 년에 한두 번 여자 남자가 차를 타는 것을 봤습니다.

209호는 남자가 무슨 회사를 다니는지 모릅니다. 그러나 능력이 있는 사람 같았습니다. 그 집에 딸이 3명 있습니다. 큰딸은 작년에 대학을 들어갔고 작은딸은 아마 올해 대학 시험이 있는지 새벽녘에 항상 공부방에 불이 켜졌습니다. 막내는 우리 손자와 같은 나이인데 아주 똑똑하고 당찹니다. 초등학교 5학년인데 태권도, 수영 등을 잘하고 활동적인 학생입니다. 그 집 여자는 애들을 잘 건사합니다. 큰딸과 작은딸을 사립 학교인 계성초등학교에 보냈습니다.

계성초등학교는 졸업하는 데 아마 1억 이상 학비가 들어갔습니다. 우리네 보통 사람들이 그 학교에 보낼 수 없습니다. 그런데 그 집은 딸 둘을 보냈습니다. 처음에 그 집은 209호 여자의 친정어머니 집이었습니다. 어느 날 친정집으로 애들이 계성초등학교에 입학을 해서 이사 왔습니다. 거기서 친정어머니와 함께 몇 년을 살았습니다. 그러다가 어느 날 친정어머니가 강북으로 이사를 갔고 딸네가 그 집에서 살고 있습니다.

10년 전에 우리는 이웃끼리 친하게 살았습니다. 떡을 나누어 먹고 명절이 되면 선물 들어온 과자와 과일 등을 나누어 먹었습니다. 커피도 마시고 이웃 간에 돈독했습니다. 이웃이 이사를 가고 젊은이들이 이사를 오면서 삭막해졌습니다. 온전히 외국에서 낯선 사람들을 대하고 남의 나라에서 살아가는 기분이 듭니다.

저녁에 산책을 하노라면 예전에 살던 사람들이 아니었습니다. 산책하는 사람들은 새로 이사를 온 새 인물들이었습니다. 어쩌다 낯익은 사람들이 보이면 반가웠습니다. 우리 아파트 단지 사람들은 이제 젊으면서 새 주인으로 이사 온 사람들이 대부분이었습니다. 간혹 돈 많은 중국인들이 이사를 많이 왔다는 소문을 들었습니다. 그들은 정부에서 대출을 많이 해 줘서 쉽게 이사를 올 수 있다는 소문도 들렸습니다.

우리 아파트는 헌 아파트인데 가격이 비쌌습니다. 나이 든 사람들은 퇴직을 했기 때문에 여기서 살기가 버겁습니다. 젊은 사람들은 재건축을 하면 돈을 두 배로 벌 수 있다고 빚을 내서 이사 왔습니다. 거기에 검은 그림자 단체가 들어왔습니다. 그 그림자 단체가 우리 아파트를 장악해서 이재명이의 조폭 단체처럼 결탁해서 2000% 돈을 불려서 돈 먹기를 하듯, 이 검은 그림자 단체가 지금 작업을 하고 있는 중입니다.

검은 그림자들은 대거 집을 사서 이사 왔고 오자마자 그들의 그림자는 회장단원을 만들어서 주민 투표를 통해서 검은 그림자 회장을 뽑았습니다. 그리고 주차장이 부족하다고 테니스장을 강제로 폐쇄하고 놀이터를 폐쇄했습니다. 거기에 새 주차장을 만들었고 주변에 부족한 주차장을 늘리기 위해 화단을 없애고 화단 둔덕에 고무판을 박아 주차를 할 수 있게 만들었습니다. 그들은 이것저것 손을 보면서 30년 동안 관리비에서 모아 둔 예비 수리비를 모두 탕진했다고 경비 아저씨들이 주민에게 알려 주었습니다.

몇 개월 후 경비들은 회장단에 의해서 모두 퇴거되었고 새로운 관리 업체에서 경비요원을 새로 채용했습니다. 아마도 이들도 지금 대장동 사건처럼 검은 그림자들이 정치적 배경을 가진 문빠들의 집단이 아닐까 생각했습니다. 그들은 현 정권에 돈 빨대를 꽂고 그들의 세계를 만들고 서민들의 돈을 빨대로 흡입하는 세력들의 잔치를 교묘하게 수작을 부리고 있을 거라는 생각이 들었습니다.

강남의 재건축 아파트 단지는 대부분 검은 그림자 세력이 미리 들어와서 그렇게 작업을 한다고 들었습니다. 주민이 반발을 하고 그림자 단체와 싸우다가 퇴출당했던 친구들이 많았습니다. 퇴출당할 때 평당 가격에 걸맞게 돈을 받고 나왔는데 그것이 오히려 수익성이 줄어들어서 손해를 보는 경우가 많았습니다. 그러니 부당하지만 검은 그림자들의 농간을 받을 수밖에 없었다는 말을 들었습니다. 우리 아파트 단지는 지금 재건축을 향해 검은 그림자들이 진행하고 있었습니다.

*

암으로 죽은 영희가 생각났습니다

영희는 화려함을 좋아했습니다. 나는 영희를 따라다니려면 옷과 신, 내가 가진 것들이 그의 눈에 맞지 않아 불편했습니다. 노랑 점퍼를 입으면, '너 그거 벗어. 색이 촌스럽구나.' 했습니다. 영희는 가죽 바지를 입었고 붉은 가죽점퍼를 입으면 세련미가 철철 넘쳤습니다. 한겨울 눈이 내리면 새하얀 밍크코트를 입었습니다. 그는 얼굴도 예뻐서 스크린에 나오는 영화배우랑 똑같았습니다. 영희가 입는 옷은 정말 멋졌고 아름다웠습니다. 내가 입는 옷은 촌스럽고 시장 할매들이 입고 장사하는 옷 같았습니다.

나는 때깔을 낼 수 있는 옷이 없었고 그렇게 따라 할 수도 없었습니다. 남편이 갖다준 월급은 하루 만에 빚잔치로 끝이 났습니다. 남은 것은 빈 봉투였습니다. 다시 나날을 보내려면 이웃집 성현이네에게 일주일에 1만 원을 꾸어야 했습니다. 성현이네는 옛날, 우리 옆집에 살았습니다. 그 집은 아빠가 대한항공에 다녔습니다. 월급이 우리의 2배는 되었습니다. 아이들도 우리보다 어려서 갓난아기가 태어난 지 얼마 되지 않았습니다.

돈이 없으면 성현이 아빠가 출근한 후 그 집으로 달려가서 1만 원을 꾸었습니다. 그 돈으로 애들의 학용품 값을 주어 학교에 보냈습니다. 그사이 성현이 엄마는 나와 이바구를 했습니다.

- 성현이가요, 아기가 우는 것이 시끄럽다고 수건으로 입을 틀어막았다니까요.
- 큰일 날 뻔했네요. 아기와 성현이를 잘 봐야겠어요.

그렇게 이런저런 이야기를 하고 나는 성현이 엄마 옷 중에서 괜찮은 것을 빌려 입고 영희를 만났습니다.

나에게는 그 옷이 잘 맞지 않았지만 영희가 밥을 사 준다고 해서 음식점에서 만났습니다. 음식점도 화려해서 서비스하는 사람들이 한복을 입고 안내를 했습니다. 나는 온몸이 불편했습니다. 내가 올 곳이 아니라는 생각이 들었습니다. 계속 한복 입은 언니들이 서빙을 하며 왠지 부적절한 내 옷만 쳐다보는 것 같았습니다. 맛있는 음식이 내 몸으로 들어가면서 목구멍에서 걸렸습니다. 영희의 비싼 음식은 내 취향이 아니었습니다. 그냥 길거리 음식이 나에게 걸맞다 생각했습니다.

*

주희네 골방

주희네 골방은 나의 아지트였습니다. 주희 집은 큰데 셋집이 많아 주희 방이 없었습니다. 주희 큰 오빠는 동쪽 담벼락을 방벽으로 삼아 지붕을 올렸습니다. 그리고 남쪽, 서쪽, 북쪽에 벽돌을 세워 방을 만들었습니다. 딱 2명만 누울 수 있는 방을. 서쪽 벽에 문을 달고 출입구를 만들었습니다. 입구가 좁아서 허리를 반으로 접고 문틀이 높아 발을 올리고 기듯이 방으로 들어갔습니다. 방바닥은 네루식 연탄 아궁이로 방바닥이 아주 뜨겁고 따뜻했습니다. 웃풍이 세서 허연 연기가 입에서 나오지만 이불 속에 발을 넣고 있으면 아주 행복했습니다.

나는 그의 이웃에 살았습니다. 우리 어머니는 돈을 아주 귀히 여겼고 돈을 아꼈습니다. 절대로 나에게 옷을 사 주지 않았습니다. 오래된 골덴 바지는 무릎 허벅지 등을 큰 손바닥만 한 헝겊으로 닥지닥지 붙여 기워 입혔습니다. 새로 산 기와집은 부자처럼 보였습니다. 주희에게 우리 집은 부자였습니다. 주희 집은 낡은 양철집으로 가난한 사람들이 수십 명 옹기종기 쪽방을 하나씩 차지하고 살았습니다.

주희는 안채집 딸이었습니다. 주희야 내가 부르면 '들어와' 했습니다. 노 할아버지와 노 할머니가 주희의 부모였고, 젊은 오빠와 새언니가 안방에서 바느질 일로 바빴습니다. 그 후 주희의 작은 방이 생겨 나는 담장의 작은 골방 아지트로 가면, 주희를 만났습니다. 주희 여동생은 방송국에서 합창단 어린이로 활동을 했습니다.

어느 날 주희에게는 더 어린 동생이 있었다는 사실을 알게 됐습니다.

- 얘는 누구야?

- 응, 내 조카야. 큰오빠네 아기. 그런데 오빠가 이혼했는데 우리가 키워. 오
  빠는 재혼했고.
- 그렇구나.

어느 날 내가 물었다.

- 조카 어디 갔어?
- 할머니 따라가서 아이스크림 장사 해.
- 그렇구나.

주희네 집에 가면 학생 잡지가 있었습니다. 나는 그 학생 잡지를
보고 싶어 그 골방 아지트를 날마다 찾아갔습니다. 우리는 별별
재미난 이야기를 많이 했지만 주요 이야기는 주희에게 온 남학생
(펜팔을 하는) 친구의 편지를 읽고, 서로의 감상을 이야기하는 것이
었습니다.

남학생은 스케이트를 탔고 자기가 하는 행동과 생각 등을 날마
다 기록해서 10장씩 장문의 편지를 주희에게 보냈습니다. 그 편지
를 읽는 맛은 꿀맛이었습니다. 그 당시 우리는 같은 고등학교를 다
녔습니다. 아침에 주희야 학교에 가자 하면, 그는 그때 일어나서 서
둘렀습니다. 주희는 밤새 채점을 하여 회사로 보냈습니다. 주희는
고등학교 학비를 벌어야 했습니다. 주희는 생활력이 강했습니다.

나이 든 부모님이 리어카에 아이스크림을 팔아 학비를 대는 것은 어려웠습니다.

주희는 나보다 부자였습니다. 자기가 하고 싶은 것은 마음대로 샀습니다. 옷도 사고, 학원 잡지도 샀습니다. 나는 어머니가 옷을 사 줄 때까지 기다려야 했습니다. 주희는 나를 이해할 수 없었습니다. 부잣집에서 왜 옷을 안 사 줘서 거지처럼 누더기를 입고 다녀야 하는지를. 나는 그런 거에 관심이 없었습니다. 나는 어머니가 주는 대로 입고, 먹고 잤습니다. 어머니는 내가 주희네 집에 가는 것을 싫어했습니다. 나는 살금살금 몰래 가서 남학생 펜팔을 읽었습니다.

어느 겨울 방학 주희는 나에게 서울에 사는 작은 언니네 집에 놀러 가자고 제안했습니다. 나는 서울 구경이 좋아서 어머니에게 친구와 함께 언니네 집으로 서울 구경을 가겠다고 졸랐습니다. 간신히 허락을 맡고 가기로 했습니다. 우리는 서울까지 완행열차를 타고 가기로 했습니다. 그것이 가장 저렴한 기차표 값이었습니다. 우리는 새벽녘에 둘이 좋아하면서 완행열차를 탔습니다. 다행히 나는 아버지가 기관사라 가족 프리 패스를 받았습니다.

아마도 어머니가 허락한 것도 공짜 패스였기 때문일 것이었습니다. 완행차 창가에 자리를 잡았습니다. 사람이 미어터졌습니다. 난간에도 꽉꽉, 통로도 꽉꽉. 사람마다 짐보따리도 한 아름씩 모퉁이를 몸으로 쥐고, 머리에 이고 했습니다. 그래서 캄보디아 여행 갔을 때 나는 내가 컸던 60년, 70년대 시대가 생각났고 지금의 시대를 맞이한 것이 고마웠습니다. 다시 돌아가서 서울에 도착을 했고 다시 버스를 타고 왔다 갔다 하고 저녁의 어둑해질 무렵 주희 언니네 집에 도착했습니다.

주희네 집은 남녀 청춘들이 혼숙하는 집이 많았고 이상한 곳에 화려한 화장을 하고 다니는 사람도 더러 있었습니다. 어머니는 절대로 그 집을 놀러 가지 못하게 혼을 냈습니다. 서서히 뜸해지면서 나는 주희네 집 방문을 할 수 없었습니다. 그리고 우리는 그 동네를 떠나서 이사를 갔습니다. 먼 훗날 주희는 아르바이트를 해서 육군통합학교에서 간호사를 했습니다. 결혼을 해서 아들을 하나 낳고 그러고는 소식이 끊어졌습니다.

*

라마 크리슈나가 남긴

(지은이: 석지현; 2005.3.1., 하남출판사)

머리가 시끄러우면 아무 책이나 펼쳐 들고 글을 읽었습니다.

거기에는 이렇게 쓰여 있었습니다. 어느 종교의 가르침이건 그것이 모두 진리이기는 하나 그러나 종교의 가르침은 결코 신, 그 자체는 아니다. 그러나 열심히 신앙하면서 하나의 가르침을 부지런히 따라가면 마침내는 신에게 이르게 된다.

신앙이란, 그분을 향하여 몸으로 예배하고 마음으로 명상하고, 입으로 그분의 이름을 부르는 것이다. 진리는 하나지만 그러나 동시에 다수입니다. 우리는 각기 다른 입장에서 동일한 진리를 각기 다른 모습으로 보는 것입니다.

나는 위의 구절을 읽고 마음의 갈피를 잡았습니다. 기독교, 천주교, 불교, 이슬람교 등 모든 진리가 하나라고 생각했습니다. 그동안 나는 종교의 다양성을 인정하지 못했습니다. 종교인들은 자기네가 믿는 종교만이 최고로 뽑았고 타 종교를 이단으로 생각하며 자기들이 믿는 것만이 진실이라 말했습니다. 그런데 벵갈의 이름 없는 한 가난한 농부의 아들로 태어난 라마크리슈나를 타골, 간디, 네루 등이 입을 모아 라마크리슈나를 찬양했습니다.

힌두교든 회교든 기독교든 불교든 하여튼 최선을 다하는 것만이 가장 중요하다 했습니다. 신은 우리의 영혼 속에 있는 인도자이므로 설령 그것이 잘못된 길이라 해도 관계가 없다 했습니다. 열심히 최선을 다하다 보면 그대 자신이 생각했던 것보다 좋은 길로 그대를 이끌어 줄 것이라 했습니다.

신은 무한하다. 그리고 진리도 무한하다고 했습니다. 우리는 간절한 마음으로 최선을 다해 신을 찾으면 신은 좋은 길, 보다 높은 길로 그대를 이끌 것이라 했습니다.

*

가을 햇살이 아름답습니다

허리가 뻐근하며 통증이 오는 것이 나이 탓인지 가을 날씨의 서늘함 탓인지는 알 수 없었습니다. 통증약을 먹고 뜨거운 팩을 하고, 몸을 달래고 무슨 심부름 때문에 남자 차를 타게 되었습니다. 빠르게 달리는 가로수에서, 가을 햇살이 비치는 붉은 가을 옷을 입은 단풍나무 잎이 햇빛을 받아 화려하게 빛났습니다.

이 가을에 허리 통증을 이기고 움직일 수 있음에 나는 감사를 했습니다. 감사한 마음에 나를 위한 나만의 잔치가 없을까 생각했습니다. 젊은 시절 우유와 쌀을 살 수 없었던 생각이 났고 이제 언젠가 몸을 쓸 수 없을 때를 생각하니 나만의 잔치가 생각났습니다. 그것은 주변 사람들과 맛있는 것을 사 먹고 추억을 만들어 내는 일이 아닐까 생각했습니다.

나이 든 사람들은 돈이 많아도 그 돈을 쓰지를 못했습니다. 충분히 쓰다 갈 수 있어도 내일을 위해, 장차를 위해 지금 당장 돈을 아끼고만 살았습니다. 남자 친구는 사업하는 사장이 있었습니다. 재산이 140억 정도 되는 부자였습니다. 남자는 그 친구에게 이제 좀 쉬면서 일을 하라 했습니다. 그랬더니 그 친구는 조금만 더 벌고 쉴 것이라 했습니다. 그러다가 그 친구는 어느 날 쉬지도 못하고 심장마비로 죽어 버렸습니다.

나는 그래서 마음을 다잡고 멋지게 놀기로 했습니다. 처음에 내가 한 달에 나만 위해 100만 원을 쓰고 간다고 생각했습니다. 1년에 1,200만 원, 10년에 1억 2,000만원, 20년에 2억 4,000만 원을 쓴다면 백만장자처럼 쓰고 갈 것이라 생각했습니다. 내가 사는 기둥 뿌리라도 빼서 살아갈 수 있다고 생각했습니다. 그러나 마음과 돈 쓰기는 달랐습니다.

그 후 또 세월은 흐지부지 흘렀습니다. 다시 나는 허리병이 도지고 새 마음이 생겼습니다. 남자에게 1,000만 원을 요구했고 그것으로 우선 나만의 즐거움을 찾기로 했습니다. 그것으로 오로지 주변 사람들과 맛있는 것을 사 먹고 쓰는 일에 치중하기로 했습니다. 그러니까 갑자기 나는 100만 장자가 되는 것 같은 생각이 들었습니다.

오늘 점심에 먼저 추어탕을 시켜 먹었습니다. 그다음 친구들에게 커피와 빵을 사줄 것이고 그다음에는 운동하는 친구들에게 맥주 파티를 해 줄 거라 생각했습니다. 갑자기 허리 통증이 사라지고 온몸에 기운이 샘솟았습니다. 친구들이 기뻐할 생각을 하니 나는 더 기뻐졌습니다. 아마도 더 좋은 기운이 나에게 돌아와 좋은 행운이 찾아올 것 같았습니다.

*

나이 든 처녀

내가 오늘 화가 났어. 내 집 앞에 배달되는 물품이 사라졌거든. 그 물품이 비싸고 화려한 게 아니거든. 며칠 전부터 컴퓨터로 주문한 물건들이 사라지는 거야. 그런데 오늘은 내 속옷을 싼 걸로 주문했는데 그것이 사라졌거든. 앞집? 옆집? 그 옆집? 누군가 짐작이 갈랑 말랑 하거든. 어떤 치사한 놈이 가져가는 게 느껴지거든. 증거가 없고 시간이 안 맞아서 확인을 못 하거든. 나는 유튜브에 나오는 용한 사람에게 부적을 샀거든. 그것을 내 현관문에 빨강 부적으로 도배를 했거든. 그 후 주문한 물건이 사라지지 않는 거야. 오히려 훔쳐 간 물건을 살짝 도로 갖다 놓았거든.

내가 사는 곳이 작은 오피스텔이거든. 복도가 길거든. 온갖 잡놈들이 다 사는 거야. 밤늦게 까지 술 먹는 놈, 여자와 싸워 난리 나는 놈, 결국 경찰이 와서 해결했거든. 그래도 좋다. 그런데 아랫층에 사는 어떤 놈이 밤 3시까지 시끄러운 음악을 틀어 놓고 개지랄을 떨며 난리를 치는 거야. 오피스텔 전체가 잠을 잘 수가 없는 거야. 그런데 아무도 군소리를 못 하고 조용히 가만히 있는 거야. 관리 사무실에서도 그놈에게 찍소리도 하지 못하는 거야.

물론 같은 층에 사는 옆, 옆, 옆집은 10시경 친구들끼리 모여서 저녁마다 술판을 벌여요. 그리고 화음을 맞춰 가며 노래를 합창하거든. 시끄럽기는 하지. 그래도 12시가 되면 술판을 접고 각자 헤어지거든. 그 앞집은 노인들이 모여 화투를 치고 돈 따먹기 하다가 노인끼리 다투거든. 이런저런 일이 많지만 12시경이 되면 끝이 나요. 그런데 아랫집 미친놈은 3시가 넘어도 발광을 멈추지 않거든. 나는 참다 참다 더 이상 못 참겠거든. 그래서 네놈이 죽든지 내가 죽든지 해야겠던 거야.

나는 주머니에 칼을 넣고, 또 망치를 다른 주머니에 넣고 새벽 3시에 개지랄을 떠는 집 문 앞으로 내려간 거야. 나는 그냥 죽을 수밖에 없을지도 모르겠다는 굳은 마음으로 그놈 집으로 갔던 거야. 문을 두드렸지. 여보세요, 여보세요. 조용해진 거야. 다시 문을 두드리며 여보세요, 여보세요. 한참 후 문이 열렸어. 머리가 허연 늙은 사람이 모자를 쓰고 마스크를 쓰고 나름 갖추고 나온 거야. 있잖아요? 이렇게 시끄러우면 안 되잖아요? 잠을 잘 수가 없잖아요?

아? 그래요? 전혀 몰랐네요. 알겠습니다. 그리고 그때부터 조용해졌거든. 근데 그놈이 내 집 주위를 살금살금 관찰하고 가는 거야. 대문에 붙여 놓은 부적을 봤는지 하여간 그때부터 조용해졌거든. 관리실에서도 그놈에게 손을 못 썼던 거거든.

그렇게 저 잘났다고 혼자 살더니 너도 말뚝이구나. 그래, 너 인생 공부 열심히 하고 잘살고 있으니 다행이야. 어미 말이면 쌍수를 들고 어미를 혼내며 발악을 하더니. 그곳에서 그렇게 죽도록 너를 괴롭히는 존재가 있다니 말이다. 인생이란 그런 거다. 결혼을 하면 시어머니, 시댁, 시집, 이딴 거가 싫다며, 싱글이 체질에 맞는다나? 그래 잘 맞아서 좋겠구나. 범을 피하면 더 큰 범을 만나는 거야. 어디고 네가 겪어야 할 것은 겪어야 하거든.

가을 11월 첫날 고향을 찾았다

아침부터 서둘러서 강남 고속 터미널로 갔습니다. 새롭게 변장한 터미널이 낯설었습니다. 요즘 세상이 빠르게 변한다는 것은 알겠는데 자주 다녔던 곳이 하루아침에 사라지고 새로운 모습을 보이는 것은 노인에게 당황스럽습니다. 신세계 백화점 쪽에 줄 서서 티켓팅을 하던 장소가 사라졌습니다. 어디를 보아도 찾을 수가 없었습니다. 이게 웬일이냐? 어디에서 차표를 사야 하는 거야? 아, 저기구나. 서쪽 승차하는 곳에 간이 매표소처럼 간소하게 설치되었습니다.

노인은 빠른 차를 타려고 빠르게 달려갔습니다. 표를 파는 창구는 서너 개가 있고 모두가 기계들만 서 있었습니다. 거기서 8시 20분 차표를 끊었습니다. 여유롭게 버스에 승차했습니다. 갑자기 물이 먹고 싶고 소변도 보고 싶었습니다. 시간은 14분이니 6분이 남았습니다. 벌떡 일어나 매점과 화장실로 달렸습니다. 물을 사서 망설였습니다. 물을 먹고 또 소변이 보고 싶을까 걱정스러웠습니다. 한 모금만 마시자. 그리고 화장실로 뛰었다가 버스 자리로 도착했습니다. 한숨을 쉬었습니다.

조용히 책을 보며 2시간을 보냈습니다. T시에 도착했습니다. 약속 시간이 11시였는데 전철을 타면 늦을 것 같았습니다. 택시를 타고 사무실로 들어갔습니다. 어머니 집에 세 사는 캐내디언이 캐나다로 되돌아갈 모양입니다. 서류를 작성하며 말했습니다. 그는 캐나다에 이민 가서 100만 불을 사기당했다고. 이민족은 우선 언어가 되지 않아 당할 수밖에 없다고. 그는 거기서 목사와 변호사가 짜고 자기 돈을 사기당한 것을 설명했습니다.

아직도 젊은 한국인들이 사기를 당하고 싶어서 재산을 몽땅 가지고 캐나다나 미국으로 이민을 가고 있다고, 안타깝다고 했습니다. 거기서 사기당하는 것은 언어 때문이라 했습니다. 거기서 나고 자라는 사람들을 언어로 따라잡을 수 없다고 설명했습니다. 노인은 고개를 끄덕끄덕거리며 그의 말에 찬성을 했습니다. 사무실에서 우리는 악수를 하고 헤어졌습니다.

노인은 서울 가기 전에 추억이 있는 냉면을 먹고 싶었습니다. 택시를 탔을 때 옛날이 생각났습니다. 50년 전, 시골로 막, 초임 교사로 부임을 했을 때였습니다. 운동회를 마치고 직원들 회식을 했습니다. 그때 시골 촌집에서 숯골 냉면을 회식으로 먹었습니다. 노할머니가 검은 회색빛 냉면에 동치미 국물과 동치미 무를 얹어 한 그릇씩 나무 식탁에 놓았습니다. 직원들과 그 숯골 냉면을 함께 먹었는데 담백하고 시원하고 깔끔한 맛이 최고였습니다. 그 후 나는 그 맛을 잊을 수가 없었습니다.

고향에 오면 친구들이 온갖 산해진미를 비싸게 사 주어도 노인에게는 숯골 냉면이 최고의 맛이었습니다. 남자는 노인에게 청와대 냉면, 을밀대 냉면, 평양냉면 함흥냉면 등을 사 주지만 노인에게 그래도 숯골 냉면이 최고였습니다. 맛의 추억은 중요했습니다. 추억과 기쁨과 어떤 보람을 주는 일이라 생각했습니다. 옛날 어느 부잣집 회장님이 한여름에 죽어 가면서 마지막으로 팥이 듬뿍 든 붕어빵을 먹고 싶어 운전기사에게 시켰습니다. 그러나 한여름에 붕어빵을 살 수가 없어서 먹지를 못했답니다. 인간의 본능은 역시 마지막까지 추억이 깃든 맛있는 것을 먹고 싶어 하는 것 같았습니다.

오늘 노인은 맛있는 냉면을 혼자 스스로, 맛있게 즐기고 서울로 돌아왔습니다.

*

포천 국립 수목원 탐방

단풍나무 잎이 말라서 나무에서 붙어 있음은 그것이 내년에 피어날 잎이 시원찮아서 보호하려고 붙었습니다. 그러나 단풍잎이 쉽게 떨어지는 것은 그 잎 아래 붙은 씨눈이 씩씩해서 스스로 독립할 수 있기 때문입니다. 일찍이 단풍잎이 옷을 입었을 때가 지나 그다음 시기의 단풍잎으로 아름다움을 선사하는 레벨로, 금메달을 수여할 수 있는 나무는 복자기 나무입니다. 노란색, 붉은색 녹색이 아우러져 황금빛을 나타내기 때문입니다. 저기 나무는 졸참나무, 여기에 뚫린 집은 딱따구리 새집입니다. 그놈은 3개의 집을 지어서 여기저기 돌아다니며 적에게 알을 낳는 곳을 알지 못하게 합니다.

딱따구리가 새끼를 낳아 길러서 둥지를 떠나면 동고비가 그 집을 수리해서 삽니다. 이 나무는 낙우송입니다. 낙우송은 뿌리가 길게 뻗어서 이렇게 혹처럼 올라왔습니다. 이것은 대왕 참나무입니다. 여기 사진을 보십시오. 손기정 선수입니다. 일제 강점기 때 마라톤으로 1등을 했습니다. 그러나 일장기를 가슴에 달아서 슬펐습니다. 손기정은 상으로 탄 대왕참나무. 그 화분으로 일장기를 가리고 상을 탔습니다. 그리고 상을 탄 대왕참나무 화분을 만리동 양정고등학교에 심었습니다. 지금도 아주 잘 자라고 있습니다. 다만 양정고등학교는 목동으로 이사를 갔지만요.

이것은 독일 가문비나무입니다. 잎이 아래로 축 늘어졌습니다. 독일에 눈이 많이 오는데, 눈이 가문비나무에 쌓이지 않도록 나뭇잎이 아래로 처져 있는 것입니다. 이것은 삼나무입니다. 일본에서 자라는 나무이고 일본에서 주로 배를 만듭니다. 이 나무는 금강송입니다. 한국에서 제일 좋은 소나무입니다. 임진왜란 때 한국은 소나무로 배를 만들어서 전쟁을 했습니다. 삼나무는 무릅니다. 한국과 일본이 배를 가지고 싸웠기 때문에 한국 배가 승리했고 이순신 장군이 한국을 구했습니다.

그러나 일제 강점기 때 일본은 악을 먹고 한국에 와서 모든 소나무를 벌목해 가 버렸습니다. 거기에 압록강에 가서 주변 산의 소나무를 벌목해서 뗏목을 만들어 압록강을 통해 일본으로 운반해 갔습니다. 한국인들은 그것이 싫어 농땡이를 부렸습니다. 일본 놈들은 시골 장남이고 부모가 아파서 병원 치료비가 필요한 사람, 빚이 많은 농갓집 등에서 사람을 뽑아 뗏목을 만들면 노임으로 3~4배를 주었습니다. 거기서 3년 동안 일을 하면 떼돈을 벌었습니다. 뗏목으로 효자는 되었지만 국가적으로 자랑스럽지 못했습니다.

낙엽을 밟으며 샛길로 이동했습니다. 벽화에 사진이 걸렸습니다. 거기에 걸린 인물들은 한국의 산에 나무와 꽃을 심어 빛낸 사람들이었습니다. 박정희 대통령, 육종학자인 현신규, 외국인 민병갈…. 나는 거기에 있던 사람들이 존경스러웠습니다. 나는 다시 수목원에 심은 역대 대통령들의 나무들을 구경하였습니다. 마지막으로 해설사는 말했습니다. 여러분들도 나무를 사랑하고 나무를 심으십시오. 중손자들을 위해서요. 나는 갑자기 좋은 수종을 심고 싶었습니다.

*

마음이 기우는 곳

오늘 5~7시 운동합니까? 여자는 시골에 갔다가 운동복만 챙겨서 코트장으로 가려구요, K는 운동 가능해요. 오늘 여자의 남편 컨디션이 괜찮아졌습니다. 맥주를 사겠습니다. 못 오시는 분은 할 수 없습니다. A 갑니다. B도 갑니다. C 갑니다. M 갑니다. N이 우리 딸 청첩장입니다. 인원 제한도 풀리고 식사도 할 수 있어서 정말 다행이네요. 여러 가지로 하나님께서 축복해 주시네요. 거듭 축하합니다. N씨 시간 있으면 맥줏집으로 오세요. 가고 싶었는데 결혼식까지 조신하게 있어야 할 것 같아서요, 운동 후 회원은 거의 대부분 참가했습니다. 코로나로 회원들은 만나지 못했다가 만나서 이바구를 하니 사는 맛이 있었습니다. 누구들은 5잔씩, 누구는 한잔, 또 누구는 2잔, K는 술을 무척 좋아하는데, 안 먹겠다고. 어? 웬일? 그럼 뭐 하러 이곳에 왔어? 오면 안 되는 거야?

K에 대해 회원들은 할 말이 많았습니다. 나이는 제일 젊었습니다. 이제 막 간호사로 퇴직했습니다. 처음 퇴직날 술을 사 달라고 회장에게 졸랐습니다. 회장은 퇴직한 사람이 사는 거라 했습니다. 평생 언니들에게 빌붙어서 술 먹었으면 살 때도 있다고요. 그러나 K는 입이 불퉁 나왔습니다. 언니들이 술을 사 주지 않는다고. 그날, 남편의 알레르기로 술을 못 먹으니 여자는 다음에 사겠다고 했던 것입니다.

여자는 약속 이행을 위해, 빨리 맥주를 사 주고 싶었습니다. 그런데 K가 술을 안 먹겠다니…. 퇴직하고 처음 운동장에 왔을 때도 나는 커피를 샀습니다. 그날도 K는 안 먹겠다며 거절했습니다. 여자는 K를 이해할 수 없었습니다. 갑자기 오래전 K에 대한 나쁜 기억이 일어났습니다. K는 묘했습니다. 맥줏집에서 맥주를 먹을 때, 그때는 젊었으니 500cc 10개를 먹을 때였습니다. 먹다 말고 K는 나갔습니다. 회원들은 안주와 술로 배를 채워 회식이 끝날 때쯤 K는 다시 돌아와서 또 두부김치를 시켰고 밥 볶음을 시켰습니다.

술값은 여자가 낼 것인데, K가 사는 것처럼 행동을 했고, 다시 주문한 것들을 먹지도 않았습니다. 다른 회원에게 안주를 억지로 안기며 먹으라 했습니다. 그러나 이미 배가 불러서 먹지를 못했습니다. K는 맥주만 추가로 시켜 먹고 안주는 몽땅 남겨야 했습니다. 그러면 몇만 원의 추가 비용이 허투루 소비되었습니다. 매번 K는 그런 행동을 했고 Y 회장이 뭐라 하면 삐쳤습니다. 여자는 K의 행동이 미웠고 그런 행동은 여자의 마음속에 누적되었습니다. 여자는 K만 보면 트라우마가 생겼습니다. 결국 이번에도 또 이상한 행동으로 트라우마를 만들었습니다. 이제 여자는 부당한 짓을 하는 K를 만나고 싶지 않았습니다.

그런 류의 사람들과 거리를 두어 멀리하고, 행복한 사람들끼리 만나서, 맛있는 것을 먹고 살아야겠다고 생각했습니다.

*

망각의 두려움

나는 차츰 잊어버려서 낭패가 생기는 일이 많았습니다. 오늘 이른 아침에 수영을 가려고 옷을 입었습니다. 바지, 양말, 웃옷 조끼, 털 잠바, 마스크, 목도리, 모자, 핸드폰, 차 키, 어? 지갑은? 내가 항상 놓아 두는 곳에 작은 지갑이 없었습니다. 어디 갔지? 여기에 있어야 하는데? 서랍에도, 책장에도, 부엌에도, 작은방, 큰방, 거실, 큰 가방에도 작은 지갑은 없었습니다. 그곳에는 수영장 카드, 운전

면허증, 주민 등록증, 버스 카드, 신용 카드…. 지갑이 왜 없어졌지? 알 수가 없네?

세수를 하는 남자는 물었다. 뭐가 없어졌어? 지갑이 없어요. 요기에 두었는데. 30분 동안 찾아도 없네요. 그냥 수영장을 갔다 옵시다. 그건 안 되지. 카드를 먼저 찾아야지. 갑자기 신경을 썼더니 나는 허리가 아파지면서 서 있기가 힘들었습니다. 안방에서 거실로 나오면서 벽에 붙은 창고를 보며 혹 여기에? 하면서 벽장을 열고 테니스 가방을 열었습니다. 거기에 작은 지갑이 있었습니다.

여기다 놓았네. 어제 비가 와서 테니스를 치러 가려다가 가지 않고 테니스 가방을 창고에 넣어 두었던 것을 발견했습니다. 그리고 남자와 나는 다시 옷과 수영복을 챙겨 수영장으로 갔습니다. 요즘 나는 날마다 망각으로 일어나는 일이 생겨 두려워졌습니다. 며칠 전에는 수영장에 오리발을 가져가는 날인데 날짜를 잊어 먹어서 오리발을 가져가지 않았습니다. 결국 수영장 내에 있는 오리발을 빌려서 수영을 했습니다.

며칠 후 또다시 사건이 터졌습니다. 분명히 남자 수영복, 안경, 수영모, 수건 등을 챙겨 남자 가방에 넣었고, 내 가방에도 수영모, 수영복, 안경, 수건을 챙겨 넣었습니다. 그런데 수영장에 가서 수영복을 입을 때, 내 가방 속에 남자 수영모가 있었습니다. 다시 나는 옷장에 가서 핸드폰으로 전화를 걸었지만 이미 샤워하는 남자는 받을 수 없었습니다. 고민하고 있을 때 후배가 들어오고 그 후배가 남편을 시켜 남자에게 수영모를 갖다주어 수영을 할 수 있었습니다.

이제 나는 나를 믿을 수 없었습니다. 자꾸만 사건이 터졌습니다. 오늘 갑자기 허리통이 생겼습니다. 굽히고 펴는 것을 할 수 없었습니다. 뜨거운 물을 한 컵 마시고 진통제를 챙겨 수영장으로 갔던 것이었습니다. 모든 것이 잘 해결된 것이 감사했습니다. 아픈 허리와 상관없이 나는 물속에서 수영을 쉽게 할 수 있었습니다.

그래, 이제 나이를 먹으면 몸과 마음, 망각 등도 함께해야 할 것인데 망각이 두렵습니다.

*

스타벅스 커피

오늘은 즐거운 토요일이었습니다. 새벽 수영장의 주차장도 황량

했습니다. 수영장 내에서도 사람이 없어서 널널했습니다. 코치 선생님은 회원들에게 자유형, 배영, 평형, 접영을 4바퀴씩 돌라고 지시했습니다. 회원들은 부지런히 돌고 돌았습니다. 나는 느리게 느리게 돌았습니다. 나이가 내 딸만큼의 차이가 나니 어쩔 수 없었습니다. 내 속도에 맞춰 끝번째로 수영을 했습니다. 첫 번째 회원이 내 뒤를 따라붙지 않게, 중간에서 방향을 돌렸습니다. 그리고 내 앞 회원 뒤로 바짝 붙어서 방해하지 않도록 노력했습니다.

나는 정신없이 돌고 돌았습니다. 타임이 끝나려는지 코치 선생님이 마지막 체조 운동을 시작하였습니다. 회원들 모두가 선생님의 몸풀기 운동으로 몸을 정리해 주었습니다. 마지막 물안경을 쓰고 몸을 물속에 담갔다가 몸을 물 밖으로 치솟으며 박수를 쳐서 물을 뿌려 주는 운동으로 끝을 내고 인사를 했습니다.

나는 부지런히 샤워장으로 가서 샤워를 했습니다. 번호표로 카드를 받고 밖으로 나왔습니다. 하늘은 청명하고 토요일날은 즐거웠습니다. 나는 이런 날 집에 가는 것이 아까웠습니다. 이런 날은 즐거운 파티가 좋겠습니다. 나는 수영장 회원인 신씨에게 문자 보냈습니다. 신아, 오늘 시간 있어요? 모닝커피 어때요? 네, 좋아요. 우리는 부부가 만나서 이동하기로 했습니다. 신씨는 말했다. 이곳에 커피점이 없어요. 저희 차로 가요. 그래요. 우리는 신씨 차로 이동했습니다.

어? 이차 새 차네요? 네. 전기차네요? 네, 주문했는데 내년에 나올 줄 알았는데 미리 나왔어요. 얼마예요? 5,000만 원이에요. 정부에서 1,000만 원 보조금이 나와요. 차가 좋네요. 차종은IONIQ5예요. 차는 넓고 쾌적했다. 우리는 방배동 카페 골목으로 갔다. 아침 8시부터 커피를 파는 집은 드물었다. 신씨는 여기저기 골목을 지나 스타벅스로 들어갔다. 사람들은 아침부터 테이블마다 차를 마시고 있었다.

야, 여기는 별세상 같았다. 신씨야, 우리 샌드위치와 커피를 마시면 좋겠네요. 네, 그러세요. 돈은 내가 낼게. 아니에요. 제가 낼게요. 내가 더 부자잖아. 그리고 내는 카드가 있어. 네? 그래요? 그럼, 그러세요. 샌드위치와 커피를 주문했습니다. 이미 남편은 좋은 자리를 확보했고 신씨 남편은 차를 파킹하고 돌아왔습니다. 우리 오랜만이에요. 그동안 코로나로 인해 만나지를 못했으니. 거기에 회원들이 재건축으로 모두가 이사를 가 버렸으니 우리만 남았네요.

근데 여기 참 좋네요. 미국 시카고 스타벅스 매장 같네요. 미국 가서 스타벅스 매장에서 커피와 샌드위치 먹는 것 같아요. 그동안 해외여행도 못 했는데 진짜 미국 온 기분이에요. 커피 향도 좋고요. 이 샌드위치 신선한 채소가 듬뿍 들어서 맛도 좋네요. 맞아요. 맛있어요. 골프 실력이 좋아졌겠네요. 어렵더라구요. 골프가 어려워요. 되다가 또 안 되다가 하지요. 그래서 어려워요. 그냥 우리는 놀이 삼아 해요. 테니스도 치지요? 그냥 일주일에 2번 쳐요. 멤버가 없으니까 빠지면 안 되니까요. 그 나이에 대단하세요. 그냥 하는 거예요.

K 씨는 아직 직장을 다니나 봐요. 네, 그 언니랑 저번에 아침 콩나물국으로 해장했어요. 네. 그 언니 은행 퇴직하고 친구 부동산 사무실에 다니는 것 같아요. 신씨도 아직 아이들 가르쳐요? 네, 아르바이트 계속해야지요. 우리 친구들은 교수를 퇴직하고 덤으로 다니는 친구들도 있어요. 그런데 나는 그들이 한 달에 300만 원씩 저축을 더 할 수 있겠다고 한다면 1년에 3,000만 원 정도 저축을 하겠죠. 만약 10년을 더 다니면 저축금이 3억 정도 늘어나겠지요. 그리고 또 욕심을 내서 10년 더 저축을 하여, 20년을 저축하면 6억 ~7억이 축적되겠지요. 그리고 세월에 의해서 죽음을 맞으면 슬플 것 같아요. 나는 그냥 나만의 돈을 쓰다가 죽고 싶어요.

그래서 나는 한 달에 100만 원을 나만을 위해 쓰겠다는 생각을 했어요. 그럼 1년에 1,200만 원 10년에 1억 2,000만 원, 20년에 2억 4,000만 원을 오로지 나만을 위해서 쓰겠다고 생각했지요. 그런데 그게 안 되는 거예요. 그래서 다시 남편에게 1,000만 원을 따로 통장으로 쓰자 했어요. 그 돈으로 테니스장과 수영장에서 마시고 먹고 즐기는 돈으로 쓰자고 했어요. 그리고 2,000만 원을 따로 통장을 만들어서 우리 형제들과 골프 치는 것으로 쓰자고 했어요. 어차피 형제들 만나면, 제부나 남동생들에게 필드값을 지불하라는 것도 힘들고, 내가 제일 크니까 내가 내는 것이 편해서요.

그래서 아까 커피값 내는 카드가 있다고 한 거예요. 이제 나이가 나이인 만큼 커피값, 술값 내는 거 눈치 보며 움직이는 게 나는 싫더라구요. 우리가 내는 것이 편하니까요. 우리가 몸이 불편하지 않고 받아들일 수 있고 먹고 싶으면 맥주 파티를 하는 거지요. 한 번은 내 친구가 내 얘기를 듣고 자기에게 맥주를 사 달라는 거예요. 그 친구가 평소에 많이 베풀고 했던 친구면 나는 그래, 했을 거예요. 그런데 평생 그럴 일이 없고 입 만들고 다니는 친구거든요. 그래서 나는 '아니, 내가 좋아서, 내가 필요해서, 하고 싶을 때만 하는 거'라고 했어요. 남이 좋아서는 아니라고 했지요. 조금 미안하기는 하지만. 그렇게까지 할 필요는 없는 건데….

우리는 이것저것 이바구를 하며, 즐겁게 맛있게 먹고 헤어졌습니다. 역시 젊은 세대와 이야기를 소통하는 것은 우리의 삶을 풍요롭게 했습니다. 또한 아침에, 스타벅스 커피와 샌드위치를 먹는 것은 해외 도시에서 여행자가 되는 일이었습니다.

*

부모, 자식, 마음

날마다 시아버지는 며느리에게 전화한다. 며느리에게 무슨 말을 한다. 어느 날 아들에게 묻는다. 내가 며느리에게 전화하는 게 싫은 거냐? 아들은 즉시 며느리에게 전화한다. 아버지가 당신에게 날마다 전화하는 것이 싫은가를 묻는데? '아니, 절대 아니야.'라고 말한다. 시어머니는 그럼 며느리가 시아버지에게 대 놓고 어떻게 이야기가 싫다고 하겠냐고 말했다.

딸이 친정어머니에게 전화를 했다. 자기 남편이 회사를 옮겨야 한다고. 그리고 그 회사에서 세일하는 일이 많아서 차를 사야 할 것 같다고. 친정어머니는 머리를 흔들며 남편에게 말했다. 둘은 난감했다. 친정어머니는 돈이 없지만 사 주고 싶었다. 빚을 내서라도. 남편은 딸에게 돈을 받을 수 있을 것인가를 물었다. 그동안 빌려 간 돈도 감감무소식이라 했다. 친정어머니는 딸에게 말했다. 네가 아빠에게 빌려 간 돈도 안 갚았는데 또 빌려 가는 것은 쉽지 않겠지 않느냐?

딸은 말했다. 이번에는 꼭 갚겠다고. 친정어머니는 은행 빚을 내서 줄 것이니까 빚낸 돈을 꼭 갚아야 한다고 말했다. 딸이 가진 작은 차종보다 조금 큰 것을 사기로 했다. 그런데 딸은 자기 남편이 타고 다닐 차가 아니라 자기가 탈 것처럼 이야기를 했다. 친정어머니는 머리가 아팠다. 딸은 기름 값이 많이 들어서 멀리 갈 수 없어서 그렇다고 했다. 그래도 돈도 없으면서 두 대의 차를 갖는 것은 힘들 터인데. 걱정이 되는 친정어머니. 딸의 속셈을 알 수 없어 하는 친정어머니는 하루 종일 속이 불편했다.

친정어머니와 딸은 가까우면서도 멀었다. 딸은 딸의 고집이 있었다. 친정어머니는 딸을 이해하려 하면서, 딸이 좀 더 돈을 쓰는 쪽보다 돈을 버는 쪽에 집중했으면 좋겠다는 생각을 했다. 딸이 친정어머니를 필요로 하는 것은 돈이 필요하거나 불편한 상황을 해결하기를 바랄 때뿐이었다. 친정어머니에 대한 배려는 딸에게 없는 것 같은 생각을 했다. 역으로 나이가 많은 친정어머니, 더 나이가 많은, 친정어머니는 나이가 많은 딸을 힘들게 했던 생각을 했다.

애야, 냉장고가 고장이 났어. 가스 불이 안 켜진다. 냉장고에 먹을 게 하나도 없구나. 날이 뜨거워서 못 살겠구나. 어머니는 딸을 위한다면서 말을 안 하려고 했는데, 하면서, 눈이 안 보인다고 했다. 그렇게, 이것저것 수발을 다 들어 주며 살았는데….

나란히

 갑자기 추워진 날씨 탓에 온몸을 움츠리고 무릎이 아프면서 허리가 아프고 어깨가 아파 오고 일어설 수가 없어서 벽을 짚고 일어서고 간신히 몸을 움직여서 몸을 흔들고 유튜브를 찾아 운동을 따라 해 보고 누워서 발을 흔들고 손을 흔들고 엎드려서 팔 굽히기를 해 보고 누워서 큰 숨을 쉬어 보고 다시 엎드려서 남자는 허리에 침봉을 붙여 주고 다시 파스를 붙여 주고 남자는 등창이 나서 농이 나오고 여자는 등창에 흐르는 농을 닦아 주고 닦은 환부에 고약을 붙이고 방수 테이프를 붙여 주고 남자는 잇몸이 쑤신다고 밥을 못 먹고 여자는 갈비를 삶아 국물을 마시라고 하고 치과병원에 가라 하고 남자는 병원에 가면 이만 빼고 임플란트를 하란다고 가지를 않고 여자는 화농증 약을 사서 그거라도 먹으라 하고 오후 4시가 되면 운동복을 입고 둘은 테니스 멤버 회장 차를 타고 테니스장으로 가고 비가 오는데도 멤버들은 공을 치고 바람이 불어 날씨가 차가워도 공을 치고 다시 돌아올 때 회장이 운전하며 ○○ 멤버가 당뇨병으로 공을 다시는 못 칠 것이라 하고 ○○ 멤버는 병원에서 죽어 가고 있다 하고 ○○동에 사는 여자 친구는 무슨 암 수술을 하고 움직일 수 없는데, 햇빛이 그리워 계단에서 햇빛을 쬐고 있다고 하고 우리들은 그것을 슬퍼하고 부인들이 직장을 다녀서 음식을 못 해 먹고 사서 먹기만 하더니 그 집 사람들이 일찍 몸이 부실해지는 것 같다고 하고 그런 것 같다며 슬퍼하고 207호 아저씨가 담배를 좋아해서 아침마다 창가에서 담배를 피우곤 했는데 어느 날 폐암으로 이사를 가고 ○○ 멤버 아들이 결혼 회식을 맥주 파티로 하는 것이 좋다고 하고 ○○신입 멤버가 회식을 마련하면 고기 파티를 하는 것이 좋다고 하고 끝으로 집에 도착하여 나란히 손을 흔들며 고맙다며 손을 흔들어, 헤어지고, 어둠이 짙고 어둠이 끝나면 새 아침이 올 것이고 슬픔이 다시 기쁨과 나란히 서서 손을 흔드는 것이고

*

태양이 당신의 눈앞에 시원한 당신의 마음을

새벽의 안개는 눈으로 와서 눈을 암흑으로 만들어 시야가 회색빛이었다. 마지막 라운딩을 위해서 나는 온몸을 꽁꽁 묶었다. 허리통에 허리를 묶고 관절 심줄통에 무릎을 묶었다. 회색 안개는 하늘과 땅을 회색으로 물들였다. 하늘엔 회색 태양이 뜨고 군데군데 회색 야광등이 회색 공간 위에서 빛났고, 그것은 아름다운 우주의

신비를 빛의 잔치로 보여 주고 있었다. 나는 어둠의 공간을 향해 공을 쳤다. 공은 제멋대로 날아갔고 회색 바탕에 제멋대로 굴러가서 물에 빠졌다.

언니야 이쪽으로 칠까? 아니면 저쪽으로 칠까? 저기요. 저기 있잖아요. 사람들이. 그 옆에 카터기가 있잖아요. 내 눈은 회색 안개만 보였다. 여기도 회색 저기도 회색 하늘과 땅도 회색이었다. 회색 잔치는 나를 답답하게 했다. 그곳은 어둠의 세상이었다. 공은 요상했다. 멀리 보내려고 마음을 먹으면 짧게 굴러갔다. 짧게 보내려하면 멀리 도망가서 내 속을 썩였다. 시간은 흘러갔다. 태양이 떴지만 회색 안개에 가려 달처럼 보였다.

산모퉁이를 지나니 고약한 냄새가 코를 찔렀다. 차가운 안개와 뜨거운 안개가 부딪쳐서 소똥 냄새를 자극했는지 농공단지에서 스멀스멀 이쪽으로 넘어왔다. 코를 자극하는 냄새는 자연의 맛이지만 시간이 가면서 두통을 자극했다. 마음이 웅크러지면서 몸이 더 오그라들었다. 넓은 바다 마음을 갈망하는데 어둠의 마음이 밀려왔다. 어서 이곳을 빠져나가기를 바랐다.

서서히 안개가 거쳐 갔다. 태양이 보이면서 시야가 훤해졌다. 태양이 빛났다. 이거였다. 시원했다. 어깨가 펼쳐졌다. 공이야 잘 나가면 고맙고 못 나가도, 헛곳으로 달려가도 상관없었다. 나만 즐거우면 되는 것이었다. 태양이여! 태양이 진정으로 나를 즐겁게 행복하게 하는 것이로구나. 진작 그것을 너무 늦게 깨닫다니 말이다. 태양이여, 고맙구나.

*

지루한 아이들

각자가 나였던 아이들은 모두가 자기 몸속에서 살았다. 그들은 함께 모일 때, 모두가 아이로 앉아 있었다. 몸속의 아이는 제각각 나를 나타내고 떠들고 악을 쓰며 나를 높였다. 아이들은 빨강, 노랑, 파랑, 검정색으로 여러 색깔을 보여 줬다. 아이들은 밥을 먹고 술을 먹고 이야기를 하고 자기들 멋대로 떠들어 댔다. 빨강, 노랑, 파랑, 검정은 각자 자기 소리로 이야기 목소리를 높이며 자기 색깔이 맞다고 옳다고 소리쳤다.

아이들은 서로를 미워했다. 자기 색만을 강조하고 다른 아이들의 색깔은 무시하고 내 색깔을 강조하는 데 바빴다. 아이들의 소리는 시끄러워서 색깔이 모두 혼탁해졌다. 그래도 아이들은 외로울 때, 밑바닥의 손을 잡고 사랑한다고 말했다. 나였던 아이들은 자기 부모들이 죽었듯이 아이들 자신도 죽어 갈 것이었다. 결국 나였던 그 아이는 헤어지기 위해서 나이를 먹고 세월을 보냈을 것이었다. 그래도 나였던 그 아이를 사랑했기 때문에 그 아이를 기억하고 그리워하며 그 아이를 생각하는 것이리라.

*

로켓 과학자

TV에 로켓 과학자가 미국 국도 66번지를 여행하는 장면이 나왔습니다. 그 길은 추억의 길이었습니다. 그 길 따라 동에서 서로 미국을 관통하는 여행은 멋져 보였습니다. 역사와 추억이 혼재된 곳이었습니다. 로켓 과학자가 나는 마음에 들었습니다. 그 과학자는 얼굴이 편안하고 지적인 젊은이였습니다. 언어가 능통하고 최초의 비행사로, 세계 일주를 완주한 나이 든 비행사를 먼저 알아보고 인사를 했습니다.

나는 순간 생각했습니다. 로켓 과학자 같은 청년이 나의 막내딸 사위가 되었으면 좋겠다고. 그렇게 생각하니 마음이 부풀어 오르고 즐거움이 밀려왔습니다. 생각은 자유가 아니겠습니까? 뭔가 푸른 하늘에 파란빛이 내려와 나의 꿈을 빛나게 하는 듯했습니다. 날마다 막내딸이 홀로 사는 것이 슬펐기 때문에 그런 상상도 하는 것 같았습니다. 아! 로켓 과학자여 나에게 행운이 깃들기를 기원합니다.

얼굴은 둥글고 웃으면서 웃는 모습을 가진 과학자는 곧 나의 막내딸 사위로 점을 찍었습니다. 뭔가 좋은 기운이 다가오는 기분이 들었습니다. 희망과 꿈이 부풀고 그동안 힘겨웠던 어두운 그림자가 사라지고, 밝고 보람찬 새 기운이 샘솟았습니다. 이렇게 살고 싶었습니다. 맨날 그날이 그날이고 이날이 이날인 것이 아닌 좀 더 희망찬 나날이기를 바랐습니다. 내 맘에 꼭 드는 로봇 과학자가 내 사윗감이 되었으면 좋겠다고 생각했습니다.

*

원주에서 한 달 살기

오랜만에 친구에게 전화를 했습니다. 못 만난 지 1년이 넘었습니다. 너 잘 살고 있지? 그래. 난 그러잖아도 너를 생각하면 걱정이 많구나. 왜? 너 강남 집 때문에 퇴직자가 세금을 얼마나 내야 하는지 걱정이라구. 그렇기는 하구나. 그래도 우리 밥이라도 사 먹자고. 나 지금 원주야. 원주? 웬 원주야? 원주에 한 달 살기 하는 중이야. 한 달 살기?

그래. 돈도 없다면서? 강남 집을 못 파니까. 세금이 많아서. 그래도 강남 집에 살아야 경제적이잖아. 애 아빠가 몸이 안 좋으니까 공기가 좋은 곳에 살려고. 집을 얻었어? 응. 얼마야? 35만 원. 한 달 것을 어떻게 얻었어? 아니 1년 것을 얻었어. 얼마에? 보증금 50만 원에 월세 35만 원. 연대 주변 20평 아파트야. 그렇구나. 아빠 병은 나아졌니? 고만고만해. 위암 수술이야? 시술이야?

시술도 되고 수술도 되는 것 같아. 뭐가 그래. 배를 복개하면 수술이고, 안 하면 시술이지. 그러게. 여하튼 그래. 좋은 공기 마시려고 원주까지 온 거야. 나는 캠핑카로 여행하는 줄 알았지. 네 몸은 어때? 나도 고만고만해. 너 내일 밥 먹을 수 있어? 고기 사 줄게. 지금 원주라니까. 다음 주에 서울에 가. 나 다음 주에 대전 가고 그다음 주에 경주에 가. 백수가 더 바쁘다니까. 맞아. 그래도 겨울에는 추워서 서울에 있을 거야. 그래, 그럼 그때 만나자. 그래.

*

딸과 산책을 하며

　엄마, 근데 오늘은 뭔가 마구 화가 나네요. 맨날 애들 아빠가 징징거리는 거 들어 주다가 안 들어 줬더니 성질을 내고. 출장 가든지 말든지 자기가 알아서 챙기겠다는데 내버려 두려구요. 엄마, 어디 있어요? 경비실 앞, 벤치에. 거의 다 왔어요. 이쪽으로 갈까? 그래요. 내가 뭐 저네 엄마인가? 뭐구 나보고 해 달라는 거야. 내가 능력 없는 남편을 얻어서 이렇게 고생을 하다니. 야, 능력 있는 남편은 그대로 또 싸울 일이 있는 거야. 능력 있는 남자였으면 너 좋아하는 테니스 못 친다고.

　남자들이 얼마나 이기적이고 욕심이 많은데. 누구 아빠는 여자가 무슨 테니스냐면서 절대 못 치게 했잖아. 네 남편이니까 마음대로 네가 공 칠 수 있는 거지. 엊그제는 우리가 힘들어서 짜장면을 시켜 먹었어요. 그런데 갑자기 시아버지가 저녁을 사 주겠다면서 나오라는 거예요. 우리는 먹고 있는데. 할 수 없이 나갔지요. 계속 일하는 곳이 어떤지를 묻고 지시하고 그랬는데 모두 쓸데없는 소리잖아요. 집에 와서 밥을 먹으려니 짜장면이 다 불어 터져서 못 먹고 버리고 그냥 잤어요.

그래, 시아버지라도 지혜로워야 하는데. 테니스장 언니들이 이야기하는데 남자들이 60세 넘으면 죽는 이가 많다네요. 그래, 맞아. 엄마 친구 ㄱ, ㄴ, ㄷ, ㄹ, ㅁ 대부분 남편이 죽었다니까. 우리 진도에 놀러 갔는데 어떤 친구가 말했어. 우리들이 미팅했던 오빠 친구들이 서울대 나오고 법조계에 있었던 ○○, 의사인 ○○, 공대생 ○○ 등이 모두 죽었다고. 너네 60세 얼마 안 남았어. 금방 온다고. 그래, 너네 남편 미우면 60세에 졸혼하면 된다니까? 탤런트들 그러잖아. 나 정말 남편의 얼굴도 보기 싫다니까요.

세월이 가면 그래도 미운 정, 고운 정으로 남편만한 사람이 없을 거다. 그리고 유튜브의 소나무인 광우스님이 그랬다. 복 짓는 흉내만 내어도 공덕이 쌓인다고. 그냥 욕심내지 말고 손해 보면서 양보하며 사는 것이 복 돌아오는 거야. 엄마, 나도 그렇게 살아요. 너 그래도 네 남편 못 만났으면 강북에 살았을 거 아냐? 그렇기는 그래요. 작은 집 살지만 애들 학교 잘 다니고 신경 써서 서울 시내 대학에 보내고 학교 앞에 오피스텔 하나씩 얻어서 내보내면 되는 거야.

결국은 나중에 부부만 남을 거잖아. 아빠 친구에게 20년 전 여기로 이사 오라 했더니 집이 작아서 안 된다 했잖아. 내가 애들을 대학생이니까 오피스텔을 얻어 주고 시어머니와 부부가 살면 된다고 했는데. 이제는 이곳으로 올 수가 없잖아. 돈 잘 버는 의사들도 쉽게 강남으로 이사 못 온다니까. 맞아요. 여기 있는 너네 동창들 중에 이 동네에서 사는 사람 있냐? 없을 거예요. 그래, 우리는 무조건 지키며 사는 것이 고마운 거지.

야, 삶이란 사람들의 고통의 질량이 똑같다잖니. 우리는 함께 살면서 욕하면서 사는 것이 우리의 힘일지도 몰라. 웃기는 거지. 너 동생 편하게 혼자 사는 것 같냐? 말할 사람이 없어요. 누구랑 이야기를 해? 스토리가 없는 삶은 앙꼬 없는 삶이라니까. 이놈 저놈 요놈 하면서 사는 것이 사는 맛이 나는 거야. 정말 엄마, 고통의 양은 똑같은 것 같아. 그래. 맞아. 테니스장 언니를 봐도 그런 것 같아요. 물 흐르듯이 유연하게 대처하면서 안 아프고 살면 성공이라니까. 맞아요, 엄마. 시간이 너무 늦었어요. 그래, 넌 저기로 가고 난 여기로 가자. 잘 가. 네.

*

마늘 치킨

이번 가을은 예쁜 낙엽이 소복이 쌓인 가을이었습니다. 아파트 주변은 노랑 은행잎과 붉은 단풍잎이 쌓여서 쿠션을 밟는 느낌이 났습니다. 바람이 없이 그대로 나무 아래로 낙하하는 예쁜 낙엽은 꽃잎 같았습니다. 나는 남자와 주먹밥을 싸서 뒷산으로 소풍 갔다가 주먹밥을 먹을 때 갈참나무 잎이 자기도 먹겠다고 내 손등 위로 살포시 앉는 것을 너는 안돼. 먹을 수 없잖아 하며 낙엽을 밀었습니다.

해 질 무렵 낙엽은 더 비행을 하며 낙하했습니다. '야, 이 가을이 멋있구나' 하며 집 주변을 돌았습니다. 301동에 살던 누구 엄마네가 이사를 가서 볼 수가 없네. 303동 친구네도 이사를 갔고. 함께 살던 왕언니네도 이사를 갔습니다. 305동 할머니는 딸네만 두고 강북으로 이사를 갔고. 308동 남씨네. 306동 박씨네. 모두 떠났습니다. 맨 마지막 309동 김 사장네는 불이 꺼졌습니다.

아직도 병원에서 퇴원을 못 했나 봐. 어쩌지? 나이가 솔찬히 많아졌는데 함부로 간을 잘라낸 것이 잘못이 아닐까? 여러 병원을 가서 검사를 해 보고 했어야 하는데. 말을 안 듣고 고집을 세우며 의사가 알아서 해 줄 거라는 것이 말이 안 되는데. 벌써 수술한 지 6개월이 넘었잖아. 그런데 다시 허리통이 심해서 허리를 수술한다니. 말이 안 되네. 그렇게 좋아하는 골프도 못 치고 병상에 누워만 있었습니다.

309동 앞뜰은 벚나무 낙엽이 화려하게 잔치를 했습니다. 붉은색, 초록색, 노란색이 수를 놓아 아름다웠습니다. 친구 차는 주차장에서 주인을 기다렸습니다. 오랫동안 그 자리에서 기다리는 친구 차가 애처로웠습니다. 차야, 어서 빨리 주인이 쾌차하기를 빌어라. 우리 함께 기도하자. 어둠이 어둑어둑 찾아왔습니다. 하나둘, 집집의 전등이 켜져서 불빛이 비쳤습니다. 나는 친구 집을 세어 보았습니다. 15, 14, 13, 12, 11층. 그의 집은 11층이었는데, 그곳은 암흑이었습니다.

마음이 슬펐습니다. 모두가 잘되어야 할 텐데…. 관세음보살, 관세음보살. 이렇게 울적한 날은 술 한잔이 생각났습니다. 남자와 나는 새로 생긴 반포치킨에서 맥주를 먹기로 했습니다. 그곳은 젊은이들로 가득 찼습니다. 가족 단위로 먹는 곳이 많았습니다. 내 옆 테이블은 옛날에 보았던 여자였고 함께 운동을 하던 여자가 있었습니다. 이십 년 전, 그 여자는 쌍꺼풀 수술을 했고, 인상이 흉했던 기억. 거기에 남편이 교수라고 교만하고 거만해서 힘들었던 생각이 났습니다.

세월이 흘러 억센 인상이 다소 부드럽게 보였습니다. 마늘 치킨은 맛있었습니다. 서비스 무 김치도 포장 배달된 것이 아니고 주인이 만든 것이었습니다. 메뉴도 다양했습니다. 가격도 저렴했습니다. 서빙하는 사람은 아들과 딸이고, 주인 여자, 할머니, 부엌에 있는 여자, 남자는 친인척같이 보였습니다. 다른 곳은 배달된 것을 데워 오는 것이라면 여기는 손으로 만든 음식이라 맛이 있었습니다. 여기는 이 동네에서 소문나는 맛집이 될 것이었습니다.

서서히 사람들이 빠져서 새 사람들이 자리를 차지했습니다. 가을 잎이 지고 새잎이 나듯이 우리도 언젠가 이 자리를 물려주고 후손들이 이 자리를 받아야 하는 때가 될 것 같았습니다.

*

딸의 말, 말…

어젯밤에는 애들 아빠가 무슨 욕을 막 하더니, 교통사고를 내서 안 나가겠다나 어쩐다나 하며 꿍시렁거리더라구요. 그는 애도 아니고 어이가 없더라고요. 애들이 아빠 왜 그러냐고 물어도 대답이 없더라구요.

그래서 내가 자기가 지금 아빠가 됐는데 사춘기가 다시 돌아온 거야? 하고 물었네요. 그리고 좀 전에 결국은 출근을 했네요. 지금 갑자기 직장이 바뀌어서 나름 힘이 들었는지, 다시 통풍의 재발 때문에 발은 절뚝거려 아프지, 몸은 힘들지, 내가 뭐 챙겨 주면 좋겠냐고 했더니, 냅두라고 성질을 버럭 내면서 나갔네요. 아이고, 하나님, 맙소사….

이제 애들이 아빠를 키워야겠네. 애들 아빠 일하러 보내기가 힘들겠다. 그럼 애들이 학교 안 가겠다고 아빠에게 데모를 해 보든지. 엄마가 된 너도 애들 아빠가 일하러 안 가겠다 하면 너도 못 살겠다고 데모를 해야겠네.

그 후 딸의 집은 조용했다. 은행잎과 단풍잎은 꽃이 피듯 아름다운 색상으로 옷을 입었다. 아! 아름답구나. 조용히 떨어지는 은행잎, 단풍잎, 벚꽃잎도 아름답네. 꽃길처럼 깔려 있는 단풍잎을 따라 걸으며 단지 밖으로 나와 떡집을 지나 총각네를 지나 문방구를 지나 빵집을 갔다. 빵집에서 햄버거 4개를 사서 딸네 집으로 갔다. 어? 키 번호가 달라졌네? 다시 딸네로 오는 것은 힘들 것이고 내가 다 먹기도 힘들고.

나는 딸, 손자와 손녀, 사위에게 문자를 보냈습니다. 너네 집 키 번호는? 햄버거를 샀는데 놓고 가려고. 아무도 키 번호를 문자로 보내지 않았습니다. 보낼 수 없어서일까? 문자를 볼 수 없어서일까? 여하튼 한참을 현관에 서서 있었습니다. 한참 만에 사위에게 문자가 왔습니다. #000%. 그러나 그 번호는 맞지 않았습니다. 나는 예전 번호를 누르고 그냥 특수문자를 넣었습니다. 그리고 문이 열렸습니다. 얼른 냉장고에 햄버거를 넣고 집으로 왔습니다.

*

고모 아기가 태어났어요

13시 48분에 아기가 태어났어요. 아이고, 그래. 수고했구나. 고모부가 내일중에 이름을 지어 줄 것 같구나. 혹시 돌림자를 쓰면 한자로 알려 달라 하시는구나. 돌림자가 중간인지 끝인지도 알려 달라시는구나. 고모가 산모 미역 값으로 삼십만 원 송금하겠다. 애 많이 썼구나. 아들이라 했지? 몸 잘 추슬러라.

아들입니다. 성은 평안 안(安), 돌림자는 불꽃 병, 밝을 병(炳) 중간 돌림자예요. 감사합니다, 고모. 고모부, 잘 부탁드립니다. 그래, 알았구나. 몸 따뜻하게 하고. 잘못하면 후유증 생기는구나. 네. 신한으로 삼십만 원 송금했구나. 몸조리 잘하라고. 몸이 재산이구나. 네, 몸조리 잘해서 건강 회복할게요.

安 炳 1. 俊 준걸 준 2. 厚 두터울 후 3. 冠 갓쓸 관

고모부가 새벽부터 이름을 지었구나. 네가 좋아하는 것으로 선택하면 좋겠구나. 감사합니다.

*

할 말을 덜어야 하는 것은 나를 수행하는 것으로…

요즘 할 말을 덜어야 하는 날이 많아진 것 같다. 화가 치밀어서 소리치려 하다가도 말을 덜어 내야 함을 깨닫는다. 남자가 계속 창문을 열어 놓아서 오들오들 떨면서 문을 닫아 달라고 하면 틀림없이 이유를 말하며 닫지 않을 것이다. 너는 왜 시집을 안 가냐고 물으면 역으로 엄마를 혼내키며 사람 취급을 하지 않을 것이다.

큰딸에게 전화를 하면 전화를 받지 않을 것이다. 한참 있다가 다시 전화가 와서 받으면 시끄러운 소리가 들려서 어디냐고 물으면 밖이라 말할 것이고, 애들 밥은 안 주고 늦은 시간에 왜 밖이냐고 물으면 성질을 낼 것이다. 그리고 왜 전화했냐고 물으면, 이번 주

토요일 이모네가 우리 집에 온다고 말할 것이고. 딸은 나도 놀러 갈 거라고 말할 것이다. 나는 공연히 화가 나서 딸에게 아빠 생일이 이때쯤인 것을 아느냐고 물으려다가 말을 덜어 버리고 아무 일 없었던 것처럼 그래, 너도 놀러 오라고 말할 것이니라.

남자가 테니스를 치고 멤버에게 맥주를 샀다. 맥주를 좋아하는 멤버에게 왜 술을 안 먹느냐고 물었더니 자기가 술을 너무 먹어서 자기 딸이 술을 못 먹게 해서 안 먹습니다. 다른 멤버가 술도 안 먹으면서 운동 끝나고 집에 갔다가 뭐 하러 다시 오냐고. 그럼 오지 말라는 것이냐며 화를 냈다. 그 후 며칠이 되어 멤버들이 맥주를 다시 먹게 되었다. 그날 술 좋아하는 멤버가 맥주를 마시고 또 마셨다. 오늘은 딸이 먹어도 되는 날이라는 것이냐고 물었다. 그때는 이가 아파서 못 먹었어, 언니 하며 화를 내고, 심통을 부렸다. 그래, 참아 주자. 그것이 수행이니까.

몸이 힘들 때, 다리 아픈 것, 눈이 아픈 것, 허리가 아픈 것, 이것저것 싫지만 해야 하는 것들을 수행으로 생각하면 편하게 할 수 있었다. 수행은 의무와 책임이 불편하지 않고 초월할 수 있는 힘을 가졌다. 만약 남보다 돈을 더 써야 하는 일, 내 것보다 남에게 더 많은 것을 줘야 하는 일 등도 수행이 되면 편안해졌다. 그래서 불교의 수행자나 천주교의 수도자들도 수행하고 초월하며 편안한 삶을 살 수 있지 않았을까.

딸들과 친척, 친구, 친척 등 주변 사람들의 부당한 행동 등을 속 상해하지 말고 그런 것을 참아 내는 것이 수행이면 즐길 수 있었다. 그리고 상대방에게 말을 덜어 상처를 주지 않는 수행을 하며 사는 것이 행복이니라.

*

왜 글을 쓰는가

나는 그냥 밥을 먹듯 글을 쓴다. 글을 쓰고 나면 뭔가 뿌듯해서 즐겁다. 잘 쓰고 있는가를 물으면 난 말할 수 없다. 생산적인 일을 했다는 기분. 언젠가는 기억할 수 없는 것들을 기록해 놓아서 내가 다시 기억할 수 있고 다시 회상할 수 있어서 즐겁다는 생각. 너무 까맣게 잊어서 기억해 낼 수 없는 것보다 낫다는 생각. '아! 내가 그때 이렇게 살았구나'라는 생각. 그러잖아도 내 머리는 너무 빨리 잊어버리는 일들이 많아서 잊어버리는 것들 중 끝을 잡아서 실마리를 풀 수 있게 하고 싶은 생각.

레전드 호텔 가족 모임

백씨 집 사 형제 부부가 처음으로 모임을 가지기로 했다. 몇 년 전 넷째가 세상을 떠나서 오 형제는 사 형제가 되었다. 가기 전날 가슴이 울렁이며 기쁜 마음이 일어나야 하는데 내 가슴은 고요했다. 마음속에서 가든지 말든지, 그저 그렇듯 했다. 내가 늙어서일까? 이러면 안 되지 않느냐고 가슴에게 물었지만 말이 없었다.

진 새벽, 수영을 하고 가는 것이 좋겠다. 서둘러 수영장에 갔다가 돌아오는 길에 수영복을 로비에 빠뜨렸음을 알아챘고 다시 수영장을 들러 집으로 왔다. 서둘러 준비를 했지만 시간은 촉박했다. 고속 도로가 꽉 막혔다. 그래도 쉬지 않고 차를 몰았다. 쉬는 타임을 생략했다. 약속 시간을 간신히 맞춰 숯골 냉면집에 도착했다. 첫째, 둘째, 막네, 셋째만 오면 됐다. 셋째네는 10분 늦게 도착했는데 멋진 링컨 차를 몰고 왔다.

오! 멋져요. 딸 덕에 미국 차를 타다니. 전생에 어떤 좋은 일을 해서 복을 받은 거야? 나는 시집 못 간 딸도 있는데. 자기는 복도 많구나. 화기애애하며 식당으로 갔다. 식당에서 만두와 냉면을 시켜 맛있게 식사를 했다. 첫째가 식사비를 내려는데 둘째가 모두를 지불했다. 어? 첫째가 주선한 것인데? 다음은 어디요? 수통골로 갑시다. 여자들은 링컨 차를 탔다. 차가 크고 묵직했다. 쿠션이 좋았다. 천장이 뚫렸다. 파란 하늘, 하얀 뭉게구름이 차 안으로 들어왔다.

첫째는 마음이 복잡했다. 셋째네 딸을 시집 못 간 딸과 비교하면서 속이 거북했다. 아이고, 바보 같은 놈, 시집도 못 가다니. 그래, 난 전생에 나쁜 업을 많이 져서 그런가 본데…. 그러면서 스스로 마음을 달랬다. 셋째는 사위가 좋은 회사에 다녔는데, 아버지가 하는 회사로 옮기라 해서 옮겼고, 처음에 연 매출 70억이었는데 지금은 320억으로 매출을 올렸어요. 이번에 아들도 누나 회사로 자리를 옮겼는데, 매형이 타던 벤츠를 받았고, 내가 타던 SM5 차 10년 된 것은 220만 원에 팔았는데, 링컨 컨세어 SUV가 제일 작은 거를 싸게 나왔다고 해서 딸이 사 줬어요. 지금 사위는 박사 학위를 다니고 있고, 야, 정말 너 딸 참 잘, 두었다. 그런 딸 만들기가 쉽지 않은데….

셋째는 딸네 아기를 3명이나 봐 주니까 받을 만해요. 돈 얼마 받아? 100만 원요. 우리 친구들 하나 봐 주는데 200만 원 받는다는데 150은 받아도 되겠다. 난 그것도 미안해요. 아냐, 충분히 받아도 되겠네. 320억 매출이라면서. 나는 요즘 매사가 셀프 시대처럼 살고 있어. 새끼들에게도 셀프 시대로 사니까 줄 것도 없고, 받을 것도 없어. 우리는 각자 멋대로 살면 되는 거야. 어쩌다가 내 생일 때, 딸이 돈을 안 주는 거야. 그럼, 나는 딸아 내 생일이니까 5만 원만 달라고 해. 고투(지하상가)에 가서 만 원짜리 옷 다섯 벌 산다고.

우리는 수통골에서 내렸다. 사람들은 많았다. 계곡에는 물이 졸졸 흐르고 낙엽은 산책 길에 소복이 떨어졌다. 입구에는 식당들이 자리를 차지했다. 둘째는 빠르게 계곡 산책길 위로 걸어갔고 그 뒤를 따라 우리는 올라갔다. 상쾌한 바람이 불었다. 맑은 수면 위로 하늘과 구름이 비쳤다. 한참을 올라가서 산 위로 올라가려니 다리가 아플 거라고 다시 내려가자 했다. 야, 우리는 이제 늙은 사람들이야. 우리는 막내가 환갑이 넘은 노인이잖아.

모두가 퇴직자였고 머리는 하얗고 아직은 상 노인처럼 보이지 않았지만 만약에 10년 후가 되면 상상할 수 없는 일이 생길 것 같았다. 나는 제안했다. 이제부터 우리가 매년 10년? 아니, 88세까지 오늘처럼 만나서 맛있는 걸 먹고 살자고. 모두들 찬성했다. 가족은 천천히 되돌아와서 차를 타고 예약한 레전드 호텔로 왔다. 코로나로 인해 호텔 사우나는 차단됐다. 짐을 풀고 우리는 발욕을 하는 노천탕으로 갔다. 태음인 탕을 선정하여 발을 담갔다. 41도였다. 따뜻하고 상쾌했다. 그곳에서 한참을 놀았다. 어둠이 오고 있었다.

슈퍼를 들러 석갈비를 먹으러 갔다. 식당은 가득 찼다. 우리는 남자 4명, 여자 4명이 앉았다. 석갈비가 나왔다. 고기에서 불맛이 나며, 혀를 자극했다. 상추에 싸서 맛있게 먹으며 건배를 외쳤다. 때마침 막내에게 전화가 왔다. 전화가 터지지 않았다. 막내 동서에게 다시 전화가 왔다. 시어머니였다.

- 네, 어머니. 애비요? 친구네 집에 갔어요. 어느 친구? 몰라요. 왜 몰라?

둘째네 아들들이 계속 엄마에게 전화했다. 할머니가 자기네에게 전화했다고. 다시 시어머니가 뭔가 낌새를 알았는지 아들들에게 전화를 했다. 아무도 전화 소통이 되지 않았다고.

또다시 시어머니의 아들 찾기 게임은 시작되었다. 나는 예전처럼 가슴이 떨리거나 참을 수 없거나 하지는 않았다. 그냥 시어머니의 게임을 무덤덤하게 지켜볼 수 있었다. 셋째네의 자랑 게임도 덤덤하고 평화롭게 받아들일 수 있었다. 예전에는 참을 수 없었다. 이것은 내가 늙었다는 것일까? 나도 이제 늙어 가는 게임에 익숙해지는 것일까? 여하튼 매사 삶이 게임이고, 게임 속에 나를 넣어 섞으면 자연스럽게 소화할 수 있었다.

짜장면

삼십 년 전에는 한 집 건너 짜장면집이 상가 건물에 줄지어 있었습니다. 지금은 짜장면집이 상가 건물에 없었습니다. 어릴 때, 짜장면을 어머니에게 얻어먹을 수 있는 날은 졸업식 날이었습니다. 졸업식 날은 추워서 눈발이 서렸습니다. 졸업을 했다고 어머니는 나를 데리고 중국집으로 갔습니다. 따끈한 방에서 어머니는 음식을 시켰습니다. 당신은 우동, 나는 짜장면. 어머니는 왜 맛없는 우동을 시키실까 하고 생각했습니다.

나이가 들어 메마른 짜장면이 목구멍으로 넘겨지질 않을 때가 많았습니다. 그렇구나. 어머니가 우동을 드실 수밖에 없었구나 생각했습니다. 한창때는 짬뽕도 즐겼습니다. 더 나이가 들면서 매콤한 국물은 목에서 기침을 유발하여 숨을 차게 만들었습니다. 그래도 짜장면은 노인들의 소-울 식품이었습니다. 가끔 꼬마였을 때 좋아했던 기억으로 짜장면이 그리웠습니다. 어쩌면 죽을 만큼 아팠을 때도 짜장면을 그리워할 수 있을 것 같았습니다.

오늘은 시골에서 동생이 오기로 했습니다. 그가 고속 터미널로 오면 우리는 터미널 중국집인 청룡각에서 짜장면과 짬뽕을 먹자고 제안했습니다. 그곳이 이 동네에 유일한 중국집이었습니다. 그가 왔고 우리는 짜장면과 짬뽕을 시켜 먹었습니다. 추억의 맛을 느끼는 것은 즐거웠습니다. 국수는 기계국수라 아쉽기는 했지만 진정한 손맛처럼 추억을 함께 말아먹었습니다. 건너편에 앉은 호호 할머니도 짜장면을 맛있게 먹고 있었습니다. 앞에는 늙은 두 아들들이 늙은 어머니와 함께 짜장면을 먹었습니다.

돌아오는 길에 우리는 터미널 지하상가를 구경했습니다. 가게들은 벌써 크리스마스를 준비했습니다. 화려한 전등 조명이 붙은 다양한 상품들이 많았습니다. 반짝반짝 빛나는 수중 산타할아버지가 조명을 받으며 빙글빙글 돌았습니다. 그 옆, 꽃집에서 포인세티아를 가리키며 물었습니다.

- 이거 잘 죽지 않습니까?
- 잘 죽지 않아요.
- 우리 집에만 오면 꽃나무들이 죽어서요.
- 언니, 꽃이 죽으면 다시 사세요. 그래야 꽃집들이 살지요. 우리나라는 너무 꽃을 안 사요. 생활 수준들이 높은데요.
- 난 좋아해서 잘 사요. 꽃이 죽어서 그렇지요. 난 화분을 밖에서 안으로 안 데려와요, 죽으면 내년에 또 사려고요.
- 사장님, 포인세티아 주세요. 그리고 이 서양란도 주시구요.

우리는 상가를 돌며 이것저것을 구경했습니다. 이불, 그릇, 목걸이, 웃옷, 바지, 티셔츠, 타로점, 발 마사지, 모자, 양말, 속옷, 가발 등 없는 것 빼고 모두 있었습니다. 돌고 돌았습니다. 힘이 들었습니다. 밖으로 나왔습니다. 집 쪽을 향해 계단을 밟고 올랐습니다. 집 근처의 벤치에 앉아 쉬었습니다. 시원한 바람이 불었습니다. 인생의 끝도 이런 느낌이면 좋겠다고 생각했습니다.

*

외삼촌의 70 잔치를 지어먹다가 우리도 함께 70 잔치를 지어먹었습니다

친정 외삼촌이 사 준 막국수를 우리들 형제 부부도 따라서 먹었습니다. 그리고 수통골을 산책했습니다. 다시 사우나 대신 길거리 발욕 센터에서 발욕을 했습니다. 저녁 잔치로 석갈비를 맛있게 먹었습니다. 소화를 위해. 저녁 산책을 하고 호텔 숙소에서 밤을 새며 이바구를 했습니다. 셋째 시동생이 말했습니다. 어머니는 아들에게 물었습니다.

- 왜 우리 집안이 이렇게 됐느냐?

- 나는 어머니가 이야기를 하라고 해서 했습니다. 어머니는 어머니를 위해 즐겁게 사시고요, 자식은 자식대로 즐겁게 살자고요.

- 내가 언제 너네들 즐겁게 살지 말라 했냐?

- 그게 아니고요, 어머니는 갑자기 성질을 내시는데…. 내가 말을 할 수가 없지요.

- 둘째(시동생)인 내가 무슨 일로 3일 동안 어머니에게 시달렸는데, 그 후 나는 전화를 받지 않았더니 직장으로 전화를 해서 쌍욕을 하셔. 동료들 보기가 창피해서 죽을 뻔했지요. 그런데 노인네는 열을 받아서 자존심이 상한다고 다시 쌍욕을 계속하는데…. 이것은 아니다 싶어. 우선 내가 죽 겠는 기라. 그래서 어머니 전화를 끊은 거야. 그런데 다시 어머니는 계속 전화를 해 대는데, 말대답을 했지요. 내가 당신의 어머니 아들 맞냐구요.

- 내 나이가 70인데 당신 아들 맞아요? 잘못한 게 뭐가 있냐구요. 난생처 음으로 어머니에게 말대답을 하고, 이제는 어머니 전화를 안 받는 거야. 그랬더니 수시로 손자인 승경이와 태경이에게 전화를 하는 거야. 그리 고 수시로 막내 자식이 놀고먹는다고 걱정이 된다며 깽판을 놓고 난리 를 치고 있는 거야.

한참을 쉬었다가 다시 첫째가 말했습니다.

- 내가 수영을 3년째 배우는데, 수영을 열심히 하는데 왜 나아가지 않고 제자리에 있느냐고 선생에게 물었지. 숨을 물속으로 들어갈 때 뱉고, 나와서 얼른 숨을 쉬어 봐라. 골반을 움직여 봐라. 그래도 제자리인 거야. 선생은 다시 똑같이 발을 차지 말고 발을 살짝 올렸다가 내릴 때 땅-하고 쳐라. 그리고 힘을 빼고 몸을 물 위로 떠 봐라. 그러면 나는 물속으로 몸이 더 그냥 가라앉는 거야.

셋째가 말했습니다.

- 대금을 부는 취미가 있어서 한 수 배우고 싶은 거야. 그래서 대금을 잘 분다는 사람을 알게 되었어. 어느 날 대금의 대가를 만났고 그가 죽기 전에 대금을 한 수 배우고자 만났지. 그날 그와 밥을 먹게 되었고 나는 그에게 대금을 한 수 가르쳐 달라고 부탁을 했어. 그랬더니 그가 대금은 가르쳐 주는 게 아니라는 거야. 그것은 혼자 깨우치는 거라는 거야. 그래서 혼자 깨우치며 불렀지. 진음, 온음, 몸, 모두가 입술 형태가 달라. 목은 3가지 조합이 있는 거야. 각자 음색이 달라져. 음의 배합이 모아졌다가 흩어져. 그리고 우연히 색소폰 친구와 둘이 연주했는데 음의 이치가 아주 잘 맞는 거야. 신기하데. 관악기를 통해서 장조, 단조가 딱 맞아. 플롯이 3개로 잡는데 비 플랫에서 이 플랫으로 계단이 달라지는 거야. 그렇게 국악을 부르는데 아주 잘 어울리는 거야.

웃으면서 과일을 먹고 커피를 마시며 각자의 이야기를 펼쳤다. 그리고 누군가 웃긴다면서 이야기를 했다.

- 중국에 가면 복전암을 놓고 핸드폰 앱으로 찍어서 보내니 웃기는 일이지. 그런데 어느 회사에 다니는 젊은이의 웃기는 이야기를 들었는데, 어느 날 자기 부서 부장이 개가 죽었다는 것이야. 그래서 부하 직원들이 집을 찾아간 거야. 거기서 한 부하 직원이 넙죽 죽은 개에게 절을 해서 따라간 직원도 할 수 없이 죽은 개에게 넙죽 절을 했다는 거야. 얼마나 웃기는 일이냐구.

그렇게 시댁 형제 부부들은 이야기를 하고, 자다 새우다를 반복하며, 외지에서 숙박을 처음 해 봤습니다.

*

여행 전날

가슴이 두근거리고 좋아하는 마음이 가슴속에서 일어나고 하지는 않았습니다. 어릴 적 소풍 가듯 잠 못 들고 비 오는가 바깥을 쳐다보고 하늘을 쳐다보며 비가 올까 걱정하는 마음도 일어나지 않았습니다. 그러나 몸이 아파서 갈 수 없음에 힘들 수 있는데, 그래도 몸이 편안해서 편안하게 갈 수 있음에 감사했습니다. 준비물에 열중하는 마음은 중요했습니다. 가서 뭘 먹을까 생각도 했습니다.

김치는 누가 가져온다 했고 누구는 또 뭘 가져올 것이고 그것들은 빼고 내가 가져갈 것을 챙기면 즐거웠습니다. 여행 가서 먹을, 다시 국물에 신 김치와, 콩나물, 두부를 넣은 신김칫국이 최고였습니다. 주 메뉴로는 고기와 회, 밑반찬으로 식사를 하면 좋았습니다. 가면서 먹을 간식도 챙겼습니다. 가서 필요한 도구들. 멤버가 많으니 그릇, 수저, 대형 프라이팬 등도 챙겼습니다.

옷도 가지가지. 속옷, 겉옷, 더울 때, 추울 때, 산책할 때, 신발도 편한 것 간편한 것, 모자도 가지가지. 여러 가지를 가방에 넣고 다시 확인하고 빠진 것 없는가 조사하고. 여행은 준비하고 없는 것 찾고, 새로 사고, 보태고 하는 것이 여행의 시작이었습니다. 맞아, 여행을 한다는 것은 부지런히 몸을 움직이고 여행에 맞는 것을 찾고 생각하는 일이었습니다. 나이가 들고 움직일 수 없으면 여행은 꿈도 못 꾸는 것을 알아야 했습니다.

여행을 할 수 있다는 것은 행복이고 축복임을 알았습니다. 친구들이 하나둘 아파서 거동을 못 하고 소통도 할 수 없었습니다. 건강한 친구들이여, 여행을 자주 하는 것은 우리의 생각을 바쁘게 하고, 몸을 빠르게 움직이게 하는 힘을 주는 것 같았습니다. 그것은 건전한 마음과 몸을 유지할 수 있는 힘을 주었습니다. 사는 날까지 즐겁게, 행복하게 사는 것은 여행하며 사는 것이었습니다.

*

감은사지의 3층 석탑

땅속으로 돌 심을 박아 지진에 흔들리지 않게 했고, 큰 돌판으로 기초를 세웠습니다. 위에 다시 주춧돌을 쌓았고 그 위에 석판을 깔고 밑기둥을 세웠습니다. 기둥 위에 석판을 깔고 1층 석탑을 만들고 갓을 만들어 씌웠습니다. 1층 위에 2층 기둥을 세우고 갓을 만들어 모자를 얹고 다시 그 위에 3층 기둥을 만들어 갓을 만들어 위엄을 주었습니다. 꼭대기에는 철심을 박고 장식품을 달았을 텐데…. 1400년 동안의 변란을 겪고 장식품 없이 철심은 하늘을 향해 기도하고 있었습니다.

푸른 이끼가 1400년의 자태를 알려 주었습니다. 근엄하게 신라를 지키는 모습이 느껴졌습니다. 고대의 영적인 흔적을 느꼈습니다. 가슴이 뭉클했습니다. 알 수 없는 영험한 혼이 살아서 빛과 교차되는 느낌이었습니다. 앞에 펼쳐진 넓은 들에는 잠든 영혼들이 편안히 뛰어놀기 좋았습니다. 저 멀리 살았던 신라인의 모습이 석탑에서 시간과 공간을 사이에 두고 우리는 함께 탑과 들을 오가면서 즐겁게 뛰어노는 듯했습니다.

이집트의 피라미드와 스핑크스에서 느낄 수 없는 감동이 일어났습니다. 동질의 핏줄이 함께 살아나는 듯했습니다. 내 안에서 일어나는 이런 감흥은 처음이었습니다. 피가 뜨거워지면서 알 수 없는 에너지의 흐름이 있었습니다.

그 에너지를 가슴으로 안고 경주 시내를 탐방했습니다. 경주 최부자집, 문무대왕 묘지, 다보탑, 석가탑, 무설, 선덕여왕 릉, 첨성대, 향교의 명륜당, 천마총, 불국사, 동궁과 월지, 분황사 모전석탑, 포석정, 월정교 등은 신라의 1000년이 살아 있었습니다. 나는 신라인처럼 우리 민족이 영원히 살아 이 나라 이 땅을 지키기를 기원했습니다.

청소 아줌마

엊그제 수영장에서 처음으로 나온 청소 아줌마를 만난 것입니다. 그때, 아줌마가 목에는 명품 지갑을 걸고 빨간 고무장화를 신고 빗자루를 들고 청소를 하는 것입니다. 그리고 입으로 중얼거리는 것입니다. 내가 이 일을 하는 것은 가만히 놀고 있는 것보다 일을 해서 보람차기 때문이라는 것입니다. 그런데 허리가 조금 구부러져서 이 일을 할 나이가 지나지 않았을까 하는 마음이 일어나는 것입니다.

아줌마의 손짓과 발짓이 크고 씩씩해 보여 아줌마가 젊어 보이는 것입니다. 수돗물 호수를 이끌고 여기저기 수세미로 닦고 물을 뿌리는 것입니다. 목에 매단 작은 명품 똥가방은 아줌마와 어울리지 않은 것입니다. 이 장소에서 명품 똥가방을 아줌마는 왜 목에 걸고 있을까요. 아줌마는 자신을 높이려고, 이런 곳에서 청소할 사람이 아니라는 것을 알려 주는 것일가요? 그것은 자기의 자존심이고 상대방에게 자기의 말을 하는 것일까요? 그의 행동은 부산하게, 시끄럽게 청소를 하는 것입니다.

며칠 후 다시 만난 아줌마 모습은 고요한 것입니다. 목에 단 명품 똥가방도 없었습니다. 조용히 아줌마의 그림자가 왔다 갔다 하고 있는 것입니다. 그때 아줌마의 말들이 들려오는 것입니다. 이미 가졌던 명성은 사라졌고 가지고 있었던 재물도 사라져서 어쩔 수 없이 돈을 벌어야 밥을 먹을 수 있다는 것입니다. 나이가 들어 가진 것이 없다는 것은 슬픈 것입니다. 옛날의 화려하고 행복했던 시간들이 모두 다 지나갔지만 그래도 아직 몸이 건강해서 돈을 벌 수 있다는 것에 감사하다는 것입니다.

*

캐나다

오늘은 캐나다에 대해 쓰고 싶습니다. 그곳은 오래전부터 고종 사촌들이 이민 가서 살았습니다. 큰 언니네는 40년 전에 이민 갔습니다. 한창 우리나라는 데모가 한창이라 길거리는 최류탄 매연으로 눈을 뜰 수가 없었습니다. 북한은 남한을 집어삼켜 보겠다고 안달을 하는 시절이라 사회가 혼탁하고 국민들은 또 다른 6,25 전쟁이 생길 거라고 불안에 떨고 살았습니다. 부유한 사람들은 돈을 가지고 선진국으로 이민을 떠나는 것이 유행이었습니다. 큰 언니가 이민 간 후 몇 년 있다가 작은 언니네도 캐나다로 뒤따라 이민을 갔습니다.

몇 년 후 큰 언니는 나에게 파출부를 구해 달라고 전화가 왔습니다. 페이를 넉넉히 주겠다고 했습니다. 봉급은 우리의 2~3배가 되었습니다. 가겠다는 사람이 있었으나 여러 사정으로 성사되지 못했습니다. 세월은 흘렀습니다. 한국은 안개가 낀 부정적인 사회였습니다. 그러나 데모 속에서, 박정희 대통령은 확실한 나라를 발전시키고 부흥시켰습니다. 그 당시 큰 언니는 캐나다의 잡지에 인터뷰를 하고 그 지역 사회에서 나름 유명 인사로 명성이 자자했습니다.

한국의 언니 형제들과 고모님은 캐나다를 수시로 방문하고 로키산맥을 탐방하며 해마다 그 지역으로 여행을 하고 살았습니다. 그 당시 일반 보통의 사람들은 비행기 한 번 타 보는 것이 소원이었습니다. 어쩌다 보니 세월은 수십 년이 지나갔고 언니들은 나이가 많이 들었습니다. 어느 해 갑자기 큰언니네 아들이 스키를 타다가 죽었다는 비보가 날아왔고, 또 어느 때는 큰 언니네 부자 형부에게 아들 가진 젊은 여자가 착 달라붙어(혀같이 굴며) 함께 살고 있다는 소문도 들렸습니다. 세월이 한참을 지나 큰언니는 아프리카 난민들에게 전도를 하고 있다고도 들었습니다. 다시 세월은 흘러갔습니다. 큰언니는 하와이에서 컴퓨터 1호 박사를 만나 잘살고 있다고도 소문으로 들었습니다.

작은언니네는 처음에 세탁소를 운영했다 했습니다. 그다음에는 슈퍼를 운영했고 그리고 나이 들어 로키산맥 밑에서 꽃을 가꾸며 아름다운 펜션을 운영한다고 들었습니다. 그렇게 세월은 흘러갔습니다. 그리고 어느 날 작은 언니는 한국을 방문했고 우리 집에 놀러 왔습니다 그 후 작은 형부가 한국을 방문했고 함께 식사를 했습니다. 떠날 때, 몇 년 후 언니와 형부가 다시 함께 한국을 방문하겠다는 말을 남겼습니다. 세월은 흘러갔고 작은 언니와 형부는 토론토 딸네 집 근처로 이사했다는 소식이 들렸습니다.

나는 캐나다의 추운 날씨가 싫었습니다. 언제 한번 언니네 집을 방문하고 싶었습니다. 막네 동생에게 핸드폰을 알려 달라고 했는데, 번호는 모르고 보이스톡만 한다고 했습니다. 그곳 사정이 안 좋아서 폰 연결이 안 된다고 전했습니다. 언니가 핸드폰 자판이 안 되니까 보이스톡으로 해 보라고 전했습니다. 언니네 사정이 어떠한지 모르나 세상이 모두 알 수 있는 카톡이 잘 안 된다는 사실을 이해할 수 없었습니다.

여친인 박 실장 아들이 어느 날 캐나다로 식구들을 모두 데리고 떠났습니다. 박 실장은 황당했습니다. 멀쩡히 잘 살다가 왜 캐나다로 떠나는 것인가? 손자를 유학 보내려 하는 것인지, 며느리가 유학하려는 것인지 알 수가 없었습니다. 박 실장은 시름시름 아팠습니다. 마음으로 정리하고 괜찮다는데 목소리는 감기처럼 목이 메어 발성이 되지 않고 온몸에는 몸살이 나 앓아 누웠습니다. 아들네 이별식은 오랜 시간이 걸렸습니다.

내가 아는 사람은 캐나다로 30년 전에 이민을 갔습니다. 그는 성악가였습니다. 캐나다에 갈 때 의사 아버지가 사 준 집을 팔아 100만 불을 가져갔습니다. 그곳에 가서 그는 교포와 어울렸습니다. 우선 말이 통하지 않으니 그에게 접근한 교포가 모든 것을 알려 주었습니다. 알려 준 사람들은 그에게 대가를 요구했습니다. 그들은 그에게 함께 사업을 하자고 제안했습니다. 커다란 유통업체를 사서 함께 운영하자 했습니다. 그리고 처음 4년 동안 그에게 운영하여 자금 회수를 함께하고 그 후는 그에게 그 사업체를 가져가는 조건으로 계약했습니다.

그는 열심히 자금을 회수하여 자기는 일한 월급만 가져가고 교포에게 남겨진 원금을 갚았습니다. 4년 후면 그 사업체가 자기 것이 될 것이므로 열심히 밤낮 일했습니다. 그런데 4년 후 그 교포와 주변 사람들은 교묘히 언어를 변형하여 사업체를 자기네 것으로 돌려 버렸습니다. 그 핵심 인물은 교회의 목사였습니다. 캐나다 언어를 제대로 해석하지 못하여 그들의 언어 농간으로 100만 불 사업체를 목사가 갈취해 버렸습니다. 그 후 그는 30년간 온갖 허드렛

일로 고생을 하였습니다. 그리고 결국 마지막 어머니가 돌아가신 후 한국에 와서 어머니의 집을 팔아 동생과 나누어 억대의 돈을 손에 쥘 수 있었습니다.

캐나다에 가면 사람들은 선진국이라 좋아했지만 그곳에서 뿌리 내리기는 쉽지 않았습니다. 한국에서 가져간 돈으로 살아남기가 어려웠습니다. 같은 교포들이 접근을 하고 그들은 이것저것을 가르쳐 주면서 돈을 요구하고, 그들의 돈을 이용하며 빼앗는 데 선수라 들었습니다. 그런데 그런 사실을 알면서 절친 친구 자식들이 캐나다로 이민을 가는 것을 바라보는 부모의 마음에 병이 들었습니다. 다 큰 자식은 부모가 어쩔 수가 없어서, 자식과 이별할 수밖에 없었습니다. 언젠가는 어차피 자식과 이별해야 할 테니 미리 자식과 이별식을 했다고 생각했습니다.

이럴 때, 나는 가진 것이 없고 권력이 없으며, 사회의 지위가 없는 자식이 고마웠습니다. 그냥 옆에서 살고 부모를 쳐다보지 않아도 좋았습니다. 일 년에 한두 번 명절이나 생일 때 만나더라도 그 녀석들 냄새를 맡게 해 주는 것이 고마웠습니다. 이민을 가는 것은 이민족이 되는 일이고, 평생 다시 보는 것이 어려웠습니다. 친척인 당고모 아들이 30대에 뉴질랜드로 이민을 갔고 아버지가 돌아가셔서 처음으로 한국에 왔는데, 60대가 넘어 하얀 머리를 하고 상주 노릇을 하고 있었습니다.

이것은 아니라는 생각을 했습니다. 돌아가신 아버지가 평생을 얼마나 아들을 그리워하며 살았겠습니까. 손자들 냄새도 못 맡았고 죽어서 영혼으로 한을 가졌을 것입니다. 이럴 때 나는 나무아미타불 관세음보살을 찾으며 감사의 마음을 가지는 것입니다. 어렸을 때 친할머니를 따라 자주 절을 갔습니다. 코 흘리며 따라가서 부처님을 믿는 것이 아니라 공양 음식에 눈독을 들여, 빨리 제사가 끝나서 먹을 것만 생각했을 것입니다. 우연히 유튜브에 소나무 광우스님을 보고 부처님 옛날이야기에 재미가 붙었습니다.

거기에 나오는 이야기는 할머니가 밤하늘의 별자리를 보며 옛날이야기를 해 주었던 것과 너무 똑같았습니다. 광우스님의 부처님이야기 속에 나 자신을 다스릴 수 있는 것으로, 나무아미타불 관세음보살을 찾으며 기도하는 방법이 있었습니다. 나이를 먹으면 먹을수록 화가 나고, 참지 못하며, 부정적으로 상대방을 공격하여 아들이든 딸에게도 상처를 입혔습니다. 시어머니, 친정어머니가 그랬습니다. 나 역시 친정어머니, 시어머니로서 똑같을 것입니다. 여기에 자녀들에게 상처 주지 않는 자비로운 기도가 나무아미타불 관세음보살이었습니다.

나이 들수록 마음을 닦는 기도가 필요할 것입니다. 그것이 나를 깨끗이 정화하고 주변 가족을 행복하게 하며, 자신을 행복하게 하는 것입니다. 나에게 커다란 힘은 없지만 캐나다로 이민 간 친척이

나 절친 아들들이 그곳에서 행복한 삶을 살기를 기원합니다. 나무 아미타불 관세음보살.

*

우리는 뒷담화를 좋아한다

- 너, 목소리가 너무 가라앉았네. 목이 쉬었어. 네 나이가 얼마인데 몸을 너무 많이 쓰는 것 같아. 그러다가 병 걸리면 아들이나 딸이 너를 케어해 줄 수 있을 것 같아? 조심해야지요.
- 맞아. 이번에 김장을 너무 많이 했어.
- 네 나이가 얼마인데, 이제 얻어먹을 나이야.
- 10키로인 줄 알고 주문했는데 20키로씩 40키로인 거야.
- 혼자 김장을 했어?
- 응.
- 사람을 부르지.
- 영감이 난리를 쳐서 몰래 숨기고 안 하는 거처럼 하는데 힘들었어. 막, 신경질을 냈어. 자기 어깨는 다쳤지, 도와주지는 못하니까 딸보고 사 먹으라 하지. 담아 준다고.

- 너 종부세 얼마 나왔어?

- 1,600만 원.

- 송년회 가느라 친구들 만났는데 1억 5천씩 나왔다고 하더라. 펜트하우스에 살고, 100평 집이 있고 또 뭐가 더 있다는데.

- 너도 많이 나왔지?

- 응, 많이 나왔어.

- 집 살 때 정부가 도와줬냐? 세금만 내라 했지. 외제 차를 사서 쓴 적도 없는데…. 그놈들이 세금 걷는데 미쳤어.

- 이재명이가 비천한 집안에서 태어났다는데 그러면 안 되잖아? 비천하게 태어난 사람들이 얼마나 슬프겠냐?

- 무슨 비천이냐? 아버지가 법대를 다녔다는데…. 그놈 말하는 것이 완전히 양아치가 아니냐? 그런데도 국민이 좋아한다는 게 웃기지. 좋아한다는 놈들 다 한통속이잖아. 빨대 꽂고 세금 뜯어먹는.

- 오늘 40키로 김치 담은 것 친척들 나누어 주고. 몸이 아파서 콧속이 헐었어. 남편에게 혼나서 찍소리를 못 했어. 혼나서 조용히 집에서 쉬었어. 그리고 아들이 캐나다로 떠나기 전에 우리 집으로 왔어. 여기로 짐을 가져오고 가져가고 심적으로 힘이 들었어. 그래서 더 병이 생겼어.

- 너는 괜찮다지만 마음속은 힘들었던 거야. 몸이 받아지질 않는 거지.

- 서씨 집에 원래 허황된 DNA가 많은 거야. 시아버지가 윤보선 집 앞에, 본적이 있고, 집이 넓게 잘 살았는데, 다 없애고 돌아가실 때 빚만 남기고 가셨잖아. 그래서 손자도 닮은 거야. 우리가 다 준 재산 모두 없앨까 봐 걱정이 커. 그러나 할아버지보다는 덜하고 조금 박씨 집 DNA가 섞였어.

오빠는 동생인 딸과 매일 싸워. 만나기만 하면. 딸이 오빠를 나쁘다고 해. 유학 때부터 돈만 쓴다고 오빠가. 아버지 힘들게 한다고.

- 큰 시누이가 경주 4박 5일 갔다 왔대. 그곳에 딸이 있거든. 놀러 오라 해서 갔대. 시티 투어 했는데 좋다더라.
- 나도 2박 3일 경주 갔다 왔는데, 좋았어. 옛날 수학여행만 갔었잖아. 몇 년 전 가기는 했는데, 노인들 모시고 가느라 제대로 보지를 못했어. 이번에는 친구가 가이드를 잘해 주어서 재미있었어. 천마총, 최부자 집, 향교인 명륜당, 월정교, 포석정, 동궁과 월지, 불국사, 다보탑, 석가탑, 문무대왕 수중묘, 감은사지 삼 층 석탑, 첨성대, 선덕여왕 릉 등 역사 탐방을 제대로 했네. 국가에서 많은 지원을 했더라. 예전에는 안압지가 그냥 조그마한 물웅덩이였잖아. 지금은 제대로 잘 갖추고 만들어졌어. 임금의 연회장처럼.
- 딸네 파출부가 어렸을 때 자주 바뀌니까, 5번이나 바뀌었으니, 아기들이 정서 불안이 생기고 난리가 났었어. 이제 아줌마가 오래 있으니까 같은 식구가 된 거야. 그러니까 아줌마가 아프니까 아기들이 약 주고 물 떠오면서 이거 먹으라고 한 대. 먹을 게 있으면, 이거는 아줌마 거, 저거는 할머니 거를 챙긴대.
- 사람은 너무 똑똑한 거 보다 덜 똑똑하고 인간적인 것이 중요하다는 생각이야. 그래서 사람은 인생 공부를 다시 해야 하나 봐. 그동안 똑똑한 며느리가 아기 영어 공부 한 달에 150만 원씩 한다고 내 돈 다 뜯어 갔지. 딸이 돈 더 많이 버는데 150만 원짜리 영어 공부를 안 시키더라.

- 행복은 멀리 있는 게 아냐. 그냥 어린이집 잘 다니고, 가족이 행복하게 밥 잘 해 먹고 엄마가 애들 건사 잘하며 아무 탈 없이 살아 주는 것이 행복 같아. 어쩌다 학원에서 시험 봤는데 100점 맞으면, 칭찬해 주고 맛있는 거 사 먹으라고 돈 주면 행복인 거잖아? 우리 손자가 엄청 뚱뚱해서 가끔 손자에게 100키로 되면 안 된다고 말을 하지. 그럼 또 딸이 엄마! 밥 먹으려고 하는데 스트레스받게 꼭 그 소리를 해야겠어? 그러면서 엄마를 혼내는 딸에게 섭섭하지만. 그래도 옆에 살아서 손자 냄새 맡게 해 줘서 고맙다고 속으로 욕하며 풀어진다니까.

- 작은 시누이가 나보다 3살 어린데, 일찍이 혼자 되어 꽃을 팔았잖아. 남편 몰래, 내 돈 많이 없었어. 한 20년을 혼자 꽃 가게 하고 살아내더니 어느 날부터 유튜브를 많이 찍었더라고. 뭐라도 열심히 하니까 밥은 먹고 살아. 유튜브로 조경 자격증도 따고 조경 카페도 하면서 뭔가 많이 발전했어. 꽃집이 다시 변화해야 하니까 조경 자격증을 딴 거야. 승산이 없으니까. 다급하니까 다시 변화를 준 거지. 지금은 그것도 20년이 넘으니까 홀로 설 수 있게 한 것 같아.

- 이제 퇴직자들의 삶이 보이는 거 같더라. 국민연금이 110~130만 원, 200만 원, 300만 원, 400~500만 원 연금을 받는 사람들로 구분이 되는 것 같아. 교수 퇴직자들은 거의 300만 원 인생이야. 우리는 고급 관료로 1급이었으니 400~500만 원이고. 기술자들은 자기 기술을 다시 재창출하고 살지만 나머지들은 할 게 없는 거야. 교수님이 나와서 뭘 할 수 있겠어?

그러고 보면, 차라리 옛날 농부들이 죽을 때까지 일을 할 수 있어서 행복한 것 같아. 힘은 들지만.

- 나는 영원한 싱크대 맨이야. 그것이 직장이니까 잘 시간 맞춰 영감님 밥 차려 줘야지.

- 그것도 복이야.

- 이번에 작은 시누이에게 말했어. 백세 넘으신 시어머니 돌아가시면 500만 원, 혹은 800만 원 들여서 49제 안 지낼 거라고 말했어. 먼저번 청룡사에서 일한 동생 이야기 들으니까 순 엉터리더구먼. 주지스님이 돈맛 알아서 염불하며 잔치해서 돈 뜯어다가 아파트 사고 딴짓하는 꼴이 영~ 아니더라고. 시아버님 때는 삼십 년 전에 500만 원이면 큰돈이었는데 49제를 지냈어. 빚을 내서. 그런데 또 뭐가 잘못됐다고 49제를 800만 원씩 주고 다시 지냈다니까. 빚을 져 가면서. 시어머니가 해야 한다면서. 돈이 없으면 하지 말아야지. 없는 아들 돈은 눈먼 돈처럼 썼다니까. 그때 참 허망하더라.

- 시누이가 뭐래?

- 가만히 있더라.

- 절도 엉터리인 것을 확실히 말해 두었어. 작은 시누이는 여행도 잘 다니면서 어머니에게 한 푼도 안 쓴다. 시어머니에게 육회어를 배달하는데, 시누이가 낸다고 하고서는 안 내는 거야. 아침저녁 그것만 시어머니가 드시거든. 여행 가는 것을 자랑은 엄청 잘해, 시누이가. 그런데 돈은 내는 거야.

- 그래도 자기 할 도리는 해야지. 그러면 복을 받을 수 없겠지.

- 뭘 사 오는 일도 없다니까.

- 딸애가 부동산 책을 사서 공부하더라. 그래서 그랬어. 부동산 공부는 책을 사서 하는 게 아니야. 그랬더니 엄마가 뭘 알아서 그러느냐는 거야. 그래서 그랬지. 내 친구 보니까 부동산은 현장에 가서 그곳에 있는 사람들과 소통하며 인맥을 맺으면서 하는 거라 했지. 그리고 지금 너는 애들과 잘 놀아 주는 것이 훨 낫다고 했어. 조금 있으면 애들이 커서 엄마가 놀아 주려고 해도 놀아 줄 수 없다고 했어. 베스트셀러 보고 부동산을 싸게 살 수 있는 게 아니라고 말했어. 그것들은 또 의심이 많아요. 친구 K를 봐. 돈이 있어도 쫀쫀하잖아? 거기에 저 자신이 얼마나 똑똑하냐고. 그런데 K와 나는 달라. 나는 영감이 있잖아. K는 없고. 우리가 밥 먹으러 박물관에 간 게 아냐. 무조건 밥 사 준다고 하면 우리가 밥을 먹냐고.

- 맞다. 뭔가 모르는 게 많아. 너 기침이 힘들다. 모두 아들 스트레스받아서야. 너는 아닌데 몸이 힘들어하잖아. 일단 시간을 두고 겪으면서 몸을 추스르라고.

- 알았어. 너도 건강해.

- 그래. 푹 쉬셔.

할아버지 친구들이 사랑방에서 정치 이야기로 소리치듯 신문과 유튜브가 소리쳤습니다

- '가짜 좌파'가 죽어야 '진짜 진보'가 산다.
- 오늘의 시국은 좌파를 하려면 어떤 좌파를 할 것인가, 그리고 어떤 좌파는 하지 말아야 할 것인가의 논점이 있었다.
- 운동권 출신 변호사 권경애가 "사랑도 명예도 이름도 남김없이 한평생 다하자고 언약하던 귀착점이 결국 이재명이냐?" 이 논쟁은 모든 혁명사에 등장했다. '스탈린과의 대화'를 쓴 밀로반 질라스가 이점을 책으로 설파했다. 그는 유고슬라비아 대통령의 이인자였다. 그는 티토의 독자 노선을 말살하려던 스탈린의 악마성을 발견하고 글을 썼다.
- 그의 책을 보면 민중의 전위대를 자처한 혁명 세력이 어떻게 기득권으로 변질하면서 집단 소유와 이념 독재 속에서 권력으로 자신들만의 부를 누리며 기생계급을 재생산하는지, 그러면서 사회가 왜 퇴행될 수밖에 없는지, 지식인 혁명가답게 잘 묘사하고 있었다. 결국 그의 고발로 그는 함께 만든 체제의 정치범이 되어 징역 7년형이 되었다.

- 한국 586 운동권의 문제점도 그런 것이었다. 혁명을 위해선, 조직을 위해선, 성취를 위해선, 무슨 짓이든 다 해도 괜찮다는 과대망상이 그들을 타락시켰다. 자기들은 어떤 부정부패, 일당 독재를 자행해도 그것은 위대

한 혁명을 위한 수단이기 때문에 무 오류, 잘못된 게 없다는 것이었다.

- 이 악마적 미신을 깨는 좌파 지성은 찾아볼 수 없었다. 여하튼 운동권은 독선, 독단, 독재로 굳어져 버렸다. 문재인, 이재명 진영이 그랬다. 이낙연 측 참모인 이상이 교수가 이재명을 '기본 소득 포퓰리스트' '대장동 당사자'라고 비판하자 민주당은 그를 즉각 징계했다. 당 게시판도 닫아 버렸다. 스탈린 못지않은 행동이었다.

- 이재명은 국회 상임위원장들을 모아 놓고 "야당이 발목 잡으면 뚫고 가야, 패스트 트랙에 한꺼번에 태워라, 여당이 방망이를 들고 있지 않은 가?" "공소 시효 없는 역사 왜곡 단죄법을 만들겠다"고 포고령을 냈다. 완전 한국의 자유 민주를 말살하겠다는 것이었다. 그것들은 완전히 스탈린, 마오쩌둥, 시진핑, 백두혈통, 남로당, 통진당, 전대협, 한총련 등과 같이 자유민주를 파괴하고 말살하여 공산 전체주의를 재생시키려는 자들인 것이었다.

- 그런데도 국민들은 그들을 지지하고 찬양하는 지성인이 많다는데 나는 할 말을 잃어버렸다.

- 나이가 들어 가면서 왜 정치에 관심이 가는 것일까? 먹고 사는데 정신이 없어서 평생을 살았는데…. 코로나19로 집돌이가 되어서? 혼밥을 먹으니까? 물가가 올라서? 세금이 올라도 너무 올라서?

- 만나지 마라. 대중목욕탕에서 샤워하지 마라. 함께 모이지 마라. 마스크를 써라. 운동하지 마라. 지원금을 줄 테니 집에 있어라.

- 정치인들은 모여서 먹고 마시면서, 노조는 집회하고, 시민은 꼼짝 말라 소리치고. 문재인은 다달이 외국 순회하며 닐리리 놀며, 온갖 세금 다 까먹으면서 1,000조를 집어삼키고. 국민은 일도 못 하게 하여, 조용히 숨 쉬면서, 온갖 세금 혈서를 받아 분통 터지고. 정치인은 거짓말을 밥 먹듯 해도 상관없고, 국민은 진실하지 않으면 감옥 보내고.
- 나는 조용히 살고 싶습니다. 대통령은 공기처럼 있는 듯 없는 듯했으면 좋겠습니다.

*

머리가

미용실 원장에게 나는 문자를 보냈다. 화요일 2시경 파마를 하겠다고. 답이 왔다. 네, 감사합니다. 나는 원장에게 줄 귤감을 비닐에 넣어 달려갔다. 그는 TV를 켜고 항상 BTS 방송을 통해 음악을 들었다. 50대 주부는 트로트가 대세였는데 그는 아니었다. 그는 내 머리를 잘랐다. 책꽂이에 법륜스님의 '야단법석'이 꽂혀 있었다.

- 어? 이 책이 뭐야? 내가 유튜브에서 듣던 스님이네?

- 어? 또 이 책은? 나태주의 '사랑만이 남는다'라는 시집이네?

- 누가 갖다준 책이요?

- 아니에요. 제가 샀어요.

- 원장님이? 대단하다. 요즘 책 사는 사람 없는데?

- 그래요? 방송을 듣다가 괜찮을 것 같아서 샀어요.

- 좋아요. 인터넷으로요?

- 아니요, 책방에서요.

- 예전엔 책을 많이 읽었어요.

- 아! 원장님 예술성이 있어요.

- 내가요?

- 그 나이에 BTS 음악은 안 듣거든요. 트로트를 듣는데, 원장님은 젊음의
  활기찬 어떤 에너지가 있어요.

- 그래요?

나는 TV 채널을 돌렸다. OBS 채널에서는 '전기현의 씨네뮤직'을
방영해 주고 있었다. 내가 좋아하는 것이었다. 마침 음악과 함께
외국인이 운전자면서 시를 쓰는 장면이 나왔고 곧 윤정희가 열연
한 아름다운 영화 '시' OST-아네스의 노래(박기영)가 나왔다. 순수
한 마음을 가진 할머니 '미자의 아름다운 시'가 탄생하여 '아네스
의 노래'가 탄생한 것을 설명했다.

- 어머 저 시네마 뮤직 너무 좋네요. 난 왜? 저것을 몰랐지?

- 바쁘니까요.

- 그래도, 어렸을 땐 시도 쓴다고 끄적거렸는데….

- 원장님도 문학성이 있어요.

- 정말요?

- 그렇다니까요.

- 다시요. 아무래도 녹음해 놓을게요.

- 원장님은 분명 문학성이 있다고요.

- 장흥 시골에서 언제 도시로 왔지요?

- 18살이요.

- 이제부터 고향이 그립고 생각나고 할 거예요.

- 아니라니까요. 어릴 때 기억이 하나도 안 나요.

- 날 수 있어요.

- 어느 날 식사를 하는데, 내가 우리 애에게 넌 경주를 가 봤니? 했더니 갔
  다는 거예요. 나는 기억이 없는데.

- 자기가 초등학교 1학년 때였대요. 새벽에 토함산을 캄캄할 때 올라가는
  데 죽을 뻔했다는 거예요. 그때 생각이 나더라고요. 울퉁불퉁 산길을 꼬
  마가 못 올라가서 붙들고 업고 했던 생각이 나더라고요. 그와 같이 원장
  님도 생각이 날 거예요. 오늘부터 시를 써요. 못 써요 하지 말고. 썼었으
  니까 쓸 수 있을 거예요. 내가 봐 줄게요.

- 아이고, 부끄러워요. 그러면서 쓰는 거예요. 더 좋은 시가 태어날 수 있어요.

-그럼 써 볼까요?

- 그럼요. 그래야지요.

- 웃기는 것이 내 친구가 노래방에서 노래를 하면 항상 나보다 잘한다고 토를 달았어요. 그런데 어느 날 우리 전원주택인 동생네 집을 방문하게 되었어요. 거기서 제부가 TV 화면으로 노래를 영상으로 띄워서 노래를 부르게 되었는데 우연히 아무 노래가 나오면은 우리들은 모르는 노래라고 고개를 흔듭니다. 그런데 그것을 그 친구가 받아서 모두 노래를 부르더라고요. 배워서 하는 것이 아니라 그냥 몸에서 흘러나오는 거예요. 그게 타고난 재능이지요. 그래서 넌 나보다 정말 노래를 잘한다고 칭찬을 했죠.

- 원장님도 그럴 수 있다는 거지요.

- 한 번 써 볼까요?

- 쓰세요. 무조건 써요.

며칠 후 나는 원장님에게 문자를 보냈다. 시를 쓰세요라고.

*

글을 쓴다는 것

처음에 글을 쓰는 것은 참을 수 없는 화가 일어나서 쓰는 경우가 많았다. 그다음은 사회의 일을 마감하고 퇴직하면서 나는 무엇을 하고 살까? 고민하다가 글을 쓰게 되었다. 내가 그동안 가장 잘할 수 있는 것이 무엇일까 생각했다. 글을 전적으로 쓰지는 않았는데 과연 글을 쓸 수 있을까도 생각했다. 교육자로서 일을 했고, 책을 보고 공부하는 일을 많이 했으며, 책 보기를 좋아하니·글 쓰는 일이 그래도 엉뚱한 일보다는 쉽게 접근할 수 있을 것 같았다.

처음에, 일기처럼 생각나는 대로 글을 썼다. 현재를 쓰다가 과거를 썼고, 과거를 쓰다가 현재에 일어나는 일들, 관심이 가는 글들을 썼다. 나만의 글이니까 사실 주관적인 글이 되다 보니 장단점이 있을 것이고, 보이지 않는 편견이 들어가서 상대방에게 상처를 주는 경우도 있었을 것이다. 거기에 정치적 이념이 다르니 같은 친구들에게 보이지 않는 갈등도 생겨났다. 글을 쓰다 보니 그래도 세월은 빠르게 지나갔다.

가끔 뭘 쓸까? 생각하는 경우도 있었다. 어느덧 5권을 쓰고 나니 갑자기 내가 쓰는 글이 지루하고 지겨운 글이 되는 것 같았다. 우연히 간결하고 명쾌한 시적으로 글을 쓰면 좋겠다고 생각했다. 우연히 '우리가 함께 장마를 볼 수도 있겠습니다'라는 박준의 시집을 읽으니 서술적인 형식을 따오되 짧게 쓰는 글도 좋겠다는 생각으로 글을 쓰려고 했다. 그러면 나 자신도 글 쓰는 것이 지루하지 않고 새롭게 느껴질 수 있을 것 같았다.

같은 반찬을 오래 먹으면 지루하고 지겹듯이 말이다. 같은 반찬을 기름에 튀기듯이 요리하면 새로운 맛이 날 수 있는 것처럼. 나는 시 형식으로 글을 쓰려 했다. 그런데 그 모양을 갖추는 것은 쉽지 않았다. 새로운 형태가 만들어지면서 형식이 없어졌다. 피카소의 그림을 프랑스에서 관람한 적이 있었다. 처음에는 여러 장면의 인물 사진이 그려졌고 그다음에는 인물 사진들의 테두리가 그려지고 생략되더니 마지막에는 조형들이 모여진 추상 그림으로 변화되었다. 객관적으로 추상화를 이해하기 어려웠는데 추상화가 되는 과정의 그림의 진열은 이해할 수 있었다.

나는 나만의 글쓰기를 하고 싶다. 시처럼 너무 짧아 내용을 이해하기 어려운 것이 아니고 너무 말이 많은 소설처럼 질려서 도망가는 것도 아닌, 스토리가 적절히 나타나서 이해할 수 있는 글의 형식이 되었으면 좋겠다.

말꼬리는 힘들다

스토리가 있는 사람은 만날수록 즐겁다. 스토리가 없는 사람은 고요하다. 스토리가 없으면 할 말이 없는 것이다. 무언의 공간이 지속되면 공간이 힘들어진다. 처음에는 날씨에 대하여 말을 한다. 날씨가 너무 춥다느니, 날씨가 너무 따뜻하다느니 말을 잇는 것이다. 그다음, 이념이 맞는 정치가 나오면 여당과 야당이 어떻다며 성토대회를 한다. 아니면 몸이 좋지 않음에 대해 말하다가 건강에 관해 말을 잇는다.

어쩌다가 말을 하게 되어 상대방이 긍정적인 사람이라는 걸 알게 되면 말이 계속 이어지지만, 부정적으로 말꼬리를 잡는 사람이면 말꼬리가 늘어지면서 계속 어둠의 곳으로 말이 흘러간다. 아무리 밝은 곳으로 말을 이끌려고 해도 어둠의 곳으로 깊게 들어가 버려서 회생하기가 어렵다. 말꼬리 잡기를 하는 쪽은 통쾌할지 몰라도 말꼬리를 잡히는 사람은 낭패감으로 기분이 잡친다. 이런 일이 계속 일어나면 우리는 말꼬리 잡는 사람을 피할 수밖에 없다.

말은 이상하게 주장이 센 사람이 자기 말이 옳다는 것을 강조하며 상대방을 말로써 제압하려 한다. 그 주장이 틀렸는데도 합리화하며 정당화한다. 주장이 센 사람이 결국 이기고 만다. 그러나 나중에 보면 그 주장이 이론적으로 틀린 것이다. 주장이 약한 사람이 주장이 센 사람에게 지고 마는 말 게임은 사실 후에는 웃긴 일이 되겠지만, 말싸움이 되면 약이 올라서 감정적으로 힘이 든다.

말의 주장이 센 사람을 나는 싫어한다. 그런 사람은 무조건 자기는 옳고 남은 틀리다는 의식이 강하기 때문이다. 이론상 틀려도 주장이 센 사람이 이기게 되어 있다. 물론 상하 관계일 때는 더 말할 것도 없는 일이다. 그러나 평등 관계일 때도 마찬가지로 친구이지만, 주장이 센 친구가 상대방 친구에게 마음의 상처를 주고 만다. 그러면 상처를 받은 친구는 주장이 센 친구를 다시는 만나고 싶지 않게 된다.

나는 이런 시비를 가리는 말 게임에 말려들고 싶지 않은 것이다. 그런데 이상하게 말 게임에 걸려들 때가 많다. 이럴 때 나를 얼른 말 게임에서 벗어나는 방법을 찾을 필요가 있는 것이다. 양자 선택을 하게 하는 방법이 좋아 보였다. 상대방에게 그래요? 그쪽은 그렇게 생각하세요. 나는 이렇게 생각이 드니 각자 좋은 대로 생각함이 좋을 듯하다고 설명하는 것이다. 행동이나 행위도 그렇게 양쪽을 다 선택할 수 있게 만드는 것이다. 각자 하고 싶으면 하고 하기 싫으면 안 하는 것을 선택하게 하는 것이다.

그 결과, 우리는 게임에서 지고 이기는 게임이 될 수 없으며 각자 선택을 하니 틀리고 맞고도 없는 것이다. 감정 소비가 일어나지 않으며 괴로운 감정이 생기지도 않으니 즐거울 수 있는 것이다.

*

나는 가끔 나무가 되고 싶다

나무는 성자였다. 가을에 떨어진 나무가 키 작은 나무를 뒤덮었다.

키 작은 나무가 숨을 쉴 수 없다고 했다. 비가 왔다. 낙엽은 키 작은 나무에 붙어 버렸다.

언제 낙엽이 키 작은 나무에게서 떨어질 수 있을까.

새하얀 눈이 세상을 덮었다.

키 작은 나무 위, 낙엽 위, 눈이 덮었다. 숨은 못 쉬지만 낙엽과 작은 나무는 서로 붙었다.

키 작은 나무는 자기에게 붙은 고민을 말하지 않았다.

키 큰 나무나 키 작은 나무나 잘잘못이 없이 그냥 각자 주어진 대로 살았다.

나무는 새끼 나무도 그랬다. 씨가 주변에, 혹은 멀리 싹이 트면 그곳에서 조용히 살았다.

나무는 모든 것을 내어 주며 살았다.

나무는 도움을 받으려 하지 않았다.

나무는 진실했다.

나무는 성실했다.

나무는 죽음을 두려워하지 않았다.

나무는 남을 탓하지 않았다.

나무는 성자였다.

*

산이 많은 Y시 탐방

Y시를 탐방하는 것은 먼 곳으로 여행을 떠나갔던 느낌이라 좋았다. 입구부터 치킨집, 물고기센터, 빵집, 국숫집, 양꼬치집, 슈퍼,

주유소, 채소 가게, 과일 과게, 없는 것 없이 모두가 존재했다. 골목마다 샛길이 있고 샛길마다 작은 빌라촌이 블록을 만들어 마을을 이루었다. 사람들도 다양했다. 키 큰 사람, 키 작은 사람, 뚱뚱한 사람, 흰 피부, 검은 피부.

큰길을 지나면 망가져서 엉망이 된 한양백화점이 있고 그 남쪽으로 롯데 마트와 백화점이 크게 자리를 차지하고 있었다. 동쪽으로 건너편은 빵집과 다양한 음식점, 스터디 카페, 노래방 등이 자리한 빌딩이 서 있다. 그 빌딩 사거리 북쪽에 주상복합 빌라촌이 있고 아래층에는 부동산과 핸드폰 가게, 빵집, 아주 싼 채소와 과일 가게가 있다.

그곳에 가면 무조건 채소와 싼 과일을 소쿠리에 많이 담아서 사가지고 돌아왔다. 오늘 거기에서 갈치, 상추, 사과, 양파, 고추, 부추, 파 등을 사서 차 트렁크에 담았다. 서울보다 싸서 엄청 기분이 좋았다. 50% 할인이 되어 있었다. 그 길을 따라 북쪽으로 올라가면 공원 산길이 보였다. 계단은 나무 계단이었다. 날씨가 따뜻해서 봄이 온 듯했다. 산은 깨끗하고 아름다웠다.

오른쪽에 청소년을 위한 집이 있고 그 위에 도서관이 있었다. 계속 산을 따라 올랐다. 시가지가 다 보였다. 저 멀리 한양 아파트 단지 그 옆에 더 큰 아파트 단지들이 즐비하게 늘어서서 시가지를 이루었다. 사람들이 산에서 내려왔다. 아저씨들이 강아지를 데리고 산으로 산책 갔다 내려오는 것이었다. 하얀 예쁜 강아지가 아장아 장 따라갔다. 예쁘구나, 예쁘구나. 강아지는 쾡 쾡 소리쳤다. 강아 지가 알아듣는구나.

가면서 수돗가가 설치되었고, 화장실은 목조로 된 아름다운 집 이었다. 계속 오르다가 다시 하산하는 길로 바뀌었다. 넓은 평지에 체육 센터처럼 운동 기구가 설치되었다. 팔과 허리를 돌리는 둥근 회전판이 있고, 다리를 빠르게 앞뒤로 흔드는 기구, 앉아서 다리를 오므렸다가 펴는 운동 기구가 있었다. 나는 기구를 이용해 50번씩 을 세며 운동을 했다.

다시 도로로 하산을 하고 내가 먹고 싶은 한방전주콩나물해장 국집으로 들어갔다. 콩나물 해장국을 시켰다. 곧 지글거리는 투가 리와 날달걀, 큼직한 깍두기, 오징어 젓갈이 나왔다. 뜨거운 투가리 에 밥과 콩나물이 섞여 있고 그 위에 김 가루와 송송 썰린 파가 얹 혀 있었다. 나는 그 위에 다시 날달걀을 깨서 투가리에 넣었다. 달 걀이 고소하게 익었다. 나는 수저로 휘휘 저어 맛있게 먹었다. 그 러면, Y시 탐방은 끝이 났다.

빨간 지붕 양철집

내가 동구 밖에 들어서면 마을 꼬마들은 빨간 지붕 양철집 외손녀가 왔다고 떠들어 댔다. 우물가 아줌마들도 누가 왔다며? 서로 수군거렸다. 얼굴이 붉어지며 길에서 빤히 내다보며 내 얼굴을 쳐다보는 사람들에게 얼굴을 보여 주지 않으려고 나는 반갑게 맞아 주는 이모 치마로 내 얼굴을 가렸다.

외할머니 집 마당은 대문에서 멀었다. 담장과 대문에는 나를 쳐다보려고 사람들이 웅성대며 쳐다보았다. 가을 추수가 끝나고 농촌은 한가했다. 부엌에서는 여자들이 가마솥에 밥을 지었다. 이모, 외숙모, 친척 여자들이 바빴다. 외할머니는 부엌에 주문이 많았다. 일꾼들, 지나가는 상인, 멀리서 온 친척들 상을 고루고루 챙기라고 지시했다.

상차림이 된 상은 사랑방, 윗방, 안방, 골고루 배치되었다. 안방은 3개의 상이 들어왔다. 할아버지와 큰 외삼촌, 손자들과 막내 삼촌, 여자들이 함께 먹는 도래 상이 차려졌다. 나는 이쪽저쪽을 왔다 갔다 했다. 삼촌이나 할아버지 상에서 물리는 조기 새끼도 한번 먹고 여자들이 큰 양푼에 나물 넣고 비비면 그쪽도 한 입 먹었다.

뜨거운 쌀밥에 가을에 담은 맛있는 깻잎장아찌를 듬뿍 올려서 먹는 맛도 최고였다.

밤이 되면 방 구들이 뜨거웠다. 이모는 저녁에 나를 등에 업고 마실을 갔고. 저녁 늦게 대문을 살짝 밀고 도둑고양이처럼 기어들어 왔다. 달이 뜨면 시골은 온 천지가 밝았고 달이 지면 온천지는 칠흑처럼 깜깜했다. 저 멀리 산밑에서 반짝반짝 빛났고. 도깨비불이 무섭게 달라붙을 것 같아 무섭다고 소리 질렀다. 한밤중에 할머니는 나를 두엄밭에다 내려놓고 똥을 뉘었다. '도깨비야, 물러가거라' 하고 소리쳤다.

방에 들어오면 이모들은 맛있게 무얼 먹었다. 팥죽에 동치미를 먹고. 생고구마, 무, 도토리묵, 두부, 조청에 바른 가래떡을 먹었다. 이모는 밤에 똥 싼다고 한 번만 내 입에 넣어 주었다. 할아버지는 기름 단다며, 빨리 자라고 소리쳤다. 이모는 가는 색실을 바늘에 꿰어 꽃과 벌, 나무와 꽃을 밑그림에 따라 수를 놓았다. 각 방에서 호롱불이 창호지 사이로 새어 나왔다.

새벽에 할아버지는 기침을 하고 사랑채에 '어이, 아무개야, 일어나서 빨리 소죽을 끓이라'고 소리쳤다. 할머니는 새벽에 부엌으로 가서 가마솥에 군불을 때서 물을 끓였다. 늦게 외숙모와 이모, 친척 여자들이 밥을 짓고 아침상을 차렸다. 꼬마들은 뜨거운 물로 세수를 하고 밥을 먹고 할아버지는 일꾼에게 할 일을 지시했다.

아침부터 할아버지를 보고 싶은 사람들이 마당으로 들어왔고 동네에 일어나는 일들이 시끄러웠다. 학비를 빌리러 오는 사람, 곡식에 문제가 있었다는 일, 누군가 놀음을 해서 빚이 많아 어찌했다는 사람을 불러오라는 둥, 마당에 모인 사람들이 할아버지와 상의하고 지시받으며 하루가 시작되었다.

*

용산에서 친구들과 송년 모임

높은 곳에 유리 벽으로 사방이 뚫려서 한강이 햇빛을 받아 유유히 흘렀습니다. 북쪽의 남산은 여전히 우리를 반겼습니다. 주변은 새 아파트, 헌 아파트가 옹기종기 모여 남쪽을 향해 해를 받았습니다. 겨울 같지 않은 따뜻한 햇살이 유난히도 빛났습니다. 아! 여기는 온 천지가 다 보여서 속이 시원하구나. 맺힌 속이 확 뚫어 주어 좋았습니다.

친구들은 하나둘씩 모였습니다. A는 감자칩, 연근칩, 다시마칩 등을 챙겨와서 친구들에게 나누어 주었습니다. B는 가슴이 막혀 숨을 쉴 수 없는 우울증이 생겨 죽을 뻔했다고 했습니다. C는 병원에 들러 검사를 받고 늦게 올 것이라 했습니다. 강북에 사는 D는 차가 밀려서 서울역까지 왔다면서 늦을 것이라 했습니다. 나는 3012 버스를 타고 한강을 넘어 용산으로 동지 팥죽을 쑤어 가지고 갔습니다.

P는 친구가 온다고 갈비를 만들고 메밀묵을 김치에 맛있게 요리해 놓았습니다. 우리는 오랜만에 만났고 함께해서 즐거웠습니다. 뒤에 온 D는 내가 안 오려고 했어. 이렇게 얼굴에 상처가 심해서. 쥐젖이 목에 많이 생겨 그 쥐젖을 성형외과에서 제거하는데 얼굴의 점도 제거하는 게 좋다 해서 했거든. 얼굴이 흉해서 오기가 꺼렸어. 괜찮거든요. 잘 왔습니다. C가 모자를 쓰고 현관으로 들어왔습니다. 다시 항암 치료가 시작되어 머리가 상했을 것입니다.

A는 내가 싱크대에 물이 튀기지 않는 받침대를 갖다줄걸. 있는 줄 알았는데 없네. 그런 것도 있어? 응, 엄청 편하고 좋아. 넌 여성적이구나. 우리는 그런 거 잘 몰라. 응, A가 엄청 여성적이고 살림꾼이야. 그렇구나. 야, 우리 모였으니 먼저 예술 공부를 하자. 그래. 제목은 불굴의 활이었습니다. 주인공은 1927년 3월 27일생 아

제르바이잔. 로스트로포비치이고 첼로 연주자였습니다. 어머니는 피아니스트, 아버지는 첼리스트였습니다. 23살에 스탈린상을 받았습니다.

그는 엄청난 음악성을 지닌 동시에 음악에 대한 열정이 있었으며, 솔제니친에게 은신처를 제공해 주었고 그를 옹호해 주었습니다. 결국 그는 1974년 스위스를 거쳐 미국으로 망명했습니다. 워싱턴 국립 심포니 오케스트라의 상임 지휘자. 영국 오케스트라를 지휘하며 활발한 활동으로 소련의 시민권을 빼앗겼습니다. 1990년에야 조국으로 돌아갔고 부인과 함께 교육 향상, 박물관 설립, 후학 양성을 위해 노력했습니다. 그리고 2007년. 3월 27일, 암으로 세상을 떠났습니다.

로스트로포비치는 주변에 좋은 사람들이 많았습니다. 가족을 화목하게 하고 주변 사람들과 함께 음악을 하며 즐겁게 살다가 생을 마감하는 것이 훌륭했습니다. 우리는 맛있는 식사를 하며 즐거운 이바구를 했습니다. D는 상하이에 사는 아들네가 한국에 오는데. 그 이유를 반박할 수 없다고. 부모님과 처갓집의 어른이 나이가 많으시고 암 투병 중이라 한국으로 돌아올 수밖에 없다고 했는데. 반박할 수가 없다는 것이었다. A는 임신 중인 딸이 코로나 백신을 맞을 수 없다는데 산부인과 의사는 안 맞으려면 꼼짝 말고 집에만 있으라고 경고를 보냈습니다.

A는 결혼 안 한 아들과 함께 아들이 좋아하는 영화를 보러 갔습니다. 영화는 A의 취향이 아니었지만 아들을 위해서 갔습니다. B는 작은아들이 딸처럼 곰살맞게 어머니에게 잘했습니다. 그러나 B는 그 아들에게 곁을 내주지 않고 멀리했습니다. 그래야 빨리 제 짝인 여자를 찾을 것으로 생각했습니다. 우리는 왜 그래야 하는데? 그냥 네 아들을 사랑해 주는 게 좋을 것 같았습니다. 각자의 이야기는 계속되었고 시간이 흘러가면서 모두가 서둘러 저녁 준비를 위해 떠났습니다. 안녕. 내년에 건강하게 만나자고 소리쳤습니다.

*

'자본주의의 미래' 저자 인터뷰

세상의 학자들은 한국에 대해서 말이 많았다. 한국은 분단의 국가이고 6.25 전쟁을 겪은 가난한 나라였는데, 부유한 나라가 되어 먹고살 만한 나라가 되었으니 관심이 많아진 것이다. 폴 콜리어 교수(옥스퍼드대)는 한국에 대해 말했다. 사회 갈등 심화, 청년 실업과 저출산, 포퓰리즘의 득세 등이 자본주의의 실패 사례라 했다. 그는 저 개발 국가의 빈곤 문제를 연구하며 '따뜻한 자본주의' 이론을 폈었다.

그는 대중을 빈곤에서 구해내지 못하는 자본주의는 고장 난 자본주의라며 공동체 정신을 회복해야 한다고 했다. 정부가 주도하는 기본 소득 제도는 인간 존재의 의미를 단순화하는 모욕적인 발상이라 했다. 그 말은 맞았다. 현 정부는 국민을 위한 정치, 국가를 위한 정치가 아니었다. 자기들의 정당을 위한 정치였고 계속 패권을 잡으려는 정치였다. 자본주의를 망가뜨려 국민을 노예화하려는 정치일 뿐이었다.

여당은 최악의 범죄자를 대통령 입후보로 뽑았다. 그는 전과 4범인 이재명이었다. 그런데 국민이 지지하고 있다는 것이 나는 참을 수 없는 것이다. 이제 모든 일상이 거짓과 범죄의 사회가 되고 있는데 여당 정치계는 공정과 자유, 평화를 외치고 있다. 중공 공산당이 초등학교 담벼락에 써 놓은 인민을 위해 공정, 공평, 자유, 평화, 법치주의를 써 놓은 것과 같았다. 문제는 지식인들이 그를 추종하고 있다는 것이 참을 수 없었다. 그는 돈으로 정치계 법조계, 지지자들을 매수하고 국가를 사려는 것이었다.

크리스마스 파티

크리스마스 파티가 열렸다. 광어회, 연어회, 그릴에 구운 닭다리, 갈비찜, 아기들이 좋아하는 시카고 딥스 피자, 산타가 있는 딸기 케이크, 초코 케이크 등이 네모진 상 2개 위에 펼쳐졌다.

테니스를 치고 온 작은딸, 근육질이라고 엄마를 놀리는 웅이, 웅이에게 100키로가 넘으면 안 된다는 외할머니, 연어가 제일 좋다는 손녀, 웅이가 살을 빼려고 엄청 노력한다는 웅이 엄마. 웅이 아빠, 맥주잔을 따르고 건배를 하자는 외할아버지.

아기들은 콜라, 할머니는 막걸리, 작은딸은 와인, 사위는 소주, 큰딸은 맥주. 모두가 메리크리스마스 건배를 외쳤다. 케이크에 촛불을 켜고 모두가 인증샷을 찍고, 캐럴 음악을 틀고 맛있는 것을 먹었다. 피자를 돌렸다. 따끈한 피자치즈가 혀에서 녹아 짭쪼름하고 구수한 맛을 돋웠다. 니글거리는 입맛은 막걸리로 개운하게 가셨다.

손녀는 하얀 쌀밥에 간장 찍은 붉은 연어회를 올려 맛있다며 잘도 먹었다. 웅이는 갈비를 먹고, 닭다리를 뜯고, 와사비와 간장을 올려 광어회를 입안 가득 넣었다. 손은 두툼하여 두꺼비 손이었고 얼굴과 목은 통통하게 살이 쪄서 TV에 나오는 먹방 인생 주인공 같았다. 할머니는 엊그제 동짓날 먹었던 팥죽을 데워 왔다. 이것 좀 먹어 봐라.

손자들은 모두가 아니요, 안 먹을래요. 다른 젊은것들도 아니요, 안 먹을래요. 야, 그래도 다양한 음식을 먹어 봐야 한단다. 외국 여행 가서 이건 못 먹고 저건 먹어 하는 것은 아니지 않냐? 다양한 음식을 먹어야 그 나라를 이해할 수 있는 거란다. 손자는 학교에서 점심때 끓여 줬어요. 학생들이 싫어했어요. 우리 어머니가 라면을 싫어했고 내가 라면을 좋아했던 생각을 했다.

코로나로 인해 모임을 억제하는 정책이 시행되어 겨울 스키 여행이 어려워졌다. 할아버지는 어쩔 것인가 고민을 했다. 손자들은 안 돼요. 가야 해요. 주장했다. 나도 가야 한다고 주장했다. 아기들이 너무 갇혀서 살아서 자유를 줘야 한다고 주장했다. 웅이는 콘도 가서 놀기만 하고 스키를 타지 않겠다는 것이었다. 왜 안 탈 거야? 난 할머니 무서워요, 너 5학년이야. 등치도 크고 모험심을 길러야지. 조금만 타자. 고개를 끄덕거렸다.

할아버지는 크리스마스 선물로 모두에게 돈을 주었다. 모두가 좋다고 박수를 쳤다. 나는 분홍색 장갑과 분홍색 털목도리는 손녀에게, 검정색 장갑과 회색 털목도리는 손자에게 주었다. 그들은 껴 보고 목에 두르고 털을 손으로 쓰다듬었다. 후식으로 케이크, 딸기, 아이스크림을 먹고 밤이 깊어 헤어졌다. 가기 전에 나는 손자들의 인증 사진을 찍어 두었다. 애들이 곧 더 자라서 지금의 모습을 볼 수 없을 것을 생각해서였다.

나는 지금 쉽고 편하게 내가 좋아하는 글을 써 보려고 노력하는 중이다. 이것이 맞지는 않지만 말을 줄이고 그러면서도 슬프고, 즐거운, 화가 나는 감정들을 쉽고 짧게 당시의 상황을 그리고 싶었다.

*

머리하는 날

큰딸은 동생과 나에게 머리 염색약을 발라준다고 자기 집으로 오라 했다. 젊어진다며. 나는 좋아하지 않았지만 허연 머리가 남에게 좋은 이미지는 아닐 것 같아서였다. 현관에 들어섰을 때 집안에서는 온갖 잡동사니가 씨름을 벌이고 있었다. 예전 같으면 나는 참을 수 없어서 싫은 소리를 했을 것이다. 아침에 밥 먹여서 애들 학교에 바래다 주고 남편 출근시키고 지금 막 돌아와서 우리 머리 염색약을 만드는 딸을 이해하게 되었다.

남은 애 둘을 키우는데 파출부를 들이고 작은 아기를 친정어미한테 맡기고 비용을 납부하게 하는 자식이 많다는데 이해해야지. 딸네 부엌은 그릇이 쌓이고 먹다 만 음식이 널브러져 있었다. 이불과 아기 옷이 씨름을 하고 책상에는 온갖 컵과 카드 색종이 만들기 재료가 뒤섞여 있었다. 간이 냉장고 위에는 과자, 빵, 사탕, 빈 껍질이 엉겨서 범벅이 되어있었다. 베란다는 빨래한 것과 안 한 것, 음식 자료 등이 놓여 있었다. 그렇지만, 밥은 잘 해 먹었고, 빨래는 해 입혔으며, 애들은 학교에 잘 다니고 있으니 걱정할 필요는 없었다. 모두가 어떻든 잘 해결될 것이다.

그래서 모든 것이 되었다는 것이다. 안 아프고 씩씩하게 살고 있다면, 모두가 좋았다. 복잡한 곳에 의자를 놓고 큰 딸은 나와 작은 딸에게 머리 염색을 칠해 줬다. 시간을 두고 기다렸다. 머리에 염색물이 들었을 때, 큰딸은 목욕탕에서 우리들의 머리를 감겨 줬다. 어지럽지만 질서가 있다고 딸에게 말했다. 갑자기 배꼽을 잡고 깔깔거렸다. 엄마 이거 허리 아플 때 짱이에요. 둥근 원통을 나의 등에 밀어 줬다. 나는 원통을 등에 받치고 한 번 굴렀다. 원통이 내 몸을 궁글리니 힘이 들었다. 힘들게 하는 기구로구나 생각했다. 그래 원래 인생도 그런 거지, 뭐. 작은애에게 '너 몸이 뚱뚱해지면 무릎이 아파서 고생하니 조심하는 게 좋아.' '요즘은 몸이 뚱뚱하든 예쁘지 않든 상관없는 시대야. 개성의 시대라고.' 하며 나에게 침을 놓았다.

'이번에 친구네 친척이 죽었어. 42세야. 모아모야라는 병이래. 갑자기 숨을 쉴 수 없었는데 응급 병상이 없었대.', '병상 있는 경기도로 갔다가 서울에 병상이 생겨 오다가 숨을 쉴 수 없었던 거야. 그래서 곧바로 죽은 거지.', '그거 봐요, 엄마. 건강이 최고야요.', '죽으면 뭐 해.', '그래도 너무 뚱뚱해서 건강을 해칠 수 있다는 거지.', '야, 내 말 좀 들어 봐라.', '네 말만 하지 말고.', '내 입으로 내가 말하는데 무슨 상관이야.', '난 그렇게 못 해.'

나는 어이가 없었다. 남에게 막가파로 막말을 해 대는 작은딸을 어찌할 수가 없었다. 혼자 제멋대로 사는 것이 얼마나 망가져 가고 있는 것인지. 가정을 이루고 자식을 키워 봐야 사람이 된다는 것을…. 갈수록 홀로족이 많아지고 있다는데…. 우리 사회의 리듬이 깨져 가는 것이 안타까웠다. 나는 항상 기도한다. 작은애를 위해….

*

스키장을 가다

12월 말일이 되면 나는 가족들을 모여서 스키장을 갔다. 어머니, 이모들, 외삼촌들. 동생네, 우리 식구들. 그런데 이제 그들은 죽거나 요양원에 계셨다. 이번에는 눈을 껌벅거리며 스키장을 가고 싶다고 손자들이 제안했다. 나는 동생네를 불렀는데, 코로나로 위험하다고 못 오겠다는 제부, 그래도 가야겠다는 여동생만 참가하고, 일을 더 해야 하는 사람들은 참가하지 않기로 하고 모두 모여 스키장으로 갔다.

오랜만의 풍경이 펼쳐졌다. 눈으로 쌓인 슬로프가 산줄기를 타고 내려왔다. 완만한 슬로프 경사와 급한 슬로프에서 사람들은 스키를 타고 내려왔다. 왕년에 나도 많이 타고 내려왔던 슬로프였다. 눈발을 날리면서 열심히 탔는데…. 우리 때보다 슬로프에서 내려오는 스키인이 드물었다. 아이들이 없었다.

손자들은 스키장 구경만 좋아했다. 스키 타는 것이 무서워서 싫었다. 애들 어미는 애들이 싫어하면 강요하지 않았다. 교육철학이 달랐다. 어느 것이 맞는지 몰랐다. 그러나 교육 철학은 복잡했다. 가진 것이 없는 시대는 뭐든 할 수 있는 것을 열심히 하려고 애썼다. 가진 것이 많아진 시대는 매사 느리고 힘들어하고, 싫으면 싫다고 투정하는 시대가 되었다. 한마디로 헝그리 정신이 없는 시대가 되었으니…. 지금 애들은 좋은 거는 좋고, 나쁜 것은 스스로 좋아하지 않으니까 안 한다는 주의다. 자기네는 좋아하는 것만 하겠다는 것이다. 아기들은 좋아하는 것을 무절제로 입에 넣었다. 그러니 뚱뚱보가 될 수밖에 없었다. 그들은 먹고 싶은 것을 마음대로 즐겼다. 그들의 부모는 걱정이 되지만 아기들이 좋아하는 대로 먹였다. 그들을 절제하지 못했다.

손자 손녀들은 배 터지게 먹고 둥글둥글 벼개를 껴안고 침대에서 뒹굴며 유튜브 보는 것을 즐겼다. 일어나서 밥 먹고, 누워, 침대에서 핸드폰의 유튜브를 켜고, 과자 먹으며 뒹굴거렸다. 작은손녀는 오빠처럼 똑같이 행동했다. 다행히 손녀는 살이 찌지 않았다. 뚱뚱하든 홀쭉하든 할미는 손자들이 예뻐 죽었다. 그들의 행동은 걱정이 생기지만, 딸과 사위는 애들이 원하는 모든 것을 들어줬다. 할미가 시비를 걸어서 윤리 도덕을 강요할 수 없었다.

삶은 풍요로워져서 시대가 달라졌다. 우리들의 자식 중에 결혼 안 하는 자식들이나 했어도 아기를 안 나고, 자식 없어도 각자들 잘 살았다. A 친구 자식이 결혼했지만, 미국으로 이민 가서 이민족이 되어 손자 냄새도 못 맡았다고 하소연을 했다. 그에 비해 나에게 큰딸이 옆에 살면서 손주들 냄새를 맡게 해 주어 다행이라 생각했다. 그들은 여름 여행, 겨울 여행으로 추억을 함께했다. 이번 겨울 여행에 손자들은 스키가 아니고 수영을 하자 했다.

영하 10도였다. 우리는 숲속 노천 수영장을 찾았다. 뜨거운 온천 물에서 수영을 하는 것은 외국 영화 속의 장면 같았다. 하늘은 맑고 투명했다. 뜨거운 물속에서 가족은 물고기처럼 수영했다. 물속에서 나오면 온몸이 떨렸다. 다시 물속으로 빠졌다. 하루 종일 물속에서 놀다가 숙소로 왔다. 라면을 끓여 먹었다. 침대에 누웠다. 창 너머, 스키 타는 모습이 보였다. 이번 가족 여행은 나름 특별한 여행이 되었다.

*

딸에게 보낸 옛 사진들을 카톡에서 다시 보았다

남편은 어린 작은딸들을 안고 있었다. 잔디밭이었고 야자수 나무가 뒤에 배경으로 심어졌다. 작은딸은 기저귀를 찼고 머리가 숭성숭성 나오고 있었고, 자기 손가락으로 자기 발을 만지고 있었다. 큰딸은 아빠 무릎에 앉아 신발을 신고 반바지에 분홍 티를 입었다. 머리는 선머슴처럼 짧게 길러졌다.

2번째 사진은 작은딸이 아빠 무릎을 의자 삼아 잠자는 모습이었다. 머리는 덥수룩하게 자랐고 아장아장 걸을 수 있을 것 같았다. 뒷배경에는 소나무와 돌계단이 뒤섞여 있었다. 3번째 사진은 저 멀리 바다가 보이고 해변 모래밭에서 햇빛을 쬐며 사진을 찍었다. 작은딸은 반바지와 흰 티셔츠를 입었고 머리는 단발머리에 안경을 썼으며 초등학교 1~2학년 같았다. 큰딸은 당시 4~5학년으로 하늘색 수영복을 입었고 안경을 썼으며, 긴 수영 매트 위에서 앉아 있었다.

3번째 사진은 물 흐르는 계곡의 바위에 앉아서 몸이 가느다란 친구를 언니와 동생 사이에 놓고 옥수수를 먹고 있었다. 언니는 머리에 썬캡을 쓰고 안경을 쓰고, 동생은 머리띠를 머리에 하고 노랑 티에 반바지를 입고 있었다. 초등학교 4~5학년 같았다. 그 나이의 다른 사진은 놀이동산에서 언니, 동생, 사촌 동생들이 나란히 손가락으로 브이를 만들고 형과 아우가 무릎을 굽히고 앞뒤로 나란히 찍었다. 뒷배경으로는 모형 둥근 지구와 피사의 탑, 다보탑, 뾰족집이 보였다.

4번째 사진은 큰딸과 작은딸이 분홍 우주 스키복을 입고 썰매를 타고 나는 곤색 점퍼와 갈색 바지를 입고 아이들을 붙들고 눈밭에서 썰매를 태웠다. 하얀 눈이 쌓인 산을 올라 바위에서 사진을 찍은 사진도 있었다. 잔디가 파릇파릇 솟아오르는 중인 잔디밭에서 반소매에 얇은 점퍼를 걸치고 앉아 있는 모습으로 4식구가 나란히 앉아 있는 사진. 둘째 딸 6학년 졸업 사진으로, 붉은 가디건 옷을 입고 꽃다발을 든 딸 사진. 칠판을 배경으로 적당한 파마머리에 편안한 얼굴을 하고, 분홍 목티에 마이를 입은 젊은 여선생으로 이 사람이 나였었나? 하는 사진도 있었다.

마지막 사진으로 1999학년도 박사 학위 수여식 날 남편이 나에게 준 꽃다발을 앉고 졸업 사진을 찍은 사진이 있었다. 나의 인생이 사진을 통해서 졸업을 하고 있었다.

이렇게 글을 쓰는 것이 괜찮아지는 것일까? 아니면 더 이상해지는 것일까? 그래도 써 보는 것이다. 모양이 갖추든 못 갖추든 글 쓰는 자체를 즐겨보는 것이다. 음식을 만들 때 유튜브에서 맛있는 사진이 나오고 맛있는 재료를 사용했기 때문에 나도 맛있을 것 같아서 그대로 따라 했는데 내 입에는 맞지 않았고 내 정서에 맞지 않은 것이 얼마나 많았던가. 그러나 가끔 어렸을 때 할머니나 어머니가 해 주셨던 음식인 팥죽을 내가 처음 만들어서 먹었다. 그런데 그 음식을 먹고 내 정서에 맞는 즐거운 맛을 찾았다.

그때부터 나는 팥죽을 아침, 점심, 저녁에 계속 먹어도 행복했다. 계속 더 먹을 수 있었다. 다만, 몸의 균형이 깨져서 부작용을 일으킬까 봐 드문드문 먹는 것이다. 그런데 주변의 내 친구들도 좋아했다. 나는 그런 글이 나오기를 바랐다. 항상 글을 써도 즐겁고 행복할 수 있는 나만의 글을 쓰고 싶었다.

영화를 볼 때도 내 정서에 맞는 영화를 보고 싶었다. 어떤 영화를 보면 감동이 찐하게 느끼면서 나를 상승시키는, 감정이 살아서 내 몸의 핏줄에 물감처럼 색상이 스며들면서 떨림이 전달되는…. 이번에 본 영화 '밤의 해변에서 혼자'는 김민희, 홍상수의 독백 같은 줄거리 없는 영화 같다. 1부는 김민희 독백으로 이루어져 있다. 그냥 나답게 살고 싶어, 죽을 때까지 하고 싶은 거 하면서… 자식은 안 키워 보면 절대 모르지…. 그 어떤 것도 방해받지 않고 자신답게 살고 싶다면 가정과 자식을 가지면 안 된다.

2부에서는 술을 마시며, 취중 진담을 하는 장면이 나오는데, 감독이 우리에게 던지는 질문 같았다. '사랑받을 자격 있는 사람 봤어요?' 사실 서로 주고받는 말이지만, 결국에는 자신 안의 내면에서 대화하는 것들을 따로 분리했을 뿐 자신 스스로가 하는 말을 배우들을 통해 내비치는 것 같았다. 자신만의 생각을 내비칠 수 있는 매체를 가진 감독이 너무나 부럽게 느껴지는 장면도 있었다.

영화를 보며 김민희와 홍상수 감독의 사랑 관계를 영화로 만들었을 것 같은···. 그들의 사랑을 사실로 표현한 듯한 영화였기 때문에 감동적이었다. 거기서 프랑스풍의 스토리를 느꼈다. 윤리 도덕을 벗어나기 때문에 부정적으로 지적질을 해야 마땅한데 사실적인 사랑의 묘사, 즉, 여자들의 내적 사랑을 잘 표현했다는 느낌이 들었다. 사실적인 일반 상황들을 영화로 나타냈다는 것이 특별했다.

그 영화를 통해서 글쓰기도 그렇게 현재의 일상적인 삶이 글이 되는, 허구와 가상이 아니라 일상에서 일어나는 이야기를 쓰는 것이 진실하게 느낄 수 있을 것 같았다. 쉽게 자신의 일기일 수 있었다. 그러나 영화에는, 그 속에 미묘한 사랑이 내포하고 사랑의 갈등이 있었다. 사랑은 정말 인간의 본능을 자극하고 내 안의 원초적 감정을 일으켜서 순화하는 작용일 거 같았다. 사랑이란 무엇일까? 말할 수 없는 열정이며, 뜨거운 쏠림, 기다림, 애달픔, 애잔함 같은 복합체의 감정이지 않을까.

갑자기 친구에게 사랑이란 무엇일까를 물어보고 싶었다. P에게 물었다.

- 내가 '밤의 바닷가에서 혼자'라는 영화를 봤어. 김민희가 아름답고 사랑스럽게 보이더라. 거기서 사랑하지만 불륜적인 도덕, 윤리에 어긋난다고 지적질을 해야 하는데 그럴 수 없을 것처럼 느껴지는 거야.

- 응, 나도 봤는데 나도 그랬어. 나이가 많아지니까 그런 것 같아. 나도 그 영화를 보니까 옛날 사랑이 생각나고 이루어지지 않은 사랑을 생각나게 했어. 영화를 통해서 우리가 못 한 사랑을 대리 만족 하고 있을 거야.

- 사랑이라는 존재는 불륜이든 뭐든 정말 인간의 절절한 본성의 밑바닥을 보여 준다고 할까? 하여튼 우리 나이에 처음으로 애틋하고 애달픈 사랑의 실체 감정을 내 안에서 이끌어 냈다는 것이 중요한 거야. 남자들은 아마 이런 영화를 좋아하지 않을 거야.

- 우리 신랑은 싸움하는 역사 드라마를 좋아해. 아니면 스포츠를 좋아하고. 나랑 전혀 안 맞아. 그래서 각자 따로 봐야지.

- 나는 맞는 부분도 있지만 묘하게 달라. 예를 들면, 찌개를 보면, 나는 칼칼하고 찐한 된장찌개를 좋아한다면 남편은 슴슴하고 시원한 것을 더 좋아하듯이. 가끔 나는 게이를 이해할 수 있을 것 같아. 동성끼리 비슷한 성격, 비슷한 성향들이 더 잘 맞을 거라는 생각이 들어. 이성은 많은 차이가 있잖아. 그래서 같은 동성끼리 오래 사는 것이 더 합리적이라는 생각이 들더라.

- 그래 우리 나이는 게이도 이해하는 나이인 것 같아. 나도 그래.
- 아기일 때는 남자, 여자 존재가 구분되지 않잖아. 나이가 많아지면서 다시 여성, 남성의 존재가 아기들처럼 사라지는 부분이 있겠지.

- 넌 어떤 영화를 좋아해?
- 예술가들이 성장하면서 사건이 일어나고 사실적으로 미술, 음악, 건축 등의 예술을 창조하면서 발전하는, 사실성이 있는 그런 영화를 좋아해. 멜로 영화 장르로 헌신적이면서 어려움을 극복하는 사랑 이야기도 좋아하고.
- 나도 너랑 비슷한 정서네. 그래서 너랑 나랑 매사 친밀한 거야. 만나면 감정 분열이 없이 편안해지는 거지. 다른 친구들은 매사 뒷북을 쳐서 우리를 힘들게 하잖아. 일단 우리 다시 시간 조율해서 신년회 떡국 잔치 하며 멋진 영화를 보자.
- 그래. 좋은 영화 찾아 놓을게.
- 좋아요.

갑자기 홍상수 감독의 영화가 좋아졌다. 영화 '클레어의 카메라'는 프랑스의 해안가를 매우 아름답게 찍었다. 주인공 만희는 영화사 대표인 남양혜 대표의 부하 직원으로, 칸 영화제에 왔지만 대표의 갑작스런 해고 통보에 당황한다. 만희는 일정이 애매해서 칸 영화제가 끝날 때까지 프랑스에서 시간을 보내기로 결정하는데, 이 시간 동안 벌어지는 이야기이다.

양혜: 내가 같이 일하는 사람한테 가장 중요하게 요구하는 게 뭔지 아니?
만희: 글쎄요.
양혜: 정직이야. 그건 아주 귀한 건데 그 귀한 성품은 타고나는 거야. 후천

적인 노력으로 만들어지는 게 아니더라고. 그래서 너도 뽑은 거고. 알지?

만희: 네.

양혜: 그런데 너의 어떤 순수한 부분은 아직도 인정하지만 그게 꼭 정직함을 담보로 하는 것은 아니다. 그런 생각이 들었어.

만희: 아…. 왜 그런 생각을 하시게 되셨어요? 제가 부정직하다고 생각하세요? 지금은?

양혜: 응, 그런 생각이 들었어. 미안하다. 내 판단이야.

사실 대표가 만희를 해고하게 된 것은 자신과 연인 관계인 영화감독 소완수가 만희와 술에 취해 하룻밤을 같이 보냈기 때문이다. 소완수는 자기 때문에 만희가 해고되어 죄책감을 느낀다. 우연히 만희를 만나게 되는데, 영화제 참석차 양복을 입은 완수를 보고 멋있다고 하자 '옷이야 거죽인데 뭘 입으면 어떠니?' 그러면서 만희가 핫팬츠를 입고 있는 것을 보고 '그런 치마 입을 때 넌 무슨 생각을 하니? 무슨 마음으로 이런 걸 입니?' 하고 묻는다.

그냥 예뻐서 입는다는 만희의 얘기에 완수는 '넌 남자들의 눈요깃감이 되고 싶니?' 완수의 죄책감을 만희의 탓으로 돌려 합리화하고 싶었던 것인지도 모른다.

만희는 클레어의 눈에는 인기 좋은 여자이고 완수의 눈에는 성적 관심을 받고 싶어 하는 문란한 여자이며, 대표의 눈에는 부정직한 여자이다. 클레어의 카메라는 어떤 사람을 온전히 담아낼 수 없다. 그러니 완성된 사진은 나의 시선에 따라 편집된 사진일 수 있다. 그것은 어떤 사람에 대한 편견이나 선입견, 자신만의 잣대일 수 있을 것이다.

어렵더라도 온전히 어떤 사람을 있는 그대로 보기 위한 노력을 해야 한다는 것을 일깨워 주는 영화였다. 이 영화를 보면서 이해하지 못하는 부분이 많았다. 그런데 블로그에 나타난 생각의 집을 통해서 해독 못 하는 장면들을 다시 이해할 수 있어서 즐겁고 행복했다.

나는 요즘 영화와 드라마에 빠졌다. 내가 좋아하는 것들을 하나씩 보면서 내가 무엇을 좋아하는가를 찾아가는 중이었다. 역시 멜로 드라마나 영화를 좋아하는 것은 사실 같았다. 오늘 점심 식사 중, 친구가 보내준 USB에서 팝송이 나왔다. 'The House of the Rising Sun' 초라한 집 한 채가 있었지. 사람들은 해 뜨는 집이라고 불렀다네. 많은 불쌍한 아이들이 망가져 왔어요. 신이여, 나도 그 아이들 중 하나였다네…. 음악 리듬이 울리면서 젊었을 때의 대학 학창 시절이 떠올랐다.

키 작은 선배가 태극 정원에서 마이크를 들고 정렬적으로 이 노래를 불렀고 모든 학생들이 그 축제를 환호하며 함께 춤을 추었던 기억. 그리고 지금 다시 나를 즐겁게 하며 기쁨이 샘솟았다. 오후 늦게 남편과 테니스를 치고 돌아오면 남편은 맥주가 한 잔 생각났다. 그는 캔맥주를 마시고. 안주로는 감자볶음, 둥근 소세지, 네모진 슬라이스 소시지, 양배추 사라다, 스페인산 올리브를 즐겼다. 몸이 찬 나는 맥주보다는 막걸리를 마셨다. 막걸리 반 컵에 찬물 반 컵을 섞어 닭가슴살에 매운 칠리소스, 상추, 땅콩, 블루베리를 안주로 삼았다.

남편이 오늘은 칭기즈 칸 노래를 틀고 30년 전 우리가 살던 진해를 기억하며 팝송 로마를 들었다. 아련한 젊었을 때의 생각이 났다. 큰애가 돌을 지났고 옆집에 사는 준이 엄마가 아침마다 시멘트 벽담 위로 아기를 앉히고, 진아를 불렀던 기억. 그 동네 살던 태화, 동화네, 한수네가 팝송 칭기즈 칸의 노래와 섞였다. 한참을 술 마시고 안주를 씹으며 하루의 일을 마무리했다. 샤워를 하고 정리를 하며 잠을 잤지만 금세 깨어 잠을 설쳤다. 늙음의 징조이리라.

내일을 위해 눈을 감지만 정신은 더 맑아지면서 밤을 설쳤다. 새벽녘에 바람이 세차게 창문으로 부딪혔다. 무척 추울 것 같았다. 자명종이 울리면서 벌떡 일어났다. 몸은 피곤했다. 창밖은 캄캄했다. 전기 스위치를 누르고 물통의 물을 데웠다. 찬물과 더운물을 섞어서 따뜻한 물을 한 컵 마셨다. 달여 놓은 약초 물도 데워서 마셨다. 옷을 두껍게 껴입었다. 머플러로 목을 칭칭 감았다. 수영복을 챙겨 집을 나섰다. 차가운 바람이 열려 있는 복도 창으로 훅 들어왔다. 계단을 짚고 1층으로 내려갔고 현관문을 열 때 경비 아저씨가 안녕하세요? 물었고 안녕하세요. 대답했다.

교회 앞에 세워 둔 차 쪽으로 걸어갔다. 눈이 앞 유리를 덮었고 눈이 얼어 앞 유리를 가렸다. 운전하기 어려웠다. 시동을 켜고 고온으로 올렸고 앞 유리 쪽에 센 바람을 켰다. 차 속에서 간이용 가죽이 씌워진 칼을 찾아들고 밖에 있는 앞 유리를 박박 문질렀다. 언 눈이 벗겨졌다. 바람이 매서워 손이 시렸다. 운전석만 얼음을 벗겼다. 그리고 운전을 조심스럽게 미끄러지지 않게 하고 아파트 단지를 빠져나왔다. 골목길이 어두웠다. 작은 골목길에서 큰길로 빠져나왔다. 드문드문 차가 다녔다.

신호등에서 대기하다가 좌회전 신호를 받아 큰 사거리로 나와 다시 신호등을 받아 좌회전을 받아 지하 굴을 통과해 곧 직진 신호등을 계속 받아 수영장 입구로 들어갔다. 주차권을 받으려는데 창문이 열리지 않았다. 운전석에서 내려 주차권을 누르고 받았다. 늦는다고 뒤 차는 클랙슨을 눌러 나를 화나게 했다. 야, 너도 유리창이 안 열릴걸? 속으로 욕하며 주차장으로 이동했다. 주차장

바닥은 얼음으로 되어 있었다. 천변의 눈이 바람에 날려 주차장을 얼음 밭으로 만들었다. 앞뒤로 차가 차서 간신히 끝 라인에 주차 했다.

살금살금 기어서 수영장 현관으로 들어섰다. 안녕하세요. 직원 에게 인사하고 체온 체크를 했다. 36.5. 정상입니다. 회원 카드를 대면 '환영합니다'라는 멘트가 나왔다. 지하 계단으로 내려가서 대 기하다가 6시 39분이 되면 회원 카드를 확인기에 대면 '환영합니다' 라는 멘트가 나온다. 직원은 회원 카드를 받고 나에게 옷장 키를 내준다. 나는 여성 라커 룸으로 가서 옷을 옷장에 넣는다. 수영복 을 챙겨 샤워장으로 가서 샤워를 하고 수영복을 입는다.

수영모, 수경을 쓰고, 기지개를 하고, 수영복을 챙겨 입고 작은 수영장으로 가서 6시 타임이 끝날 때까지 기다린다. 나는 대충 발차기를 하고 수영장에서 자유형, 배영을 오고 가고 2번을 반복 한다. 그때 6시 타임이 끝나고 7시 타임자가 수영장으로 들어간 다. 나는 2라인이다. 수영장으로 들어가서 자유형, 배영, 평형, 접 영을 조금씩 하면서 몸을 푼다. 곧 코치 선생님이 체조를 시켜 따라 한다. 끝나면 코치는 판때기를 준다. 붙들고 발차기 자유 형, 배영, 평형, 접영을 2번씩 반복하여 수영장을 돌고 오라고 지 시한다.

코치님은 다시 판때기를 내리고 갈 때 자유형, 올 때 배영, 갈 때 평형으로 삼세번씩 하라고 지시한다. 숨이 찰 때 체조하며 걸어서 숨을 고른다. 그리고 또다시 자유형, 배영, 평형을 3바퀴씩 돌고 마지막으로 접영을 3바퀴 돌게 한다. 그러면 50분 수업이 대충 끝나고 마지막 숨쉬기 체조를 하며 끝낸다.

나는 바로 샤워장으로 가서 샤워를 하고 체중기에서 몸무게를 달고 옷장에서 옷을 갈아입고 대충 머리를 드라이기로 1분 말린 다음 모자를 쓰고 나온다. 번호 키를 회원 카드와 교환하고 수영장 밖으로 나와서 주차장에서 차를 타고 입구에서 주차장 카드를 안내인에게 주고 도로로 빠져나와 집으로 온다.

집에 오면 아침은 만두를 3개, 고구마 반 개를 삶아서 남편은 2개, 나는 한 개를 먹는다. 몸에 좋다는 ABC 주스(사과, 비트, 당근)를 요플레와 섞어서 한 컵 마신다. 귤 2개, 사과, 바나나, 커피를 마시고 설거지를 하면 하루아침 시간이 끝이 난다. 수영 15~20바퀴를 돌았으니 힘이 들어서 좀 자리에 누워 쉬고 싶어진다.

이렇게 글을 쓰는 것이 나에게 맞는 일인가? 생각하게 된다. 나를 기록하는 것이 뭐가 대단하겠는가? 그런데 내가 어쩌다가 아프고 힘들어서 어쩔 수 없을 때 이런 글을 읽으면 틀림없이 그때가 얼마나 행복했던 시절일까를 생각할 것 같은 것이다. 나에게, 지금

보다 나이가 더 많아질 때, 혹은 더 어렸을 때, 내 나이의 상태를 가늠하지 못할 때가 많았다. 내 나이 50대쯤, 어느 신문에 산꼭대기에서 70세 할머니가 만세를 부르며, 자신이 끝까지 등반한 것을 대단하다고 자화자찬했다. 그때 나는 그것이 무슨 큰일이냐며 우습게 여겼었는데….

내가 70세가 넘어 보니 그것은 정말 대단한 일이었다. 여자들은 65세가 넘으면 다리 심줄이 약해졌고 70세가 되면 근육질이 고무줄 삭은 것처럼 얇고 가늘며 삭아서 언제 터질지 모르게 위험 수위에 있었던 것이다. 한번 심줄이 터지면 오랫동안 고생하고 회복이 안 되면 걸을 수 없으니 곧 요양원으로 직행해야 할 일이었다. 물론 특별해서 90세까지 끄떡없이 잘 걷고 씩씩하게 사시는 분도 많지만 대부분은 그렇지 못하다는 것이다.

나의 시어머니는 92세다. 그분은 고기를 좋아하신다. 항상 고기를 달고 사신다. 성품도 참는 일이 없다. 당신의 감정을 쏟아내는 불같은 성격이다. 오로지 당신만을 위해서 사신다. 필요한 것은 무조건 사고 팔고 자기중심적으로 사신다. 주변 자식들은 힘들고 어렵지만 기분 내키는 대로 사셔서 그런지 건강하시다. 나이 드셔서 외롭기는 하실 거다. 그러나 그런 거 상관없이 잘 견디시고 씩씩하게 당신이 원하시는 것을 즉시 조달하시면서 잘 사신다. 고기를 즐겨서 근육질이 튼튼하셔서 잘 걸어 다니시고 건강한 것 같았다.

친정어머니는 좀 다르시다. 젊어서는 채소를 중심으로 식사하셨는데, 노인이 되면서 소고기를 좋아하셨다. 친정어머니는 젊어서 애들을 중심으로 자신을 희생하며 사셨다. 그러나 나이가 들어 노인이 되시면서 자기중심적이 되셨고, 서서히 이기적인 성품으로 변하셨다. 80세가 넘으면서 시어머니나 친정어머니나 비등한 성품을 가지셨다. 그들은 많이 가졌다고 생각하는 자식의 것을 빼앗아 적게 가졌다고 생각하는 자식 쪽으로 무엇인가를 옮겨 채우기를 원하셨다. 특히 친정어머니는 아들에게 모든 것을 주고 싶어서 안달을 했다. 시어머니는 막내아들에게 더 많은 것을 주고 싶어 했다.

그런 것은 어머니들의 사랑 방법인 것 같았다. 친구들 중에는 오히려 큰아들이 잘 살지만 자기가 가진 재산을 큰아들에게 더 많이 주려 하는데, 누나로서는 못사는 동생에게 더 주기를 바랐다. 동등할 수는 없지만, 부모들의 편견은 오히려 형제의 우애가 저해할 수 있었다. 재산에 있어서 어머니들의 이상한 논리의 사랑보다는 법적인 논리가 더 현명할 수 있을 것 같았다.

애들하고 이별을 할 때가 돌아왔는데…

큰딸에게 카톡이 왔다.

<가을은 가을은>
글, 그림 나예원

가을은 가을은 가을바람이 신나게 돌아다니고.

가을은 가을은 단풍잎들이 살랑살랑 떨어지고.

가을은 가을은 가을 과일을 사람들이 사 가고.

가을은 가을은 아이들이 나뭇잎을 밟아 바스락바스락거리고.

가을은 가을은 가을의 색으로 물들어 버린 산을 보는 계절.

- 오! 잘 썼네요(손녀가 쓴 글). 오늘 노브랜드에 가서 닭가슴살을 살 건데 먹
  을래?

- 네, 먹을래요.

- 알았어. 사서 갖다줄게.

- 늦어서 내일 닭가슴살 갖다줄게.

- 엄마, 내가 낼 아침에 갈게요.

날씨가 추워 영하 10도가 넘었다. 그래도 산책을 하면 저녁잠을 잘 잘 수 있을 것 같았다. 나는 산책을 하러 나가면서 딸네 닭가슴 살을 갖다주려고 했다. 산책을 하며 이웃에 사는 딸네 아파트로 갔다. 초인종을 눌렀다. 손녀와 사위가 나왔다. 상황을 보니 큰딸은 집에 없었다. 물건을 주며 '냉동실에 넣지 말고 냉장고에 넣어야 해.' 하고 말했다. '고맙습니다.' 하며 사위가 받았다. 다시 산책을 하며 생각했다. 이렇게 추운데 딸은 어디를 갔을까? 나는 카톡을 보냈다.

- 이렇게 추운데, 넌 뭘 하고 노니? 그렇게 재미있냐? 네 새끼가 결혼해서 식구들 집에 놓고 혼자 놀러 다니면 넌 속 편하겠니? 이게 정상적인 가 정으로 생각되니? 그러나 네 인생이니 상관 안 한다.
- ㅎㅎ 네.

- 외국에서 제 친구가 놀러 왔는데 다음 주에 가서 오늘밖에 시간이 안 되 더라구요, 엄마가 그런 걸 이해할 수 있을까요? 엄마는 나를 싫어하잖아 요. 엄마 마음대로 생각하세요. 엄마는 내게 항상 힘든 사람입니다.
- 나도 알고 있다. 그래서 너랑 거리를 두려고 노력하고 연락을 안 하려고 노력 중이다. 네 인생 네가 알아서 잘살면 되니까.
- 굳이 제가 이렇게까지 왜 설명해야 하는지도 모르겠지만 그동안 용식이 가 지방 출장 다니느라 꼼짝할 수도 없어서 송년회도 못 하고 친구들도 못 만났지요. 엄마는 모르겠지만요. 그래서 요새 일찍 퇴근해서 어제 겨

우 나갔다 온 걸 딴지를 걸고 너와 거리를 두려고 한다느니. 외할머니와 똑같으십니다.

- 너와 나의 철학 시대가 달라서인 거지. 내 시대는 엄마가 애들 잘 돌보고 남편이 성장하도록 도와주고 돈을 잘 저축해서 좀 더 편안한 삶을 살도록 노력하는 것이고. 거기에 어떤 직업이라도 다시 가져서 어떻게 돈을 남편과 함께 벌어 볼까 노력하던 시대니까. 그래야, 시댁이든, 친정이든 생활비를 보태 주어야 하는 시대이니까. 세월이 흘러 지금 우리 나이가 70세가 넘어서도 여고 동창이나 대학 동창을 만날 때, 점심에 만나 점심을 먹고 놀아도 오후 4시가 되면 친구들 모두가 집으로 밥하러 가는 거야. 남편 보내고 혼자 사는 친구들도. 우리 이름은 엄마니까. 집에 가서 밥을 해 주든, 밥을 해 먹든 해야 한다는 의식이 살아 있어서.

- 물론 너 지금 훌륭하게 잘살고 있어. 애들 밥도 잘 해 주고. 지금, 애들한테 엄마가 필요한 때지. 조금 있어 봐라. 애들이 엄마를 카톡에서 자르는 시대가 올 거다. 6~7년 금방 지나간다. 식구니까. 낮에 만나서 모든 일을 할 수 있다는 것이 내 철학인데. 나도 모르게 네 새끼를 살뜰히 챙겼으면 하는 바람인 거였지.

- 네 남편도 아마 그런 마음이 있을 게다. 애들 밥 안 챙겨 주고 싸돌아다니는 엄마? 좋아하지 않을 거다. 네 맘대로 사는 거 나도 좋아해. 너를 싫어할 이유는 없어. 적어도 난 너네들 키울 때 밤늦게까지 술 먹고 12시 넘

어서 오지 않았지. 애들이 대학 다니면 이런 소리 하지 않았을 거다. 아무튼 이제 그런 일 없을 게다. 네 나이가 43세인데.

옛날 네 남자 친구 사건이 나에게는 아직도 무서운 트라우마로 남아 있어서 나는 너의 밤이 무섭다.

- 아이고, 요새 9시까지밖에 영업 안 해서 저녁때 달랑 두 시간 나갔다 온 걸로 잔소리 백만 번 들을 줄은 꿈에도 몰랐네요. 게다가 방학이라 아침 점심, 그리고 저녁까지 직접 다 챙겨 주고 나왔는데요. 알겠습니다. 시어머니가 따로 없네요. 내가 애들 둘 막 낳고 정말, 살짝 우울증에 나는 왜 엄마가 잘 안 도와주실까, 힘들 때는 엄마는 보이지도 않으시더니 이제 와서 잔소리하시네요. 그렇지만 건강히 잘 계시고 잔소리하심에 감사하며 이만할게요.

그리고 조금 있다가 큰딸은 나에게 전화했다.

- 엄마.
- 왜?
- 예원이가 이번 달 29일에 생일 잔치 외할머니네 집에서 하고 싶다는 거 꼭 해 달래요.
- 그래, 알았어. 근데 선물은? 예원이 돈을 좋아하니? 돈으로 주랴?
- 아니요. 할머니, 나 옷 사 주세요.

- 그래, 그럼. 근데 언제 사러 가니? 다음 주 화, 목요일에 시간 있는데.
- 예원이가 화요일이 좋대요.
- 그래, 알았어.

큰딸과 말싸움을 하다가 전화가 오니까 오그라졌던 마음이 풀리면서 다시 딸과의 관계가 좋아졌다. 다시 나는 카톡을 보냈다.

- 야, 근데, 너는 밉다면서 엄마한테 전화하는 것이 훌륭하네! 넌 사업을 잘하고 잘살겠다. 네 남편에게 지혜롭게 잘해 줘라. 그런 신랑 없느니라. 보통 남자들은, 바람피우지, 마누라 속이지, 고집부리지, 융통성 없지, 이런 류가 너무 많다.
- 네, 알겠어요.
- 참, 너 네 남편이랑 인도산 강황 가루 먹어봐라. 그러면 속 내장의 염증이 사라지고 얼굴 피부가 피부과 다니는 사람마냥 피부가 깨끗해진다. 인도 사람들의 환경이 안 좋은데 카레 가루로 음식을 많이 해 먹어서 병치레를 덜 하는 것 같더라.
- 네, 알겠습니다.

나는 나에게 맞는 스토리를 찾아가는 중이다

홍상수 감독의 영화 '그 후' 줄거리는 중소 규모 출판사에 취직한 아름(김민희)이 첫 출근 날, 사장인 봉완과 헤어진 여자의 자리에서 일하게 된다. 봉완은 이전에 그곳에서 일했던 여성을 사랑했지만 최근에 헤어졌다. 결혼한 봉완은 오늘도 어두운 아침 집을 비우고 일하기 위해 출발한다. 하지만 떠난 여자의 추억이 그에게 달려들고, 그는 힘들어한다. 그날 봉완의 아내는 봉완이 쓴 사랑의 메모가 발견, 아내는 회사로 뛰쳐 들어가고, 아름을 헤어진 여자로 착각한다. 결국 아름은 그날 회사를 그만둘 수밖에 없게 되는데….

어쨌든 한국에서는 흥행 실적이 좋지 못하지만, 프랑스에서는 일주일 만에 2만 5천 명의 관객이 들고 있고 유럽에서 판권을 사 갔기에 유럽에서 환대를 받았다. 그리고 뉴욕 현대 예술 시장과 남미 시장에서도 환영을 받았다. 주변 사람들은 이 작품을 짜증 나는 작품으로 말하지만 나는 유럽 사람들처럼, 일상적으로 일어날 수 있는 부정적 상황을 사실대로 진솔하게 그려 주었다는 생각이 들었다.

*

구순의 노(老) 작가의 인터뷰(조선일보, 아무튼 주말, 남정미 기자, 2021.12.25.)에서 나는 인생의 답을 찾아보았다. 그러나, 한국 성상 조각의 대가 최종태는 "학자들이 예술이 무엇인지 많이 따져 놓았지만 그건 답이 아니다. 모른다는 것이 진짜 답"이라고 했다. 아마 인생도 예술처럼 모른다는 것이 답일 것 같았다.

올해로 아흔 번째 성탄을 맞아 서울 종로구 평창동 김종영 미술관에서 '최종태: 구순을 사는 이야기' 전(展)을 열었다. 그는 '무엇을 만들까, 뭐로 만들까, 이런 생각 하는 것이 너무나 힘들었다. 70년 가까이 한 가지 일만 했는데, 10년 전까지는 이렇게 힘든 걸 젊어서 알았더라면 안 했을지 모른다는 생각도 했다. 미수(88세)가 지나니 이제야 내 맘대로 그릴 수 있게 됐다.'

우리의 삶은 내가 하던 일을 쉽고 편안하게 하고 싶은 마음이 드는 것일까? 아니 자유롭게 하는 일을 할 수 있는 것일까? 성상 조각가로 예술을 하는 분이나 우리같이 날마다 밥을 해 먹고 사는 사람은 비슷한 부분이 있는 것 같았다. 나는 평생을 날마다 무얼 해서 먹을까? 생각하는 게 힘들었다. 남들은 쉽게 사 먹고, 시켜 먹고 하며 살기도 해서 나날이 쉽게 사는 것 같지만 나는 날마다,

때마다 오늘은 뭘 먹지? 생각하는 게 힘들다. 작가가 '무엇을 만들까, 어떻게 만들까, 뭐로 만들까'가 힘들다 했다. 나도 그랬다. '무엇을 만들어 먹을까, 어떻게 만들까, 뭐로 만들까' 하며 날마다 고민하고 살았다는 생각이 났다.

우리 친구들도 그랬다. 그런데 이제 친구들이 하나, 둘씩 아프고 병원에 입원하고 요양원에 가고 힘들어서 밥을 시켜 먹고, 사 먹고 했다. 예술가처럼, 어떤 구도자는 아니지만, 예술가의 작품과 그들의 삶에 대한 진리를 탐구하고, 우리들의 삶에 대한 위로를 작가의 작품 생활에서 찾아보려 했다.

최종태 작가는 일평생 깨끗한 그림을 열망했다. 그리고 "젊은 시절부터 그가 품은 세 가지 큰 의문이 있었다. 아름다움이란 무엇이고, 인생은 어떻게 살아야 하며, 진리는 어디에 있는가. 그가 구순이 되어 내린 결론은 '예술이 무엇인가'하는 건 결국 '인생이 무엇인가'와 같은 말이며, '진리란 무엇인가'와도 동일한 것이다. 그리고 그 누구도 이에 대한 정답은 내릴 수 없다. '모른다는 것' 하나만 알겠다." 또한 작가는 말했다. 새해에는 정치, 예술, 종교 모두 진리는 결국 하나다. 한군데로 모였으면…. 그리고 예술은 삶의 현장이며, 그것을 평생 짊어지고 가야 할 작가의 십자가로 이야기했다.

여하튼 구순의 최 작가는 성모상과 기도하는 여인을 형상화한 작품을 많이 빚는 이유가 있었다. 그것은 여성적인 것이 폭력적이지 않으며, 배려와 수용, 어머니의 사랑과 인내가 있기 때문이었다. 작가의 진리는 여성상이지 않을까. 어머니같이 배려하고 수용하며, 사랑과 인내가 있는. 그것은 곧 신과 같은. 이 세상을 어머니 같은 신이 다스린다면 온 세계는 평화만이 가득할 것이었다.

*

카톡이 왔습니다

- 최신. 개발된 특허 받은 기대, 수명, 계측 시스템입니다. 본인의 기대 수명을 측정해 보십시오.

Y: 기대 수명 계산기 재미있습니다. 내 기대 수명은 88세로 나왔어요. 내 죽음이 적당해서 좋았어요.

S: 기대 수명 예측 프로그램이 너무 재미있었어. 내 생사는 하늘에 달려 있지만. 여튼 나도 Y와 비슷하게 나왔는데. 남편이 훨씬 많이 나오니 기분이 영~ 아니네. 말로는 적당히 살다 간다고 해 놓고 막상 훨씬 적게 나

오니 기분이 아니네. 그러면 기대 수명까지 건강하게 살다 가면 괜찮은데, 죽기 전에 병마와 싸워야 할 텐데. 그 기간을 빼면, 두 발로 걸어다닐 때 많이 보고 돌아다녀야 하는데….

J: 제 남편은 103살까지 산대요! 내가 못 살아.

S: J야, 너 계 탔다.

J: 글쎄 말여. ㅎㅎ 얼마나 오래 살려나, 원.

S: 예측 프로그램 너무 재밌다.

J: 우리 남편 수명은 84세라네. 그래서 나보다 한 달 더 있다가 죽으면 좋겠다고 했어. 그렇지 않으면 세금을 내야 하니까. 남편이 먼저 죽으면 상속세 때문에 우리 집에서 나는 쫓겨나야 하거든. 무조건 나보다 한 달 더 살다 가야 우리 집에서 내가 안 쫓겨날 수 있거든.

J: 세금 때문에 큰일이야. 말 그대로 '가렴주구'지. 세금을 얼마나 올렸으면 계산을 잘못해서 엄청난 돈이 들어오는 줄도 몰랐을까? 이재명이가 다주택자 양도세를 6개월 유예해 준다고.

Y: 미친놈, 살인자!

J: (이어서) 하는데 말도 안 되는 소리야. 세입자가 계약 갱신한다고 난리 치고, 집주인 네가 안 살면 소송 건다고 협박하지를 않나, 집을 사도 전세 만기 6개월 전까지 등기를 내야 세입자를 내보낼 수 있다는 권리가 생기는데, 그리고 세입자의 전세 기간이 많이 남아 있으면 6개월 내로 집을 팔라는 건 말도 안 되는 사기야!

그냥 선거 때 표를 받아 내려는 수작이고 생색만 내고 종부세 계속 뜯어먹겠다는 속셈이지. 다주택자하고 한 주택이면서 본인은 남의 집에 세 사는 사람하고 누가 더 집세를 많이 올릴까? 한 주택자야. 왜냐하면 본인 사는 집 집세를 올려 줘야 하니까 악착같이 올려야 하거든. 다주택자를 나쁘게만 볼 수 없는 이유 중 하나라고 봐(나는 다주택자가 아님).

상속세도 만약 25억이면 배우자 공제까지 받아 10억 공제해 줘도 15억의 세율이 40%면 세금이 6억이잖아? 거기서 1억 6천 빼 주면 4억 4천 상속세 내야 함. 둘 다 죽으면 5억만 공제해 주고 세율은 50%고. 예를 들어, 남편 사망 후 남편 재산 상속세 낸 것을 10년 지나고 내가 죽으면 자식들이 그걸 또 상속세를 내야 한다니까.

Y : 공산주의를 해보자는 거지. 자기네끼리 잘 먹고 잘살겠다는 거고. 자기네식 민주화로 나라를 구하고 부자와 기업 모두를 몰살하자는 거고, 국민을 민주당의 노예화하는 과정 아니겠어? 국민이 좋다는데 어쩌겠어!

J : 그래요.

K : "공산주의를 해보자는 거지."란 위의 말은 다음과 같이 정정되어야 할 듯.

■ 민주 사회주의 하자는 말이죠.

① 미국 홈리스 58만. 600명 중 1명.

② 그래서 지금 미국 Democratic Socialism 득세

③ Democratic Socialism

주장: 의료, 대학 교육, 기간 산업(철도 등)을 국가 주도하자, 북구 복지 국가
　　　들처럼.

국가 주도 정도:

자본주의 ■ 민주 사회주의 ■ 사회주의 ■ 공산주의

④ 그 주자가 버니 샌더스

⑤ 미국 밀레니얼 세대는 사회주의에 열광한다는데…. 한국은 왜?

⑥ 다음 비디오 0:40~

공산주의와 사회주의는 완전히 다르다. 많은 사람들이 공산주의와 사회주의를 섞어 쓰고 있다.

　누구의 무슨 말이든 정정될 수 있습니다. 나의 말도 당연히 틀릴 수 있으며, 그 정정의 가능성을 열어 둡니다. 이런 사회적 대화를 할 수 있어서 고맙습니다. 위 자료들은 모두 다음 최신 것들입니다. 한국 경제 유력지 매경, 미 CNN, 미 2위 방송 NBC, 영국 The Economist.

　나는 K 카톡을 보고 놀라웠다. 무슨 민주 사회주의라고? 사회주

의와 공산주의가 다르다고? 사회주의가 사유 재산 제도를 폐지하고 생산 수단을 사회화하는 사상이잖아! 그리고 공산주의는 마르크스와 레닌이 주장한 혁명, 사상, 재산의 공동 소유가 옳다고 주장하며 생산 수단의 사회화와 무계급 사회를 지향하는 사회인데… 그래서 러시아와 중공, 북한이 잘 실천하고 있는 사회인가를 묻고 싶었다.

아니, 그냥, K 군아, 넌 북쪽으로 가서 살아라. 왜 우리나라, 남한을 공산주의로 만들려고 그러느냐고 묻고 싶었다. 그리고 카톡은 계속 조용해졌다. 누구도 말할 수 없었다.

*

손녀와 소통

손녀는 이제 10살이 된다. 10대가 되면 할아버지 할머니와 서로 교류하며 소통할 일이 없어지는 시대가 되었다. 그들은 시간이 나면 친구들과 놀고, 핸드폰으로 게임 한다. 그렇지 않으면 친구들은 부모가 직장을 다니니까 온갖 학원을 뱅뱅 돌려서 학원에서 시간을 보낸다. 어쩌다 그들은 만나면 놀고 게임 한다. 가족끼리 모여도 밥 먹고 후식 먹으면 오빠나 동생이나 자기 핸드폰을 가지고 유튜브를 보며 그냥 논다. 어떤 이야기나 대화를 할 무엇이 없는 것이다. 내가 어렸을 때는 할머니에게 옛날이야기를 해 달라고 조르던 생각이 나는데. 요즘 아이들은 자기 혼자 노는 것을 즐기는 시대가 되었다.

손자들은 바깥세상에 일어나는 일들에 관심도 없다. 오로지 핸드폰에 의지하며 사는 시대가 되었다. 특히 자연 현상의 변화를 알기나 하는지 말이다. 여기에 친구 자식들이 외국으로 이민을 가 거기서 손자를 낳아 키우는 사람들은 그의 가족은 완전히 이민족인 것이다. 몇 년에 한 번 보는 손자는 언어가 다르고 문화가 다르니 이민족이지 않겠냐는 말이다. 아이들이 너무 보지 않고 커 버려서 알 수 없는 사람처럼 보이는 것이다.

오랜만에 만나는 손자들은 늙은 할미 할아버지가 귀찮은 존재에 불과한 것이다. 그들에게 필요한 존재가 아니고 불편한 존재로 잔소리를 하는 노인일 뿐일 게다. 나도 옛날에 잔소리하는 할아버지, 할머니가 싫었다. 예의 차리라는 것은 잔소리로만 들렸다. 이제 내가 잔소리하는 할미로 애들에게 전달하는 방법이 좋지 않았다. 손자들과 편하면서 소통하는 가족이 되는 것이 더 바람직할 것 같았다.

나는 생각했다. 손자는 내 자식이 아니다. 애들 부모가 알아서 교육할 일인 것이다. 내가 그들에게 지적질 할 이유가 없었다. 물론 그래도 손자들 잘못을, 나도 모르게 잔소리를 하게 되지만 말이다. 어쩌다 잔소리를 하면 오히려 내 자식한테 혼이 나고야 마는 것이다. 아차, 또 잘못했구나 하면서 나를 자책하고 만다. 여하튼 그렇게 하면서 세월이 흘러갔다. 큰 애가 13세, 작은애가 10세가 되니 그들은 스스로 10대라고 으스댔다.

이번 달 말에 작은애가 생일이었다. 미리부터 엄마에게 자기는 외할머니집에서 생일잔치를 하고 싶다고 요청이 들어왔다. 나는 오케이 사인을 보냈다. 그리고 그럼 생일 선물은? 물었다. 돈이냐? 아니면 딴 것이냐고. 손녀는 옷이라고 답했다. 좋다고 하고 오늘 11시에 만났다. 먼저 배고파서 점심을 먹기로 했다. 각자 먹고 싶은 것을 골랐다. 백화점 푸드 코너로 가서 골랐다. 전통 30년 한성 돈가스를 시켰다. 고기가 부드럽고, 졸깃했다. 노인들이 먹기에도 좋았다.

식사를 하고 3층으로 갔다. 작은애가 좋아하는 보라색 옷과 분홍색 옷, 치마 등을 골라 값을 치렀다. 다시 큰애의 회색 옷과 검정색 티셔츠, 바지를 골라 값을 치렀다. 이거 생일 선물이야. 할미 숙제 끝이다. 그리고 아이스크림 가게로 갔다. 작은애는 아이스크림을 하나 들고, 큰애는 포장 박스를 해서 담았다. 우리는 백화점에서 나와 길거리 붕어빵을 사서 먹으며 집으로 행복하게 돌아왔다.

처음에 남편은 혼자 나에게 갔다 오는 것이 좋겠다 했다. 그러나 나는 이럴 때 만나서 맛있는 거 먹고 쇼핑하는 것이 가족 단합 대회인 것이라고 설명했다. 나이 든 노인들은 가족들이 모여 만나서, 애들 커 가는 모습을 보고, 함께 맛있는 거 사 먹으며, 쇼핑하는 것이 어쩌면 유일한 손자들과의 소통이지 않을까 생각했다.

*

오늘이 대한이다

밤새 무슨 꿈을 꾸며 잤다. 시계 벨이 울렸다. 벌떡 일어났다. TV를 켜고 몸동작을 하며 몸을 풀었다. 다리, 어깨, 목, 팔굽혀펴기를 했다. 냉수를 한잔하고 옷을 입었다. 날씨는 영하 10도였다. 두툼한 옷을 껴입었다. 수영복과 오리발을 챙겨 현관문을 열었다. 어젯밤에 온 눈이 하얗게 쌓였다. 차 지붕 위가 모두 흰색이었다. 아파트 현관 계단이 차단되고 멀리 돌아가는 길을 걸어 차를 탔다. 어제 미리 눈을 털어놓아 창문 밖이 투명했다. 시동을 걸고 뒤로 차를 빼서 수영장으로 향했다. 가다가 기어가 두둑하며 멈칫하고 전진이 되지 않았다. 어? 차 상태를 보니 중간인 N에 기어를 놓고 가고 있었다. 어이쿠, 미안해, 하며 D에 기어를 넣고 전진했다. 잘 달렸다.

앞차는 기름차였고 나는 뒤따라갔다. 늦지만 길이 얼고 추우니 천천히 가는 것을 선택했다. 다행히 길은 이미 제설 작업이 되어 편안했다. 수영장 입구에서 앞차가 주차권을 뽑는데 지체되었다. 외부 차량인 듯했다. 곧 주차권을 뽑아 빈 주차장에 차를 세웠다. 가방을 들고 출입구로 가서 체온 측정을 하고 회원증 승인으로 수영장 입구로 갔다. 로비에서 줄을 서서 회원증을 주고 라커 키를 받았다. 옷을 라커 룸에 넣고 샤워장에서 샤워를 하고 수영복으로 갈아입었다.

나는 대기 수영장에서 발차기를 하고 워밍업을 했다. 곧 앞팀이 끝나면 우리 타임 팀이 수영장으로 들어갔다. 먼저 자유형으로 끝까지 수영하고 돌아올 때 배영으로 수영했다. 그다음 평영으로 갔다가 접영으로 돌아왔다. 그럼 코치가 와서 준비 운동을 시켰다. 나도 함께 따라 했다. 체조가 끝나면 코치는 우리에게 지시했다. 자유형 6바퀴를 돌라고. 젊은이들은 빠르게 달려갔다. 나는 체형에 맞게 느리게 달려갔다. 끝이 나면 오리발 끼고 배영 6바퀴를 돌라고 코치는 지시했다. 나는 정신없이 돌고 또 돌고, 호흡 조절 미숙으로 수영장 물을 코로, 입으로 마셨고 토하면서, 숨을 다시 들이쉬고 끝까지 수영했다. 그러면 코치는 우리에게 걸으면서, 체조를 하고 숨 고르기를 시켰다.

다시 남은 시간을 위하여, 코치는 접영 2바퀴를 지시했다. 맨 앞 언니부터 접영으로 빠르게 밀고 나갔다. 나는 끝에서 느리게 따라갔다. 2번 완결하면 수영 시간이 끝났다. 마지막 숨 고르기를 하며 정리 체조를 하고, 인사를 하면 수영 시간은 끝났다. 나는 얼른 샤워장으로 가서 샤워를 하고 가방을 챙겨 라커 룸에 가서 옷을 입고 얼굴에 로션을 바르고 드라이기로 머리를 말렸다. 신을 신고 로비로 가서 다음 달 수영 티켓을 끊고 회원 카드를 찾아 주차장으로 갔다. 날씨는 아직 쌀쌀했다. 차에 시동을 걸고 빠르게 집으로 돌아왔다. 집에 와서 아침 식사를 준비하고 카톡 온 것을 확인했다.

친구들로부터 골프 모임 문자가 왔다. 6월 7일부터 3박 4일 일정이었다. 나는 야호! 하며 오케이 사인을 보냈다. 갑자기 온몸에 날개가 달려 날아가는 느낌이 났다. 오야, 좋습니다. 좋아요. 내 안에서 즐거움이 솟아났다. 지겨운 코로나에서 벗어나는 느낌이었다. 아직 먼 날짜이지만 나는 신이 났다. 친구들과 멀리 간다는 사실이 즐겁고 행복했다.

글을 왜 쓰는 걸까?

왜 쓰는지 난 모른다. 그냥 뭔가 기록해 놓으면 즐겁다. 가끔 반성하는 기회도 생긴다. 뭘 쓸까? 고민하는 일도 있다. 뭘 먹을까? 하는 것처럼. 나에 대한 명예? 돈이 생기나? 나쁜 말로 시간 소비하는 일일 뿐인데…. 나이 든 노인이 그런 겉치레로 옷을 입으면 뭐가 좋겠나. 죽음이 코앞에 있는데. 뭐 하여튼 별 별 이야기가 있겠지만, 나는 그냥 뭔가 써 놓으면 즐겁다는 것이다. 가끔은 농사일을 하면 좋겠다는 생각이 들지만, 허리 구부리고 무릎을 구부릴 수 없어 일을 못 한다. 마음은 잘할 것 같은데 노화되어 할 수가 없는 일이 많았다.

그러면 차라리 내가 살고 있는 이 시대를 기록하고 내가 살아가는 삶을 기술하면, 나와 비슷한 정서를 가진 후대의 어떤 사람이 나의 삶을 참고할 수 있을지 않을까 생각했다. 내가 처음 49세 잔치를 위해 유럽으로 배낭여행을 떠났던 것은 미국의 어떤 작가가 49세 잔치를 위해 아들과 함께 통 바위산을 정복했던 그 사람의 영향이었다. 그 작가처럼 49세 잔치를 해 보겠다는 결의가 있었다. 그것은 나의 소원이었던 해외여행이었다. 그래서, 한 달 보름 동안, 없는 돈 2,000만 원을 은행에서 빌려 우리 애들을 데리고 배낭여행을 한 것이었다. 그 일은 지금 생각하면, 아주 훌륭한 일이었다. 지금은 하고 싶어도 할 수 없는 일이었기 때문이다.

여행 후 나는 49세라는 의미를 알았고 59세, 69세 의미가 깊다는 것을 깨달았다. 그래서 그다음 남편이 59세 때, 나는 시댁, 친정의 형제 여행을 계획했다. 물론 친정아버지가 59세에 세상을 떠났기 때문에 죽음의 길이 곧 쉽게 돌아올 것이라는 느낌을 가지고 있었다. 건강할 때 추억을 만들자는 뜻이었다. 시댁, 친정 형제를 데리고 59세 잔치를 위해, 일본 여행을 했던 것이다. 지금 생각하면 그 시간을 적절히 잘 보냈던 것이다. 그래서 나는 10년마다 가족들과 함께하는 여행 계획을 세우게 되었다. 그런데, 69세 이후로는 코로나19로 계속 여행이 지연되었고, 그사이 넷째 시동생이 이미 세상을 떠나 버렸다.

세상이 혼란해져서 여행은 어렵게 되었다. 그리고 각자 자기들의 처지와 몸의 상태가 어려워 만나기도 어려웠다. 사실, 이제 우리들의 죽음은 가까워졌을지도 모른다. 여하튼 우리는 해마다 1박 2일로, 만나기 좋은 K도시 호텔에서 온천욕을 하고 형제들의 우의를 다지며 단합 대회를 해 보기로 했다. 거기서 만나 맛있는 거 먹고, 그동안 못 다 한 이야기를 하며 즐거운 잔치를 하고 사는 날까지 얼굴 보고 사는 것으로.

이야기를 하다 보니 삼천포로 빠져 버렸다. 이게 아닌데…. 나는 글을 쓰되 나 다운 글을 쓰기를 바랐다. 그런데 어떻게 써야 나 다운 글이 되겠는가가 고민이었다. 글이 산문형으로 길게 늘려서 쓰다 보니 너무 지루하고 읽는 이들이 짜증 날 것 같다는 생각이 들었다. 그럼, 시적으로 줄여서 써 보자고 시도했는데. 쓰다 보니까 어느덧 다시 제자리로 돌아왔다. 그 방식도 내 방식이 아닌 가봐. 자연스레 내 스타일이 써지기를 바랄 뿐이었다. 스토리도 그래. 내 스타일이 어떤 것일까?

홍상수 감독의 영화 여러 편을 보았다. '밤의 해변에서 혼자', '우리 선희', '강변호텔', '클레어의 카메라', '다른 나라에서', '그 후', '누구의 딸도 아닌 해원' 등이었다. 영화를 보면서 어떤 특별한 스토리의 줄기가 있지는 않았다. 그대로 우리의 삶을 테마로 삼았다. 우리들의 일상인데 주변 환경이 아름다웠다. 하얀 눈이 오는 설정, 푸른 바닷가 풍경, 프랑스의 아름다운 바다 풍경, 대학의 아름다운 가을 풍경, 고궁의 가을 단풍 등이 사랑스럽게 가슴으로 다가왔다. 그 아름다운 장면이 마음을 치유했다. 영화의 스토리는 주로 남자와 여자의 삼각관계였다. 비슷한 이야기로 복잡하지 않게, 단순하고 느리게 이야기가 진행되어 이해하기가 편하다. 요즘 너무 빠르고 과격하며, 혼란한 스토리가 아니라 좋았다. 조용하고, 고요한 배경에 한적한 곳에서 술을 먹으며 소소한 다툼을 하는 사랑 이야기 같았다.

별거 아닌 이야기를 영화로 찍고 아름답게 만들었다는 것이 신기했다. 가슴으로 요란하게 감동적이지 않은 것이 홍 감독의 작품 특징 같았다. 그러나 잔잔하게 우리의 일상을 투명하게 보여 주는 영화라 그냥 계속 보고 싶다는 마음이 생기는. 그래서 내가 쓰는 글도 과격한 어떤 감동의 감정이 아니라 그대로 우리가 살아가는 일상적인 모습을 보여 주는 글이면 될 것 같았다.

*

명륜동 산삐알에 6평짜리 방 2칸이 있다

나는 명륜동을 좋아했다. 15년 전에 나는 H를 알았다. 그는 K 대학에 다닐 때 알게 된 친구였다. H는 영악하고 똑똑했다. 그에 비해 나는 어리석고 부족하며, 매사 H에 의지하며 학교에 다녔다. 야간 수업을 들었다. H는 아는 게 많았다. 나는 뭐가 뭔지를 모르고 그냥 수업만 들었다. 지금 생각하니 무엇을 들었는지도 기억이 없다. 다만, H가 부동산 경매를 잘했다는 것이다. 어느 날 H는 시골에 경매를 받았다고 자랑했다. 나는 호기심이 발동해서 그곳이 어디인가를 물었다. 아마도 여주 어디라 했다.

그를 따라 그곳에 갔었다. 조그만 땅을 경매를 받았는데 무엇이 어떻다며 다시 취소했다고 말했다.

다음은 또 어디다가 부동산을 샀다고 했고, 또다시 명륜동에 경매를 받았다고 했다. H는 나에게 말했다. 명륜동에 땅이 3평인, 집이 있는 곳을 경매받았다고 자랑했다. 그리고 혹 관심이 있으면 언니도 1/3의 비용을 내 보라고 권했다. 나는 호기심이 생겼다. 그리고 해 보겠다고 했다. 내 기억으로 사천 얼마였다. 내가 1,350만 원을 내면 삼 분의 일 지분을 받을 수 있을 것 같았다. 비용이 크지도 않고 괜찮아 보였다. 그러다가 H는 또다시 그것을 취소하고자 했다. H는 경매를 받았다가 취소하는 일이 많았다.

나는 H를 설득했다. 내가 삼 분의 일을 낼 테니 취소하지 말라고 권했다. 그래서 그것의 삼 분의 일 지분을 1,350만 원을 주고 얻었다. 그 후 사연은 많았다. H는 나를 꼬드겨서 집을 수리한다며 자기가 9,000만 원을 내야 하니까 삼 분의 일인 3,000만 원을 언니가 내야 한다 했다. 처음에 뭘 모르고 알겠다고 했다. 땅은 3평이고 나머지 대지는 꽤 넓었는데 시유지였다. 건축으로는 이층집이고 옥상이 있다. 1층은 원룸이 4개, 2층은 방 2개에 거실, 부엌이 있었다. H는 2층에 자기가 살겠다 하고 아래층은 방 4개, 원룸실에서 나오는 월세를 삼 분의 일 비용을 주는 것으로 말했다.

그리고 수리를 계속했다. 경비가 부족하다며 돈을 내게 이것저 것 등을 지불하게 했다. 그런데 그때 생각했다. 누군가 집 짓는 데 9,000만 원 혹은 1억이면 25평을 지을 수 있다 했다. 나는 깜짝 놀 랐다. 나에게 수리비를 3,000만 원 넘게 요구하는 것은 부당하다 고 생각했다. 그러나 말을 못 했다. 나는 수리로 수리자들에게 밥 을 샀고 리모델링 하는 사람은 H의 아는 사람들이었다. 그것들이 짜고 나에게 받은 돈으로 몽땅 집수리를 해 버린 것이었다는 것을 알아챘다. 기가 막혔다. 수리한 집을 찾아갔을 때 H가 새로 구비 한 집기도 모두 나에게 받은 돈으로 했음을 알아챘다.

그 후 H는 나를 속이는 인물임을 알았다. 그는 위층에 살면서 아랫집 원룸 4개에서 30만 원씩을 받았는데 삼 분의 일 비율로 나 에게 60만 원씩을 주기로 했던 것이다. 그러나 그는 나를 속여 30 만 원도 채워 주지 않았다. 그사이 우리는 갈등으로 싸움이 일어 났고 다른 사건으로도 싸움이 고조되어 내가 말했다. 이것은 말이 안 된다며, 위층은 H가 살되 아래층인 101호, 104호는 H의 소유 이고 103호와 102호는 내가 소유해서 관리를 하자고 제안했다. H 는 그러겠다고 했다. 그 후 우리는 각자의 소유 등기를 해서 각자 관리했다.

그 동네는 아주 재미있는 곳이었다. 앞에 어린이집이 있고, 그 옆 으로 성벽을 따라 산등성을 오를 수 있다. 북쪽으로 성 밖의 세계가 있고 남쪽으로 성안의 세계가 있다. 대학과 창경궁이 성안으로 보였다. 도성 안의 크고 작은 빌딩이 펼쳐져 있다. 집 앞에서 도로를 따라 내려오면 좁은 통로 사잇길로 마을버스 8번이 통과한다. 그곳이 종점인데 산 중턱으로 길은 협소하며 내리막길이 아주 가팔라서 온몸이 거꾸로 쏟아질 모양으로 버스 난간을 꼭 잡고 서 있어야 한다. 도로 갓길에는 옛날 집으로 여러 가지 간이음식점이 많았다. 학생들이 그 식당에서 음식을 즐겼다.

변화하지 않는 모습이 나는 즐겁다. 모두가 현대 문화와 문명으로 가득 찬 서울 거리가 아니어서 나는 그곳이 좋다. 70년대의 거리를 거닐고 있는 느낌이어서 좋다. 우리 집은 꼭대기 쪽이라 사람들이 선호하지 않는다. 월세가 싸서 시골 학생들이 세입자로 들어왔고, 후에는 중국 학생들이 많았다. 요즘은 국가에서 사람들에게 1억씩을 지원해 주면, 아파트로 집을 얻는 경우가 많아 빈집으로 남겨지는 경우가 많다. 그곳은 원룸이라 헝그리 정신이 있는 사람들이 월세를 내고 살았다. 요즘 사람들은 경제성이 좋은가 보다는 생각을 한다.

우리의 젊은 시절은 가난했기 때문에 직장을 다녀도 원룸에서 생활을 하며 돈을 모았는데…. 위층 집은 H와 그의 동생이 함께 살았다. 그 집을 아마도 그의 동생의 권리로 넘겨 주었는지 명의가 그렇게 되었다. 그는 장애인 남성이었다. 수시로 어눌한 언어로 수도세와 전기세 등을 요구했다. 집을 수리하겠다고 송금해 달라는 요구도 많았다. 여하튼 그렇게 공존하며 그 집은 존재하고 있었다.

*

괴테에 대하여 예술 공부를 했다

괴테(1749년~1832년)는 라이프치히 대학교에서 법학을 공부했다. 경력으로 바이마르 공국 재상까지 했다. 그는 독일의 시인, 극작가이자, 정치가이자, 과학자였다. 그의 아버지는 법률가이며 제실 고문관으로서 엄격한 성격이었으며, 시장의 딸인 어머니는 명랑하고 상냥하여 아들의 좋은 이해자였다. 괴테는 젊은 시절 고향에서 변호사로 개업을 하고 제국 고등 법원의 실습생으로 베츨러에 머물렀다. 이때 샬로테 부프와 사랑을 한다. 그런데 샬로테는 문학가의 집안으로, 가난했다. 그녀의 아버지는 부유한 사위를 얻기를 바랐다.

괴테와 샬로테는 정신적인 교감이 있는 사랑의 편지를 보내며 사랑을 나눈다. 들판을 거닐며 서로를 사랑한다. 그러나 결국 샬로테는 경제력이 있는 괴테의 상사와 결혼을 하고 괴테는 슬픔을 가지고 헤어진다. 그 후 살로테는 그동안 괴테와 주고받은 사랑의 편지를 출판사에 주어 출판을 한다. 그것이 '젊은 베르테르의 슬픔'이었고 문단에서 이름을 떨쳤다. 괴테는 살면서 열 가지 직업을 가지고 살다가 재상이 되었다. 그는 귀족이었는데 하인을 좋아했다. 결혼을 안 하고 살다가 그 하인이 아기를 낳았다. 그들은 이태리 여행을 하고 바이마르 도시에서 마음이 안정되었다. 사람들이 괴테에게 손가락질을 했으나 아기도 학교를 가야 해서 결혼했다. 그 후 옛 애인인 살로테(남편은 죽었다)가 44년 만에 막내딸과 동생네 집에 온다고 하고 바이마르에 왔다.

　호텔에 들러 방을 잡고 방명록을 쓰는데 호텔 주인이 책에 나오는 살로테? 손가락으로 놀라며 물었다. 살로테가 고개를 끄덕이며 맞다고 하니 주변에서 놀라워하고 모여들었다. 곧 괴테에게 연락이 가고 서로 만나서 밥을 먹자고 약속했다. 밥 먹는 장소에서 괴테를 만났는데 단둘이 만남이 아니었다. 여러 부류의 사람들과 공동으로 만났고 저 멀리 탁상에서 얼굴만 보여 주었다. 서로 이야기를 할 수가 없었다. 그때 이미 괴테는 세속적 속물이었고 계산적인 속물이었다. 괴테는 아무렇지도 않았다.

　그러나 살로테는 실망이 컸다. 다시 괴테는 살로테에게 오페라에 오라고 했다. 그리고 괴테가 보내 준 마차가 왔다. 살로테는 마차에 괴테가 있을 거라 예상했지만, 없었다. 그녀는 극장에서 만날 거라 생각했는데 거기에도 괴테는 나타나지 않았다.

그 후 괴테는 또 다른 여자를 사랑했고 그녀와 사랑의 편지를 써서 주고받았다. 그 후 서로 이별했고 괴테는 그녀에게 살로테처럼 작품을 내기 위해 자기가 쓴 편지를 돌려받기를 원했는데 그녀의 집에서 소송을 걸어 패하고 돌려받지 못했다.

나는 괴테가 위대한 사람으로 보이지 않았다. 교과서에는 대단한 문학가로 추앙받고, 국가적 영웅처럼 표기되고 있지만, 인간적인 면에서 남자답지 못하고 인간답지 못한 쪼잔한 인물로 보여졌다. 한국의 문학가 중에서도 그런 사람들이 많았다. 오히려 평범한 보통 사람보다도 더 비열하고 인간답지 못한데, 표면상으로 화려하게 치장되어 위대한 인물로 나타난 사람들이 많았다. 나는 친구들과 예술 공부를 하게 되면 예술가들의 비하인드 스토리가 재미있었다.

친구들은 P네 집에 모였다. 그곳은 사방이 보였다. 남쪽으로는 한강, 북쪽으로는 남산이 마주쳐서 다른 나라의 풍광이 유리 속으로 밀려오는 느낌이 났다. 속이 시원하고 영화의 장면들이 기억되었다. 거기에 영상을 통해 보는 감상으로, 음악 영화나 화가들의 삶에 대한 영화를 보면 주인공과 함께 음악 연주를 하고 화가들처럼 그림을 그리는 주인공이 되었다. 일상에서 벗어나서 새 인생이 태어나듯 영화 속에 빠져들었다.

그렇게 한 편을 보거나 이야기로 P의 예술 이야기를 들으며 공부를 하고 우리의 인생을 되돌아보는 것은 큰 기쁨이었다. 그리고 공부가 끝나면 각자 가져온 보따리를 풀고 나누고, 맛있는 것을 먹으며, 우리들의 인생인 살아가는 이야기를 했다. 그래서 오늘 괴테에 대하여 공부를 한 것이었다.

Y는 보따리에 워커힐에서 산 이탈리아 커피를 싸 왔고, 워커힐의 유명한 빵을 사서 식탁에 올렸다. K는 낙원 떡집에서 음력 설을 잘 쇠라고 우리 모두에게 줄 가래떡을 사왔다. J는 집에서 팥죽거리와 새알심을 가져오고 연어와 김을 가져왔다. P는 닭가슴살에 문어를 넣고 여러 채소와 함께 맛있는 소스를 넣고 샐러드를 만들었고 밤 대추를 넣은 맛있는 갈비찜을 했다. 우리는 새해의 축복을 위하여 축배를 들며 갈비찜, 닭가슴살 문어 샐러드, 새알 팥죽, 빵, 커피로 잔치를 하며, 이야기를 하고, 누워 쉬며, 카톡도 했다.

P: 내가 K, Y, S를 초대했는데, 다 못 온대. 보슬비 오는날, 우리 추억 많이 만들었는데…. 3월 강화도 여행, 라일락 필 때 야외 모임 모두 기대된다. 우리 자주 만나자.
J: 그런데, 웬 와인까지? 고마워. 잘 먹을게. 음식 만드느라 힘들었겠다. 이

제 너무 힘들게 하지 마셔. 아직 너 기침과 가래가 심해져서 큰일 날라. 너 누워서 88살까지 사는 것은 아니야. 너 서서 88세까지 살아야 해.

P: 너한테 너무 많은 사랑 받았어. 언제 다 갚을지. 그래, 88까지 같이 가자.

J: 그럼, 그럼. 갚기는 무슨, 그런 거 없는 거야. 같이 갈 사람인데….

K: 야, 참, 만일 너희들 10억이 생긴다면, 너네 뭘 할 거니?

Y: 글쎄, 할 게 뭐가 있을까?

k: 딱히 할 게 없잖냐?

P: 그렇기는 한데, 난 대전여고를 위해서 500만 원이라도 냈으면 해. 명문 여고가 지금 너무 안 좋아서.

J; 지역이 안 좋아. 다른 학교는 모두 중앙으로 이전했는데 변두리에 계속 있으니까.

P: 그래도, 이번에 서울공대 들어갔어.

J: 다행이네. 그러나 어디에서나 공부할 사람은 하는 거지, 뭐. 그런데 나는 이번 S 회장이 마음에 안 들어. 정서도 안 맞고, S만 생각하면 대전여고가 생각이 안 나.

J: 그런데 10억이 생긴다면 쓸 곳이 많지. 식물원 같은 데 가면 대통령이 심은 나무들이 많은데, 나도 산을 사서 좋아하는 나무를 심어 보고도 싶고, 오늘 영화에서 비첨 하우스를 지어 음악을 했던 사람들에게 제공하듯 죽기 전에 좋은 집을 지어 보람된 곳에 써도 좋을 듯하던데?

K: 역시 J는 생각하는 게 틀려.

이바구를 하다보니 오후 4시가 넘었다. 우리는 모두 일어났다. 저녁 근무를 하러 간다고 서둘렀다. 우리는 못 말린다. 나이가 70이 넘었는데도 저녁밥을 해야 한다며 집으로 가다니, 역시 우리는 명문 여고를 나온 거라면서 떠났다.

*

새해 구정 명절이 돌아왔다

코로나이지만 형제들이 모이기로 했다. 백씨 집안이 모였다. 이 집안은 식사 문화가 대단했다. 오늘은 30년산 양주로 폭탄주를 만들어서 돌렸고, 이야기판이 벌어졌다. 딸애가 아빠의 술 무용담을 해 보라고 권했다. P 씨가 이십 년 전 청와대에 근무할 때였다. 청와대는 각 부처에서 한 사람씩 모여서 작은 정부를 이루었다. 거기는 가끔 뜬소문이 났다. 어느 날 술 잘 먹는 사람으로 옹진군 군수를 한 K 분이 들어왔다. 그 당시 그는 내무부 10만 명 공무원 중에서열 3위로 술을 잘 마신다는 소문이 있었다. K는 P와 함께 정부 시찰을 하는 때가 많았다. 두 분이 술을 좋아하고 즐겼다. 어쩌다가 일을 보고 비서관과 함께 일을 끝내면 K는 술을 끝까지 마셨다.

청와대에 차량 수송 반장이 있는데, 몸이 뚱뚱하고 몸집이 거대했는데 술을 아주 잘하는 랭킹 1위라며, 술이 세다는 소문이 돌았다. 그런데 K가 민정 비서실에 새로 왔는데 수송 반장보다 K가 술에 대해 더 세다는 소문이었다. 수송 반장이 불쾌해서 안 되겠네 하며 P에게 전화를 했다. 수송 반장이 K와 술을 먹자고. 수송 반장은 예전에 대통령 사단장에서 수송 반장이었는데, 노태우 대통령이 청와대로 와서 바로 청와대 차량 수송 반장이 되었다. P는 K에게 '그 사람이 술을 먹자는데 어떻게 해요?', '그럼 합시다, 당장 내일.'이라고 답했다. 그리하여 그들은 이튿날 통일시장에서 만났다.

그들이 간 곳은 통일시장의 할머니 주막으로, 감자탕을 잘하는 집이었다. 청와대에서 자주 가던 집이었다. 그곳 쪽방이 하나 있는데 그곳에서 만나기로 했다. K 씨는 P에게 같이 가자고 했고 함께 갔다. 참고로 K는 청년부에서 기계 체조를 했고, 국가대표였다. 몸체는 가늘가늘하여 키가 장대처럼 길었다. 감자탕집 입구에 들어서자 수송 부하들이 어서 오십시오 하며 예의를 지켰다. 이미 감자탕이 시켜져 있었다. P에게도 소주잔을 돌렸는데, 나는 아니다, 독한 술은 못 먹는다며 사양하고 밥을 먹었다. 그들은 술 한잔씩 돌리면서 반갑습니다 하고 인사했다. 그런데 K 씨가 소주잔 안 된다. 큰 글라스로 먹자고 제안했다. 그래서 소주 한 병이 들어가는 큰 잔으로 1잔씩을 마셨다. 또 1잔, 1잔, 1잔. 다시 러브샷 1:1, 1:1 둘이 6잔을 원샷으로 마셨다. 그리고 7잔을 마실 때 갑자기 수송 반장의 머리가 탁상을 두드렸다.

게임은 끝났다. '어이, 수송대원 나와라. 반장님 모시고 가라.' K는 P에게 말했다. '나는 밥뚜껑도 안 열었다.'며 천천히 밥을 먹고 감자탕을 모두 먹고, 소주 한잔 더 하고 그리고 사무실로 돌아갔다. 그 후 며칠간 수송 반장은 조용하고 고요했다. 그 후 어느 날 수송 반장은 P에게 전화를 걸어 차가 필요하면 어떤 차도 대절하겠습니다 하고 말했단다.

폭탄주가 2잔째 돌아갔다. 셋째와 첫째 여자들은 아니라며 손짓을 했다. 그러나 둘째 동서는 '아이고, 향이 좋네요. 맛있네요.' 하며 받았다. 두 번째 술 괴담 이야기가 시작되었다.

K 아저씨는 정말 술이 셌다. 사무실에서 높은 산을 오르기로 한 날이었다. 그날 K 아저씨는 신사화를 신고 왔다. 모두가 근심 걱정으로 과장님 괜찮겠는가를 자주 물었는데 당신은 괜찮다면서 산꼭대기를 올라갔다. 가면서 양주 3병을 혼자 거뜬히 비우면서 등산을 했다는 것이었다. 식구들이 대단하다는 소리를 했다. 하여튼 K와 P는 자주 술을 즐겼다. 다시 어느 날 종로의 생맥줏집에서 사무실 직원들이 회식을 했다. 그런데 맥주 광장에서 1700리터 맥주잔을 들고 원샷 하는 게임을 하게 되었다. P는 맥

주라 자신 있다면서 K와 둘이 1700리터 원샷으로 러브샷을 숨도 안 쉬고 마셨다. 홀 안 모든 맥주 팬들이 원샷을 보고 박수를 쳤다고 자랑했다.

나는 젊어서 술 게임은 수명을 단축하는 일이라며 남자들의 이상한 게임은 못된 게임임을 지적했다. 식구들은 또 술을 돌리며 술 무용담에 열을 올렸다.

어느 날 또다시 게임이 시작되었다. P가 K를 데리고 갔다. 경상남도에 사는 사업자가 언양 불고기 사업자가 필요했다. 그것은 내무부 소관이었다. K가 담당하는 일이었다. P가 K에게 부탁할 일이었다. P가 업자에게 너 실수하지 말라고 부탁했다. 그리고 술을 끝까지 마시라 했다. 업자는 걱정하지 마시라고 했다. 그때 P는 39세, 업자는 37세였다. 장소는 삼각지 평양집 곱창집이었다. 그곳은 국회의원들의 단골집이었다. 굉장히 비싼 음식점이었다. 한점에 그 당시에 3천 원이니까 지금은 3만 원쯤 하는 값이었다. 그곳은 요정이 아니었다. 철판, 연탄불, 적쇠에 구웠는데, 할머니가 주인이었다. 3인분에 30만 원이었으니 지금은 300만 원 했을 거다. 아마 생골이 그중 비쌌을 것이다.

생골을 시키고, 처음에 글라스로 3잔씩 돌리고, 업자는 잘 적응했다. 그런데 업자가 화장실에 간다며 갔는데, 안 나오는 거야. 식

411

당 종업원이 큰일 났다며 그 사업자가 화장실에서 뻗었다는 거야. 갑자기 난감한 거야. P에게 K가 이렇게 빨리 가면 난 어떡하냐면서 빨리 가서 해결하라는 거야. 그놈을 차 태워 보내고 K와 P는 술 먹고, 안주 먹었어. 그 후 그 사업자 놈은 살신성인으로 역할을 했다면서 사업을 돌봐 줬다는 거야.

P의 부처인 노동부에 최수홍이가 왔어. 박지만 때 대위 출신인데 키 185센치에 몸무게 100키로였어. 유순하고 부처에서 중앙 상임 위원회에 있었고 김유성 총장 시절 과장 하다가 충북 위원장직을 했다. 그런데 그 사람이 술로 랭킹 3위라 했다. 함께 충남 도고에서 회의하며 호텔에서 술 한잔씩 마셨는데, 잘 마시더라. 그리고 국장 사무총장 때 문재인 정부에서, 검찰이 나쁘다며, 그에게 죄를 물어서 그를 조졌다. 위 장관들이 잘못된 것을 그에게 물어서 그를 조지니까, 결국 그가 스트레스받아서 죽었다. 힘드니까 술을 먹고 스트레스로 죽은 것이다.

술 게임은 결국 죽음을 초래하는 경우가 많은 것이었다.

30년산 폭탄주는 계속 돌려졌다. 셋째 삼촌이 말했다. 우리 동네 양봉자가 있는데, 내가 형하고 전화를 하는 소리를 들은 거야. 그는 나를 처다보고 웃는 거야. 형이 올해 LA갈비 먹자고 해서 나는 30년산 양주 가져갈 거라는 소리를 들은 거야. 그러니까 '형이

돈이 많은가 봐요.' 해서 내가 '네, 형 돈 많아요.' 했지. 그랬더니 그
가 많이 부럽다고 하더라고요. 아들 둘이 있는데, 밥을 먹자고 해
도 코로나 때문에 안 온다고 합니다. 내가 보니 참 쓸쓸해 보이더
라구요.

다시 술은 돌아갔다.

둘째 동서가 서너 잔을 너끈히 마셨다. 취기가 올라왔다. 그녀는
말했다. 큰 놈 아들이랑 며느리랑 똑같은 닭띠인데 엄청 싸워요.
어느 날 며느리인 종란이가 남편 승경이가 옥상에서 뛰어내리려고
한다며 전화했어요. 그래서, 뛰어내리게 하라고 더 큰소리를 쳤더
니 오히려 며느리가 소리 죽이며, 그건 아닌데 하더라고요. 가끔은
며느리에게 그래요. 네가 더 힘이 세니까 나를 봐서 내 아들 승경
이 좀 잘 봐주고 싸우지 말고 살라고 일렀다고 했다.

그동안 못 만났고 이바구를 못 한 것들을 술을 먹으며 속 시원
히 풀었다. 난 이미 취기가 심해서 침대로 이동하여 잠이 들었다.
나머지 사람들은 각자의 방으로 옮겨졌고, 술이 고픈 사람들은 한
곳으로 모여 또다시 술판을 벌여서 밤새도록 즐기다가 잠이 들었
다. 이것이 사는 맛이요, 행복이지 않겠나 생각했다.

테니스장에서 특별한 만남

구정 설날이 끝나는 다음날, 날씨는 몹시 추웠다. 멤버 회장님은 카톡을 보냈습니다.

- 구정 잘 보내셨나요? 오늘 5~7시 운동합니다. 8번 코트.
- 네 우리 갑니다.
- 이쁜이는 여행 중~ 월요일에 보아요.
- 다른 분들 다 불참이신가요?
- 갑니다~
- 오늘은 휴장합니다. 4번이 없네요.

다시 회장이 내 카톡에 문자 보냈다.

- 설 명절 잘 지내셨어요? 오늘 친정엄마 병원에 예약 있어서 운동 못 갑니다. 좀 아프세요.

나는 다시 회장에게 전화를 했다.

- 회장님, 코트는 예약이 되어 있는 거지요?

- 네.

- 남편과 둘이 가서 난타나 치고 오려구요.

- 치셔요. 거기서 사람들 만나서 게임도 하시고요. 내가 못 가서 미안해요.

- 아니요, 당연히 엄마가 중요하지요. 걱정 마셔요.

나는 시간에 맞추어 남편과 함께 내 차로 갔다. 시동을 걸었다. 시동이 안 걸렸다. 어? 왜 그러지. 이상하다. 아무래도 전기 배터리가 나갔나 보다. 남편 차도 아침에 배터리에 전기가 나가서 보험사를 불러서 고쳤었다. 남편이 자기 차로 가자 해서 차 문을 열었다. 문이 안 열렸다. 날씨가 차가워서 키 전지약도 갈아 끼웠는데 작동이 멈췄다. 난감했다. 그런데 남편이 어찌어찌해서 해결했다. 큰 차를 가지고 테니스장에 가는 것은 부담스러웠다. 주차 장난이 심각한 곳이고 길이 좁아서 나이 든 남편이 힘들 것 같았다.

일단 출발해서 갔다. 그런데 주차장이 비었다. 명절 끝이고, 날씨가 매서워서 그런 것 같았다. 8번 코트장으로 갔다. 둘이 공을 치려 하는데 멀리 사는 회원 Y 교수와 K가 나타났다. 얼마나 고마운지.

- 아니, 연락이 안 되어 못 오는 줄 알았어요.

- 언니, 내가 핸드폰을 카페에 놓고 와서 연락을 못 했어요.

- 어쨌든 잘 왔어요.

- 언니, 게임 해서 맥주 사기 해요

- 좋아요.

우리는 게임을 시작했다. 해가 지는 저녁 햇살은 눈이 부셨고 시야를 흐리게 하여 공의 초점이 빗나갔다. 우리 편의 득점이 어려웠다. 그래도 내 편인 Y 교수와 잘 싸워서 득점이 빨랐지만 실점이 생겨 5:5가 되어 동점 처리로 게임 아웃을 했다. 다음은 빠르게 득점을 하여 6:4로 우리가 이겼다. 우리는 생맥줏집으로 갔다. 맥주잔을 들고 축배를 했다. 그러면서 남편은 이야기를 했다.

나는 논산으로 수습을 받으러 다녔는데, 어느 날 고등학교 동창을 버스에서 만났다. 그는 그 지역에서 영어 선생을 했는데 나에게 너 애인 있냐고 물어서 없다고 했더니 자기네 학교 여선생을 소개해 주겠다 해서, 그러라 했다. 그런데 어느 날 군수가 나에게 연무대에 가서 일 처리를 하고 오라 했다. 그래서, 밑에 직원이 일 처리를 다 하고 자기는 서류 심사만 하고 도장만 찍어 주면 되는 일이었다. 거기서 시간이 많이 남아 그 친구에게 시간이 있어서 전화했더니 여선생을 소개해 주어서 결혼하게 되었다.

- Y 교수님 교향은 어디예요?

- 저는 해방둥이에요. 1945년생이죠. 일본에서 태어났어요. 그런데 아버지가 병으로 돌아가셨어요. 그때 어머니가 21살이었지요. 10월경 어머니가

한국으로 포항으로 와서 살았어요. 포항에서 자랐어요. 포항농업고등학교를 다녔어요. 그것밖에 없었어요.

- 그런데 서울대를 가신 것은 굉장히 공부를 잘한 것이네요.

- 사실은 거기서 글을 쓰면 잘 쓴다고 해서 내가 엄청 글을 잘 쓰는 줄 알았어요. 그래서 문학 청년으로 문학부를 가려 했는데, 와서 보니 이미 등단한 친구들이 많고, 나는 글을 잘 쓰는 사람이 아니더라구요. 아무래도 시골이라 뭘 모르는 거였어요. 내가 갈 만한 곳은 조금 비껴 있는 곳이 나을 것 같아서 중문과를 갔어요. 졸업하고 은행을 들어갔어요. 살다 보니 은행은 평생 은행원으로 끝난다는 것이 내 체질에 맞지 않다는 생각이 들었어요. 교수가 되고 싶었거든요. 다시 베이징에 가서 공부하기로 했어요. 학교에 가기로 하고 은행을 휴직해 달라고 했더니 은행에서 필요한 인재라며, 은행에서 직원 2명을 파견시키기로 하고 하나는 은행 일을 하고 대신 Y 교수는 학교 다니며, 열심히 공부를 하기로 했어요. 그런데 서울대에서 중국어로 밥을 먹고 살기가 힘들 것 같아서 제2 전공으로 경제학을 공부했어요. 베이징에 가서도 경제학으로 석사, 박사를 땄고요.

- 그래서 단국대 교수가 되었군요.

- 언니, 지금도 시내에 연구소가 있어요. 아마 카드(신용 카드 같은 것) 전문이에요.

- 대단해요. 김천 대학의 산학 협력단으로 활동하고 계시더군요.

- K씨 대단해요. 학원장님에, 카페 운영도 하고 건물 운영도 하고, 골프 치죠, 테니스 하죠. 여하튼 대단해요. 근데 왜? 북부 법원 쪽에 건물을 지었어요?

- 그쪽 법원에서 남편이 판사를 했어요. 근데 내가 고액 과외를 하느라, 동료 판사의 투고로 잘렸어요. 어떡하겠어요. 나 때문이라 남편을 내가 살려 먹여야 한다는 생각이었지요. Y 교수님이 많이 도와주었어요. 우리 남편은 아무것도 몰라요. 처음에 인천에 건물이 있었는데, 그것을 팔아서 북부 지원 쪽으로 옮긴 것이에요.

- 우리도 많이 배고프게 살았어요. 행시해서 사무관 되어 월급이 20만 원이니 힘들었지요.

- 시댁에 생활비를 보조해야 하는데, 돈이 없어서 100만 원씩 융자를 내서 시댁에 보냈어요. 그럼 생활이 더 곤궁해지는 거지요.

- 언니, 근데 왜 그렇게 공무원들은 가난한 거예요?

- 공무원이니까 가난하죠.

- 나도 월급으로는 우유 값이 없었어요. 그래서 친정에 가서 석사 박사비를 받아서 공부했어요.

- 제2 외국어 때문에 한 5년 동안 재수를 했을걸요? 나중에는 외워서 시험을 치고 합격했어요.

- 그런데 박사 따고 시간 강사비가 70~80만 원인데, 어이가 없었어요. 나중에 나는 다시 광운대 부동산학과 석사과정을 밟았지요. 뭔가 새로운 것을 해야 살아갈 수 있는 것 같았어요. 그 당시 많은 책을 봤어요. 그중 '그리스 선박왕'을 즐겨 읽었어요. 그가 처음에 허름한 선박을 수선하여 임대를 했어요. 그러다가 선박왕이 되었거든요. 나는 돈 버는 일에 관심이 많았어요. 삶이 너무 팍팍하니까요.

- 돈 버는 것을 이야기하는 것이 제일 재미있는 겁니다.

- 언니, 효모 빵을 배우는데, 빵이 굉장히 중요해요. 살아 있는 효모를 배양해서 빵을 만들면, 소화도 잘되고 건강해지잖아요. 내가 빵을 만들어서 식구들을 챙기려고요.
- 효모 빵 전도사가 되었어요.
- 나는 돈 버는 것에는 관심이 크지 않아요. 그런데 어떤 친구가 잠실에다 20층 빌딩을 지었어요. 그래서 저 친구가 나보다 잘나지 않았는데 무슨 20층을? 하면서 나도 해야겠다는 생각. 그래서 건물을 짓게 되었어요.

- 아무튼 이거, 저거 하는 일들이 많잖아요. 훌륭해요. 60세 넘어서 그렇게 한다는 것은 특별하니까요.
- 내가 처음 집을 샀을 때, 돈이 없으니 부금을 많이 낀 것을 샀어요. 월급을 타면 부금을 1/3 정도 부금으로 지불했어요. 자연히 우유 값이 없어요. 그런데 친정아버지 퇴직금이 나왔는데, 내가 너무 가난하다고 600만 원을 주었어요. 연탄 아파트에서 맨션아파트로 이사 가라고. 그런데 나는 계속 연탄 아파트에 살면서 그 돈으로 아파트를 샀다니까요.
- 사람들은 우리가 처음부터 계속 잘 사는 줄 아는데, 초기에는 고생을 많이 했어요.
- 이십 년 전 내가 홍콩을 갔어요. 그때 홍콩시를 보고 우리 집도 10년 있으면 20억 될 것 같다는 생각을 했어요. 그런데 20억 되는 데 20년 걸리더라구요.
- 내가 한참 부처의 요직에서 중요한 일을 할 때인데, 어느 날, 집사람이 애들 데리고 유럽으로 40일 동안 여행을 떠나 버렸어요. 돈이 없으니까 은

행에서 2,000만 원 빌려 가지고. 나를 믿다가는 외국 한 번 못 나가겠구
나 싶은가 보더라구요. 사실이 그랬구요. 퇴근하고 오니 밥솥에다가 어떻
게 작동하는지를 빼곡히 적어놓았어요. 김밥 사먹는 데 전화도 적어 놓
고. 그때 내가 승진을 했는데, 아파트 거실에 축하 난꽃만 가득했는데 처
리할 수도 없었고.

- 그 뒤부터는 매년 어떤 일이 있어도 여름휴가는 무조건 해외로 여행을
떠났어요. 젊어서도 해야 할 일은 하고 살아야 후회가 없는 것 같아요.

- Y 교수님이 많은 조언을 해 줬어요. 우리 남편은 자기 좋아하는 책만 좋
아해요. 아무것도 몰라요. 큰 애를 공부 잘 시켜서 서울 법대 보냈는데,
열심히 공부하다가 잘 안 돼서 잠시 다른 일 하다가 교수님의 조언으로
다시 제자리로 돌아와 검사가 되었어요. 작은애는 서울공대 졸업하고 삼
성 연구소에 들어갔어요. 연봉이 1억 5천쯤 됩니다. 결혼하라니까 집 사
주면 하겠다고 해서 우리 집을 팔아서 둘이 사 줬어요. Y 교수님의 조언
으로요. 그래서 지금 많이 올랐어요.
- 훌륭하네요.
- 우리 큰애는 결혼 때 시댁에서 전세금 주었는데 집사람이 사야 한다면
서 융자를 내서 이 동네에 샀어요. 15년 전, 작지만 13억쯤 할 거예요.

시간이 흘러갔다. 9시가 가까웠다. 점원이 시간이 끝났다고 알려
왔다. 우리는 일어섰고 서로서로 악수를 하고 헤어졌다.

조상님들 산소를 찾아가다

남동생은 명절 때가 되면, 항상 고향의 선산을 찾아 할아버지 할머니, 아버지 산소에 갔다. 이번에는 설 전에 차가 밀리고 자기가 하는 일도 있어서 설 후 성묘를 간다 해서 나외 남편도 따라갔다. 새벽 6시경에 동생 차를 타고 떠났다. 일요일인데도 고속 도로는 빽빽했다.

- 아니, 지금, 이 새벽에, 깜깜한데, 이 사람들은 어디를 가는 거야.
- 각자 바쁜 사람들인가 보죠.
- 화물차와 업무용 차는 이해할 수 있는데, 다른 차들은 어디를 다닐까?

차들은 모두가 속력을 내서 고속 도로를 달렸다. 서로 경쟁하고 달리기에 일등을 하겠다는 듯 차들은 계속 달려갔다.

- 누나, 이것은 차가 지금 밀리는 게 아니에요.
- 그거는 그렇기는 해. 항상 정체해서 쉬다 가다를 하는 곳이니까.

7시 반경 옥산 휴게소에서 쉬기로 했다. 거기서 우동, 달걀, 주스, 커피를 먹었다. 화장실을 들러 다시 출발했다. 옥천 IC를 빠져

나와 육영수 여사 생가를 지나 신장로를 따라 산을 넘어갔다.

- 여기가 옛날에 엄청 무섭고 힘든 길이었어요. 아버지가 기차를 타고 야
  밤에 제사를 지내려고 이 길을 혼자 걸어오셨어요.
- 맞아, 여기에 여우 우는 소리가 컸고 불이 있나 보이는 것이 없었어. 칠흑
  같은 산과 들 뿐이었지. 저기가 약수 물이 나오는 데였어. 피부병 환자들
  이 모여와서 약수 물을 떠다가 바르고 먹었어.

길은 포장도로였다. 이쪽 산과 저쪽 산 사잇길을 만들었다. 굽이
친 고개를 넘어가면 마을이 보였다. 옛날에 아버지 동네는 꾀꼬리
라 불리었다. 지금은 입구에 아버지 동네가 화계리라고 비석에 새
겨 있었다. 어색했다. 왜 꾀꼬리를 화계리로? 꾀꼬리가 많아서였는
데, 이제는 꽃이 많아서? 아니면 한자 표기화 하면서 문자상 썼
나? 모를 일이었다. 동생은 남쪽 산의 새로 난 도로 길에 차를 세
웠다.

- 여기 동네가 하나 새로 들어섰네. 여기는 원래 자두밭이었어. 원두막
  이 있었고 넓은 자두밭이 얼마나 좋았는데. 참외도 심고, 이쪽은 논이
  었는데.
- 이 동네는 저 밑에 강을 메워서 마을이 잠기는 바람에 이쪽으로 주민을
  이주시켰어요.

- 그럼 작은아버지 돈 많이 받았겠네. 이 땅 수용되어 마을을 만들었으니까. 이거 사실은 아버지 땅인데. 아버지가 장남이잖아. 모든 땅을 자기가 다 차지하고 손바닥만한 밭을 너에게 주었는데 그걸 못 빼앗아서 그렇게 안달하는 거잖아. 그거뿐이냐, 청량리 고모네 밭에 큰아들이 매실나무를 심었는데 그 나무 다 뽑아 버리고, 파를 심어서 장에다가 팔아서, 둘이 두 잽이를 하는 거잖아. 그게 고모부 땅인데 자기 땅처럼 빼앗고 싶어 안달을 하는지, 정말. 작은아버지 못됐어.

- 작은아버지는 정말 악동이야. 그러니까 착한 아들인 은영이가 아버지를 버렸겠냐. 어느 날 나에게 전화했어. 이제 더 이상 아버지를 어찌할 수 없어서 아버지랑 이별했다고. 그래서 너 너무 힘들면 너대로 살라고 했어. 그런 아버지 버릴 수밖에 없다 했어.

- 작은아버지가 아들을 제대로 교육을 시키기나 했냐? 초등학교만 간신히 가르치고 바람나서 딴짓거리 했잖아. 나중에 제 엄마가 공장 다니며 간신히 도시에서 중학교 보냈잖아, 나이 18살에.

- 작은아버지가 군청에 다녔는데 왜 그만둔 거야?

- 그거야, 작은아버지가 바람나서 쫓겨난 거지. 학창 시절에 연애하던 여자가 시집을 갔는데, 아기를 못 낳아서 쫓겨난 거야. 작은아버지는 안터로 시집을 간 작은 누나 집에 왔다 갔다 하다가 고모부네 조카와 눈이 맞아서 결혼했고. 아들, 딸도 있는데, 그 여자와 바람이 났던 거야. 그러니까 난리가 났어. 작은아버지는 서울로 도망가고. 작은엄마는 애들을 두고 대전으로 가고. 어느 날 내가 시골에 갔더니 전실 아들, 딸과 작은 부인이

난 딸 둘이 있었어. 둘째네 애들은 어렸고 첫째네 애들은 컸어. 큰 것들이 작은 것들을 얼마나 구박을 하는지. 집안이 완전 쓰레기통 같았어. 할머니가 4명을 건사한 거지. 작은애는 기어다녔어. 6살 애는 머리에 석해가 껴서 할머니가 이를 잡아 주고 있더라고.

- 그 후 나는 바빠서 어떻게 세월이 흘렀는지 몰라. 그런데 어느 해 제사에 어떤 또 다른 여자를 데리고 참석한 거야. 이건 또 뭐야? 생각했지. 작은 아버지는 자동차보다 비싼 오토바이를 타고 다녔어. 얼굴은 영화배우처럼 잘생겼잖아. 또 착한 여자를 꼬드겨서 대구에서 사는 거야. 나중에 알고 보니 그 여자를 파출부에 보내고 그 돈을 뜯어먹고 사는 거야. 그러다가 그 여자가 암에 걸렸어. 그러니까 수소문을 해서 그 여자 아들, 딸을 찾아, 네 엄마가 죽어 가니까 너네가 알아서 하라고 떠밀어 버렸어. 그게 인간이냐? 짐승만도 못하지.

우리는 등산화로 바꾸어 신었다. 동생이 나에게 지팡이를 주었다. 다리가 시원찮으니 조심하라 했다. 새 동네 가운데 길을 갔다. 새 집들이 즐비했다. 담벼락에는 멋진 꽃과 그림으로 장식되었다. 사잇길을 통해 인접한 산으로 올라갔다. 산세는 가팔랐다. 험했다. 한참 오르니 작은 비석에 '贈侍講院侍從官迎日鄭公위 泰魯之墓　配贈淑人 恩津宋氏'라고 쓰여 있었다.

- 여기가요, 증조할아버지와 할머니 산소입니다.

- 그렇구나. 여기서, 제발 조상님에게 너 사업 좀 잘하게 해 달라 인사드
   려라.

　동생은 과일과 포와 술을 올리고 절했다. 하산을 해서 차를 타
고 동쪽 산으로 갔다. 산세가 높았다. 아래는 금강이 흘렀다. 그곳
은 우리의 할머니 할아버지 산소였다. 그곳에서도 제물을 펼치고
기도하고 절을 했다. 하산해서 북쪽 산으로 갔다. 초입에 있는 할
머니 산소에 절을 했다. 이곳은 작은아버지를 낳은 작은할머니였
다. 그 위로 산을 타고 올랐다. 그곳은 우리를 낳은 우리 아버지
산소였다. 산소 가기가 힘들었다. 그러나 마을을 내려다보이는 곳
이라서 경관이 훌륭했다. 산소에 제물을 올리고 기도하며 절했다.
공기는 상큼했다.

　마을은 평온하고 아름다웠다. 저기 북쪽 끝에 뾰족산이 보였다.
내가 어렸을 때 그렇게 가 보고 싶은 산이었다. 너무 어려서 갈 수
없었다. 하늘과 붙은 산이었다. 그 꼭대기만 가면 온 세상이 다 보
일 것 같았다. 지금은 늙어서 다리가 아파서 갈 수 없었다. 인생이
란 가고 싶었으나 갈 수 없는 곳. 그런 것이 인생이지 않을까 생각
했다.

용산 아지트에서 만났다

K, Y, H, J, N이 모였다. J는 사이비 빵을 만들고, 돼지 우거지 갈비탕을 가져왔다. H는 닭과 콩 주스를 가져오고. 설 쇠고 오랜만의 만남이었다. 나이 들수록 할 말이 많았다. 영화 보는 것보다 자기 말을 쏟아 내는 것이 더 많았다. H는 싱가포르에서 손자들이 왔다 갔다.

- 시아버지가 83세인데 몇 년 동안 손자들을 못 봐서 죽기 전에 보고 싶다고 해서 왔어. 애들이 이제 대학을 가는데 갈수록 시간이 없을 것 같아서 미리 왔어. 할아버지가 손자들 데리고 여행도 하고 싶고, 목욕도 하고 싶은 거야. 그런데 자기 손자가 목욕은 안 된다고 한 거야. 지금 2차 성장기인가 봐.
- 얼마 있다 갔는데?
- 3주. 그런데 코로나 검사를 얼마나 많이 하는지 힘들었어. 거기는 애들도 접종을 다 했거든. 가는 데마다 접종 확인을 하고 다시 하고 힘들었어.
- 이번에 여고 50주년인데 2박 3일로 하려고.
- 1박 2일이 좋은 것 같은데.
- 완산도, 수목원 등을 가려면 2박 3일이 좋아.
- 나는 대학 동창 50주년을 해서, 너무 많아서 좀 그렇네.

- 더 있으면 몸이 부실해서 못 가. 그냥 가자고.
- 여기 있는 사람은 다 가겠지?
- 응.
- 28명쯤 정원을 채워서 가려고. 만일 정원이 안 채워지면, 40만 원씩이니까 조금 더 내서 가려고. 20명이라도 가게.
- 2/3 이상이면 성공이야.
- 일단 먼저 예술 공부를 하고 밥 먹자.

우리는 자리를 거실로 옮겼다. 커피, 차, 쌀과자, 과일 등을 탁자에 놓고 먹고, 마시며 신상옥과 최은희의 북한 탈출기 영화를 보았다. 북한이 먼저 최은희를 납치했고, 그다음 신상옥을 납치했다. 김정일이 영화광이었는데 신상옥을 통해서 북한의 영화를 높이려 했다. 북한 영화는 촌스럽고 뒤떨어지는 부분이 많았다. 신상옥은 많은 탈출을 시도했지만 실패했다. 그는 감옥에서 고생을 많이 했다. 그 후 최은희와 만나 영화를 제작했고 북한을 위해서 충성했다. 그리고 탈출 기회를 노렸다. 마지막 오스트리아에서 미국 대사관으로 택시를 타고 탈출하고 북한군이 뒤쫓는 장면은 영화의 한 장면이었다. 그들 부부의 인생은 정말로 극적 드라마였다.

우리는 편안한 식탁으로 옮겼다. H는 식탁에 멘보샤를 튀겨 놓았다. 버섯튀김, 고구마튀김, 찌개, 유부초밥, 물김치, 막걸리 등을 차리고, 새해 축복의 잔을 올렸다. 멘보샤는 바삭하고 맛있었다.

- 야, 이렇게 복잡한 음식을 힘들게 만들었네.
- 아니야, 구정 때 아기들 만들어 주느라 미리 준비해서 냉장고에 넣어 두었어.
- 하여튼, 못 말려. 우리를 위해서 맛있는 음식을 주어 고마워.
- 아침에 유부초밥을 만드니까 남편이 놀라서 또 딸네 집 가려고? 묻는 거야. 아니. 그럼. 오늘 친구들이 와서. 그렇구나. 하더라니까. 영감은 딸 집에 가는 것을 싫어해.
- 왜?
- 수원 가면 저녁때 차가 밀려서 늦어지잖아. 그래서 저녁까지 상 차려 놓고 가니까 싫어해.
- 그렇구나.

우리는 맛있게 먹었다. 음식에, 과일, 후식, 커피까지. 그리고 다시 거실로 이동해서 프랑스의 몽쉘미셸 성당을 여행하는 영화를 관람하고 오후 4시경 모두들 헤어졌다. 집으로 오는 3012버스를 탔다. 사람이 많았다. 나는 기침이 심했다. 지독한 코로나 약품을 버스 내에 너무 많이 뿌려서 숨을 쉴 수가 없었다. 하차를 하면서 기침이 멈추었고 오랫 동안 밖깥 공기를 호흡하며, 신선한 공기에 무한한 감사를 하고, 집에 도착하니, 친구가 보낸 시와 편지가 도착했다.

2월의 시

겨울 껍질 벗기는 숨소리
봄 잉태 위해
2월은 몸사래 떨며
사르륵 사르륵 허물 벗는다.

자지러진 고통의 늪에서
완전한 날, 다 이겨 내지 못하고
삼 일 낮밤을 포기한 2월

봄 문틈으로 머리 디밀치고
꿈틀 꼼지락거리며
빙하의 얼음 녹이는 달

노랑과 녹색의 옷 생명에게 입히려
아픔의 고통, 달 안에 숨기고,
황홀한 환희의 춤 몰래 추며

자기 꼬리의 날 삼 일이나
우주에 던져버리고
2월의 봄 사랑 낳으려 몸사래 떤다.

- 함영숙 -

친구는 말했어요. 결국은 따뜻함이 냉기를 녹일 것이라고. 그
래서 떠나는 겨울을 따뜻한 마음으로 보내고 새봄을 준비하라
고요.

*

감기가 걸렸어요

화요일경 샤워를 하고 옷을 갈아입으면서 목욕탕을 나왔어요.
갑자기 차가운 바람이 온몸을 휘감았어요. 남편이 환기를 한다고
온 방문을 다 열어 놓아서 세찬 바람이 불었구요. 대충 로션을 바
르고 TV를 봤지요. 약간 춥다는 생각이 들었어요. 조금 있다가 창
문을 닫았어요. TV 채널을 돌리면서 재미있는 프로를 찾으며 보
았어요. 의자에 앉았지만 서늘한 한기가 일어나면서 몸을 약간 떨
었어요. 귀찮으니까 따뜻한 옷을 걸치기가 싫었어요.

TV를 보다가 침대로 가서 잠을 잤어요. 두어 시간이 흘렀어요.
갑자기 목으로 기침이 시작되었어요. 그런데 기침이 차츰 세져서
숨이 막힐 것처럼 큰기침을 했어요. 그 기침 때문에 잠을 자다가

계속 일어났고 잠에서 깨면 기침을 하고 다시 잠자는 것을 반복했어요. 아무래도 감기가 올 것 같았어요. 코로나로 복잡한 일이 생길 것 같다는 생각을 했어요. 아침에 머리가 띵 했어요. 콧물이 쏟아졌어요. 아이고, 정말 감기가 시작되는가 보구나, 생각했어요. 마이신 2알과 소염제를 먹었어요.

하루 종일 감기로 기침이 일어났어요. 다시 목감기약을 먹었어요. 몸이 무거웠어요. 누워서 지내다가 산책을 했어요. 몸이 무거우니까 게을러졌어요. 오후에 저녁을 먹을 때, 약을 먹기 위해 단백질을 섭취해서 몸을 건강하게 하려고 노력했어요, 식단으로 닭가슴살, 땅콩, 블루베리, 양배추절임, 상추 등을 먹었어요. 왠지 건강한 식단 같았어요. 저녁에 친구가 준 일본 감기약 3알을 먹었어요. 수시로 콧물이 나왔어요. 몸을 건강하게 하려고 팔 굽혀 펴기 100번씩을 하고 다리에 무리가 가지 않도록 살짝 무릎을 굽혔다가 펴는 운동도 100번씩을 했어요.

나이 들어서는 아픔은 고통이었고 주변 사람들을 괴롭히는 일이더라구요. 나의 목표는 건강하게 살다가 팍팍 죽어 버리는 그런 죽음이기를 바라는 거였어요. 지금 4년째 침대에 누워 계시는 어머니같이 되지 않기를 바라는 것이에요. 나는 TV를 보면서 계속 움직이며 운동을 했어요. 그리고 침대로 가서 잠을 잤어요. 기침이 좀 살살 났어요. 그럭저럭 깊은 잠을 잤어요. 아침 5시 30분에 깼어요. 목이 많이 잠겼어요. 그래도 기침은 덜했어요.

수영장에 가서 적응을 할 수 있을까? 생각했어요. 인터넷에서 감기 원인은 너무 피로하고 몸이 안 좋으면 미리 바이러스가 몸속에 잠재해 있어서 나타난다는군요. 아마 이번 설에 너무 힘들어서 바이러스가 침투했다가 차가운 바람과 함께 일어난 것 같아요. 힘들지만, 아침 수영에 참가했어요. 오리발 끼고, 티 판을 들고 자유형 2바퀴, 평형 2바퀴를 갈 때는 접영, 올 때는 배영 4바퀴를 했어요. 접영을 할 때, 손은 엉덩이에 붙이고 가고, 올 때는 배영으로 4바퀴와 접영으로 완벽하게 4바퀴를, 다시 오리발을 빼고 평형 4바퀴를 돌라고 코치님이 지시를 했어요. 그리고 숨 고르기 운동으로 정리를 코치님이 하셨어요. 곧 타임 아웃과 동시에 마지막 전체 체조로 몸 고르기 정리를 하고 끝냈어요.

몸은 시원했어요. 샤워장에 가서 샤워를 하고 머리를 말리고 체육 센터를 나왔어요. 상쾌했어요. 감기가 수그러든 것 같았어요. 차를 타고 집으로 돌아왔어요. 아침을 먹고 약을 먹고 쉬었어요. 왠지 감기가 나아질 것 같았어요. 기침은 뜸했어요. 이제 고통은 멀어질 듯해요. 2박 3일쯤 감기가 머물렀다 가는 느낌? 하여튼 더 지켜봐야 하는데요, 조심하려고요.

현재가 없으니 과거를 쳐다보았다

과거를 잊어버리니 자꾸만 현재를 기록하고 싶어진다. 금방, 지금, 현재도 잊어버릴 테니까. 내가 기억하려고 애쓰는 것은 친구들이 하나둘씩 치매가 걸리고 몸에 부작용이 생겨 병원에 입원하는 경우가 많아서다. 무엇인가 반복해서 글을 쓰고 기억을 되새겨서 표현을 하면 뇌 작용이 원활해질 것으로 생각하기 때문이다. 이제 자기의 몸이나 생각, 사고 등을 온전히 보존하는 것이 최대의 목표일지도 모른다. 죽는 날까지 말이다. 그것이 주변 사람들을 괴롭히지 않는 일이 될 테니까.

1999년 1월 말, 목요일. 이번 주는 한가했다. 오히려 한가해서 지루했다. 큰애의 낙방 소식은 나를 더 힘들고 짜증스러우며, 엉망의 날이 되었다. 내심, 이번에는 합격이라는 기대가 컸나 보다. 속이 상했다. 녀석이 열심히 공부하지 않은 것이 속상했다. 2년이라는 세월을 허송세월 보냈다는 것이 더 그랬다. 내 자신이 너무 욕심이 많은 걸까? 다른 집 자식들은 1년 만에 좋은 결과로 썩 좋은 학교에 입학을 하고도 남는데, 이 녀석은 2년을 걸렸는데도 좋지 못하니 속이 썩었다.

새로운 계획을 세워야 할 것 같다. 4년 전공에 2년 수련 연수 기간, 다시 4년 사회 경험, 그사이에 결혼을 시켜야 할 텐데….

그러나 그것은 나의 욕심일지 모른다. 막바지 제일 단순한 생각을 한다면, 4년 대학교, 곧 결혼, 그다음 각자 인생이면 될 것이다. 인생이란 젊을 때일수록 시련과 어려움을 겪는 것이 좋다 했으니, 차라리 지금 가장 힘들게 겪는 것이 낫다. 빨리 큰애가 힘든 일을 겪어라. 어려운 일이 일어나라. 부모에게도 커다란 기쁨보다 애달프고 힘든 일을 주어라. 다만 견딜 만한 일을 주어라. 그래, 대학의 불합격을 주어 괴로움을 계속 주거라. 그래야, 우리가 다른 사람의 슬픔을 나누어 가질 수 있겠지.

우리는 사회에서 인정하든 안 하든 자신의 삶에 충실하면 언젠가는 사회의 기둥이 되리라. 나는 큰애에게 바란다. 잘 안 되는 일은 좋은 일이 올 것이라는 희망 아래 스스로 더 많은 노력을 할 수 있는 힘을 주소서. 또한, 내가 잘되지 않았지만 다른 사람이 기뻐할 수 있는 기회를 주었다고 생각을 하여 그것도 좋은 일이라고 스스로 생각하게 하는 힘을 주소서.

큰애에게 바란다. 매사에 솔직하고, 담백하게, 너의 진실 그대로를 전달하여 상대방이 사실을 인정하게 하는 사람이 되게 하소서. 환자가 병명을 밝혀 치료하듯이 매사 투명하게, 자신감 있는 자

기의 능력을 개발하여, 스스로 만족하며, 남을 돕는 그런 사람이
되게 하소서.

*

설날은 가족에게 이야기꽃이 피는 날이다

셋째 삼촌이 말했다.

- 형에게 전화를 하는 것을 듣고 동네의 양봉자가 나를 쳐다보며, 그 집은
  설 때 LA갈비를 먹는가 보죠? 네, 형이 이번 설에 LA갈비 먹자네요. 형
  이 부자인가 봐요. 네, 형은 돈이 많아요. 그래서 제가 형에게 가져갈 술
  이 30년짜리밖에 없어요 했더니 그가 엄청 부러워했어요. 그는 아들 둘
  이 있는데, 미리 밥을 먹었다고, 코로나로 못 온다고 했어요. 그런데 그
  사람이 쓸쓸해 보이더라구요.

- 어느 날 큰 며느리가 전화를 해서 애비가 옥상에서 지금 뛰어내린다고
  하는 거예요. 그래서 그럼 그놈 술 먹고 난리 치니까 뛰어내려서 죽으라
  고, 했어요. 둘이 맨날 싸우는 거예요. 항상 두잽이를 해요.

- 아니, 어머니 나는 10번 참고 한번 화를 내는 거예요. 그런데 나만 욕을
  하거든요.

- 그리고 다시 며느리에게 전화가 왔어요. 근데 어머니 애비가 죽으면 애들
  과 나는 어떻게 살아요? 그래서 그럼 네가 우리 아들 좀 잘 봐 줘라. 네가
  우리 아들을 잘못하는 거 용서하며 싸우지 말고 살면 좋겠다고 했어요.
  싸울 때는 죽게 내버려 두라 하고 정신이 돌아오면 잘 봐 달라고 해요.

집 식구들이 박장대소를 했다. 이미 둘째 동서는 폭탄주가 서너
잔 들어가서 이야기가 쏟아졌다.

- 경찰서장 시절 공주 고등학교 해병 캠프에서 5명이 죽었어요. 그때 학부
  형들이 눈이 뒤집혔어요. 경찰 직원들 데리고 현장으로 달려갔어요. 유
  족 원하는 거 다 해 주겠다고 했어요. 그들은 지검장 면담을 요구했어요.
  법치주의를 찾으며 법원장 면담을 요구했어요. 그런데 지검장이 비겁한
  거예요. 나오지를 않는 거예요. 이런 죽일 놈들 봤나. 안 나오면 경찰서장
  이름으로 청와대로 보고한다고 협박했어요. 그랬더니 법원장이 나왔어
  요. 그리고 유족들이 원하는 거 다 해 줘라. 경찰서장이 지켜 주겠다고 했
  지요. 모두 들어주라고 하고, 서장님, 여기 계속 있어야 하냐. 우리 가도
  돼요? 하며 묻는데, 법원장이 엄청 겁이 많더라구요. 지금은 코로나 시대
  라 권력자들 더 비겁해요.

- 우리 친구 아들 준 재벌 집 딸하고 결혼했다고 엄청 좋아하는데, 그거 잘 못인 거야. 그 여자네 빌딩이 있다는데, 결국 그 집 아들 며느리네한테 빼앗기는 거라고. 결혼은 그냥 서로 돈이 없어도 따뜻한 마음으로 서로 위하고 챙겨 주며 알뜰히 살아 주는 것이 최고야. MBN 남자 신랑이 억대이고, 며느리도 자기 회사 가져서 억대 부자이면, 그것들은 명절 때나 생일 때 그냥 돈만 땡하고 부치고 만대나. 인간미가 없는 거지. 우리는 그냥 소소히 만나고 즐겁게 이바구 하며, 못나면 못난 대로, 잘난 놈은 잘났다면서 칭찬해 주고 건강하게 살면 되는 거야. 아프지나 말자고.

*

삼척 여행

2월의 중순은 날씨가 매서웠다. 봄의 소리가 들려오는데 영하 10도가 넘었다. 터미널에서 A, B, C, D 친구를 만나기로 했다. 작년에 예약한 날짜였다. 서울에 있다는 C가 늦었다. 갑자기 불안했다. 아픈가, 문제가 있는가를 걱정했는데 미안해하면서 만났다. 반가웠다. 차를 타고 모두 강원도로 떠났다. 12시 전에 삼척 콘도에 도착했다. 호텔 앞에서 바다를 보고 우선 인증샷을 찍었다.

12시가 넘어서 방을 배정받았다. 우리는 중앙시장 쪽으로 이동했다. 유명하다는 삼척 곰치국을 찾았다. 원조 식당이라 했다. 내가 20년 전 삼척항에서 3,000원 주고 사 먹은 곰치국이었다. 가격은 셌다. 1인 15,000원. 가성비가 좋지 않았다. 신김칫국에 곰치 뼈다귀를 조금 넣은 것이 못마땅했다. 기분이 상쾌하지 않았다.

시장통으로 갔다. 오가며 이것저것을 구경하고 팥고물 찰떡을 C가 샀다. 삼척항으로 이동했다. 한 주민이 오징어를 줄에 매달았다. 항구에서 배와 바다를 향해 인증샷을 찍고 선착장과 주변 어시장을 둘러보았다. 날이 추워 온몸이 얼어붙었다. 걸어서 항구마을인 나릿골로 이동을 했다. 굴곡진 길은 담과 담 사잇길이었다. 폭이 좁고 가팔랐다. 세찬 바람이 계속 불어와서 마을에 부딪혔다. 길은 아름다웠다. 언덕으로 오르면서 감성 바다 표지판과 쉬는 의자가 있었다. 그곳에서 사진을 찍었다. 배경은 바다와 통유리 전망대가 보였다. AD와 BC는 행복한 미소를 띄고 사진을 찍었다.

다시 언덕으로 올랐다. 작은 꽃나무 뒤로 바다가 보였다. 엉거주춤 4명이 앉아서 서로 보듬고 잔디밭 위 의자에서 바다를 감상했다. 꼭대기 전망대에서 보니 푸르고 짙은 파도가 흰 거품을 몰고 우리들의 몸으로 바람과 함께 달려왔다. 겨울 바다는 특별했다. 시원했다. 온갖 시름이 날아갔다. 전망대에서 내려왔다. 내려오면서 갈대숲 언덕배기에 앉아 햇빛과 바람을 맞으며, 푸른 하늘과 흰 구름이 연기처럼 피어나는 장면을 배경 삼아, 그날의 행복함을 사진으로 찍었다. 그 시간부터 새로운 추억을 쌓기 위해 내려오는 계단을 찍었고, 초입에 붙은 지도에 '숨 가쁘게 달려온 당신, 나릿골 감성 마을로 오세요'라는 그림을 벗 삼아 찍었다.

차를 타고 삼척 죽서루로 이동했다. 보물 213호였다. 관동 제일 루라 할 수 있다. 자연 암반을 기초로 하여 건축되었고 8개의 돌로 만든 기초 위에 세웠다. 죽서루가 서 있는 곳은 풍광이 좋았다. 아름다운 강변에 자연적인 암반 위에 세워져서 멀리 시가지가 한눈에 보였다. 강변 주위로 아파트와 마을이 조화롭게 이어졌다. 이층 죽서루는 강을 배경으로 앞에는 넓은 잔디와 돌바닥과 잔디가 섞인 넓은 앞마당 광장을 가졌다. 담 주위로는 걸맞는 소나무와 대죽나무 등이 죽서루를 지키고 있었다.

중앙시장으로 이동했다. 온갖 채소가 시장 골목을 장식했다. 골목마다 특징이 있었다. 수산물, 건어물 등이 상권을 이루었다. 점심 식사를 위해 우리는 주변을 보살폈다. 전날보다 맛있는 곳, 특색 있는 곳을 찾았다. 여기가 좋겠다면, 칼국수와 수제비집을 찾았다. 시장통이라 어수선하고 불편했지만 그곳이 맛있을 것 같았다. 식당 내로 허리를 굽히고 신을 벗어서 들어가는 것은 몸이 힘들었지만, 맛은 일품이었다. 주차장인 '대한노인회 삼척시 지회' 앞에서 인증샷을 찍었다. 바람은 갈수록 세찼다.

장호항으로 이동했다. 바다가 출렁거렸고 너울 파도가 도로 위로 넘쳐흘렀다. 바다 위를 가는 케이블카는 운행이 중지되었다. 길을 따라 해변을 거닐며 산진을 찍고, 하얀 파도를 몰고 오는 바다를 감상했다. 길 위 계단을 밟으며 산으로 올라갔다. 경관은 더욱 아름다웠다. 파도가 또다시 흰 거품을 입에 물고 우리를 향해서 달려오고 소멸되었다. 이 마지막 추위에 바다를 보며 추억이 만들어졌다.

*

선거 잔치가 계속되다

요즘 대통령 선거 때문에 모든 사람이 정치에 관심을 쏟으며, 사람들이 모이면 정치 얘기를 했다. 문 대통령의 5년은 숙청과 역병의 시대였다. 뿐만 아니라 우리 국민 모두를 자기네 정책에 맞추며 복종과 강요의 시대를 요구했다. 자기네가 하는 행동은 모두가 옳고 남이 하면 그르다는 내로남불의 시대였다. 문 대통령은 적폐 수

사로 보복과 처벌을 하며, 박근혜 대통령과 이명박 대통령을 감옥에 넣었고 끝까지 풀어 주지 않았다. 문 대통령은 사법농단을 규명해야 한다고 주장했다. 그는 그것이 '촛불 정신'이라 했다.

문 대통령을 보면 어찌 이런 사람이 대통령이 되었는가를 묻게 된다. 생산성이 없는 것에 고집을 부리고 소득 주도 성장을 외쳐 대는 문 정부는 결국 망국의 경제가 되었다. 그가 외치는 최저 임금 인상으로 경제 체계는 더 악화되고 실업률은 더 하락했다. 그는 민주주의를 무시하고 권력 수사를 없애고, 온갖 비리와 의혹을 만들어 냈다. 그리고 정권에 충성하는 측근을 요직에 앉혀 그들의 입맛에 맞게 정치를 폈다.

그동안 저축해 놓았던 재정을 모두 탕진해 버린 정부도 문 정부다. 포퓰리스트로 뭉친 이 정부는 다른 나라와 비교하며 돈을 뿌려 댔다. 그리고 뿌리면서 저들끼리 나누어 먹어 치웠다. 문 정부는 계속 국민에게 돈을 뿌려 주며 국민의 환심을 사고, 국민을 지옥으로 끌어들여 나라를 집어먹고, 계속 국민을 노예화하면서 권력을 잡으려는 자들인 것이다. 완전히 공산주의 수법이다. 마음에 들지 않으면, 적폐 몰이로 직장에서 내쫓겨 삶의 기반을 잃게 한다.

문 정부는 K 방역을 해야 한다며, 국민을 꼼짝달싹을 못하게 했다. 국민들 일상생활을 파괴했다. 수영장을 폐쇄하고 테니스장을 폐쇄했다. 국민의 모임을 막았다. 그러나 민노총의 모임은 허용했다. 문 정부의 촛불 시위는 허용하고 국민의 자유는 막았다. 웃기는 정부다. 그런데도 문 정부에 빨대를 꽂고 돈을 빼먹는 자들은 문 정부를 지지하며 찬양했다. 40%가 문 정부를 찬양한다니 믿을 수가 없는 것이다. 언론을 장악하여 문 정부가 보여 주고 싶은 것만 보도했다. 방송이나 언론은 썩어 빠졌다.

문 정부에 아부하고 아부하는 자들만이 국민 세금으로 그들의 배를 채웠다. 지나가는 똥개도 아는 이재명의 대장동 사건을 그들은 모르는 일이라 하며, 대통령이 되겠다니 할 말이 없다. 쓰레기 같은 인간을 대통령으로 뽑으라니 말이다. 나는 이재명 측근이 계속 죽어 가는 것은 틀림없이 그가 자기 죄명을 없애기 위해, 측근을 살해했을 것으로 생각된다. 그런데도 국민 40%가 이재명을 지지하고 있다는 것이 나는 더 무섭다. 정치는 어쩌면 돈일지도 모른다. 여당에 돈 빨대를 꽂고 돈 잔치를 하고 있으니 지지도가 높을 것이다. 나는 바란다. 우리 국민이 정신을 차려서 국가가 사는 길을 위해, 제대로 된 정치인을 뽑았으면 좋겠다.

카톡으로 문자가 왔다.

- 분노를 잊은 자는 젊잖은 양반인가? 아니면 쓸개 빠진 병신인가?

- 분노하지 않은 국민! 당신들은 누구십니까?

- 한남대학교 김형태 전 총장 -

문재인이 나라를 팔아먹어도,

선관위와 대법관이 부정 선거를 눈감아도,

재명이가 대장동, 백현동을 통해 강도짓을 해도,

판사와 검사가 범법자인 피의자를 두둔해도,

종교의 자유가 없는 북한에 교황을 보내려고 갖은 수단 부리고,

북한의 외교관 역할이나 하며,

나라 망신 다 시키고 있는데도,

탐관오리들은 나라의 곳간을 털어 탕진하고,

민노총이 떼를 지어 거리를 누비며 패악질을 해도,

임기를 반년도 남겨 두지 않은

대통령이 부부 동반, 입을 귀에 달고 열흘씩이나 관광성 외유를 다니고 있
어도,

대통령, 장관, 나부랭이들이

앞다투어 이적, 여적 행위를 일삼아도,

형을 정신 병원에 보내고 형수에게 입에 담지 못할

쌍욕을 하고 여배우와 불륜을 저지른 전과 4범

패륜아가 개통령 되겠다고 헛소리를 하고 다녀도,

"국가 체제를 통째로 흔들어 버리겠다"고

북한, 중국과 손잡고 공공연히 떠들고 다녀도,

그런 정권 여당의 패륜을 보고도 분노하거나 강력하게 지지하지 않는 야당.

이런 수많은 부정부패를 보고도 분노하거나 화내지 않는 대중이나 국민들!

당신들은 도대체 누구입니까?

요즘 40대의 말대로

"대한민국은 절대 망하지 않는다"는 그 말이 맞을 것 같습니까?

이루는 데는 수십 년이지만,

망하는 데는 순간입니다.

세상의 섭리는 인과응보, 사필귀정, 바른대로 돌아가야 하는데,

분노하지 않은 대중 앞에,

행동하지 않은 국민 앞에 하늘은 자유나 황금덩이를 절대 내려 주지 않습

니다.

최소한 분노라도 합시다!

개, 돼지가 되지 말고 국민 된 도리라도 하고 삽시다!

분노하는 미얀마 국민, 분노하는 아프가니스탄 국민, " 계란으로 바위 치겠다"고 중공에 달려드는 대만처럼,

우리도 그에 버금은 가 봅시다!

자유 민주 구국 전사의 구국 칼럼

카톡 문자를 보면서 나도 반성했다. 우리가 어떻게 분노하고 나라를 위해 어떻게 해야 하는지를. 그리고 분명 답답했다. 3.9 대통령 선거는 정말 나라가 죽느냐 사느냐 하는 선거인데 여당이 계속 작당을 하고 있으니 큰일이었다.

*

친구 집에 놀러 가다

친구 집에 무얼 사 갈까? 고민했다. 친구들을 만나면 맛있게 먹고 이바구 하며 영화 보는 것이 즐거움이었다. 그중 수다 떠는 일이 가장 즐겁지만 말이다. 나는 어제 녹두를 불렸다. 녹두전이나

만들어 가서, 친구들이 저녁거리로 주면 좋겠다 생각했다. 아침에 먼저 남편 밥상을 차려 주었다. 그리고 불린 녹두를 믹서에 갈았다. 감자 3개, 양파를 갈았다. 간 것을 서로 섞었다. 거기에 당근을 채쳐 넣고, 돼지고기 간 것 500g을 넣고 달걀 3개, 튀김가루와 양념을 넣어 섞었다.

프라이팬에 올리브기름을 넉넉히 넣고 한 주걱씩 반죽을 프라이팬에 넣었다. 3개씩 둥근 모양을 큼직하게 부쳤다. 총 13~15쪽이 되었다. 그것을 분배해서 친구들에게 나누어 주면 좋을 것 같았다. 친구들은 항상 나에게 사이비 요리사로 칭한다. 정식 요리가 아니라 내가 대충 생각나는 대로 음식을 만들어 먹으니까 그랬다. 사람들은 각자 요리 재료나 모양, 익히는 방법이 모두 다르기 때문에 맛도 달랐다. 예를 들어 우리 셋째 동서는 삼겹살을 구울 때 프라이팬에서 앞뒤로 잘 익히는 것을 좋아했다. 그러나 너무 익혀서 남편은 힘들어했다. 이가 아프고 기름이 너무 빠져서 맛이 없다 했다.

나는 삼겹살을 앞뒤로 1분만 굽는다. 그리고 그것을 전자레인지에 1~2분을 굽는다. 그러면 속은 익어서 부드럽고 겉은 바삭거린다. 남편은 그것을 좋아한다. 각자 취향이 다르니까 각자 좋아하는 방식대로 요리를 해 먹으면 그것이 행복이다. 94세이신 어머니는 나에게 항상 말씀하신다.

- 얘야, 넌 네가 먹고 싶은 것을 맛있게 해 먹어라.

- 여기 요양원은 그럴 수 없잖냐. 주는 대로 먹어야 하는 것이, 꼭 닭 모이
  주는 느낌이구나

- 넌 네가 스스로 밥을 해 먹을 수 있어서 행복하구나.

- 난 움직일 수 없으니 어쩔 수가 없구나.

행복은 멀리 있는 게 아니었다. 내가 스스로 움직이면서 맛있는
것을 해 먹을 수 있으면 행복이었다. 그래서 나는 열심히 운동한
다. 운동을 해서 오래 살려고 하는 것이 아니라 열심히 밥을 해 먹
고 남을 괴롭히지 않으며, 스스로 행복한 삶을 위해서 운동하려는
것이다.

*

꽃들은 어디로 갔나

나는 저녁을 먹으려고 냉장고 냉동실을 열었다. 냉동실 바닥은
하얗게 물이 흘러넘쳤고 그것이 얼어서 바닥이 도톰하게 솟구쳐
있었다. 바닥의 철 서랍은 꿈쩍을 할 수 없었다. 냉장고와 씨름을

하다가는 저녁 시간이 늦어질 것 같았다. 먼저 밥상을 차렸다. 남편은 잡채밥을 주문했다. 나는 냉장고 속을 보니 내 속이 복잡했다. 막걸리에 빈대떡을 먹고 막걸리 기운으로 얼음과 씨름을 해 보겠다고 생각했다. 얼른 식탁에서 식사를 했다. 먹은 그릇을 대충 씻어서 끝마쳤다.

유튜브를 찾아 냉동실 얼음 제거 영상을 확인했다. 우선 김치냉장고 코드를 뺐다. 그리고 김치냉장고 얼음은 뜨거운 물을 냄비에 담아 비워 둔 김치냉장고 박스 안에 깔판을 깔고 물이 담긴 냄비를 김치냉장고 속에 넣고 냉장고 뚜껑을 닫았다. 10초 후 뜨거운 김에 서려서 벽에 붙은 얼음이 벽에서 떨어졌다. 그것을 이용하여 나는 냉동실 문을 열었다. 먼저 냉장고 코드를 뽑았다. 냉동실 맨 밑바닥 냉동품을 모두 밖으로 내놓았다. 앞부분에 얼어서 붙은 얼음을 칼로 찍어서 얼음을 제거했다. 냄비에 뜨거운 물을 끓여서 냉장고 벽 쪽으로 사방에 뿌렸다. 물이 냉장고 밖으로 흘러나왔다.

그런 다음 큰 수건으로 물을 닦아 냈다. 다시 뜨거운 냄비 물을 끓여서 쇠 철판 서랍에 올려놓고 칼로 벽에 붙은 얼음을 내려치며 두드렸다. 그리고 헤어드라이어로 얼음벽을 향해 뜨거운 김을 보냈다. 그 작업을 계속 반복했다. 사이사이에 남편이 도와주다가 참을 수 없어서 화를 내려는 기운이 보였다. 나는 살살 달랬다. 놀이

삼아 하면 된다고. 20년이 넘은 냉장고니까 언 채로 쓰다가 바꾸자고 했다. 나는 알았다며 계속 뜨거운 물을 붓고 얼음을 칼과 망치로 두드렸다. 드라이어를 이용해 뜨거운 바람을 얼음 위로 보냈다.

3시간이 지나서 대형 얼음이 벽에서 떨어졌고 힘차게 철제 서랍을 빼고, 바닥에 있는 얼음과 물을 제거했다. 냉동실 바닥이 깨끗해졌고 얼음도 제거되었다. 철제 서랍을 끼우고 그곳에 있던 냉동식품을 제자리로 넣었다. 대형 얼음을 망치로 두드렸더니 팔이 시끈거렸다. 냉장고 코드를 끼웠다. 모두가 정상이었다. 11시가 넘어서 자리에 누웠다. 오늘이 2월의 마지막 날인가를 생각했다. 생각해 보니 큰딸의 결혼 날이네. 해마다 딸은 결혼기념일을 찾았는데…. 우리도 청와대에서 우리 결혼 주년 때 해마다 활짝 핀 서양난인 큰 화분, 거기에 맛있는 붉은 포도주가 끼워져서 보내졌었는데….

몇 년 전부터 청와대에서 함께 있었던 남편의 선배, 동료, 후배들은 어디로 갔는지 연락이 되지 않았다. 나는 남편에게 물었다.

- 여보, 청와대의 꽃들은 모두 어디로 갔나요?
- 글쎄요. 나도 모르겠네요.
- 세월이 많이 흘렀네요.
- 이제 우리 꽃도 언젠가 사라지겠지요.

힘을 많이 썼더니 나는 금방 꿈나라로 가 버렸습니다.

*

강화도 나들이

삼일절이라 오늘은 젓갈 시장이 쉬지 않을 거야. 매달 1, 3주 화요일이 쉬는 날인데. 외포리항에 도착해서. 바람은 차가웠어. 봄바람이기는 하나 바닷바람이 몸속으로 스며드니 오한이 일어나는 거야. 나이를 탓해야 하나. 주의를 해야지. 친구야 단단히 몸단속해야 해. 감기 들면 고생하니까.

아! 바람이 좋다. 서울의 찌든 공기를 날려 버리고, 내 마음의 탁한 찌꺼기도 날려 버리네. 그래도 봄은 봄이야. 칼날 같은 바람이 아니잖아. 맞아. 이놈의 코로나가 언제까지 우리를 옭아맬 건지. 바람아, 불어라. 얼른 빨리 코로나를 날려 버리게.

젓갈 시장 안은 사람이 없고 만국기만 펄럭였어. 단골 상회를 찾았어. 친구야 이 명란젓 먹어 봐. 이 조기 새끼 말린 것도. 오늘은 겨울 숭어회와 광어로 초밥을 해서 먹고, 된장찌개에 소주 한잔. 내일 아침에는 시원한 조개탕으로 속풀이를 하자고.

오랜만에 빌라 숙소로 갔어. 아이고, 애야, 주인이 늦게 와서 미안하구나. 물에 담긴 화초에 물을 확인하니 1mm쯤 남겨져 있었어. 너 용케도 내가 올 때까지 물을 아껴 먹었구나. 장하구나. 이것들이 나랑 6~7년을 살다 보니 주인이 언제 와서 다시 물을 줄 것인가를 아는가 보구나. 그래, 고맙다. 몇 개월 만에 왔는데도 죽지 않고 살아 줘서 고마워.

뒷산을 오르며 바다와 호수를 구경하자고. 깨끗한 공기가 폐 속으로 들어오지 않니? 그래, 좋구나. 너네 형제가 몇이라고? 7명이야. 딸, 딸, 딸, 딸, 아들, 딸, 딸. 너는 셋째 딸이고? 웅. 어머니가 대단하시네. 어머니가 참 잘 키우셨다. 서로 우애가 좋으니. 어머니가 헌신적이고 희생적이셔서 그래. 영희 친구 엄마는 죽을 때 화목해지라고 화목회를 만들어 주고 갔는데. 결국 화목 없이 영희가 죽었잖니. 맞아. 너네 어머니가 지금 95세라니. 홀로 기거하시면서 모든 것을 스스로 해결하시다니. 훌륭하시네.

내가 어머니한테 배운다니까. 어머니가 수시로 전화를 잘하시는데. 어쩌다가 바빠서 불편할 때가 있는데, 그때 생각해. 나도 함부로 싱가포르에 사는 딸에게 전화를 하면 안 되겠구나 하고. 그래서 딸이 집안일 모두 끝나고 한가할 때쯤, 하이! 하고 문자를 보내. 그럼 딸이 답이 오네. 맞아. 우리는 셀프 시대 아니겠어? 모든 것을 셀프로 하는 거야. 우리 부모들은 모든 것을 봉사하라고 했지만 말이야.

내 생일도 내 돈 내고, 내가 만들고. 새끼들이 생각해서 먹으러 와 주면 고맙고, 아니면 말고 시대라니까. 고것들이 탈 없이 잘 살아 주면 고마운 거지 하며. 여기가 꼭대기 정상이구나. 저기 넓은 땅은 이쪽 섬과 저쪽 섬을 선조들이 손으로 막아서 농토가 된 거야. 기계 장비 없이 만든 거라고. 대단한 거지. 농토가 얼마나 넓어. 여기 봉수대는 횃불을 이용해 서로의 연락을 하던 곳이고.

내리막길은 가팔랐다. 너 조심해. 우리는 심줄이 끊어지면 힘들 테니까. 여기 기암절벽이 대단하다. 여기서 기도하자. 우리나라 선거가 잘되어 국가가 살아나기를 기원하며, 그놈의 새끼들이 어서 빨리 결혼을 하게 해 달라고 말이다. 네 아들이나 내 딸이 시집을 안 가니 걱정이구나. 산을 내려오니 대로 옆 언덕배기의 별장지기 강아지가 컹컹 소리를 쳤어. 그래, 너도 심심하구나. 길을 따라, 면소재지로 갈 때, 근처 집에 사는 검둥이가 따라와. 너 너네 집으로 가라. 우리 따라오면 네 주인이 슬퍼진다. 꼬리를 흔들며 따라오다가 다시 제집으로 가 버리더군.

길가에 아직 쑥은 보이지 않았어. 날이 차가워서야. 저기 호수 물은 파랗네. 얼음이 녹아 버렸어. 집으로 왔더니 켜 놓고 간 보일러가 찜질방처럼 따뜻해서 좋네요. 금방 어둠이 내리고 아침에 떠온 숭어와 광어회로 맛있게 저녁을 먹고. 밤의 호수를 산책하며 밤의 별자리, 북두칠성을 확인하고 돌아와서 푹 잠을 잤다네. 이튿날 민머루 해수욕장 길을 산책하고 소나무에 걸린 그네를 타고 해변가 무인 산을 올라 바다의 경관을 감상하고 내려오다가 발을 헛디뎌서 한바탕 굴러떨어졌어. 몸이 괜찮아서 감사했다네. 특별점심 식사를 맛있게 하고 서울로 돌아왔다네. 혼자 사는 친구가 짠했는데 나들이를 갔다 오니 내 맘이 즐거웠어.

*

부모와 자식과의 관계

나의 세대는 낀 세대로 불려진다. 부모에겐 무조건 효도해야 한다고 부모들에게 강요받고 평생을 살았다. 그러나 우리 자식들에게 그런 소리를 했다가는 무슨 꼰대 소리를 하느냐면서 지금이 무슨 조선시대인 줄 아느냐 하면서 자식에게 타박을 받으며 혼이 날 일이었다. 시대가 그만큼 다른 시대가 되었다. 같은 세대라도 어떤 친구가 구시대적인 생각을 가진다면 그 친구의 생각을 받아들일 수 없을 때가 생긴다. 예를 들어 남편의 A 친구는 자기 부인이 어머니를 모시고 보살펴야 하기 때문에 부인의 친구들이 약속한 것을 그 부인은 지킬 수 없다는 것이다.

그에 비해 남편의 생각이 유연한 친구는 자기 부인에게 약속 있는 날 자기가 알아서 어머니 밥을 챙길 테니까 갔다 오라고 권하는 것이다. 객관적으로 어떤 남편을 좋아하겠는가. 날마다 모시고 보살피는데 어쩌다가 약속된 것들을 파괴하고 부인의 의무를 강요하는 일은 맞지 않아 보인다. 우리는 부모에게 하여야 하는 의무와 책임을 다해야 하는 세대라는 것이다. 그것을 다하지 못하면 불효 자식이 되었다. 그에 반해 우리 집의 자식들은 부모인 우리에게 의무와 책임이 없으며, 오히려 부모에게 자기들의 짐을 부모가 져 주기를 바라는 것이다. 이 얼마나 불공평한 일인가?

나는 우리 애들에게 강하게 말한다. 우리는 아직도 할머니들에게 생활비와 병원비를 평생을 드렸고 아직도 그 짐을 지고 살아간다. 그런데 너네들은 한 번도 그렇게 살지 않았잖냐면서 항의를 한다. 그래서 너희들은 우리에게 너네 짐을 덜어 달라고 요구해서는 안 된다고 은근히 무언의 압박을 가한다. 그런데 요즘 부자들의 부모는 그들 자식에게 부를 넘겨줬고 자식들은 부모에게 혜택을 받아 외제 차를 사고 사치스런 생활을 하는 친구들이 많았다. 그로 인해서 자식들은 부모를 원망하며 부자 친구들을 부러워하며 살기도 한다.

나는 속으로 생각한다. 그렇게 부러우면 너네들도 돈을 열심히 벌면서 살아라. 나는 평생 돈이 없어서 죽을 때까지 돈을 벌면서 사는 것이라고. 요즘 젊은 애들은 돈을 쓰는데 애를 쓰지 돈을 모으고 돈을 벌겠다는 의식이 없었다. 주변에 파출부 하는 어머니는 많은데 그네들의 자식들은 대학을 나와서 취직은 못 하고 어머니 집에서 캥거루족으로 살아갔다. 그렇다고 어머니가 뭐라 하면 대들며 난리를 쳐서 어찌할 수가 없다는 것이다. 파출부 돈으로 대학 나온 자식을 먹여 살리고 있으니….

당장 결혼 못 한 내 딸도 그랬다. 수학 학원 선생인데 월급이 100만 원이다. 오피스텔에서 혼자 생활한다. 월세가 60만 원이다. 30만 원을 내가 지원한다. 아빠는 오피스텔 관리비를 지원한다. 그래야, 차비도 쓰고 저 먹고살 수 있다 해서 분가시켰다. 어떤 때는 그놈의 자식 대학 공부 시킨 것이 아깝다는 생각이 들기도 한다.

어떤 자식(우리 사촌)은 똑같이 대학 나와서 애를 셋씩이나 낳았고 자기 부모에게 100만 원 이상의 지원금을 보태고 생필품도 보태는데 이놈의 자식은 언제까지 캥거루 가족으로 살 것인지. 나는 그 동서에게 말한다. 자네는 전생에 나라를 구했는지 자식을 그렇게 잘 두었냐고.

40세가 넘어 조금 있으면 50대가 될 텐데, 보기만 해도 끔찍스럽다. 어쩌겠는가, 인생이 풀리지를 않으니. 어디서 잘못되었는지 알수가 없다. 어디서 혼사 문제가 생기면 나에게 경계선을 넘지 말라면서 협박성 발언으로 나를 혼내킨다. 이게 있을 수 있냐 말이다. 이제 포기 단계가 되어 가고 있다. 그래, 너 잘났다, 이놈아. 오피스텔 조그만 데서 그렇게 죽어라. 내가 어찌하겠냐면서 욕을 한 바가지 하며 속을 삭인다. 너는 너대로 살고 난 나대로 살면 그만이라면서. 그래도 금, 토, 일요일에는 우리 집에 와서 그동안 못 먹은 음식을 배 터지게 먹고 가는 것이다.

그것이 우리들의 가족 의식이 되었다. 남자는 아버지라고 그놈만 오면 있는 것 없는 것 다 찾아 먹이려고 안달이다. 특별한 행사가 있어도 집을 지키며 그놈을 챙기는 것이 나는 밉살맞다. 하여튼 모르겠다. 남자는 그 딸을 잘 챙기고 둘이 쿵짝이 잘 맞는다. 나는 제 할 일을 못하는 자체가 그놈만 보면 밉상이라 참을 수가 없다. 우리는 영원히 그렇게 밉상으로 서로 미워하며 죽을 수밖에 없을 것이다. 왜 그리 미운지. 난 아직도 그놈에 대한 가슴이 멍으로 맺혀 있으니….

*

자식에게 많은 재산을 남겨 준다고 자식이 행복하게 살 수 있을까?

주변 친구들은 재산을 꽁꽁 묶어서 자식과 손자에게 집과 회사를 물려주고 싶어 해. 그것이 인간의 본능이겠지. 그러나 너무 자식과 손자에게 쏠려서 자기 삶을 여유롭고 풍요롭게 생활하지 못하는 것을 보면 속이 답답하더라고. 그렇게 새끼에게 집착하는 꼴을 보면 혐오스럽고 어리석다는 생각이 들어.

조금만 지혜로우면 좋을 텐데⋯. 가진 것을 주변에 조금만 베풀며 살아도 즐겁게 살 수 있어서 좋을 텐데. 그런데, 가진 자가 더 많은 욕심을 부리면서 살면, 그것처럼 어리석은 것이 없어 보이더라고. 가진 것이 없지만 나누어 먹으며 하나라도 더 주려고 하는 친구가 좋기는 좋아. 없지만 나누고 싶어서 하는 마음이 사랑스러워. 그런 친구는 내가 더 주고 싶고 더 따뜻한 마음이 생겨.

친구는 가지각색이야. 마지막 인생을 어떻게 사는 것이 지혜로운지 생각해 볼 필요가 있어. 우선 건강하게 사는 것이 중요할 것 같아. 주변 가족에게 피해를 주면 안 되니까. 자신도 아파서 슬플 테니까. 그래서 나는 열심히 운동을 하고 몸에 필요한 음식을 섭생

하려고 노력해. 그리고 마음을 따뜻하게 하여 주변 사람들에게 베풀려고 노력해. 우리 같이 늙어 가는 사람들이 뭐가 좋겠어. 따뜻한 마음 씀씀이로 주변 사람들과 마음을 주고받아 서로를 따뜻하게 사는 것이 좋을 것 같아.

나이 들어 자식에게 너무 집착해서 재산만을 물려주는 것도 아닌 것 같고. 자식들이 인생 공부를 하는 것은 진정으로 헝그리 정신을 가질 수 있는 공부를 하게 하는 것이 중요한 것 같아. 우리 시대에는 정말로 가난하니까 공부를 많이 하려고 했잖아. 공부를 많이 하면 먹고살 수 있는 직업이나 할 일들이 생길 거라 생각했었고. 요즘 시대는 나라가 부유하니까 애들이 가난함을 잘 모르는 것 같아. 우선 먹거리가 풍부하니까. 그런 가난함의 경험을 할 수가 없는 것 같고.

나는 원래 탄수화물을 좋아하는 형이야. 그런데 나이 들어서 팔다리가 찢어지고 파열되어 한동안 고생했지. 단백질 중심으로 식사를 해야 한다는 거였어. 탄수화물은 체중이 늘고 비만해지고 몸은 안 좋아진다나. 아픈 데가 더 많고. 그래서 탄수화물 중독을 벗어나려고 조식을 금하기도 하고. 그러면 점심때 맛있는 식사를 할 수 있고 내가 싫어하던 음식도 맛있게 먹게 되더라고. 그러면서 깨닫게 되는데, 사람은 밥을 굶어 봐야 음식의 소중함을 아는 것 같더라고.

인간은 어떤 극기 훈련이 필요한가 봐. 너무 편안한 삶을 살면 그것에 익숙해져서 불편함에 대한 거부가 강렬해지겠지. 자식에게 재산을 많이 물려준다면 그에 대한 자식들의 태도가 분명 나빠질 것 같아. 어쩌면 그런 것이 당연해야지. 자기가 힘을 써서 번 것이 아니잖아. 옛날에 들었어. 어느 부잣집 아버지가 당신 아들에게 재산을 물려줄 때는 50세가 넘어서 물려준다고. 그래야 그 재산이 지켜진다고. 나도 그 이론이 맞을 것 같아. 어느 친구가 그랬어. 젊어서 남겨 준 재산을 나이 들어서 지키지 못해 고생하는 모습을 보았거든. 욕심으로 자식과 손자에게 물려주는 재산이 과연 잘 지켜지지 않는 것은 당연하다는 생각이 들어.

*

인생의 공부는 무엇일까?

살아가면서 겪은 일을 되돌아봤다. 나는 어렸을 때, 부모의 사랑을 받고 학창 시절을 보냈다. 학창 시절은 그야말로 국·영·수가 중요한 시절이었다. 좋은 학교에 입학하려면 국어, 영어, 수학을 잘해야 수월하게 입학할 수 있었기 때문이었다. 고등학교에 입학해서는 매주 월요일은 국·영·수 시험을 보았다. 학교 측은 학생들이 휴일에도 항상 쉬지 말고 공부를 해야 더 좋은 대학을 입학할 수 있기 때문이었다. 여하튼 나의 시대는 그랬다. 대학을 졸업하고 교직 생활을 하며, 결혼을 했고 아이를 낳았다. 그리고 힘들어서 교사를 퇴직했다. 그 후 가정생활은 어려웠다. 그래서 그 어려움을 탈피하려고 애쓰는 생활로 세월을 보냈다. 그 세월은 20년이 걸렸다. 그러다 보니 이제는 인생의 후반기가 되었다.

후반기는 내 몸 잘 건사해서, 남에게 괴로움을 주지 않으려 했다. 나의 몸은 낡아서 염증이 생기고 심줄이 끊어지며, 아픈 곳이 많아졌다. 치유하면서 운동하고, 걸으며, 몸을 회복했다. 삶의 목표는 사는 날까지 즐겁게 생활하다 아프지 않고 곱게 죽는 것이 목표가 되었다. 그리고 생각했다. 인생이란 무엇인가? 삶의 공부는 무엇인가? 주변 젊은이들은 자기 새끼를 가르치기 위해서 영어 학원. 수학 학원, 논술 학원, 미술 학원 등을 두루 가르쳤다. 내 손자들은 그렇게 가르치지를 않았다.

물론 딸애가 돈이 없어서 그렇게 가르칠 수 없었다. 다른 집은 엄마, 아빠 모두가 직장을 다녔다. 둘 다 대기업을 다니면 경제가 넉넉했다. 그 아이들은 조부모들이 건사하며 학원을 보냈다. 나는 고민했다. 손자들에게 학원비를 보태 주어야 하는가를. 큰딸은 테니스에 미쳐서 자기 좋아하는 일에 정열을 쏟았다. 애들은 두 번째였다. 제 남편 역시 보통 사람이었다. 보통 회사에서 중간 정도의 보수를 받는 회사원이었다. 그들은 조그만 집에서 집을 지키고 부금 내며 적당히 살았다.

나는 단지 딸이 불만스러웠다. 아이들 신경을 좀 쓰라고 말했다. 그럼 나를 싫어했다. 나는 딸을 미워했다. 딸이 좀 더 성실하기를 바랐다. 그러나 딸은 자신을 아는지는 모르나 엄마를 싫어했다. 엄마가 너무 철저하고 자기를 싫어하며 간섭이 심하다는 것이었다. 우리는 싸우는 일이 많았다. 휴일날 내가 음식을 해서 딸네 집을 갔다. 그리고 초인종을 눌렀다.

- 누구세요?
- 할머니야.
- 안녕하세요?
- 엄마는?
- 엄마 또 테니스 치러 갔냐?
- 내가 미친다. 일요일인데? 식구들은 집에 놔두고?
- 미친다.
- 이거 고기와 부침이, 과일이야.
- 감사합니다.

나는 집으로 돌아온다. 아이고, 미치겠다. 사위가 착하니까 그렇지. 벌써 이혼감인 것이야. 딸에 대한 분노로 나는 참을 수 없었다. 그래, 이혼 안 하고 죽지 않으면 성공이다. 그리고 머리를 흔들며 집으로 돌아왔다. 그래도 세월은 흘러갔다. 아기들은 자랐다. 이제 애들은 10대가 되었다. 아기들은 제 어미와 죽고 못 살았다. 친척 집을 가거나 콘도로 놀러 가면, 엄마, 엄마를 부르며, 붙어 다녔다. 그래, 그렇게 사랑하며 살면 되었다.

요즘 아이들 삶이 다 각각이니까.

*

대통령 선거

작은딸은 대통령 선거를 하러 새벽 5시 50분에 갔다네. 6시부터 시작이니까 제일 먼저 선거를 할 작정으로. 그런데 이미 사람이 10명 서서 기다렸다네. 깜짝 놀랐다네. 이미 이렇게 줄을 서 있다고. 기다렸다가 선거를 했는데 나올 때 이미 줄에 80명이 줄지어 서 있어서 더 놀랐다네. 이번 선거는 정권 교체에 국민이 얼마나 심혈을 기울이고 노력을 했던지. 그것은 우리나라뿐 아니라 세계에서도 주목을 받았네.

사실 5년 동안 민주당이 쓴 돈이 500조라 했다. 평생 모은 돈을 이번 정부가 모두 탕진한 것이라네. 그들은 부유층과 빈곤층으로 이분화해서 부유층에게는 세금을 뜯어내고 가난한 층에 세금을 나누어 주는. 그래서 빈곤층의 표심을 여당에 못 박는 역할을 했다네. 그들은 이익 카르테를 형성하여, 자기들끼리의 공조를 만들어서 국민의 혈세를 작당하여 나누어 먹는 사람들이었다네. 또한 그들은 신문, 방송, 언론계 모두를 통합하여 자기네 편익대로 편성하여 국민의 눈과 귀를 막았지.

그들은 기업체 수장들을 감옥에 넣어 돈을 뜯어냈고 그들의 입맛에 맞게 길들였을 것이고. 여당 지도부들은 가치가 높은 원전을 없애고, 태양광으로 교체한다며 나라 전체를 태양광 판넬로 깔아 자기들의 이익을 증대하려고 중국과 손잡고 별별 수단을 다 했다네. 그것들은 중국에게 돈을 받아먹고 챙긴 탓으로 중국의 말을 들을 수밖에 없던 것이겠지.

부동산 정책의 잘못으로 집값이 하늘만큼 올라 서민들은 울 수밖에 없고, 집을 가진 자는 죄인처럼 세금을 내야 하니, 세금이 많아 울며 겨자 먹기로 팔 수도 없게 만든 정책이라니. 뭐 하나 국민을 위한 것이 없는 거야. 물가는 또 왜 그리 올랐는지. 거기에 코로나로 모든 국민을 옭아매서 꼼짝을 못하게 감시하고 만나거나 이동하는 것을 못 하게 했으니. 완전히 독재 공산당이라니까.

말만 민주고, 진보인 거야. 완전히 북한 공산당인거야. 북한의 지령을 받아서 국민을 죽여도 찍소리 안 하고 국민이 잘못했다나. 말이 안 되지. 그것들은 천안함 사건도 우리가 한 것이라 주장하잖아.

국민이 어리석지. 민주당의 이재명을 보면 그가 정말로 대통령감이냐? 그는 살인자야. 측근 인물을 모두 조폭 시켜서 죽이고 했는데. 대장동 사건으로 정치 자금을 아마 1조는 만들었을 거야. 그 돈으로 50억 클럽을 만들어 나누어 주었잖아, 정치계, 법원, 언론계 등에게. 그는 사법 고시를 하고 신분 세탁을 한 거네. 중학교 때 초등생을 집단 강간하여 소녀를 죽이게 되어 소년원에 가서 4~5년 복역했다는군. 거기에 검사 사칭, 경기도 지사, 성남시장을 하며 개발권으로 대장동 사건을 만든 것이잖아. 그 사건으로 온갖 비리를 통해 자금을 나누어 먹으며 자기 선거 자금을 만들었겠지.

형을 정신병원에 강제로 입원시켜 죽이고, 정신병원에 수십 명을 강제로 넣었다는 거야. 형수에게 쌍욕 하는 유튜브를 보면 그는 인간이 아니야. 그런데 민주당이 대통령감으로 선정했다는 사실이 나는 더 웃겨. 그 쓰레기 인간을 말이야. 국민이 바보인 것인지 민주당이 쓰레기인들인지 알 수가 없어. 그런데도 지식인들이 그를 추종하고 그를 선택한다니. 이해할 수가 없는 거야. 거기에 젊은이들이 추종하고 맹종한다는데. 이재명이가 종교적 교주가 된 것처럼 선거를 치르는 느낌이라네.

결국 22년 3월 9일날 20대 대통령 선거는 윤석열 대통령이 당선이 되었네. 모든 국민이 밤을 새워 개표 상황을 지켜보았다네. 박빙으로 선거 개표 상황이 나타났어. 밤 12시까지에도 이재명이가 앞섰는데, 1시 30분 이후 간신히 접전을 하다가 3시 이후는 안정권으로 윤석열이가 앞서게 되어 심리적 안정이 되었네. 한숨을 쉬었고, 여기에 중공 시진핑이 개입하지 못한 것이 좋았어. 북한 공산당도 합세하지 못한 것이 다행이었고. 이것들은 진보가 아니고 공산당을 만들고자 했던 것이 문제였지.

어쨌든 나라가 살 수 있어서 감사했어. 마침 카톡이 온 것처럼, 한국도 우크라이나 대통령 같은 나라를 지킬 수 있는 대통령이 되기를 빌었어. 그리고 어젯밤은,

민주당 - 고요한 밤
윤석열 - 거룩한 밤
청와대 - 어둠에 묻힌 밤
국민들 - 감사 기도 드리는 밤

참으로 감사한 날이었습니다.

이튿날 다시 여러 가지 문제를 발견했습니다. 내가 사는 서초구에는 국회의원도 함께 투표를 했습니다. 당선율을 보면 조은희(야당 국회의원)는 73.9%인데 윤석열(야당 대통령)은 65%로 나타나는 것이 맞지 않다는 것입니다. 똑같은 투표 용지 2개를 찍는데, 왜 국회의원 투표율이 많다는 것인지 이해를 할 수 없었습니다. 둘 비율이 비슷해야 하는데: 조은희를 찍고 윤석열 대신 이재명을 찍을 수는 없는 겁니다.

선거 운동 기간에 수많은 각종 여론 조사에서 이재명 지지율은 38% 위아래 맴돌았는데 개표 때는 48%대? 이것은 여당이 분명 사전에 전산을 입력해서 48%까지 올렸다는 계산이라는 것이다. 부정 조작을 하지 않은 것처럼 했다는 생각이 듭니다. 처음에 출구 조사에서 삼사가 1%대로 이길 것이라고 한 것도 처음부터 꼼수를 부렸다는 생각입니다. 아마도 여당 측이 1%대로 이재명이 당선으로 조작했을 것인데, 착오로 윤석열의 표가 갑자기 너무 많이 쏟아져서 이기지 않았을까 짐작합니다. 어쨌든 24만 표로 더불어민주당을 물리쳤다는 것은 천운의 도움이 있지 않았나 생각합니다. 시진핑, 푸틴, 북한 등의 공산당을 함께 막은 것이 축복입니다. 우리 모두 대한민국 만만세를 외칩시다.

*

큰애야, 이거는 아니잖니?

오늘은 토요일 저녁이잖아. 거기에 이렇게 비가 쏟아지고 있는데. 오늘도 나에게 오늘 처음으로 약속해서 나갔다고 말하고 싶니? 오늘도 외국에서 못 보던 친구가 왔고 만날 시간이 오늘밖에 없어서 나간 것을 엄마가 못마땅하다고 하는 것이 이해할 수 없다고 나를 혼내키고 싶은 거지. 그런데 왜 내 마음이 힘든 것인지 나도 모르겠다. 늙어 어미의 생각이 고루하고 트이지 못해서인 것일까. 나는 너를 통해서 더 큰 공부를 해야 하는 것일지도 모른다.

오늘 가게 된 것도 과일 세일을 해서 과일을 사러 갔구나. 참외한 팩에 12,000원인데, 4,500원이면 얼마나 싼지 마음의 유혹이 생겼다. 우선 참외 좋아하는 웅이가 생각이 나서 그곳에 있는 참외, 딸기를 모두 샀다. 거기에 토마토도 많이 샀다. 너네가 과일이 비싸니까 잘 못 먹을 것 같아서. 저녁이 늦어서 배달할 수가 없으니내가 짊어지고 가야 했어. 너네 것이 내 것보다 2배 더 무거워서 망설였어. 가지고 갈 수 있을까? 그래도 몸 쓸 수 있을 때 사다 주자고. 그리고 너네 집에 갔더니 네 식구 모두 있는데 너만 없더라, 이 밤에….

넌 언제쯤 철이 들까? 그동안도 나는 너네 어린애를 두고 너 좋다고 즐기러 가는 것이 힘들었는데…. 너의 DNA의 태어난 것이 그렇다는데. 내가 어쩌겠는가. 네 애가 십 대를 넘어가서, 이제 나는 마음이 안정은 하고 있지만 말이다. 무슨 도박을 하거나 엉뚱한 일을 벌이지는 않겠지만 난 너를 보면 한심하다는 생각이 드는구나. 괜찮다 싶다가도 어느 날 보면 다시 또 네 자리로 돌아가 버렸더라. 사위 보기 미안하기도 하지만 가정을 지켜주는 게 고맙기만 하더라. 사위마저 밖으로 돌아다니면 어쩌겠나 싶어서 그저 고마워서 과일 보따리를 주고 나왔고 손자들과 뽀뽀하고 용돈을 주고 나왔다.

나는 원래 생산성을 중요시하는 사람이라 사람들이 쓸데없이 돌아다니고 희희낙락하는 것을 싫어하는 사람이다. 너는 과연 네 속에 무엇이 있을까? 무슨 생각을 하고 살까? 너는 네가 좋아하는 테니스에 미쳐 살았다는 생각? 여기저기 게임 나가며 정신없이 살다 보니 애들이 모두 커 버렸다는 생각이 든다. 나는 정말 너네를 키우기 위해서 노력, 노력, 노력…. 그런데 별 볼일 없이 되었구나라는 생각이지만, 그래도 건강하게 나름 잘 살아 주는 것으로 만족했다. 그러다가 네가 나처럼 성실하게 노력하며 살지 못한다는 생각이 들면 나 스스로 상처가 나더라.

나는 아직도 생산성이 있다는 생각을 하면 내 안에서 기쁨이 샘

솟고 알 수 없는 긴장이 오는데…. 너네 애들이 똑똑하고 영리한데 네가 방치한다는 느낌이 들면 힘이 드는데. 네 새끼지 내 새끼가 아니다. 내가 키울 수 없는 것이다. 공부 잘하고 능력 있는 천재보다 부족해서 부모 곁에 살며 오고 가는 것이 더 사는 맛이 있다는 것을 이해하는 중이다. 아버지와 아들, 어머니와 딸들이 요즘 많이 싸우며 살고 있음을 알았다. 늙으면 늙을수록 그들은 더 많이 싸우고 살았다.

자식 간에 새로운 소통 방식을 이해해야 했다. 어쩌면 죽을 때까지 연구하며 살아야 할지도 모른다. 이 시대는 셀프 시대이니 노인은 각자 알아서 사는 방법을 터득할 수밖에 없는 것이다. 노인이라고 의지하며 사는 것은 그들의 종속물로 질타를 받으며 존중받기 어려운 시대임을 우리는 알아야 할 것이다. 친구들이여, 슬퍼하지 말자. 스스로 독립적으로 살고 있음에 자부심을 가지자고. 맹꽁이 마음으로 주변 사람들과 삐치지 말고 자유로운 마음을 넓게 펴서 서로 도우며 즐겁게 살다가 죽자고.

이튿날. 딸은 뭔가 미안했던지 전화를 했다. 엄마. 응. 딸기하고 참외가 맛있어요. 응. 엄마 아픈 데 없어요? 응. 아빠는요? 괜찮아. 우리 식구는 난리가 났어요(코로나에 걸렸다는 소리). 모두 아프고 그랬어요. 이제 마지막으로 용(사위)이 힘들어하니까 삼촌(회사 사장)이 오지 말래요. 밥 먹었니(나는 삐쳤는데 그래도 뭔가 말을 걸어 주어야 했다)? 먹고 있어요. 엄마는요? 응, 지금 먹고 있어. S(동생)는 요? S도 먹고 있고. 그럼 식사 잘하세요. 응.

네 인생은 네 것이니까. 네 가족 네가 잘 챙겨라. 너는 내 자식이지만, 너를 사랑할 수 없는 내 모습이 싫구나. 오늘처럼 감정없이 자식을 대하는 것이 나를 편하게 하는구나. 아니 나의 불편한 심기가 있었지만 마음은 고요했구나. 너의 감정의 결과는 어떨지 모르지만, 나의 감정은 잔잔했구나. 시간은 흘러갈 것이고. 새 날은 밝아올 것이리라. 나는 갑자기 감정 없는 목석으로 사는 것이 좋을 듯했구나. 너에 대해 나의 가슴앓이를 그만하는 것도 편하고. 서서히 나의 존재가 겨울 시기로 접어들었는데, 남은 겨울 시간에 무조건 누구에게나 보시를 할 수 있다는 것은 축복이라고 생각했지.

*

S의 정치 이야기

남편과 S는 모이면 정치 이야기가 나왔다. 문재인 대통령이 김대

중 정부를 '첫 민주 정부'라 하는데 이게 말이 되는 거야, 아빠? 문빠들이 한 게 뭐 있는데. 부동산 대참사로 노무현 시즌 2였잖아. 장하성, 김상조, 조국 등이 청와대 입성, 노무현 정부 때 부동산 정책 관여했던 김수현이 청와대 컴백하여 부동산 정책 지휘한 능력 없는 삼류 정부를 구성하고는. 거기에 예스맨 홍남기 경제부총리, 교수인 백운규 전 산자부 장관에게 탈원전을 맡겼잖아. 거기에 소득 주도 성장을 주장하며 모든 것을 그들 마음대로 다 해 놓고 나라는 엉망으로 추락했잖아요.

국채를 함부로 찍어 나랏빚이 1,000조래요. 그래도 기업이 열심히 노력해서 경제를 지켜 주었지요. 좌파는 집값 올려놓고, 부자들 세금 뜯어다가 약자에게 돌려준다고 하더니 유권자들 등 돌렸잖아요. 문빠들은 말로만 쇄신이고 공정이요, 정의고 자기들끼리 부패와 탈선을 밥 먹듯 했다니까. 노조는 어떻고 완전 허가 낸 깡패 짓거리가 우리는 참을 수 없어요. 좌파 정권이 시작은 좋았지요. 2017년 5월 11일에 문빠네 참모진들이 테이크 아웃 커피를 들고 활짝 웃으며 청와대 경내를 걸었잖아. 승리의 기쁨을 가지고.

그런데 대선 다음날인 2022년 3월 10일에 대선에서 졌다고 공식 석상에서 질질 짜며 우는 모습은 정말 꼴불견이라니까요. 정말, 웃겨. 엉망으로 된 국가를 남겨 주어 사죄의 눈물을 보여 줘도 시원찮은데…. 진보는 무슨 진보야. 시진핑, 푸틴, 김정은을 추종하는 공산당일 뿐이지요. 제발 윤석열 이후부터 보수고 진보고 사라졌으면 좋겠어요. 우리 모두 한국을 위한 나라와 정치를 했으면 좋겠어요. 그렇지요? 그럼, 그럼.

*

캐나다라는 나라

20년 전만 해도 우리는 외국을 동경했다. 아메리카의 드림이 있었고, 유럽의 동경이 있었다. 돈이 있는 사람들은 자기 자식에게 유학을 시키며 꿈을 키웠다. 유학을 가지 못한 사람들은 뭔가 기가 죽었다. 물론 1980년대에 이미 유학을 해서 그쪽에 자리를 잡고 살고 있는 우리 세대들은 부모가 되어 맨해튼이나 토론토에서 살고 있던지 뉴저지주에서 살며 미국인으로 아니면 캐나다인으로 살고 있었다. 그동안 나는 사느라 바빠서 세상이 어떻게 돌아가는지를 알지 못했다.

아침밥을 먹자마자 교직에 있던 나는 학교로 달려갔고 수업을 하고 강의를 했다. 늦은 강의가 있으면 김밥으로 저녁을 먹던지, 학교 식당에서 저녁을 해결했다. 수업을 마치고 집에 오면 10시가 넘었다. 방학 동안은 논문을 쓰고 다음 학기 강의 준비에 심혈을 기울였다. 다른 사람의 삶을 엿볼 수 없었다. 아이들 외국어 연수 정도는 보내고 싶었는데 우리 형편이 그렇지 못하는 것을 알고 요구하지도 않았다.

세월은 흘러갔고 나는 퇴직을 했다. 65세가 넘었으니 친구들의 동향이 카톡으로 보였다. 젊은 시절에 잘나가는 유학을 갔고 미국이나 캐나다에서 자리를 잡고 잘 사는 모습이 보였다. 그러나 그들의 사는 모습은 이상하게 한국만 못하게 보여지는 것이 이상했다. 어? 이게 뭐야? 꿈꾸는 삶이 아닌데? 그랬다. 그들은 한국의 향수로 되돌아오고 싶어도 돌아올 수 없었다. 그렇다면 내가 한국의 서울 중심에서 살고 있는 것이 성공했다는 생각이 들었다.

인생이란 참 묘했다. 성공이라는 기준은 없지만 70세 이상이 되어 자기가 원하는 곳에서 원하는 대로 자유롭게 살 수 있으면 그것이 성공이 아니겠는가. 친구가 하나씩 죽어 가는 마당에 특별하게 말할 수는 없지만 말이다. 젊어서 똑똑하고 영리하며, 대단한 존재였는데, 어쩌다가 오랫동안 아파서 죽었다는 친구를 보면 인생이 허무했다. 그래서, 나는 그냥 욕심부리지 말고 성실히 환경에 맞게 최선을 다하고 살면 그것이 각자의 성공이라는 생각이 들었다.

그리고 나 자신에게 바람이 있다면, 나와 정말로 친했던 사람을 나 스스로 용서하고 불쌍히 여겨, 나에게 굴곡진 마음이 사라지기를 바라는 것이다. 또한 나를 시기하고 질투하며 공격하는 사람들을 용서하며, 마음의 결에서 사라지게 하는 것이리라.

심심하면 나는 책꽂이를 돌아본다. 내 눈에 들어오는 것은 '살아갈 날들을 위한 공부'(레프 톨스토이 지음)가 보였다.

<사람은 사랑하기 위해 태어났다>

악기 연주하는 법을 배우듯
사랑하는 법도 배워야 한다.

다른 사람을 사랑할 때
두려울 것도 더 바랄 것도 없이
우리는 세상의 모든 존재와 하나가 된다.

열매가 자라기 시작하면 꽃잎이 떨어진다.
영혼이 자라기 시작하면

우리의 약한 모습도

그 꽃잎처럼 사라진다.

가장 중요한 일은

나와 인연 맺은 모든 이들을

사랑하는 일이다.

몸이 불편한 이

영혼이 가난한 이

버림받은 이

오만한 이까지도

모두 사랑하라.

진정한 스승은

삶에서 가장 중요한 것은

'사랑'이라고 가르친다.

사랑은 우리 영혼 속에 산다.

타인 또한 자기 자신임을 깨닫는 것,

그것이 바로 사랑이다.

사람은 오직 사랑하기 위해서

이 세상에 태어났기 때문이다.

나에 대해 시기와 질투로 공격하는 이를 사랑할 것이라고 다짐

해 본다. 이제 곧 꽃이 시들 듯이 우리의 존재도 시들어 버릴 테니까요. 모든 이를 사랑하는 것, 그것은 세상의 모든 존재가 하나가 되는 것이지요.

즉, 모든 존재 = 하나 = 사랑.

*

조지프 말로드 윌리엄 터너

코로나 시기에 우리는 가장 중요하고 즐거운 일을 하기로 했어. 꽃이 지듯 인생의 겨울 시기에 중요한 것은 만나서 소통하며, 맛있는 것을 먹고 예술을 감상하는 것이 아니겠는가. 우리에게 지금 만나는 사람은 가장 중요한 사람인 거야. 각자 무엇인가를 가지고 모였어. 초록색, 분홍색, 줄무늬색, 흰색, 베이지색, 남색을 입고 P 네 집에 나타났어. 딸기, 참외, 쑥떡, 케이크를 들고.

선거가 이제 막 끝난 뒤라 정치 이야기가 나왔는데. 대립이 생겼어. 거기서 좌파와 우파가 싸웠어. 이재명이 대장동 몸통인 것을 초록색 아이는 윤석열이 몸통이라 말하는데 우리 쪽 편은 기가 막혔지. 같은 하늘 아래 이렇게 다를 수가. 아니 이재명이가 성남 시장과, 경기도 지사를 하면서 경기도 땅 주민을 몰아내고 대장동 아파트를 만들어서 1조의 돈을 이익으로 만들어서 수탈을 한 것은 지나가는 똥개도 아는 것을… 우파인 윤석열이 몸통이라고 프레임을 씌우다니. 그리고 그것이 맞다니….

이제 제발 국가를 위해 이념 논리가 사라지기를 바랐어. 좌파는 완전 공산당 빨갱이지 진보가 아니라니까. 그 철학을 학생 애들에게 가르치고 있으니 더 미치는 일이라고. 이 싸움은 끝이 없을 거야. 일단 모든 것을 접어 두고 영화를 보았어. 조지프 말로드 윌리엄 터너, 18세기 영국의 화가. 낭만주의 화가이며, 빛을 중시했어. 아버지가 이발사였고 어머니는 정신병 환자였어. 아버지는 어렸을 때부터 재능을 발견하고 죽을 때까지 화가로 지원했어. 성격이 괴팍했지. 여인이 있었고 딸을 낳았는데 돌보지 않았어.

그의 걸작으로 '눈 폭풍, 알프스를 넘는 한니발과 그의 군대', '해체를 위해 마지막 정박지로 예인되는 전함 테메레르', '수장', '노럼성과 일출', '디에프항' 등의 작품이 있어. 걸작들은 아름다웠어. 사진처럼 세밀하면서 은은한 색감이 있었어. 하늘, 구름, 계곡, 바다와 하늘이 옅은 안개 속에 움직이는 풍경화가 아름다웠어. 폭풍 속의 네덜란드 낚시 배는 영화 장면처럼 생생하게 우리 마음속으로, 바다에 떠 있는 위험한 배로, 가슴으로 울리며 전달되었어. 끝으로 그는 창밖에서 죽은 아름다운 여성을 그리고 싶어 했는데, 그의 몸도 이미 죽어 가고 있기 때문에 부스라는 여인의 손을 잡고 죽어 버렸지. 그리고 영화는 끝이 났어.

그사이 우리는 점심을 먹었고 맛있는 커피를 즐겼어. 그런데 남색을 입은 친구는 음식을 하나도 안 먹더라고. 어? 왜 안 먹을까? P가 말했어. 쟤(남색)는 잘 안 먹어. 저번에도 밥을 먹는데 안 먹어서 나 혼자 먹었어. 무슨 사정이 있나 보네. 소화가 안 돼서. 많이 못 먹어. 이번에도 몸이 안 좋아서 119에 실려 가서 별별 검사를 다 했어. 무슨 큰 문제는 없대. 그래도 밥을 먹어야지. 그렇게 하나도 안 먹으면 어떻게 하라고. 난 평생 커피도 안 먹었어. 그렇구나. 그리고 조금 있다가 그는 가야겠어. 힘들어서 앉아 있기가 힘들어. 그리고 가 버렸다.

야들아, 우리는 잘 먹고 힘이 센 사람이 되어야 해. 그래야, 밥도 잘 해 먹고 식구들도 챙기며, 우리 몸도 챙기지. 늙을수록 일상적인 일을 하는 것이 가장 중요하다 행복한 것이라고. 우리는 다시 터너의 그림이 나오는 '007' 영화를 보고 안녕 하고 헤어졌지.

대통령이 청와대를 국민에게 돌려주겠습니다

윤석열 대통령은 대단한 일을 결심했다. 우파는 대부분 찬성을 했고 좌파는 온갖 프레임을 걸고 공격하기 시작했다. 옮기는 데 1조가 드는데 돈을 낭비한다느니, 출근하는데 시민을 괴롭힌다느니 했다. 그러나 문 통이 이미 10년 전에 자기가 광화문 시대를 열고 국민과 소통하겠다고 공고했었다. 그러나 하지 못했고 그거에 대한 시기, 질투로 참을 수 없어서 그의 떨거지들이 윤석열에게 공격하는 것으로 보여졌다.

그들은 진보가 아니고 공산당의 사상이 있는 빨갱이들이라 생각한다. 어떻게 하면 국민을 자기들 손에 구속시켜서 자기들 권력을 유지하는 데 혈안이 되어 있다. 잘사는 사람의 재산을 빼앗아서 못사는 사람들의 배를 채워 주고 그들로부터 표를 얻는 데 근본적인 목적이 있다.

어리석은 국민은 그런 정권이 평등, 공정, 자유라며 찬양하고 있고. 스스로 돈을 벌고 열심히 노력하는 기업인을 가두고 엄벌하여 회사 체계를 바꿔서 그들이 차지하려는 공산당 수법을 국민은 알아야 하는 것인데….

하여튼 나는 윤석열 대통령을 지지한다. 그의 태도는 명쾌하고 실천적이며 국익을 위해 최선을 다할 것으로 기대된다.

*

어깨 회전근에 문제가 생겼다

테이스 게임을 하는데, 갑자기 어깨 근육의 통증이 일어났다. 내가 상대편에게 인사를 하고 첫 서브를 넣을 때 오른쪽 어깨 근육에서 뚝 소리가 났다. 그리고 어깨가 아파서 팔을 들 수가 없었다. 그것은 나에게 더 이상 테니스를 치면 안 된다는 신호였다. 어찌할 바를 모르게 통증이 일어났다. 일단 게임에서 나는 나왔다. 게임 중단을 했던 것이다. 미안합니다. 나는 더 이상 할 수가 없습니다. 그리고 대기 인원에게 교체해야겠다고 설명했다. 멤버들은 게임을 다시 시작했다.

오른쪽 팔을 들 수가 없었다. 무엇인가 문제가 생겼다. 옷을 입을 수가 없었다. 멤버들은 몇 게임을 계속했다. 그러나 인원이 부족하여, 빌린 코트장을 1시간 정도 채우지 못하고 집으로 왔다. 오면서 미안했다. 그리하여 회장과 회원들에게 치맥을 먹겠냐고 물어보았다. 그들은 몸이 안 좋아 먹을 수 없다고 말했다. 우리 나이가 이제 힘든 나이가 되어 가고 있었던 것이다.

집으로 와서 나는 곧 한방으로 갔다. 침을 놓고 찜질을 하고 1시간을 치료했다. 약국에서 근육 치료제와 소염제를 사서 집으로 왔다. 남편도 몸 상태는 안 좋았다. 몇 년째 등줄기에 종기가 나서 힘들어했는데 그 종기가 다시 터를 잡고 산만큼 부풀어 올랐다. 탱탱한 상태로 통증을 유발하며 괴롭히고 있었다. 잇몸 염증으로 식사도 못 하는데 등판의 염증이 또 괴롭히고 있었다. 나는 왼손으로 오른손을 움직이며 통증을 완화하려 애썼다. 그래도 암이 아니라는 사실에 위안을 얻었다.

남편 등줄기에 고약을 바르고 테이프로 붙였다. 나는 뜨거운 팩으로 어깨 통증에 얹고 식사 준비를 했다. 입맛은 없지만 통증약을 먹으려니 무엇인가 먹어야 했다. 그래도 단백질을 먹어야 근육이 빠지지 않는다니 하여튼 소화가 잘되는 것을 먹어야 했다. 닭가슴살에 샐러드를 먹었다. 남편은 소세지에 샐러드로. 억지로 삼켰다. 원래 나는 탄수화물과인데 단백질이 심줄을 지탱해 준다니 어쩌겠는가. 막걸리에 물을 타서 넘기는 수밖에 없었다.

그리고 침을 맞아 샤워를 못 하니 뜨거운 물을 스트로치판에 넣어 발욕을 하며 몸을 덥게 했다. 피로 해소를 바라면서. 그리고 책을 읽었다. 나의 지루함과 통증을 견디는 일은 내가 좋아하는 책을 보는 일인 것이었다. 책 속의 주인공이 되어 나는 캐나다의 호수를 관람했다. 안개가 꼈고, 태고적 무림지로 보이는 호수에서 작가는 자신의 영혼을 만나는 모습을 하고 있었다. 그래도 오른쪽 팔의 통증은 계속되었다. 다시 완화되는 통증을 추가해서 먹고 일찍이 잠을 청했다. 내일은 오늘보다 나아질 거라는 기대로 눈을 감고 잠 연습을 하여 잠들기를 바랐다.

*

삼월이 되어 첫 골프를 치는 날

삼월 중순 내내 따뜻한 햇살이 세상을 밝게 하였어, 그럴 때, 넓은 종합운동장에서 회원들과 함께 힘차게 테니스를 쳤지. 그런데 갑자기 내가 서브를 넣었을 때 오른쪽 어깨에서 뚜둑하며 소리가 났어. 어? 이게 뭐지? 그리고 팔을 움직일 수 없었어. 게임장에서 나의 고개를 흔들고 더 이상 이 게임을 할 수 없다고 말을 했지. 마침 게임을 대기하는 회원에게 내 자리를 물려주었고 라커 룸으로 들어왔어. 그리고 걱정했어. 며칠 있다가 골프 약속이 있는데, 공을 칠 수 있을까?

그날 집으로 와서 곧 한의원으로 갔다네. 의사는 어깨를 뜨겁게 찜질하고 침을 놓고 한참 후에 다시 바늘침을 꼭꼭 눌러 구멍을 냈어. 그다음 구멍낸 곳에 고무 빨대로 피를 빨아들였어 잠시 후에 아픈 부위에 나오는 피를 제거하고 다시 금침을 놓았어. 뻐근하며 통증이 일어났어. 30분의 치료를 받았어. 우선 통증이 심하니까 옷을 입기가 힘들었어. 고개를 숙이고 오른쪽 팔을 뻗어 간신히 웃옷 소매를 넣고 옷을 입고 한방을 나왔어.

약국으로 갔어. 근육 염증약과 통증 소염제, 보조제를 사고 집으로 왔어. 유튜브를 열심히 보며 약과 운동을 병행했어. 어깨는 침을 맞고 좀 더 심하게 뻐근하고 아팠어. 이튿날 소금 찜질방으로 갔어. 4~5시간을 소금방에서 눕고, 일어나고 온탕 냉탕을 했어. 그리고 생달걀과 닭가슴살을 열심히 먹었어. 소염제, 염증약, 한방약, 보조제 등을 첨가해서 먹었어. 과연 이튿날 골프를 치러 갈 수 있을지 걱정이 컸지. 그래도 그냥 가서 손으로 골프공을 넣는다는 심정으로 가야 했지. 오른팔에 힘을 줄 수가 없으니까. 새벽에 일어났어. 뜨거운 곰국을 끓여서 보온통에 넣고, 햄버거 샌드위치, 커피, 과일을 준비했어. 무릎 아대. 어깨 아대를 차고 미리 온갖 치료제와 소염제를 생달걀에 말아 먹었지. 그리고 떠났어. 스스로 몸을 만들려 했지. 그런 것이 아마 정신적 자극이 되었을 거야.

아무튼 필드장에서 골프공을 휘두르고 했다니까. 내가 봐도 상상이 안 돼. 친구 A도 만나서 함께 갔거든. 그 친구는 왜 재미가 없지? 모든 게 칼인데 말이야. 약속도 칼, 매사 모든 것이 완벽하니 칼이지. 그런데 여고 동창 50주년 여행은 안 된다고 했어. 코로나가 심해서 모이면 안 된대. 나는 대학 동창 아홉 명이 모여 진도에도 놀러 갔다 왔고, 경주, 삼척, 강화도에도 갔다 왔는데 모두가 괜찮았는데…. 그리고 그 칼 친구는 남편과 제주도에 둘이 놀다 왔대. 또 어디도 갔다 왔대. 그 친구는 모든 것이 최고야. 옷, 가방, 신발, 자동차 등이. 그는 최고가 아니면 안 되는 사람 같았어.

나는 대충 살고 있으면 좋고, 없어도 상관없어. 오늘같이 팔이 아플 때는 필드에 나왔다는 사실이 기뻐. 칼 친구는 스코어도 무조건 파, 아니면 버디여야 해. 스스로 참을 수 없어. 자기 스코어가 좋아야 만사가 형통해지니까. 어떤 때는 밉지만, 그러거나 말거나. 나는 신나는 샷 한 번만 치면 그만이야. 그런데 그것이 잘 안 되는 거야. 18홀 중에 내가 원하는 샷으로 한방 멋있게 치는 것이 제일 기쁜데 말이야. 그래도 이 나이에 운동할 수 있는 것, 그것 하나로 즐거워.

그렇게 좋던 날씨가 골프 치는 날에는 왜 그리 추운지. 필드 사이로 눈덩이가 구름처럼 뭉쳐서 있었어. 어쩌다 바람이 불면 눈 위로 날아오는 바람이 어찌나 찬지, 배가 서늘하다니까. 친구들이 아프고 남편들이 아프니까 골프 멤버들이 대부분 흩어졌어. 그렇다고 젊은이들과 함께 껴서 칠 수도 없고. 나이가 드니까 여러 가지가 슬프게 느껴지네. 어떤 친구에게는 회원권이 좋은 것이 있어. 그런데 한 번도 나를 초대한 적이 없어요. 그는 내가 수시로 초대하고 함께 쳤는데. 나중에 보니까 그 친구는 자기네 회원끼리 조를 짜서만 치더라고.

그 친구는 자기네 회원끼리 치게 되면 가격도 저렴하고, 서로 신경 쓸 일도 없으니까 좋은 것 같더라고. 그러나 나는 우리 친구들을 불러 함께 공 치고 맛있는 밥을 먹는 것도 좋더라고. 그런데 어느 날부터 나는 계속 멤버를 채우느라 고생하게 됐어. 갑자기 아픈 사람들이 많아진 거야. 모자라는 회원을 채우려니 자연적으로 시간을 맞추기 위해 신경을 써야 하고, 좋은 반응도 없게 되고, 구걸하는 느낌이 드는거 야. 그래서 아, 이것은 아니구나 생각했어. 어느 날 나도 회원 멤버들 속에서 어울려 치기로 해 봤어. 클럽하우스에 연락했더니 알아서 조인 해 주더라고. 그러면 사실 가격도 저렴해서 좋고 신경도 덜 쓰니까 괜찮아 보였어. 산다는 것은 항상 변화와 창조가 있어야 하나 봐.

시간은 흘러갔고 세월이 흐르다 보니 한 해의 골프가 끝날 때는 오른팔이 나도 모르게 높이 올라가 있었어. 스코어와 상관없이 재미있게 골프를 치며 팔과 다리의 통증을 극복했다는 사실에 행복했어.

*

썸싱

젊은이들에게 있어서 썸을 탄다고 하면 좋은 일이되는 것인데, 가정을 가진 사람들에게 썸을 탄다고 하면 흉이 되는 일이지. 테니스를 치고 멤버들은 가끔 치맥 센터를 가서 회원들끼리 '위하여!'를 외치며 시원한 생맥주를 먹는 거야. 그럼 얼마나 시원하고 맛이 있는지. 그때 세상을 다 얻은 것 같아. 땀을 쭉 빼고 마시는 시원하고 쌉쌀한 생맥주는 그야말로 최고였어. 오늘도 그렇게 멤버들은 생맥주를 먹는데, 옛날에 있었던 남녀 썸싱에 대해 이야기를 하기 시작했지.

그때 우리 코트장 규칙은 그랬어. 낮에는 여자가 사용하고 오후

퇴근 시간과 토요일, 일요일은 남자들이 사용하기로. 그렇지만 남편이 코트장에 올 때 부인들이 가끔 따라와서 합석을 했지. 남편이 대부분 더 테니스 실력이 좋은 경우가 많지만, 부인이 더 오래 시작을 먼저 해서 더 잘 치는 경우도 있었어. 그리고 부인들이 시간이 많으니까 애들 학교에 보내고 레슨하고, 게임을 하면 더 빨리 테니스 실력이 늘어나니까.

부부 혼복 게임을 하거나 팀으로 복식조로 테니스 시합에 나가기 위해서 맞추며 연습하는 경우도 있었어. 그러면 여성, 남성이 합쳐져서 공을 치는 경우도 있었지. 그러다 보면 남자 회원이 여성들과 함께 쳐 주기도 하고 함께 게임에 들어갈 때도 있었어. 어쩌다가 남자 회원이 출장을 갔다 와서 쉴 때 가끔 여성 회원과 함께 어울려 치기도 했어. 같은 아파트 주민이니까. 동네에서 인사를 하고 사는 회원으로 부부를 잘 알고 있으니 문제가 없었어.

한 멤버 A는 매너가 좋은 남자 회원이었어. 여성 회원이 부족해서 게임을 못 할 때 A 남자 회원이 나타났어. 여성 멤버들은 A에게 게임을 부탁했지. 그는 테니스 실력도 좋고 여성 회원들의 입맛에 맞게 게임을 아주 재미있게 해 주었어. 다른 여성들이 A를 좋아했어. 게임이 끝나면 수고했다고 병맥주를 사다가 여성들에게 한 잔씩 돌리기도 했어. 갈증 날 때 짱이거든요. 그렇게 오랫동안 잘 지냈는데 그 A가 여성팀의 B와 썸을 탄 거야.

그들은 시간만 나면, 둘이 미리 왔고 서로 넬리를 하며 운동을 하더라고. 그들끼리 바빠서 A는 여성들과 공 칠 일이 없는 거야. 여성들은 차츰 그들을 미워했지. 그들은 밤에도 함께 운동을 했고, 밥도 먹고 했지. 동네 식당이니까 눈으로 보이잖아. 소문은 차츰 더 커졌고 그들은 쑥덕궁의 주인공이 되었던 거야. 그러면서 오랜 세월이 지나갔지. 그런데 남자 C가 또 대단한 바람둥이라는 거야. 여성을 안 찝적거린 사람이 없다는 거야. 한마디로 양아치 같은 놈이었던 거야.

C의 부인도 여성 회원인데 말이야. C 그놈이 언젠가 여성 중에 예쁘고 지적이며, 멋진 여자 D를 꼬드겨서 썸을 탔다는 거야. 나는 금시초문이라 이해할 수가 없었지. 그런데 어느 날부터 C의 부인이 D에게 '언니, 언니' 하며 따라다녔다는 거야. 물론 그 전에 C 부인이 제 남편 C를 욕하길, 젊은 년, 늙은 년을 가리지 않는다고 했다는 거야. 어쨌든 그렇게 소문이 나돌았는데, 어느 날, 아주 젊은 여성 회원이 C에게 소리를 치고 난리를 피웠다는 거야. 같은 동네서 이게 뭐 하는 거냐고.

그사이에 딴 썸싱이 생겼는지. 여하튼 나는 알지도 못하고 소문은 사그라들었지. 그러나 나중에 썸싱을 탄 A, B팀은 C와 그의 부인에 의해 퇴출당했지. 물론 B의 남편(테니스를 쳤다)도 퇴출당했고. D는 스스로 사라졌고. 각자 가정은 온전한데, 소문은 이십 년 전의 것이지만 지금도 가십거리로 맥주 안줏거리가 되었던 거야.

그래서 나는 딸에게 카톡을 보냈지.

- 얘야, 테니스장에서 남녀 썸싱으로 가정 파탄이 났다는 인물들을 아줌
  마들이 나열하더라. 엄마는 아파트 403호 아줌마만 알거든. 그런데 어떤
  아줌마들을 알기는 하는데, 그 내막은 몰랐거든. 그 사람들 테니스계에
  서 사람 취급을 안 하더라. 넌 행동 조심하며 테니스를 치는 것이 좋겠더
  라. 여기 아줌마들은 테니스계에서 30년 이상 공 친 사람들이라 선수들,
  코치들, 구청 관계자 등 모르는 사람이 없잖아.

- 네, 그래야겠더라고요. 요즘은 볼만 쳐도 오해받는 세상이라, 조심할게
  요. 이 동네 웃겨요. 혼복 대회만 나가도 나쁜 말로 씹는다니까요. 그래서
  나는 여성 대회만 나가요. 남자 회원이 나가자 해도 나는 안 나가요.

- 그래, 더 즐겁게 운동하며 살려면 그렇게 하는 것이 좋겠구나.

- 네.

어깨 회전근이 파괴되었다

지금 6일째다. 70년 이상을 썼으니 당연한 일일 것이다. 어떻게 하면 빨리 회복할까 생각했다. 우선 팔을 들 수가 없었다. 어깨에 파스를 부치고, 소염제를 먹고, 염증약을 먹었다. 틈틈이 한방에 가서 침을 맞았다. 금침을 맞을 때는 어찌나 아픈지 몸이 떨렸다. 정형외과를 가면 당장 수술을 권장할 것 같아서 참았다. 어차피 시간이 걸릴 것이었다. 시간이 지나가서 스스로 손상된 심줄이 회복하는 시간을 기다리는 방법밖에 없을 것이었다. 잠을 자다가도 통증이 심하게 일어나서 잠을 자기가 힘들었다.

간간이 소금 찜질방에 가서 뜨겁게 찜질을 해 주고, 뜨거운 탕에서 팔을 이리저리 움직이며 아픈 부위를 작동하다가 냉탕에서 식히는 것을 반복했다. 주중에 3번쯤 찜질방을 갔다. 간격을 두고 한방을 다시 갔다. 침을 놓으면 혈액이 빠르게 흘러서 쉽게 아픈 부위가 좋아질 것이라 생각했다. 어깨를 움직이면 하여튼 어딘가의 통증이 일어났다. 등 쪽에서 아픈 부위 쪽에 지압을 해 주었다. 그곳에 오늘은 핫파스를 붙였더니 아픈 부위가 뜨거워졌다. 온몸이 뜨거워지더니 어깨 주위로 불이 났다.

이제 계속 아픈 일이 일상이 될 것이었다. 그래도 걸어 다닐 수 있어서 다행이었다. 어떡하면 좀 더 쉽게 팔 근육이 단단해질 것인가를 생각했다. 유튜브를 보면 여러 가지 먹을 것을 추천했다. 그 중 단백질, 칼슘, 비타민 B1, B6, B12, 유황, 마그네슘 등을 추천했고, 올리브유, 땅콩 등을 추천했다. 근육은 단백질과 기름기로 이루어진다고 했다. 사실 내가 좋아하는 식품이 아니었다. 원래 탄수화물과로, 빵, 떡, 과일 등을 좋아하는데…. 그래도 근육이나 관절에 좋은 식품을 먹어야 했다.

시어머니는 고기를 중심으로 식사를 하셨고, 친정어머니는 탄수화물을 중심으로 드셨다. 시어머니는 아직도 건강하시게 잘 살고 계셨다. 친정어머니는 걷지를 못해서 결국 요양원에서 생활하셨다. 나도 친정어머니를 닮아서 관절이나 뼈에 문제가 생길 확률이 높았다. 아무래도 좋은 단백질과 무기질, 비타민이 든 식품을 많이 먹어야 할 것 같았다.

늦게 찜질방에 갔다. 소금 찜질방에 들어가니, 조금 있다가 땀이 쏟아졌고 열기로 콧물이 났다. 수건으로 코를 닦으며 땀을 흘렸다. 그러면서 심심하니까 책을 보았다. 그러나 땀과 콧물이 계속 흘러내렸다. 자연히 홀쩍거렸다. 그러면서 시간이 흘러갔고 나는 뜨거운 온탕과 냉탕으로 오고 갔다. 그런데 어떤 젊은 여자가 나를 지적질을 하며, 코로나에 걸려서 왔다며 시비를 걸었다. 나는 아니다. 내가 만일 코로나가 걸렸으면 미안해서 여기에 어떻게 오겠냐고 말했다.

그러나 막무가내로 나가야 한다고 주장했고 나는 그럴 수 없다고 주장했다. 나는 '그럼 진단 키트를 가져와라. 코로나 검사를 해보면 알 것 아니냐'고 하며 싸웠다. 그 여자는 코와 목을 훌쩍거린다며 나가야 한다 했고 난 아니라고 하며 소리쳤다. 나는 내가 만일 코로나에 걸렸으면 여기에 어지러워서 올 수 없을 것이라고 주장했다. 더러 나이 든 여자가 나에게 그럴 것이라고 여겨 주었다. 젊은 여자는 계속 시비를 걸며 찜질방 사장과 종업원을 데리고 와서 시비를 걸었지만, 나는 찜질방에 오는 시간이 30분 이상을 걸렸기 때문에 내가 낸 돈만큼 찜질을 하고 가야 한다고 주장했다.

그렇게 실강이를 하며 30분을 채우고 찜질방을 나왔다. 젊은 여자는 뭐가 못마땅해서 나를 싫어할까 생각했다. 그 젊은 여자는 내가 그곳에서 책을 보는 것이 못마땅한 것으로 생각했다. 나는 책 보는 것이 일상인데, 그 여자한테는 그런 모습이 불편하게 느껴지는, 어떤 말할 수 없는 그 무엇이 있었을 것 같은. 책 읽는 것 자체를 시기하기도 하고, 무슨 이런 곳에서 책이야 하는? 그런 마음이 참 많았을 것 같은 예감이 짙게 들었고, 그래서 더 큰소리로 나에게 망신을 주어 퇴출하고자 했던 것이지 않았을까. 여자들의 이상하고 까칠한 마음은 이해할 수가 없었다. 그러나 나중에 되돌아 생각하니, 동류의 사람이 같은 행동을 하지 않는 것을 참을 수가 없어서, 올바른 일을 하고 있는 사람인데도 밀쳐내어, 내쳐지고야 마는 자들이 있다는 사실이다.

*

치과를 가다

나는 병원을 싫어해. 물론 좋아하는 사람이 있지는 않겠지만 말이야. 병원이 진솔하고 믿음성, 곧 신뢰가 없어서 더 그런 것 같아. 과잉 치료로 지나친 요금을 과납하게 하는 것들이 참을 수 없는 거야. 그렇다고 병원이 손해나도록 치료비를 받는 것도 불쌍해서 못 보지. 항상 정도에 맞게 서로 공평할 정도로 치료하는 의사나 치료받는 환자였으면 좋겠어. 예전에 치과는 더 의심이 가는 병원이었어. 임플란트 박는 데 6,000만 원이 들었다는 둥, 집을 팔았다는 소리를 들었거든.

이제는 나이도 많으니 치료비가 많아도 해야 하는 시기니까 남편하고 갔지. 막내딸이 강남역 레옹으로 가 보라 해서. 첫 타임으로 갔어. 문진표 검사하고 필요한 것들을 제출해서 치료를 받는 거였어. 강남역이니까 사람이 많았어. 병원도 핸섬하고 창구와 치료사, 의사들이 많았어. 내 차례가 되어 입장했지. 먼저 치아 사진을 돌려 가며 찍었어. 그리고 치료실에 누웠어. 곧 컴퓨터로 이빨 사진이 떴어. 가끔 흰색 이가 보이지만 고만고만했어, 원장님이 들어왔어. 윗 어금니의 사랑니는 몸통이 다 썩었고, 뿌리만 박혀 있으니 그것을 뽑아야 한대. 그러라고 했지. 어느 이가 불편하냐고 물어서 아래 어금니가 시리다고 했어. 그랬더니 그럼 2개를 씌우면 되겠대.

한꺼번에 해 주세요. 그것은 안 되니까 잇몸 치료받고 따로따로 하는 게 좋겠대. 그러시라고. 그리고 원장님을 나갔고 한참을 기다렸지. 갑자기 빈 시간과 공간이 주어졌어. 내 앞 모니터와 함께 조인이 된 잇몸을 물에 씻는 기계가 상당히 비싸 보였어. 아무래도 5~10억은 하지 않을까 생각했어. 그 외 여기저기 내가 누워 있는 침대, 치료하는 기계, 받침대 등이 상당한 가격을 요구할 것 같아. 환자가 아무리 많아도 나같이 누워 있는 공간이 7~8개, 거기에 옷장, 로비까지. 이렇게 땅값이 비싼 곳인데… 내 머릿속 계산은 치과 의사로 돈 벌기 힘들겠다는 셈이 나왔어. 결국 '치과 의사가 경제성이 없어 보이는구나'라는 생각.

잠시 후에 치료사가 들어왔어. 그에게 말했어. 내 위 사랑니를 빼지 않겠다고. 그 이는 20년 전부터 빼라고 했는데 아직도 괜찮고, 우선 아프지 않으니까 그런다고. 아플 때 빼겠다고 했어. 그럼 그러시라 했어. 그는 내 입을 벌려서 아래, 위 입속 이를 어디고 찍었어. 그리고 나갔어. 그 후 한참 만에 다시 치료사가 들어왔고 치석을 제거하기 시작했어. 치석을 제거하는 데 시간이 걸렸어. 그리고 치료사가 다음 시간을 예약하자고 했어. 다음 주 금요일로 예약했지. 치료비를 내고 집으로 돌아오는데 12시가 넘었어. 오전 내내 치과에서 있었던 거야. 남편은 이가 몹시 아팠는데 사랑니와 그 옆 이를 빼 버렸어. 앓던 이를 빼서 시원했대.

남편은 다음 주에 위의 사랑니와 그 옆 이를 빼야겠다고 했고 임플란트를 박기로 했는데, 집에 와서 생각하니 윗니는 안 아프다면서 아플 때 빼야겠다는 거야. 여하튼 우리는 대공사를 해야 할 것 같아. 의사는 수영을 하지 말라 했다는데 이튿날 우리는 아무렇지도 않게 수영을 열심히 하고 왔다니까. 의사 말이 다 맞을 수는 없는 거라는 생각이 들어. 운동을 해서 체력을 꾸준히 기르는 것이 중요할 것이니까.

나는 지금 '나스타샤(조지수 장편 소설)' 라는 책을 읽고 있다

어느 날 책꽂이에서 이 책을 찾았다. 10년 전에 누가 나에게 준 책이었는데 그 책을 읽지 않았다. 다행히 책을 보관하고 있었고, 그 책을 우연히 펴 보게 되었다. 그런데 나는 그 책을 사랑하게 되었다. 요즘 그 책 읽는 재미가 쏠쏠했다. 잠시 시간만 있으면 그 매혹적인 그 책에 빠져 버렸다. 그런 책을 만나면 나는 살아가는 재미가 있었다. 삶이 지루하지 않았고 삶에 대한 사랑이 생겼다. 이 책이 끝나기 전에 다시 이와 같은 책을 또다시 만나고 싶고 그런 종류의 책을 미리 찾아서 읽을 수 있게 마련하고 싶었다.

나스타샤는 지금 한창 전쟁이 일어난 우크라이나 사람이라는 것이 더 우연적이다. 그녀는 우크라이나에서, 남편 보리스와 분리 독립운동을 시작했고, 나스타샤는 유인물 인쇄를 맡아 분 리주의자로 알려졌어. 그리고 그때부터 러시아의 KGB에 의해 그들은 시련을 겪어야만 했던 거지. 그들은 결국 남편과 아들 아니카와 이별을 하고 서로의 생사를 모른 채 나스타샤는 캐나다로 이민 온 것이었어. 그녀의 몸은 허리가 부러지고 온전한 곳이 없었어. 그런데 조지수가 그녀를 구했고 치료해 주었으며, 사랑하게 되었어.

조지수는 나스타샤에게 헌신했지. 먼저 한국에 와서 그녀의 허리를 수술받게 하고 몸을 건강하게 만들어 주었어. 그리고 그녀에게 영어 언어를 연수시키고 대학을 보내어 스스로 자립을 할 수 있게 하려고 애썼어. 물론 보리수와 아니카를 찾아 주려고도 했고, 그들에게 그녀를 보내 주려 했지. 그런데 어느 날 나스타샤가 조지수에게 말했어.

"나는 삶과 세상에서 무엇인가를 구했어. 나의 젊음은 온통 방황이었어. 다른 많은 사람들이 의심 없이 그들의 삶을 살아갈 때 나는 내 영혼의 충족을 원했어. 문제는 내가 무엇을 구하고 있는지 몰랐고 내 영혼이 무엇으로 충족될 수 있는지를 몰랐던 거야. 보리스와 아니카가 나의 방황을 덮고 있었지만 그 불꽃이 사라진 적은 없었어. 당신은 내가 무엇을 구하고 있었는지를 보여 줬어. 그러나 당신의 삶은 폐허라 할 수 있어. 당신은 삶을 위한 삶을 살고 있으니까."(p426)

"나는 그 삶 외에 다른 삶은 없다는 사실을 몰랐던 거지. 조지, 삶에는 구현해야 할 어떤 목표나 이상이 있다는 믿음은 어리석은 사람들의 신앙이야. 당신에게 바흐나 모차르트는 단지 즐기기 위한 거야. 현실 도피인 거지. 내가 만일 우크라이나의 고통을 겪지 않았으면 예술이 성스러운 거고, 이상과 꿈이 영원한 거라고 생각했을 거야. 당신은 단지 내일의 옳음을 위해서 오늘을 사는 거지. 당신에게는 오늘과 내일을 넘어서 영원이란 것은 없어. 당신은 안식처를 가지고 있지 않아. 단지 방향만 있는 거지."

"조지, 사랑에는 분별과 배려가 있어야 한다는 건 사실이야. 그렇지만 사랑이 분별과 배려에 희생되어서는 안 돼. 조지, 자기 자신에게 정직해 봐. 이번만은 다른 사람의 행복보다 스스로의 행복을 고려해 줘. 이기적인 사람이 되어 줘."

"조지, 우리 아이를 낳자. 아이가 없다면 위험해. 우리가 다 극복한다 해도 당신의 절망과 내 공허를 극복하기는 어려워. 그러나 아이는 그것을 해결해 줄 수 있어. 조지, 당신은 신이 아니야, 인간이야. 그리고 동물이고."

나는 이런 부분을 읽게 되면 작은딸의 속내를 비교하게 되는 것이다. 진정한 속내가 뭘까? 내 입장에서는 딸에게 넌 정직한 삶을 살고 있는 게 아니라고 말하고 싶다. 인간은 동물이니까 사회생활을 해야 함을 말하고 싶은 것이다. 그러나 딸은 나만 보면 강하게 메시지를 보낸다. 자기는 독신으로 이렇게 혼자 살고 있는 것이 가장 행복하다고. 남자는 필요 없다. 나 혼자 내 멋대로 사는 것이 행복하다고. 우리 집에 오면 아빠와 열나게 정치 이야기를 했다. 누구가 어떻고 또 누구는 어떻다고. 나는 딸에게 말했다. '넌 정치에 관심이 많구나. 그럼, 정치를 해 봐라.', '아이고, 그런 거 하는 거 좋아하지 않아.', '아니, 그렇게 관심이 많은데?', '그래도 정치는 아니에요.' 나는 속으로 생각했다. 정치도 아니고, 그럼 네가 관심이 있는 게 뭘까? 작 딸은 테니스를 좋아하는데, 이번 주랑 저번 주 내내 비가 왔다. 테니스를 칠 수 없었다. 나는 큰딸에게 동생 좀 불

러서 함께 테니스를 치게 하라 했다. 그랬더니 자기는 안 가겠다고
했단다.

작은딸이 언니에게 야단을 쳤단다. 왜 나를 불렀냐, 엄마가 시켰
냐고. 갈수록 작은딸과의 벽은 더 높아졌다. 이번 주말에 양꼬치
집에서 식사를 했다. 오랜만이라고 기뻐했다. 나와 작은딸과는 소
통할 일이 없었다. 아빠와 이것저것 이야기는 잘했지만, 소통할 말
로 내 친구 p에 대해서 딸이 말했다. p 아줌마가 엄마랑 정서가 맞
다느니, 그 아줌마가 갖다주는 음식이 많아서 자기가 가져갈 수 있
어 고맙다는 둥. 그런 소통이 나는 필요 없었다. 네 얘기를 하라
고. 왜 내 친구 얘기를 하는 것이냐고.

작은딸에게는 스토리가 없다. 학원 학생 이야기를 아빠와 할 뿐
이다. 나는 흥미가 없다. 관심사도 아니다. 나는 유튜브를 봤다. 아
기들이 식당에서 유튜브를 볼 수밖에 없는 이유를 알겠다. 가끔
몸이 아플 때 어떻게 해야 한다는 것, 그것만이 유일한 공통점이
되었다. 그런데 이번에 읽은 '나스타샤'를 통해서 작은딸의 삶의 이
유? 목표? 등을 생각해 보았다. 그 애의 진정한 삶의 진실을 생각
해 보게 하는 것들을 발견했다. 즐기기 위한 삶을 자기의 진정한
삶으로 여기는 것 같은데, 그것은 어리석은 사람의 신앙이라는 것
으로 해석된다. 그것은 또한 현실 도피일 뿐이었다.

*

봄이 오기는 왔다

새벽에 수영장을 가려고 일어나서 아이고, 아야 했다. 오른팔 어깨 심줄을 잘못 건드려 죽을 듯이 통증이 일어났다. 겉옷을 입으려고 고개를 숙이고 간신히 오른팔 소매에 팔을 넣고 다시 왼팔을 쑤셔 넣고 일어섰다. 숨을 헐떡이고 얼굴을 찌푸렸다. 움직일수록 통증이 일어났다. 부엌으로 가서 생달걀을 눈 감고 얼른 삼키고 뜨거운 물을 마셨다. 다시 진통제를 한 알 입에 넣고 삼켰다.

시간이 지나면 통증이 사라지리라. 수영복 가방과 오리발을 들고 현관문을 나섰다. 어? 날이 훤하게 새 버렸네? 엊그제만 해도 캄캄했는데…. 아! 봄이구나! 주차장으로 가서 차 시동을 걸었다. 모차르트 음악이 경쾌하게 들리네. 기분이 상쾌해졌다. 차를 뒤로 빼서 자동차 사이로 차를 몰았다. 좌회전, 좌회전. 차가 꽉 차서 조금만 방심을 해도 부딪혀서 문제가 생겼다. 조심조심.

다시 좌회전 후 직진하는 차를 보냈다. 길이 훤했다. 기분이 상쾌했다. 지나가는 사람도 잘 보였다. 큰 도로로 나와서 다시 좌회전. 신호등에서 대기하고 좌회전하여 굴다리를 지나고 앞차 뒤에 섰다가 빠르게 달려드는 앞차를 먼저 보내고 수영장 주차장에 차를 세웠다. 오른손이 불편하여 회전할 때마다 악 소리를 내며 통증을 참았다.

로비로 가서 키 번호를 받고 샤워장에 가서 샤워를 하고 수영복을 입었다. 전 타임 수영이 끝나고 우리 타임에 나는 수영장으로 입수했다. 오른팔은 둔했다. 물을 손으로 가를 수 없었다. 코치 선생님의 구령에 맞추어 체조를 했다. 코치는 자유형, 배영, 평형, 접영을 한 번씩 하라고 지시했다. 나는 1, 2, 3, 4, 하며 대충 앞 팀을 따라갔다. 다시 코치는 티판을 들고 오리발을 끼고 옆으로 누워 손은 흔들지 말고 발로만 움직이고 수영하라 지시했다.

잠시 쉬면서 걷기 운동을 했다. 코치는 자유형을 삼세번씩 쉬지 않고 수영하라 지시했다. 우리 팀은 숨을 몰아쉬며 총 9번을 쉼 없이 계속했다. 나는 오른팔을 잘 움직이지 못하니 대충 숨 쉬며 수영했다. 다시 걷기 운동을 하며 체조했다. 끝으로 접영을 4번씩 하고 마지막으로 평형을 3번 하고 끝내는 체조를 하고 마무리했다. 샤워하고 집으로 오면서 생각했다. 수영은 역시 물리 치료로 짱이었다. 여하튼 오른팔 근육 통증이 0.01%는 나아졌다는 생각을 했고, 몸이 좀 더 편안해졌다고 느꼈다. 어쨌든 감사한 일이었다.

내가 지금까지 살아 있음에 감사했다

먼저 죽었으면 이 눈부신 세계의 발전을 못 보았을 것이고, 지금 같이 편안하고 행복한 맛을 보지 못하고 떠났을 것 같았다. 내가 지금까지 나이 들어 사람들로부터 외면을 받을 나이가 되었지만 조용히 나를 즐길 수 있고 좋아하는 책을 읽을 수 있어서 감사했다. 거기에다 남편도 살아 있고 서로가 있는 듯 없는 듯해서, 남편의 존재와 나의 존재가 부딪치고 엉기는 일이 없어서 감사했다. 그는 그가 있되 고요하고 조용해서 좋았고, 나는 나의 존재가 스스로 있는 듯 없는 듯하며, 고요하며, 조용히 좋아하는 일을 항상 할 수 있어서 감사했다.

젊어서는 활기차고 힘차며, 시끄럽게, 전진하는 것이 젊음으로 활기차서 좋았겠지만, 나이 들어서는 고요하고 조용한 것도 즐거움이었다. 물론 나이는 못 속여서 아프고 힘들고 움직이지 못하는 것도, 그거 자체를 함께 친구로 사는 연습을 하며, 인생의 참모습을 공부하며 사는 맛도 즐거웠다. 인생은 그랬다. 좋은 것이 공부이듯 나쁜 것도 더 큰 공부가 되었다. 아픈 것을 참고 견디고 이기는 공부, 그것이 진정한 인생의 공부가 아닐까. 나는 성실한 공부를 좋아한다. 아기를 열심히 키우려는 젊은 언니를 보면 존경스럽다.

가끔 신호등을 기다리며 학원 갔다가 집으로 돌아가는 학생이 영어 단어나 수학 공식을 보며 외우는 모습을 보면 그렇게 예쁠 수가 없다. 이 시대에 그런 학생이 있다는 것이 신기했다. 더러는 여학생, 혹은 남학생이 책을 펴고 배운 곳을 훑어보며 신호 대기를 기다리는 모습이 사랑스럽다. 가끔은 학생의 책가방이 뒹굴어서 신호 대기 전깃대에 걸려 있기도 하지만 말이다. 이 시대에 컴퓨터와 핸드폰에 빠져서 책하고 담을 쌓는 학생들이 많은데, 그래도 책에 열중하는 학생이 있다는 것이 즐거웠다.

요즘 나이 많은 세대를 싫어하는 젊은이가 많다는 것을 실감하고 있다. 나는 어깨 회전근이 파괴되어 나는 오른팔을 움직이기가 힘들다. 70세가 넘으면 수술하는 것보다 약 먹고 자연스레 치료하는 방법이 낫다는 설이 있다. 그래서 침을 맞고 찜질방을 찾아서 갔다. 샤워를 하고 소금방을 들어갔다. 여러 사람들이 많았다. 한 젊은 여자가 말했다. '이게 무슨 냄새야? 이상한 냄새가 나네?', '아, 내가 파스를 붙였다가 떼고 샤워를 했는데 냄새가 나나 보네요.', '그래서 그 냄새가 고약하네요.', '미안합니다.' 그리고 나는 소금 방을 나왔다. 뜨거운 탕으로 들어가 몸을 달구고, 다시 찬물로 들어가며, 몸을 식혀서 근육의 이완 작용을 해서 활성화시키려고 애썼다. 사람들 눈치를 보면서 소금방과 스팀방을 들어갔다가 몸을 식히는 작업을 했다.

그런데 갑자기 어지럽고 현기증이 났다. 매점에 가서 달걀과 매실청을 시켜서 마셨다. 현기증이 가셨다. 어깨 근육이 부드러우면서 견딜 만했다. 이거 좋구나 생각하고 다시 그다음 날에 그 찜질방을 갔다. 사람이 없었다. 소금방 역시 아무도 없었다. 얼른 배를 소금에 깔고 책을 읽었다. 한참 후에 한 젊은 여자가 왔다. 엎드려 있으니 땀과 콧물이 나왔다. 잠시 수건으로 얼굴을 닦으며 훌쩍거렸다. 그리고 냉탕과 온탕을 왔다 갔다 했다. 그 사이 그 젊은 여자가 주인 여자에게 내가 코로나에 걸렸는데 왔다면서 나를 쫓아내라는 것이었다.

어이가 없었다. 나는 주장했다. '난 코로나에 걸리지 않았다. 코로나에 걸렸으면 어지러워서 여기에 오지를 못한다.' 그 여자와 실강이를 벌였고, 조금 있다가 집으로 돌아왔다. 요즘 대세가 나이든 늙은이를 싫어하는 것은 맞는데, 부당하게 난리를 치는 젊은이를 보면 이해할 수가 없었다. 저들은 안 늙느냐고. 이제 서서히 더 늙어 가면서 홀로 즐기며 사는 방법을 알아야 할 것이었다. 어느 할머니가 자기 친구는 자기 강아지라고 했던 말이 실감 났다.

그래도 나는 스포츠를 좋아하는 것이 다행이었다. 거기에 책을 좋아하는 것도 좋고. 테니스, 수영, 골프, 등산 등 모두를 사랑한다. 그런데 나이 들어 몸이 따라갈 수 없게 되면서 문제가 생겼다. 이제는 낮은 산도 갈 수 없었다. 다리 심줄이 끊어지고 싶어서 안

달을 했고, 테니스와 골프는 팔 근육이 끊어지려고 뻐드등거렸다. 나는 지금 심줄 보완을 위해 노력하고 있었다. 함부로 맛있는 밥을 멀리하고 달걀, 두부, 닭가슴살, 고등어 등으로 몸을 보충하려 애쓴다. 그것들로 단백질을 보충할 수 있다니 말이다.

상한 심줄이 치료될 때까지 내가 좋아하는 탄수화물은 삼가하는 중이다. 나는 빵, 밥, 라면, 초콜릿 등을 좋아하는데, 어쩌겠는가. 즐겁게 살려면 단백질을 섭취해야 할 것 같다. 요즘은 누가 준 인삼도 채소처럼 씹어 먹는다. 혹여나 손상된 나의 근육 심줄이 빨리 좀 나아질 것 같아서 말이다. 좋아하지 않는 단백질도 눈 감고 약처럼 먹으며 사는 것이 심줄 보완에 좋다니까. 그래서 근육이 좋아지면, 그때 내가 좋아하는 탄수화물을 먹겠다는 것이다.

가끔 막내딸이 오면 나에게 말했다. '엄마는 외할머니 닮아서 다리 근육이 안 좋아요. 그리고 날마다 밥을 좋아했잖아요. 그래서 지금 외할머니가 못 걸어서 요양원에 계신 거고요, 친할머니는 고기를 좋아하니까 90세가 훨 넘어도 잘 걸어 다니셔서 혼자 잘 사는 거예요,' 맞기는 맞았다. 그러나 속으로는 그놈을 욕했다. 그래서, 넌 왜 시집 안 가는데? 너 혼자 사니까 좋냐? 하며 욕을 바가지로 하고 속으로 삭였다.

큰손자가 벌써 6학년이 되었다. 네 놈은 조카가 13년 동안 커서 내 키만 한데, 넌 뭘 했냐고. 그놈만 보면 속이 쓰렸다. 뭐가 잘못이라 결혼을 못 하는거냐고. 키는 174센치에 얼굴은 멀쩡해서 사람들이 미인이라 하고, 온갖 책을 다 읽어서 모르는 게 없는데 왜 남자들과 사귀지를 못하는 거야. 도대체 난 너를 이해할 수가 없구나. 거기에 온갖 잘난 체는 다 해요. 남이 잘하는 것도 또 못 봐줘요. 내가 그놈을 보면 미친다니까. 십 년 이상을 싸웠는데 해결이 안 돼요. 나만 보면 어미를 못 잡아서 안달이더니, 나중에는 카톡과 문자도 삭제했어요. 나랑은 말을 섞지 않겠다는 거지. 그래 나도 네가 뭐 그리 좋겠느냐고.

우리는 만나면 서먹서먹해요. 아빠가 다 그놈의 새끼한테 대꾸해 주지요. 집에 오면 '왔냐?' 하면 '네' 하고 들어와요. 그리고 세탁물을 세탁기에 넣고 저는 오랫동안 목욕탕에서 뜨거운 물을 받아 놓고 때를 불리며 닦아요. 그사이 나는 점심 밥상을 거하게 차려요. 그 사이 그놈은 식탁에 앉지요. 아빠가 수저를 놓고 반찬을 뷔페처럼 커다란 접시에 골고루 담아서 놓습니다. 그놈은 맛있다며 이것저것을 집어 먹습니다. 나는 고등어를 그릴에 굽고, 아욱국을 식탁에 놓고, 밥을 퍼서 식탁에 올립니다. 그놈은 맛있다며 홀짝거립니다.

그래, 네 놈이 있어서 행복하다. 네 식구가 생겼으면 우리랑 밥 먹을 일이 있었겠느냐? 나는 말없이 밥을 먹지만, 멀쩡한 놈이 시집도 안 가고 우리랑 밥 먹는 것이 못마땅해집니다. 내 안에서 치밀어 오는 그 무엇을 참을 수 없어 합니다. 이것은 나의 욕심, 헛된 욕망일 거예요. 다른 부모는 그래, 네 맘대로 살아라. 40세가 넘었는데 네 인생 아니냐며, 아무렇지도 않다는군요. 그런데 나는 그런 마음이 안 생겨요. 내가 큰 잘못인가 봐요. 그런데 나를 시인할 수 없어요. 인간의 본능은 동물처럼 사는 것이라 생각해요.

배고프면 밥 먹고 싶잖아요. 졸리면 자야죠. 여자는 생리적으로 아기를 낳고 키우고 싶을 거예요. 그러니까 결혼을 하는 거잖아요. 그런데, 그놈은 그것을 부인하는 거죠. 나는 그게 더 웃겨요. 그놈 속에서 결혼을 하고 싶은데 못 하는 것을 부인하면서 제 자존심으로 결혼 안 하는 것처럼 확대 해석 하는 것이 얄밉다는 거지요. 솔직히 하고 싶다. 그런데 잘 안 된다. 그것이 그놈의 마음 아니냐고요. 솔직하게 속 시원히 내놓고 인생을 푸는 것이 좋은데….

가끔, 또, 이상한 소리를 하면 속으로 쥐어박고 싶어요. 그놈 말이 자기는 금수저로 태어났다는 거예요. 뭐? 네가 무슨 금수저냐? 평생 월세 60만 원짜리 작은 오피스텔에서, 그것도 어미가 보태는 30만 원이랑 아빠가 보태는 관리비 받으며 사는 놈이. 그렇게 살다가 혼자 죽겠고만. 나는 원래 흙수저이기 때문에 그런 생각을 해 본 적이 없다고 말했더니. 엄마는 흙수저일지 모르나 자기는 금수저라는 거예요. 속으로 미친놈, 엄마, 아빠, 캥거루 족속이 무슨…

요놈, 착각 마라. 엄마 재산 다 모두 세금으로 사라질 테니까. 그러면서 밥을 먹어요.

조금 있다가 커피와 과일을 먹고, 나는 쉬러 내 방으로 가고 그놈은 학원으로 갑니다. 그놈은 죽어도 금, 토, 일요일에 우리 집으로 와서 밥을 먹고 아빠와 열심히 정치 토론을 하며 맞장구를 치는데, 사실 나는 그 꼴도 보기 싫어요. 거의 십 년 넘게 그렇게 살아왔어요. 우리 큰손자가 13살이니까요, 그놈은 한 것이 없이 혼자 잘났다고 봉급 꼴랑 100만 원 받는 수학 보조 선생으로 사는 거예요. 머리 좋고, 공부도 잘했고, 엄청 성실했는데, 결혼 문제에서 걸려 평생을 사람답게 살지를 못하네요.

공부를 더 하라고 하면, 교수는 경제성이 없다는 둥, 뭐는 뭐가 나쁘다는 둥, 정치를 좋아하니 정치인이 돼라 하면, 그것은 또 자기와 안 맞다는 것이었다. 그놈은 여하튼 입만 열면 왜 그리 안 되는 것이 많은지. 할 수 있는 게 하나도 없다는 사실이 어미로서 그놈이 한심스럽다는 것이었다. 그래, 죽었다 생각하자. 그놈은 이 세상에 없는 그림자라 생각하자. 그림자와 대화를 하고 환상으로 생각해 보자. 그것이 나를 치유하는 삶이 아니겠는가? 생각했다. 그런데 잠시 후 그놈이 아빠에게 전화를 했다. 갑자기 이빨이 아파 죽을 지경이라고. 아빠가 강남에 있는 치과에 빨리 가 보라고 권했다. 그날 저녁에 나는 그놈에게 문자를 보냈다.

- 너 아프다며? 힘들겠다. 임플란트 비용은 엄마가 해 줄게.
- 진짜 차라리 죽고 싶은 고통이더라고요. 사람들이 왜 안락사를 선택하는
  지 이해가 가네요. 감사합니다.
- 그랬구나. 아이고, 딱해라. 항상 이를 뽑고 조심해야 하는 거야. 술 같은
  거 먹으면 염증 더 생기는 거야. 무조건 뽑는 게 능사가 아니니까 잇몸 염
  증 치료를 할 수도 있고 잘 생각해서 해야 해.

  그래, 얼마 남지 않은 인생 서로 조화롭게 살아 보자. 네가 필요
한 것을 도와주며 불쌍히 여겨 살다 보면, 뭔가 보여지는 것이 있
겠지. 원래 그놈은 어미에 대해 싸늘했는데, 이번에 감사함을 표시
하는 것이 아마도 서서히 나아지고 있는 듯했다.

*

친구 A의 어머니는 103세이다

  케어 센터에서 A의 어머니는 5년을 사셨다. 갑자기 코로나로 병
원에 입원하셨다. A는 병원으로 달려갔다. 만날 수 없었다. 병원에
서 어머니를 케어했다. A는 어머니의 연락을 기다렸다. 날마다 기

다리면서 어머니를 생각했다. 어머니와 동거는 반 백 년이 되어갔다. 미운 정과 고운 정이 겹쳐서 파도처럼 마음속으로 들락날락했다. 어머니가 좋아하시는 빵과 맥주, 스테이크가 생각났다. 어머니가 싫어하시는 옥수수, 감자, 고구마도 생각났다. 어머니는 아랫것들이 먹는 구황 작물을 먹을 수 없다 하셨다.

며느리 A는 구황 작물을 좋아했다. 옥수수는 소울 식품이라 먹으면 마음의 상처를 치유했다. 병원에서 어머니는 며느리를 알지 못했다. 처음에는 아들딸을 모르고 며느리만 알았는데…. 어머니가 알 수 없는 세상에서 살고 있음에 며느리는 어머니가 불쌍해서 눈물이 났습니다. 병원에서 어머니의 목을 뚫고 음식을 삽입하기를 바랐습니다. 아들은 좋은 영양 주사를 놓고 편안하시게 만들어 달라고만 주문했습니다. 며느리는 알지 못하는 세상에서 사는 불쌍한 어머니를 보며 슬펐습니다.

처음 어머니는 10일 후 병원에서 퇴원했고, 다시 케어 센터에서 받을 수 없어서 다른 병원으로 이동했습니다. 그 병원도 상황은 똑같았습니다. 어머니는 눈도 못 뜨고 요양 병원으로 옮겼습니다. 그 병원에서 목 수술을 권했습니다. 사실 병원에서 권하는 목 수술을 안 하면 환자를 방치했다고 소송에 걸린다고 들었습니다. A는 친구와 어머니 이야기를 했습니다.

친구는 말했습니다. 이제 어머니가 돌아가실 나이라고. 그러니까 목 수술은 안 된다고. 생명만 오랫동안 연장하는 일은 어머니를 고통 속에 살게 하는 거라고.

차라리 병원에서 퇴출당하면 조용히 집에서 모시는 게 어떻겠냐고. 50년을 함께 살았으니까 마지막을 조용히 집에서 쉬면서 잠자듯이 가시게 하는 것이 제일 행복한 게 아니겠냐고. A도 그게 좋겠다 했습니다. A도 원래 그렇게 하고 싶었는데 배설 처리를 할 수가 없어서 케어 센터에 보냈다고.

A는 지금 어머니가 잠자듯이 조용히 죽음을 맞이하시기를 기원하고 있습니다. 옛날에 외할머니가 돌아가실 때 어머니는 나에게 말했습니다. 외할머니가 엄마에게 음식을 입에 넣지 말라고 했고 그 뒤부터 조용히 눈만 감고 있다가 며칠 후 돌아가셨다. 그런데 아무것도 먹지 않으니까 싸는 일이 없어서 편했다는 것이었다. 그때 외할머니는 92세였다. 이제는 죽음을 우리가 어떻게 맞이해야 하는가가 우리의 숙제가 되었습니다.

어머니의 유품

어머니가 요양 병원에 가시기 전에 살았던 외할머니 댁에 가기로 했다. 외삼촌 아들이 고모 물건을 정리해 달라고 소리쳤던 것이다. 어머니가 외할머니를 돌아가실 때까지 모셨고, 이제는 어머니가 요양 병원으로 가서서 외삼촌 아들이 외갓집 소유자였기 때문이었다. 똥 수발을 든 어머니를 생각하면 뭔가 꽤씸한 생각이 들지만, 어차피 돌려줄 것이라면, 소유주에게 빨리 돌려주는 게 나았던 것이다.

바쁘다는 남동생에게 어머니가 살아 계실 때 물건을 정리하는 것이 돌아가신 후에 하는 것보다 좋을 것 같다며 형제들이 시골로 갔다. 봄 날씨는 화창했다. 온 천지가 벚꽃과 봄꽃으로 산과 들에 만개했다. 한낮을 지나 시골에 도착했다. 제부가 물품 정리해 주는 곳을 선정했고 날짜를 정해서 돈을 주고 어머니 물건을 정리하기로 했다. 이불, 옷, 전자 제품, 농, 피아노, 부엌 살림, 누군가 와서 살 수 있는 물건이 많지만 주변에 그것을 필요로 하는 사람들은 없어 보였다. 잠겨진 마당 주변은 파와 채나물들이 여기저기 솟아 있었다.

오랫동안 방치해서 전기는 이미 끊겼고, 펌프 자동 물도 나오지 않았다. 옛날에는 넓고 큰 붉은 양철집이었으나 지금은 폐가가 된 낡은 집이었다. 농사철에 실하고 건장한 청장년들은 어디 갔나 보이지 않고 나이 들고 힘없는 동네 노인들만 오고 갔다. 도시가 팽창하고 화려하며 활기찬 곳으로 발전한 사이 시골은 아무도 없는 빈 공간과 무주택만 늘어갔다. 화려한 노인정을 국가에서 지어 주었어도 그곳을 지키는 어르신들도 사라지고 있었다.

남동생은 어머니가 만든 수의 옷과 초상화를 챙기고, 막내 여동생은 어머니가 쓰던 항아리와 가마솥 뚜껑, 나는 자개농 서랍에 있는 묵은 연고와 묵은 할아버지 책을 챙겼다. 그래도 살아계신 유품이었으며, 돌아가신 유품은 아니니까 물품 정리자들이 쓸 만한 것들을 쓸 수 있기를 바랐다. 피아노와 전자 제품들은 모두가 멀쩡했다. 사실 나는 그것들을 새로 어머니에게 장만해 주느라 힘들었던 것들이었다는 생각이 들었다. 그곳을 대충 정리하고 우리는 그 옆에 있는 시아버지 묘소가 있었던 텃밭으로 이동했다.

텃밭에 심은 호두나무와 블루베리는 제법 많이 컸다. 자두나무 꽃이 만개했다. 막내 제부가 거름 5포를 자기 집에서 가져왔고 우리는 나무 주변의 풀을 뽑고 가시나무를 잘라냈다. 제부는 거름 포대를 삽으로 잘라서 호두나무랑 사과나무, 자두나무, 매실나무 주위에 뿌렸다. 나는 키 작은 향나무가 허리만큼 자라서 위협을 주는 나뭇가지를 가위로 싹둑싹둑 잘라냈다. '그거야, 언니. 그렇게 위로 크는 가지를 잘라서 다듬어 주어야 해. 속 가지도 쳐 줘야 바람이 소통하여 속으로 죽은 나무의 가지가 살아난다고요.' 나는 신나게 나무를 쳐 주었다.

남편은 계속 주변으로 뻗은 마른 풀들을 걷어냈고 사이에 가시나무가 자라는 것을 잘라 주었다. 형제들은 합심을 하여 텃밭을 고르고 펴고 걷어내며 정리를 했다. 해는 벌써 서산으로 넘어가고 있었다. 대충 정리를 하고 차를 타고 시골길을 따라 이동했다. 도로에 가로수로 심은 벚꽃이 한창이었다. 벚꽃 축제는 스스로 일어났다. 꽃잎을 향해 환호를 불렀다. 아름답구나! 수십 년 전부터 다니던 외갓집의 시골길이지만 한 번도 이런 광경을 본 적이 없었다.

학창 시절과 청년, 장년의 시절에는 벚꽃 시절에 이 길을 지나간 적이 없었다. 여름 방학과 겨울 방학에만 지나갔기 때문이었다. 이제 벚나무도 묵어서 노령을 훨 넘었다. 우리도 늙어서 노년이 되었으니 말이다. 인생무상이 그래서 생기겠지. 이 근처 논밭은 하나도 없이 모두가 묘목 단지로 조성되었구나. 이제 어머니도 조금 있으면 저세상으로 가실 터이고 우리도 그 뒤를 따라가겠지. 그 후 우리 후손들이 이곳의 산하를 지키며 또 다른 것으로 조성하겠구나. 아무튼 우리가 떠나도 잘 있거라, 아름다운 강산아.

*

나는 경기도에 작은 꼬마 빌딩(다가구)을 가졌다

처음에는 아는 친구가 나를 꼬드겼습니다. 작은 꼬마 빌딩을 융자 내서 사라고. 엄두가 나지 않아 거절했는데 자기가 관리를 해주겠다 해서 오래 심사숙고 후 그것을 사기로 했습니다. 벌써 오래되었습니다. 융자에 전세금에 빚을 내서 샀습니다. 소유했다는 기분으로 책임이 무겁지만 기뻤습니다. 다달이 융자금 100만 원을 넣는 것은 쉽지 않았습니다. 다가구는 4층까지 총 11가구였는데 가구 수가 많아서 탈이 많이 생겼습니다. 처음에는 부동산 사장님이 많이 도와주었습니다.

근처에 있는 Y 사장(Y 사장 물건을 매입했음)이 전기세, 수도세, 계단 청소 등을 관리해 주었는데, 세월이 10년 이상 되어도 경제성은 없었습니다. 세입자가 교체되면 도배, 바닥재 수선, 유리창 수선, 보일러 수선 등으로 돈이 많이 들어갔습니다. 목돈이 없으니까 전세를 교체하지만 다가구는 전세금이 높아지지 않았습니다. 건물을 사고 5년 후 옥상에서 물이 떨어져서 4층 집으로 새고 있다고 연락이 왔습니다. 즉시 아는 인테리어 업체를 불러 옥상 수리를 하고 방수 처리를 했습니다. 경비가 2,000만 원이나 들었습니다. 어느 해, 겨울에 지하 펌프가 터져 집 난리가 났습니다.

이튿날 기술자를 불러서 보일러 수리와 하수구 수리를 했습니다. 그것도 몇백만 원이 들었지요. 또다시 5년 후, 옥상 방수 처리를 다시 해야 했습니다. 거기에 빌딩 안 벽과 바깥 벽도 수리해야 했습니다. 그것도 몇천이 들었습니다.

사람들은 꼬마 빌딩을 가지고 있으면 부자라고 생각하는데 돈을 벌겠다고 생각하면 쉽지 않은 물건입니다. 내 주위 남편 동창은 결국 함께 샀는데 몇 년 되지 않아 팔아 버렸습니다. 돈이 생산되지 않았기 때문입니다. 이제 나는 퇴직자이고, 부동산 사장이 제대로 관리를 해 주지 않아 내가 인수하여 기술자를 부르고 사람을 시켜 수선도 하며 건물을 관리합니다. 돈과 상관없이 나는 그냥, 그 물건을 사랑하며, 꼭 자식 같은 마음으로 건물을 관리합니다.

가끔 남편은 그것을 팔고 싶어서 안달을 합니다. 돈만 수시로 들어가고 특별히 수익성이 없다고요. 그럼 나는 단호하게 말합니다. 그 건물 관리가 내 취미라고. 수시로 방문해서 잘 있나 확인하고 잘못된 곳이 있으면 고치고 수선하면 된다면서 말이에요. 그것을 팔아서 돈 조금 은행에 저축하면 무엇이 즐겁냐고 반박을 해요. 내 땅과 집이 있음에 그냥 흐뭇한 거지요. 퇴직하면 남는 게 없어요. 애들 키우고 학비, 결혼비, 양가집 요양비 등 아직도 계속 나갈 일만 남았잖아요.

어제도 수도국에서 전단지를 붙여 놓고 갔어요. 우리 집에 수돗물이 샌다고. 이번에 167톤을 쓴 수도 계량기를 보면 어딘가가 새고 있다고. 그것도 202호가 사진을 찍어 보냈더라고요. 나는 불이 나게 건물 쪽으로 달려갔지요. 그리고 기술자를 불렀습니다. 물론 전날에 11가구 세대에게 9시경 모두 현관문을 열어 주시라고 미리 전달을 했습니다. 출근하는 사람은 현관 키 번호를 알려 주시고, 열쇠를 사용하는 사람은 우체통에 넣어 달라고 했지요. 새벽에 차로 달려갔는데 다행히 모두가 협조해서 물 새는 곳을 기술자가 발견했습니다.

이것저것 하면 비용은 200만 원쯤 들었습니다. 작년은 지하 똥통에 물이 새고 보일러가 고장 나서 시청에다 대변 처리를 요구하고 그야말로 똥 저장 창고를 수리해야 했는데, 기술자가 없어서 서울에서 불러다가 벽을 수리했습니다. 이제는 건물 하나하나가 가족 같고 식구 같은 느낌입니다. 병이 나면 날수록 돈이 들면 들수록 이상하게 애착이 갑니다. 그곳에 사는 사람들은 오래 살았고 할머니는 아무래도 그곳에서 돌아가셔야 이사를 갈 것 같았습니다. 그런데 요즘 교체되는 세대에는 외국인이 많았습니다.

한국인은 국가에서 여러 가지로 자금을 융자해 줘서 아파트를 선호합니다. 그래서 외국인들이 다가구로 이사를 하는 경우가 많습니다. 이번에도 외국인이 많아서 소통을 하지 못하는데, 한 외국인은 내가 말하는 것을 전화에 대고 내 말을 받으니 그의 나라말로 문자가 나왔습니다. 그리고 그는 이해를 하고 고개를 끄덕였습니다. 내 친구 P는 항상 나를 걱정하는데, 수도 터진 곳을 찾았냐고 묻습니다. 그렇다며 얼마쯤 돈이 든다고 했습니다.

찾았다니 다행이라며, 돈도 이래저래 많이 들어간다며 너 애 많이 쓰는구나 했습니다. 그래서 나는 P에게 원래 부동산 지키는 것은 돈을 버리는 거요, 부동산하고 세월아, 네월아 하며, 함께 늙어가는 거요, 하고 답했습니다. 부동산으로 수익을 얻는다는 것은 어쩌면 주식을 오래 가지고 있다가 마지막 팔아 수익이 나는 것처럼, 그것도 오래오래 함께 살다 보면, 지가가 오르기도 하고 떨어지기도 하다가 산천이 변하듯이 땅값도 올라서 수익성이 있게 되는 것이라 생각합니다.

*

여동생네 집 방문

여동생은 안성에 사는데 우리는 형제들끼리 그 동생네 집에서 잘 모이고 해. 그녀는 막내인데, 남편이 평택 시청에 다녔기 때문에, 그쪽에 터를 잡아 집을 짓고 이사를 간 지 아마 7~8년 됐어. 세월이 참 빨라. 그 당시 우리 주변은 시골집을 아름답게 지어서 텃밭을 두고 사는 것이 트렌드로 부각되었어. 나보다 훨 젊으니까 매사 용감하거든. 여동생이 무척 씩씩하고 미술 솜씨가 있어서 그림을 그렸어. 그래서인지 그녀는 집 꾸미고 인테리어 하는 것을 좋아했어. 남편도 생물학과를 나와서 식물을 키우고 재배하는 것을 좋아하고.

둘은 처음에 집터를 사고 설계를 하고 자재를 구비해서 건설업자에게 맡겼어. 나름 튼튼하게 잘 지었어. 표면상 푸른 집이야. 처음에는 텃밭을 만들어서 온갖 작물을 심더니 둘 다 직장을 다니니까 힘들었던지 어느 해 잔디밭으로 만들었고 간이 텃밭을 상자에서 키웠어. 주변은 사과나무, 자두나무, 포도나무, 매실, 호두 등 다양한 나무를 심었어. 울타리 주변에는 멋진 침엽수나무를 심었고. 그 주위는 다양한 꽃나무로 장식했지. 장독대 옆에는 멋진 간이용 쉼터와 맛있게 먹을 수 있는 숯불 장치에 고기를 구울 수 있는 곳이 있어.

방은 아이들 방, 큰 것과 부부 침실용, 그리고 거실 겸 큰 방이 있어. 그곳은 남쪽으로 햇빛과 함께 대형 유리창으로 마당의 꽃과 나무가 들어오고 있지. 그러면 아름다운 풍경이 그림처럼 보여지고 있어서 마음의 힐링이 되는 거야. 거실과 붙은 부엌에 통나무 식탁이 있고 북쪽 창 아래 소파를 놓고 동쪽벽 쪽에 대형 TV가 영상을 보게 했어. 빈 공간 벽에는 막내가 그린 추상화를 걸어 미술 전시장같이 그림을 장식했어. 전등, 전자 제품, 작은 의자들 등 소품 하나하나를 신경 써서 배치했어.

　주말이나 특별한 날 가족이나 친구들이 모이면 넓은 거실에 이불이나 요를 길게 한꺼번에 여러 채를 깔아 학창 시절 수학여행 온 것처럼 여럿이 함께 모여 줄지어 잠을 자는 거야. 잠자면서 시끄럽게 떠들고 웃고 하면서 그곳에서 그날의 추억을 만들어 내지. 물론 저녁의 파티도 한몫하고. 숯불에 고기를 굽고, 마당에서 심었던 상추, 고추, 오이, 가지 등으로 싱싱하게 요리한 것을 맥주와 함께 곁들여서 맛있게 먹는 거지. 그리고 저녁 영상을 틀고 노래를 불러서 즐겁게 즐기기도 하고. 아침에는 막내가 신김치콩나물국에 밥을 말아 속풀이를 하는 거야.

　식사 후 주변을 돌며 산책을 하는데, 이번에는 금광호수로 갔다. 그곳은 박두진 문학길이 보였다. 우리가 주차장에 차를 주차하는데, 공원 입구에서 음악 밴드의 라이브 음악이 흘러나왔다. 라이브 음악이 우리를 더 즐겁게 했다. 호수는 맑고 깨끗했다. 호수 위의 나무 데크 길과 벤치에서 즐겁게 인증 사진을 찍었다. 주황색 티를 입은 남동생, 흰 점퍼와 청바지를 입은 여동생, 회색 점퍼를 입은 제부, 검정 모자를 쓴 나. 그들은 활짝 웃음을 머금고 햇빛을 향해 활짝 웃는 모습이 정말 행복해 보였다. 그곳의 뒷배경에는 넓은 호수가 있었다. 또 다른 사진들은 앉아서 있는 모습, 서서 있는 모습, 시원한 나무 그늘 모습, 호수를 배경으로 찍혀 있었다. 또한 정자에 앉아 있는 푸른색 티셔츠에 검정 바지를 입은 남편의 즐거운 모습도 찍혀 있었다. 올해의 어느 봄날 그곳에 가서 우리 식구들의 가족 모임으로 동생네 집 탐방한 날의 추억이 핸드폰에 나타나 있었다.

*

여동생과 다투었다

남동생은 일 처리가 항상 빠르지 못했다. 무슨 일이 있어서 카톡으로 연락을 해도 묵묵부답이다. 여동생은 매사 정확하고 일 처리가 빠르다. 느리고 답이 없는 오빠를 동생은 참을 수 없어 한다. 이번에 여동생은 어머니가 가졌던 어머니 짐을 모두 빼 주고 외삼촌 큰아들네에게 어머니가 살던 집을 비워 주어야 한다고 했다. 어머니는 시골 외갓집에서 마지막으로 외할머니와 외할아버지를 돌아가실 때까지 모셨다. 아버지가 일찍 돌아가셨고 외롭기도 하고 어머니가 맏딸이니까 함께 사시며, 두 분의 똥을 받고 사셨다.

그러다가 어머니가 90세가 넘으셨고, 우리는 똥 수발을 할 수가 없어서 요양원으로 모셨다. 외갓집에 산소를 돌보러 왔던 큰조카는 막내에게 어머니 짐을 빼 달라고 수차례 이야기가 오고 갔다. 어머니는 그곳의 물건을 소중히 여겼고 간직하기를 바랐다. 여동생은 큰외삼촌 아들인 A에게 수시로 전화하는 것이 못마땅해서 짐을 빨리 빼 주고 싶었다. 거기에는 오빠가 가지고 있던 짐도 많았다. 오빠가 중국으로 갈 때 어머니에게 전자 제품이나 피아노 자기 책 등을 많이 맡겼기 때문에 오빠 짐을 확인해야 했다.

어느 날, 여동생은 유품 정리하는 사람에게 맡겨서 짐을 모두 빼 주자고 말했다. 그래서 그렇게 하자며, 그 비용은 내가 모두 내겠다고 했던 것이다. 그래서 우리는 한 달 전에 날짜를 미리 정해 놓았다. 그 후 나는 남동생에게 다시 문자를 보냈다.

- 어머니 짐을 빼 달라고 난리를 치니까 견적서를 내서 짐을 빼 주자. 누나가 경비를 댈게. 막내랑 이번 주 주말에 가서 견적서 받고 할아버지 묘소 텃밭에 우리가 심은 나무도 보러 가자고 했는데, 거기에서 필요한 너의 짐도 빨리 처리해야 된다고 하더라.

- 너 바빠서 시골 못 가니? 그럼 우리 안 가려고. 엄마 돌아가시기 전에 짐을 정리하는 것이 엄청 좋은 거지.

그날, 남동생은 주말에 결혼식이 두 건이 있다고 했는데, 생각을 해 보더니 아무래도 어머니 짐 빼는 것이 더 중요하다고 생각을 했는지 가겠다고 했다. 주말에 우리는 함께 시골로 갔다 가면서 역전에서 밥을 사 먹고 시골집으로 갔다. 엄마가 쓰던 방은 할아버지 시대의 부엌이었는데, 할머니, 할아버지가 쓰시던 안방으로 구렁이가 수시로 기어 들어와서 어머니는 무서워서 살 수가 없었다. 그래서 할머니 할아버지가 돌아가신 후 부엌 쪽을 원룸식의 작은 방으로 개조했다. 싱크대를 놓고, 한쪽은 침실용, 다른 쪽은 탁상, 또 다른 쪽에는 이불, 화장대, TV를 놓았다. 어머니가 거동이 불편하시니까 손에 닿을 수 있는 곳에 필요한 것을 다 놓았다. 간이용 벽걸이 에어컨, 그러나 냉장고는 큰 것으로, 싱크대 위에는 가스 불을 켤 수 있고 전기 수도로 뜨거운 물, 찬물이 나오게 했다.

웬만하면 손쉽게 움직일 수 있게 만들었다. 여동생은 말했다. 화려했지만 결국 어머니의 마지막 모습은 3평짜리 공간도 못 차지했다고. 그게 아마도 인생일 것이었다. 대단한 왕도 죽을 때 자기 침실만 지키다가 죽는데. 똑같은 사람이라고 말했다. 제부가 먼저 유품 정리자에게 전화했고 사진을 찍어 보냈다. 처음에 어머니 짐이 있던 방 3칸을 보여 주었고, 짐차가 3대쯤 되면 90만 원쯤일 것이라 했다. 다음 주 토요일에 모든 짐을 정리해 주기로 예약했다. 남동생은 어머니 수의, 초상화, 자기네 책과 가족사진을 챙기고 그 옆에 나무를 심은 곳으로 갔다.

제부가 가져온 거름 푸대를 호두나무, 사과나무, 매실나무 등에 한 푸대씩 뿌려 주고 우리는 덤불과 가시나무를 자르고 정리하며, 키 큰 가지를 자르고 나무 사이로 썩은 곳을 쳐냈다. 그러면 나무 사이로 공기가 통해서 썩어가는 나뭇가지로 새순이 돋아날 것이라 했다. 한참을 가지치기를 하고 덤불들을 제거했더니 아담하고 깔끔한 밭의 모습이 살아났다. 동생은 돗자리를 깔았다. 거기서 잠시 쉬면서 차와 음료와 호두과자를 먹었다. 모두가 햇빛에 열심히 일을 했더니 보람찬 일을 한 듯해서 기뻤다.

일주일 후 여동생이 나에게 말했다.

- 언니, 오빠에게 전화 왔어?
- 아니?
- 아이고, 오빠 때문에 못말려.
- 왜?
- 오빠가 시골에 오기로 하고 안 왔잖아. 영기(조카)가 와 서 정리 다 하는 저녁때까지 했잖아. 그리고 짐차가 7대라서 215만 원이래. 오빠는 왜 그런지 모르겠어. 약속을 해 놓고.

나는 갑자기 여동생에 대해 화가 났다. 그래서 말을 격하게 하게 되고 싸우게 되었다.

- 야, 그런데 좀 늦을 수도 있는 건데, 그렇게 난리냐?
- 그게 아니라 영기랑 미자(조카)가 집을 비워 달래잖아. 그리고 성묘에 가면 그 집 냉장고의 음식이 썩어서 냄새가 나니까 그렇지.
- 그래도 아직 엄마가 안 돌아가셨잖아. 엄마가 외할머니 똥도 받고 그랬는데.

여동생과 나는 큰소리가 내며 감정이 격해져서 싸움을 하게 되었고 나는 결국 핸드폰을 꺼 버렸다. 그랬더니 여동생은 문자를 보냈다.

- 언니, 미자 언니가 조심스럽게 '성묘 가서 집에 들어가면 냉장고 음식이 썩어서 냄새나드라~' 하는데 내가 듣기 좋겠냐구. 그리고 엄마가 외할머니 똥 받은 게 8개월인 것으로 알고 있어. 그것도 당신이 원해서 다 했었지. 엄마가 집이 없어서 누가 받으라 한 것도 아니고. 언니가 그 당시에 그곳을 방문한 것도 아니잖아. 난 내 애들이 어려서 자주 갔었어. 그래서 잘 안다고. 언니에게 늘 고맙게 생각하는 부분도 많지만, 언니는 감정 기복이 심해서 소통하는 데 불통이야. 아무리 아랫것들이라도 귀 기울여 듣고 많이 배운 사람은 달라야 하는 것 아냐? 시골집 치우는 것 언젠가 치워야 하는 것 오빠가 해야 할 일인데 우리가 도움을 주려 했을 뿐 그게

뭐가 잘못이냐고. 내가 오버했나 보네, 미안해.

- 야, 외할머니가 1998년 12월 17일에 돌아가셨어. 우리 아버지가 1986년
  에 돌아가시고. 이것저것 따져도 10년은 넘게 엄마가 똥 받은 사람이야.
  그리고 외할머니와 외할아버지가 엄마에게 오라고 하셔서 갔던 거야. 또
  한 그 집, 외할머니 거잖아. 똥 10년 받은 장녀가 그 시골집 가져도 돼~
  걔네는 손자야, 손자. 그리고 엄마가 가지겠다냐? 잠시 산 거지. 그리고
  외할머니가 맏딸이 혼자 사니까 시골에 와서 함께 살자고 했던 거고.

- 그리고 너, 윤숙이 엄마(셋째 이모)랑 내가 싸울 때 네가 이모 편을 들면서
  나에게 지랄을 했잖아. 그런데 네가 뭘 알기나 하냐고. 윤숙이 엄마가 시
  누이를 소개하며 아파트를 청약하라 한 거였는데, 그 시누이가 사기를
  치고 내 돈을 떼어먹은 건데, 넌 나를 혼내키면서 이모 편을 들어서 내가
  화가 난 거잖아.

- 넌 남한테는 엄청 잘하더라. 오빠랑 언니한테는 잘하는데, 네 주장만 옳
  고 언니, 오빠는 틀리다, 구식이다, 성격이 과격하다느니 소통이 불통이
  니 하는데, 그래, 너만 맞고 우리는 모두 틀리다 하는데 그것은 아니지.
  너랑 나랑 나이가 11살 차이가 나는데, 네가 뭘 다 안다는 거냐? 거기에
  는 다 그럴만한 이유가 있다는 것이지.

- 그래도 법에 어긋나서 탈 나게 한 적이 있냐? 네가 우리한테 덕을 보면 보

았지. 오빠랑 내가 어째서 너한테 혼나야 하는 거냐고. 너한테 혼날 일이 아니라는 거다. 후은이 엄마(며느리)가 사기 쳐서 오빠 때문에 내가 불법적인 일로 법원에 가고 난리 친 일이 얼마나 많았는지 너는 알기나 하냐?

- 다 지나간 세월이다. 모두 불법적으로 감옥에 안 가고 안 아프고 모두가 이 정도로 살아가고 있고, 특히 너네 식구 건강하게 잘 살고 있는 것으로 나는 감사할 뿐이다.

- 이제 우리 삶도 얼마 안 남았는데, 싸울 일 없을 거다. 뭐니 뭐니 해도 가족의 화목이 최고인 것 같더라. 그리고 가만히 생각하면, 엄마가 아직 살아 계셔서 우리의 이야기가 있으며, 살아 있는 스토리(story)가 존재하는 것이더라. 엄마가 없으면, 할 말도 없을 것이고 살아 있는 이야기도 사라질 것이니라.

*

골프장 풍경

올해 들어 오랜만에 골프장에 갔어. 골프장에 가는 것이 쉬운 일이 아니거든. 코로나로 해외여행이나 태국으로 골프 여행을 못 가니까 우리나라 골프장이 난리가 나는 거야. 사람들이 많아지고 골프비가 얼마나 올랐는지 몰라. 골프장이 요즘 떼돈을 벌고 있다고 여론이 많은 거지.

이것들이 웃긴다니까. 단체 예약을 안 받는 거야. 단체 예약을 하면 약간 저렴하게 해 주고 1년씩 단체 예약을 했거든. 그런데 자기네가 돈을 더 받으려고 단체 예약을 아주 없애 버린 거지. 결국 여고 골프가 없어졌어. 단체 예약이 없으니까. 거기에 어쩌다 단체 팀으로 예약을 했던 거라 가게 되면 가격을 터무니없이 비싸게 받는 거야.

예전에는 단체 예약을 하면 필드 가격이 11만 원, 캐디피 3만 원 하면 되었는데, 이제는 필드 값이 17~19만 원인데다가 캐디피 4만 원씩 하면 일인 22~23만 원씩 드는데, 너무 출혈이 크더라고. 나 같은 경우는 회원권이 있으니까 7만 원에 캐디피 3만 원 하면 10만 원이면 골프를 칠 수 있는데, 단체 팀으로 간다고 하면 두 배로 내니까 불리하거든. 그런데 요즘 골프 예약하는 것이 장난이 아니야. 한꺼번에 회원 2,000명이 예약하러 몰리니까 예약이 잘 안 되는 거야.

어느 날 나는 예약을 하러 PC방에 갔어. 10시부터 예약을 받으니까 9시 반부터 갔지. 처음에 PC방에 가니까 카운터에 아무도 없는 거야. 그래서 무조건 카드로 입장권을 끊었지. 851번 용지가 나왔어. 나는 851번 의자를 찾았어. 아무리 찾아도 없는 거야. 어느 자리에 어떤 사람이 있길래 851번 좌석이 어디에 있느냐고 물었더니 잠에서 깨어나고 음침하니 이상하게 생긴 사람이 돌아봐서 말문이 막혔어. 다시 어떤 여학생이 보여서 851번 자리가 어디에 있냐고 물었지. 그녀는 자기도 처음 와서 모른다는 거야.

또 다른 청년이 들어와서 851번이 어디냐고 물었더니 컴퓨터를 켜고 들어가서 851번을 기입하는 거래. 아무 좌석에 앉아 컴퓨터를 켰어. 851번을 넣었어. 내 핸드폰과 이름을 기입했어. 그랬더니 네이버를 켤 수 있었어. 그런데 갑자기 좌판이 빨강, 파랑 불빛으로 물결을 치는 거야. 깜짝 놀랐지. 게임기라 그렇다는 거야. 나는 글자 좌판이 보이지를 않는 거야. 글자판도 깨져서 엉망이고. 벌써 시간이 10시가 임박했지. 될 게 뭐야. 진땀만 빼고 골프 클럽 들어가서 예약 버튼을 눌렀는데 안 되지 뭐야. 컴퓨터 하는 방법만 익히고 집으로 돌아왔지.

그래도 남편이 예약을 성공해서 다행이었어. 우리 집이 산으로 둘러싸여 가끔 인터넷이 안 뜨는 거야. 그래서 PC방으로 가자고 남편에게 졸랐는데 갔으면 큰일 날 뻔했지. 여하튼 남편이 10년 이상 골프 예약을 해 왔기 때문에 그래도 하나씩 예약을 하는 기술이 생긴 거였어. 이제는 나도 합세해서 해 보려고 하는데 그것이 잘 안 되더라고. 무엇이든 기술이 있어야 하는 거였어. 이번에 예약한 대로 친구 부부와 골프장을 갔는데 예전에는 나이 든 사람들이 골프 치러 많이 왔거든. 그런데 이번에는 한 명도 없는 거야.

우선 노인들이 예약을 못해서 못 올 거고. 그다음에 나이 든 사람들이 많이 아픈 거야. 우선 우리 친구네 부부도 남편이 위암을 수술해서 못 하고. 남편 친구가 간암 수술을 해서 또 못 하고. 더러는 경제가 안 되어서 못하고. 여하튼 나이 든 사람들이 할 수가 없는 거야. 그런데 요즘 젊은이들은 어떻게 돈이 많아서 골프를 칠 수 있을까? 한낮에 대부분 돈을 벌거나 회사를 가야 하는데? 좋은 외제 차에, 멋진 옷에, 골프까지 비용이 상당한데 그것을 다 어떻게 충당할까? 우리들은 적어도 65세에 퇴직을 했고 골프도 60세 이상이 되어 쳤는데….

그런데 가끔 70세 후반, 80세 초인 할아버지가 기사를 데리고 와서 골프를 배우고 힘들어서 채를 들지 못해 운전기사가 운반을 하는 것을 보면 안타깝기도 했어. 조금 일찍 배우셨으면 좋았을 것을, 하며 생각도 했는데.

여하튼 젊은이들이 분홍 치마에, 스타킹 신고, 멋진 폼으로 골프를 치는 것은 아름답지만 나이 든 나는 젊은이의 아기들은 누가 돌보나? 골프 비용은 돈 많은 남편이 대는 것인가? 하는 우려가 생기더라고. 우리는 부부가 돈 벌고 애들 키우느라 젊어서 생각할 수 없으니까 말이야. 그런데 캐디들도 젊은이의 시중을 드는 것이 좋겠지. 늙은이들은 거동이 느리고 불편하니 진행이 빠르지 않고 느려서 문제를 일으키는 경우가 많거든.

거기에 매너가 나쁜 할아버지, 할머니가 있거든. 같은 처지로 나도 그런 사람들을 미워하는데 젊은 캐디들은 어떻겠나. 미워하겠지. 앞에 그린이 비면 캐디가 페널티를 먹는데 매너 없는 노인들은 처음 샷을 잘못 쳤다고 하나 더 치고 가려고 난리를 치거든. 뒤에 따라오는 회원들은 또 빨리 따라와서 치고 가면 더 늦어서 안 되는데도 치고 가는 거야. 그리고 느린 발걸음으로 카터기를 타지 않고 걸어간다고 떼를 쓰며 걸어가는데 같은 회원으로 속 터지는 거지.

나는 이미 다리를 다쳤기 때문에 골프 스코어에 신경을 안 써. 내가 선수 되는 것도 아니고 남편 말대로 스코어가 좋으면 아파트 분양권이 생기는 것도 아니고, 우리가 즐기러 온 것이잖아. 즐기면서 남에게 피해를 주지 않고 조용히 스스로 즐기면 되는 것이잖아. 잘 안 된다고 투덜대며, 괴로워하면서 자학하고, 부인보다 더 못한다고 참을 수 없어 하는 꼴을 보면 웃긴다니까. 골프도 수행인 것 같아. 자기보다 못했는데 멤버가 더 잘 치면 어떻고, 못하면 어떤가 나는 생각해. 내가 몸 건강해서 골프를 칠 수 있어서 고맙다고 생각하지.

골프도 기술이잖아. 13개 중 채를 골라서 내 맘대로 공을 치고 나가면 성공이라 생각해. 사실 나는 어깨 근육이 끊어져서 손을 올릴 수가 없어. 그래서 여기 올 때 소염제를 먹고, 더 아프면 진통제 하나를 더 먹고, 어깨에 밴드와 압박 붕대, 줄 끈을 묶고 참가했어. 그래도 산과 호수를 누비며 공을 치는 것으로 만족하는데, 비호감 할아버지 행태를 보면 힘들더라고. 마음의 수양이 필요한 사람들이야. 나는 제발 말하고 싶어. 할아버지, 할머니들에게. 젊은이들에게 욕먹지 말고 살라고.

노인이라고 무질서하게 행동하면 안 되는 거잖아. 아무 데서나 담배 피우고, 지나치게 술 먹어서 사람들 괴롭히고, 공 치는데 매너 없이 행동하고 자기 부인에게 매너 없이 말하며 고집부리고, 터무니없는 행동으로 난감하게 만드는 일 좀 하지 않았으면 좋겠어. 제발 노인들이 품위 있게 행동해 주기를 바라는 거지.

*

가끔 오래전에 내가 뭘 하고 살았을까 하면
서 써 놓은 일기장을 펼쳐 본다

1999년 1월 초. 해가 바뀌고 처음으로 도서관을 갔다. 보고 싶
은 신간 서적이 많이 들어와서 기뻤다. 내 전공의 책도 많아서 즐
거웠다. 장인의 정신을 가지고 많은 책을 계속 읽어야겠다는 마음
으로 책을 보았다. 신체적 컨디션이 좋아져서 다행이었다. 신이시
여, 항상 몸의 상태가 좋아져서 허리 통증과 위장 장애를 극복하
고 도서관에서 책을 볼 수 있게 하소서. 오후에는 넷째네 식구가
서울 탐방을 올 것이다.

집안이 온통 북새통이 일어났다. 꼬마들은 서울 구경을 하겠단
다. 용돈을 주어 각자 서로 즐거운 곳을 찾아가게 했다. 그다음 날
여고 친구 신혜신이 폐렴으로 세상을 떠났다. 자폐증인 아들과 고
1학년인 딸을 남겨 두고 갑자기 가 버렸다. 젊은데 친구들이 하나
씩 가는 것을 보는 것은 슬펐다. 그리고 나는 반성했다. 별일 아닌
것에 화를 내고 분노하고 서러워하지 말자고. 아직 마음의 갈등을
잠재우는 힘이 부족한 탓이리라. 우리는 모두가 마음의 해탈을 공
부해야 할 것이었다.

너도 가고, 나도 가며, 우리 모두가 갈 것인데…. 우리는 잠시 이곳에 머무르다 갈 사람임을 깨달아야 하는데…. 마음속의 어두운 그림자를 물리치고 서로 화합하며 먼저 간 친구를 그리워하며 조심스럽게 이 세상을 경건한 마음으로 살아야 할 것 같았다. 아무것도 아닌데 왜 그리 미워하는 마음이 생기는지…. 미워하는 마음이 생기면 좀 떨어져서 그 친구가 그리워질 때까지 기다리면 될 것 같은데.

올해, 나의 주제는 해탈이다. 해탈을 통해서 나 스스로 자유인이 되겠다고 마음먹었다. 남을 미워하는 것은 곧 나를 구속하는 일인 것이다. 그리고 나는 나 자신을 실험해 본다. 그것은 남을 속여서는 안 되지만, 내가 속임을 당하는 일도 없어야 한다. 그것도 가장 믿고 의지하는 친구에게 당하는 처지가 그렇고, 형제에게 당하는 처지 더욱 그렇다. 그런데 우리의 일이 그렇게 배반하고 공격하며, 자기의 실이익에 눈이 멀어 상대편을 곤경에 빠뜨리는 것이었다.

이럴 때는 거리를 두고 시간을 두어 서로의 사이를 멀리하는 것이 최상이었다. 세월이 가면 모든 것이 흐릿하고 마음속에 있던 찌꺼기도 사그라들게 될 것이고, 그것은 곧 해탈이 되지 않을까 생각했다. 그리고 매우 슬픈 영화를 보고 눈물을 흘려서 스스로 치유를 자주 해 주기로 했다. 지금 컨디션은 좋아졌다. 허리 통증, 위장

장애, 피부 가려움증 등 참을 만하니, 전공에 힘을 써서 공부해야
겠다.

*

아무 생각이 나지 않았다

쓸 수 있는 일이 생기지 않았다. 책꽂이를 뒤적이다가 2006년 7
월 28일, 갠지스강과 골든 트라이앵글 인도 여행 투어기 쪽지를
보고 여행 생각을 하게 되었다. 나는 인도 사진첩을 찾았다. 어디
에 있는지 나타나지 않았는데 묵은 종이 박스에서 찾았다. 사진을
훑어보니 인도 생각이 났다. 그때는 16년 전이었다. 나의 모습은
촌스러웠지만 그래도 젊었구나. 추억이 있어서 기쁘구나. 이 나이
에 다시 사진을 통해서 인도 여행을 해 보자고 생각했다.

2006. 7. 28.

출발 전 한국에는 억수 같은 비가 쏟아졌다. 하늘에 구멍이 뚫린 것처럼 비
가 내렸다. 11시 30분경 인천 공항에 도착했다. 공항은 그대로의 모습을 하

고 있었다. 비행기가 비로 인해 5시간 연착을 했다. 점심으로 새우볶음을 먹었는데, 김치찌개가 더 맛있어 보였다. 5시 30분, 인천 공항을 이륙했다. 홍콩에 10시경 도착했다. 홍콩도 비가 많이 왔다. 아시아가 우기라 그럴 것이었다. 1시간 동안 기내에서 있다가 출발했다. 나는 인도 책을 펼쳐 보았다. 저녁 늦게 인도에 도착했다. 여기도 빗발이 스치고 있었다. 날씨는 무척 더웠다. 델리까지 11시간 걸렸다. 한국과 시차가 3시간 30분 늦었다. 공항은 영국 스타일이었다.

환률은 1달러에 40루피, 물 한 병에 20루피.

2006. 7. 29.

호텔에서 조식을 하고 뉴델리 최고의 볼거리 '꾸뜹 미나르' 유적지로 이동했다. 햇살은 구름에 가렸다. 뉴델리 유적지 광장은 넓었다. 승전 탑과 이슬람 사원을 관광했다. 사람들은 양말만 신고 거닐었다. 많은 사람들이 모여들었다. 승전 탑은 인도에서 최초로 세워진 이슬람 왕국을 기념하기 위해 만들어진 탑으로 최고의 규모와 예술적 정교함을 자랑했다. 연꽃 사원인 바하이 사원을 관광했다. 행정 중심지 라츠파트로 이동하여 대통령궁을 관광, 제1차 세계 대전에 참가했던 인도 군인들을 위한 위령탑 '인디아 게이트', 마하트마 간디 화장터인 '라즈가트'를 관광했다.

그리고 무굴의 황제 샤 자한은 이슬람 사원 가운데 가장 규모가 큰 사원이었다. '자미 마스지드'는 샤 자한 최후의 대규모 건축 유산이었다. 사원은 재래시장 근처였다. 25,000명을 수용할 수 있었다. 사원은 붉은색과 흰색의 조화로 이루어졌다. 코끼리, 원숭이는 행운을 상징. 인간, 돈, 힘, 사랑을 상징하는 신이 있었다. 힌두교는 불교, 제나교, 시크교, 라마교를 뿌리로 하고 있는 종교였다. 실제로 종교의 종파가 많았다. 이슬람 사원 주위에는 가난한 사람들이 많았다.

2006. 7. 3.

.

호텔에서 조식을 하고 공항으로 이동하여 국내선편으로 바라나시로 갔다. 곧 호텔로 가서 체크인하고 잠시 쉬었다가 오후에 바라나시를 관람했다. 바라나시는 철학의 메카였다.

바라나시는 삶과 죽음이 함께 공존했다. 직접 시신을 태우고 강에 버리는 장면을 보여 주었다. 붉은 옷을 입은 스님이 기도를 했고 기도를 위해 각지에서 온 인도인들이 시장 골목을 꽉 채우고 있었다. 그 주변은 무질서했다. 이동 차량들, 갠지스강으로 흘러들어 가는 시체를 태운 재, 거리마다 누워 있거나 어슬렁거리는 소들, 그 소를 피해서 움직이는 사람들, 가트에서 장작불에 시체를 태우는 사람들, 시체를 태운 재를 갠지스강으로 쓸어 버리는 사람들, 거기서 제사를 지내는 사람들, 갠지스강 물로 목욕하며 흙탕물을 마시는 사람들 등으로 혼재하고 있었다.

2006. 7. 31.

이른 새벽 갠지스강 보트 탑승. 강물은 어제보다 순했다. 황토물이었다. 더
러움은 보이지 않았다. 오염물이었으나 깨끗해 보였다. 물살이 세지 않은
곳으로 보트를 몰았다. 동쪽으로 해가 돋았다. 장관이었다. 어제의 혼돈은
없었다. 새벽의 고요함이 존재했다. 마음이 깨끗했다. 기도자들의 기도처
럼 나에게도 행운이 있기를 빌었다. 호텔에서 조식을 하고 불교 4대 성지
인 사르나트로 이동했다. 이곳은 붓다가 성도한 다음 처음으로 설법을 한
장소였다. 넓은 잔디 광장에 둥근 성곽 같은 돌탑으로 되어 있었다. 다시
바라나시로 이동하여 '두르가 사원'을 관광했다. 그곳은 원숭이가 사람만
큼 많았다. 다소 위협적이었다.

다음은 힌두대학으로 이동했다. 모두가 낡았다. 새것은 없었다. 붉은색
과 갈색이 혼재했다. 풀밭 운동장에서 사람들이 축구를 했다. 길거리에
서 사람들은 사원으로 향했다. 모두가 바빴다. 어제의 무질서함은 없었
다. 여행자들은 각자의 색깔을 드러내려 했다. 자신의 모습을 보여 주고
자아를 높이려 했다. 꼴불견으로 보여졌다. 점잖게 있어도 없는 듯했으면
좋겠다. 석식을 먹은 후 호텔로 이동하여 휴식했다. 10시 반경 요가 체험
을 했다. 남편과 나는 그때 배운 요가를 지금도 쓰고 있다. 가끔 기체조
로 몸을 풀어 기운을 솟게 했다. 다시 야간열차를 탑승하기 위하여 기차
역으로 갔다.

야간 역전에는 사람이 가득했다. 먹는 사람, 자는 사람, 서성대는 사람 등이 모여 있었다. 특별한 창문은 없었다. 날씨가 무척 무더웠다. 버스에서 내린 나는 구토증이 일어났다. 주변은 화장실 냄새가 가득했다. 나는 숨을 멈추고 입으로 호흡했다. 지게꾼을 불렀다. 그는 머리에 짐을 이고 양팔에 가방을 걸고 걸었다. 플랫홈으로 이동했다. 거기에도 철길 따라 사람이 가득했다. 야간열차를 탔다. 기차를 타고 밤새 이동했다.

2006. 08. 01.

툰들라역에 도착하여 무굴 제국의 옛 수도인 아그라로 이동했다. 호텔 조식을 하고, 무굴 제국의 5대 황제 샤 자한의 뭄타지마할의 무덤으로 인도를 상징하는 세계적인 유적 '타지마할'을 탐방했다. 성은 분묘 건축이다. 백대리석으로 만든 돔, 선율적인 형상, 대문은 용골적인 아치로 정교하게 만들어졌다. 색감이 뛰어나고 잘 어울려서 미의 극치를 이루고 있었다. 구상력과 미적 감각이 뛰어난 훌륭한 건축물이었다.

아그라성을 관광했다. 아들이 아버지를 유폐시킨 곳이다. 성은 붉은 대리석으로 만들어졌다. 성 주위는 물로 되어 있다. 성문은 나무 사다리를 올리고 내리는 형식으로 되었다. 외부의 침입자가 함부로 성안으로 들어오지 못하게 했다. 성은 자개와 같은 돌무늬로 유명했다. 그 주변에서 헤나 문신을 아름답게 했다. 그 지역은 홍차, 치약, 머리 물감이 유명했다.

2006. 08. 02.

호텔 조식 후 악바르 황제가 1571~1585년의 짧은 기간 동안 수도로 삼았던 파테푸르 시크리로 이동하여 유적지를 관광했다. 성은 이슬람 사원이었다. 첫째 부인의 방은 화려했다. 둘째 부인의 방은 둔탁한 느낌이 있었다. 셋째 부인의 방은 화려했고, 아이를 많이 낳아서 큰집을 만들어서 주었다. 더 많은 부인이 있었고 부인들에게 아름다운 방을 만들어 주었다. 전체적으로 성은 아름답고 멋졌다. 그곳에는 온갖 종교가 있었다. 부인들도 제각각 종교가 달랐다. 이슬람교, 힌두교, 불교, 라마교, 수시로 종교 전쟁이 일어났다. 그때마다 많은 사람들의 목이 달아났다. 성은 황토색이고 사암으로 이루어졌다. 성에는 철강, 암석을 사용했다. 창문은 조각품처럼 아름답게 조각했다. 성에서 말장난은 안 하는 것이 좋다. 생각을 많이 하는 것이 좋다. 논쟁은 피하는 것이 좋다는 뜻이 새겨졌다.

자이프르트로 이동하여 호텔에서 석식 후 휴식했다.

2006. 08. 03.

자이프르는 핑크 도시였다. 우리는 조식 후 암베르 성으로 이동했다. 그곳은 '하늘의 성'이라 불렀다. 자이프르의 암베르 성은 산등성이에 있는데 방어를 위한 성으로 요새에 가깝다. 언덕 밑에 호수가 있다. 호수 위에 정원을 꾸몄다. 향기로운 나무가 바람 성으로 들어왔다. 촘촘히 박힌 창살 무늬

창으로 나무 향은 바람과 함께 들어왔다. 압축 바람이 우리를 시원하게 해주었다. 언덕을 오를 때 코끼리를 타고 이동했다. 25살 코끼리였다. 수명은 보통 90살이란다. 40살 코끼리는 몸집이 무척 컸다. 내가 탄 코끼리는 아기 코끼리였다. 이곳 성은 16C, 17C, 12C 건축물이다.

16세기 왕국의 수도였다. 바라나시보다 부유했다. 모두가 신을 신고 다녔다. 거지가 거의 없었다. 옛날에는 교역이 활발했던 곳이었다. 그곳은 이슬람풍의 외빈 내화로 미로 같은 복잡성이 혼재된 성이었다. 여인들은 외부로 차단하였다. 여성들이 거처하는 방을 하렘이라 했다. 그곳에서 손님이 들어오는 모습을 숨어서 볼 수 있었다. 왕의 귀빈들을 접대하는 공간은 화려했다. 성의 벽면은 거울로 조각되었다. 왕이 시녀 방 12개를 거닐었다. 한쪽 문으로만 트여 있다. 왕이 선택할 수 있다. 성은 미로로 되어 있었다.

산 아래로 노랑 사원이 둘이 있는데, 그것은 인구가 늘어서 도시를 다시 만들었던 것이다. 즉, 신도시가 생겼다. 호수가에 시티팰리스가 있다. 그곳은 자이싱 2세가 만들었는데, 매우 아름다웠다. 그곳에서 왕들이 사용했던 화려한 일상 용품과 왕가의 세밀화를 전시한 것들을 구경했다. 천문대에서 적도 시계, 해시계를 구경했다. 시간, 분이 정확했다. 이동하여 바람의 궁전 '하와 마할'을 관광했다. 건축이 아름다웠다. 그곳은 바람의 궁전으로 왕실 여성이 눈에 띄지 않고 거리 축제를 볼 수 있었던 곳이라 했다.

|다시 델리로 이동했다. 고속도로는 고르지 못했다. 차가 서로 충돌하듯 무섭게 질주했다. 차들은 클랙슨을 귀가 떨어지듯이 울렸다. 마차와 버스, 고속 버스가 함께 달렸다. 나는 종이로 귀를 막았다. 달리는 벌판은 한없이 넓었다. 자이푸르 지역은 산이 보였다. 자이푸르 근처에서 쇼핑을 했다. 시원한 침대 시트를 3개 샀다. 반지, 목걸이 등도 기념으로 샀다. 인도는 역시 신분을 가르는 카스트 제도가 국가를 지배하고 있음을 확인했다. 그것은 분명 잘못된 제도였다. 국가를 지배하는 구조로 지배층들의 권력 유지일 뿐인 것이라 생각했다.

2006. 08. 04.

"인천국제공항으로 비행기로 이동합니다. 현지 기상 악화와 항공 상황에 따라 지연될 수 있습니다. 당황하지 마시고, 공항의 지시에 따라 주시고요. 많은 양해 바랍니다."라는 멘트가 기내 방송으로 나왔다. 나는 곧 기내에서 잠을 청하며 숙면했다. 눈을 뜨면 대한민국의 땅에 도착할 것이었다.

*

오늘은 어머니 94세 생신이다

요양원에 계신 어머니에게 전화를 걸었다. 코로나로 요양원은 내방을 사절했기 때문이었다. 그런데 이달 초에 그곳에서 생일이 있는 어르신은 미리 생일잔치를 했는데, 미역국, 잡채, 케이크 등을 준비했다며 어머니는 기뻐하셨다. 사실 오늘이 어머니 생신이라고 말씀을 드리고 싶었지만 혹, 스스로 슬퍼하실 것 같아서 말을 하지 못했다. 그리고 어머니의 기억을 되찾아 주려고 옛날의 삶을 물었다.

- 엄마, 옛날에 초가집에서 기와집으로 이사를 왔는데, 값이 얼마였어요?
- 그거 아마 25만 원 주었어. 그 집 200평 집이었거든.
- 그때가 아마 1966년쯤이었는데.
- 그 집에서 내가 하숙생을 8명 치루었잖아.
- 하숙비를 얼마를 받았어요?
- 한 사람에게 한 가마를 받았어. 한 달에 8가마를 받았다니까.
- 그리고 여인숙 집은 얼마에 샀어요?
- 그거는 모르겠네. 그런데 아버지 친구네 어머니 집이었는데, 집이 허름해서 싸게 샀어. 거기 시어머니가 돌아가시고 싸게 샀거든. 그래서 그 집을 새로 지어서 여인숙을 만들었던 거야.

- 공무원 월급으로 4명 학비를 못 대니까 여인숙을 해서 학비를 댔잖아. 대학생이 4명 아니었냐.

- 그렇네요. 숙박비는 얼마였어요?

- 몰라, 다 까먹었어. 그런데 나 돈 엄청 벌었던 거야.

- 맞아, 엄마 돈 많이 벌었어요.

- 엄마 먹고 싶은 거 보낼까요?

- 아니, 당최 보내지 말아.

- 빨리 죽어야지. 먹고 싶지도 않아. 네가 참외니 뭐니 한 박스씩 보내 줘도 나 한 개도 못 먹어. 보내지 마라.

- 전화나 자주 해 줘라. 그거면 돼. 이렇게 되었으니 나는 여기서 죽을 때까지 있어야지.

- 엄마가 살아 있으니까 우리가 건강한 거예요.

- 내가 젊어서 하도 신경을 써서 살아서 이렇게 오래 사는가 봐. 돈 버느라고 고생을 많이 했는데.

- 엄마가 좋아하는 아들 잘 지킬게요. 걱정하지 마세요.

- 난 너를 믿는다. 네가 아들 집 사 준 거 팔지 못하게 하고.

- 청량리 고모가 그러더라. 언니가 자기 엄마가 서모인데도 너무 잘해 줘서 모든 복이 너에게 간 것 같다고 하더라. 나는 우리 아들딸 3명이 잘 살기를 바란다. 난 동생 7명을 모두 수발하며 살았는데 복이 없더라. 글쎄, 이제 말하는데, 셋째 이모네 집에서 영환이가 백일이어서 백일 잔치를 했는데, 죽은 애, 인영이가 학원 갔다가 백일 집으로 밥을 먹으러 왔는데, 한 그릇 먹고 배가 고픈 거야. 조금 더 먹고 싶어 하는데, 그 이모가 시장

사람 줘야 한다고 밥을 안 주는 거야. 그래서 그 아들이 집으로 돌아가는데, 얼마나 속이 쓰리던지. 내가 지 아들 핏덩이 받고 온갖 수발을 다 해줬는데 섭섭하더라. 고것은 입으로만 다 하는 거야. 내가 그래서 복이 없는 거라 생각했어.

- 아이고, 그래도 엄마가 지금까지 치매 걸리지 않고 잘 살고 있고 먹고 싶은 것이 없는 것은 가진 것이 많아서라며요.

- 그렇기는 그래.

- 그냥 건강하게 사시다가 안 아프게 살다 가시면 그게 최고예요.

- 그래, 알았어.

*

손에 잡히는 아무 책을 읽었다

고요한 믿음…. 고요한 믿음이라. 그대의 믿음은 고요하지 않을지도 모른다. 온갖 소란으로 가득 찼을지도 모른다. 그 믿음은 그대를 멀리 데려가지 못한다. 믿음은 고요해야 한다. 믿음은 소음으로 가득 찬 마음이 아니다. 믿음은 고요하고 깊은 곳에서 마음이 와야 한다. 믿음이 신앙이 되어서는 안 된다. 신앙은 항상 소란스럽다. 그대는 신앙에 반대되는 하나의 신앙을 택할 수 있다. 거기에는 당연히 마찰이 있을 것이다. 그것은 '선택'이기 때문이다.

붓다는 고요한 믿음이 필요하다고 말한다. 무엇이 고요한 믿음인가? 선택이 아니라 이해에서 비롯되는 믿음, 그것이 고요한 믿음이다. 선택은 그 자체가 혼란과 번뇌에서 나오는 것이다. 선택은 일종의 억압이다. 이럴 때 붓다는 아무것도 선택하지 마라. 명상하라. 서두르지 말라. 선택이 사라지게 하라. 명상하고 기도하라. 더욱더 고요한 상태가 되어라. 그러면 그 고요함으로부터 선택의 순간이 올 것이다.

그때에 그대는 마음의 다른 부분에 반대해서 선택을 내린 게 아니다. 한 송이 연꽃이 피어나듯이 그 고요함으로부터 결정의 꽃이 피어오른다. 그 꽃은 완전무결하게 피어난다. 그대의 존재 전체가 그것에 동조한다. 그것은 양자택일 중 어느 하나에 반대하는 결정이 아니다. 그것은 다만 그대 안에 피어난 한 송이 연꽃의 향기이다. 그때에 그대는 분열되지 않는다. 붓다는 이것을 고요한 믿음이라고 부른다.

명상하라. 고요해져라. 깊은 침묵의 세계로 들어가라. 그러면, 어느 날엔가 마음속에 아무런 상념도 떠오르지 않을 때가 올 것이다. 그때에 돌연 어떤 결정이 내려졌음을 느낄 것이다. 그것을 결정한 사람은 그대가 아니라는 것을 느낄 것이다. 그것은 신의 결정이다. 그때에는 어떤 결정이 내려져도 좋다.(금강경/오쇼강의/손민규 옮김/p166)

우리 인생은 선택의 길에 항상 서 있을지도 모른다. 식사 때마다 뭘 먹을까? 무슨 옷을 입고 외출할까? 슈퍼에 가서 뭘 살까? TV 채널 중 뭘 볼까? 뭘 쓸까? 물론 일상적인 것들이 있지만 각자 중요한 길을 선택하는 어려운 일 등도 많다. 자신이 평생 어떤 직업을 가지고 어느 학교가 자기에게 적합한가를 고민하는 경우 말이다. 또한 자기의 반려자를 선택하는 문제 등이 힘들 것이다. 여하튼 합리적인 선택을 위해서 고민하고 기도하며, 고요한 명상을 통해 침묵의 세계로 들어가라. 그러면 어느 날 마음속에 상념이 떠오르지 않을 때가 올 것이고 그때에 돌연 어떤 결정이 내려졌음을 느끼게 된다. 그때에는 어떤 결정이 내려져도 좋다는 것이며. 그것이 곧 신의 결정인 것이다.